AtV

PHILIPPA GREGORY hat Geschichte und englische Literatur des 18. Jahrhunderts studiert. Sie arbeitete als Journalistin und für BBC Radio, bevor sie freie Schriftstellerin wurde. Philippa Gregory ist heute eine der populärsten Autorinnen Englands.

Weitere Werke: Die Glut (1988), Die weise Frau (1993), Die Traumsammlerin (1995), Meridon (1996), Die Schwiegertochter (1998), Die Farben der Liebe (1999), Die Lügenfrau (2000), Irdische Freuden (2003).

John Tradescant (1608–1662), wie sein Vater aus Philippa Gregorys Roman »Irdische Freuden« Gärtner des Königs, ist dabei, als Charles I. am 30. Januar 1649 das Schafott besteigt und als später die Republik ausgerufen wird. Nach Freiheit dürstend, hatte er sich jedoch zuvor all seinen Verpflichtungen für mehrere Jahre entzogen und sein Heil in der Neuen Welt gesucht. Seine Kinder, das stattliche Anwesen in Lambeth mit dem kleinen Museum, den Blumenbeeten und Obstbäumen, selbst die Arbeit in den Schloßgärten hatte er seiner zweiten Frau Hester überlassen. Energisch trotzt diese all den Gefahren der Bürgerkriegsjahre: den marodierenden Soldaten, royalistischen Verschwörern und der Pest. John wird indessen Tabakpflanzer in Jamestown/Virginia. Als sein Unternehmen scheitert, findet er Aufnahme bei einem Indianerstamm, heiratet dort seine schöne indianische Geliebte Suckahanna und gerät erneut in Gewissenskonflikte, als er weiße Siedler töten soll. Wieder zurück in England, erwarten ihn andere leidvolle Erfahrungen. Nur eines ist gewiß: seine neuen exotischen Pflanzen und Bäume – die Rosen, Tulpen, Lilien und viele wundervolle Züchtungen – ziehen ihre Spur der Erinnerung an einen begnadeten Gärtner weiter durch die Jahrhunderte, und die Objekte seines Raritätenkabinetts sind in Oxford zu bestaunen.

X

Philippa Gregory

Der Herr der Rosen

Roman

Aus dem Englischen
von Justine Hubert

Aufbau Taschenbuch Verlag

Die Originalausgabe
Virgin Earth
erschien 1999 bei HarperCollins *Publishers*, London.

ISBN 3-7466-1956-4

1. Auflage 2003

Umschlaggestaltung Torsten Lemme unter Verwendung
des Gemäldes »Der Standartenträger«, 1894, von Kate Bunce
Druck Ebner & Spiegel, Ulm
Printed in Germany

www.aufbau-taschenbuch.de

Für Anthony

Winter 1638.
Auf See und Ankunft in der Neuen Welt

Von den Geräuschen des vorwärts eilenden Schiffes wachte er auf, vom Knarren des Spantenwerks, vom gequälten Seufzer der aufgeblähten Segel, vom plötzlichen Rasseln einer Talje, als ein Segel gerafft wurde, von dem schweren Getrampel an Deck genau über seinem Kopf, vom Brüllen eines Befehls und dem ständigen Anprall der See – dem Schlagen der Wellen gegen den Bug und dem Ächzen des kleinen Schiffes, wenn es eine Welle erklomm und dann schlingerte und sich der nächsten Welle entgegenstemmte.

Sechs lange Wochen hatte er bei diesem endlosen Getöse geschlafen oder wach gelegen, und nun kam es ihm vertraut und besänftigend vor. Es bedeutete, daß das Schiff durch die furchtbare Weite von Wind und Wasser voranstampfte, immer westwärts, in der festen Hoffnung, die Neue Welt liege dort, wo sie die Sonne untergehen sahen.

Voll tiefer Trauer war er von Greenwich losgesegelt, um allem Kummer zu entfliehen. Sogar jetzt träumte er von seiner Frau. Freudig erregt nahm er wahr, wie sie lebendig vor ihm stand, direkt an Bord gekommen war und sich lachend beklagte, es bestünde keine Notwendigkeit, daß er wegfuhr, keine Notwendigkeit, allein nach Virginia auszureißen; denn schau, hier stehe ich vor dir, und alles ist nur ein Gaukelspiel gewesen – die Pest, die langen Tage und Nächte meines Siechtums auf dem einsamen Strohlager in der Orangerie, die furchtbare Betrübnis unserer kleinen Tochter – alles ein Maienspuk, denn hier bin ich, gesund und stark, und wieso kehren wir nicht sofort nach Hause zurück? Auf furchtbare Weise rissen ihn dann die Schiffsgeräusche aus seinem Traum, und John – genannt J. – zog sich das dumpfige Laken übers Gesicht und versuchte, das Bild von Jane festzuhalten und sich an die Gewißheit zu klammern: Sie lebte, und alles war gut.

Doch es gelang ihm nicht. Er wachte mit der trostlosen Gewißheit auf, sie war tot und sein Gewerbe so gut wie bankrott, daß sein Vater, der berühmte Gärtner John Tradescant, mit Hilfe der alten Verbindung von Glück und hilfreichen Freunden weiter das Haus, die Baumschule, Blumenzucht und die Raritätensammlung in Lambeth aufrechterhielt, während J. wie ein verlorener Sohn allem entfloh und seine Schiffsreise in die Neue Welt als ein kühnes Unternehmen ausgab, eine Chance, reich zu werden. Doch er wußte, es war eine Flucht.

Genau betrachtet, war er wegen seines Wagemutes nicht zu beneiden. In Lambeth bei London besaß die Familie ein stattliches Haus mitten in einem zweiunddreißig Morgen großen Gartengelände, das ihr gehörte. Ihre wertvolle Raritätensammlung war in der ganzen Welt berühmt. Sein Vater hatte das Anwesen »Arche« getauft und geschworen, sie würden dort in Sicherheit leben, welche Katastrophen auch immer das Land erschütterten, in dem König, Kirche und Parlament einander erbittert gegenüberstanden. Im Haus gab es ein halbes Dutzend Schlafzimmer, ein Speisezimmer, ein Wohn- und Empfangszimmer, eine riesige Küche und dazu den Ausstellungssaal für die Raritäten. Sein kleiner Sohn Johnnie sollte alles erben, aber auch dessen eigenwillige ältere Schwester Frances würde nicht leer ausgehen. Diesen Wohlstand hatte J. gegen eine Ein-Mann-Koje von ein Meter sechzig Länge an der feuchten Außenwand des Schiffes eingetauscht. Es gab keinen Platz zum Sitzen, kaum Raum, um sich zu drehen. Er mußte auf dem Rücken liegen, und er wurde von der gewaltigen Bewegung der Wellen erfaßt, die ihn wie Treibgut hoben und fallen ließen, wobei er auf die Bretter der Koje über sich starrte. Von rechts spürte er den Schlag der Wellen auf die Außenhaut des Schiffes und die darauffolgende leichte Kabbelung. Zu seiner Linken befand sich eine Lattentür, für die er extra bezahlt hatte, damit er ungestört blieb. Die ärmeren Auswanderer schliefen im Zwischendeck dichtgedrängt nebeneinander auf dem Boden, wie Tiere in einer Scheune. Sie waren samt Gepäck in die Schiffsmitte verfrachtet worden, mit den Mannschaftsquartieren im Heck hinter sich sowie der Kajüte des Kochs und der Kombüse – beides in einem Raum – im Bug vor ihnen.

Der Kapitän gestattete den Passagieren nur widerwillig, bei schönem Wetter für einen kurzen Augenblick an Deck zu kommen. Wenn die Mannschaft zur Wache ging, trampelten sie über die Leue hinweg, und wenn sie zu ihren zu zweit benutzten Hängematten im Heck zurückkehrten, waren die Auswanderer überall im Wege und ständigen Flüchen ausgesetzt; sie galten weniger als die Fracht.

Bündel und Kisten lagen ungeordnet aufgetürmt neben ihren Besitzern. Doch als sich die Tage zu Wochen dehnten, richteten die Familien ihre eigenen Ecken und Sitzgelegenheiten aus Hühnerkörben und Kleidersäcken ein. Es herrschte ein entsetzlicher Gestank.

Die tägliche Trinkwasserration war spärlich, und das Wasser war warm und schmeckte abgestanden nach der Tonne. Es gab auch nicht genügend zu essen: klumpigen Haferbrei zum Frühstück, dasselbe zum Mittag und abends Schiffszwieback mit einer Scheibe altem Käse.

Die Überfahrt wäre zum Alptraum geworden, hätte die Hoffnung sie nicht erträglich gemacht. Auf dem Schiff befanden sich lauter Hasardeure, eine Handvoll Familien, die auf Gedeih und Verderb auf ein Land gesetzt hatten, das sie nicht kannten und dessen Gefahren und Verheißungen sie sich kaum vorstellen konnten. J. dachte, daß es sich um die tollkühnsten, impulsivsten, tapfersten Leute handelte, denen er je begegnet war, und er wußte nicht, ob er sie als Verrückte fürchten oder als Helden bewundern sollte.

Sie hatten Glück. Am siebzigsten Tag, als die Temperaturen anstiegen und die Kinder nur noch nach frischem Wasser und frischer Luft schrien, kam Barbados in Sicht, und sie nahmen Kurs auf den Hafen, um sich eine selige Woche lang von den Strapazen zu erholen, während der Kapitän seine englischen Waren verkaufte und Rum und Zucker, Proviant und Frischwasser lud. Dann dauerte es weitere vierzig Tage auf See, bis ein Matrose die Luke öffnete und hinunterbrüllte: »Macht euch fertig. Wir haben Land gesichtet.«

Selbst da durften sie noch nicht hinauf an Deck. J. stellte sich zu den anderen, die flehend nach oben schauten.

Es war Abend. J., der den fauligen Gestank des Zwischendecks gewöhnt war, stieg ein unbekannter frischer Duft in die Nase – wie nach feuchter Erde, die ihn plötzlich bitter an den Garten in Lambeth nach dem Regen erinnerte.

»Land«, sagte die Frau neben ihm mit vor Ehrfurcht gedämpfter Stimme. »Land. Das neue Land. Unser neues Land.«

Nach den Geräuschen von eilenden Schritten und Kommandorufen zu urteilen, vermutete J., daß die Segel eingeholt wurden. Die Schaukelbewegungen hatten aufgehört; statt dessen spürten sie das hartnäckige leichte Klatschen eines dem Wechsel der Gezeiten unterworfenen Flusses. Begrüßungsrufe und die Antworfen der Seeleute schallten herunter; dann gab es einen Ruck, als das Schiff sanft an den Kai stieß, und das seltsame Ruhigerwerden seiner Bewegung, als die Taue es längs zogen.

Die ledigen Frauen an Bord, die hofften, in dem neuen Land sowohl einen Ehemann wie auch Gold zu finden, richteten ihre Haare her und setzten saubere Hauben auf, die sie für diesen Augenblick aufbewahrt hatten. Die Kinder, die nicht von Krankheit geschwächt waren, sprangen über Bündel und Körbe und Fässer hinweg und konnten nicht länger im Zaum gehalten werden. Eheleute tauschten besorgte oder hoffnungsvolle Blicke. J. wunderte sich über seine mangelnde Freude. Er fühlte sich nicht erleichtert, daß die Überfahrt vorbei war, nicht erregt beim Gedanken an das neue Land, an den neuen Horizont. Da wurde ihm bewußt, daß er fast gehofft hatte, das Schiff würde untergehen und ihn und seinen Gram mit hinunterreißen zu Jane.

Endlich erschien der Matrose an der offenen Luke. »Kommt rauf!« rief er. »Willkommen im Paradies!«

Einen Augenblick zögerten sie, dann eilten sie die engen Holzstufen hinauf, und die ersten Auswanderer betraten das Deck. J. folgte ihnen.

Es war später Abend. Der Himmel hatte eine Farbe, wie sie J. noch nie gesehen hatte: Wie ein Schleier lag ein blasses Mauve in Streifen über dem riesigen Strom, der die Farben in Rosa, Blau und Purpurrot reflektierte. Der Fluß wirkte glatt wie ein matter Spiegel. Die Wasserfläche erstreckte sich weiter, als J. es mit Ausnahme des Meeres je gesehen hatte. Hinter dem Schiff konnte er in der Ferne das Südufer verschwommen als einen dunklen Schatten von Bäumen erkennen. Als er sich dem Land zuwandte, weg vom breiten Strom, schien es ihm, als dehne es sich endlos aus, ziehe sich ewig hin – unglaublich weit, unglaublich reich, unglaublich schön.

J. schaute aufs Ufer. Die Auswanderer hielt nichts mehr an Bord. Eilig hatten sie eine Kette gebildet, und ihre Habseligkeiten gingen von Hand zu Hand und landeten recht unsanft auf der Laderampe. Halb Jamestown hatte sich aufgemacht, das Schiff willkommen zu heißen. Man hörte Rufe, die nach Neuigkeiten aus England fragten, und die strenge Stimme des Kapitäns, der nunmehr die Bezahlung der Unkosten an Bord einforderte. Und dann schritt der Gouverneur Sir John Harvey durch die Menge, würdevoll ärmlich in einem alten Rock, der für diesen Anlaß mit verschlissenen goldenen Tressen herausgeputzt worden war; er ging an den Siedlern vorbei und hielt den Kopf von ihnen abgewandt, als seien sie für ihn Luft.

J. konnte die Mauern des alten Forts erkennen, dessen Besatzung immer noch mit geladenen Kanonen in Bereitschaft lag. Aber die Stadt hatte sich über die engen Grenzen der Mauern hinaus ausgedehnt, und das Fort bildete nur noch den Endpunkt des Ortes, den man in England als einen kleinen Marktflecken bezeichnet hätte. Die wenigen stattlichen Häuser waren aus Stein errichtet, standen in einer Reihe und waren in einem Stil erbaut, wie man ihn auch in London bevorzugte. Dahinter und weiter weg sah man Häuser unterschiedlichster Bauart, von halbfertigen Holzhäusern bis zu kleinen Hütten und Schuppen. Keine Gärten, bemerkte J. sofort. Doch überall, auf jedem Fleckchen Erde, in jeder Ecke, selbst am Straßenrand standen hohe, abstoßende Pflanzen mit breiten, lappigen Blättern, ähnlich denen von Tulpen.

»Was ist das für ein Gewächs?« fragte J. einen Mann, der die Landeplanke hinaufdrängte, um einen Neuankömmling zu begrüßen.

Der würdigte ihn kaum eines Blickes, sagte aber: »Tabak natürlich. Ihr werdet noch früh genug lernen, wie er aussieht.«

J. griff nach seinem Bündel und lief die Landeplanke hinunter auf den von Menschen wimmelnden Kai.

»Gibt es hier einen Gasthof?«

»Ein Dutzend«, antwortete eine Frau. »Aber nur, wenn Ihr mit Gold oder Tabak bezahlen könnt.«

»Ich kann bezahlen«, entgegnete er selbstsicher. »Ich komme mit Vollmachten des Königs von England.«

Sie schien nicht sonderlich beeindruckt von seinem Freibrief. »Dann solltet Ihr das am besten dem Gouverneur erzählen«, meinte sie und nickte zu dem breiten Rücken des Mannes hinüber, »falls er sich herabläßt, mit Euch zu reden.«

J. wechselte sein Bündel auf die andere Schulter und trat an den Mann heran. »Sir John?« fragte er. »Erlaubt, daß ich mich vorstelle. Ich bin John Tradescant der Jüngere, Gärtner des Königs. Er hat mir aufgetragen, eine Sammlung seltener Pflanzen anzulegen, von Raritäten aller Art. Hier ist der Geleitbrief.« Er verbeugte sich und hielt ihm das Schreiben mit dem königlichen Siegel hin.

Sir John nahm es nicht entgegen. Als Antwort nickte er nur mit dem Kopf. »Welchen Titel tragt Ihr, Sir?«

»Esquire«, antwortete J. Tradescant. Er fühlte sich bei der Lüge nicht wohl, die ihn zum rechtmäßigen Gentleman machte, wo er doch in Wahrheit nichts anderes als der Sohn eines angestellten Gärtners – der allerdings inzwischen einen gewissen Wohlstand erlangt hatte – und der Enkel eines Arbeitsmannes war.

Der Gouverneur wandte sich um und streckte ihm die Hand entgegen. »Ich muß noch vom Kapitän meine Briefe in Empfang nehmen und einige Rechnungen für den Erwerb von Waren. Kommt morgen, dann habe ich Zeit, Euch zu empfangen.«

»Dann werde ich mir ein Nachtlager in einem Gasthof suchen«, sagte J. unsicher.

Der Gouverneur hatte ihm schon den Rücken zugekehrt. »Tut das. Aber eigentlich sind alle Leute hier überaus gastfreundlich.«

J. wartete ab, ob er ihm noch etwas anderes offerieren würde; doch er entfernte sich, und J. blieb nichts weiter übrig, als seinen anderen großen Knappsack zu ergreifen, den man auf den Kai geworfen hatte, und mit dem ganzen Gepäck mühsam den Hügel hinaufzustapfen, an den ausladenden Mauern des Forts vorbei auf die kleine Stadt zu.

J. erkannte das erste Wirtshaus am penetranten Geruch nach schalem Bier. Als er am Eingang verharrte, bellte ein großer Hund laut, und eine schrille Stimme befahl ihm, still zu sein. J. klopfte an und trat ein. Drinnen war es dunkel, die Luft stand vor Tabakrauch, einem Neuankömmling verschlug es den Atem.

»Guten Tag«, sagte jemand unerwartet vom hinteren Teil des Raumes her. J. zwinkerte, um die Tränen aus den brennenden Augen zu drücken, dann konnte er die Person erkennen: eine Frau um die Fünfzig mit der ledernen Haut und dem durchdringenden Blick der Eigentümerin, deren Mann vermutlich inzwischen verstorben war. Sie trug grobe Holzpantinen, einen selbstgeschneiderten Rock, den sie hochschürzte, ein Männerhemd, in das sie zweimal paßte, und einen eng um die Schultern geschlungenen Schal.

»Ich bin gerade aus London angekommen«, sagte J., »und brauche ein Zimmer für die Nacht.«

»Ihr könnt keins für Euch allein haben, Ihr seid hier nicht in Whitehall.«

»Nein«, antwortete J. höflich. »Kann ich eines mit jemandem teilen?«

»Ihr werdet ein Bett mit jemandem teilen – mehr nicht.«

»Sehr gut«, sagte J. »Und etwas zu essen und zu trinken?«

Sie nickte. »Bezahlt Ihr mit Gold oder Tabak?«

»Wo sollte ich denn Tabak hernehmen?« wollte J. wissen, wobei sein Ärger schließlich durchbrach. »Ich bin erst vor fünf Minuten hier eingetroffen.«

Sie lächelte, als gefiele es ihr zu sehen, wie er sich ködern ließ. »Woher sollte ich das wissen?« fragte sie gebieterisch. »Vielleicht wart Ihr so klug, Euch in London zu erkundigen, wie wir hier drüben die Dinge handhaben. Vielleicht wart Ihr so klug, Euch am Kai Tabak zu besorgen, wo Ihr doch bemerkt haben müßt, daß jeder Pflanzer der Kolonie dort welchen verkauft. Vielleicht seid Ihr ja selbst einer, der auf seine reichen Anpflanzungen zurückkehrt. Woher soll ich das wissen?«

»Nein, nein, das bin ich nicht, und mir hat niemand geraten, Tabak nach Virginia mitzunehmen«, sagte J. »Aber ich habe Hunger und Durst und bin müde. Ich würde mich auch gern waschen. Wann wird mein Essen fertig sein?«

Sofort hörte die Frau auf zu sticheln. »Ihr könnt Euch an der Pumpe im Hof waschen«, sagte sie. »Trinkt das Wasser aber nicht; es kommt nicht aus der Tiefe und ist faulig. Ihr werdet gemeinsam mit allen Hausbewohnern auf dem Dachboden schlafen. Den Strohsack könnt Ihr mit meinem Sohn teilen oder mit demjenigen, der als nächster Gast durch die Tür tritt. Das Essen ist fertig, sobald ich es gekocht habe, was schneller gehen würde, wenn ich jetzt weitermachen könnte.«

Sie kehrte ihm den Rücken zu und rührte etwas in einem Topf um, der über dem Herdfeuer hing. Dann ging sie zu einem Faß in der Ecke und zapfte einen Becher Bier für ihn.

»Hier«, sagte sie, »vier Becher für einen Penny. Ich mache einen Strich dafür.«

»Davon bin ich überzeugt«, murmelte J. leise und ging hinaus in den Hof, um sich zu waschen.

Die Wirtin hätte sich ihre Warnung vor dem Wasser sparen können. Es kam in einem braunen, brackigen Strahl aus der Pumpe und stank fürchterlich. Immerhin war es besser als das Salzwasser auf dem Schiff, und J. ließ all seine Sachen fallen und wusch sich von oben bis unten. Dann zog er sich die Hosen an, setzte sich auf einen

Stapel Sägeholz und rasierte sich, wobei er die Haut mit den Fingerspitzen spannte, um das Rasiermesser besser zu führen.

Noch immer hob und senkte sich der Boden unbehaglich unter seinen Füßen, als hätte er die Schiffsplanken unter sich. Einen Augenblick dachte J. an den Vater zu Hause in England und dessen weite Seereisen und an seine beiden Kinder. Er sah wieder seine Jane vor sich, die sich um Frances und Klein John kümmerte. Ihm schien es viel wahrscheinlicher, daß sie da wäre und auf ihn wartete, als daß sie tot war. Er senkte den Kopf und hielt ihn in den Händen, als ihn die kühle Dämmerung Virginias in Dunkelheit tauchte, und er wußte, er war in die Neue Welt gesegelt, zu dem neuen Land, aber er hatte das drei Jahre alte Leid den ganzen Weg her mitgebracht.

Frühjahr 1638.
Virginia

J. öffnete die Augen und sah statt der geweißten Wände und Decke seines Hauses in Lambeth ein Strohdach dicht über seinem Kopf. Unter ihm Holzdielen, nicht einmal eine Strohmatratze; eine Armlänge neben ihm lag ein junger Mann auf einem Strohsack, der noch fest schlief. Langsam gewahrte er den Geruch von etwas Wäßrigem, das kochte, den unbequemen harten Boden und das ärgerliche Jucken eines frischen Flohbisses. Vorsichtig richtete er sich auf. Die feste Holzdiele des Dachbodens schien sich in seinen Augen zu heben und zu senken.

»Wach auf, oder es wird kalt!« kam der schrille Ruf von der Inhaberin der Herberge. Mit einem Satz sprang der junge Bursche, ihr Sohn, auf die Beine und die Leiter hinunter in die Küche. J. zog sich an und folgte ihm.

Die Frau teilte mit dem Löffel eine blaßgelbe Masse in vier Holzschalen aus. Sie knallte diese auf den Tisch und beugte den Kopf über ihre schwieligen Hände zu einem kurzen Tischgebet. Ein anderer Mann, der in der Nacht auf der Erde neben dem Feuer geschlafen hatte, zog seinen Schemel heran, nahm seinen eigenen Löffel heraus und aß mit Genuß.

»Was ist das?« erkundigte sich J. vorsichtig.

»Maisbrei«, lautete die schroffe Antwort.

»Ihr werdet Euch daran gewöhnen müssen«, sagte der Mann. »Wir essen fast nur Mais.«

J. lächelte. »Milch und Honig habe ich nicht erwartet.«

»Aber das erwarten viele«, bemerkte die Frau kurz. »Und viele sterben in der unablässigen Hoffnung darauf.«

»Seid Ihr hier, um Gold zu suchen?« fragte der Mann.

»Nein«, sagte J. »Ich bin Gärtner und Botaniker und bin hergekommen, um Pflanzen zu sammeln. Im Auftrag von König Charles persönlich.« Einen Augenblick zögerte er und fragte sich, ob er ihnen von dem großen Garten in Lambeth und seines Vaters Ruf als größtem Gärtner, den es je gegeben hat, erzählen sollte, von dem Ratgeber des Herzogs von Buckingham, dem Gärtner des Königs und der Königin, einem der bedeutendsten Sammler von Kuriositäten. Er blickte in das faltige, verbitterte Gesicht der Frau und zog es vor, lieber zu schweigen.

»Werdet Ihr den König treffen, wenn Ihr heimkehrt? Falls Ihr heimkehrt?«

J. nickte und nahm einen Löffel Brei. Er schmeckte mild, der Mais war zu einer pappigen Masse zerkocht. »Ja. Ich arbeite für ihn in den Gärten seines Schlosses in Oatlands.«

»Nun, dann richtet ihm aus, mit diesem Gouverneur kommen wir nicht zu Rande«, sagte der Mann unverblümt. »Sagt ihm, wir haben auch gar nicht die Absicht, mit ihm zurechtzukommen. Wir haben hier genug Sorgen, mit denen wir fertig werden müssen, ohne daß uns von England ein fetter Narr vor die Nase gesetzt wird. Wir brauchen eine Generalversammlung, in der jeder Pflanzer seine Stimme hat. Wir brauchen eine Garantie unserer Rechte.«

»Wenn Ihr so in England sprechen würdet, kämt Ihr ins Gefängnis«, machte ihm J. auf sanfte Weise klar.

»Deshalb bin ich ja nicht in England«, erwiderte der Mann kurz angebunden. »Und ich möchte auch nicht so leben, als wäre ich dort. Was man von dem Gouverneur nicht behaupten kann, der in einem Land, in das Männer und Frauen um der Freiheit willen zogen, wie ein Lord mit Dienern zu leben gedenkt.«

»Ich bin nicht sein Ratgeber«, klärte J. ihn auf. »Ich

spreche mit dem König – wenn ich ihn einmal sehe – über Pflanzen und seinen Park.«

Der Mann nickte. »Wer berät ihn denn jetzt?«

J. überlegte einen Moment. Das alles schien so weit weg und von keinem besonderen Interesse in diesem neuen Land. »Die Königin«, antwortete er, »und Bischof Laud.«

Der Mann zog eine Grimasse und wandte den Kopf zur Seite, um auszuspucken, aber dann hielt er inne, als er sah, wie ihn die Frau wütend anstarrte. »Wie denn? Also hat er das Parlament nicht einberufen?«

»Mir kam zu Ohren, er sei so gut wie ein Katholik.«

»Davon weiß ich nichts.«

»Ich habe gehört, er hat so viele Geldstrafen verhängt und so viel fremden Reichtum an sich gerissen, daß er es nicht nötig hat, das Parlament einzuberufen, damit es Steuern bewilligt; und daß er seine Frau nicht daran hindert, offen die katholische Andacht zu verrichten, und daß man im ganzen Land laut fordert, der König solle sich ändern«, sprach der Mann frei von der Leber weg.

J. kniff die Augen zusammen bei dieser scharfen, boshaften Beschreibung der Verhältnisse. »Ich dachte, Ihr in Virginia wärt Royalisten?«

»Nicht alle hier«, sagte der Mann mit einem bitteren Lächeln.

»Wo wollt Ihr denn Eure Pflanzen suchen?« unterbrach die Frau. »Den Fluß hinauf und hinunter gibt es nichts als Tabak.«

»Aber man baut doch sicher auch andere Dinge an?«

Sie schüttelte den Kopf. »Wir halten Tiere – zumindest wachsen die ohne große Mühe bei uns auf. Aber da hier der Fisch aus dem Fluß springt und der Wald nur so von Tieren wimmelt, lohnt es sich nicht, mehr zu tun, als zu fischen und zu jagen. Außerdem haben die Indianer alles, was wir brauchen, und machen auch für uns die Landarbeit. Hier leben wir alle wie die Herren.«

»Ich dachte, ich reise herum«, sagte J. »Miete ein Pferd und reite im Land herum und sehe, was ich finde.«

Der Mann und die Wirtin schauten ihn an und lachten ihm hämisch ins Gesicht.

»Ein Pferd mieten!« rief die Frau aus. »In der ganzen Ansiedlung gibt es nicht mehr als ein halbes Dutzend Pferde. Da könnt Ihr ebensogut nach einer vierspännigen Kutsche fragen.«

J. ließ sich nicht aus der Ruhe bringen. »Ich sehe, ich muß noch viel lernen.«

Die Wirtin stand auf und ging zum Herdfeuer. »Dunkel heute früh«, sagte sie gereizt. Sie beugte sich übers Feuer und zündete etwas an, das wie ein kleiner Zweig aussah. Zu J.s Überraschung brannte er mit einer hellen, klaren Flamme an der Spitze wie eine Wachskerze. Sie legte ihn auf einem kleinen Halter ab, der zu diesem Zweck auf dem gemauerten Herd stand, und kam wieder an den Tisch.

»Was ist das?«

»Kerzenholz. Jeden Herbst kaufe ich es von den Indianern.«

»Aber was für eine Art Holz ist das?«

»Eben Kerzenholz«, erwiderte sie ungeduldig.

»Aber von welcher Art Baum?«

Sie blickte ihn an, als sei es höchst abwegig, nach etwas zu fragen, um das sich sonst niemand kümmerte. »Woher soll ich das wissen? Ich bezahle die Indianer dafür, daß sie es mir holen. Glaubt Ihr etwa, ich gehe deswegen in den Wald? Nehmt Ihr an, ich mache meine eigenen Löffel aus Löffelholz? Oder meinen Zucker aus dem Zuckerbaum oder meine Seife aus der Seifenbeere?«

»Kerzenholz? Löffelholz? Wollt Ihr mich zum Narren halten?«

»Ihr seid doch schon ein Narr – wie sollte ich das Holz sonst nennen, als was es ist.«

»Was Ihr braucht«, sprach der Mann versöhnlich, wobei er die leere Schale wegschob, eine Pfeife herauszog und sie mit prächtigen goldenen Tabakblättern stopfte, »ist ein Indianer. Einen Wilden, der Euch hinaus in den Urwald führt und Euch im Kanu den Fluß hinauf und hinunter bringt und Euch mit allem bekannt macht, was Ihr sehen wollt.«

»Kennt denn keiner von den Pflanzern diese Dinge?« fragte J. Der Gedanke an einen Indianer als Führer war ihm nicht geheuer. In London redete alle Welt über die mit Steinmessern bewaffneten rotbraunen Männer, die sich ins Haus schlichen und einem im Schlaf die Kehle durchschnitten.

Die Frau räusperte sich und spuckte ins Feuer. »Die wissen kaum, wie man etwas anbaut!« sagte sie. »Alles, was die wissen, haben sie von den Indianern gelernt. Die Leute hier haben nichts weiter als Gold und Tabak im Sinn.«

»Wie finde ich denn einen Indianer?« fragte J. »Wo kann ich denn einen ungefährlichen Indianer finden?«

»Einen ungefährlichen Indianer – gibt's nicht«, meinte die Wirtin mit spitzer Zunge.

»Mal langsam!« sagte der andere Gast ruhig. »Wenn Ihr in Diensten des Königs steht, müßt Ihr Papiere haben, einen Passierschein oder etwas Ähnliches.«

J. griff unter sein Hemd, wo der kostbare königliche Begleitbrief steckte, eingewickelt in Ölpapier. »Natürlich.«

»Dann geht am besten zum Gouverneur«, schlug der Mann vor. »Wenn Ihr vom König kommt und Einfluß bei Hofe habt, wird der Gouverneur Zeit für Euch haben. Gott weiß, für ehrliche, arbeitende Männer, die hier versuchen, ihren Lebensunterhalt zu finden, hat er keine Zeit.«

»Ich bin ihm schon am Kai begegnet. Hat er eine Residenz hier?« fragte J.

»Klopft bei ihm an«, antwortete die Frau ungeduldig. »Eine Residenz, wirklich! Er kann froh sein, daß er eine Dienstmagd hat, die die Tür für ihn öffnet.«

J. erhob sich vom Tisch. »Wo finde ich sein Haus?«

»Es liegt an der Back Road«, sagte der Mann. »Ich werde Euch hinbegleiten.«

»Ich muß mich erst waschen«, sagte J. aufgeregt, »und meinen Hut und Rock holen.«

Verächtlich schnaubte die Wirtin: »Als nächstes wird er sich noch schminken und pudern wollen.«

Der Mann lächelte. »Ich warte draußen auf Euch«, sagte er, ging hinaus und schloß die Tür sachte hinter sich.

Auf dem Dachboden gab es weder eine Kanne noch einen Wasserkrug, auch keinen Spiegel. Alles, was er von England mitgebracht hatte, stand in der neuen Kolonie hoch im Kurs. Die trivialsten Dinge, die für J. in England selbstverständlich waren, galten hier als Luxusartikel. Er wusch sich im Hof unter der Pumpe, zuckte bei dem eisigen Wasser zusammen und kniff unbewußt den Mund fest zu, aus Sorge, das faulige Wasser zu schlucken.

Der andere Herbergsbewohner wartete auf J. neben dem Haus im Schatten eines Baumes und trank schluckweise Dünnbier aus einem Krug. Die Sonne brannte auf die staubige Erde, die einem die Augen verschleierte. Als er J. sah, stand er langsam auf. »Nur langsam«, riet er J. »Dieses Klima verträgt unsereiner schlecht, und übertriebene Eile hat schon manchem geschadet.«

Er ging den Weg zwischen den Häusern voran. Die Straße war nicht schmutziger als eine Seitengasse in London, aber irgendwie erschien sie schlimmer wegen der Hitze, dem Staub, dem grellen Licht, das J. blendete.

Nachdem es J. gelungen war, in das kleine Steinhaus eingelassen zu werden, wiederholte der Gouverneur nur den

Rat der Besitzerin des Gasthofs. »Ich werde Euch ein Schriftstück ausstellen«, sagte er träge. »Ihr könnt von Plantage zu Plantage ziehen, und man wird Euch willkommen heißen, wenn es das ist, was Ihr begehrt. Die meisten Leute werden sich über ein neues Gesicht hier in der Gegend freuen.«

»Aber wie werde ich mich zurechtfinden?« fragte J. Er befürchtete, daß er sich zu demütig anhörte und sich überdies wie ein Narr aufführte.

Der Gouverneur zuckte die Achseln. »Ihr müßt Euch einen Indianer nehmen«, sagte er, »der Euch in einem Kanu paddelt und Euch ein Lager bereitet, wenn es weit und breit keine Unterkunft gibt. Aber Ihr könntet auch hier in Jamestown bleiben und den Kindern sagen, Ihr braucht Blumen aus dem Wald. Die werden schon was herbeischaffen, schätze ich.«

»Ich muß selbst wissen, wo sie wachsen«, erwiderte er, »und die Mutterpflanzen sehen. Ich benötige Wurzeln und Samenkapseln; die muß ich selbst sammeln. Ich muß den Standort kennen.«

Der Gouverneur nickte und klingelte mit einer silbernen Glocke. Man vernahm Schritte in der kleinen Diele; die Dienstmagd öffnete die schlecht eingehängte Tür.

»Bringe Mr. Tradescant zu Mr. Joseph«, befahl der Gouverneur. Er wandte sich wieder J. zu. »Er ist die Obrigkeit hier in Jamestown, Richter und Verwaltungsbeamter in einem. Hier habt Ihr meine Empfehlung. Oft steckt er Indianer ins Gefängnis, oder er schließt sie in den Stock. Er kennt einen oder zwei beim Namen. Vielleicht entläßt er einen aus dem Gefängnis für Euch als Begleiter.«

»Ich weiß nicht, wie man hierzulande verfährt …«, sagte J. besorgt. »Ich möchte lieber einen gesetzestreuen Führer …«

Da lachte der Gouverneur schallend auf. »Es sind alles Schurken und Verbrecher. Es sind alles Heiden. Wenn Ihr mit einem von denen in den Wald gehen wollt, setzt Ihr womöglich Eurer Leben aufs Spiel. Wenn Ihr mich fragt, wir hätten sie über die Blauen Berge ins westliche Meer treiben sollen. Einfach über die fernen Berge dort – zurück nach Indien.«

J. schaute verständnislos drein, aber der Gouverneur stand in seinem Eifer auf. »Mein Plan ist folgender: Wir bebauen das Land von einem Fluß zum anderen, vom James River zum Potomac River, und dann errichten wir einen mächtigen Zaun und vertreiben sie aus dem Paradies, als wären wir Erzengel mit flammenden Schwertern. Sollen sie ihre Sünden woandershin mitnehmen. Für uns wird es keinen Frieden geben, bis wir die unbestrittenen Herren des ganzen Landes sind, so weit das Auge reicht.«

Er hielt inne. »Aber Ihr müßt Euch entscheiden, Mr. Tradescant. Die einzigen, die in Virginia etwas von Pflanzen und Bäumen verstehen, sind die Indianer, und die schneiden Euch vielleicht die Kehle durch, wenn Ihr erst einmal mit ihnen im Urwald seid. Bleibt lieber hier und fahrt mit leeren Händen heim – oder geht das Risiko ein. Mir ist das vollkommen gleich. Ich kann Euch nicht retten, wenn Ihr da draußen seid, was immer der König von mir verlangen mag.«

J. zögerte. Einen Moment dachte er an die Ironie, daß er geglaubt hatte, er würde auf See sterben, und er hatte den Tod willkommen geheißen, damit sein Kummer endete. Aber der Gedanke an einen gewaltsamen Tod von der Hand heidnischer Mörder in unbekannten Wäldern war eine ganz andere Sache.

»Ich werde mit Mr. Joseph reden«, sagte er schließlich, »und sehen, was er mir rät.«

»Wie Ihr wollt«, meinte der Gouverneur recht kühl. »Ich hoffe, daß Ihr einen angenehmen Aufenthalt in Virginia habt. Bitte versichert Seiner Majestät, daß ich alles in meiner Macht Stehende getan habe, um Euch zu unterstützen, wenn Ihr heimkommt; falls Ihr heimkommt.«

»Danke«, sagte J. unbeeindruckt; er verneigte sich und verließ den Raum.

Die Dienstmagd wollte ihn nicht einmal den kurzen Weg zu Mr. Josephs Haus führen, ohne einen leichten Schal um die Schultern zu nehmen und einen breiten Hut aufzusetzen.

»Es ist kühl«, bemerkte J. »Und die Sonne steht noch nicht hoch.«

Sie warf ihm rasch einen abwehrenden Blick zu. »Es gibt hier Insekten, die stechen, und die Sonne, die einen umwirft, und die Hitze, die vom Sumpfland kommt«, warnte sie ihn. »Auf dem Friedhof liegen lauter Leute, die glaubten, die Sonne Virginias sei noch nicht richtig hoch am Himmel oder das Wasser könne man trinken.«

Damit hüllte sie sich in Schweigen und ging voran zum Haus des Richters, am Fort vorbei, wo ihr die gelangweilten Soldaten hinterherpfiffen und ihr etwas zuriefen. Weiter führte der Weg landeinwärts eine holprige, schmutzige Straße entlang, bis sie vor einem Haus anlangten, das für die Verhältnisse in Virginia stattlich genannt werden konnte, doch in England kaum mehr als das Cottage eines Freisassen wäre.

»Mr. Josephs Haus«, sagte sie kurz und ließ ihn vor der Vordertür aus groben Holzbohlen stehen.

Das Haus war zweigeteilt. Der größere Raum, in dem J. stand, diente als Küche und Wohnzimmer. Es gab kein Empfangszimmer. Am hinteren Ende führte eine Leiter zu den Schlafstuben im Dachgeschoß. Eine leichte hölzerne Trennwand teilte im Erdgeschoß das Schlafzimmer des Richters von dem übrigen Haus ab. Mr. Joseph saß an dem roh gezimmerten Tisch im Wohnraum und schrieb etwas.

»Wer seid Ihr?«

»John Tradescant aus England«, sagte J. und hielt Mr. Joseph das Schreiben des Gouverneurs hin.

Mr. Joseph las es schnell. »Ich habe keinen eingeborenen Führer für Euch«, sagte er schroff.

J. war unschlüssig. »Vielleicht ist ein Weißer frei. Vielleicht ist ein Diener oder ein Arbeiter abkömmlich.« Er bemerkte den hilflosen Ausdruck des Beamten. »Vielleicht nur für ein paar Stunden?«

Mr. Joseph schüttelte den Kopf. »Wie lange seid Ihr schon hier?« wollte er wissen.

»Bin eben erst angekommen.«

»Wenn Ihr ein bißchen länger hier seid, werdet Ihr selbst feststellen, hier ist niemand abkömmlich«, sagte der Mann grimmig. »Schaut Euch um. Jede einzelne Sache, die Ihr hier seht, mußte dem Land abgerungen werden. Denkt an Euer Schiff – habt Ihr Baumaterial für Häuser als Fracht gesehen? Pflüge oder etwa Backöfen und Zubehör für den Bäcker, Marktstände?« Er machte ein Pause, um seine Worte wirken zu lassen, und schüttelte dann den Kopf.

Darauf fuhr er fort: »Ihr habt nichts dergleichen gesehen, denn man kann kaum alles per Schiff herschaffen. Alles, was wir brauchen, muß angefertigt oder angebaut oder dem Land entrissen werden. Alles. Von den Dachschindeln bis zum Eis im Keller. Und das von Einwanderern, die mit der trügerischen Hoffnung herübersegelten, Goldbrocken am Strand aufzulesen oder Smaragde aus den Flüssen oder Perlen aus jeder Auster zu holen. Deshalb pflügen wir nicht nur mit selbst hergestellten hölzernen Pflugscharen, sondern das Land wird von Einheimischen bestellt, denen jeder einzelne Schritt beigebracht werden muß. Deshalb gibt es niemanden, der auch nur einen Augenblick lang Zeit hat.«

J. schwieg. Er dachte an seinen Vater, der die halbe Welt bereist hatte und immer zurückkam mit den Taschen voller Schätze. Er dachte an die Schulden zu Hause – entstanden aus dem Niedergang des Tulpenhandels –, die noch weiter stiegen, und nur der Vater und zwei kleine Kinder waren da, um sich um das Geschäft mit der Baumschule und den Raritätensaal zu kümmern.

»Dann muß ich auf eigene Faust losziehen. Ohne exotische Pflanzen und Seltenheiten kann ich nicht heimkehren.«

»Ich kann Euch ein Indianermädchen mitgeben«, sagte Mr. Joseph unvermittelt. »Dessen Mutter sitzt wegen Verleumdung im Gefängnis. Ihr könnt das Mädchen für einen Monat haben.«

»Was soll mir ein Kind nützen?« wollte J. wissen.

Der Mann lächelte. »Es handelt sich um ein Indianerkind«, wies er J. zurecht. »Eines vom Stamm der Powhatans. Es kennt gewiß jede einzelne Pflanze und jeden einzelnen Baum im Umkreis von hundert Meilen. Ihr könnt es für einen Monat haben.«

Er warf den Kopf zurück und gab einen lauten Befehl. Vom Hof erscholl eine Antwort; die Hintertür öffnete sich, und ein Kind wurde in den Raum gestoßen, die Hände noch voller Flachs, den es gerade geklopft hatte.

»Nehmt das Mädchen!« sagte Mr. Joseph gereizt. »Es versteht ein bißchen Englisch, jedenfalls genug, um Eure Anordnungen auszuführen; es ist nicht taub, aber stumm. Seine Mutter ist eine Hure für die englischen Soldaten oder Dienstmagd oder Köchin oder so etwas. Sie steckt im Gefängnis, weil sie sich über eine Vergewaltigung beschwert hat. Das Mädchen wird Euch schon verstehen. Bringt es am Donnerstag in drei Wochen wieder. Da kommt nämlich seine Mutter raus, und die wird ihr Kind zurückhaben wollen.«

Er winkte dem Mädchen und zeigte auf Tradescant. Widerwillig trat es langsam vor.

»Und vergewaltigt es nicht«, warnte er sachlich. »Ich

möchte nicht in neun Monaten einen kleinen Mischling sehen. Befehlt ihm nur, Eure Pflanzen zu suchen, und bringt es, wie gesagt, in einem Monat zurück.«

Der Richter bedeutete beiden, den Raum zu verlassen, und J. fand sich im hellen Morgenlicht auf der Türschwelle mit dem Mädchen, das wie ein Schatten neben seinem Ellbogen stand. Eine seltsame Mischung von Kind und Frau – das war das erste, was er bemerkte. Das runde Gesicht und der offene Blick aus dunklen Augen gehörte einem Kind, einem wißbegierigen, niedlichen Kind. Aber die ausgeprägte gerade Linie der Nase, die hohen Wangenknochen und das kräftige Kinn ließen schon ahnen, wie schön es als junge Frau in nur wenigen Jahren sein würde. Angezogen war sie, wie in Jamestown üblich, mit einem abgelegten Hemd, das ihr bis zu den Waden reichte und um die Schultern flatterte. Ihr langes, dunkles Haar hing an einer Seite des Kopfes lose herunter; über dem rechten Ohr war es kurz geschoren, was ihr ein merkwürdiges, exotisches Aussehen verlieh. Die Haut an Hals und Schultern, die man in dem oben abstehenden Gewand sehen konnte, war mit blauen Linien tätowiert. Sie schaute ihn besorgt an; aber es war keine richtige Angst. Sie sah ihn an, als schätzte sie sein Stärke ein und als dächte sie, was immer als nächstes passierte, sie würde es überleben.

J. lächelte ihr zu, wie er seiner neunjährigen Tochter Frances zugelächelt hatte, die er so weit weg in London zurückgelassen hatte. »Fürchte dich nicht, ich tue dir nichts«, sagte er.

Jahre später würde er sich an dieses Versprechen erinnern. Das erste, was er, ein Weißer, zu einem Indianer gesagt hatte: »Fürchte dich nicht, ich tue dir nichts.«

J. führte das Mädchen von Mr. Josephs Haus weg in den Schatten eines Baumes auf einem Platz, den man in England als Dorfanger bezeichnet hätte. Doch zwischen dem

Fluß und der Back Board befand sich nur eine einzige staubig öde Fläche. Ein paar Kühe suchten dort aussichtslos nach etwas Gras.

»Ich bin auf der Suche nach Pflanzen«, sagte J. langsam und forschte dabei in ihrem Gesicht nach Zeichen, die verrieten, daß sie etwas verstanden hätte. »Kerzenholz. Seifenbeere. Löffelholz.«

Sie nickte, aber ob sie seine Worte begriffen hatte oder ihm nur gefallen wollte, konnte er nicht beurteilen.

Er zeigte auf den Baum. »Ich möchte Bäume sehen.« Er deutete auf die Stelle, wo der dichte Wald an den Fluß grenzte, hinter der Ödnis, die die Siedler um die kleine Stadt geschaffen hatten. Dort ragten immer noch die Baumstümpfe zwischen den neuen Feldern empor, und von den ausgedörrten Tabakpflanzungen fegten Staubwolken in die Luft.

»Nimmst du mich mit in die Wälder?«

Mit einem plötzlichen Verstehen blickte sie ihn an und ging auf ihn zu. Sie legte eine Hand auf seine Brust und drehte sich von ihm weg und tat so, als liefe sie: eine wunderbare Imitation des Laufens, so daß J. sofort lachen mußte. Es war der Gang eines Engländers, das wankende Stolzieren eines aufgeblasenen Mannes, der unbequemes Schuhwerk trug. Sie bewegte die Hüften so, wie es Engländer tun, wenn sie ausgehen, sie hob ihre Füße so, wie Engländer es taten, deren Zehen von Blasen geplagt wurden. Als sie bemerkte, daß er sie verstand, drehte sie sich um und zeigte auf die undurchdringliche dunkle Wand des Waldes weit hinter den Rodungen. Ein Weilchen stand sie da, und dann breitete sie die Arme aus, und ihr Körper – von dem Dickicht ihrer dunklen Haare angefangen bis zu ihren nackten Füßen – vollführte eine kleine zukkende Bewegung, der er etwas entnehmen konnte, aus der er das Unbeschreibliche erkennen konnte: einen hohen Baum mit weitverzweigten Ästen. Es war nur eine Illusion, dem Trick eines Zauberers gleich. Doch einen Augenblick lang sah J. nicht das Mädchen, sondern einen Baum, er sah die Bewegung des Windes, der durch das Geäst streifte, sah, wie sich der Stamm bog. Dann verharrte sie regungslos und betrachtete ihn forschend.

»Ja«, sagte J. »Bäume.« Er nickte und lächelte ihr zu. Dann trat er näher an sie heran und zeigte auf sich. »Und Blumen«, sagte er. Er beugte sich nach unten und tat so, als finde er voller Entzücken eine Blume, pflücke sie und rieche daran und als finde er Beeren oder sammle Nüsse und grabe in der Erde nach Wurzeln. Das Mädchen hatte begriffen.

»Brechen wir gleich auf?« fragte J.

Ihr Blick schweifte von seinen schweren Lederstiefeln bis hin zu seinem hohen Hut. Sie sagte nichts, aber J. spürte, daß seine Kleidung, seine Stiefel, sein Gang, selbst sein Körper – so schwer und ungelenk – ihr wie eine unglaubliche Last für sein Vorhaben erschienen. Doch dann seufzte sie und schien mit einem kleinen Schulterzucken die Schwierigkeit des Unternehmens, mit einem schwerfälligen, zu vornehm gekleideten weißen Mann durch den Wald zu wandern, von sich abzustreifen. Sie trat vor und wies ihn mit einer Geste an, hinter ihr herzugehen. Dann lief sie in Richtung des Waldes los.

Bereits auf halber Strecke durch die bebauten Felder vor den geöffneten Stadttoren von Jamestown war J. in Schweiß gebadet. Ein Schwarm kleiner Mücken und fremdartige stechende Motten schwirrten um seinen Kopf und setzten sich auf seine Haut, wo es nur ging. Er fuhr sich übers Gesicht, doch als er die Hand zurückzog, war sie voller zerquetschter Flügel und Beine der kleinen blutsaugenden Insekten, und sein Gesicht tat ihm weh. Endlich erreichten sie den Schatten des Waldrandes, aber dort war es nicht besser.

J. schlug um sich und machte sinnlose, unbeholfene Bewegungen, um die Plagegeister loszuwerden. Das Mädchen trabte weiter wie ein Tier, ohne seine Kraft zu vergeuden. Die Arme hielt sie entspannt an den Seiten und den Oberkörper ganz ruhig aufrecht, nur ihre Füße trappelten in kleinen Schritten vorwärts, immer ein Fuß vor dem anderen auf dem schmalen Trampelpfad. J. beobachtete ihre Gangart, zuerst hatte er gedacht, daß sich so wohl ein kleines Kind fortbewegte; doch als sie durch die Felder und auf den Wald zumarschiert waren, hatte er bemerkt, daß er kaum mit ihr Schritt halten konnte und ständig gezwungen war, seinen Rhythmus zu ändern.

Sobald sie die Rodung hinter sich gelassen hatten, trat sie zur Seite, blickte sich um, lauschte angespannt und ging dann zu einem hohlen Baum auf der anderen Seite des Pfades. Rasch streifte sie das Hemd über den Kopf und versteckte es zwischen den Wurzeln des Baumes.

Nun war sie beinah nackt. Ein kleiner Wildlederschurz verbarg vorn ihren Schoß, aber ihre langen Oberschenkel und ihr Po blieben frei. Sie hatte die Brüste eines jungen Mädchens, spitz und fest wie ein Muskel. J. stieß einen Schrei aus, nicht vor Begierde, sondern aus Furcht, und sah sich um. Einen Augenblick lang dachte er, sie hätte ihn in eine Falle gelockt und jemand würde aufspringen und bezeugen, er habe ihre Nacktheit betrachtet, und daß es dann zu einer schrecklichen Bestrafung käme.

Der Wald aber schwieg, außer ihnen war dort niemand. Und er bemerkte, daß sie ihn gar nicht wahrnahm, nichts von seinen Ängsten gespürt hatte. Ohne Furcht, ohne jedes Gefühl für ihre eigene Nacktheit, ohne Scham beugte sie sich am Fuße des Baumes nach unten und holte einen kleinen schwarzen irdenen Krug hervor. Sie tauchte ihre Finger hinein und förderte eine Handvoll rötliches Fett zutage, welches sie überall an sich verrieb, so als verteilte eine wohlhabende Dame Parfüm über ihre Haut. Als sie sich wieder aufrichtete, lächelte sie J. an.

Jetzt konnte er erkennen, daß die blauen und roten Tätowierungen auf ihren Schulterblättern auch in wilden Spiralen den Rücken hinunterliefen. Nur ihre kleinen Brüste und der Bauch waren frei geblieben. Durch das Fett schimmerte ihre Haut noch röter, die Tätowierungen noch dunkler. Sie wirkte nun fremder und älter, als sie ihm auf dem Platz in Jamestown vorgekommen war. Mit wachsendem Respekt betrachtete J. die Verwandlung des Mädchens in den abgetragenen Kleidern fremder Leute in eine junge Frau mit glänzender Haut. Sie hatte sich aus einem Dienstmädchen – dem Kind einer kriminellen Dienstmagd – in ein Wesen des Waldes verwandelt und sah nun aus, als gehörte sie dorthin.

Sie hielt ihm den Krug hin, damit er sich etwas Fett daraus nehmen konnte. Er lehnte ihn ab.

Geduldig zeigte sie auf die Wolke von Insekten um sein Gesicht und seinen Hals, und zum erstenmal bemerkte J., daß sie verschont wurde. Sie reichte ihm den Krug.

Zögernd tauchte J. seine Hand hinein und holte mit den Fingerspitzen ein wenig Fett heraus. Es roch so ranzig wie alter Schweiß und abgehangenes Fleisch. Bei dem enormen Gestank verzog J. kurz das Gesicht, wischte das Fett an einem Blatt ab und schüttelte wieder den Kopf. Das Mädchen war nicht gekränkt. Sie zuckte einfach die Schultern und verschloß den Krug mit einigen Blättern und ließ ihn in eine geflochtene Tasche verschwinden, die sie zusammen mit einem Bogen und einem kleinen Köcher aus Schilfrohr, in dem ein Dutzend Pfeile steckten, aus dem hohlen Baum hervorholte. Den Köcher hängte sie sich an die Seite, den Bogen über die Schulter und die weiche, geflochtete Tasche schräg über ihren Körper, so daß er auf der Hüfte baumelte. Dann nickte sie ihm kurz zu, um ihm anzuzeigen, daß sie nun fertig war. Sie deutete zum Fluß hinüber – ob er wohl am Ufer entlanggehen wollte?

J. wies auf die tiefer liegenden Bäume zu ihrer Linken. Sie nickte und ging voraus, machte ihm mit kleiner, selbstbewußter Geste klar, daß er ihr folgen sollte.

In dem Dämmer unter den Bäumen bewegte sie sich so leise wie ein Tier. Nicht einmal die Pfeile im Köcher klapperten gegeneinander. Den winzigen, fast unsichtbaren Pfad versperrten auf Schritt und Tritt querliegende Baumstämme oder Kletterpflanzen, deren Schlingen von einem Baum zum nächsten schwangen. Das Mädchen lief jedoch über das eine Hindernis und duckte sich unter dem anderen hinweg, ohne jemals das Tempo zu wechseln. J. war ganz außer Atem, zerbrach Zweige und stieß mit seinen schweren Schuhen Steine vor sich her, er bückte sich unter den Ranken, befreite sein Gesicht von eklig klebrigen Spinnennetzen und den stechenden Motten und stampfte hinter ihr her wie ein schweres Zugpferd.

So liefen sie ungefähr eine halbe Stunde. J.s Geschnaufe war inzwischen in ein Hecheln übergegangen. Schließlich gelangten sie zu einer Lichtung, auf der sie endlich anhielt und sich umdrehte. J., der sich auf dem tückischen Pfad auf jeden Schritt konzentriert hatte, der fast blind vom eigenen Schweiß war, der ihm über die Stirn floß, und benebelt von den Insektenschwärmen, ließ sich nun einfach auf den Boden fallen und rang nach Luft. Sie kauerte sich neben ihm nieder und wartete ganz gelassen ab, daß der weiße Mann zu schnaufen aufhörte und sein Gesicht in Ruhe ließ und nicht mehr an der Seite kratzte, weil er dort gestochen worden war. Sie wartete, bis er seinen Knöchel losließ, den er sich verstaucht hatte.

Langsam wurde J. ruhig. Die Geräusche des Waldes, die er vor seinem eigenen Gepolter nicht hatte hören können, schwollen nun wieder um ihn herum an. Da quakten ein paar Frösche am Fluß hinter ihnen, und dort zirpten ein paar Grillen. Im dichten Blätterdach über ihnen sangen die Vögel, Tauben gurrten, Eichelhäher riefen, und andere

Klänge vermischten sich, die J. als Kind aus der zivilisierten Welt nicht deuten konnte.

Er nahm wahr, wie sein rasselndes Atmen abebbte, und dann blickte er sie an. Sie war still und entspannt.

J. warf ihr ein kleines, beinahe entschuldigendes Lächeln zu, hob die Hand zum Kragen seines dicken Leinenhemdes und schlug ihn um, um anzudeuten, wie heiß ihm war. Sie nickte ernst und wies auf seine dicke Jacke.

J. kam sich nun wie ein völliger Narr vor, schlüpfte aus den Ärmeln und gab ihr die Jacke. Sie faltete sie so sorgsam wie eine englische Hausfrau, legte sie neben sich und verteilte ein paar große Blätter und ein wenig Moos darüber.

Das Mädchen drehte sich wieder zu ihm um und zeigte auf seine Hose und die Stiefel. J. schüttelte den Kopf. Doch sie ließ nicht locker. J. kam sich wie eine gealterte Jungfrau vor, die sich an alle Regeln der Sittsamkeit klammerte, und hielt sich den Hosenbund fest. Erst bemerkte er einen Anflug von Lächeln in ihrem Gesicht, doch dann zuckte sie kurz mit den Schultern.

Nun machte sie mit ihrer Hand eine Bewegung, die meinte: »Hier. Bäume!« Und dann hockte sie sich wieder hin und blickte ihn erwartungsvoll an.

Die Bäume schlugen gerade aus. J. schaute sich staunend ihre Höhe an, ihren üppigen Wuchs, die Kletterpflanzen, die sich um sie herumwanden. Einige kannte er und wußte, daß sie auch in England heimisch waren, und unwillkürlich mußte er ihnen zunicken, so als würde er in einem fremden Land einen Bekannten begrüßen. Erleichtert entdeckte er Holunderbüsche, Eichen, Hainbuchen, Kirschbäume, Walnußbäume und Hartriegel. Aber es gab da eine überwältigende Fülle von fremden Blättern und Stämmen, Rinde und kleinen Blumen, und er konnte die Pflanzen und Gewächse nicht benennen. J. fuhr sich mit der feuchten Hand übers Gesicht. Für einen Pflanzensammler breitete sich hier ein ganzes Lebenswerk aus;

und er hatte seinem Vater versprochen, im Frühsommer wieder daheim zu sein.

Er blickte das Mädchen an. Sie schaute ihn nicht an, sie saß auf ihren Fersen, wartete geduldig, so gelassen und ruhig wie die Bäume um sie herum. Als sie spürte, daß er sie ansah, blickte sie auf und warf ihm ein scheues Lächeln zu, das Lächeln eines Kindes, das da sagte, daß es stolz darauf war, ihn mit seiner Klugheit ins Innerste des Waldes geführt zu haben, daß es sich freute, zu warten, bis es ihn unbeschadet wieder zurückbringen konnte.

Erst am Abend brachte ihn das Mädchen zurück. Ihre kleine Tasche war voll mit Sämlingen, die J. aus dem Waldboden ausgegraben hatte. Und J. trug seinen Hut wie eine Schale vor sich her. Bis zum Rand war er mit winzigen Baumsämlingen gefüllt, die an den weißen Stengeln nur ein Blattpaar und ein paar kleine Wurzeln hatten. Und in seinen Hosentaschen hatte er noch mehr Pflanzen. Eigentlich hatte er ein paar davon in ihren Köcher stecken wollen, aber sie hatte ganz entschieden den Kopf geschüttelt, und als er sie ihr noch einmal hingehalten hatte, war sie einen Schritt zurückgetreten, um ihm zu zeigen, warum sie es ablehnte.

Mit einer raschen Bewegung war der Bogen von ihrer Schulter in die Hand gewandert, mit der anderen Hand hatte sie aus dem Köcher einen Pfeil genommen und ihn angelegt. So hielt sie in Sekundenschnelle einen spitzen roten Pfeilkopf bereit. Sie nickte; es war klar, was sie meinte. Sie durfte dabei keine Zeit verschwenden und etwa von den Pflanzen im Köcher behindert werden.

J. versuchte ein Lächeln zu unterdrücken, daß ein Kind mit solchem Ernst sein Spielzeug handhabte. Sicher war sie recht geschickt; aber es war nur ein kleiner Bogen, und die Pfeile waren so leicht wie die Steuerfedern: aus Schilfrohr, das an der Spitze geschärft war.

»Darf ich den mal sehen?« fragte er.

Sie gab ihm den Pfeil. Er besaß eine tödliche Schärfe, denn das Schilfrohr war am Pfeilkopf scharf wie eine Rasierklinge geschliffen. Er drehte die Spitze in seinem Daumen, und er verspürte zwar keinen Schmerz, aber eine schmale Blutspur trat hervor.

»Verdammt!« fluchte er und saugte an seinem Daumen.

»Wie genau kannst du zielen?« fragte J. sie und zeigte auf einen Baum. »Kannst du den treffen?«

Sie machte einen Schritt nach vorn und wies statt dessen auf ein Blatt, das sich vor dem Stamm leicht im Wind bewegte. Nun trat sie wieder zurück, legte einen Pfeil an und schoß ihn ab. Der Pfeil pfiff sirrend durch die Luft und stieß in den Baumstamm. J. ging vor, um sich das Ergebnis genau anzuschauen. Um den Pfeilschaft herum konnte er Spuren des Blattes erkennen: Auf zwanzig Schritt Entfernung hatte sie ein sich bewegendes Ziel getroffen.

J. machte eine leichte Verneigung vor ihr, um damit seine Achtung zu bekunden.

Sie lächelte, und wieder flackerte dabei ein wenig ihr Stolz auf, und dann zog sie den Pfeil aus dem Stamm und ersetzte die kaputte Spitze durch eine neue. Darauf ließ sie den Pfeil im Köcher verschwinden und führte den weißen Mann in ihrem straffen Tempo von der Waldlichtung fort.

»Langsamer«, befahl J.

Sie blickte ihn an. Vor lauter Erschöpfung war er noch schwerfälliger geworden. Seine Beinmuskeln schmerzten, und unter der Last seiner Sämlinge hatte er jegliche Balance verloren. Beim Versteck seiner Jacke hielt sie inne, hob sie auf, klopfte die Blätter ab und reichte sie ihm. Dann lief sie zurück zu dem hohlen Baum am Waldrand. Dort legte sie Pfeil und Bogen hinein und zog ihr Dienstmagdhemd heraus.

J. hatte sich nach dem langen Tag, an dem er hinter ihren vom wechselnden Licht gefleckten Schenkeln hergerannt war, an ihre Nacktheit gewöhnt. Er mußte feststellen, daß ihm das Leuchten ihrer Haut besser gefiel als ihr zerknülltes Hemd. Er meinte sogar, daß sie durch diese Kleidung irgendwie herabgesetzt würde; so wirkte sie weniger sittsam als in ihren stolzen Tätowierungen und dem Wildlederschurz.

»Heute nacht wirst du in meinem Gasthof bleiben«, sagte J. und zeigte auf Jamestown, wo schon ein paar Lichter an waren und die Schornsteine rauchten.

Sie nickte weder, noch schüttelte sie den Kopf; sie war ganz starr, ihr Blick wich nicht von seinem Gesicht.

»Und morgen brechen wir wieder in den Wald auf. Mr. Joseph sagte, daß du mich einen Monat lang begleiten sollst, bis deine Mutter wieder frei ist.« Nun nickte sie zustimmend. Dann ging sie vor und zeigte auf die kleinen Pflanzen in seiner Tasche und deutete auf den Fluß.

»Können wir irgendwo ein Kanu auftreiben?«

Das Mädchen nickte. Sie zeigte auf sich, streckte dann die Hand vor und wies auf ihre Handfläche – das allgemein verbreitete Zeichen für Geld. J. bot eine Silbermünze an, sie schüttelte den Kopf. Er zog seinen Tabaksbeutel heraus. Sie nickte und nahm eine große Handvoll heraus. Dann richtete sie seinen Blick auf Jamestown, schaute wieder in seine Augen, als könne sie einem so dummen Mann kaum zumuten, den Weg allein nach Hause zu finden. Doch dann nickte sie und lief auf einen dichten Busch zu.

Im nächsten Augenblick war sie auch schon verschwunden. Wie vom Erdboden verschluckt. J. sah, wie sich die kleinen Zweige des Busches bewegten, und dann war sie fort, nicht einmal ihr Hemd schimmerte in der Dunkelheit.

J. wurde bewußt, daß er sie nie finden konnte, wenn sie

es nicht wollte; er wußte plötzlich, daß er ihr vertrauen mußte. Dann wandte er sich Richtung Jamestown und schleppte sich in sein Quartier.

Als die Wirtin davon erfuhr, daß er den ganzen Tag mit einem Indianermädchen in den Wäldern verbracht hatte und auch in Zukunft sogar viele Nächte mit ihr unterwegs sein würde, zischte sie verächtlich: »Ich hatte geglaubt, daß ein Mann, der gerade aus England eingetroffen ist, so etwas nicht gleich nötig hat.« Dabei stellte sie eine Holzschale mit blassem Brei vor ihm ab.

»*Suppawn*«, sagte der andere Gast beim Essen. »Indianisches Maismehl und Milch.«

»Wieder Mais?« fragte J.

Der Mann nickte grimmig, während er seine Schale schweigend auslöffelte.

»Warum habt Ihr Euch keine Frau aus England mitgebracht?« fragte die Wirtin. »Gott weiß, daß die Stadt mehr Frauen verträgt. Nur mit Soldaten und Verrückten kann man keine neue Siedlung aufbauen.«

J. neigte den Kopf nach unten und schlürfte den Brei von seinem Löffel.

»Habt Ihr keine Frau?« wollte die Wirtin wissen.

Daraufhin verspürte J. vor Kummer Schmerzen, die wie Messerstiche in den Bauch schnitten. Er sah zu ihr auf, und etwas in seinem Gesicht ließ sie verstummen.

»Nein«, sagte er plötzlich.

»Tut mir leid«, sagte sie, »wenn ich etwas Falsches gesagt habe ...«

J. stieß die Schale von sich. Das vertraute Gefühl, als sei ihm der Hals zugeschnürt, stellte sich wieder ein.

»Hier«, bot ihm der Mann nun an. Aus den Falten seiner Hose holte er eine Lederflasche hervor und kippte einen Schluck über J.s Brei. »Nehmt einen Tropfen Barbados-Rum, dann schmeckt die Pampe wieder.« Er winkte

J. mit dem Löffel zu. »Eßt auf«, sagte er schroff, aber freundlich. »Eßt und trinkt alles aus. Hier weiß man nie, wo man seine nächste Mahlzeit herbekommt.«

J. zog sich die Schale wieder heran, rührte den Rum ebenfalls unter und kostete dann. Der Brei schmeckte tatsächlich viel besser.

»Das Mädchen führt mich zu den Pflanzen und Bäumen«, erklärte er ihnen beiden. »Wie ich schon sagte, ich bin ein Sammler. Weder dem Gouverneur noch Mr. Joseph war jemand anderes eingefallen, der mir hätte helfen können. Aber es ist ein braves kleines Mädchen. Nicht viel älter als meine eigene Tochter. Ich denke, sie wird etwas über dreizehn Jahre alt sein.«

»Ihre Mutter ist eine Hure«, erwiderte die Gastwirtin gehässig.

»Aber sie ist doch nur ein kleines Mädchen«, sagte J. entschlossen. »Und ich gehöre nicht zu denen, die sie mißbrauchen.«

Die Frau schüttelte den Kopf. »Die sind nicht wie wir. Sie ist genau so wie meine junge Mastifhündin. Wenn sie reif ist, wird sie sich paaren wie ein Tier. Die sind nicht wie wir, das sind halbe Tiere.«

»Ihr sprecht nur wegen Eures Verlustes so schlecht über sie«, warf J.s Herbergsgenosse gerechterweise ein. Er nickte zu J. hin. »Mrs. Whitely hat ihren Gatten und ihr Kind in dem Indianeraufstand von 1622 verloren. Sie kann das nicht verwinden. Niemand, der zu dieser Zeit hier war, wird das je vergessen.«

»Was geschah denn damals?« fragte J.

Die Frau ließ sich nun auf der Bank ihm gegenüber nieder und stützte ihr Kinn auf die Hand. »Tag und Nacht waren die Indianer in Jamestown«, sagte sie. »Die Kinder blieben in unseren Häusern, unsere Männer gingen mit ihnen gemeinsam auf Jagd. Wir wären verhungert, hätten sie nicht mit uns Handel getrieben – mit Getreide,

Gemüse, Fisch und Wild. Sie brachten uns bei, wie man Pflanzen anbaut: Mais und andere Sorten. Sie zeigten uns, wie man sie erntet und zubereitet. Wir wären längst krepiert, wenn sie uns nicht etwas verkauft hätten. Der Pfarrer wollte schon eine Schule für Indianer einrichten. Wir wollten ihnen unseren Glauben beibringen, den christlichen. Sie sollten zu Untertanen des Königs werden. Wie gesagt, es gab nicht die geringste Vorwarnung, nicht das kleinste Anzeichen. Der Häuptling war schon seit Jahren ihr Anführer gewesen, und er ging bei uns in Jamestown ein und aus wie ein freier weißer Mann. Sein eigener Sohn war bei uns als Geisel, wir hatten vor nichts Angst. Vor nichts.«

»Warum hattet Ihr dann Geiseln?« fragte J.

»Keine Geiseln«, korrigierte sie sich rasch. »Adoptierte Kinder. Patenkinder. Kinder, um die wir uns kümmerten. Wir unterrichteten sie auf unsere Weise. Damit es keine Wilden mehr waren.«

»Und was passierte dann?« wollte J. wissen.

»Sie warteten ab und machten Pläne.« Sie sprach nun sehr gedämpft, die beiden Männer lehnten sich zu ihr vor, und es hatte etwas Gespenstisches, wie die drei weißen Gesichter sich zueinander neigten. Ihre Stimme war nun zu einem schrecklichen Flüstern geworden. »Sie warteten und planten, und um acht Uhr früh – Karfreitag früh haben sie sich in ihrer Gotteslästerlichkeit ausgesucht – kamen sie von überallher aus dem Busch, auf jede kleine Farm, zu jeder kleinen Familie, zu jedem einzelnen Mann, und schlugen uns Weiße tot. Sie hatten vor, jeden einzelnen von uns umzubringen, ohne daß wir einander hätten warnen können. Und das hätten sie auch geschafft, wenn nicht ein Indianerjunge übergelaufen wäre und seinem Herrn erzählt hätte, daß ihm befohlen worden war, ihn umzubringen. Der rannte dann nach Jamestown und schlug Alarm.«

»Und was folgte dann?«

»Das Waffenarsenal von Jamestown wurde geöffnet, und die Kolonisten wurden zurückgerufen. Jeder, der sich nah genug befand, kam ins Fort, und die Stadt war gerettet, doch den Fluß rauf und runter, in jedem einzelstehenden Farmhaus, fand man unsere Leute mit eingeschlagenen Schädeln.«

Nun zeigte sie J. ihr bleiches Gesicht. »Der Kopf meines Gatten war in zwei Hälften gespalten, mit einer Steinaxt«, sagte sie. »Meinem kleinen Jungen steckte ein Pfeil im Herzen, die scharfe Pfeilspitze war aus Muschelschale. Ohne richtige Waffen waren sie gegen uns losgezogen, sie kamen mit Schilfrohr und Muscheln und Steinen. Es war, als sei das Land selbst gegen uns aufgestanden und hätte auf uns eingeschlagen.«

Nun folgte ein langes Schweigen.

Die Frau erhob sich vom Tisch, wieder ganz gefühllos, und stellte die Schalen ineinander. »Deshalb habe ich nicht einmal für das kleinste Mädchen von ihnen etwas übrig«, sagte sie. »Für mich sind sie wie Steine oder Schilfrohr oder Bäume. Ich hasse jeden Stein und jedes Schilfrohr und jeden Baum in diesem Land, und ich hasse jeden von ihnen. Ich hasse sie bis auf den Tod. Für mich wird das Land erst zur Heimat, wenn jeder von ihnen fort ist.«

»Wie viele von uns sind dabei umgekommen?« fragte J. Er sagte »uns«, ohne nachgedacht zu haben. Hier handelte es sich um einen Krieg des dunklen Waldes gegen die Weißen; natürlich zählte er sich zu den Siedlern.

»Knapp vierhundert«, sagte sie verbittert. »Vierhundert Männer und Frauen, die nichts weiter wollten, als auf einem kleinen Flecken dieses großen Landes in Frieden zu leben. Und dann kam die Hungersnot. Wir mußten die Felder der Natur überlassen. Die Angst war zu groß, sie abzuernten«, erklärte sie. »Alles drängte sich in Jamestown zusammen und hielt die Gewehre über das hölzerne

Bollwerk hinweg. Der Winter war recht hart, und es gab nicht genügend zu essen. Und wir konnten nicht wie vorher mit den Indianern Handel treiben und keine Wintervorräte anlegen. Sie hatten immer alles in Hülle und Fülle und haben uns immer etwas verkauft. Doch nun befanden wir uns im Krieg mit jenen, die uns füttern sollten.«

J. wartete ihre weitere Schilderung ab.

»Wir reden nicht mehr von jenen Zeiten«, sagte sie kurz. »Von jenem Winter. Wir aßen, was zu kriegen war, und jene, die danach suchten, trifft keine Schuld.«

J. blickte den anderen Gast an und wartete auf eine Erklärung.

»Der Friedhof«, sagte er mit gedämpfter Stimme. »Sie gruben ihre Toten aus und aßen sie.«

Das Gesicht der Frau war wie versteinert. »Wir aßen, was wir bekommen konnten«, sagte sie. »Und Ihr hättet das gleiche getan. Wenn man hungert, gibt es kein christliches Verhalten mehr. Wir taten, was wir tun mußten.«

J. spürte, wie bei dem Gedanken daran der Maisbrei in ihm hochkommen wollte.

»Wir haben überlebt«, sagte sie mit schwacher Stimme.

»Ja, sicher«, stammelte J.

»Und als es wärmer wurde, starben jene, die noch nicht an ihren Wunden, dem Kummer oder vor Hunger gestorben waren, durch die Pest«, fuhr sie fort. »Wir waren alle in dieser kleinen Stadt zusammengepfercht, alle waren wir krank vor Angst. In jenem Winter starben Hunderte, und an allem hatten nur die Indianer schuld. Sobald wir ein paar Soldaten aufstellen konnten und Munition und Verpflegung hatten, zogen wir gegen sie los. Wir verabschiedeten ein Gesetz und schworen, daß nicht ein einziger von ihnen am Leben gelassen werden sollte.«

Der Mann nickte. »Wir haben sie gejagt wie Hunde, und wir drängten sie immer weiter fort von hier. Wir folgten dem Befehl – sie zu töten und ihre Kinder zu versklaven. Wir taten so, als seien wir eine Weile friedlich, und wir sahen zu, wie sie ihr Getreide anbauten und sich der Feldarbeit widmeten, und dann, erst dann zogen wir los und zerstörten ihre Ernte. Sie bauten Fischreusen, ganz ausgeklügelte Sachen, und wir zerstörten sie. Wir vertrieben das Wild, so daß sie bei der Jagd leer ausgingen, wir räucherten ihre Dörfer aus, so daß sie kein Dach mehr über dem Kopf hatten, wir traten ihre Pflanzen nieder, denn sie sollten den Hunger kennenlernen, wie wir ihn kannten. Wir rächten uns.«

»Wir waren recht erfolgreich«, sagte die Frau rückblickend. Sie holte drei Becher mit Dünnbier und stellte sie auf den Tisch. »Ich erinnere mich noch daran, wie die Soldaten aus dem Fort an ihren Gürteln die Köpfe der Wilden baumeln hatten und wie sie sie dann auf das Tor setzten – wie ein Wildhüter ein totes Wiesel aufspießt.«

»Und sind sie nun ausgerottet?« J. bemerkte, daß seine Stimme ganz angespannt klang.

»O ja«, sagte der Mann. »Bedenkt nur, das war vor sechzehn Jahren, und seit dieser Zeit sind sie mucksmäuschenstill. Ohne weites Land für ihr Wild und ihren Feldanbau können sie schlecht existieren. Und wir haben sie immer mehr auf die Berge zu getrieben. Einst zogen sie mit den Jahreszeiten von Ort zu Ort: im Winter ins Landesinnere und im Sommer Richtung Meer und im Frühjahr zu den Feldern. Doch als wir unsere Häuser gebaut und den Wald gerodet hatten, vertrieben wir sie wie eine Herde von Rehen in schlechtes Futtergebiet.«

»Sie müssen uns hassen wie ihre schlimmsten Feinde«, sagte J.

Niemand antwortete. Der Mann zuckte die Schultern und nahm einen Schluck aus dem Becher.

»Wir haben gewonnen, und das ist das wichtigste«, sagte die Frau mit fester Stimme. »Das ist unser Land, und wenn sie hier leben wollen, müssen sie uns dienstbar sein.

Keine Schulen und kein Unterricht mehr für sie. Kein Frieden und keine Freundschaft mehr mit ihnen. Wenn sie sich innerhalb unserer Grenzen aufhalten wollen, müssen sie sich so benehmen, wie wir es verlangen. Sie können unsere Sklaven sein, oder ihr Blut wird die Felder durchtränken. Sonst nichts.«

In der Morgendämmerung befand sich J. schon am Kai. Jamestown lag friedlich hinter ihm, nur das Flackern in den Brotbacköfen verriet, daß die Bewohner schon auf den Beinen waren.

Das Mädchen war vor ihm da. Sie war mit einem schmalen Kanu gekommen, das auf dem dunklen Wasser auf und ab schaukelte. Das Boot glich noch sehr dem Baum, aus dem man es einmal herausgeschlagen hatte: Die Rinde war abgehackt, und die Seiten waren grob aus dem Holz gehauen worden.

Das Mädchen saß im Bug, hielt ein Paddel ins Wasser und wartete auf ihn. Als sie ihn entdeckte, schaute sie auf und zeigte ihm mit einer winzigen befehlerischen Geste, daß er sich hinter sie setzen sollte.

Ihm fiel auf, daß sie sich längsseits der Anlegestelle befanden und daß das Schiff, auf dem er aus England hergesegelt war, am Kai vertäut lag, in greifbarer Nähe. Er warf sein kleines Bündel ins Boot und sprang dann vorsichtig hinein. Auf der Stelle begann es zu schaukeln und überschlug sich fast.

J. ließ sich auf die Knie nieder und stellte beruhigt fest, daß das Kanu sofort sein Gleichgewicht fand. Vor ihm lag ein Paddel. Er nahm es und fuhr damit auf der Seite ins Wasser, wo auch sie ihr Paddel hielt.

Sie blickte über die Schulter. Ihr Kindergesicht war dabei ganz ernst, und sie schüttelte energisch den Kopf. J. nahm das Paddel zur anderen Seite und wurde dafür mit einem würdevollen Nicken belohnt. Dann beugte sie sich nach vorn, und langsam bewegten sie sich von der hölzernen Anlegestelle fort.

Zuerst konnte J. nichts erkennen, doch er strengte all seine Sinne aufs äußerste an. Er spürte, wie das Kanu geschmeidig und leicht durchs Wasser glitt, der Strom des Flusses und die Ebbe zogen es aufs Meer hinaus. Er konnte das Land vor ihnen riechen: den salzigen Schlamm, das stinkende Pflanzenkraut, das mit den Gezeiten hin und her gespült wurde, verrottendes Treibholz; und aus Jamestown, das weit hinter ihnen verschwand, drang der vertraute Geruch nach verbranntem Holz und der üble Gestank der Abfälle der Einwohner, die einfach an der Uferseite ausgeschüttet wurden, damit die Flut sie forttrug, zu ihm herüber.

Langsam wurde der Himmel immer heller. J. nahm nun die Umrisse des Mädchens deutlicher wahr, das vor ihm im Kanu kniete. J. versuchte ihre Bewegung nachzuahmen, und als er plötzlich den richtigen Schlag tat, machte das Kanu einen Satz nach vorn. Sie drehte sich nicht um, sie war vollkommen darauf konzentriert, das Paddel durch Luft und Wasser fahren zu lassen.

Er vernahm in den Wäldern zu beiden Seiten des Flusses vielstimmigen Vogelgesang. Tausendfach unterschiedliches Gezwitscher, Gegurre und Gekrächze schwoll zu einer Kakophonie von Klängen an, die über das kalt schimmernde Wasser zu ihnen herüberdrang. Und schließlich erwachten auch die Wasservögel.

J. kam es vor, als befände er sich in einer jungfräulichen Welt: an einem Ort, wo der Mensch ein Fremder war, ein Eindringling, der noch keine Spuren hinterlassen hatte, in einer Welt, in der große Scharen von Vögeln und Herden von Tieren unterwegs waren, ihren Naturgesetzen gehorchend, und von nichts aufgehalten wurden. Zum erstenmal seit Jahren, zum erstenmal seit Janes Tod verspürte J. mit ganzer Macht eine Hoffnung in sich. Wenn die

Menschen hier in diesem neuen Land Fuß faßten, könnten sie es zum Paradies gestalten, reich und frei. Vielleicht konnte selbst er sich hier ein neues Zuhause schaffen. Vielleicht konnten er und die Kinder ein neues Leben anfangen und Lambeth und die zurückliegenden Verluste vergessen.

Etwa eine Stunde lang paddelten sie über den breiten Fluß, um ans andere Ufer zu gelangen. Dann wendeten sie und folgten dem südlichen Ufer nach Osten Richtung Meer. J.s Schultern und seine Arme waren aufs äußerste angespannt, wohingegen die Bewegungen des Mädchens immer noch fließend und leicht wirkten, als wären das genaue Drehen des Paddels und das tiefe Eintauchen ins Wasser keine Anstrengung.

Als sie sich dem Ufer näherten, erkannte J., daß der Urwald bis an den Rand reichte und Vögel in leuchtenden Farben von den Bäumen zum Wasser und wieder zurück flatterten. Ab und zu tauchte eine Lichtung auf, wo er ein gepflügtes Feld ausmachen konnte. Manchmal arbeiteten da schwarze und weiße Männer Seite an Seite, und sie hoben die Köpfe, um dem vorbeiziehenden Kanu nachzuschauen.

Nun kam die Sonne richtig heraus. Über dem Fluß verlor sich der leichte Nebel in der Wärme, und die stechenden Insekten kamen in Schwärmen und umhüllten J.s schwitzenden roten Kopf. Er blies sie mit seinen Lippen fort, denn das Paddel konnte er nicht loslassen, um sie mit der Hand fortzuscheuchen. Gereizt schüttelte er den Kopf, so daß das Kanu auf dem Wasser ein wenig schwankte.

Daraufhin blickte sich das Mädchen zu ihm um und sah, wie gequält und erschöpft er war, und mit einem sanften Paddelschlag drehte es das Kanu und steuerte auf einen schattigen kleinen Seitenarm des Flusses zu.

Die Bäume schlossen sich um sie herum, über ihnen,

hinter ihnen, sie waren in eine Welt von Grün eingetaucht. Das Mädchen zog das Kanu auf eine Sandbank. Sie streifte ihr Hemd ab, faltete es sorgfältig und verstaute es im Boot. Dann zeigte sie fordernd auf ihn.

J. legte die Jacke ab. Darauf wies sie auf seine Stiefel.

»Die Stiefel behalte ich an«, sagte J.

Sie schüttelte den Kopf. Sie deutete auf das tiefe Wasser, schloß die Augen und machte jemand nach, der ins Wasser hineinfiel und von dem Gewicht der Stiefel nach unten gezogen wurde.

»Oh«, sagte J. »Schon gut.«

Er setzte sich in den feuchten Sand, zog die Stiefel aus und stand nun in Strümpfen, Hosen und Hemd vor ihr. Sie wies auf seine restlichen Kleider. J. lächelte, schüttelte den Kopf. »Die behalte ich an …«

Mit ihrer kleinen, ungeduldigen Hand zupfte sie an seinem Hemd und holte dann mit schwungvoller Gebärde aus dem Kanu einen Wildlederschurz heraus, der so wie der ihre aussah.

»Indianerhosen?« fragte J.

Sie nickte.

»Ich mag mich nicht wie ein Wilder kleiden«, sagte J. ernst.

Sie zeigte nun auf den Einbaum, auf sich, auf den Weg, den sie schon hinter sich hatten, und die Strecke, die noch vor ihnen lag. Es war klar, was sie meinte. Du bewegst dich wie ein Powhatan fort, du fährst mit einer Powhatan zusammen, warum solltest du es dann nicht bequem dabei haben?

»Sie werden mich zerstechen«, protestierte J. Er zwickte sich mit Daumen und Finger in die Haut seines Unterarms und zeigte ihr die winzigen, juckenden Schwellungen in seinem Gesicht.

Das Mädchen nickte und holte den kleinen Krug mit dem Fett hervor, den sie am Tag zuvor im Wald benutzt hatte. Daraufhin hielt sie ihm ihren Unterarm hin, damit er ihn betrachtete, und wandte ihm ihr unversehrtes Gesicht zu.

J. sah sich beschämt um. Doch der Wald war nur von Vogelgesang erfüllt und nicht empfänglich für seine Scham. In einem Umkreis von zehn Meilen und mehr war gewiß keine Menschenseele.

»Oh, nun gut«, sagte er verlegen.

Er zog die Hose aus und war dankbar, daß sein Hemd so lang herunterhing, daß er sich vor ihr nicht ganz entblößt zeigen mußte. Sie hielt ihm den Wildlederschurz hin. J. hatte Mühe, ihn anzuziehen, unter seinem Hemd. Sie ging um ihn herum, hob das Hemd hoch und knüpfte die Bänder des Schurzes für ihn zu. Das weiche Leder legte sich wie eine zweite Haut um ihn. Um die Beine spürte er kühle Luft. J. fühlte sich weiß und plump, wie ein bleicher Koloß neben ihrem schlanken braunen Körper. Doch zum erstenmal, seit er in diesem schrecklich feuchten Land war, fühlte er sich wohl.

Jetzt machte sie ihm klar, daß er das Hemd ausziehen solle. J. streifte es über den Kopf, dann bot sie ihm das Wundermittel an. J. verteilte das Fett über Gesicht, Hals und Brust. Es roch abscheulich und war so klebrig wie Honig.

Das Mädchen lachte kurz auf, und er blickte an sich herunter und bemerkte, daß seine weiße Haut nun rote Streifen hatte.

Er hielt inne, aber sie schnalzte ihm zu, als würde sie ein Tier aufmuntern, dann griff sie das Fett und duckte sich unter seinem Arm hindurch. Er spürte, wie sie es mit ihren kleinen Händen auf seinem Rücken verrieb. Obwohl er sich dagegen sträubte, fühlte er bei der Berührung doch einen kleinen Funken von Erregung. Schließlich kroch sie wieder vor ihn, und er sah das ernste Kindergesicht und wie sich ihre dichten schwarzen Haare rhythmisch bewegten, und er erinnerte sich daran, daß sie nur ein kleines Mädchen war, kaum älter als seine eigene Tochter, und daß sie unter seinem Schutz stand.

Das Mädchen verstaute nun seine nicht mehr benötigten Kleider im Kanu. Dann sicherte sie das Boot, während er wieder hineinkletterte.

Ohne Hosen und die schweren Stiefel fühlte sich J. viel wohler. Der Wind vom Fluß her blies sanft gegen seine freie Brust. Er hielt das Gesicht hoch und genoß die erfrischende Brise um seinen Hals und spürte, wie der Schweiß auf seinem Gesicht trocknete. Das kleine Mädchen warf ihm ein triumphierendes Lächeln zu und stieß das Kanu vom Ufer ab, wobei es in einer geschmeidigen Bewegung vor ihm nach vorn einstieg und sich hinkniete. Das Kanu schwankte kaum im Wasser. Dann wendete sie es und paddelte kraftvoll erneut auf den Hauptstrom zu.

Sie paddelten, bis es Mittag war. J. wurde weder von Insekten noch von der immer intensiver werdenden Hitze behelligt. Als die Sonne ihren höchsten Punkt erreicht hatte, drehte das Mädchen in eine kleine Bucht des Flusses ab und zog das Kanu an Land. Sofort wurden sie von dem kühlen Grün der Bäume verschlungen.

Mit einer kleinen Handbewegung präsentierte sie ihm den Wald, so als würde eine Prinzessin einem Gast bei Hofe damit sagen wollen: »Alles meine Ländereien.«

J. nickte. Das Mädchen nahm ihn an die Hand und zog ihn ein wenig auf die Bäume zu. Er sollte nun losmarschieren, um Pflanzen zu sammeln. J. hielt aber an.

»Was wirst du machen?«

Sie gab mit verschiedenen Gesten zu verstehen, daß sie an Ort und Stelle bleiben und für Feuer, Nahrung und ein Nachtlager sorgen würde.

»Ich komme nach einer Weile wieder zurück«, sagte er.

Sie nickte, und dann tat sie so, als würde sie rufen und dann mit offenen Ohren auf Antwort warten.

»Ich soll in Rufweite bleiben?« wollte J. wissen, und sie lächelte und nickte zustimmend.

J. ging zum Kanu, zog seine Lederstiefel an, nahm seine Tasche und lief dann am Ufer entlang. Er blickte zurück.

Das Mädchen zog gerade das Kanu höher in den Sand hinauf, wo die Flut es nicht mehr fortschwemmen konnte. J. ging weiter fort, seine Augen hatten dabei immer den Waldrand im Blick, wo er nach Schößlingen und kleinen Pflanzen Ausschau hielt, die in diesem Frühling erst ein paar Sprossen bekommen hatten und die er wahrscheinlich sicher nach England heimbringen könnte.

J. bahnte sich in einem Bogen um ihr kleines Lager herum seinen Weg und trat an der anderen Uferseite wieder heraus, wobei sein Beutel randvoll war mit Sämlingen und Stecklingen, die er in feuchtes Leinen eingeschlagen hatte.

Sie war gerade bei den letzten Verrichtungen für ihren Unterschlupf zur Nacht. Sie hatte drei kleine Bäumchen nach unten gebogen und miteinander verknüpft, so daß eine Art niedriges Zelt entstanden war. Obenauf hatte sie ein paar große grüne Blätter gelegt und die Seiten mit Binsen verflochten. Das Kanu war vor den offenen Eingang der kleinen Hütte gezogen und zu ihrem Schutz auf die Seite gedreht worden, und davor flackerte ein kleines Feuer. Daneben standen zwei Stöcke mit aufgespießten Fischen. J. kam leise zurück, doch sie sprang nicht auf, als sie ihn sah. Sie schaute fragend auf seinen Beutel.

»Ja, ich bin sehr zufrieden«, sagte er. Er hob die Klappe seiner Tasche an und zeigte ihr alles. Sie nickte anerkennend und wies dann hinter sich auf ein kleines Stück Erde, das sie von Unkraut befreit und umgegraben hatte.

J. war regelrecht verblüfft. »Für meine Pflanzen?« Er deutete auf seinen Beutel. »Das ist ausgezeichnet!« J.

strahlte. »Morgen kommt noch mehr dazu, und alles wird hier eingepflanzt, und erst wenn wir zurück nach Jamestown müssen, nehme ich es heraus. Danke!«

Mit einem kleinen Lächeln genoß das Mädchen sein Lob. »Du bist ganz schön schlau«, sagte er, woraufhin sie ein wenig errötete und noch einmal lächeln mußte.

Sie wandte sich dem Feuer zu, warf ein wenig trockenen Zunder hinein, und die Flamme schoß hoch. Dann ging sie in die Hocke und fächerte ihr mit einer Handvoll steifem Schilfgras Luft zu, bis die Äste glühten. Schließlich nahm sie einen Fischspieß und reichte J. den anderen und zeigte ihm, wie er ihn über das Feuer halten mußte, damit der Fisch in der Hitze briet, aber nicht verbrannte.

Ihren fertigen Fisch ließ sie auf ein breites Blatt gleiten und bot ihn J. an, und dann nahm sie J.s Fisch, der weniger gelungen war. Einen Augenblick lang beugte sie den Kopf darüber, als würde sie in einem christlichen Hause das Tischgebet sprechen, und dann streckte sie eine Hand zum Himmel hinauf und schwenkte die Handfläche nach unten zur Erde. J. wurde auf einmal klar, daß sie wirklich ein Gebet murmelte. Er selbst hatte es beinah vergessen, und er fühlte sich plötzlich etwas verwirrt darüber, wer hier wohl der Heide und wer der zivilisierte Mensch war. Dann lächelte sie ihm zu und fing an zu essen.

J. aß den Fisch mit großem Genuß. Als er fertig war, holte sie aus dem Kanu einen kleinen Korb mit getrockneten Früchten und reichte ihm eine Handvoll Blaubeeren. Zuerst kamen sie ihm im Mund wie ein paar Murmeln vor, doch dann spürte er immer mehr ihren Geschmack, wobei er sein Gesicht verzog, denn die Beeren waren recht sauer. Das brachte sie zum Lachen.

Es wurde langsam kalt. Die Sonne stand hinter ihnen, zum Landesinneren hin, hinter den hohen Bäumen. J. legte mehr Äste nach, und das Mädchen erhob sich vom Feuer, griff nach einem kleinen glühenden Zweig, ging ans

Flußufer und legte ihn vor ihren nackten Füßen auf einer Muschel ab. Ihrem Beutel am Gürtel entnahm sie irgendeine Kleinigkeit, knöpfte dann ohne Scham den Riemen ihres Wildlederschurzes auf und warf ihn zu Boden. Mit dem glühenden Zweig und ein paar Kräutern lief sie schließlich nackt ins Wasser. J. hörte, wie sie auf die Kälte des Flusses hin tief Luft holen mußte.

Nun kam die Flut; der Fluß, eine Mischung aus Salz- und Süßwasser, schwappte über den sandigen Strand. Das Mädchen war nur noch ein dunkler Schatten vor dem tanzenden, funkelnden Wasser. J. sah, wie sie am glühenden Ende des Zweiges blies und wie sie dann etwas in das Flämmchen hielt, es hineinkrümelte und wieder blies. Sie brachte die Kräuter zum Brennen. J. roch etwas Scharfes, Beißendes wie Tabak, das der Wind vom Fluß zu ihm herübertrug. Dann bemerkte er, wie sie die rauchenden Kräuter über das Wasser verteilte.

Sie wusch ihr Gesicht und ihren Körper, dann hob sie den nassen Kopf in die Richtung, wo sich der Mond tief über dem Horizont zeigte, und streckte im Gebet ihre Hände hoch. Dann drehte sie sich zum Land um und stieg aus dem Wasser.

J. erinnerte sich an die Abendgebete in Lambeth, an den Glauben seiner toten Frau und an die Wirtin des Gasthofs hier, die ihm versichert hatte, daß diese Leute nichts als Tiere seien. Bei diesen Gegensätzen mußte er den Kopf schütteln. Er zog sich die Stiefel aus und kroch in die kleine Behausung.

Drinnen hatte das Mädchen zwei Lager aus Laub aufgeschichtet. Sie waren weich und dufteten aromatisch. J.s Sachen waren fein säuberlich darüber ausgebreitet, sein Reiseumhang befand sich ganz obenauf. J. rollte sich in dem vertraut riechenden Wollstoff zusammen und war schon eingeschlafen, ehe sie hereinkam.

J. und das Indianermädchen blieben fast einen Monat lang in dem Unterschlupf. Jeden Tag erkundeten sie neues Gelände, paddelten am Vormittag eine Strecke und machten irgendwo halt. Das Mädchen fing Fische oder legte Schlingen für Vögel aus, während J. das Unterholz nach Schößlingen und kleinen Frühlingstrieben absuchte. Im Schein der untergehenden Sonne kehrten sie zu ihrem kleinen Lager zurück. J. war mit seiner Pflanzensammlung beschäftigt, und sie rupfte die Vögel oder schuppte den Fisch und bereitete das Abendessen.

Diese Zeit hatte etwas Traumartiges an sich. Der von Kummer gezeichnete Mann und das stille Mädchen arbeiteten Tag für Tag zusammen, und es verband sie eine Kraft, die immer mehr wuchs und keiner Worte bedurfte. J. war hingerissen von dem Erlebnis, wie es sich kaum ein Mensch erträumen konnte: Er entdeckte ein neues Land, ein Land, das ihm völlig unbekannt war – und das Mädchen, befreit von den Zwängen und Gefahren von Jamestown, konnte ihre ganze Geschicklichkeit im Umgang mit der Natur ausspielen und nach den Gesetzen ihrer Vorväter leben, ohne daß sie von den Weißen verächtlich kritisiert und alles, was sie tat, verdammt wurde. Es war nur ein Mann da, der sie freundlich ermunterte und dem sie beibringen konnte, wie man im Wald überlebte.

Sie wechselten nie ein Wort, ihre Verständigung ging mittels Gebärden vor sich. J. redete zwar mit ihr, so wie er sich auch mit seinen kleinen Sämlingen in dem Zuchtbeet unterhielt, das sie ihm eingerichtet hatte, einfach nur, weil er seine eigene Stimme hören wollte. Manchmal lächelte sie dann und nickte, oder sie gab ein kurzes zustimmendes Grunzen von sich oder mußte kurz auflachen, aber niemals sprach sie mit ihm, weder in ihrer Sprache noch in seiner, so daß J. dachte, daß Mr. Joseph wohl recht hatte und sie stumm war.

Er wollte sie zum Sprechen ermutigen. Er wollte ihr

Englisch beibringen; denn er konnte sich nicht vorstellen, wie sie in Jamestown überleben könnte, wo sie nur die ausgestreckte Hand, den auf etwas hinweisenden Arm oder eine Backpfeife verstand. »Du mußt Englisch sprechen lernen«, ermahnte J. sie ernsthaft. »Wie wirst du sonst zurechtkommen, wenn du nicht verstehst, was man dir sagt?«

Das Mädchen schüttelte den Kopf und beugte sich über ihre Arbeit. Sie war gerade damit beschäftigt, biegsame grüne Zweige zu einem Netz zu flechten. Während er ihr zusah, machte sie den letzten Knoten und hielt ihr Werk hoch. J. war so unwissend, daß er nicht einmal erraten konnte, was sie angefertigt hatte. Sie lächelte voller Stolz.

Sie stellte das kleine Korbgeflecht auf den Waldboden und trat ein paar Schritte zurück. Sie ließ sich nieder, krümmte ihren Rücken und glitt darauf zu, wobei sie die Arme vor sich ausstreckte und die Hände wie zwei Zangen hielt, die immer wieder auf und zu schnappten.

J. zeigte auf die Falle. »Hast du einen Hummerkorb gebaut?«

Sie nickte und stellte ihn ins Kanu, damit sie ihn beim nächsten Morgengrauen, wenn sie losfuhren, zu Wasser lassen konnte.

»Aber du mußt sprechen lernen«, sagte J. beharrlich. »Was wirst du tun, wenn ich zurück nach England gehe? Wenn deine Mutter wieder ins Gefängnis kommt?«

Sie schüttelte den Kopf, wollte ihn nicht verstehen, und dann nahm sie einen Ast aus dem Feuer und ging auf den Fluß zu, und J. verstummte, denn er erwartete das Ritual des »Tabakverstreuens« auf dem Wasser, wie jeden Morgen und Abend, womit sie ihr Eintauchen in Tag und Nacht und wieder Tag zelebrierte.

Er ging in die kleine Baumhütte und tat, als schliefe er, damit auch sie hineinkommen und sich neben ihn legen konnte. Nur in der allerersten Nacht, als er von allen Anstrengungen des Tages so erschöpft gewesen war, war er auch auf der Stelle eingeschlafen. All die anderen Nächte hatte er neben ihr wach gelegen und ihrem kaum wahrnehmbaren Atmen gelauscht. Er begehrte sie nicht, wie er vielleicht eine Frau begehrt hätte. Sein Gefühl war viel feinsinniger und komplizierter als das. J. kam es vor, als hätte sich ihm ein seltenes, kostbares Tier anvertraut, als hätte es sich ausgesucht, an seiner Seite schlafen zu wollen.

Sie war das Schönste, was er überhaupt jemals zu Gesicht bekommen hatte. Nicht einmal seine Frau Jane war ihm nackt unter die Augen getreten, sie hatten sich stets in einem Gewühl von Kleidern und immer im Dunkeln geliebt. Selbst seine Kinder hatte J. nie nackt gesehen. Wie das Licht auf nackter Haut spielen konnte, war J. völlig unbekannt, und er stellte fest, daß er das Mädchen gern beobachtete – aus reiner Freude an ihren weiblich gerundeten Gliedmaßen, der Stärke ihres jungen Körpers, dem lieblichen Verlauf ihres Nackens, der Kurve ihrer Wirbelsäule, dem Mysterium ihres Schoßes, den er hinter dem kleinen Wildlederschurz blinken sah.

Natürlich dachte er daran, sie zu berühren. Mr. Josephs beiläufige Aufforderung, sie nicht zu vergewaltigen, räumte die Möglichkeit ein, daß er es vielleicht wagen würde. Aber J. hätte ihr nie weh tun können, so wie er auch nie eine exotische Eierschale in einer Schublade der Raritätensammlung in Lambeth zerbrochen hätte.

J. hätte in den Wäldern sein Gefühl für Zeit gänzlich verloren, wenn nicht das Mädchen eines Morgens damit begonnen hätte, das Blattwerk vom Hüttendach abzunehmen und die kleinen Bäume wieder auseinanderzubinden. Sie wippten unbeschädigt zurück, und nur weil die Stämmchen ein wenig gebogen waren, konnte man ahnen, daß sie einst als Seitenwand- und Dachstützen gedient hatten.

»Was tust du da?« fragte J. sie.

Schweigend zeigte sie auf die Strecke, die sie hinter sich gelassen hatten. Es war Zeit heimzukehren.

»Schon?«

Sie nickte und wandte sich J.s kleinem Pflanzenbeet zu. Es stand voller Pflanzenspitzen und Blättern. J.s Tasche quoll stets über von den unzähligen Sämlingen, die er aufgelesen hatte. Mit Hilfe ihrer kleinen Hacke fing sie an, an den dünnen Fädchen der Wurzeln zu ziehen und sie sorgsam in die angefeuchteten Leinentücher zu legen. J. nahm seinen Pflanzenheber und begann am anderen Ende der Reihe ebenso vorzugehen. Vorsichtig verstauten sie alles im Kanu.

Nun löschte sie das Feuer mit Wasser und schaufelte Sand darüber. Die Stöcke, die sie als Spieße für Fische, Vögel, Krabben und schließlich den köstlichen Hummer verwendet hatten, zerbrach sie und warf sie in den Fluß. Das Schilfrohr, mit dem die Wände ausgekleidet waren, und die Blätter, die das Dach gebildet hatten, verstreute sie in der Umgebung. In kürzester Zeit war ihr Lagerplatz verschwunden, und hätte sich ein Weißer in dieser Lichtung umgesehen, hätte er geglaubt, sie als erster betreten zu haben.

J. wurde klar, daß er noch nicht zum Aufbruch bereit war. »Ich möchte nicht fort«, sagte er widerwillig. Er blickte in ihr gelassenes, verständnisloses Gesicht. »Du weißt ... ich möchte nicht nach Jamestown zurück – und nach England auch nicht.« Ihm kam es vor, als würde sich der Kontinent ewig nach Süden und endlos nach Norden erstrecken. Warum sollte er nun umkehren und in die kleine dreckige Stadt am Rand des Flusses zurückkehren, die von abgeholzten Wäldern umgeben war und von Leuten bewohnt, die um alles kämpfen mußten, ja sogar um ihr Leben?

Das Mädchen drängte ihn zu nichts. Sie hockte sich in

den Sand und sah zum Fluß hinaus, zufrieden mit jeder seiner Entscheidungen.

»Soll ich bleiben?« fragte J. und war sich sicher, daß sie seinem schnellen Redefluß nicht folgen konnte, daß er keine Hoffnungen weckte. »Sollten wir uns nicht einen neuen Unterschlupf bauen, wo ich die schönsten Pflanzenarten sammle, um sie meinem Vater nach England zu schicken? Er könnte damit unsere Schulden abzahlen und mir eines Tages genügend Geld senden, damit ich für immer hier leben kann. Er könnte meine Kinder aufziehen, und sie könnten später zu mir kommen. Dann brauchte ich nie mehr zurück in dieses Haus in Lambeth, nie mehr allein in diesem Bett schlafen, in ihrem Bett. Nie mehr von ihr träumen. Nie mehr an ihrem Grab vorbei zur Kirche gehen, nie mehr ihren Namen hören, nie mehr von ihr reden.«

Sie drehte sich nicht einmal um, um zu prüfen, ob seine geflüsterten Worte etwas Wichtiges bedeuteten.

»Hier könnte ich ein neues Leben beginnen, könnte ein neuer Mensch werden. Und in diesem Jahr, im nächsten Jahr wirst du eine wunderschöne Frau sein«, sagte J. mit ganz sanfter Stimme.

Daraufhin wandte sie sich um, als würde sie dem Klang seiner Stimme etwas entnehmen. Sie sah ihm ohne Scham direkt in die Augen, als wollte sie ihn fragen, was er meinte – ob es ihm ernst damit war. J. hielt inne und errötete. Er brachte ein unbeholfenes Lächeln zustande.

»Nun!« sagte er. »Das Ganze geht dich ja nichts an! Brechen wir also auf!«

Das Mädchen erhob sich und zeigte auf den Fluß. Sie schien zu fragen, welche Richtung sie einschlagen sollte. Nach Süden in das Land hinein, das keiner von ihnen kannte, oder flußaufwärts nach Jamestown?

»Jamestown«, sagte J. kurz und wies nach Nordwesten. »Wie ein Narr habe ich mich gerade benommen. Nach Jamestown natürlich.«

Eine Stunde vor Jamestown, wo der Fluß schmutziger wurde und das Ufer von Baumstümpfen übersät war, machte sie halt, und sie zogen das Kanu an Land. Langsam und irgendwie unwillig wuschen sie sich das schützende Fett ab. Sie nahm eine Handvoll Blätter und rieb damit seinen Rücken, bis die weiße Haut unter dem dunklen Fett hervorkam und der vertraute Geruch, den er am ersten Tag noch verabscheut hatte, fort war. Sie zogen sich die Kleider an, die für die Stadt notwendig waren.

Nach dem freien Gefühl in seinem wildledernen Lendenschurz stieg er nur ungern in Hemd und Hose, und er hatte das Gefühl, als kehre er in die Ketten eines Gefängnisses zurück, als werde er wieder zu einem Mann mit den Leiden eines Mannes und sei kein freies Lebewesen mehr, das im Wald daheim ist. Sofort ließ sich wieder eine Wolke von gierigen Insekten auf seinen sonnengebräunten Armen, Schultern und auf seinem Gesicht nieder. J. schlug auf sie ein, und das Mädchen lächelte mit den Lippen, aber nicht mit den Augen.

»Wir werden wieder rausgehen«, sagte J. ermutigend. Er zeigte auf sich und das Mädchen und auf den Wald. »Eines Tages werden wir wieder rausgehen.«

Sie nickte, aber ihre Augen blieben dunkel.

Sie paddelten weiter stromaufwärts nach Jamestown. Im Hafen war ein neues Schiff angelangt, und am Kai hatte sich eine Menschenmenge eingefunden. Man warf höchstens einen kurzen Blick auf das kleine Indianermädchen und den weißen Mann in dem Einbaum.

An der Seite des Kais zogen sie das Kanu an Land und fingen an, die Pflanzen auszuladen. Aus dem Schatten des Hafengebäudes löste sich eine Frau und kam auf sie zu.

Es war eine Indianerin. Sie hatte ihr Haar wie eine Weiße nach hinten geknotet, so daß ihr Gesicht klar hervortrat. Es war von tiefen Narben durchzogen, überall erhoben sich blasse Narbenränder, als hätte jemand eine

Muskete aus kürzester Entfernung auf ihr Gesicht abgefeuert.

»Mr. Tradescant?« Sie sprach mit einem scharfen Akzent.

J. drehte sich rasch um, als er seinen Namen hörte, und war abgestoßen von ihrem verbitterten Gesicht. Sie sah an ihm vorbei zu dem Mädchen und sprach nun in schnellen Worttiraden auf sie ein, die für ihn so flötenartig und unverständlich waren wie der Gesang der Vögel.

Das Kind antwortete, so wortreich wie sie, schüttelte mit allem Nachdruck den Kopf und zeigte auf J. und die Pflanzen und auf das Kanu.

Die Frau drehte sich wieder zu J. um. »Sie sagt mir, daß Ihr ihr nicht weh getan habt.«

»Natürlich nicht!«

»Sie nicht vergewaltigt habt.«

»Nein!«

Sie stieß einen rauhen Seufzer der Erleichterung wie einen würgenden Husten aus. »Als ich erfuhr, daß Ihr sie in den Wald mitgenommen habt, dachte ich, daß ich sie nie wiedersehen würde.«

»Ich bin Pflanzensammler«, erklärte J. erschöpft. »Seht. Das sind die Pflanzen. Sie war meine Führerin. Ihr habt eine sehr anstellige Tochter. Sie hat mir sehr geholfen. Ich stehe in ihrer Schuld.«

Die Indianerin hatte nicht alle seine Worte begriffen, aber sie sah, wie sich die beiden anblickten, und verstand richtig, daß sie sich mochten und gegenseitig vertrauten.

»Ihr seid ihre Mutter?« fragte J. »Gerade … äh … freigelassen?«

Die Frau nickte. »Mr. Joseph sagte mir, daß er sie Euch für einen Monat versprochen hat. Ich dachte, Ihr hättet sie in den Wald mitgenommen, um sie zu mißbrauchen und sie dann dort zu begraben.«

»Tut mir leid«, sagte J. »Ich bin hier fremd.«

Mit verbissenem Gesichtsausdruck sah sie ihn an. »Ihr seid hier alle fremd«, bemerkte sie.

»Sie kann sprechen?« forschte J. nach und fragte sich, was das wohl alles zu bedeuten hatte. Die Frau nickte, scherte sich aber nicht darum, ihm das zu erklären.

Das Mädchen war mit dem Ausladen des Kanus fertig geworden. Sie blickte J. an und zeigte auf die Pflanzen, als wollte sie in Erfahrung bringen, was nun mit ihnen geschehen sollte. J. wandte sich an die Frau: »Ich muß ein paar Fässer holen und alles für die Heimreise der Pflanzen vorbereiten. Vielleicht nehme ich gleich dieses Schiff. Kann sie noch bleiben und mir zur Hand gehen?«

»Wir werden beide helfen«, sagte die Frau kurz und bündig. »In dieser Stadt lasse ich sie nicht allein.« Sie raffte ein wenig ihr Kleid hoch und ging zum Ufer. J. betrachtete die beiden Frauen. Sie umarmten sich nicht; aber sie standen nur wenige Zentimeter voneinander entfernt und sahen sich an, als könnten sie alles, was sie wissen wollten, aus diesem einen Blick lesen. Dann nickte die Mutter kurz, und beide machten sich Seite an Seite an die Arbeit, ihre Schultern stießen leicht aneinander, als sie sich über die Pflanzen beugten.

J. ging zu seiner Herberge hinauf, um Fässer für die Pflanzen zu beschaffen.

Bis zur Abenddämmerung waren sie beschäftigt und auch den ganzen nächsten Tag. Sie schlugen die Setzlinge samt der Erde in Leinentücher ein und schichteten sie, nochmals von feuchten Tüchern und Blättern getrennt, in den Fässern übereinander, steckten die Samen in trockenen Sand und versiegelten den Deckel. Als J. fertig war, hatte er vier Fässer zur Hälfte mit Pflanzen gefüllt, die geöffnet blieben und gewässert werden mußten, und ein verschlossenes Faß mit den Sämereien. Er rief zum Schiff hinauf, und ein paar Matrosen kamen herunter und verluden die Fracht. Zumindest gab es genügend Platz an Deck. Nur wenige Leute traten die Reise nach England zurück an. Der restliche Raum war mit einer Riesenladung Tabak angefüllt.

»Beim ersten Tageslicht segeln wir los«, sagte der Kapitän warnend zu John Tradescant. »Am besten, Ihr holt schon heute nacht Eure Sachen an Bord und schlaft hier. Ich habe keine Zeit, auf die Passagiere zu warten. Wenn die Ebbe einsetzt, brechen wir mit ihr auf.«

J. nickte. »Ist in Ordnung.« Er verspürte nicht den Wunsch, in den Gasthof zu der verbitterten Wirtin zurückzukehren.

Jetzt wandte er sich an die Indianerin. »Wie heißt sie?« wollte er von der Mutter wissen.

»Mary. Als Baby nahmen sie sie mir weg und tauften sie auf Mary.«

»Ruft Ihr sie denn auch so?«

Sie zögerte, als sei sie sich nicht sicher, ob sie ihm vertrauen sollte. Doch dann murmelte das Mädchen neben ihr irgend etwas.

»Sie heißt Suckahanna.«

»Suckahanna?« wiederholte J.

Das Mädchen lächelte. »Das heißt ›Wasser‹.«

J. war vollkommen von der Tatsache überrascht, daß sie seine Sprache sprechen konnte. »Du redest englisch?«

Sie nickte.

Einen Moment lang war er zutiefst bestürzt. »Aber warum hast du dann nie …? Hast du nie …? Das habe ich nicht gewußt! Die ganze Zeit sind wir zusammen gewesen, und du warst stumm!«

»Ich habe ihr befohlen, nie mit einem weißen Mann zu reden«, sagte die Frau. »Ich dachte, sie wäre sicherer, wenn sie keine Antwort gibt.«

J. öffnete schon die Lippen, um einzuwerfen, daß es aber besser wäre, wenn das Mädchen sprechen und sich verteidigen könnte.

Doch die Mutter unterbrach seine Gedanken mit einer plötzlichen Handbewegung. »Mich hat man gerade für einen Monat ins Gefängnis gesteckt, weil ich den Mund auftat«, betonte sie. »Manchmal ist es besser, wenn man schweigt.«

J. blickte auf das Schiff hinter ihnen am Kai. Plötzlich wollte er nicht mehr fort. Als ihm bewußt wurde, daß das Mädchen einen Namen hatte und ihn verstehen konnte, war alles anders. Was hatte sie die ganze Zeit über nur gedacht? Als er ihr unwillkürlich seine Gefühle, seine Gedanken über sein Zuhause, seine Kinder, seine Pflanzen anvertraut hatte, hatte sie nur ein unbewegtes Gesicht gezeigt. Doch sie hatte jedes Wort verstanden, was er gesagt hatte. Und so kannte sie ihn in gewisser Weise besser, als jede andere Frau zuvor ihn jemals gekannt hatte. Und so wußte sie auch, daß er erst gestern vormittag versucht gewesen war, in diesem neuen Land zu bleiben; bei ihr zu bleiben.

»Ich muß fort. Ich werde in England erwartet«, sagte er und dachte, daß beide ihm vielleicht widersprechen würden. Die beiden Frauen sagten nichts, sie betrachteten einfach nur die Unentschlossenheit und den Widerwillen in seinem Gesicht.

»Was wird aus euch werden?« fragte er, als hätte ihre Zukunft etwas mit ihm zu tun.

»Wir werden aus Jamestown fortgehen«, sagte die Frau leise. »Ursprünglich dachte ich, es wäre besser für mich, hier zu bleiben, weil mein Mann und mein Vater tot sind. Ich dachte, daß ich innerhalb dieser Mauern als Dienstmagd leben und für die Weißen arbeiten könnte.« Sie schüttelte den Kopf. »Doch denen kann man nicht trauen. Wir werden zu unseren Leuten in die Wälder zurückkehren.«

»Und Suckahanna?«

Die Frau sah ihn mit düsterem Blick an. »Wir können

zwar unser Volk finden, aber nicht unser altes Dasein. An den Orten, wo wir unser Getreide angebaut haben, stehen nun Tabakpflanzen, in den Flüssen leben nur noch wenige Fische, und das Wild wird von den Gewehren immer weiter zurückgedrängt. Auf all den Pfaden, die wir früher genommen haben, findet man heute einen Stiefelabdruck. Ich weiß nicht, wo Suckahanna ein Zuhause haben wird.«

»Aber es gibt doch sicher Platz genug für euer Volk und die Siedler«, sagte J. geduldig. »Wir waren fast einen Monat unterwegs und haben niemanden getroffen. Es ist ein Land von endloser Weite. Da gibt es doch sicher für euer Volk und das meine genügend Raum, oder?«

»Aber eure Leute möchten uns nicht hier haben. Seit dem Krieg nicht mehr. Sie zerstören unsere Felder, setzen unsere Dörfer in Brand. Sie haben sich geschworen, unser ganzes Volk auszurotten. Als man meine Familie umbrachte, nahmen sie mich als Sklavin mit, und ich dachte, daß ich und Suckahanna als Sklaven sicher wären. Aber sie schlugen und vergewaltigten mich, und bald werden die Männer es auch auf sie absehen.«

»Sie könnte mit mir kommen«, schlug J. überstürzt vor.

Die Frau schüttelte den Kopf. »Sie heißt Suckahanna«, sagte sie fest entschlossen. »Sie muß beim Fluß sein.«

J. wollte etwas einwenden, doch dann erinnerte er sich daran, einmal Pocahontas in London gesehen zu haben, die stolze Prinzessin Pocahontas, Tochter des Indianerhäuptlings Powhatan. Als kleiner Junge war er von seinem Vater mitgenommen worden, um sie anzuschauen, so als sollte er die Löwen im Tower bestaunen. Damals war sie schon nicht mehr Prinzessin Pocahontas gewesen, sondern Mrs. Rebecca Rolfe, die einen Engländer geheiratet hatte und gewöhnliche englische Kleider trug und vor Kälte in dem englischen Winter zitterte. Ein paar Wochen später, 1617, war sie gestorben, im Exil, verzehrt von Sehnsucht nach ihrer Heimat.

»Ich werde zurückkehren«, sagte er. »Ich werde diese Dinge nach England bringen und wiederkommen. Und das nächste Mal werde ich hier ein Haus bauen, und du wirst meine Dienerin sein und in Sicherheit leben.«

»Wie sollte sie bei Euch in Sicherheit sein?« fragte ihre Mutter rasch. »Sie ist kein Kind, auch wenn sie so schmächtig wirkt. Sie ist jetzt fast dreizehn, wenn Ihr zurück seid, wird sie eine Frau sein. In der Stadt der Weißen gibt es für eine Frau der Powhatan keine Sicherheit.«

J. dachte einen Augenblick nach und vollzog dann den Schritt, den nächsten Schritt, sprach, ohne nachzudenken, einfach frei vom Herzen weg, seinem unkontrollierten Gefühl folgend. »Ich werde sie heiraten«, versprach er. »Sie wird meine Frau, und ich werde sie beschützen, und sie wird hier ihr eigenes Heim und ihr Land haben. Ich werde ihr ein Haus am Fluß bauen, und sie wird niemals Not leiden.«

Er sprach zwar zur Mutter, blickte aber immer nur auf das Mädchen. Eine starke Rötung zog nun vom grobgewebten Rand des Leinenhemdes am Hals bis zu ihrer Stirn hinauf, wo noch ein wenig Bärenfett an der braunen Haut zum Haaransatz zu sehen war. »Würde dir das gefallen?« fragte J. sie freundlich. »Ich bin so alt, daß ich dein Vater sein könnte, ich weiß.«

»Das würde mir gefallen«, sagte das Mädchen ganz leise. »Es würde mir gefallen, deine Frau zu sein.«

Die ältere Frau streckte J. die Hand entgegen, und er spürte ihre rauhe Handfläche in der seinen. Dann nahm sie die Hand der Tochter und legte sie mit festem Griff in seine. »Wenn Ihr zurück seid, wird sie Eure Frau«, versprach sie ihm. »Ja, das werde ich«, sagte das Mädchen.

»Ja«, beteuerte J.

Nun ließ die Frau sie stehen und drehte sich weg, als gäbe es nichts mehr zu sagen. J. blickte ihr hinterher und wandte sich dann Suckahanna zu. Auf einmal wirkte sie ihm so vertraut. Vorsichtig, so als wolle er einen Sämling umpflanzen, legte er seine Hand an ihre Wange und streichelte sie sanft. Sie zitterte ein wenig, als er sie berührte, bewegte sich aber weder vorwärts noch zur Seite. Einen Augenblick lang, nur einen kurzen Augenblick lang ließ sie ihn ihr Gesicht streicheln. Dann drehte sie sich um und rannte fort.

»Komm bald wieder«, rief sie, und er konnte sie kaum in der Dunkelheit erkennen, als sie ihrer Mutter rasch hinterherlief, nur ihr Leinenhemd leuchtete in der Dämmerung. »Komm in der guten Zeit, wenn die Früchte reif sind, zu *Nepinough*, und ich werde dir ein großes Fest ausrichten, und wir werden unser Haus bauen, noch ehe der Winter einbricht.«

»Ja, dann werde ich kommen!« sagte J. Doch sie war schon fort, und am nächsten Tag bei Morgengrauen legte das Schiff ab, und er sah sie nicht wieder.

Sommer 1638.
London

In der ersten Aprilwoche erreichte J.s Schiff kurz vor Tagesanbruch den Hafen von London. Müde stolperte er aus seiner Kabine in die kalte englische Luft, war in seinen Reiseumhang gehüllt und hatte sich den Hut tief ins Gesicht gezogen. Ein Kutscher lungerte an der Anlegestelle herum und machte sich gerade am Futtersack am Kopf seines dösenden Pferdes zu schaffen.

»Kann man Euch mieten?« rief J. herunter.

Der Mann blickte nach oben. »Ja, bin frei!«

»Dann holt meine Ladung runter«, sagte J. Der Mann kam den Landesteg herauf und wich beim Anblick der schaukelnden Pflanzen und jungen Baumwedel zurück.

»Ladung?« fragte er. »Das ist ja ein ganzer Wald!«

J. verzog das Gesicht. »Und da ist noch mehr«, gab er zu verstehen.

Zusammen buckelten sie die Fässer mit feuchter Erde den Landesteg hinunter und packten alles auf das Fuhrwerk, wobei über ihren Köpfen die Zweige der Bäume hin und her wippten. Dann schleppte J. ein weiteres Faß mit Samen und Nüssen heran und schließlich sein eigenes kleines Kleiderbündel und eine Truhe mit Raritäten.

»Ich weiß schon, wo es hingeht«, sagte der Mann, stieg auf den Kutschbock und weckte das Pferd mit einem Zügelschlag auf den Rücken.

»Tatsächlich?«

»Zu Tradescants Arche in Lambeth«, sagte der Mann sicher. »Das ist der einzige Ort auf der ganzen Welt, wohin man mit einem halben Wald an Bord reisen würde.«

»Stimmt genau«, sagte J. und stellte seine Füße auf die Wagenbretter. »Was gibt es für Neuigkeiten?«

Der Kutscher spie geübt über den Seitenrand und traf auf die schmutzige Straße. »Nichts Neues«, sagte er. »Viel Schlechtes.«

J. wartete.

»Alles, was es zu essen und zu trinken gibt, ist mit Steuern belastet«, sagte der Kutscher. »Aber ich schätze, das war schon so, ehe Ihr abgereist seid. Jetzt gibt es eine neue Steuer, eine ganz verdammte Steuer: Schiffsgeld, das jeder von uns zu zahlen hat, ganz gleich, wie weit man vom Meer entfernt wohnt. Nur die Häfen sollten Schiffsgelder zahlen müssen, die brauchen doch die Seeflotte, damit die Piraten ferngehalten werden. Doch König Charles läßt alle Städte dafür zahlen, sogar die im Landesinneren. Meine Schwester wohnt in Cheltenham. Warum sollte sie Schiffsgeld zahlen? Was hat sie mit dem Meer zu tun? Aber sie muß.«

J. nickte. »Der König wird also nicht das Parlament einberufen?«

»Es heißt, daß er nicht einmal das Wort ertragen kann. Seit 1629 gab es keins, wie Ihr wohl wißt.«

J. stieß nun ein mißbilligendes Zischen aus.

»Würde er beim Parlament um die Zustimmung für eine neue Steuer bitten, dann würde er schon zu hören kriegen, was man von ihm als König hält«, sagte der Kutscher mutig. »Sie würden ihm schon sagen, was sie vom Kronrat halten, der von einer papistischen französischen Königin beherrscht wird, und von einem Hof, der von Franzosen und Jesuiten nur so wimmelt.«

»Das kann doch gar nicht sein«, sagte J. entschieden. »Ich bin nur ein paar Monate weg gewesen.«

»Es ist allgemein bekannt, daß die Tradescants die Getreuen des Königs sind«, meinte der Mann unwirsch.

»Ja, mag sein«, stimmte ihm J. zu und erinnerte sich an

die regelmäßigen Warnungen seines Vaters, sich an manchen Gesprächen nicht zu beteiligen, denn das könnte einem später als Hochverrat ausgelegt werden.

»Dann will ich mal nichts mehr sagen«, warf der Kutscher ein. »Aber ich möchte nicht wissen, wie es Euch gefällt, wenn man bei Euch anklopft und Euch mitteilt, daß nun sogar der Dreck in Eurem Garten als Euer Alleinbesitzrecht angefochten wurde und Ihr irgendeinem Herrn vom Hofe eine Abgabe von zehn Prozent zahlen müßt, wenn Ihr etwas einpflanzen wollt – nur weil Ihr den Grund und Boden nicht schon seit einhundertfünfzig Jahren besitzt. Das genau ist nämlich allen anderen Gewerbezweigen in diesem Königreich widerfahren. Der König besteuert die Händler und ruft kein Parlament ein, das den alteingesessenen Landadel wegen seiner Pacht besteuern würde.«

Dann verstummte der Kutscher, wartete darauf, daß J. in seinem Entsetzen etwas erwiderte. Doch dieser schwieg weiter.

»Habt Ihr schon gehört, daß die presbyterianischen Schotten geschworen haben, ihre Gebete nicht aus dem neuen Gebetbuch zu lesen?«

»Wirklich?«

Der Mann nickte. »Alle weigern sich. Sind alle gegen das Gebetbuch von Erzbischof Laud. Sie sagen, daß sie kein Wort daraus lesen werden. Der Erzbischof hat eine Schlappe erlitten und der König auch. Die einen sagen, er wird sie schon kirre machen, die anderen meinen, er wird es nicht schaffen. Warum sollte ein König einem befehlen können, was man zu Gott sagt?«

»Ich weiß nicht«, erwiderte J. vorsichtig. »Dazu kann ich nichts sagen.« Und er zog sich den Hut tief in die Augen und döste, als das Fuhrwerk über die vertrauten Wege zu seinem Heim holperte.

Nicht einmal als sie die South Lambeth Road entlang

auf den Gemeindeanger zufuhren, schob er den Hut nach hinten; doch er sah mit scharfem Blick unter dessen Rand hervor. Alles war in Ordnung. Das Haus seines Vaters stand stolz da, etwas von der Straße abgerückt, die kleine Brücke führte über das Flüßchen, das neben der Straße entlanglief. Es war ein schönes Landhaus im alten Fachwerkstil, an dessen einer Seite sich ein neuer Anbau befand, den sein ehrgeiziger Vater vor ein paar Jahren in Auftrag gegeben hatte, damit man dort die unzähligen Kuriositäten aus aller Welt unterbringen konnte. Auf der Rückseite des Hauses erstreckte sich der Garten, mit dem sie ihren guten Ruf als Gärtner und Züchter begründet hatten und ihren Lebensunterhalt verdienten.

Während der Kutscher das Pferd um die nach Süden gerichtete Seite des Hauses lenkte, blickte J. zu Boden, wie er es sich seit langem angewöhnt hatte. So brauchte er nicht das pompöse Steinwappen zu sehen, das sein Vater am neuen Flügel angebracht hatte, um sich damit die Abgesandten des Wappenamts als auch die schlichte Wahrheit vom Leibe zu halten. Die Tradescants waren keine Esquires, waren es nie gewesen, obwohl sie nun über Grundbesitz verfügten. Doch John Tradescant der Ältere hatte das Wappen entworfen und einen Steinmetz mit dessen Ausführung beauftragt; und J. hatte ihn nicht dazu bringen können, es wieder abzunehmen.

J. leitete die Fuhre hinter in den Hof. Der Stalljunge, der über die zweiteilige Stalltür hinwegblickte, entdeckte die wippenden Kronen kleiner Bäume auf dem Karren und schrie: »Der Herr ist wieder daheim!« und stürzte herbei.

Man hörte ihn in der Küche, und die Magd rannte in die Eingangshalle und stieß die Hintertür auf, als J. die Stufen der Terrasse hochschritt und in sein Haus trat.

Plötzlich schreckte er überrascht zurück. Eine ihm unbekannte Frau kam die Treppe herunter. »Guten Tag«, sagte sie förmlich und nickte ihm kurz zu, als sei sie ein Mann und ihm gleichgestellt.

»Wer zum Teufel seid Ihr?« fragte J. unwirsch.

Sie wirkte ein wenig verlegen. »Wenn Ihr bitte hier herüberkommen würdet?« sagte sie und führte ihn in sein eigenes Empfangszimmer. Die Magd kniete gerade vor dem Kamin und machte Feuer. Die Frau wartete, bis eine Flamme auflohte, und entließ dann das Mädchen mit einer raschen Handbewegung.

»Ich bin Hester Pooks«, klärte sie ihn auf. »Euer Vater hat mich aufgefordert, hier im Haus zu bleiben.«

»Warum?« fragte J.

Hester zögerte. »Ich vermute, Ihr wißt nicht ...« Sie schwieg kurz. »Es tut mir sehr leid, Euch mitzuteilen, daß Euer Vater verstorben ist.«

Er rang nach Luft und schwankte hin und her. »Mein Vater?«

Sie nickte, sagte aber nichts.

J. ließ sich in einen Sessel fallen und war eine ganze Weile still. »Das sollte mich nicht so überraschen ... doch es ist ein entsetzlicher Schock. Ich wußte, daß er schon alt war, aber er hat immer ...«

Ohne Aufforderung setzte sie sich auf einen gegenüberstehenden Sessel und blieb ruhig, wobei sie die Hände im Schoß faltete. Als J. sich ihr zuwandte, wartete sie, bis sie ihm mehr erzählen konnte.

»Er mußte nicht leiden«, sagte sie. »Den Winter über ist er sehr müde geworden, und dann legte er sich hin, um sich auszuruhen. Er ist sehr friedlich eingeschlafen. Wir hatten ihm viele Blumen und Zweige aus seinem Garten ins Zimmer gestellt, und er starb inmitten seiner Blumen.«

J. schüttelte den Kopf, konnte es immer noch nicht glauben. »Ich wünschte, ich wäre hier gewesen«, sagte er.

»In dem Moment, als er von uns ging, dachte er, daß er

Euch erblickt hätte. Er wartete ständig auf Eure Rückkehr, und er wachte auf, als sich die Schlafzimmertür öffnete, und er meinte Euch zu sehen. Im Sterben dachte er, daß Ihr wohlbehalten heimgekehrt seid. Ich denke, daß er glücklich starb, wissend, Ihr wart wieder da.«

»Hat er meinen Namen genannt?« fragte J.

Sie nickte. »Er sagte: ›Ah! Endlich du!‹«

J. runzelte die Stirn. Die alte Furcht, daß er nicht an erster Stelle im Herzen seines Vaters stand, kehrte zu ihm zurück. »Hat er wirklich meinen Namen genannt? Seid Ihr sicher, daß er mich gemeint hat?«

Hester hielt kurz inne, dann sah sie in das sanfte, verletzliche Gesicht des Mannes, den sie heiraten sollte. Da kam ihr leicht eine kleine Lüge über die Lippen. »O ja«, sagte sie entschieden. »Er sagte: ›Ah! Endlich du!‹, und dann, als er in sein Kissen zurückfiel, sagte er: ›J.‹«

»Ich kann es nicht fassen«, sagte er. »Wie soll ich ohne ihn weitermachen? Die Arche und die Baumschule, die königlichen Gärten – ich habe immer an seiner Seite gearbeitet. Ich habe meinen Arbeitgeber, meinen Herrn und meinen Vater verloren.«

Sie nickte. »Er hat Euch einen Brief hinterlassen.«

J. beobachtete sie, wie sie durchs Zimmer ging und den versiegelten Brief aus einer Schublade des Tisches holte.

»Ich glaube, es geht darin um mich«, sagte sie unverhohlen.

J. schwieg, als er ihn entgegennahm. »Wer seid Ihr?« fragte er wieder.

Sie holte kurz Luft. »Meine Name ist Hester Pooks, wie ich schon sagte. Ich stehe allein auf der Welt. Euer Vater mochte mich, und mein Onkel erklärte ihm, daß ich eine gute Mitgift habe. Euren Vater habe ich bei Hofe kennengelernt. Mein Onkel ist Maler, der von der Königin mit Arbeiten beauftragt wurde. Ich stamme aus guter Familie, alles Künstler und Musiker, alle haben königliche oder adlige Gönner.« Sie hielt inne und lächelte. »Aber nicht viel Geld. Euer Vater dachte wohl, ich könnte zu Euch passen. Auch wollte er vor allem sicher sein, daß jemand seine Enkel großzieht und dafür sorgt, daß sie hierbleiben können. Er wollte sie nicht nach London zu den Eltern Eurer verstorbenen Frau geben. Er dachte, daß wir vielleicht heiraten könnten.«

J. blieb der Mund offenstehen. »Er hat mir eine Frau ausgesucht? Ich bin ein Mann von dreißig Jahren, und er hat mir eine Frau gesucht, als sei ich ein Junge? Und er hat Euch gewählt?«

Hester sah ihm direkt ins Gesicht. »Ich bin keine Schönheit«, sagte sie. »Ich stelle mir vor, daß Eure Frau voller Liebreiz gewesen ist. Frances ist so ein hübsches Mädchen, und alle sagen, daß sie nach ihrer Mutter kommt. Doch ich kann ein Haus führen und ein Geschäft leiten, ich liebe Pflanzen und Bäume und einen Garten, und ich liebe Eure Kinder. Mir wäre es recht, wenn wir heiraten würden, wobei ich an Euch keine Forderungen stelle. Ich habe keine großen Erwartungen.«

Sie schwieg einen Augenblick. »Diese Übereinkunft würde uns beiden nützen«, fuhr sie fort. »Und Ihr könntet jederzeit im königlichen Schloß von Oatlands arbeiten oder in andere Länder reisen, und Ihr könntet stets sicher sein, daß hier alles in Ordnung ist.«

J. blickte von dem Brief in seiner Hand auf. »Das ist doch unerhört! Kaum bin ich zu Hause angekommen, muß ich erfahren, daß mein Vater gestorben ist und irgendeine Frau, die ich nie zuvor gesehen habe, halb verlobt mit mir ist. Und überhaupt ...« Er hielt inne. »Ich habe andere Pläne.«

Sie nickte nüchtern. »Es wäre leichter gewesen, wenn er noch am Leben wäre, um es Euch zu erklären«, erwiderte sie tapfer. »Aber Ihr seid nicht halb verlobt, Mr. Tradescant. Es ist Eure freie Entscheidung. Lest in Ruhe den

Brief. Wünscht Ihr, daß ich die Kinder hinunterbringe, damit Ihr sie begrüßen könnt?«

Er war nun abgelenkt. »Geht es beiden gut?«

Sie nickte. »Besonders Frances trauert noch sehr um ihren Großvater, aber sie sind sonst beide gesund.«

J. schüttelte verwirrt den Kopf. »Bringt sie her, wenn sie wach sind«, sagte er. »Ich brauche Zeit. Ich fühle ...« Er verstummte. »Mein ganzes Leben lang hat er mich unter seiner Fuchtel gehabt und alles für mich in die Wege geleitet!« rief er plötzlich verärgert aus. »Und ausgerechnet dann, wenn ich meine, mit seinem Tod mein eigener Herr zu sein, muß ich feststellen, daß er wieder die Fäden für meine Zukunft gezogen hat.«

An der Tür hielt sie an, ihre Hand lag auf dem Messingring. »Und er hat mir auch sehr klar gemacht, daß Ihr Euer Herz mit Eurer Gemahlin begraben habt und Ihr weder mich noch irgendeine andere Frau jemals wieder lieben könntet.«

J. fühlte sich auf einmal ganz schuldig. »Ich werde nie eine Frau so lieben können wie meine Jane«, sagte er voller Inbrunst. »Jane kann niemand ersetzen.«

»Ich erwarte keine Liebe«, sagte Hester schlicht. »Ich dachte, wir könnten einander helfen. Ich dachte, wir könnten ... Gefährten sein.«

J. schaute sie an, schaute sie an und sah sie zum erstenmal, wie sie da in der Tür stand, vom dunklen Holz eingerahmt. Er bemerkte das einfache, offene Gesicht, die glatte weiße Haube, die intelligenten dunklen Augen und die starke Linie um ihr Kinn. »Wie, um Himmels willen, ist er nur auf solch einen Gedanken gekommen?« wollte er wissen.

»Ich glaube durch mich«, sagte sie, wobei ein kleines Lächeln um ihre Mundwinkel spielte. »Das würde mir schon gefallen. Vielleicht, wenn sich Eure Überraschung gelegt hat, werdet Ihr auch meinen, daß es Euch gefällt.«

Er beobachtete, wie sie hinter sich die Tür zuzog, und öffnete den Brief.

Mein lieber Sohn!

Ich habe mein Testament gemacht, und Dir die ganze Arche hinterlassen. Ich hoffe, sie wird Dir viel Freude bringen. Ich hoffe, daß Klein John Dein Nachfolger sein wird und der Name Tradescant den Leuten, die ihre Gärten lieben, immer etwas bedeuten wird.

Wenn ich bei Deiner Rückkehr schon tot bin, so wisse, daß Du meinen Segen und meine Liebe hast. Ich werde nun zu Deiner Mutter gehen, zu Sir Robert Cecil und dem Herzog, und ich bin bereit dazu. Trauer bitte nicht um mich, J., ich hatte ein langes Leben, und viele würde mich darum beneiden.

Die junge Frau, Hester Pooks, bringt eine beträchtliche Mitgift mit, und sie ist klug und vernünftig. Ich habe mit ihr über Dich gesprochen und glaube, daß sie Dir eine gute Ehefrau und den Kindern eine gute Mutter sein wird. Sie ist keine zweite Jane, weil es keine zweite geben kann. Aber sie ist eine offene, freundliche junge Frau, und ich glaube, Du brauchst jemanden wie sie.

Natürlich ist alles Deine Entscheidung. Doch wenn ich bis zu Deiner Rückkehr noch am Leben bin, würde ich sie Dir mit meinen wärmsten Empfehlungen vorstellen.

Lebe wohl, mein lieber Sohn,

John Tradescant.

J. saß still da und sah dem Flackern der brennenden Scheite im Kaminfeuer zu. Er dachte an die Entschlossenheit seines Vaters und an seine Fürsorge, die sich am besten in den akribisch angelegten Aufzucht- und Treibbeeten widerspiegelte, im Beschneiden und beim Unkrautjäten, in dem unendlichen Umeinanderwinden und Hochziehen seiner liebsten Kletterpflanzen. Und auch hier äußerte sie sich wieder, indem er seinem Sohn eine Frau besorgte. Er spürte, wie sein Ärger über die vereitelte Unabhängigkeit durch die Liebe, die er für seinen Vater empfand, schwand. Und bei dem Gedanken an die Gärten, die er ihm in Verwahrung für den nächsten John Tradescant hinterließ, zerfloß sein ganzer Zorn, und er stand auf und lehnte den Kopf gegen den Sessel seines Vaters und weinte um ihn.

Frances, die bald darauf hereinkam, fand ihren Vater am Fenster sitzend vor, von dem man auf die Roßkastanienallee und die Nebelwirbel in der frühmorgendlichen Dunkelheit blicken konnte.

»Vater?« sagte sie zögernd.

Er drehte sich um und streckte ihr die Arme entgegen, und sie stürzte auf ihn zu. Er zog sie an sich und spürte die zarten schmalen Knochen und sog den warmen frischen Duft ihrer Haut und ihrer Haare ein. Einen Moment lang dachte er lebhaft und schmerzlich an Suckahanna, die nicht schwerer war, aber deren Muskeln wie gespannte Saiten waren.

»Du bist aber gewachsen«, sagte er. »Ich könnte schwören, daß du mir fast bis zur Brust reichst.«

Sie lächelte ihn an. »Ich bin neun«, erwiderte sie ganz ernst. »Und Klein John ist auch viel größer geworden seit deiner Abfahrt. Und schwerer. Ich kann ihn nicht mehr hochheben, jetzt, wo er fünf ist. Das muß Hester machen.«

»Hester macht es, ja? Magst du Hester?«

Er meinte, daß sie ihn hilfesuchend ansah, um etwas zu sagen, was sie nicht recht ausdrücken konnte.

»Ja«, gestand sie.

»Dein Großvater dachte, daß sie mich vielleicht heiraten und euch eine zweite Mutter sein könnte.«

Nun war sie erleichtert. »Wir brauchen eine Mutter«,

sagte sie. »Ich kann Klein John nicht mehr hochheben, wo er so groß ist, und ich weiß nicht immer, was ich tun soll, wenn er weint.« Sie verstummte und mußte schluchzen. »Wir brauchen eine Mutter«, sagte sie mit Nachdruck. »Eine Köchin ist nicht das gleiche.«

»Es tut mir leid«, sagte J. »Das wußte ich nicht.«

»Ich dachte, du würdest eine mitbringen aus Virginia, mit den anderen Dingen in deinem Fuhrwerk«, sagte sie kindlich verschmitzt.

J. mußte kurz an das Mädchen denken, nur ein paar Jahre älter als seine Tochter, und war froh, daß er nicht den Fehler gemacht hatte, sie nach England mitzunehmen. »Dort gibt es niemanden, der dir eine Mutter sein könnte«, sagte er kurz und bündig. »Oder mir hier eine Ehefrau.«

Frances zwinkerte mit den Augen ihre Tränen fort und schaute zu ihm hoch. »Aber wir brauchen eine. Eine Mutter, die weiß, was man tun muß, wenn Klein John ungezogen ist, und die ihn unterrichtet.«

»Ja«, meinte J. »Ich sehe schon, wir brauchen eine.«

»Hester sagte, daß das Frühstück fertig ist«, wechselte Frances nun das Thema.

»Ist Klein John beim Frühstück?«

»Ja. Komm schon.«

J. nahm sie an die Hand und führte sie hinüber in die Küche. »Du bist aber wirklich groß geworden«, sagte er.

»Mein Onkel Alexander Norman meinte, daß ich bald eine richtige kleine Dame sein werde«, sagte sie mit Genugtuung. »Doch ich erkläre ihm dann jedesmal, daß ich Gärtner des Königs werden will.«

»Hast du das noch immer vor?« fragte J. Sie nickte und öffnete die Tür zur Küche.

Dort saßen alle schon auf ihren Plätzen um den dunklen Holztisch herum: der Gärtner und die zwei Burschen, die Köchin und die Magd und der Junge, der im Haus und im Stall arbeitete. Hester saß neben Klein John, der immer noch verschlafen wirkte, am Ende der Tafel. Seine müden Augen blickten kaum über die Tischkante hinweg. J. sog diesen Anblick in sich ein: der geliebte Knabe, der Erbe der Tradescants.

»Vater!« sagte Klein John ein wenig überrascht.

J. hob ihn hoch, drückte ihn an sich, roch die Wärme des schläfrigen Kindes, umarmte ihn fest und spürte, wie sein Herz vor Zärtlichkeit zu diesem Jungen, Janes Jungen, zerbersten wollte.

Sie warteten, bis er Platz genommen hatte, ehe sie sich wieder hinsetzten. Dann neigte Hester den Kopf und sprach das Tischgebet in einfachen Worten, die von der Kirche von Erzbischof Laud gebilligt wurden. Einen Moment lang war J. empört – er hatte in seiner Ehe die heftig umkämpften, unabhängigen puritanischen Überzeugungen seiner Frau gebilligt und ihrem kraftvollen, aus dem Stegreif gesprochenen Gebet zugehört –, doch dann senkte auch er den Kopf und lauschte dem schlichten Trost ihrer Sprache.

Er blickte auf, ehe Hester »Amen« sagte. Die Hausangestellten saßen in der rechten Ordnung am Tisch, die beiden Kinder befanden sich mit gewaschenen Gesichtern und sauberen Kleidern an Hesters Seite. Auf dem Tisch stand ein ordentliches Mahl, ohne jede Spur von protzender Üppigkeit oder Verschwendungssucht – auf dem Fenstersims stand eine Schale mit blauen und weißen Glöckchen-Blausternen, die von jemandem mühevoll aus dem Obstgarten ausgegraben und in den Topf eingepflanzt worden waren, damit sie einen im Haus erfreuten.

Niemand außer seinem Vater, John Tradescant, hatte jemals zum Vergnügen Blumen in die Küche oder ins Haus gestellt. Blumen waren Teil der Arbeit und des Gewerbes: Sie wuchsen in der Orangerie, blühten im Garten, wurden im Raritätensaal ausgestellt, in Zucker kandiert oder gemalt und gezeichnet. Doch Hester liebte die Blumen so ähnlich, wie es sein Vater getan hatte, und als er sie zwischen seinen Kindern sitzen sah und an die Blumen im Fenster dachte, kam er auf den Gedanken, daß die zwei großen schmerzhaften Lücken in seinem Leben, die durch den Tod seiner Frau und seines Vaters entstanden waren, wieder geschlossen würden, wenn diese Frau hiersein und mit ihm arbeiten würde.

J. konnte seine kleinen Kinder nicht aus ihrem Zuhause nach Virginia verpflanzen, er konnte sich nicht einmal vorstellen, selbst dorthin zurückzukehren. Seine Zeit in den Wäldern kam ihm wie ein Traum vor, wie etwas, das jemand anderem widerfahren war, einem freien Mann, einem neuen Mann in einem neuen Land. In den folgenden sehr geschäftigen Monaten, in denen John der Jüngere nun John Tradescant geworden war, der einzige John Tradescant, dachte er kaum an Suckahanna und an sein Versprechen, zurückzukehren. In Lambeth, zurück in der Alten Welt, umfing ihn das alte Leben wieder, und er dachte, daß sein Vater wahrscheinlich recht hatte – so wie immer – und daß er Hester brauchen würde, damit sie das Geschäft und den Haushalt führte.

Erst gegen Ende des Sommers machte J. Hester einen förmlichen Heiratsantrag. Die Monate zuvor hatte er sich ganz der Aufgabe gewidmet, die Schulden zu tilgen, die durch den Zusammenbruch des Tulpenmarktes entstanden waren. Die Tradescants, Vater und Sohn, hatten den ganzen Familienbesitz darauf verwendet, kostbare, seltene Tulpenzwiebeln zu kaufen. Sie waren sich sicher gewesen, daß die Nachfrage danach noch steigen würde. Doch als die Tulpen abgeblüht, mehr Zwiebeln unter der guten Erde in ihren Porzellantöpfen gewachsen waren, war der Markt in Amsterdam zusammengebrochen. J. und sein Vater waren auf beinah eintausend Pfund

Schulden sitzengeblieben, die sie den Geldgebern und Teilhabern zahlen mußten und ihnen auch aus aufrichtigem Ehrgefühl zurückzahlen wollten. Indem er die neuen Pflanzen aus Virginia mit hohem Gewinn verkaufte und dafür sorgte, daß jeder von seinem neuen Frauenhaarfarn erfuhr, gelang es J., das Geschäft mit der Pflanzenzucht zu vervierfachen und seiner Familie wieder zu Wohlstand zu verhelfen.

Der Frauenhaarfarn war nicht die einzige Sehenswürdigkeit aus Amerika, die die Besucher in seinen Garten lockte. J. konnte einen neuen Jasmin vorstellen, der in England unbekannnt war – er wand sich um einen Pfahl, kletterte schnell hoch und wuchs so üppig wie Geißblatt, verbreitete einen ebenso süßen Duft und blühte in einem leuchtenden Primelgelb – eine neue Akelei, eine amerikanische Akelei, und ein ganz besonderes Gewächs unter den überlebenden kleinen Bäumchen: eine amerikanische Platane, die J.s Meinung nach in dem gemäßigten Klima Englands so groß wie ein Eiche werden könnte. Von allen Pflanzen besaß er nicht mehr als je sechs Stück, davon würde er nichts verkaufen. Gegen eine Geldeinlage nahm er Bestellungen an und versprach, kleine Sämlinge zu liefern, sobald die Pflanzen sich vermehrt hätten. Der amerikanische Ahornbaum, den er unter größter Vorsicht transportiert hatte, wollte in Lambeth nicht gedeihen, obwohl J. ihn regelrecht bemutterte. Dann verlor er auch noch den einzigen Tulpenbaum, den er mitgebracht hatte. Mit dem Freund seines Vaters, dem berühmten Botaniker und Apotheker John Parkinson, geriet er fast darüber in Streit, als er versuchte, ihm zu beschreiben, mit welcher Pracht dieser Baum mitten in den Wäldern wuchs, der bei ihm nur noch ein vertrockneter Stock war.

Alexander Norman, Schwager und Testamentsvollstrekker des verstorbenen Tradescant, übernahm zu günstigen Bedingungen einen Teil der Schulden, um der jungen

Familie unter die Arme zu greifen. »Für die Mitgift von Frances«, sagte er. »Sie ist so ein hübsches Kind.«

J. verkaufte ein paar Felder in Kent, die sein Vater besessen hatte, und konnte so den Hauptteil der Schulden begleichen. Zweihundert Pfund waren noch zu zahlen – das entsprach genau der Höhe der Mitgift von Hester. J. saß über die Bücher gebeugt, und ihm fiel plötzlich ein, daß Hesters Mitgift doch mühelos ihm gehören würde. So könnten in den Geschäftsbüchern der Tradescants bald wieder Gewinne verzeichnet werden. Bei dieser unromantischen Vorstellung legte er seine Schreibfeder aus der Hand und ging Hester suchen.

Den ganzen Sommer über hatte er sie im Visier, und sie wußte, daß sie in zweierlei Hinsicht überprüft wurde: ob sie dem Namen Tradescant alle Ehre machte und ob sie mit Jane mithalten konnte. Er beobachtete sie, wie sie mit den Besuchern der Raritätensammlung umging. Mit zurückhaltendem Stolz und ohne Prahlerei zeigte sie die Ausstellungsstücke, als sei sie froh, Teil des Hauses zu sein, das so viele Wunder beherbergte. Sie bewegte sich von einem Schrank zum nächsten Objekt an der Wand, erläuterte die Dinge – und alles mit gleichbleibendem Selbstbewußtsein.

Gleich beim Eintritt bat sie die Besucher ohne Scham um das Geld, und dann führte sie sie durch den Saal. Wenn jemand ein Ausstellungsstück zeichnen oder malen wollte, so machte sie ihm rasch einen Tisch nahe der venezianischen Fenster zurecht, wo das beste Licht war, und zog sich diskret zurück. Kamen aber die zahllosen Neugierigen, die den Vormittag in einem Museum verbringen wollten, um hinterher gegenüber ihren Freunden damit anzugeben, daß sie alle Sehenswürdigkeiten Londons angeschaut hätten – die Löwen im Tower, die königlichen Gemächer in Whitehall, die Sammlung in Tradescants Arche –, dann zeigte sie ihnen die besonderen Stücke, den

Meerengelhai, den Vogel ohne Flügel, den Riesenkiefer eines Wales, das Skelett eines See-Einhorns, worüber sie sich noch den ganzen Heimweg lang unterhielten.

Wenn der Rundgang beendet war, geleitete sie die Besucher durch den Garten. Sie fing immer bei der Kastanienallee an und begann stets mit den Worten:

»Und diese Bäume hier sind aus Schößlingen der ersten sechs Bäume, die überhaupt auf englischem Boden wuchsen, von Mr. Tradescant herangezogen worden. Die ersten besaß er im Jahre 1607, vor einunddreißig Jahren also.« Und die Leute hielten inne und schauten sich die schlanken, starken Bäume an, die jetzt durch die Sommertriebe ganz dicht mit handförmig gespreizten Blättern belaubt waren.

»Wer hat die Kastanien damals zum Blühen gebracht? Mein Vater?« wollte J. später wissen, als einige Besucher ein kleines Vermögen für Sämlinge ausgegeben hatten und mit einem Wagen voller kleiner Töpfe losfuhren.

Sie drehte sich zu ihm um und ließ die Münzen in ihre Schürzentasche gleiten. »Der Gärtner brachte sie zum Blühen für Euren Vater, als er krank im Bett lag.«

»Er sah sie noch blühen?«

Sie nickte. »Er sagte, daß ihn eine Blumenwiese umgebe. Darüber haben wir einmal gesprochen. Er lag auf einem prächtigen Bett, umgeben von Farben und Düften. Tulpen standen überall um ihn herum, und über seinem Bett schwebten große blühende Kastanienzweige. Es war ein wundervoller Anblick. Er mochte es sehr.«

J. dachte einen Augenblick an die anderen Krankenlager in diesem Haus: das seiner Mutter, deren Zimmer mit Narzissen angefüllt war, und an das Boot, das voller Rosamund-Rosen langsam in die Stadt flußabwärts fuhr zu Janes Trauerfeier. »Hat er Euch darum gebeten?«

Hester schüttelte den Kopf.

»Ich bin froh, daß Ihr daran gedacht habt«, sagte er.

Dann räusperte er sich. »Wegen seines Plans, daß wir heiraten sollten ...«

Sie errötete ein wenig, doch ihr Gesicht war ganz gelassen, als sie ihn anblickte. »Habt Ihr Euch entschieden?«

Er nickte.

»Das freut mich. Mit gutem Gewissen kann ich nicht viel länger bleiben. Eure Schwiegermutter wird sich bald fragen, was ich hier tue, und auch die Dienerschaft wird sich bald die Mäuler darüber zerreißen.«

»Ich habe nachgedacht«, sagte er, und es klang so distanziert wie ihre Rede. »Und ich denke, daß wir ganz gut zusammenpassen würden.«

Sie blickte ihm kurz in die Augen. »Dann wollt Ihr mich heiraten?«

»Wenn Ihr es wünscht«, sagte J. kühl. »Wie schon mein Vater in seinem Brief meinte, ich habe zwei Kinder und viel Arbeit. Und in meinem Hause brauche ich jemand Verläßlichen. Ich habe in den letzten Monaten bemerkt, wie aufrichtig Ihr die Kinder liebt und mit allem gut zurechtkommt. Ich kann mir keine bessere Frau vorstellen, obwohl mir Frauen gleichgültig sind.«

Sie neigte den Kopf. Ganz kurz kam ihr der eigenartig sentimentale Gedanke, daß sie sich aller anderen Möglichkeiten beraubte, die sich ihr noch eröffnet hätten, wenn sie in den lieblosen Heiratsantrag Tradescants einwilligte. Gewiß hätte es Männer gegeben oder auch nur einen Mann, der sie um ihrer selbst willen geliebt hätte und nicht, weil sie gut zu den Kindern war und das Geschäft verläßlich führte. Sicher hätte es jemanden gegeben, der um ihre Hand angehalten und mit klopfendem Herzen auf ihre Antwort gewartet hätte.

Sie zuckte kaum merklich mit den Schultern. Solch ein Mann war bisher nicht aufgetaucht, und sie ging auf die Dreißig zu. Die Übereinkunft mit John Tradescant war das Beste, was man ihr jemals angeboten hatte, lebten sie doch in einem Land, wo der Erfolg danach bemessen wurde, wie nah man dem Hofe stand. Der Gärtner des Königs und der Liebling der Königin war doch ein guter Fang, selbst für eine ältliche Jungfer mit einer Mitgift von zweihundert Pfund.

»Und mir sind die Männer gleichgültig«, erklärte sie so kühl wie er zuvor. »Ich werde Euch heiraten, John.«

Er war leicht irritiert. »Niemand nannte mich jemals John«, sagte er. »Ich bin immer J. gewesen. Mein Vater war John.«

Hester nickte. »Das weiß ich. Aber Euer Vater ist tot, und Ihr seid jetzt der Herr im Haus und kein Sohn mehr. Ich werde Euch John nennen. Ihr seid der Hausherr, John Tradescant.«

»Das bin ich dann wohl …«

»Manchmal ist es schwer, wenn man Vater oder Mutter verloren hat«, sagte sie. »Es ist nicht nur ihr Tod, der uns bekümmert, sondern die Tatsache, daß man nicht mehr Kind ist …«

»Wir sollten auf der Stelle das Aufgebot bestellen«, sagte er. »In der Kirche von St. Mary.«

Bei dem Gedanken, daß er zu seiner Hochzeit am Grabstein seiner einzig geliebten Frau vorbeigehen sollte, schüttelte sie den Kopf. »Ich bin Mitglied der Gemeinde von St. Bride's in der Fleet Street in London«, sagte sie. »Ich werde dort das Aufgebot bestellen. Werden wir gleich heiraten?«

Er wirkte unschlüssig. »Das wäre mir recht«, sagte er höflich. »Aber vielleicht müßt Ihr Kleider in Auftrag geben? Oder noch andere Dinge erledigen?«

»Ein paar Dinge schon. Im Oktober können wir heiraten.«

Er nickte, als würde es sich dabei um den Endtermin einer gewöhnlichen Gartenarbeit handeln. »Im Oktober dann.«

Oktober 1638

John fragte sich, ob er unaufrichtig gegenüber Suckahanna handelte, der er versprochen hatte, zurückzukehren, aber entschied für sich, daß er es nicht war. Gelegentlich stellte er sich vor, wie es ihr wohl gerade ginge, ob sie und ihre Mutter in den Wäldern an einem sicheren Ort waren, so wie sie es vorgehabt hatten. Aber Virginia lag so weit weg, eine zweimonatige Reise entfernt, und John war so sehr mit den Belangen seines Geschäfts und der Familie beschäftigt, daß Suckahannas Bild verblaßte. Eines Nachts, als er betrunken war, wollte er einem anderen Gärtner erklären, daß er die Pflanzen in Virginia zusammen mit einem Indianermädchen gesammelt hatte, das viele blaue Tätowierungen hatte und nur mit einem Wildlederschurz bekleidet war; der Mann schüttete sich vor Lachen aus und bestellte noch eine Runde Bier, weil John so eine zotige Geschichte erfunden hatte.

Mit jedem anbrechenden Tag rückte Suckahanna weiter in die Ferne. Ob er nun von ihr sprach oder schwieg, ob er von ihr träumte oder ihr Bild wegschob, mit jedem Tag wirkte sie unwirklicher, glitt auf dem Fluß seiner Erinnerung mit dem Kanu weiter, und niemals sah sie sich nach ihm um. Am ersten Oktober kehrte Hester in ihre Unterkunft in der Stadt zurück, um Vorbereitungen für die Hochzeit zu treffen: Sie kaufte etwas Spitze für ihre Röcke und ihr Unterkleid, sie packte ihre Sachen zusammen und teilte der Wirtin mit, daß sie das kümmerliche Zimmer nicht länger benötige, weil sie den Gärtner der Königin heiraten werde – John Tradescant.

Ihr Onkel John de Critz führte sie zum Altar, und seine Familie und die Verwandtschaft de Neve machten in der kleinen Kirche einen prächtigen Eindruck. Es war eine stille Zeremonie. John wollte keinen großen Wirbel, und die de-Critz-Künstlerfamilie war so kultiviert, daß niemand den Wunsch hatte, Reis oder Weizenähren zu werfen und vor der Schlafzimmertür des Paares ein lautes Trara zu veranstalten.

Das Brautpaar fuhr nüchtern heim nach Lambeth. Zuvor hatte Hester dort Anweisungen gegeben, das große Schlafzimmer, das einmal Johns Vater und Elizabeth gehört hatte, mit neuen Vorhängen zu versehen, es zu putzen und gut zu lüften. Sie wollte lieber in dem Bett schlafen, in dem John Tradescant gestorben war, als dort, wo John und Jane einst gelegen hatten. Frances zog in das nun ungenutzte Zimmer ihrer Eltern um, und Klein John bekam ein eigenes Kinderzimmer. John hatte nichts weiter zu diesen Vorkehrungen geäußert, außer daß alles so hergerichtet werden sollte, wie sie es wünschte.

Die Kinder tanzten auf der Gartenmauer herum und warteten darauf, daß die Brautleute auf der Straße von Lambeth erschienen.

»Seid ihr verheiratet?« wollte Frances wissen. »Wo ist dein neues Kleid?«

»Ich habe nur dieses getragen.«

»Soll ich dich nun Mutter nennen?« fragte Frances weiter.

Hester blickte John an. Er beugte sich nach unten, um Klein John von der Mauer zu heben, und trug ihn ins Haus. Er wollte darauf nicht antworten.

»Du kannst mich Hester nennen, so wie immer. Ich bin nicht deine Mutter, die ist im Himmel, aber ich werde mein Bestes tun, euch zu lieben und für euch zu sorgen, so gut, wie sie es auch getan hätte.«

Frances nickte unbekümmert, so als gehe es sie nicht so

viel an, und dann kletterte sie von der Mauer und ging den Weg zum Haus voran. Hester nickte, sie war nicht enttäuscht darüber, daß Frances ihr so wenig Wärme entgegenbrachte.

Die neue Familie ging ins Wohnzimmer, und Hester nahm den Sessel gegenüber von John ein. Klein John kauerte auf dem Teppich vor dem Kamin, und Frances zögerte, sich hinzusetzen, sie wußte nicht, wohin.

Ohne Hester anzuschauen, sank sie vor dem wärmenden Feuer in die Knie und lehnte sich dann langsam zurück gegen Hesters Sessel. Hester legte die Hand sanft auf ihren Nacken und spürte, wie sich die angespannten, dünnen Muskeln ihres Halses unter ihrer Berührung lockerten. Frances ließ nun auch ihren Kopf etwas zurückfallen, wurde von ihrer Stiefmutter gestreichelt, vertraute ihrer Hand.

»Wir werden alle glücklich sein«, versprach Hester leise ihrer tapferen kleinen Stieftochter. »Und alles wird gut, Frances.«

Am Abend versammelte sich der gesamte Hausstand zu den Abendgebeten. John las aus dem neuen Gebetbuch vor. Tag für Tag zur gleichen Stunde wurden die gleichen Worte verlesen. Zu Janes Zeiten hatte man laut gebetet, frei von der Seele weg gesprochen, nun neigte man die Köpfe und hörte zu, und waren die Gebete vorgetragen, dann ging man daran, alle Türen zur Nacht zuzuriegeln, die Feuer zu löschen und die Kerzen auszumachen.

Das frischvermählte Paar stieg zum erstenmal zusammen hinauf in das große Schlafzimmer. Die Magd wartete dort auf Anweisungen.

»Die Köchin dachte, daß Ihr vielleicht Hilfe beim Auskleiden braucht, Miss Hester – Mrs. Tradescant, sollte ich sagen!«

Hester schüttelte den Kopf. »Das schaffe ich allein.«

»Und die Köchin hat für Euch dieses Tablett hochgeschickt«, fuhr die Magd fort. Offensichtlich meinte man in der Küche, daß dieses Ereignis mehr zu würdigen gewesen wäre. »Sie hat für Euch einen Hochzeitstrunk gebraut«, sagte die Magd. »Und dann sind da noch Kuchen und köstlicher Brombeerpudding.«

»Vielen Dank«, sagte Hester. »Und Dank auch an die Köchin.«

John nickte, und die Magd verließ den Raum.

Die Eheleute blickten sich an, ihre Scham war durch das Auftreten der Magd ganz verflogen.

»Die denken sicher, daß wir schmausen und singen sollten«, sagte John.

»Vielleicht denken sie, daß *sie* schmausen sollten«, merkte Hester scharfsinnig an. »Ich vermute, daß sich nicht das gesamte Hochzeitsbier in diesen beiden Humpen befindet.«

»Möchtest du etwas trinken?« fragte John.

»Wenn ich fertig fürs Bett bin«, sagte sie und ließ ihre Stimme so locker und belanglos klingen wie seine. Sie ging auf das Bett zu und kroch hinauf. Sie zog zwar nicht die Bettvorhänge vor ihm zu, doch es gelang ihr irgendwie, sich in deren Falten auszuziehen und ihr Nachtkleid ohne Zimperlichkeit überzustreifen. Sie trug immer noch ihr Haar geflochten; sie trat dann wieder hervor und legte ihr zartes Kleid in den Schrank.

John saß im Sessel vor dem Kaminfeuer und trank sein Bier. »Oh, das ist gut«, empfahl er es ihr. »Und ich habe auch ein kleines Stück Kuchen probiert.«

Hester hob den Humpen an und setzte sich ihm gegenüber, zog aber die Beine unter ihr Nachthemd hoch. Sie nippte ein wenig an dem Bier. Es war kräftig und süß. Auf einmal fiel die ganze Anspannung von ihr ab. »Das ist wirklich gut«, sagte sie.

John lachte. »Ich schätze mal, daß es seinen Zweck

erfüllt«, sagte er. »Ich war nervöser als an meinem ersten Schultag, und jetzt komme ich mir vor wie ein Hahn auf Brautschau.«

Hester wurde rot bei diesem unzüchtigen Gerede ihres Ehemanns. »Oh.«

Johns Kopf verschwand in seinem Humpen, denn es war ihm genauso peinlich wie seiner neuen Frau. »Geh nur schon ins Bett«, sagte er kurz. »Ich komme gleich nach.«

Sie stellte ihre schmalen weißen Füße auf die nackten Fußbodendielen und ging mit ihren raschen, jungenhaften Schritten zum Bett hinüber. John drehte sich nicht um, als sie hineinkletterte. Er wartete, bis sie es sich bequem gemacht hatte, stand schließlich auf und blies seine Kerze aus. Er zog sich halb aus und dann sein Nachthemd über.

Hester lag auf dem Kopfkissen, nur eine einzige Kerze und das Kaminfeuer flackerten noch. Sie hatte ihr Haar geöffnet, und es ergoß sich dunkel auf die Kissen. Plötzlich sehnte er sich schmerzlichst nach seiner verlorenen Frau Jane, und die ernste, leidenschaftliche Begierde, die sie miteinander geteilt hatten, durchflutete John. Er hatte sich fest vorgenommen, nicht an sie zu denken, er wußte, daß das verhängnisvoll wäre in dieser Nacht. Aber als er Hester in seinem Bett sah, kam er sich nicht wie ein Bräutigam vor, sondern wie ein junger Bursche, der etwas gegen seinen Willen tun sollte.

Es war ein Geschäftsvertrag, und er mußte eingehalten werden. Vor ihm stiegen nun die Bilder der unverschämt angemalten halbnackten Frauen am Hof des alten Königs auf. Als kleiner Junge hatte er sie in New Hall gesehen, und er erinnerte sich immer noch daran mit einer erotischen Mischung aus Verachtung und Begierde. Mit diesem Anblick vor seinem geistigen Auge näherte er sich Hester.

Noch nie war sie von einem Mann berührt worden, der sie geliebt hatte, sonst wäre ihr sofort klargeworden, daß

John ihr seinen Körper anbot, während er in Gedanken woanders war. Doch sie wußte auch, daß der Ehevertrag erst mit der körperlichen Vereinigung erfüllt war. Sie lag still und hilflos unter ihm da, während er in sie eindrang und sich dann brutal in ihr weiterbewegte. Sie beklagte sich nicht, gab keinen Laut von sich. Sie lag schweigend da, während der Schmerz anhielt und dann auf einmal aufhörte, als er seufzte und sich von ihr wegdrehte.

Hester erhob sich, verbiß sich den Schmerz und wickelte sich eine Decke ganz eng um die Hüfte. Es war eine herzlose Vergewaltigung gewesen, und sie hatte sie kalten Herzens hingenommen. In der Dunkelheit mußte sie zittern und stieg wieder ins Bett zu ihrem Ehegatten zurück.

John hatte sich von ihr abgewandt und zur Seite gewälzt, als wolle er sie bewußt nicht anschauen und nicht an sie denken. Hester kroch unter ihre Decke, gab darauf acht, ihn nicht zu berühren, nicht den Raum zwischen ihnen zu verletzen, und kniff die Lippen zusammen. Sie weinte nicht, sie lag ganz ruhig und mit trockenen Augen da und wartete auf den Tag, an dem ihr Eheleben beginnen sollte.

»Ich werde diese Woche nach Schloß Oatlands reiten, um dort nach dem Rechten zu sehen«, sagte John am nächsten Morgen beim Frühstück.

Hester, die neben Klein John saß, blickte ihn überrascht an. »Diese Woche noch?«

Verständnislos erwiderte er ihren Blick. »Ja.«

»So rasch?«

»Warum nicht?«

Ihr fielen ein Dutzend Gründe ein, warum ein frischvermählter Ehemann nicht gleich in der ersten Woche nach der Heirat sein Heim verlassen sollte. »Vielleicht kommt es den anderen Leuten eigenartig vor«, war alles, was sie dazu sagte.

»Sollen sie denken, was sie wollen«, erwiderte John

barsch. »Wir haben geheiratet, damit ich mich frei meiner Arbeit widmen kann, und das mache ich auch.«

Hester blickte auf Frances, die zu ihrer Linken saß, gegenüber von Klein John. Frances neigte den Kopf mit der weißen Haube über ihre Schale, sie blickte ihren Vater nicht an, sie tat so, als sei sie taub.

»In Oatlands gibt es viel zu tun«, sagte er. »Das kann einen Monat dauern. Wenn ihr mich braucht, so kannst du nach mir schicken.«

Hester beugte den Kopf herunter. John erhob sich und ging zur Tür. »Ich bin im Obstgarten«, sagte er. »Bitte packe meine Sachen für Oatlands, und sag dem Burschen, daß ich heute nachmittag ein Pferd brauche. Ich werde vorher noch zum Hafen reiten und sehen, ob etwas für die Sammlung des Königs eingetroffen ist.«

Hester nickte, und sie und die beiden Kinder saßen schweigend da, bis sich die Tür hinter John schloß.

Frances blickte auf, ihre Unterlippe war nach unten gezogen. »Ich dachte, er würde immer daheim bleiben, jetzt, wo ihr verheiratet seid.«

Hester packte Johns Sachen und stellte noch ein paar Krüge mit eingemachten Sommerfrüchten in den Korb dazu, der ihm auf dem Fuhrwerk folgen würde. Am Tag seiner Abreise war sie schon früh auf den Beinen, um ihn zu verabschieden, wenn er von der Arche fortritt.

»Du hättest nicht aufzustehen brauchen«, sagte John verlegen. Er drehte sich zu seinem Pferd um und zog den Gurt an dem großen Braunen fest, um nicht weiterreden zu müssen. Ihnen beiden war klar, daß sie sich seit der ersten Nacht nicht mehr geliebt hatten, und nun würde er für eine unbestimmte Zeit fort sein.

»Bitte sei vorsichtig bei Hofe«, sagte Hester freundlich. »Für standfeste Männer mit Prinzipien sind riskante Zeiten angebrochen.«

»Ich muß sagen, was ich denke, wenn ich gefragt werde«, antwortete John.

Sie zögerte. »Du brauchst doch deine Ansichten nicht zu Markte zu tragen, du könntest einfach schweigen und der Herausforderung aus dem Wege gehen«, schlug sie vor. »Die Königin Henrietta Maria ist besonders empfindlich, was ihre Religion angeht. Als französische Prinzessin und Schwester Louis' XIII. hält sie an ihrem papistischen Glauben fest, und der König verfällt ihr immer mehr. Und nun versucht sie auch noch, das Gebetbuch von Erzbischof Laud den Schotten aufzuzwängen. Unabhängige Köpfe leben gefährlich, ob sie nun Baptisten oder Presbyterianer sind.«

»Möchtest du mir Ratschläge erteilen?« fragte er seine Frau mit einem warnenden Unterton in der Stimme, die sie an den gebührenden Abstand zwischen Mann und Frau erinnern sollte.

»Mit dem Leben bei Hofe bin ich gut vertraut«, sagte sie ruhig, »denn ich bin dort aufgewachsen. Mein Onkel ist immer noch Hofmaler bei ihnen. Und ein Dutzend Cousins und Freunde schreiben mir regelmäßig, so daß ich weiß, wie die Dinge stehen, John. Dort ist kein Platz für einen Mann, der selbständig denkt!«

»Die werden sich ja wohl kaum darum scheren, was ihr Gärtner denkt«, spöttelte John. »Ein Hilfsgärtner noch dazu. Ich bin bisher nicht einmal mit dem Posten meines Vaters betraut worden.«

»Sie scheren sich so viel darum, daß sie sogar Archie, den Hofnarren, mit über den Kopf gezogener Jacke hinausgeworfen haben, weil er sich über Erzbischof Laud lustig gemacht hat; und Archie ist immerhin der Liebling der Königin gewesen. Und gewiß kümmern sie sich darum, was du denkst. Darum dreht sich auch der ganze Streit. Darum, was das Individuum in seinem Innersten denkt. Deshalb muß jeder Schotte heutzutage persönlich ein Abkommen mit dem König unterzeichnen und schwören, das Gebetbuch des Erzbischofs zu verwenden. Niemand darf die königliche Autorität in Zweifel ziehen.« Sie machte eine Pause. »Dich können sie auch fragen, John; und dann mußt du eine Antwort parat haben, die sie befriedigt.«

»Ich habe das Recht, mit Gott auf meine Weise zu reden!« sagte John dickköpfig und beharrlich. »Ich muß nichts nachplappern, ich bin kein Kind. Ich brauche keinen Priester, der mir die Gebete vorschreibt. Und ganz sicher brauche ich keinen Bischof, der vor Stolz und Reichtum ganz aufgebläht ist und mir erklärt, was ich denken soll. Im übrigen benutze ich ja schon das Gebetbuch. Aber ich glaube nicht, daß die einzigen Menschen, die Gott dienen, Bischöfe in Chorröcken sind, und ich glaube nicht, daß Gott Charles zum König gemacht hat und der Dienst am König das gleiche ist wie der Dienst an Gott. Und Jane ...« Er verstummte. Ihm war plötzlich klar, daß er seiner neuen Frau gegenüber nicht dauernd von seiner Liebe zu ihrer Vorgängerin reden sollte.

»Sprich weiter«, forderte Hester ihn auf.

»Janes Glaube als Puritanerin war unerschütterlich, nicht einmal, als sie in Schmerzen starb, änderte sich das«, sagte John. »Sie wäre für diesen Glauben gestorben, wenn man es von ihr verlangt hätte. Und um ihretwillen werde ich meinen Glauben nicht leugnen.«

»Und was ist mit ihren Kindern?« fragte Hester. »Glaubst du denn, daß sie will, daß du wegen ihres Glaubens stirbst und ihre Kinder zu Waisen machst?«

John stutzte einen Augenblick. »Dazu wird es nicht kommen.«

»Als ich vor einem halben Jahr in Oatlands war, sprachen alle darüber, daß der König verlangt, die presbyterianischen Schotten sollen dem neuen Gebetbuch und der Liturgie folgen. Wenn er einen Krieg gegen die Schotten anzettelt, damit sie tun, was er sagt, so könnte er doch sicher auch in England seine Autorität geltend machen?«

John schüttelte den Kopf. »Unsinn«, sagte er. »Viel Lärm um nichts.«

»Da bin ich anderer Meinung. Ich warne dich«, erwiderte Hester ruhig. »Niemand weiß, wie weit der König gehen wird, wenn er die Königin und ihren Glauben schützen muß und seinen Wechsel zum Papistentum verbergen will. Er hat es sich in den Kopf gesetzt, daß eine uniforme Kirche das Land zu einer Nation machen würde. Wenn du auf deinem Glauben beharrst, ist nicht abzusehen, in welche Schwierigkeiten du geraten kannst.«

»Vielleicht hast du recht«, sagte er widerwillig. »Du bist eine höchst vorsichtige Frau, Hester.«

»Du hast mir deine Kinder anvertraut und mich zu deiner Frau gemacht. Ich möchte keine Witwe sein und keine Waisenkinder großziehen«, sagte Hester, ohne zu lächeln.

»Aber ich werde meinen Glauben nicht verleugnen«, entgegnete er warnend.

»Dann stelle ihn nicht zur Schau.«

Das Pferd stand bereit. John zog seinen Umhang dicht um den Hals und setzte sich den Hut auf. Er hielt inne; er wußte nicht, wie er sich von seiner Frau, die so viel gesunden Menschenverstand an den Tag legte, verabschieden sollte. Zu seiner Überraschung streckte sie eine Hand aus, wie ein Mann es tat, und schüttelte die seine, als sei sie sein Freund.

John wurde es angesichts dieser ungezwungenen Geste eigenartig warm ums Herz. Er lächelte sie an, führte das Pferd zu dem Tritt, von dem er aufsteigen konnte, und zog sich in den Sattel hoch.

»Ich weiß nicht, in welchem Zustand die Gärten sein werden«, bemerkte er.

»Sicher werden sie dich in der Nachfolge deines Vaters

zum Hofgärtner ernennen, wenn du wieder bei Hofe bist«, sagte Hester. »Einzig deine Abwesenheit hat das hinausgezögert. Aus den Augen – aus dem Sinn, wie es so schön heißt. Wenn du zurückkehrst, werden sie wieder auf deinen Diensten bestehen.«

Er nickte. »Ich hoffe sehr, daß man während meiner Abwesenheit meine Anweisungen richtig ausgeführt hat. Läßt man einen Garten auch nur eine Saison lang verwahrlosen, wirft es ihn um ein Jahr zurück.«

Hester tat einen Schritt auf ihn zu und klopfte den Hals des Pferdes. »Die Kinder werden dich vermissen«, sagte sie. »Kann ich ihnen vielleicht sagen, wann du wieder zu Hause sein wirst?«

»Im November«, versprach er.

Sie trat vom Pferd zurück und ließ ihn davonziehen. Er lächelte sie an, als er aus dem Stallhof auf den Weg zum Tor ritt. Dabei hatte er plötzlich ein Gefühl unbeschwerter Freiheit – daß er von seinem Haus fort- und wieder zurückreiten konnte und alles auch ohne ihn geregelt wurde. Das war das letzte Geschenk seines Vaters an ihn – sein Vater, der auch eine Frau geheiratet hatte, die während seiner Abwesenheit Haus und Hof bestellt hatte. John drehte sich im Sattel noch einmal um und winkte Hester zu, die immer noch an der Ecke des Stallhofs stand, von der sie ihm hinterherblicken konnte.

John schwang sich zurück und lenkte das Pferd in Richtung Lambeth und zur Fähre nach London hinüber. Hester sah ihn fortreiten und ging dann ins Haus zurück.

Ende Oktober wurde in Oatlands der Hof erwartet, also wurde John Tradescant gleich nach seiner Ankunft tätig und pflanzte und bereitete die Innenhöfe vor, die von den königlichen Gemächern aus eingesehen werden konnten. Die Knotengärten wirkten im Winter großartig. Die ausgedünnten niedrigen Buchsbaumhecken mit ihren kantigen geometrischen Formen waren vom Frost ganz weiß überpudert. Im Springbrunnenhof ließ John das Wasser mit verminderter Geschwindigkeit sprudeln, so daß sich in den kälteren Nächten Eiszapfen und Eiskaskaden bildeten. Die Kräuter sahen besonders hübsch aus: Engelwurz und Salbei trugen weiße Spitzen, wenn der Frost die leichten Blattwedel vor der einfachen Hecke berührte. Vor den Mauern des Königshofes zog John eine seiner neuen Pflanzen von der Arche hoch: den im Winter blühenden Jasmin aus Virginia. An warmen Tagen würde der Duft in die offenen Fenster darüber steigen, und seine Farbe würde rosarote und gelbe Tupfer in den grauen, weißen und schwarzen Garten bringen.

Die Orangerie der Königin war wie ein Dschungel, völlig vollgestopft mit den zarten Pflanzen, die einen englischen Winter draußen nicht überleben würden. Einige prächtige Sträucher und kleine Bäume waren in Kästen mit Schlaufen gepflanzt worden, damit sie bei Sonnenaufgang mit Tragestäben von Johns Gehilfen hinaus in den Garten der Königin gebracht und in der Abenddämmerung wieder hereingeholt werden konnten. So hatte sie sogar im Winter aus ihren Fenstern immer etwas Grünes vor Augen. John stellte einen kugelrund geschnittenen Zitronen- und einen Orangenbaum zu beiden Seiten der Tür zu ihren Gemächern auf – wie aromatisch duftende Wachposten.

»Die sind sehr hübsch«, sagte die Königin eines Tages von ihrem Fenster herab, als John Tradescant gerade darauf achtgab, daß man die kleinen Bäume vorsichtig in den Garten hinausbugsierte.

»Verzeiht, Eure Majestät«, erwiderte John und zog ehrerbietig den Hut, als die stark französisch akzentuierte Stimme der Königin Henrietta Maria so plötzlich über ihm ertönte. »Die hätten bereits an Ort und Stelle stehen müssen, ehe Ihr hinausschautet.«

»Ich bin schon sehr früh aufgewacht, ich konnte nicht schlafen«, erklärte sie. »Mein Gatte hat Kummer, und so finde ich auch keinen Schlaf.«

John verneigte sich.

»Die Leute begreifen einfach nicht, wie schwer wir Majestäten es manchmal haben. Die sehen nur die Paläste und die Kutschen und denken, daß wir uns ganz dem Vergnügen hingeben.«

John verneigte sich wieder.

»Das versteht Ihr doch, oder?« fragte sie, lehnte sich weiter aus dem Fenster hinaus und sprach so deutlich, daß er sie im Garten darunter gut hören konnte. »Wenn Ihr mir die Gärten so schön herrichtet, dann wißt Ihr wohl, daß wir uns hier gut erholen, wenn wir, von unserem Ringen erschöpft, dieses Land zu einem großen Königreich zu machen, herkommen?«

John erinnerte sich an Hesters Rat und verneigte sich noch einmal.

»Ich möchte eine gute Königin sein«, sagte sie

»Alle beten für Euch, Majestät«, erwiderte John vorsichtig.

»Meint Ihr, die Leute beten für mich?«

»Das müssen sie, denn es steht so in dem Gebetbuch. Sie haben die Anweisung, jeden Sonntag zweimal für Euch zu beten.«

»Aber wie sieht es in ihren Herzen aus?«

John senkte den Kopf. »Woher soll ich das wissen, Eure Majestät? Ich kenne mich nur bei Pflanzen und Bäumen aus.«

»Aber gewiß könntet Ihr mir doch anvertrauen, was das gemeine Volk denkt. Ich bin von Höflingen umgeben, die mir immer nur sagen, was ich hören will. Doch Ihr würdet mich nicht anlügen, nicht wahr, Gärtner Tradescant?«

John schüttelte den Kopf. »Nein, nein«, entgegnete er rasch.

»So sagt mir, verstehen die Leute, daß die Schotten die Autorität des Königs auch in Fragen des Glaubens anzuerkennen haben und daß sie das Abkommen unterschreiben und das Gebetbuch verwenden müssen, das wir ihnen geben?«

John, der ein Knie auf den kalten Boden gesetzt hatte, verfluchte den Tag, an dem die Königin Gefallen an ihm gefunden hatte, und dachte an seine weise Frau, die ihm mit auf den Weg gegeben hatte, derartige Unterhaltungen um jeden Preis zu meiden.

»Alle wissen, daß dies der Wunsch des Königs ist«, sagte er voller Takt. »Es gibt niemand in diesem Land, der nicht weiß, daß es der Wunsch des Königs ist.«

»Aber das ist doch ausreichend!« rief sie. »Ist er der König oder nicht?«

»Natürlich ist er der König.«

»Dann sollte jedem sein Wunsch ein Befehl sein. Wenn sie glauben, daß sie etwas anderes denken müssen als er, dann sind sie Verräter.«

John dachte ganz inniglich an Hester und erwiderte nichts. »Ich bete um Frieden, Gott weiß das«, sagte er aufrichtig.

»Das gleiche tue ich auch«, meinte die Königin. »Würdet Ihr gern mit mir zusammen beten, Gärtner Tradescant? Ich gestatte meinen liebsten Untertanen, meine Kapelle zu benutzen. Ich werde jetzt zur Messe gehen.«

John zwang sich, nicht von Ihrer Majestät und deren gefährlicher gottloser Papisterei fortzustürzen. Einen Engländer zum Besuch der katholischen Messe aufzufordern war ein Verbrechen, das nur mit der Todesstrafe gesühnt werden konnte. Die Gesetze gegen die Anhänger der römisch-katholischen Kirche waren sehr eindeutig und sehr brutal formuliert worden und wurden nun ganz offen vom König und der Königin an ihrem eigenen Hof mißachtet.

»Ich bin von der Arbeit ganz schmutzig, Eure Majestät.« John zeigte ihr seine dreckigen Hände und sprach mit leiser Stimme, obwohl er innerlich vor Wut bebte, weil sie so unbekümmert mit dem Gesetz umging. Außerdem war er zutiefst erschrocken, daß sie meinte, er würde solch eine Einladung zum Götzendienst und zur Hölle annehmen. »So kann ich mich in Eurer Kapelle nicht blicken lassen.«

»Dann ein andermal.« Sie lächelte ihn an – war ganz erfreut über seine demütige Haltung und ihre eigene Güte. Tradescants Reaktion, vor lauter Wut und Entsetzen aus dem Garten zu stürmen, hätte sie aufs höchste verwundert. Für John kam eine römisch-katholische Kapelle dem Schlund zur Hölle gleich. Und diese Aufforderung der Königin bedeutete einen Schritt in die Verdammnis.

Ohne ein Wort des Abschieds oder ein Zeichen, daß er sich wieder erheben konnte, schloß sie das Fenster, denn die Luft war kalt. John verharrte kniend, bis er sicher war, daß sie gegangen und die Audienz vorbei war. Dann stand er auf und blickte sich um. Die beiden Hilfsgärtner befanden sich an der Stelle, wo sie in die Knie gegangen waren, als sich das Fenster geöffnet hatte.

»Ihr könnt aufstehen«, sagte John. »Sie ist fort.«

Die Männer richteten sich auf, rieben sich das Knie und beschwerten sich über die unbequeme Haltung, die sie hatten einnehmen müssen. »Lieber Gott, laß sie nicht wieder aus dem Fenster schauen«, sagte der jüngere. »Warum läßt sie Euch nicht in Ruhe?«

»Sie glaubt, ich sei ein treuer Diener«, sagte John bitter. »Sie glaubt, daß ich ihr sagen kann, wie die Stimmung im Volke ist. Ihr ist nur nicht bewußt, daß ihr niemand die Wahrheit sagen kann, denn jeder falsche Zungenschlag bedeutet in ihren Augen gleich Hochverrat. Sie und der König haben unser Gewissen geknebelt, und was immer wir tun oder denken oder zum Ausdruck bringen, wir haben stets unrecht. Das kann einen dazu treiben, sich lossagen zu wollen.«

Er sah, wie ihn die beiden Gärtner überrascht anblickten. »He, verschwenden wir nicht noch mehr Zeit!« sagte John Tradescant daraufhin rasch und etwas ungeduldig. »Wir haben heute schon genug gekniet!«

Winter 1639.
Lambeth

Der Hof verbrachte das lange Weihnachtsfest stets in Whitehall. So konnte John im November die königlichen Gärten von Oatlands, die unter einer dicken Schneedecke ruhten, verlassen und nach Lambeth heimkehren, um Weihnachten mit seiner Familie zu verbringen. Die Kinder hatten ihm kleine Geschenke gebastelt, und er hatte ihnen vom Winterjahrmarkt in Lambeth Süßigkeiten und andere Dinge für den Dreikönigsabend besorgt. Hester erhielt von ihm ein paar Ellen grauer Seide für ein Kleid.

»Es gab die Seide auch in Blau, aber ich wußte einfach nicht, was dir gefallen könnte«, sagte er. Nur selten fiel ihm auf, was Hester trug. Janes Geschmack hingegen hatte er immer genau gekannt.

»Der Stoff gefällt mir durchaus. Danke.«

Nachdem die Kinder zu Bett gegangen waren, blieben Hester und John noch vor dem Kamin sitzen, tranken Dünnbier und knackten, umgeben vom häuslichen Frieden, Nüsse, als John seinem Herzen Luft machte. »Ganz Lambeth spricht vom Krieg gegen Schottland. Die nördlichen Grafschaften stehen alle schon unter Waffen, man ist zum Abmarsch gerüstet, und der König hat einen Kriegsrat einberufen. Es heißt, daß auch die Miliz bereitstehen soll.«

»Meint man denn wirklich, daß der König wegen eines Gebetbuchs in den Krieg ziehen wird?«

John schüttelte den Kopf. »Es geht nicht nur um das Gebetbuch. Du weißt doch, der König ist der Ansicht, daß er für das gesamte Königreich eine einheitliche Kirche schaffen muß und daß die Kirche die Nation zusammenhalten wird – und zwar uns alle unter seiner absoluten Herrschaft.«

»Du wirst doch nicht fortmüssen?« fragte Hester unumwunden.

John verzog das Gesicht. »Ich kann mich vielleicht freikaufen, und ein anderer zieht an meiner Statt los. Oder ich werde freigestellt, da ich ja schon im Dienst des Königs stehe.«

Hester zögerte. »Aber aus Gewissensgründen würdest du dich doch nicht öffentlich weigern, oder?«

»Es wäre ganz sicher gegen mein Gewissen, auf einen Mann zu zielen, der nichts weiter gesagt hat, als daß er seinen Gott auf seine Weise anbeten will«, erwiderte John. »Ob nun Schotte, Waliser oder Engländer, er spricht genau das aus, was auch ich denke. Ich bin eher ein schottischer Presbyterianer, als daß ich Erzbischof Laud folge, Gott weiß das.«

»Aber wenn du dich weigerst, könnte man dich dazu zwingen, und wenn du dann noch immer nicht gehorsam bist, wirst du des Hochverrats beschuldigt.«

»Wir leben in finsteren Zeiten. Jeder sollte sich nur an sein Gewissen und an seinen Gott halten.«

»Und versuchen, nicht aufzufallen«, ergänzte Hester.

Plötzlich bemerkte John, wie unterschiedlich ihre Standpunkte waren. »Hester, mein Weib, glaubst du denn an gar nichts?« fragte er. »Du sprichst nur immer vom Überleben und wie man unangenehmen Dingen aus dem Weg geht. Du hast in eine Familie eingeheiratet, deren Mitglieder seit Beginn des Jahrhunderts treue Untertanen des Königs und seine Diener waren. Mein Vater hat sein ganzes Leben lang nie ein böses Wort gegen seine Herren im Munde geführt. Ich habe seine Haltung nicht geteilt, das ist nicht meine Art; ich folge meinem eigenen Gewissen. Seit ich mir meine eigenen Gedanken machen und im

Gebet das ausdrücken konnte, was ich wollte, seit ich ein wahrer Protestant geworden bin, fühle ich mich frei und unabhängig.«

Sie blickte ihn auf ihre unverwandte Art an. »Du hast recht. Ich glaube ans Überleben«, sagte sie leise. »Das ist wirklich alles. Der sicherste Weg für mich und die Meinen ist, dem König zu gehorchen. Und sollte meine Ansicht von dem abweichen, was er befiehlt – so behalte ich sie für mich. Meine Familie arbeitet für Adlige und königliche Herrschaften, und ich bin am Hofe aufgewachsen. Meinem König und meinem Gott bin ich treu; doch wie alle bei Hofe habe ich vor allem eins im Sinn: zu überleben. Und ich fürchte, daß mein Glaube wie auch meine Überzeugungen in den nächsten Monaten auf eine harte Probe gestellt werden.«

John wurde nicht vom Aushebungskommando einberufen. Dafür erhielt er ein offizielles Schreiben vom Bürgermeister aus London. John Tradescant sollte eine Steuer zahlen, die der König persönlich erhoben hatte, um den Krieg gegen die Schotten zu finanzieren. Der König marschierte Richtung Norden und benötigte dringend Gelder, um seine Soldaten auszustatten und mit Waffen zu versehen. Und es sollten noch mehr Soldaten eintreffen, Soldaten aus Irland und Söldner aus Spanien.

»Was? Der König holt Katholiken her, damit sie gegen Protestanten kämpfen?« fragte John ganz entrüstet. »Was geschieht als nächstes? Kommen bald französische Soldaten aus dem Land seiner Gemahlin? Oder die Spanier? Warum haben wir denn 1588 die spanische Armada im Ärmelkanal besiegt und uns gegen papistische Mächte gewehrt, wenn wir sie jetzt wieder ins Land bitten?«

»Still«, sagte Hester. Sie schloß die Tür des Wohnzimmers, damit die Besucher im Raritätensaal nicht die wütenden Worte ihres Mannes hören konnten.

»Ich werde nicht zahlen!«

»Warte erst einmal ab«, riet ihm Hester.

»Das werde ich nicht«, sagte John. »Für mich geht es hier ums Prinzip, Hester. Ich werde mein Geld nicht für eine Armee von Papisten hergeben, die gegen Leute vorgehen sollen, die so denken wie ich, deren Gewissen von Aufrichtigkeit zeugt wie das meine.«

Zu seiner Überraschung fing sie nicht mit ihm zu streiten an, sondern biß sich auf die Lippen und senkte den Kopf. John blickte auf ihre Haube hinab und hatte das Gefühl, schließlich doch der Herr im Hause zu sein und seiner Frau die Bedeutsamkeit seiner Prinzipien klargemacht zu haben.

»Das ist mein letztes Wort«, sagte er entschlossen.

»Ja«, erwiderte sie leise.

Hester entgegnete weiter nichts, doch von diesem Tag an legte sie ein paar von den Münzen beiseite, die die Besucher des kleinen Museums als Eintritt entrichteten, damit sie Johns Steuer ohne sein Wissen zahlen konnte, sobald der Steuereintreiber auftauchte.

Er tauchte nicht auf. Der Lord Mayor von London und die angesehenen Ratsherren der Stadt hinter ihm waren ebensowenig wie John geneigt, das Gold der Stadt im Wert von einigen tausend Pfund für den Krieg des Königs fortzugeben, zumal der Feind eigentlich ein Verbündeter war. Noch dazu, wo der König seine Geldforderungen ohne die Zustimmung des Parlamentes gestellt hatte, das seit März 1629 nicht mehr einberufen worden war.

1640

Ohne die freiwillig gezahlten Gelder war der König gezwungen, im April das Parlament einzuberufen, das allerdings nur drei Wochen tagen sollte. Zum erstenmal seit elf Jahren kehrten die Landedelleute und die Grundbesitzer nach Westminster zurück in dem Glauben, daß sie zu ihrer wahren Aufgabe, den König zu beraten und das Land zu regieren, zusammengekommen waren.

Hester ging John im Obstgarten suchen, um ihm die Neuigkeit von der Einberufung des Parlaments, die sie eben erfahren hatte, mitzuteilen. Die Knospen an den Apfelbäumen wurden immer dicker und öffneten sich schon, und weiße und rosafarbene Blütenblätter blitzten auf.

»Vielleicht wird der König auf die Stimme des Volkes hören«, sagte John hoffnungsvoll.

»Vielleicht«, sagte sie. »Aber er hört eher auf den Rat des alten Grafen von Strafford und auf Henrietta Maria, die gerade versuchte, eine Armee aus englischen Papisten und spanischen Söldnern aufzustellen. Oder folgt er etwa dem Willen des Volkes?«

John dachte kurz nach. »Nein«, sagte er. »Natürlich nicht.«

Hester nickte. »Die Aufträge für Gartenpflanzen und Bäume gehen zurück«, sagte sie recht besorgt. »Die Leute bestellen keine Pflanzen und Samen mehr. Niemand befaßt sich mit seinen Gärten, wo der König fast mit den Schotten im Krieg steht und sich das Parlament aus lauter Männern zusammensetzt, die anderer Meinung sind als er.«

»Für einen kurzen Zeitraum können wir das schon durchhalten«, erwiderte John.

»Im Frühling verdienen wir mehr als im übrigen Jahr zusammengenommen«, sagte sie. »Ich habe in die Rechnungsbücher geschaut. Da waren die Einnahmen immer am besten. Wenn dieser unsichere Zustand noch bis Juni oder Juli anhält, dann werden wir in diesem Jahr keinen Gewinn machen.«

»Wie sieht es mit den Kuriositäten aus?«

»Es gibt mehr Besucher, da in der Stadt auch mehr Menschen weilen«, sagte Hester. »Die Adligen vom Lande, die wegen des Parlaments in London sind, wollen unbedingt Tradescants Arche kennenlernen. Aber wenn die Lage zwischen dem König und den Schotten ernster wird, dann bleiben sie auch aus.«

»Ich habe immer noch meine Anstellung in Oatlands«, betonte John. »Und ich werde die Stelle meines Vaters als oberster Gärtner übernehmen und seinen Lohn erhalten.«

Hester nickte. »Wenn es zum Äußersten kommt, können wir von deinem Lohn leben.«

»Ja, wir könnten sogar die Arche schließen und in Oatlands wohnen«, sagte John. »Das Haus ist zwar klein, aber man kann es dort eine Weile aushalten.«

»Ich bin mir nicht sicher, ob ich in diesen Zeiten auf königlichem Grund und Boden leben möchte«, sagte Hester vorsichtig.

»Ich dachte, du seist eine Royalistin?«

»Ich möchte weder für die eine noch für die andere Seite Partei ergreifen«, erwiderte Hester. »Nicht, wenn ich nicht genau weiß, worauf das Ganze hinausläuft und wer als Sieger daraus hervorgeht.«

Wie die beiden Seiten aussahen, wurde nur allzu rasch deutlich, nachdem die Armee des Königs, ohne Eifer und schlecht bezahlt, im Herbst 1640 von den Schotten im

Norden besiegt wurde, die daraufhin Newcastle und Durham einnahmen und von Charles einen Frieden erzwangen, in dem dieser verpflichtet wurde, in London ein neues Parlament einzuberufen. Für jeden im Land, außer vielleicht für den König und die Königin, war klar, daß die Schotten und die englischen Independenten den König zum Spielball ihrer Bestrebungen gemacht hatten. Hester begann einen Briefwechsel mit Mrs. Hurte, der Mutter der ersten Frau von John, die in ihrem Geschäft in London Augen und Ohren offenhielt und ebenso skeptisch wie Hester war und sich zu Recht um die Sicherheit ihrer Enkel sorgte.

Das neue Parlament, im November einberufen, wird Straffords Rücktritt fordern, so wie das alte Parlament seinerzeit darauf versessen gewesen war, den Herzog von Buckingham abzusetzen. Wenn J. irgendwelche Geschäfte mit Strafford gemacht oder sein Vater irgendwelche Briefe aufbewahrt hat, so sollte alles gut versteckt oder besser noch verbrannt werden. Es heißt, Strafford sei ein Hochverräter, der nur für das Wohl des Königs und der Königin Krieg gegen sein eigenes Land führen würde. Sie werden ihn des Hochverrats anklagen – Hochverrat gegen das englische Volk, und wenn erst einmal ein Mann des Königs angeklagt ist, wie viele weitere werden dann folgen?

Hester ging hinauf auf den Boden und öffnete Johns alte Truhe, in der sich die Papiere befanden. Irgendwann hatten die Tradescants Sir Thomas Wentworth, dem späteren Grafen von Strafford, Samen und junge Setzlinge geliefert. Aber es waren keine inkriminierenden Briefe aus jenen Zeiten vorhanden, da John Tradescant, als verschwiegener Mann bekannt, regelmäßig Europa bereiste und man ihm gern Briefe oder Botschaften anvertraut hatte.

Graf Strafford war ein großmäuliger, vorzeitig gealterter Mann von wenig einnehmendem Äußeren, der von Gicht geplagt und am Erblinden war. In Irland hatte er kraft seiner Autorität als Statthalter dem katholischen Volk den protestantischen Willen der Krone schonungslos aufgezwungen und beträchtliche Einnahmequellen aufgetrieben. Doch jetzt war er alt. Charles hatte ihn nach England zurückbeordert, einzig wegen seiner so skrupellosen Tatkraft und Entschlossenheit, die er besonders schätzte, und weil er ihm etwas schuldig war für den Vorschlag – um die Dringlichkeit der Lage zu verdeutlichen –, die Ratsherren der Städte in ihren Amtsroben aufzuhängen, wenn diese nicht genügend Geld für die Armee des Königs schickten.

Den Tradescants konnte man ganz gewiß keine Komplizenschaft mit dem König vorwerfen. Aber viele Getreue des Königs suchten nun das Weite, gingen ins Ausland oder zogen sich auf ihre Landsitze zurück. Andere wiederum waren nicht so schnell oder vorsichtig. Im Dezember wurde der mächtige Erzbischof von Canterbury, William Laud, verhaftet und in den Tower geworfen, wo er darauf warten mußte, vor das Parlament geführt zu werden.

Hester las an jenem Abend keine Gebete aus dem üblichen Gebetbuch vor, sondern nahm die König-James-Bibel zur Hand, den einzigen Text, mit dem man sich weder für den König entschied noch gegen ihn stellte.

Frühjahr 1641

An jenem Tag, als man Strafford in der großen Halle von Westminster zur Rechenschaft zog, kamen keine Besucher zur Arche. Ein jeder, der eine Eintrittskarte bekommen oder sonstwie Zutritt erlangt hatte, um Strafford vor seinen Anklägern zu sehen, befand sich in der Stadt.

Die unnatürlichen Stille im Hause in Lambeth wurde plötzlich von einem heftigen Klopfen an der Eingangstür unterbrochen. Frances lief los, um sie zu öffnen, doch Hester eilte aus dem Raritätensaal hinaus und fing sie in der Halle ab.

»Frances! Hör zu!«Das Mädchen hielt inne.

»Geh schnell in den Garten und such deinen Vater. Sag ihm, daß er sofort ein Pferd satteln und so lange in den Ställen bleiben soll, bis ich ihm Bescheid sage.«

Frances merkte an der Stimme ihrer Stiefmutter, daß es dringend war, und nickte mit blassem Gesicht.

An der Tür war ein hoher Beamter des königlichen Haushalts, der eine Botschaft überbrachte. Hester ließ ihn in das Empfangszimmer eintreten. »Mein Gemahl ist im Augenblick nicht hier«, sagte sie bewußt etwas vage. »Ich kann ihm eine Nachricht senden, wenn es sich um etwas Dringendes handelt.«

»Der König ist in Whitehall und wünscht ihn zu sehen.«

Hester nickte. »Ich werde ihm nach Oatlands schreiben müssen«, sagte sie. »Er ist des Königs Gärtner in Oatlands, wißt Ihr. Kann ich ihm vielleicht ausrichten, was der König genau von ihm will?«

Der königliche Bote zog seine Augenbrauen hoch. »Ich dachte, es würde ausreichen, daß er zum König befohlen ist«, sagte er bestimmt.

Hester verneigte sich leicht. »Aber natürlich«, entgegnete sie. »Aber wenn der König ein paar Pflanzen oder Samen wünscht, so müssen wir es auf der Stelle erfahren, damit wir alles vorbereiten können. Oder wenn es sich um ein paar Kuriositäten handelt ...«

»Oh«, sagte der Mann. »Ich verstehe. Der König hat vor, bei Wimbledon ein Jagdschloß für die Königin zu erwerben. Sie wollen, daß Mr. Tradescant den Garten entwirft.«

»Ich werde sofort nach ihm schicken«, sagte sie. »Er ist erst heute morgen fortgeritten, und vielleicht erreicht ihn die Nachricht noch unterwegs. Dann könnte er ja sofort umkehren.«

Der königliche Bote nickte.

»Kann ich Euch eine Erfrischung anbieten?« fragte Hester. »Ein Glas Wein?«

Der Mann schüttelte den Kopf. »Ich muß rasch nach Whitehall zurück«, sagte er. »Es sind schwere Zeiten angebrochen.«

»Das kann man wohl sagen«, stimmte Hester gefühlvoll zu. Sie brachte ihn zur Tür und ging dann zu den Ställen hinüber zu John. Er hatte sich gegen die Pumpe im Stallhof gelehnt und genoß die frühe warme Sonne auf seinem Gesicht.

»Frances kam herausgejagt, als stünden die Teufel der Hölle vor der Tür«, sagte er unbekümmert. »Was ist los?«

»Ich dachte, daß es die vom Aushebungskommando oder die Steuereintreiber seien oder eine Nachricht vom Hofe käme und es besser wäre, wenn du sie nicht persönlich entgegennimmst«, erklärte sie ihm. »Ich weiß nicht, *was* ich fürchte, außer daß ich mir Sorgen mache. Wenn selbst der höchste persönliche Ratgeber des Königs vor Gericht gezerrt wird, dann kann der König niemanden schützen. Und es ist allgemein bekannt, daß wir seit zwei Generationen Diener des Königs sind. Heutzutage müssen wir selbst für unsere Sicherheit sorgen.«

John legte eine Hand auf Hesters Schulter. Dies war seine erste Geste der Zuneigung überhaupt. Sie spürte, wie sie sich ganz langsam gegen seine streichelnde Hand lehnte.

»Du bist so fürsorglich«, sagte er. »Das schätze ich sehr.«

Für immer hätte sie so in dem warmen sonnigen Hof mit seiner Hand auf ihrer Schulter stehenbleiben können. Doch John zog die Hand wieder zurück. »Wer war nun eigentlich da?«

»Ein Beamter vom Hof. Der König kauft bei Wimbledon ein Landhaus für die Königin und möchte, daß du den Garten anlegst.« Einen Moment hielt sie inne. »Das ist unglaublich. Des Königs Ratgeber und oberster Minister wird von seinen Feinden verhört und muß sich für alles vor Gericht verantworten, und der König hat Zeit, nach dir zu schicken, damit du einen neuen Park entwirfst!«

»Nun, dann müssen wir zumindest nicht mehr nach Kunden für unsere Sämereien und Pflanzen suchen«, meinte er erleichtert. »Unsere Einnahmen sind gesichert, Hester. Soll ich sofort aufbrechen?«

»Ehe ich wußte, worum es sich handelt, sagte ich dem Boten, daß du unterwegs nach Oatlands bist. Du kannst also heute oder morgen losreiten.«

»Zum Glück sind wir damit unsere Sorgen einstweilen los!« rief John freudig aus. »Stell dir vor – ein neuer Park, und all unsere Sämlinge und Pflanzen werden vom König gekauft.«

»Wer weiß«, meinte Hester vorsichtig. »Paß nur auf,

John, wenn du dem König und der Königin gegenüberstehst.«

Als John in Wimbledon eintraf, waren der König und die Königin nicht gleich aufzufinden.

»Ihre Majestäten spazieren allein im Park«, erklärte einer der Höflinge. »Sie sagten, Ihr sollt kommen und sie dort aufsuchen. Ihr dürft Euch den Majestäten nähern.«

John, der die Gepflogenheiten bei Hofe kannte, hatte erwartet, zwanzig oder dreißig Leute in Gesellschaft des Königs und der Königin anzutreffen, doch sie spazierten tatsächlich allein, nur sie beide. Die Königin hatte sich bei ihrem Gemahl eingehakt, und ihre mit reichen Stickereien versehenen Seidenröcke streiften bei jedem Schritt die Beine des Königs.

John Tradescant zögerte, denn er dachte, daß sie ihre Ungestörtheit genießen wollten. Doch als sie ihn entdeckten, lächelte die Königin, und der König winkte ihn heran.

»Ah, Gärtner Tradescant!« rief die Königin aus. John verneigte sich tief und kniete nieder. Der König schnippte mit dem Finger, um John verstehen zu geben, daß er sich erheben konnte. Sofort stellte er fest, daß sie keinen unbeschwerten Spaziergang im Park gemacht hatten. Das Gesicht der Königin war gerötet, und ihre Augenlider waren ebenfalls rot; der König wirkte blaß und angespannt.

»Eure Majestäten«, sagte John vorsichtig.

»Der König hat mir dieses schöne Anwesen gekauft, damit wir von unseren Sorgen abgelenkt werden«, sagte die Königin in ihrem schwungvollen Akzent. »Wir brauchen Zerstreuung, Tradescant.«

John verneigte sich. »Es könnte ein schöner Garten werden«, sagte er. »Der Boden ist gut.«

»Ich möchte hier alles neu haben«, erklärte die Königin rasch. »In einem hübschen Stil, der zu diesem Haus paßt.«

Sie deutete auf das Landhaus im Hintergrund. »Viele Obstbäume müssen her. Der König und ich werden jeden Hochsommer hier verbringen, um dem Lärm und Trubel bei Hofe zu entfleuchen. Und wir werden die Früchte frisch vom Baum essen und die Trauben von den Weinreben und die Melonen von …« Sie hielt inne.

»Vom Boden. Sie w…wachsen am B…Boden, nicht wahr, Tradescant?« schlug der König in seiner leicht stotternden Redeweise vor.

»Ja, Eure Majestät«, sagte John. »Mein Vater hat gelernt, wie man sie großzieht und reifen läßt, als er bei Sir Henry Wootton in Canterbury beschäftigt war, und er hat es mir beigebracht. Ich kann Euch hier Melonen anbauen und alle möglichen Sorten von Früchten.«

»Und hübsche Blumen«, fügte die Königin hinzu. »Im Knotengarten weiße und blaue Blumen.«

John verneigte sich zustimmend, wobei er sein Gesicht verbarg. Weiß und Blau waren die Farben der Jungfrau Maria. Die Königin wollte in allernächster Nähe zu London und in Zeiten am Rande eines Aufruhrs einen papistischen Ziergarten haben.

»Wo alles aus den Fugen gerät, benötigen wir ein Refugium«, sagte der König. »Einen kleinen versteckten Garten, Tradescant.«

Die Königin trat einen Schritt beiseite, um sich einen versickerten Wasserlauf anzusehen, wobei sie ihr Seidenkleid vorsichtig von der noch feuchten Erde wegraffte.

»Ich verstehe«, sagte John. »Werdet Ihr nur im Sommer hier verweilen, Eure Majestät? Es wäre gut, das zu wissen. Solltet Ihr im Herbst nicht hier sein, dann brauche ich keine Pflanzen für diese Jahreszeit einzuplanen.«

»Ja«, sagte der König. »Ein Sommeri…idyll.«

John nickte und wartete auf weitere Anweisungen.

»Es macht mir Freude, meiner Gemahlin ein kleines eigenes hüb…hübsches Haus zu schenken«, fuhr der König fort, der die Königin am Ende der kleinen Terrasse beobachtete. »Ich habe eine schwere Aufgabe vor mir – ich muß meine Krone vor wilden und gottlosen Leuten vert…verteidigen, die mich sonst nied…niederzwingen würden. Ich muß die anglikanische Staatskirche vor den Levellern, den Sektierern und den Independenten sch…schützen, die sonst an den Grundfesten des Landes rütteln würden. Ich allein s…soll das alles machen. Allein ich kann das Land vor dem W…Wahnsinn von ein paar Gottlosen bewahren. Was immer es mich auch kosten wird, ich muß es t…tun.«

Charles blickte tragisch drein. »Die anderen wollen sehen, wie man mich zurechtstutzt. Sie wollen sehen, wie die Au…Autorität, die mir mein Vater übergab, die ihm die Tante, die große Elizabeth, überg…übergab, zerstört wird. Wann war denn dieses Land w…wirklich groß? Unter König Henry, Königin Elizabeth und meinem V…Vater, König James. Aber sie erinnern sich nicht daran. Ich werde sie wie Hochverräter behandeln müssen.«

Die Königin hatte gehört, daß der König lauter geworden war, und kam herüber. »Gemahl?« erkundigte sie sich. Er wandte sich auf der Stelle um, und Tradescant war erleichtert, daß sie zu ihnen gestoßen war, um den König zu beruhigen.

»Ich habe soeben gesagt, daß diese V…Verrückten im Parlament nicht eher aufhören werden, bis sie meine K…Kirche und meine Krone zerstört haben«, sagte er.

John wartete ab, ob die Königin ihrem Gemahl nicht versichern würde, daß nichts dergleichen geschehen werde. Er hoffte, daß sie ihn daran erinnern würde, daß der König und die Königin, die Charles am meisten verehrte – nämlich seinen Vater James und seine Großtante Elizabeth – ihr Leben damit verbracht hatten, schlaue Kompromisse zu ersinnen und Abkommen auszutüfteln. Beide waren mit streitlustigen Parlamenten konfrontiert gewesen, und beide hatten all ihre Autorität und ihren Charme aufgeboten, um Beschlüsse zu ihren Gunsten auszulegen, die Opposition zu spalten, ihre Feinde geschickt zu umgarnen. Keiner von beiden hätte sich je mit einer Gruppierung in den Haaren gelegen, die gerade die Oberhand gewonnen hatte. Beide hätten abgewartet und jeglichen Angriff auf die Krone geschickt abgewehrt.

»Wir müssen sie alle vernichten«, sagte die Königin leise. »Ehe sie uns und das Land ruinieren. Wir müssen über das Parlament, die Armee und die Kirche gebieten. Und wir werden in diesem Punkt keine Zugeständnisse machen, nicht wahr, mein liebster Gemahl? Niemals!«

Charles nahm ihre Hand und küßte sie, als hätte sie ihm soeben den weisesten und vernünftigsten Rat erteilt. »Seht Ihr, wie ich beraten werde?« fragte er Tradescant lächelnd. »Seht Ihr, wie w...weise und unnachgiebig die Königin ist? Sie ist eine würdige Nachfolgerin von Königin Elizabeth, n...nicht wahr? Eine Frau, die noch einmal die sp...spanische Armada besiegen könnte.«

»Aber hier handelt es sich nicht um die Spanier«, betonte John. Er hätte beinah hören können, wie ihm Hester befahl, zu schweigen, doch er ging das Risiko ein und sprach weiter. »Es sind Engländer, die ihrem Gewissen folgen. Es ist Euer eigenes Volk – kein fremder Feind.«

»Es sind Hochverräter!« mischte sich hastig die Königin ein. »Und deshalb sind sie schlimmer als die Spanier, die wohl unsere Feinde sein mögen, aber zumindest sind sie ihrem König treu. Ein Mann, der ein Verräter ist, ist wie ein tollwütiger Hund, den man töten muß.«

Der König nickte bestätigend. »Und es t...tut mir leid, Gärtner Tradescant, zu hören, daß Ihr mit denen sympathisiert.« Unüberhörbar klang aus dem Gestammel eine Drohung heraus.

»Ich hoffe nur auf Frieden und daß alle guten Menschen dazu bereit sind«, murmelte John.

Die Königin starrte ihn an, sie war durch die Zweifel ihres Gärtners beleidigt. »Ihr seid mein Diener«, sagte Henrietta Maria kategorisch. »Es steht ganz außer Frage, auf welcher Seite Ihr Euch zu befinden habt!«

John versuchte zu lächeln. »Ich wußte nicht, daß wir irgendwelche Seiten einnehmen sollten.«

»Aber ja«, sagte der König verbittert. »Natürlich muß man Par...Partei ergreifen. Und ich habe Euch jahrelang L...Lohn gezahlt, und Ihr wart jahrelang in meinem H...Hause beschäftigt, oder im Haushalt meines lieben H...Herzogs, schon von Kindesbeinen an – nicht wahr? Und Euer V...Vater hat sein ganzes Leben lang für meine Ratgeber und Diener gearbeitet und für die meines V...Vaters. Ihr habt unser B...Brot gegessen, seit Ihr keine Muttermilch mehr bekommen habt. Auf welcher Seite steht Ihr also?«

John mußte schlucken, denn ihm war der Hals wie zugeschnürt. »Ich bin für das Wohl des Landes und für den Frieden und dafür, daß Ihr Euch dessen erfreuen könnt, was Euer ist, Eure Majestät«, sagte er.

»Was schon *immer* mein gew...gewesen ist«, erwiderte der König rasch.

»So ist es«, stimmte ihm John zu.

Auf einmal strahlte die Königin wieder. »Das ist mein guter Gärtner Tradescant!« sagte sie aufgeräumt. »Natürlich ist er auf unserer Seite. Ihr wäret der erste, der mit seiner kleinen Hacke in die Schlacht zieht, nicht wahr?«

John versuchte zu lächeln, verneigte sich dann aber, um nicht antworten zu müssen.

Die Königin legte eine Hand auf seinen Arm. »Und wir mißbrauchen nie das Vertrauen jener, die uns folgen«, sagte sie mit süßer Stimme. »Wir sind Euch verbunden, so wie Ihr uns. Wir würden nie einen treuen Diener fallenlassen.« Sie nickte in Richtung des Königs, als wolle sie ihn auffordern, etwas von ihr zu lernen. »Wenn ein Mann bereit ist, uns sozusagen den Treueid zu leisten, dann wird er in uns einen ebenso treuen Herrn haben.«

Der König lächelte seine Gemahlin und den Gärtner an. »Natürlich«, sagte er. »Vom höchsten bis zum u…untersten Diener, ich vergesse weder Treue noch Verrat. Und beides erhält seinen gerechten Lohn.«

Sommer 1641

John erinnerte sich an dieses Gelöbnis an dem Tag, als man den Grafen von Strafford in den Tower von London warf und ihn in das Verlies der Hochverräter sperrte, wo er seiner Hinrichtung harrte – denn der König unterzeichnete die Act of Attainder, den Strafbeschluß des Parlaments, dem Grafen die bürgerlichen Rechte abzusprechen und sein Vermögen einzuziehen –, was sein Todesurteil bedeutete.

Der König hatte Strafford geschworen, daß er ihn nie fallenlassen würde. Er hatte ihm vorher eine persönliche Botschaft geschickt und ihm das königliche Versprechen gegeben, daß er als sein rühriger Minister nie um »sein Leben, seine Ehre und sein Vermögen« fürchten müsse, das waren genau seine Worte. Die vorsichtigsten und schlauesten Männer des Kronrats waren längst außer Landes geflohen, als ihnen bewußt wurde, daß das Parlament eher den Kronrat als den König selbst beschuldigte. Die meisten hatten auch sofort begriffen, daß der König, ganz gleich, was er ihnen zusichern würde, nie das geringste unternehmen würde, um einen getreuen Diener vor der Hinrichtung zu bewahren. Der Bischof von Ely und Erzbischof William Laud hatten zu lange gezögert oder ihm zu sehr vertraut. Sie wurden ebenfalls wie ihr Verbündeter Strafford sofort im Tower gefangengesetzt, weil sie sich angeblich gegen die Sicherheit des Königreichs verschworen hatten.

Während der Frühlingsmonate war das Parlament wegen Straffords Fall zusammengetreten und hatte sich angehört, wie er vorschlug, eine Armee von irischen Papisten ins Land zu lassen, um »dieses Königreich« zu zermalmen. Hätte der König in die Anhörung eingegriffen und gesagt, daß Strafford damit das Königreich von Schottland meinte, so hätte er ihn vor dem Schafott bewahren können. Doch er schwieg. Der König schwieg in seinem kleinen Vorzimmer, wo er lauschte. Er verteidigte ihn nicht. Statt dessen bot er ohne sonderlichen Eifer an, niemals mehr Straffords Rat anzunehmen, solange sie den alten Mann nur am Leben lassen würden. Das Parlament sagte, er habe seine Strafe verdient. Für einen kurzen, schmerzhaften Augenblick rang der König mit seinem Gewissen, und dann unterzeichnete er am 10. Mai den Befehl zu Straffords Enthauptung.

»Er schickte den kleinen Prinzen Charles, der vor dem Parlament um Gnade bat«, sagte Hester, die ganz entsetzt war. Sie war soeben mit einer Fuhre voller Einkäufe und einer Menge Neuigkeiten aus Lambeth zurückgekehrt. »Der arme kleine Junge, erst zehn Jahre alt, und der König schickt ihn nach Westminster, damit er sich vor das Parlament stellt und bittet, den Grafen am Leben zu lassen. Und dann haben sie es auch noch abgelehnt! Wie kann man das einem Kind nur antun! Sein ganzes Leben wird es denken, daß es schuld an Lord Straffords Tod hatte!«

»Wo doch der König allein dafür verantwortlich war«, sagte John kurz. »Er hätte abstreiten können, daß Strafford ihn jemals beraten hat. Er hätte für ihn aussagen können und persönlich für alles geradestehen müssen. Aber Strafford mußte für ihn die Sache ausbaden. Und nun wird Strafford für ihn sterben.«

»Er soll am Dienstag hingerichtet werden«, sagte Hester. »Die Marktfrauen schließen an dem Tag ihre Stände und gehen nach Tower Hill, um zuzusehen, wie er geköpft wird. Und unsere Gehilfen nehmen einen freien Tag, einen zusätzlichen Maifeiertag.«

John schüttelte nur den Kopf. »Das zur Treue des Königs. Für seine Diener sind schlechte Zeiten angebrochen. Und was ist mit Erzbischof Laud?«

»Immer noch im Tower«, sagte Hester. Sie stand auf und hielt sich an einer Seite des Wagens fest, um herunterzuklettern, doch John streckte seine Arme aus und hob sie herunter. Einen Moment zögerte sie bei der ungewohnten Berührung. Es war beinahe eine Umarmung, seine Hände hielten ihre Hüfte, ihre Köpfe waren dicht beieinander. Dann ließ er von ihr ab und ging zum hinteren Teil des Fuhrwerks.

»Die Sachen reichen ja für eine lange Belagerung!« rief er aus und drehte sich dabei zu ihr um. »Warum hast du so viel eingekauft?«

»Ich möchte eine Weile nicht mehr auf den Markt«, sagte sie. »Und die Mädchen werde ich auch nicht hinschicken.«

»Warum denn nicht?«

Sie machte eine kleine hilflose Geste. Er dachte, daß er sie bisher immer nur selbstsicher und entschlossen gesehen hatte. »Es ist eine eigenartige Atmosphäre in der Stadt«, fing sie an. »Ich kann es nicht beschreiben. Unangenehm. Wie der Himmel vor einem Gewitter. An den Straßenecken stehen die Menschen beisammen und reden, und wenn ich vorbeigehe, schweigen sie auf einmal. Jeder betrachtet den anderen mit Vorsicht und prüft, ob er ihm vertrauen kann. Niemand weiß mehr, wer Freund oder Feind ist. König Charles und das Parlament spalten das Land mitten entzwei, und wir wissen nicht, wie uns geschieht.«

John blickte seine Frau an, und plötzlich wurde ihm klar, was los war. »Du siehst aus, als hättest du Angst.«

»Jemand hat einen Stein nach mir geworfen«, sagte sie mit sehr leiser Stimme.

John war wie vom Donner gerührt. »Mit Steinen nach dir geworfen? In Lambeth? Bist du verletzt?«

Sie wollte die Sache abtun. »Es war nur eine kleine Vorwarnung. Man wollte mir nicht weh tun. Ich denke, es sollte vielmehr eine Beleidigung sein.«

»Aber warum sollte dich jemand auf dem Markt von Lambeth beleidigen? Oder dich warnen?«

Sie zuckte die Schultern. »Du bist überall bekannt als der Gärtner des Königs, wie auch dein Vater zuvor. Und diese Leute scheren sich nicht weiter darum, für welche Seite dein Herz schlägt, was du wirklich denkst. Sie halten uns für treue Diener des Königs, und in Lambeth und London hat man vom König nicht gerade die beste Meinung.«

Hester hatte Angst, große Angst, und sie hatte jeden Markttag Angst gehabt, seit das Parlament wieder einberufen worden war und der König nach der Niederlage am Tweed gegen die Schotten im Herbst 1640 zurückgekehrt war. Nicht immer war sie von den Frauen bedient worden. Außerdem verlangten sie von ihr zu hohe Preise und maßen das Mehl falsch ab. Und die jungen Lehrburschen rannten hinter ihr her und beschimpften sie, und als sie der Stein getroffen hatte, dachte sie, ein ganzer Steinhagel würde folgen, der sie vom Kutschbock herunterreißen und zu Boden werfen würde.

»Hester! Hester!« John hielt sie fest, während sie in Tränen ausbrach. »Meine Liebe, meine Liebe, meine kleine Frau!«

Auf einmal hörte sie zu weinen auf. »Wie hast du mich genannt?«

Er hatte es selbst gar nicht bemerkt.

»Du hast mich kleine Frau und meine Liebe genannt …«, sagte sie. Sie rieb sich die Augen, aber die andere Hand hielt seinen Kragen fest. »Du hast mich meine Liebe genannt. Das hast du noch nie getan.«

Da kehrte der alte verschlossene Blick wieder in sein Gesicht zurück. »Ich war wegen dir ganz außer mir«, sagte er, als sei es eine Sünde, zärtliche Worte für sein eigenes Weib zu finden. »Ich hatte es einen Augenblick vergessen.«

»Du hast vergessen, daß du schon einmal verheiratet warst. Du hast mich wie eine Frau behandelt, die dir ... lieb ist«, sagte sie.

Er nickte.

»Das freut mich«, sagte sie leise.

Ganz sanft machte er sich von ihr los. »Ich sollte nicht vergessen, daß ich schon einmal verheiratet war«, sagte er entschlossen und ging ins Haus. Hester stand neben dem Fuhrwerk, schaute zur Küchentür, die sich hinter ihm schloß, und merkte, daß sie nicht noch mehr weinen konnte, sondern ihr nur Einsamkeit, Enttäuschung und trockene Augen geblieben waren.

Sommer 1641

In jenem Sommer ging Hester nicht wieder auf den Markt. Und sie hatte recht getan, sich vor der Stimmung in Lambeth zu fürchten. Die Lehrburschen spielten eines Abends verrückt, und auch die Marktweiber und die seriösen Kirchgänger wurden von diesem Fieber ergriffen und rotteten sich zu einer wilden Menge zusammen, die durch die Straßen marschierte und rief: »Weg mit dem Pfaffentum! Weg mit den Bischöfen!« Einige der lautesten und mutigsten schrien: »Weg mit dem König!« Sie warfen ein paar brennende Fackeln über die hohen Mauern des leerstehenden Palastes des Erzbischofs und machten sich halbherzig an den Toren zu schaffen. Anschließend zerstörten sie sämtliche Fensterscheiben der Häuser auf der Hauptstraße von Lambeth, die kein Licht für das Parlament brennen hatten. Doch den ganzen Weg bis zur Arche rannten sie nicht hinunter.

Von da an schickte John den Gärtnergehilfen zusammen mit dem Stallburschen auf den Markt. Obwohl sie öfter die falschen Dinge besorgten und häufig in den Schenken auf ein Bier einkehrten, wurden wenigstens die Beschimpfungen gegen den Gärtner des Königs nicht mehr direkt an Hester gerichtet.

John mußte nach Oatlands aufbrechen. Zuvor bestellte er jedoch hölzerne Läden für alle Fenster des Hauses, insbesondere für die großen venezianischen Scheiben des Raritätensaals. Er beschäftigte einen zusätzlichen Jungen damit, nachts Wache zu halten und vor allem auf die South Lambeth Road aufzupassen, falls sich von dort der Mob nähern sollte. Eines Nachts machten er und Hester sich daran, bei abgeblendetem Laternenlicht das alte Eishaus auszuräumen und einen schweren Türriegel an den dicken Holztüren anzubringen, damit man dort die wertvollsten Ausstellungsstücke verstecken konnte.

»Wenn sie mit feindlichen Absichten kommen, so wirst du die Kinder nehmen und rasch das Haus verlassen«, ordnete er an.

Sie schüttelte den Kopf. Er mußte ihre innere Ruhe bewundern.

»Wir haben ein paar Musketen«, sagte sie. »Ich werde es nicht zulassen, daß mein Haus von einer Schar herumlungernder Lehrlinge gestürmt wird.«

»Du darfst kein Risiko eingehen«, warnte er sie.

»In diesen Zeiten bedeutet alles ein Risiko«, erwiderte sie. »Ich werde dafür sorgen, daß wir alles unbeschadet überstehen.«

»Ich *muß* euch verlassen«, sagte John besorgt. »Man hat mich nach Oatlands befohlen. Ihre Majestäten werden nächste Woche dort sein, und ich muß mich darum kümmern, daß die Anlagen in bestem Zustand sind.«

Sie nickte. »Ich weiß, die Pflicht ruft.«

John war in Oatlands und erwartete eigentlich den ganzen Hofstaat, doch die Königin kam allein. Charles und die Hälfte des Hofes waren nicht anwesend, und ein Gerücht ging um, daß er nach Norden aufgebrochen sei, um persönlich mit den Schotten zu verhandeln.

»Der König ist in Edinburgh, und alles wird sich zum besten wenden«, sagte die Königin mit ihrem selbstgefälligen Lächeln, als sie auf ihren Gärtner zuging, der die Rosenköpfe abschnitt. Sie verbarg ihre Langeweile, so gut sie konnte. Nur wenige Hofdamen begleiteten sie, das einstige flirtende, gekünstelte, müßiggängerische Gefolge hatte sich zerstreut. Die abenteuerlustigen und ehrgeizigen Kavaliere waren mit dem König fortgeritten. Der Hof eines Königs, der Krieg führte, bot die besten Aufstiegsmöglichkeiten und allerlei günstige Gelegenheiten, und die jungen Gentlemen hatten den Frieden und den Hof satt. Dort hatte die eheliche Liebe schon lange genug im Mittelpunkt gestanden. »Die Wogen werden sich glätten«, versprach die Königin. »Wenn sie ihren König erst einmal wiedersehen, wird er sie alle in seinen Bann ziehen, daß sie merken, wie falsch es war, gegen ihn ins Feld zu rücken.«

John nickte. »Ich hoffe es sehr, Eure Majestät.«

Sie näherte sich ihm und sprach mit leiser Stimme. »Wir werden erst nach London zurückkehren, wenn es zu einem Ausgleich gekommen ist«, vertraute sie ihm an. »Selbst meinen kleinen Landsitz in Wimbledon müssen wir meiden. Wir werden uns auf jeden Fall von Westminster fernhalten. Nach dem Tod meines Lords Strafford …« Sie hielt inne. »Es heißt, daß sie nach dem Grafen *mir* einen Prozeß machen werden! Wegen Hochverrats!«

John mußte der Versuchung widerstehen, eine ihrer kleinen weißen Hände zu drücken. Sie sah wirklich ängstlich aus.

»Der König hätte sich gegen sie stellen sollen«, flüsterte sie. »Mein Gemahl hätte es nicht zulassen dürfen, daß sie Strafford und Laud festnahmen. Wenn er es duldet, daß sie einen nach dem anderen von uns aufgreifen, wird er eines Tages ganz allein dastehen, und sie werden Blut geleckt haben. Er hätte einschreiten müssen, als es um William Laud und um Strafford ging. Wie kann ich denn sicher sein, ob er für mich eintritt?«

»Eure Majestät, so weit wird es nicht kommen«, sagte John tröstend. »Wie Ihr selbst sagtet, der König wird heimkehren, und alle Unstimmigkeiten werden ausgeräumt sein.«

Daraufhin erhellte sich ihr Gesicht. »Er kann ein paar Leuten im Parlament und bei Hofe den Titel eines Barons verleihen«, sagte sie. »Das sind alles ganz gewöhnliche Männer aus den Grafschaften, die weder Bildung noch Erziehung genossen haben. Sie werden ihren Wahn schon vergessen, wenn der Lohn nur hoch genug ist.«

John spürte, wie er zunehmend gereizter wurde. »Majestät, ich glaube, daß es Männer von Prinzipien sind. Sie haben Lord Strafford nicht aus einer Laune heraus verurteilt. Ich denke, sie glauben an das, was sie tun.«

Sie schüttelte den Kopf. »Natürlich nicht! Sie verbünden sich mit den Schotten oder mit den Holländern oder mit irgend jemandem, nur für ihre Zwecke. Das Oberhaus und all die Aristokraten stehen nicht auf ihrer Seite, und der Hof ebenso nicht. Die andern sind alles kleine Leute vom Lande, die wie mickrige Hähne auf ihrem eigenen Misthaufen krähen. Wir müssen ihnen nur die Hälse umdrehen.«

»Ich schätze, der König wird eine Möglichkeit finden, sich mit ihnen zu einigen«, sagte John beharrlich.

Sie warf ihm ihr bezauberndes Lächeln zu. »Nun, das denke ich auch! Er wird ihnen alles mögliche versprechen, und dann stimmen sie den Steuern und der Armee zu, die wir benötigen, um die Schotten zu vernichten. Danach können sie auf ihre Misthaufen zurückkehren. Wir werden wieder ohne sie regieren.«

Herbst 1641

Vielleicht hätte es so oder so für den König und die Königin ausgehen können, doch für ihr viertes Königreich, Irland, nicht. Die Nachricht von Straffords Hinrichtung verbreitete sich in Irland wie ein Lauffeuer. Strafford hatte Irland als Statthalter mit einer Mischung aus legaler Härte und einem schrecklichem Mißbrauch von Autorität unterdrückt. Er hatte das Volk regiert wie ein zynischer alter Soldat, und das alleinige Recht im Lande war von einer überlegenen militärischen Macht ausgegangen. In einem trotzigen Wutausbruch erhoben sich nun nach seinem Tod die irischen Papisten gegen ihre protestantischen Beherrscher. Strafford hatte brutale Methoden angewendet, aber nun war er fort. Das Königreich Irland war von Gerüchten und Gegengerüchten überschwemmt worden, bis ein jeder, der sich für einen Mann hielt, zur Mistgabel oder zur Hacke griff und sich auf die neu eingetroffenen protestantischen Siedler und die habsüchtigen, landgierigen protestantischen Lords stürzte, die die Iren ihres Grund und Bodens beraubt hatten. Und sie verschonten niemanden, auch Frauen und Kinder nicht.

Die Nachricht von den Ereignissen, die von der Phantasie jener protestantischen Minderheit des Landes, das sie nicht besaßen, noch aufs schauerlichste ausgeschmückt wurde, erreichte im Oktober London und heizte den Haß gegen die Papisten noch um ein Mehrfaches an. Selbst Hester, die sonst so vernünftig war, konnte an jenem Abend nicht mehr ihre Zurückhaltung bewahren, sondern bat Gott während der Familiengebete darum, das böse irische

Volk zu vernichten und sein erwähltes Volk, das sich in jenem höchst barbarischen Land angesiedelt hatte, zu schützen. Und die Kinder der Tradescants, Frances und Johnnie, die vor Entsetzen mit großen runden Augen dem lauschten, was in Küche und Stall erzählt wurde, flüsterten ein ängstliches »Amen«. Einen kurzen Moment wurde John an die verbitterte Herbergswirtin in Virginia erinnert, die die Indianer Wilde und Bestien genannt hatte; und auch sie kannte viele Geschichten darüber, wie Weiße skalpiert, gehäutet und gegessen worden waren. In seinem Kopf suchte er Abstand von dem Schrecken zu gewinnen, der ganz England ergriffen hatte, und er fragte sich, ob all das auch wirklich so passiert war, wie es jedermann beteuerte. Doch diese Überlegungen währten nur kurz. Die Umstände waren einfach zu überzeugend, die Geschichte zu zwingend. Ein jeder berichtete davon, also mußte es war sein.

Die papistischen Rebellen spießten protestantische Kinder auf und rösteten sie über dem Feuer, dann verzehrten sie sie im Angesicht ihrer entsetzten Eltern. Die papistischen Rebellen zündeten Dörfer und Schlösser an und trieben die protestantischen Bewohner in den Feuertod. Niemand hinterfragte derartige Geschichten.

Und es gab noch Schlimmeres. Auf den Straßen von Lambeth und London nannte man die Vorgänge nicht den irischen Aufstand, sondern den Aufstand der Königin, da man absolut sicher war, daß all die schrecklichen Berichte aus Irland stimmten und daß die Rebellion von Henrietta Maria persönlich entfacht worden war, um den teuflischen katholischen Klerus zu begünstigen. Was die Königin wollte, war ein freies römisch-katholisches Irland, und dann, sobald sie sich traute, würde die Königin ihre Papistenbrüder von Irland nach England einschiffen lassen, damit sie hier auch alles niedermetzeln und sich englische Babys einverleiben konnten.

Frühjahr 1642

Das Parlament, das immer noch tagte, stand nun kurz davor, die Königin selbst anzuklagen. Es war ein unaufhaltsamer schrecklicher Weg, auf dem es weder Schwanken noch Zögern gab. Sie klagten zwölf Bischöfe des Hochverrats an, einen nach dem anderen, bis ein ganzes Dutzend vor der Schranke im Unterhaus stand, wo über ihr Leben entschieden wurde. Und dann hieß es, daß die Königin die nächste auf der Liste sei.

»Was wirst du tun?« fragte Hester John. Sie befanden sich im behaglichen Raritätensaal, in dem ein großes Feuer die Sammlung warm und trocken hielt, denn draußen peitschte ein winterlicher Schneeregen gegen die hohen Fenster. Hester rieb die Muscheln und die kostbaren Steine blank, damit sie auf ihren schwarzen Samtkissen glänzten. John war dabei, eine soeben eingetroffene Sendung von Elfenbeinschnitzereien aus Indien mit Schildern zu versehen.

»Ich weiß es nicht«, sagte er. »Ich werde nach Oatlands reiten müssen, um alles vorzubereiten. Dort werde ich wohl Weiteres erfahren.«

»Ein Garten für eine Königin, die geköpft werden soll?« fragte Hester leise.

John blickte sie an, sein Mund zuckte vor Angst. »Ich folge deinem Rat, Frau. Ich versuche, in diesen Zeiten zu überleben. Ich weiß nichts Besseres, als mich so zu verhalten, als hätte sich nichts geändert.«

»Aber John …«, fing Hester an, doch da klopfte es an die Eingangstür, und beide erstarrten vor Schreck. John sah, wie Hesters Wangen immer weißer wurden, und die Hand, mit der sie das Staubtuch hielt, zitterte, als hätte sie Schüttelfrost. Ganz still standen sie da, und dann hörten sie, wie das Mädchen antwortete und wie eine Münze für den Eintritt zur Sammlung in der Schale klimperte. Hester versteckte rasch ihr Tuch in der Schürzentasche und öffnete dem Besucher die beiden großen Flügeltüren. Es war ein gutgekleideter Gentleman, jemand vom Lande, wie sie an seinem braunen Anzug und dem vom Wetter gegerbten Gesicht erkennen konnte. Er blieb in der Tür stehen und blickte sich in dem großen, eindrucksvollen Saal mit dem warmen Kaminfeuer um.

»Nun, das lob ich mir«, sagte der Squire mit dem Akzent aus der westlichen Gegend des Landes.

Hester machte einen Schritt auf ihn zu. »Herzlich willkommen«, sagte sie freundlich. »Das ist John Tradescant, und ich bin seine Frau.«

Der Mann verneigte sich kurz. »Benjamin George«, sagte er. »Aus Yeovil.«

»Ihr seid zu Besuch in London?«

»Der Geschäfte wegen. Ich bin Parlamentsabgeordneter und vertrete meinen Wahlkreis Yeovil.«

John ging auf ihn zu. »Meine Frau wird Euch die Kuriositäten zeigen«, sagte er. »Doch könnt Ihr mir zuvor sagen, was man sich so für Neuigkeiten erzählt?«

Der Mann blickte nun vorsichtig um sich. »Ich kann nicht sagen, ob es gut oder schlecht ist«, sagte er. »Ich befinde mich auf dem Heimweg, denn das Parlament ist kurzerhand aufgelöst, das ist alles, was ich weiß.«

John und Hester schauten sich rasch an. »Das Parlament ist nach Hause geschickt worden?«

Der Mann nickte. »Der König kam am 4. Januar höchstpersönlich hereinmarschiert, um fünf unserer Abgeordneten festzunehmen. Es war eindeutig ungesetzlich, daß der König mit seiner bewaffneten Begleitung auf diese Art in unser Parlament eindrang. Ob er unsere Leute nun wegen Hochverrats festnehmen oder sie auf der Stelle hinrichten wollte, das weiß ich nicht!«

»Mein Gott!« rief John entsetzt aus. »Hat er im Unterhaus das Schwert gezogen?«

»Er war ganz höflich hereingekommen und nahm den Sitz des Sprechers ein. Aber sie waren schon fort – die Männer, die er fassen wollte. Sie waren eine halbe Stunde zuvor durch die Hintertür entwischt und themseabwärts in Sicherheit gebracht worden. Wir waren natürlich gewarnt worden. Und so suchte er vergeblich nach ihnen, sagte etwas dazu und ging wieder fort.«

John mußte seine Ungeduld zügeln, weil der Squire mit seinem Bericht nicht schneller vom Fleck kam. »Aber weshalb ist er denn erschienen, wenn er mit der Festnahme zu spät kam?«

Der behäbige Mann zuckte mit den Schultern. »Ich glaube, daß er nur ein Zeichen setzen wollte, aber es ist ihm nicht gelungen.«

Hester blickte schnell zu John hinüber. Der schien ziemlich verärgert. »Wollt Ihr damit sagen, daß er mit seinen Soldaten ins Unterhaus einmarschiert ist, um fünf Männer festzunehmen, und versagt hat?«

Der Mann nickte. »Er wirkte ziemlich verstimmt«, fügte er hinzu.

»Das will ich meinen. Was wird er jetzt tun?«

»Nun, dazu … kann ich nichts sagen.«

»Was wird das Parlament unternehmen?«

»Nun, dazu … kann ich auch nichts sagen.«

John machte einen kleinen Schritt auf die Tür zu, kehrte dann aber wieder um. »Was passiert jetzt in der Stadt? Ist alles ruhig?«

Der biedere Squire war leicht verwirrt über diesen raschen Wechsel. »Nun ja, die Truppen des Lord Mayor sollen dafür sorgen, daß Ruhe herrscht, die Männer des Königs haben sich alle zurückgezogen und halten sich versteckt, die Stadt ist für einen Aufstand oder … etwas Schlimmeres gerüstet und bereit.«

»Was könnte noch schlimmer sein?« wollte Hester wissen. »Was könnte schlimmer sein als ein Aufruhr in London?«

»Krieg, glaube ich«, sagte er langsam. »Ein Krieg würde schlimmer sein.«

»Zwischen wem?« fragte John hartnäckig. »Ein Krieg zwischen wem? Was sagt Ihr da?«

Der Mann sah ihm ins Gesicht und kämpfte mit der Ungeheuerlichkeit dessen, was er zu sagen hatte. »Krieg zwischen König und Parlament, fürchte ich.«

Daraufhin herrschte vor Entsetzen Stille.

»Ist es schon soweit?« wollte John besorgt wissen.

»Deshalb bin ich gekommen, um mir vor meiner Abreise die größte Sehenswürdigkeit Londons anzuschauen, wie ich es mir vorgenommen hatte. Dann will ich zurück nach Hause.«

»Ich werde Euch alles zeigen«, versprach Hester. »Ihr müßt uns unsere Neugier verzeihen. Was werdet Ihr machen, wenn Ihr zu Hause seid?«

Er neigte sich höflich zu ihr herunter. »Ich werde die Männer meines Anwesens um mich versammeln, sie ausbilden und bewaffnen, damit sie ihr Land vor dem Feind schützen können.«

»Aber werdet Ihr für den König oder für das Parlament kämpfen?«

Wieder neigte er sich zu ihr. »Madam, ich werde für mein Land kämpfen. Ich werde für das Rechte kämpfen. Nur die Frage ist – ich wünschte, ich wüßte, was das Rechte ist.«

Hester zeigte dem Landedelmann die wichtigsten Objekte der Sammlung und ließ ihn dann allein. Sie traf John weder im Haus noch in der Orangerie an. Wie sie es befürchtet hatte, befand er sich in Reisekleidern im Innenhof der Stallungen und wartete darauf, daß man sein Pferd sattelte.

»Du wirst doch nicht zum Hof reiten!« rief sie aus.

»Das muß ich«, entgegnete er unwirsch. »Ich halte es nicht aus. Kann mich nicht mit ein paar Bruchstücken zufriedengeben.«

»Du bist Gärtner«, sagte sie. »Kein Höfling, kein Mitglied des Parlaments. Was geht es dich an, ob der König mit dem Parlament im Streit liegt oder nicht?«

»Ich befinde mich wieder einmal am Rande der großen Ereignisse«, sagte John. »Ich weiß zuviel, um ruhig vor dem Kamin zu sitzen. Wüßte ich mehr, dann könnte ich besser entscheiden, was zu tun ist.«

»So ignoriere doch lieber alles«, meinte Hester ganz erhitzt. »Geh in deinen Garten, John, und säe die Samen in Wimbledon und Oatlands aus. Bleib daheim, wo du in Sicherheit bist.«

»Ich werde nicht lange fort sein«, versprach er ihr. »Ich werde über den Fluß nach Whitehall reiten und in Erfahrung bringen, wie der Stand der Dinge ist. Mach dir nicht solche Sorgen, Hester. Ich muß wissen, aus welcher Richtung der Wind weht.«

»Das sagst du so, aber du bist wie ein Junge, der sich gern in Abenteuer stürzt«, sagte sie scharfsinnig. »Du möchtest dich mitten im Strudel der Ereignisse befinden, mein Gemahl. Das kannst du nicht abstreiten.«

John grinste, als sei er ertappt, und küßte sie rasch auf beide Wangen. »Verzeih mir«, sagte er. »Es ist wahr. Laß mich mit deinem Segen ziehen!«

Hester war ganz außer Atem, weil er sie plötzlich so heftig umarmt hatte, und spürte, wie sie errötete. »Mit meinem Segen«, wiederholte sie. »Natürlich hast du meinen Segen. Immer.«

Er schwang sich in den Sattel und ließ das Pferd aus dem Hof gehen. Hester legte eine Hand an ihre Wange, die kurz von seinen Lippen berührt worden war, und blickte ihm nach.

Bei Lambeth mußte er auf einen Platz auf der Pferdefähre warten. Der Verkehr auf der Flußseite, wo die City von London lag, war stärker als je zuvor. Hunderte von Leuten wanderten durch die engen Straßen, erkundigten sich nach Neuigkeiten, hielten Balladensänger und Hausierer mit Flugblättern und Pamphleten an, um sie zu befragen. Da tauchten plötzlich bewaffnete Gruppen von Männern auf, die die Straße entlangmarschierten, die Leute beiseite stießen und sie aufforderten, »Hoch lebe der König!« zu rufen. An der nächsten Ecke schrie eine andere Gruppe: »Ein Hurra auf den Abgeordneten Pym! – Weg mit den Bischöfen. – Weg mit der papistischen Königin!«

John zog sein Pferd in eine Seitengasse zurück. Da sah er, wie die beiden Gruppen aufeinander zugingen. Aber die Royalisten wandten sich plötzlich rasch nach einer Seite, als hätten sie einen dringenden Auftrag auszuführen, und die andere Gruppe setzte alles daran, sie nicht zu sehen und zu verfolgen. Er bemerkte, wie sie weitergingen und daß sie, wie er selbst, noch nicht für eine Auseinandersetzung reif waren. Er dachte, daß es im ganzen Land solche Männer wie jenen aufrechten Parlamentsabgeordneten für Yeovil geben müßte, dem klar war, daß gerade Geschichte geschrieben wurde, und der daran teilnehmen und das Richtige tun wollte, doch überhaupt nicht wußte, was das Richtige sein könnte.

Um den alten Palast von Whitehall standen bewaffnete Wachen, die furchteinflößend aussahen mit ihren vor dem Eingang gekreuzten Langspießen. John ritt mit seinem Pferd zu einem Gasthof und ließ es dort im Stall. Dann ging er nach Whitehall zurück, wobei er ständig angerempelt wurde. Bettler und Landstreicher und kleine Verbrecher, in Lumpen und schäbige alte Livreen gekleidet, schrien laut, weil sie vielleicht ein paar Münzen für ihre gekaufte Loyalität erhielten. Da waren auch arbeitende Männer und Frauen, Lehrlinge, Handwerker und Marktgesindel und die seriös schwarzgekleideten Prediger der unabhängigen Kirchen und Sektierer. Selbst die wohlhabenden Händler und Bürger der Stadt, die nie selbst in eine Schlacht ziehen würden, deren Herz aber dem Kampf gehörte, waren unterwegs. Die Seeleute kamen von den Schiffen im Hafen und riefen nach dem Parlament, weil sie den König und seine französische Frau für die gefährlichen Piraten von Dünkirchen verantwortlich machten. Und dann gab es auch die Mitglieder der gut ausgebildeten Miliztruppen von London. Aus dieser buntgemischten Menge erscholl ein verworrenes Gedröhn, ein Lied aus Pfiffen und Buhrufen derjenigen, die nicht wußten, was ihnen am Herzen lag, bis hin zu den klaren Rufen jener, die ein Ziel hatten: »Nieder mit den Bischöfen! Nieder mit der Königin!«, und dem neuen Ruf, der aufgekommen war, seit der König im Unterhaus mit dem Schwert aufgetaucht war: »Immunität! Immunität für das Parlament!«

John bahnte sich einen Weg durch die Menge bis zur vordersten Reihe vor dem Tor zu Whitehall und rief durch den Lärm der Wache zu: »John Tradescant! Des Königs Gärtner.«

Der Mann bewegte sich ein wenig zur Seite. John duckte sich unter dem Spieß durch und ging hinein.

Von all den königlichen Schlössern war der alte Palast von Whitehall der unübersichtlichste. Er bildete ein Gewirr von Gebäuden und Höfen und Gärten, mit Statuen und Springbrunnen übersät und von einem ständigen Vogelgezwitscher erfüllt. John lief die Gänge in Richtung der königlichen Gemächer entlang und hoffte dabei, einem bekannten Gesicht zu begegnen. Als er um eine Ecke bog, mußte er unversehens innehalten, denn er wäre beinahe mit der Königin zusammengestoßen.

Sie war dabei, fortzurennen, ihre Haube wehte hinter ihr her, und in den Händen hielt sie ihr Juwelenkästchen. Ihr folgte der König, der sein eigenes Reiseschreibpult trug, und ein Dutzend Kammerzofen und Diener, die alle trugen, was sie fortschleppen konnten. Hinter ihnen liefen zwei königliche Kindermädchen mit den zwei königlichen Babys im Arm, die fünfjährige Prinzessin Elizabeth trabte hinterher; die beiden jungen Prinzen James und Charles waren ein wenig zurückgeblieben.

John fiel auf die Knie, als die Königin ihn erkannte, doch sie eilte auf ihn zu. Er sprang wieder auf die Beine, und im gleichen Moment drückte sie ihm ihre Schatulle in die Hand.

»Gärtner Tradescant!« rief sie. »Nehmt das hier!« Sie wandte sich zum König um. »Wir müssen aushalten!« sagte sie mit Nachdruck. »Wir müssen es auf eine Machtprobe mit ihnen ankommen lassen!«

Der König schüttelte den Kopf und machte eine Bewegung, daß sie weitergehen solle. Widerwillig lief sie vor ihm weiter. »Ich s…sage Euch, sie sind wahnsinnig geworden!« stammelte er. »Wir müssen die St…Stadt verlassen! Es gibt hier keine einzige treue Seele. Sie sind alle w…wahnsinnig geworden. Wir müssen nach Hampton Court und darüber na…nachdenken, was zu tun ist! Wir müssen die Soldaten zusammenrufen und Rat einholen.«

»Wie die Narren rennen wir vor unserem eigenen Schatten davon!« kreischte sie zurück. »Wir müssen ihnen entgegentreten, bis wir unsere Autorität zurückgewonnen haben, oder wir werden den Rest des Lebens auf der Flucht verbringen.«

»Wir sind v…verloren!« rief er. »V…verloren! Meint Ihr, ich möchte zusehen, wie man Euch vor Gericht zerrt und Euch wegen Hochverrats anklagt? Meint Ihr, ich möchte Euren K...Kopf aufgespießt sehen? Meint Ihr, ich möchte zuschauen, wie der Pöbel Euch und die Kinder greift?«

John Tradescant mischte sich unter das Gefolge, das den Majestäten hinterherrannte. Unterwegs war der wütende Streit zwischen König und Königin immer heftiger geworden. Als sie bei den Stallungen angelangt waren, war die Königin völlig außer sich geraten.

»Ihr seid ein Feigling!« rief sie verächtlich. »Ihr werdet die Stadt für immer verlieren, wenn Ihr sie jetzt verlaßt. Natürlich ist es einfacher fortzulaufen, als sie wieder einzunehmen. Ihr müßt ihnen zeigen, daß Ihr keine Angst habt.«

»Ich habe keine Angst!« Er richtete sich auf. »K...keine! Aber ich muß für Eure Sicherheit und die der Kinder sorgen, ehe ich m...meinen nächsten Sch...Schritt tun kann. Es ist Eure Sicherheit, Madam, die ich hiermit schützen will. Um mich mache ich mir keine Sorgen! K...Keine.«

John schob sich nach vorn durch und stellte die Schmuckschatulle auf den Boden der Kutsche. Er mußte an den eigenartigen Charakter des Königs denken, eine Mischung aus Schüchternheit und Prahlerei, mangelnder Entschlußkraft und Spontaneität. Selbst jetzt noch, wo der Mob gegen die Palasttore hämmerte, spielten die beiden ihre Rollen aus einem Maskenspiel weiter. John blickte sich um, die Diener waren das Publikum eines Theaterstücks. Niemand drängte zu einer Handlung, alle schwiegen. Der König und die Königin waren die beiden einzigen Akteure; und ihr Rollentext war ein großes Abenteuer aus Gefahr und Heldentum und verlorener Sache und plötzlicher Flucht.

Bei dem Lärm, den die Menge draußen machte, schlug Johns Herz plötzlich schneller. Auf einmal hatte er die Vision, daß sie die Tore niederrannten und in den Stallhof kamen. Wenn sie dann die Königin neben ihrer Reisekutsche und ihren Juwelen fanden, könnte alles passieren. Die ganze Autorität der königlichen Familie, die die alte Königin Elizabeth so würdevoll kultiviert hatte, hing einzig und allein von der Schaffung und Aufrechterhaltung von Distanz, Magie und Glanz ab. Wenn das Volk nun plötzlich hörte, wie die Königin ihren König wie eine französische Kurzwarenhändlerin verfluchte, so würde das Spiel ein für allemal aus und vorbei sein.

»Ich möchte Euch sicher nach Hampton Court bringen, und dann werde ich zurückkehren, um all diese Verräter niederzumachen«, schwor ihr Charles.

»Ihr solltet sie auf der Stelle niedermachen!« schrie sie aufgebracht. »Jetzt, ehe sie noch mehr Zulauf haben. Ihr solltet sie besiegen und vernichten, oder ich werde dieses Königreich verlassen und nie wiederkehren, das verspreche ich! In Frankreich weiß man, wie man eine Prinzessin von edlem Geblüt zu respektieren hat!«

Plötzlich veränderte sich die Szenerie. Der König nahm ihre Hand und neigte sich darüber, sein seidiges Haar fiel herunter und bedeckte sein Gesicht. »S...Sagt das nicht noch einmal«, sagte er. »Ihr seid die K...Königin dieses Landes, Königin aller H...Herzen. Dies ist ein treues Land, sie l...lieben Euch, ich liebe Euch. Ihr dürft nicht einmal daran d...denken, mich zu verlassen.«

Wieder erschollen Rufe vor den Toren. John Tradescant vergaß, daß er lieber schweigen sollte. Er konnte es nicht ertragen, mit anzusehen, wie man sie wie ein fortgelaufenes Dienerpaar im Stallhof überwältigen würde. »Eure Majestät«, drängte er. »Ihr müßt Euch entweder auf eine Belagerung vorbereiten oder die Kutsche so rasch wie möglich von hier fortbringen! Jeden Augenblick wird sich der Pöbel auf Euch stürzen!«

Die Königin blickte zu ihm hinüber. »Mein treuer Gärtner Tradescant!« rief sie aus. »Bleibt bei uns!«

»Sp...Springt hinten auf«, befahl der König. «I...Ihr

werdet uns i...in Sicherheit bringen!« John sperrte den Mund auf. Er hatte in dieser Situation einzig und allein auf die Dringlichkeit einer Entscheidung hinweisen wollen.

»Eure Majestät?« fragte er.

Der König geleitete Henrietta Maria in die Kutsche, wo die beiden kleinen Prinzen Charles und James schweigend, bleichgesichtig und mit ängstlich weit aufgerissenen Augen warteten. Die Kindermädchen und die Babys und die kleine Elizabeth zwängten sich hinzu, und dann kletterte der König hinein. John schlug hinter ihnen den Kutschenschlag zu. Er wollte den Majestäten mitteilen, daß er unmöglich mit ihnen kommen konnte. Aber im Hintergrund hörte er, wie das Geschrei vor den Toren anschwoll, und er befürchtete, daß der König auf ihn einreden, seine Dienste einfordern, seine Loyalität in Frage stellen würde und so noch mehr Zeit verlorenging.

John Tradescant trat einen Schritt von der Kutsche zurück, wartete darauf, daß sie sich in Bewegung setzte; aber sie machte keine Ruck. Niemand tat etwas ohne den genauen Befehl dazu, und der König und die Königin stritten sich drinnen erneut.

»Oh! Verflucht! So fahrt schon!« rief John, der nun das Kommando übernahm, da niemand sonst Anweisungen erteilte. Dann sprang er neben die Lakaien hinten auf die Kutsche auf. »Westwärts, nach Hampton Court. Kutschiert immer nur drauflos. Und überfahrt um Gottes willen niemanden. Aber haltet nicht an!«

Selbst die Lakaien an den Stalltoren zögerten.

»Öffnet die Tore!« rief John ihnen zu. Er verlor fast seine Selbstbeherrschung. Sie sprangen auf, um den ersten klaren Befehl auszuführen, den sie an diesem Tag vernommen hatten, und die großen hölzernen Tore flogen auf.

Als die Kutsche herausfuhr, wurden die Leute, die in den ersten Reihen gestanden hatten, nach hinten gedrückt. John bemerkte, daß sie von der unverhofften Bewegung an den Toren, von dem Antraben der schönen Pferde, dem Reichtum und dem Glanz der vergoldeten königlichen Kutsche ganz gefesselt waren. Diese verzierte Kutsche mit dem Federschmuck an jeder Ecke des Daches und den wunderbaren Arabern in rotem Ledergeschirr mit goldenem Zierat strahlte immer noch mystische Macht aus, göttliche Macht, selbst wenn drinnen die verräterische papistische Königin saß.

Die Leute hatten Spieße mitgebracht, die sie jedoch wie ein Banner trugen und noch nicht als Waffe benutzten. Daran war eine weiße Fahne mit dem Wort »Freiheit!« befestigt, und man schwenkte sie nun vor den Fenstern der Kutsche. John betete darum, daß sich die Königin wenigstens einmal in ihrem Leben still verhielt und ihr Gesicht verbarg. Das Ansehen des Königs garantierte ihnen vielleicht noch eine gewisse Sicherheit, um ungeschoren fortzukommen, wenn die Königin die Menge nicht weiter gegen sich aufbrachte.

John hörte, wie eins der verängstigten Kinder in der Kutsche weinte. »Fahrt zu!« befahl er dem Kutscher in dem Lärm des Pöbels. »Ganz ruhig weiterfahren!« So laut, wie er konnte, rief er: »Macht Platz für den König! Für den rechtmäßigen König!«

»Freiheit!« rief einer und fuchtelte gefährlich nah mit seinem Spieß vor Johns Kopf herum.

»Freiheit und der König!« erwiderte John mutig und hörte, wie ein anderer seine Losung aufgriff und ebenso rief. Der Lakai neben ihm verzog das Gesicht, als ihn jemand anspuckte. »Bleib still, du Narr, oder sie werden dich runterziehen«, murmelte John.

Jeden Augenblick konnte die Stimmung von ausgelassenem Protest in Mordlust umschlagen. John blickte über das Kutschendach hinweg, wo die Wege für ein Fortkommen aus der Stadt immer enger wurden.

»Macht Platz für den rechtmäßigen König!« rief John.

Die Menge wurde an den Kreuzungen dichter und dichter. »Fahrt doch weiter!« schrie John den Kutscher an. Er war sich sicher, wenn sie auch nur für eine Sekunde anhielten, würde man den Wagenschlag aufreißen und die königliche Familie herauszerren und hier an Ort und Stelle zerfleischen. Noch wurde sie einzig und allein durch die abergläubische Vorstellung von der absoluten Macht des Monarchen, vom Gottesgnadentum der Regentschaft, die König James gepredigt hatte und an die Charles mit aller Leidenschaft glaubte, davon abgehalten.

»Zurück!« rief John. »Macht Platz für den König!«

Alles hing davon ab, daß die Kutsche ihr unerträglich langsames Tempo beibehielt, nie die Fahrt unterbrach und etwa haltmachte, den ganzen Weg westwärts, wo die Sonne auf die offen dahinsickernden Kloakenrinnen schien, als würde sie den Weg in die Sicherheit weisen.

Plötzlich zog jemand an Johns Umhang, so daß er beinah das Gleichgewicht verlor. Er ergriff den Halteriemen für die Lakaien noch fester und blickte hinunter. Es war eine Frau mit wutentbranntem Gesicht. »Freiheit!« rief sie. »Tod den Papisten! Tod der papistischen Königin!«

»Freiheit und der König!« schrie John zurück. Er versuchte ein Lächeln, aber seine Lippen über dem trockenen Gaumen versagten ihm den Dienst. Möge die Königin sich nur zurückhalten, bat er inständig. »Freiheit und der König!«

Die Kutsche zuckelte über die Pflastersteine. Die Menge zu beiden Seiten war nun dichter geworden, aber die Straße vor ihnen schien leer zu sein. Einer warf eine Handvoll Schlamm gegen den Kutschenschlag, aber die Leute standen zu eng, als daß Steine geworfen werden konnten. Obwohl die Spieße immer wieder zum Ruf nach Freiheit in die Höhe schnellten, waren sie noch nicht gegen die Fenster gerichtet.

»Laßt uns die Türen aufreißen!« rief einer. »Die Türen aufreißen und die Königin sehen, die Papistenkönigin. Wir wollen ihre Gebete hören, die sie uns so gern beibringen wollen!«

»Seht!« rief John, so laut er konnte. »Ein Ire!« Er zeigte in die Richtung, aus der sie gekommen waren. »Geht einfach in den Palast! Ein irischer Priester!«

Auf einmal drehten sich alle brüllend um und rannten, taumelten und schlitterten über die Pflastersteine zum Palast zurück, um ihrem eigenen Alptraum nachzujagen.

»Jetzt fahrt zu!« rief John zum Kutschbock nach vorn. »Laßt sie traben!«

Als der Kutscher den Pferden die Peitsche gab und sie nach vorn sprangen und ihre Hufe schneller auf den Steinen klapperten, machte der Wagen einen Ruck. John klammerte sich hinten auf dem Trittbrett fest und schaukelte an den Lederriemen hin und her. Während der Wind die Straße hinunterfegte und seinen Hut fortblies, duckte er sich. Als sie die äußeren Randgebiete Londons erreichten, waren die Wege ruhig.

In Hampton Court hatte man den König natürlich nicht erwartet. Nichts war für die königliche Familie bereit. Die königlichen Betten und die Möbel, die Teppiche und Bilder hatte man alle in Whitehall gelassen. Die Familie stand vor den schweren geschlossenen hohen Pforten ihres Schlosses, und kein Diener war da, der sie für sie hätte öffnen können.

John hatte das Gefühl, daß die ganze Welt um ihn herum zusammenbrechen würde. Er zögerte und blickte zu seinem Monarchen. Der König lehnte sich gegen das schmutzige Kutschrad, als sei er erschöpft.

»So einen Empfang hatte ich nicht erwartet!« sagte Charles traurig. »Die Tore meines eigenen Schlosses sind mir verschlossen!«

Der Königin blickte bittend auf Tradescant. »Was sollen wir tun?«

John hatte das irritierende Gefühl, die Verantwortung übernehmen zu müssen. »Wartet hier«, sagte er. »Ich werde jemanden ausfindig machen.«

Er ließ die Kutsche vor den Eingangstoren zurück und ging zur Hinterseite der Schloßanlage. Die Küchen befanden sich in ihrem gewöhnlichen vernachlässigten Zustand. Der ganze Haushalt hatte immer frei, wenn der König nicht da war.

»Aufgewacht«, rief John, als er seinen Kopf in die Tür steckte. »Der König, die Königin und die königliche Familie stehen draußen!« Vor lauter Überraschung herrschte erst einmal Tatenlosigkeit, und dann setzte plötzlich ein großes Hin und Her ein.

»Um Gottes willen, so macht doch die Haupttore auf, und laßt ihn herein«, sagte John und ging zurück zum Hof.

Der König lehnte noch an der Kutsche und beobachtete die hohen, imposanten Dächer des Palastes, als sähe er ihn zum erstenmal. Die Königin war im Kutscheninneren geblieben. Die ganze Zeit über während Johns Abwesenheit hatte sich hier niemand vom Fleck gerührt; die Kinder wimmerten, und eines der Kindermädchen betete.

John zwang sich zu einem Lächeln, ging auf sie zu und verneigte sich. »Ich muß mich für den armseligen Empfang entschuldigen«, sagte er. Während er das sprach, wurden die großen Tore unter lautem Ächzen geöffnet, und ein ängstlich dreinblickender Lakai trat heraus. »Es sind ein paar Köche und genügend Diener da«, erklärte John beschwichtigend.

Beim Anblick des Lakaien erhellte sich das Gesicht der Königin. Sie erhob sich und wartete darauf, daß man ihr aus der Kutsche heraushalf. Die Kinder folgten ihr.

Jetzt wandte sich der König an John. »Ich danke Euch für die Dienste, die Ihr uns am heutigen Tage erwiesen habt.«

John verneigte sich. »Es freut mich, daß Eure Majestäten sicher angekommen sind«, sagte er. Zumindest das konnte er mit ruhigem Gewissen sagen, dachte er.

»Geht und sorgt dafür, daß man für uns R…Räume herrichtet«, befahl der König.

John zögerte. »Ich sollte nun heimkehren«, sagte er. »Ich werde die nötigen Anweisungen erteilen, daß alles nach Euren Wünschen geschieht, und dann werde ich zurückreiten.«

Der König machte mit seiner Hand eine kleine Geste, die »Nein« bedeutete. John wußte nicht ein noch aus.

»Bl…bleibt hier, bis hier wieder Ordnung herrscht«, sagte der König kalt. »Sagt ihnen, sie sollen unsere Privatgemächer vorbereiten und ein Essen anrichten.«

John konnte nichts anderes tun, als sich zu verneigen und sich, vorsichtig rückwärts gehend, zurückzuziehen, um des Königs Geheiß zu befolgen.

Es gab viel zu tun. Im ganzen Haus befand sich nur ein einziges anständiges Bett. So mußten also der König, die Königin und die beiden älteren königlichen Prinzen gezwungenermaßen in einem Bett schlafen, in den einzigen gelüfteten Leinentüchern des ganzen Schlosses. Es wurde ein großes Essen aufgetischt, aber es war kaum königlich zu nennen. Und auch keine goldenen Teller und Becher standen zur Verfügung. Die Zierden der Monarchie – die Gobelins, die Teppiche, Goldteller und Juwelen, selbst das reichbestickte Bettzeug, das den König immer auf seinen großen Reisen durchs Land begleitete, befanden sich außerhalb in Whitehall. Alles, was sich in den unbewohnten Schlössern anfand, waren immer nur Dinge zweiter Wahl, und Hampton Court machte da keine Ausnahme.

Die Königin aß sichtlich angewidert von dem Zinngeschirr.

Die Speisen wurden vom Küchenpersonal serviert und von den unteren Angestellten des Haushalts, die den Palast in der Abwesenheit des Königs instand hielten. Sie trugen auf, wie es das Zeremoniell vorschrieb, doch das Ganze konnte nicht darüber hinwegtäuschen, daß hier an einer schlichten Tafel nur schlichtes Brot und Fleisch auf Zinntellern gereicht wurden.

»Morgen begleitet Ihr mich und die Königin nach Windsor«, sagte Charles, als sie das Mahl beendet hatten. »Und von dort nach Dover.«

Tradescant saß an einem der unteren Tische weiter hinten in der Halle, er erhob sich von seiner Bank und kniete in aller Eile auf den Binsenmatten nieder. »Ja, Eure Majestät.« Er hielt den Kopf tief gesenkt, damit man ihm seine Überraschung nicht anmerken konnte.

»Sorgt dafür, daß die Pferde in der Dämmerung bereitstehen«, befahl der König.

Die königliche Familie erhob sich von den Stühlen am oberen Tisch und verließ die große Halle durch die Tür am Ende des Podests. Der Raum, in den sie sich zurückzogen, war kalt und durch den schlecht ziehenden Kamin voller Rauch.

»Laufen sie jetzt davon?« fragte einer der höheren königlichen Bediensteten John, als dieser wieder aufstand.

John starrte ihn entsetzt an. »Das können sie nicht machen!«

»Mußten sie denn aus London flüchten? Wie Feiglinge?«

»Wie kann man das schon sagen? Die Stimmung des Pöbelhaufens um Whitehall war voller Zorn. Es gab Momente, da bangte ich um ihr Leben.«

»Pöbelhaufen!« spottete der Mann. »Man hätte denen einen Beutel voller Gold zuwerfen können, und sie hätten sich in alle Winde zerstreut. Doch wenn sie aus London flüchten, werden sie wohl auch das Land verlassen? Wollen sie deshalb nach Dover? Um ein Schiff nach Frankreich zu nehmen? Und was wird aus uns?«

John schüttelte den Kopf. »Heute morgen habe ich mich in meinem Hof in Lambeth von meiner Frau verabschiedet«, erwiderte er. »Ich weiß kaum, wo ich mich hier befinde, und schon gar nicht, was aus dem König, der Königin und ihren Königreichen werden soll.«

»Nun, ich wette, sie geben Fersengeld«, sagte der junge Mann belustigt. »Und Gott sei Dank«, fügte er noch hinzu, dann schnalzte er seinem Hund mit den Fingern zu und verließ die Halle.

Die Reise nach Dover war lang und kalt in jenen Januartagen von 1642. Die königliche Familie saß eingemummelt im Inneren der Kutsche, aber John stand hinten auf dem Rückbrett und hielt sich wieder am Riemen fest. Als die Kutsche dann in den Schloßhof von Dover einfuhr, waren seine Finger ganz blau vor Kälte, die Augen tränten vom eisigen Wind, und sein Gesicht tat ihm weh.

In dieser Nacht schliefen sie alle im Schloß von Dover, wo sie angenehmer untergebracht waren. Dort verweilten sie unentschlossen noch eine weitere Woche. Zunächst wartete man auf neue Nachrichten. Dann beschlossen sie, per Schiff nach Frankreich zu segeln, verpaßten aber die Flut zum Auslaufen, schließlich änderten sie ihre Meinung und warteten wieder auf Neuigkeiten. Langsam trafen die Höflinge und Hofdamen von London her ein, und die Adligen wurden von ihren Landsitzen zurückgerufen. Ein jeder hatte einen anderen Ratschlag, jedem hörte man mit äußerster Freundlichkeit zu, doch man konnte sich nicht einigen, niemand konnte handeln. Die elfjährige Prinzessin Mary wollte bei ihrem Bräutigam William in Holland leben und stieß in jener Woche zu ihnen, um von dort in See zu stechen. Und so zögerten sie wieder und schoben jegliche Entscheidung hinaus. Schließlich wurde die Königin ganz verbittert darüber, daß ihre Tochter einen Protestanten heiraten und die Familie in dieser Situation verlassen wollte. Prinzessin Mary entgegnete ihrer Mutter nichts Ungehorsames, sondern hüllte sich in vielsagendes Schweigen.

In der Abenddämmerung trafen ein paar schwere Reisesäcke vom Tower in London ein. Angesichts der mürrischen Miene des Bewachers, der sie nie aus den Augen ließ, vermutete John, ohne weiter nachzufragen, daß der König den Staatsschatz samt seiner Frau über den Kanal schickte und man wieder einmal mit den kostbarsten Steinen Englands bei den Geldleihern Europas hausieren gehen würde.

Schließlich kamen der König und die Königin überein, sich zu trennen. Prinzessin Mary sollte auf einem Schiff nach Holland segeln; die Königin und die drei kleinen Kinder sollten auf einem anderen Schiff nach Frankreich reisen: auf der *Lion*. Die beiden Prinzen – Charles und James – und der König würden in England bleiben und eine Antwort auf die Forderungen des Parlaments finden. John und die anderen Begleiter warteten etwas abseits am Kai, während das königliche Paar nun Abschied nehmen mußte. Der König hielt die Hände seiner Gemahlin und küßte sie zärtlich.

»Ihr werdet ihnen nicht einen Deut nachgeben«, sagte die Königin, ihre Stimme klang fordernd und eindringlich, so daß ein jeder am Ufer hören konnte, wie der König von England von seiner Frau schikaniert wurde. »Ihr werdet nicht *ein* Zugeständnis machen. Sie müssen gefügig gemacht werden. Sie müssen wissen, wer ihr oberster Gebieter ist. Ihr werdet nicht mit ihnen sprechen, ohne mich vorher zu informieren.«

Wieder küßte Charles ihre Hände. »Nein«, versprach

er. »M…Meine Liebe, meine Teuerste. Es wird nicht einen M…Moment geben, in dem ich nicht an Euch denke.«

»So denkt daran, daß ich nicht eher wiederkehre, bis der Opponent Pym wegen Hochverrats hingerichtet ist«, sagte sie entschlossen. »Und denkt an Euren Sohn und sein Erbe, das ihm vollständig übergeben werden muß. Und ich werde auf dem Kontinent eine Armee auf die Beine stellen, daß sie alle dem Untergang geweiht sind, falls sie nicht einlenken! Also macht keine Zugeständnisse, Charles, ich werde das nicht zulassen!«

»Meine Liebe, T…Teuerste«, sagte er leise.

Er blickte von ihren Händen auf, und sie küßte ihn direkt auf den Mund, als würde sie von ihm einen Eid erzwingen.

»Vergeßt es nicht!« sagte sie leidenschaftlich. »Wir haben schon durch Eure Schwäche viel zuviel verloren! Nicht ein Zugeständnis ohne meine Einwilligung! Ihr müßt ihnen erklären, daß *sie* ihre Ansprüche zurücknehmen müssen, was Kirche, Armee und das geforderte Gleichgewicht zwischen Krone und Parlament angeht. Ich bin eine Königin und kein Marktweib, das um Preise feilscht. Nicht ein Zugeständnis!«

»Gute Fahrt, m…meine Liebe!« sagte er zärtlich.

Schließlich lächelte sie ihn an. »Gott schütze Euch«, sagte sie. Ohne darüber nachzudenken, welchen Unmut es bei den Bediensteten des Königs erregen würde, machte sie über seinem Kopf ein Kreuz, die schreckliche Geste der Papisten. Und Charles senkte sein Haupt unter diesem lästerlichen Zeichen.

Henrietta Maria hob ihre dichten Seidenröcke und ging vorsichtig den Landesteg hinauf auf das Segelschiff. »Und vergeßt nicht«, rief sie mit lauter Stimme, »keine Kompromisse!«

»Nein, meine Liebe«, sagte der König traurig. »Ich würde lieber st…sterben, als Euch zu enttäuschen.«

Das Schiff entfernte sich vom Ufer, der König rief nach seinem Pferd. Er saß auf und ritt allein die steilen Klippen hinter der Stadt hinauf, wobei er immer auf das Segel der Königin blickte und seinen Hut so lange vor ihr zog, bis das kleine Schiff im blassen Dunst, verschwunden war. Nun blieb dem von Gott erwählten Monarchen nichts weiter übrig, als langsam und traurig zurück zum Schloß von Dover zu reiten und seiner Frau zu schreiben, er verspreche, immer das zu tun, was sie für das Beste hielte.

John zog sich behutsam von den Männern zurück, die den König umgaben, als sie ins Schloß von Dover zurückgekehrt waren. Er ließ sich aus dem Gasthof ein Pferd kommen, und als er zur Abreise bereit war, ging er zum König.

»Mit Eurer Erlaubnis, Majestät, werde ich jetzt heimkehren«, sagte er vorsichtig. Auf einen Blick bemerkte er, daß sich der König in einem ziemlich erregten Zustand befand. John mochte sich nicht einer dieser tragischen königlichen Tiraden aussetzen.

»Ihr müßt mit mir r...reisen, denn ich werde nach London zurückkehren.«

»Wieder zurück in die Stadt?« John war überrascht.

»Ich werde mal sehen. Ich werde mal sehen. Vielleicht ist es n...nicht zu spät. Vielleicht können wir uns auf etwas einigen. Die Königin wäre erfreut, n...nicht wahr, wenn mein nächster Brief an sie aus Whitehall käme? Oder ich könnte nach B...Bristol gehen«, sagte der König. »Oder lieber nach Norden?«

John verneigte sich. »Ich werde für Eure Majestät beten.«

»Ich hoffe, Ihr werdet mehr für mich tun. Ich hoffe, Ihr werdet mich begleiten.«

Nun herrschte eine eisige Stille. »In diesen unruhigen Zeiten ...«, fing John an.

»In diesen unruhigen Zeiten muß sich ein Mann von

seiner Frau verabschieden und seinen Dienst tun«, sagte der König leise. »Schm...schmerzhaften Dienst. So wie ich es tue.«

John verneigte sich.

»Ihr könnt gehen, um Euch von ihr zu verabschieden, und dann w...wiederkommen.«

John verneigte sich noch einmal. Er überlegte rasch, wie er sich aus dieser Verpflichtung davonstehlen konnte. »Ich bin nur ein Gärtner«, sagte er. »Ich bezweifle, daß ich Eurer Majestät besser dienen kann, als für die Schönheit Eurer Schlösser und Gärten zu sorgen. Und wenn die Königin zurückkehrt, so würde ich sie mit einem hübschen Garten willkommen heißen.«

Daraufhin wurde der König etwas milder gestimmt, doch er war von jener besitzergreifenden Ängstlichkeit eines Menschen geplagt, der es haßte, allein gelassen zu werden. Nach dem Verlust der Königin klammerte er sich an jeden, der da war, und Johns Anwesenheit erinnerte ihn an jene friedlichen Tage, die er in den Parkanlagen, bei Maskenspielen, königlichen Festzügen und Reden treuer Anhänger verbracht hatte. »Ihr w...werdet bei mir bleiben«, sagte er in bestimmendem Ton. »In der Zwischenzeit könnt Ihr Euch schriftlich von Eurer Frau v...verabschieden. Ich bin von meiner Frau getrennt, Ihr werdet doch nicht g...glücklicher sein wollen als Euer König?«

Tradescant saß in der Falle. »Natürlich nicht, Eure Majestät.«

Ehe sie Dover verließen, schickte er Hester einen Brief.

Liebe Hester!

Seine Majestät befiehlt mir, ihn so lange zu begleiten, bis er ein neues Quartier bezieht, wo immer das auch sein mag. Wir reiten zur Zeit nach Norden, und ich werde so rasch heimkehren, wie es mir erlaubt wird. Bis dahin schreibe ich Dir. Bitte sorge für meine Kinder und die Objekte. Und auch für Dich. Wenn Du es für besser hältst, so lagere die Raritäten an jenen anderen Ort aus und nimm die Kinder nach Oatlands mit. Es sind stürmische Zeiten angebrochen, und ich kann Dir aus dieser Ferne keinen weiteren Ratschlag geben. Ich wünschte, ich wäre bei Euch. Wäre ich aus diesem Dienst entlassen, so wäre ich sicher bei Euch.

Er wagte nicht, noch mehr zu schreiben, falls der Brief gestohlen und geöffnet werden würde. Doch er hoffte, sie würde zwischen den Zeilen lesen und begreifen, daß er nur widerwilig mit dem König und den beiden Prinzen unterwegs war.

Sie ritten nach Norden, immer noch vollkommen unschlüssig. Der König schien abgelenkt und freudig. Liebte er es doch, im Sattel zu sitzen und sich außerhalb der Förmlichkeiten des Hofes zu bewegen. Er erzählte von den Zeiten, als er und der Herzog von Buckingham inkognito den Kontinent zu Pferde durchstreift hatten – von England nach Spanien –, ohne daß ein Höfling oder Diener sie begleitet hätte. Er sprach über seine jetzige Reise, als handele es sich um das gleiche Abenteuer, und die beiden jungen Prinzen ließen sich von seiner Stimmung anstecken. Prinz James und Prinz Charles hatten zum erstenmal in ihrem Leben die Erlaubnis, neben ihrem Vater zu reiten, als seine Gefährten, und die ländliche Bevölkerung säumte die Straßenränder, wenn sie in die Marktstädte einritten, und sie gaben dem stattlichen König ohne Hut und den beiden bezaubernden Knaben ihren Segen.

Die Höflinge, die von ihren Landsitzen und aus Whitehall kamen, schlossen sich den Reitern an, und die ganze Reise wurde tatsächlich zu einem Erlebnis: ein Ritt durch die Frühlingslandschaft, und jede Nacht wurde auf einem Jagdschloß oder in einem schönen Tudorhaus Quartier genommen.

Um den König herum formierte sich ein Hof, und viele der loyalen Gentlemen griffen in ihre Schatztruhen, um ihn zu unterstützen, und sie versuchten nicht, ihm die Kosten für die Jagd, den Tanz und die Musik, auf die der König bestand, wo immer er auftauchte, mißgünstig vorzuenthalten. Trotzdem wurden viele Schulden gemacht, die nie gezahlt wurden. Viele Edelleute blieben daheim, obwohl sie mehrmals herbefohlen wurden; viele sandten auch keine Gelder. Als der König der Schar der provinziellen Spielmänner überdrüssig war, ließ er seine Hofmusiker rufen, doch diese schrieben ihm einen höflichen Brief zurück, daß sie kommen würden, wenn sie könnten, da sie aber seit Monaten keinen Lohn mehr erhalten hätten, könnten sie es sich nicht leisten, Seiner Majestät aufzuwarten, ohne im voraus bezahlt zu werden. Zum erstenmal in seinem Leben mußte der König ohne seine Hofmusiker auskommen. Es war kein Geld da, um sie im voraus oder im nachhinein zu bezahlen.

John sagte nichts und erinnerte den König auch nicht daran, daß man ihn seit dem letzten Sommer ebenfalls nicht entlohnt hatte, seit er zum Nachfolger seines Vaters in den Gärten von Oatlands ernannt worden war und sich nun auch um den Park von Wimbledon kümmern mußte. Schließlich begleitete er den König nicht wegen seines Goldes – allerdings auch nicht um der Liebe oder Treue willen. Er war weder ein Söldner noch ein Höfling. Er begleitete ihn, weil der König ihn nicht gehen ließ, und John war innerlich noch nicht soweit, auf seiner Freiheit zu bestehen. Der Gehorsam war tief in ihm verwurzelt.

Doch er versuchte immer wieder, den König in seiner eigenen Angelegenheit umzustimmen. Er sprach mit ihm im Hof der Stallungen eines hübschen Jagdsitzes, den sie für diese Woche bezogen hatten. Charles wollte auf einem geliehenen Pferd auf die Jagd gehen und war ganz heiter gestimmt.

»Eure Majestät, habe ich jetzt die Erlaubnis heimzukehren?«

»Ihr könnt mit uns nach Theobalds reiten«, entgegnete der König darauf beiläufig. »Es war doch einer der Gärten Eures Vaters, nicht wahr?«

»Sein erster königlicher Park zu Beginn des Jahrhunderts«, erwiderte John. »Ich wußte nicht, daß der Hof weiterzieht. Kehren wir wieder nach London zurück?«

Der König lächelte. »Wer weiß?« sagte er geheimnisvoll. »Das Spiel ist noch nicht einmal eröffnet, John. Wer weiß schon, welche Schritte unternommen werden m...müssen?«

»Für mich ist es kein Spiel«, brach es unvorsichtigerweise aus John heraus. »Und für die Menschen, die ebenfalls mit hineingezogen werden, auch nicht.«

Der König warf ihm einen eisigen Blick zu. »So werdet Ihr widerwillig mitspielen müssen«, sagte er. »Eine schmollende Schachfigur. Denn wenn ich bereit bin, mit mehr Kühnheit um meine Zukunft zu spielen, so werden die niederen Leute alle für mich eintreten, schätze ich.«

John biß sich auf die Lippen.

»Insbesondere jene, die in meine Dienste hineingeboren sind und dafür großgezogen wurden«, fügte der König spitz hinzu.

John verneigte sich.

Der Aufenthalt auf Schloß Theobalds hatte den König in größere Nähe zu London gebracht, aber was den Fortgang einer Einigung betraf, passierte nichts. Fast täglich trafen Boten ein und ritten zwischen Theobalds und dem Parlament in Westminster hin und her, aber Fortschritte wurden nicht gemacht. Der König war zuversichtlich, daß das Land geschlossen hinter ihm stand – während seiner Reise von Dover Richtung Norden hatten ihm die Leute an jedem Aufenthaltsort Invaliden vorgeführt, die er durch bloßes Handauflegen kuriert hatte. Jede loyale Ergebenheitsadresse bei jedem Gasthof und bei jeder Zwischenstation hatte ihm gezeigt, daß das Land sein war. Niemand hatte den Mut zu erwähnen, daß jeder, der nicht mit dem König übereinstimmte, sich wahrscheinlich von seiner Reiseroute fernhalten würde, und niemand erinnerte den König daran, daß es in jeder größeren Stadt Petitionen an den König gegeben hatte, die Rechte des Parlaments anzuerkennen, seine Ratgeber auszuwechseln und in Frieden mit den Schotten und dem Parlament zu leben.

Aus London drangen Gerüchte zu ihnen, daß die vom Lord Mayor ausgebildeten Truppen jeden Sonntag draußen waren und ihre Übungen absolvierten und daß sie bis in den Tod hinein die Freiheit des Parlaments und die Freiheit der City von London verteidigen würden. Die Stadt stand geschlossen hinter dem Parlament und gegen den König und bereitete sich auf einen Belagerungszustand vor, wobei man sowohl den Westen als auch den Norden mit Schutzwällen und Bollwerken versah. Es gab eine große Welle der Begeisterung für die Sache des Parlaments und gegen den impulsiven, arroganten und wahrscheinlich papistischen König. Man hatte große Angst davor, daß eine Armee von Irland herüberkommen könnte, um ihn wieder auf seinen Thron zu heben und den Katholizismus in ein Land zurückzubringen, das erst seit knapp hundert Jahren ohne diese Geißel gelebt hatte. Oder wenn der König nicht die Iren herholte, so vielleicht die Franzosen, denn es war allerorts bekannt, daß seine Frau in aller Öffentlichkeit für eine französische Armee warb, um die Stadt London und ihre Anhänger zu unterwerfen. Chaotisch, erregt, ängstlich – London bereitete sich auf eine Belagerung gegen eine hoffnungslose Übermacht vor und hatte sich für einen Märtyrertod entschieden.

»Wir gehen nach York«, entschied der König. John wartete darauf, daß man ihn aus dem königlichen Dienst entließ.

Die Augen des Königs mit den schweren Augenlidern wanderten über die Leute im Stallhof, die ihre Pferde für den Ritt sattelten. »Ihr werdet alle mitkommen«, sagte er.

John bestieg sein Pferd und bahnte sich einen Weg an den Kavalieren des Hofes vorbei bis an die Seite des Königs.

»Ich würde gern nach Wimbledon aufbrechen«, sagte er recht geschickt, »denn ich möchte sicher sein, daß dort alles in Ordnung und bereit ist für die Königin, wenn sie heimkehrt.«

»W... Wir haben jetzt keine Zeit für G... Gärten!« lachte er. »V... Vorwärts, Tradescant.«

John fragte sich einen Augenblick, ob er irgend etwas entgegnen könne, um sich von diesem kleinen Gefolge abzusetzen, doch dann zuckte er mit den Schultern. Der König in seiner Laune wollte Tradescant bei sich haben, doch die würde vergehen, so wie alle königlichen Grillen sich plötzlich in Luft auflösten.

John zügelte sein Pferd und reihte sich am Ende des königlichen Gefolges ein, während sie die große Allee von Theobalds Park entlangtrotteten, durch ein Meer von goldenen Narzissen, die zwischen den Bäumen standen. Einen Augenblick dachte er an seinen Vater und daß sein Vater gern zugeschaut hätte, wie der kalte Wind durch die hin und her schwankenden Blütenköpfe fuhr. Und dann wurde ihm plötzlich bewußt, daß er sie damals wahrscheinlich eigenhändig in die Erde gesteckt hatte. Während der Troß durch die großen Parktore ritt, blickte John auf die Baumallee und das wogende goldene Meer zurück und dachte, daß das Vermächtnis seines Vaters vermutlich länger fortdauerte als das seines königlichen Herrn, dem er gedient hatte.

Als sie Mitte März in York eintrafen, ließen sich der König und seine unmittelbaren Freunde im Schloß nieder, während die anderen Höflinge und Leute des Gefolges Unterkunft in den Gasthöfen und Bierstuben der Stadt fanden. John schlief bei den Ställen auf einem Strohlager in der Scheune. Nach ein paar Tagen, als man ihn nicht gerufen hatte, dachte er, daß der König ihn nicht länger benötigte. Er suchte den König in seinen Privatgemächern auf, in dem viele Bücher und Landkarten verstreut herumlagen.

»Eure Majestät, verzeiht mir«, sagte John und steckte seinen Kopf durch die Tür.

»Ich habe nicht nach Euch geschickt«, sagte der König kühl.

John wagte sich ein Stückchen näher herein. »Nun ist Frühling, Eure Majestät«, sagte er. »Ich ersuche um Eure Erlaubnis, zu gehen und mich um die Gärten der Königin zu kümmern. Sie sieht es gern, wenn die Blumen im Park von Oatlands von kundiger Hand betreut werden, und sie möchte Früchte von ihrem Landsitz bei Wimbledon.«

Bei der Erwähnung seiner Gemahlin wurde der König sofort sanftmütiger.

»Ich könnte es mir nicht verzeihen, wenn Ihre Majestät enttäuscht wird.«

»So geht denn«, entschied der König. Er dachte kurz nach. »Sagen wir, nachdem wir Hull eingenommen haben.«

»Hull, Eure Majestät?«

Er winkte Tradescant zu sich und wies ihn an, die Tür vor heimlichen Lauschern zu schließen. »Die Königin bittet mich, die Garnison von Hull einzunehmen«, sagte er. »Damit ich für unsere Verbündeten, die uns Nachschub liefern, einen starken Hafen habe. Sie hat die Hälfte der Armeen des Kontinents aufgekauft, und ihr Bruder, der König von Frankreich, wird uns unterstützen.«

Bei dem Gedanken daran, daß papistische Truppen gegen das englische protestantische Parlament einmarschieren würden, verschlug es John den Atem.

»Sie möchte, daß wir für sie Hull einnehmen«, sagte der König schlicht. »Danach könnt Ihr heimgehen.«

John kniete nieder. »Eure Majestät, darf ich frei sprechen?«

Der König warf ihm ein huldvolles Lächeln zu. »Natürlich«, sagte er. »Mein ganzes Volk darf frei sprechen und sicher sein. Ich bin der Vater des Volkes, sein einzig wahrer Freund.«

»Eine französische Armee, eine papistische Armee, wird unserer Sache nicht dienlich sein«, sagte John voller Ernst. »In diesem Land gibt es viele Leute, die nicht genau wissen, für welche Seite sie in diesem Streit zwischen Euch und dem Parlament Partei ergreifen sollen. Aber sie werden französische Soldaten für ihre Feinde halten. Man wird schlecht über die Königin sprechen, wenn man weiß, daß sie selbst die Franzosen gegen ihr eigenes Volk, das englische Volk, zusammengerufen hat.«

Charles sah nachdenklich aus, als hätte er einen solchen Rat nie zuvor erhalten. »Und Ihr denkt wirklich so, Gärtner Tradescant?«

»Ich kenne die einfachen Menschen«, drängte ihn John. »Sie begreifen nicht immer die Argumente, sie können oft nicht einmal lesen. Aber sie erfassen die Tatsachen schnell. Wenn sie eine französische Armee sehen, die gegen das englische Parlament vorgeht, werden sie glauben, wir wurden überfallen. Mein eigener Vater ist 1627 mit Eurem Freund, dem Herzog von Buckingham, in den Krieg gegen die Franzosen gezogen. Sie waren immer schon unsere Feinde. Die Leute vom Lande werden denken, das sei ein Überfall, und sie werden zu den Waffen greifen.«

»Von der Seite habe ich die Sache noch nicht betrachtet.« Charles wirkte unschlüssig. »Doch ich muß eine Armee haben, und ich brauche Munition, und die Festung H...Hull hat das größte Waffenlager außerhalb Londons ...«

»Doch nur, wenn Ihr einen Krieg führen müßt«, wandte John mit aller Überredungskunst ein. »Dazu braucht Ihr Waffen. Aber wenn Ihr Euch einigen könnt ...«

»Ich w...wünsche ja eine Einigung«, meinte der König. »Ich habe ihnen immer wieder Botschaften geschickt, habe Gespräche und Vereinbarungen angeboten.«

John dachte an die ungestümen Forderungen der Königin, daß die Parlamentsmitglieder gehängt werden sollten, ehe sie wieder nach London zurückkäme.

»Ich werde Hull einnehmen, und dann werde ich in der Lage sein, Zugeständnisse zu machen«, entgegnete der König plötzlich mit aller Entschlossenheit.

John erfaßte jene Verzweiflung, die alle Berater des Königs erfahren hatten.

»Wenn Ihr Euch mit dem Parlament einigen könntet, dann würde dem Land der Frieden erhalten bleiben, und dann wäre Hull nicht mehr nötig.«

»Die Königin möchte, daß ich Hull einnehme«, sagte der König dickköpfig. »Und es gehört mir sowieso. Ich beanspruche nichts weiter als ein Recht, was mir durch die Krone zusteht.«

Tradescant verneigte sich. »Wann brechen wir nach Hull auf?« fragte er resigniert.

»Ich werde P...Prinz James nach Hull vorausschicken«, sagte er. »Sie können einen Besuch des Prinzen nicht ablehnen. Er wird mit seinem Vetter dorthin r...reiten, mit dem jungen Elector Palatine, dem Kurfürsten von der Pfalz. Das ist der Sohn meiner Schwester Elizabeth von Böhmen. Und dann werde ich f...folgen. Sie können nicht Vater und Sohn trennen. Und wenn er erst einmal drinnen ist, wird er mir die Tore öffnen. Und bin ich erst einmal drinnen ...«, er schnippte mit den Fingern, »so ist es mein! Genauso leicht und friedlich wird es sein.«

»Aber was geschieht, wenn …«

Der König schüttelte den Kopf. »Nein. K…Keine Einwände, Tradescant«, sagte er. »Die Stadt Hull steht hinter mir, sie werden die Tore aufmachen, wenn sie den Prinzen James sehen. Und wenn wir uns dort niedergelassen haben, können wir dem Parlament die Bedingungen diktieren, die wir wünschen.«

»Aber Eure Majestät …«

»Ihr dürft jetzt gehen«, sagte der König in heiterer Laune. »Reitet mit mir morgen mittag nach Hull.«

Natürlich verließen sie mit Verspätung York und ließen sich Zeit auf dem Weg. Als sie schließlich eine kleine Anhöhe vor der Stadt erreichten, wehte inzwischen der für den Frühling typische grimmig kalte Nordwind des Nachmittags. Es wurde schon dunkel. Der König hatte dreißig Kavalleristen bei sich, die seine Standarten und Flaggen trugen, und zehn weitere junge Gentlemen ritten neben ihm wie auch Tradescant und ein Dutzend Diener.

Als sie sich der Stadt näherten, sah Tradescant, wie man die großen Tore schloß, und er verlor alle Hoffnung.

»Eure Majestät …«, rief Tradescant und schloß mit seinem Pferd näher zu dem König auf. Die jungen Höflinge blickten den unter ihnen reitenden Gärtner finster an. »Vielleicht sollten wir vorbeireiten, so als hätten wir nie vorgehabt hineinzuwollen.«

»Was hätte das für einen Sinn?« fragte der König.

»Auf diese Weise könnte niemand behaupten, eine englische Stadt hätte Euch den Eintritt verwehrt, da wir nie versucht haben hineinzugelangen.«

»Unsinn!« erwiderte der König leichtfertig. Ein, zwei junge Kavaliere lachten laut auf. »So kann man ihnen Tapferkeit beibringen. Prinz James' Gefolge wird uns die Tore schon öffnen, wenn es der Gouverneur von Hull nicht tun will.«

Der König nahm seinen Hut ab und ritt auf die Stadt zu. Die Wachposten auf der Stadtmauer blickten auf ihn herunter, und John sah mit wachsendem Unbehagen, wie sie hier und da mit ihrer Armbrust auf ihn zeigten, auf ihren Monarchen, so als sei er ein gewöhnlicher Reisender, der sich der Stadtmauer näherte.

»Hoffentlich schießt keiner aus Versehen los«, meinte John, der ihm folgte.

»Öffnet dem König von England die Tore!« rief einer der Höflinge den Wachposten zu.

Daraufhin hörte man kurz Geräusche eines unwürdigen Schlurfens, und der Gouverneur von Hull, Sir John Hotham persönlich, erschien auf der Mauer.

»Eure Majestät!« rief er. »Ich wünschte, ich hätte gewußt, daß Ihr kommen würdet.«

Charles lächelte zu ihm hinauf. »Das macht n…nichts, Sir John«, sagte er. »Öffnet die Tore, und laßt uns herein.«

»Das kann ich nicht, Eure Majestät«, sagte Sir John entschuldigend. »Für meine kleine Stadt seid Ihr zu viele, ich kann nicht alle beherbergen.«

»Das macht uns n…nichts«, sagte der König. »Öffnet die Tore, ich möchte gern meinen Sohn treffen.«

»Ihr seid zu viele, wie gesagt, und Euer Gefolge ist so kriegerisch. Zu so später Stunde kann ich Euch nicht mehr hereinlassen«, erklärte Sir John.

»Wir sind nur eine kleine Gesellschaft auf einem Jagdausflug«, rief Charles.

»Ihr seid bewaffnet«, betonte der Gouverneur.

»Das sind nur meine üblichen Begleiter«, erwiderte der König. Er lächelte immer noch, aber John konnte sehen, daß er um den Mund ganz weiß war und seine Hand am Zügel leicht zitterte. Sein Pferd bewegte sich nervös. Die königliche Leibgarde blickte mit erstarrten Gesichtern zu den Wachposten auf den Türmen von Hull hinauf.

»Ich bitte Euch, Eure Majestät«, bat ihn Sir John Hotham. »Tretet ein als ein Freund, so Ihr eintreten müßt. Bringt nur ein paar Eurer Männer mit, so Ihr friedlich kommt.«

»Dies ist meine St...Stadt!« schrie der König. »Wollt Ihr ... w...wollt ... Ihr ... Eurem König das Recht absprechen, seine eigene Stadt zu betreten?«

Sir John schloß die Augen. Selbst von der Straße vor den Toren aus konnte das Gefolge des Königs das verzerrte Gesicht Sir Johns erkennen. John hatte für diesen Mann, der zwischen seinen Treueverpflichtungen hin und her gerissen war, so wie er selbst, so wie ein jeder im Königreich, tiefes Mitgefühl.

»Ich verweigere Eurer Majestät nicht das Recht, Eure Stadt zu betreten«, sagte der Gouverneur vorsichtig. »Aber ich verwehre diesen Leuten das Recht, einzutreten.« Seine Geste zeigte auf die bewaffneten Männer. »Bringt ein Dutzend als Eure Begleitung mit, und Ihr könnt mit dem Prinzen heute abend in der großen Halle speisen! Ich werde stolz sein, Euch zu empfangen.«

Einer der Höflinge ritt zum König auf. »Wo ist das Gefolge des Prinzen?« fragte er. »Sie hätten uns doch inzwischen die Tore aufmachen müssen.«

Charles warf ihm einen zornigen Blick zu. »Tja, wo nur?« Er drehte sich wieder zum Gouverneur von Hull um. »Wo ist nur m...mein Sohn? Wo ist Prinz James?«

»Er ist gerade zu Tisch«, erklärte der Gouverneur.

»So laßt ihn rufen!«

»Eure Majestät, das kann ich nicht. Ich wurde angewiesen, ihn nicht zu stören.«

Charles ließ sein Pferd plötzlich nach vorn stürmen. »Jetzt r...reicht es damit!« rief er dem Gouverneur entgegen. »Öffnet die Tore! Das ist ein Befehl Eures K...Königs!«

Der Gouverneur blickte hinunter. Sein weißes Gesicht war sogar noch blasser geworden. »Ich werde dreißig bewaffneten Männern nicht die Tore öffnen«, sagte er standhaft. »Ich habe meine Befehle.«

Einer der Hofherren des Königs ritt nach vorn und rief den Neugierigen, die über die Verteidigungsmauer blickten, zu: »Hier steht der König von England! Stürzt Euren Gouverneur! Er ist ein Verräter! Ihr seid dem König von England zu Gehorsam verpflichtet!«

Niemand rührte sich, dann rief eine mürrische Stimme: »Ah, und er ist der König von Schottland und Irland auch, und was gibt es dort für eine Gerechtigkeit?«

Das große Pferd des Königs bäumte sich auf und scheute, als er es zurückzog. »So s…seid verdammt!« schrie der König völlig außer sich. »Das werde ich nicht vergessen, John Hotham! Ich werde n…nicht vergessen, daß Ihr mich aus meiner eigenen Stadt ausgesperrt habt!«

Er riß das Pferd herum und galoppierte die Straße hinunter. Die Garde preschte hinterher, die Höflinge, Diener und John Tradescant ebenso. Er wurde erst langsamer, als sein Pferd keuchte, und dann drehten sich alle um und blickten zurück. In der Ferne konnten sie erkennen, wie sich auf einmal die Tore öffneten, die Zugbrücke heruntergelassen wurde und eine kleine Gruppe von Reitern herausritt und ihnen folgte.

»Prinz James«, sagte der König. »Zehn Minuten zu sp…spät.«

Das Gefolge des Königs wartete, während die Reiter immer näher und näher kamen und dann anhielten.

»Wo zum Teufel wart Ihr, Sir?« fragte der König seinen Neffen, den Elector Palatine, der die Gruppe angeführt hatte.

»Es tut mir leid, Eure Majestät«, erwiderte der junge Mann kaum eingeschüchtert. »Wir waren zu Tisch und hatten keine Ahnung, daß Ihr vor den Toren standet, bis soeben Sir John zu uns kam und uns mitteilte, daß Ihr fortgeritten seid.«

»Ihr solltet mir die T…Tore öffnen! Nicht Eure Nasen müßig in die Futtertröge stecken!«

»Wir wußten nicht genau, wann Ihr eintreffen würdet. Wir hatten Euch vor dem Essen erwartet, denn Ihr hattet Euch für den Nachmittag angekündigt. Dann haben wir nicht länger gewartet. Ich dachte, der Gouverneur würde Euch selbst die Tore öffnen.«

»Das tat er eben nicht! Und niemand hat ihn dazu gebracht, w…weil Ihr zu Tisch wart, so wie immer!«

»Es tut mir leid, Onkel«, sagte der junge Mann.

»Es wird Euch noch mehr leid tun!« sagte der König. »Denn mir ist nicht nur der Eintritt in eine meiner St…Städte verwehrt worden, sondern ich wurde aus London verbannt! Ihr habt uns heute einen sehr schlechten Dienst erwiesen!« Er wandte sich an seinen Sohn. »Und Ihr, J…James! Habt Ihr nicht gewußt, daß Euer Vater draußen vor den Toren stand?«

Der Prinz war erst acht Jahre alt. »Nein, Sir«, sagte er. Seine dünne Stimme war kaum mehr als ein Hauch in der kalten Abendluft.

»Heute habt Ihr Euren V…Vater sehr enttäuscht«, sagte Charles düster. »Wollen wir hoffen, daß wir nicht untreuen und gottlosen Männern ein Beispiel gegeben haben, daß sie mich be…besiegen und weiter ihre t…tückischen Ziele verfolgen können und nichts zu fürchten brauchen.«

Die Unterlippe des Prinzen zitterte leicht. »Das habe ich nicht gewußt. Verzeiht, Sir. Ich habe es nicht gewußt.«

»Es war vom ersten bis zum letzten Punkt ein verrückter Plan«, sagte der Elector verbittert. »Wer hat den ausgeheckt? Jeder Narr konnte erkennen, daß er nicht funktionieren würde.«

»Es war m…mein Plan«, sagte der König. »Aber dafür waren Schnelligkeit und Entschiedenheit und Courage vonnöten, deshalb ist er gescheitert. Wie soll ich mit solchen Untergebenen Erfolg haben?« Er betrachtete sie, als hätten sie allesamt gleich große Schuld, dann wandte er sein Pferd Richtung York und führte sie im immer dunkler werdenden Abendlicht dorthin zurück.

April 1642

Als sie nach York zurückkehrten, fand John einen Brief von Hester vor, der statt ein paar Tage fast einen Monat gebraucht hatte, um ihn zu erreichen. John betrachtete das fleckige Papier, und ihm wurde klar, daß neben Treue und Frieden alles andere auch zusammenbrach: der Postverkehr, das Durchsetzen von Recht und Ordnung, die Sicherheit auf den Straßen. Er ging zu seinem Strohlager in der Scheune hinüber und setzte sich unter einen Riß in den Dachschindeln, durch den das kalte Frühlingslicht eindringen konnte, und las.

Lieber Gemahl!

Es tut mir leid, daß Du mit dem Hof ziehen mußtest, und ich habe Verständnis, daß es für Dich nicht möglich war, vor Deinem Aufbruch noch einmal herzukommen, um Dich zu verabschieden. Ich habe die schönsten Stücke der Sammlung versteckt, so wie wir es besprochen haben, und die anderen habe ich ins Lager der Hurtes geschickt, wo sie von bewaffneten Wächtern vor Dieben geschützt werden.

In London herrscht viel Unruhe. Täglich finden dort Militärübungen, Aufmärsche und andere Vorbereitungen auf den Krieg statt. Die aufrührerischen Lehrburschen von Lambeth ziehen nicht mehr vagabundierend durch die Straßen, sondern werden jetzt in Gruppen zusammengeschlossen und jeden Abend für eine kommende Auseinandersetzung ausgebildet.

Außerhalb Londons werden zur Abwehr der französischen oder spanischen Armee große Gräben gezogen, und all un-

sere Gärtner mußten dorthin, um beim Ausheben zu helfen, ob sie nun wollten oder nicht.

Inzwischen werden die Lebensmittel knapp, da man die Märkte geschlossen hat; denn die Leute vom Lande kommen nicht mehr nach London, und die Fuhrleute haben Angst, auf den Straßen den Soldaten zu begegnen. Ich gebe Landstreichern, soweit wir es uns leisten können, vor unserer Tür zu essen, aber es geht uns allen sehr schlecht. All unsere getrockneten und eingemachten Früchte sind bereits verzehrt, und ich kann nirgendwoher Schinken zum Einpökeln bekommen, weder gegen Geld noch durch einen gefälligen Freund.

Es sind merkwürdige und schwere Zeiten angebrochen, und ich wünschte, Du könntest bei uns sein. Ich bleibe jedoch guten Mutes, und ich sorge für Deine Kinder, als seien sie mein eigen Fleisch und Blut. Deine Raritäten und Deine Gärten sind auch versorgt.

Ich hoffe, daß Du zurückkommst, sobald Du aus Deinen Diensten entlassen wirst.

Gott sei mit Dir,
Deine Frau
Hester Tradescant.

John wendete Hesters Brief in seiner Hand. Er empfand eine unerwartete Zärtlichkeit für die Frau, die von den Schwierigkeiten schreiben und ihm dennoch das sichere Gefühl geben konnte, daß sie voll Hoffnung blieb. Er wußte, er könnte sie nie so lieben wie Jane. Und doch bewunderte er Hester, die den Haushalt organisierte und allem beherzt entgegentrat.

John stand auf, zupfte sich das Stroh von seinem Wams und ging zum Essen. Als er die Halle betrat, hatten der König und seine noblen Freunde, die prächtig gekleidet waren, schon ihre Sitze am Kopf der Tafel eingenommen. Sie aßen von goldenen Tellern, doch es gab nur zwölf

Gedecke. Die Grafschaft hatte große Schwierigkeiten, den Bedarf des Hofes an Essen bereitzustellen, die ländlichen Köche konnten nicht einmal die Gerichte auftischen, die Charles erwartete, und die Bauernhöfe und Märkte waren wegen des sich vergrößernden, trägen und gefräßigen Hofes wie leergefegt.

»Was gibt es Neues?« fragte John, der sich neben den Hauptmann der Garde gesetzt hatte und sich nun von der gemeinsamen Platte bediente, die in der Mitte des Tisches stand.

Der Mann blickte ihn düster an. »Nichts«, sagte er. »Seine Majestät schreibt Briefe an alle, die er um sich scharen will, aber die wahren Getreuen sind bereits hier, und den Verrätern verbleibt wenig Zeit, um sich vorzubereiten. Wir sollten jetzt in London einmarschieren! Wir sollten sie aufspießen und das Land von diesem Geschwür befreien.«

John Tradescant nickte, sagte aber nichts und beugte sich weiter über seine Mahlzeit. Es handelte sich um Wildbret in einer köstlichen dunklen Soße, äußerst delikat. Aber das Brot war grobkörnig und braun und mit harten Getreidekörnern gespickt. Die großen Weizenkammern von Yorkshire leerten sich langsam.

»Während er abwartet, könnte ich doch heimkehren«, meinte John nachdenklich.

»Nach Lambeth?« fragte der Hauptmann.

John nickte.

»Dann würdet Ihr als Verräter gelten«, ermahnte ihn der Hauptmann. »London steht fest gegen den König zusammen, man würde Euch für einen Überläufer halten. Und Ihr werdet nie wieder eine Knolle für ihn in die Erde bringen können.«

John verzog das Gesicht. »Ich habe hier so gut wie nichts zu tun.«

Der Mann spuckte ein Stückchen Knorpel auf den

Boden, und einer der Hunde kam, auf dem Bauch rutschend, heran, um es sich zu schnappen. »Wir sind doch hier alle völlig untätig«, sagte er. »Nichts als abwarten. Es herrscht Krieg. Was noch nicht feststeht, ist das Wann und Wo.«

Juli 1642

Das ganze Frühjahr über wartete das Land, so wie der Hauptmann der Garde, unruhig auf das Wann und Wo. Jeder Gentleman, der in der Lage war, Männer zur Verfügung zu haben, die ihm unter seinem Kommando folgen würden, bewaffnete und drillte sie, bildete sie aus. Doch in den Nächten rang er mit sich, zu wem er eigentlich stehen sollte. So kam es, daß sich oft Brüder aus begüterten Häusern nun auf gegnerischen Seiten gegenüberstanden und sich dabei die Pächter und Bediensteten teilen mußten.

Die Bewohner eines Dorfes konnten plötzlich leidenschaftliche Royalisten sein, während das Nachbardorf dem Parlament anhing. Je nach örtlicher Vorgeschichte wurde man sich seiner Treuebindungen bewußt: Die Dorfbewohner im Schatten eines großen Landsitzes eines hohen Aristokraten vom Hofe hatten womöglich von den königlichen Besuchen profitiert und waren nun dabei, für den König ihre Lanzen zu schärfen und sich eine Feder an den Hut zu stecken. Aber die Dörfler entlang der Straßen nach London, wo sich Neuigkeiten schnell ausbreiteten, hatten vielleicht von den Ausflüchten und Lügen des Königs gegenüber den Forderungen des Parlaments erfahren. Jene, die ihre Entscheidungsfreiheit sehr schätzten, oder auch jene, die wohlhabende, freidenkerische Geister waren, bekundeten, daß sie ihre Arbeit und ihre Häuser verlassen und zum Schwert greifen würden, um gegen das Papistentum, den Aberglauben und einen König zu kämpfen, der von seinen schlechten Ratgebern zur Sünde verführt worden ist. Jene wiederum, deren Loyalität traditionell tief mit Königin Elizabeth und noch tiefer mit König James verbunden war, erfuhren in der Ferne nichts von den Nachrichten aus London, sie würden für den König eintreten.

Anfang Juli, als der Hof in York anfing, sich über den Gestank des Abwassers zu beschweren, und Angst davor bekam, daß sich in einer übervölkerten Stadt die Pest ausbreiten könnte, verkündete der König, daß sie wieder nach Hull marschieren würden. Diesmal war alles besser vorbereitet. Der Königsanhänger George Digby befand sich innerhalb der Garnison von Hull und hatte mit Sir John Hotham, dem Gouverneur, einen Plan geschmiedet, daß die Stadt ihre Tore einer heranstürmenden Truppe des Königs öffnen würde, wenn diese eine so eindrucksvolle Übermacht darstellte, die ein Aufgeben rechtfertigen würde.

Charles selbst, der wie für ein Picknick ganz in Grün gekleidet war, ritt an einem warmen Sommertag Anfang Juli am Kopf seiner stattlichen Armee. Tradescant befand sich am Ende der Gruppe von Höflingen und hatte das Gefühl, er sei der einzige unter den schwatzenden, singenden, fröhlichen Leuten, der sich wünschte, woanders zu sein, und Zweifel am gesamten Vorgehen hatte.

Die Verteidigung der Stadt wurde von Soldaten, die von den Schotten geschickt worden waren, unterstützt. »Es ist egal, wir haben ein Abkommen«, sagte Charles zufrieden.

Das Fußvolk legte die Lanzen beiseite und griff zu den Spaten. Die königliche Armee fing an, einen Ring aus Gräben um die Stadt herum auszuheben. »Sie werden sich ergeben, ehe wir eine Elle tief gekommen sind«, versicherte Charles seinen Truppenführern. »Wir müssen nicht die Linien so gerade und korrekt ausheben. Wenn sie nicht heute a…abend aufgeben, so werden wir in der Morgendämmerung angreifen. Solange wir nur zeigen, wer der St…Stärkere ist.«

Während die Soldaten die Gräben aushoben und Charles zum Frühstück etwas Rotwein und Brot und Käse zu sich nahm, eine einfache Mahlzeit, so als sei er auf einem Jagdausflug, öffneten sich langsam die großen Tore von Hull.

»Jetzt schon?« lachte Charles. »Nun, wie angenehm!« Er hob eine Hand über die Augen und blickte hinüber, dann schüttelte er den Kopf und sah noch genauer hin. Das Brot fiel ihm, ohne daß er es bemerkte, aus der Hand. Langsam erstarb sein Lächeln.

Eine ganz regulär ausgebildete Truppe marschierte unaufhaltsam aus den Toren der Stadt heraus und auf sie zu. Die vorderste Flanke kniete sich hin, und die Musketiere legten ihre Gewehre auf die Schultern der Vordermänner, zielten und schossen auf die königliche Armee.

»Guter G...Gott! Was tun sie?« rief Charles.

»Auf die Pferde!« schrie einer der Höflinge, der die Lage schnell erfaßt hatte. »Laßt die Männer aufsatteln! Wir sind reingelegt worden!«

»Schützt den König!« rief Tradescant. Die königliche Leibgarde, die dem Befehl sofort Folge leistete, ließ das Essen in den Schmutz fallen und schwang sich in den Sattel.

»Aufs Pferd! Eure Hoheit!«

Es gab Schreckensschreie, als ein neuer Kugelhagel auf dem trockenen Boden um sie herum aufprallte und ein paar Kugeln tatsächlich ihr Ziel fanden.

»Rückzug! Rückzug!« rief jemand.

Jegliche Befehlsordnung ging verloren, die Männer liefen auseinander, rannten wie Schafe, die von Panik ergriffen waren, über die Stoppelfelder, stürzten sich durch Hecken und trampelten das reife Korn nieder. Immer noch drangen die Verteidiger von Hull vorwärts. In gut gedrilltem Wechsel ging jeweils die erste Reihe immer wieder auf die Knie und lud nach, während die zweite

Reihe über die Schultern der Vordermänner hinweg Schüsse abfeuerte und dann vormarschierte.

Dem konnte niemand Einhalt gebieten, dachte John. Die Soldaten des Königs hatten nicht einmal das Feuer bereit, um ihre Musketen zu zünden. Die Männer hatten ihre Lanzen nicht zur Hand. Sie hatten nur ihre Spaten, und diejenigen, die beim Graben gewesen waren, waren auch die ersten, die fielen. Schließlich stieß jemand auf einen Trompeter, dem er befahl, zum Rückzug zu blasen, aber das Fußvolk war schon längst auf und davon, rannte vor den wohlgeordneten, todbringenden feindlichen Reihen davon, die wie kleine Spielzeugsoldaten aus den Toren von Hull hervorquollen und ständig Schüsse abgaben.

Die Leibgarde umringte das königliche Pferd und führte es im Galopp fort aus der Schlacht. Tradescant, dessen Gaul schnaubte und zog, blickte wild um sich und folgte dann dem König.

»Das ist das Ende«, sagte John auf einmal, als sein Pferd erschöpft auf der Straße nach York angelangt war und sich in das zurückziehende, auseinandergerissene Gefolge einreihte. »Das ist das Ende. Das ist das Ende. Das ist das Ende.«

August 1642

Für den König war es der Anfang. Die zweite Demütigung vor den Mauern von Hull hatte für ihn die Sache entschieden. Die ständigen Forderungen der Königin, dem Parlament entgegenzutreten, trieben ihn weiter an. Er unterschrieb eine Proklamation, daß jeder Mann im Land in guter körperlicher Verfassung seiner Armee beitreten müsse. Auf der Fläche von Eastcraft Common vor Nottingham ließ er am 22. August drei Kavallerietruppen und ein Infanteriebataillon aufziehen, während der Herold die Kriegserklärung verlas. John Tradescant, der bei strömendem Regen hinter seinem Herrn stand, dachte, daß noch nie in der Geschichte der Kriegsführung ein Feldzug so aussichtslos erschienen war.

Unaufhörlich tropfte von seinem Hut der Regen. Niemand hatte daran gedacht, einen Spaten mitzubringen, so konnte man auf dem steinigen Grund die königliche Standarte nicht richtig aufstellen. John dachte an seinen Vater und seinen letzten Dienst für den Herzog von Buckingham, als er ihm 1628 nach Portsmouth gefolgt war und darauf wartete, mit dem Schiff ein zweites Mal zur Ile de Ré zu segeln, wobei er gewußt hatte, daß die Schlacht von vornherein verloren und die Sache einen Einsatz nicht wert war.

John blickte zum König, die Feder an seinem Hut hing im Regen herab. Charles hörte dem Herold zu und nickte zustimmend, als dieser die Proklamation bei starkem Wind verlas, wobei Windböen die einzelnen Wörter hinwegfegten. John dachte, daß seine Familie den Königen und ihren Günstlingen schon lange genug gedient hatte und daß sich der Bann der Lehenstreue inzwischen gelöst hatte – durch den Seelenschmerz, den sein Vater auf der Ile de Ré erfahren hatte, und nun, eine Generation später, durch seine eigene Furcht und Verzweiflung vor den Mauern von Hull.

Im Regen vor Nottingham faßte John den Entschluß, den König zu verlassen, ganz gleich, wie seine Fahnenflucht ausgehen würde. Als sie sich von Eastcroft Common abwandten und wieder zu ihren Unterkünften nach Nottingham ritten, lenkte John Tradescant sein Pferd einfach nach Süden und ritt allein nach London, ohne um Erlaubnis zu fragen, ohne Bescheid zu geben.

In dieser Nacht wurde die königliche Standarte umgeweht.

Hester wachte vom Klopfen an der Hintertür des Hauses auf, lief die Treppen hinunter, streifte sich dabei schnell etwas über, wobei ihr Herz vor Angst laut pochte. Sie blickte aus dem Küchenfenster in die blaßgraue Morgendämmerung des Sommers und entdeckte die vertrauten Umrisse von Johns Kopf.

Sie riß die Tür auf. »John!«

Er streckte ihr die geöffneten Arme entgegen, so als seien sie Mann und Weib nicht nur dem Namen nach, sondern auch in ihren Herzen, und Hester rannte auf ihn zu und spürte, wie er sie umarmte und festhielt.

Er roch nach Schweiß und Erschöpfung und verströmte einen warmen, männlich erotischen Duft, als sie seine Kleider berührte. Hester empfand mehr denn je, wie sie sich nach seiner Umarmung gesehnt hatte.

Sie stolperten zusammen über die Türschwelle und lösten sich aus ihrer festen Umarmung erst vor dem Kamin, wo die noch glimmende Asche sie mit angenehmer Wärme umhüllte.

Als sie sein Gesicht sah, konnte sie ihr Entsetzen nicht verbergen. In den acht Monaten seiner Abwesenheit war sein Haar an den Schläfen leicht ergraut, und auch unter den Augen lag ein grauer Schatten. Er sah überaus erschöpft aus und wirkte wie ein Mann auf der Flucht.

»Ist es zu einer Schlacht gekommen?« fragte sie. Sie versuchte zu begreifen, weshalb er so leidend aussah.

Er schüttelte den Kopf, dann machte er sich von ihr los und ließ sich in den Sessel am Kamin fallen. »Keine nennenswerte Schlacht«, sagte er bitter. »Wenn man einmal die Geschichte dieser Tage niederschreibt, so wird es nicht mehr als eine Zeile sein. Wie die Narren sind wir losgeritten, wir dachten, wir könnten kampflos gewinnen. Gleich dem Chorus in einem seiner königlichen Maskenspiele sind wir losgezogen – nur schöner Schein und Fassade. So, wie wir waren, hätten wir auch Schwerter aus Holz und Helme aus bemaltem Papier aufhaben können.«

Hester schwieg, sie war von der Heftigkeit seiner Worte und der Verzweiflung in seiner Stimme erschüttert. »Bist du verletzt?«

»Nein – nur mein Stolz.« Er hielt inne. »Ja. Tief in meinem Stolz«, ergänzte er.

Sie wußte nicht, wie sie ihn weiter ausfragen konnte. Sie wandte sich ab und warf ein wenig Zunder ins Feuer, dann ein paar kleine Zweige und Äste eines Apfelbaums. Kohle war knapp in London, und die Tradescants lebten ganz von dem, was ihr Land abwarf.

Er beugte sich zu den Flammen, als würde es ihn bis ins Innerste frösteln. »Die ganze Zeit über war es wie ein Schauspiel gewesen«, sagte er. »Als handele es sich um ein hübsches Stück mit einem Text, dem jeder folgen mußte. Die Drohungen dem Parlament gegenüber, die Flucht aus London, sein Abschied von der Königin, als er über die Klippen geritten war, um ihrem Schiff nachzuwinken, und geweint hatte. Dann der Siegesritt nach Norden. Es war eine einzige Maskerade – mit wunderschönen Kostümen. Aber als es für den König Zeit wurde, seine Feinde zu besiegen …« Er schwieg.

»Was ist passiert?« Hester kniete sich vor das Feuer und starrte in die Flammen, sie wollte ihn nicht unterbrechen.

»Der Chorus, das heißt die anderen Mitspieler trafen nie ein«, sagte John verbittert. »Die Mechanik, mit deren Hilfe man Jehovas Abgang oder Neptuns Aufstieg aus dem Meer zeigen wollte, versagte. Anstatt daß sich die Tore von Hull öffneten und der Gouverneur den goldenen Schlüssel der Stadt auf einem Samtkissen übergab und ein paar Verse von Ben Jonson erklangen, lief alles schief. Die Tore öffneten sich, und die Soldaten stürmten heraus und schossen einfach drauflos … luden wieder nach … feuerten wieder … luden nach … wie Tänzer – aber sie führten keinen Tanz auf. Sie handelten nach einem anderen Text. Und … und …« Einen Moment lang schwieg er wieder. »Ich weiß nicht, wie dieses Stück ausgehen wird.«

»Und der König?« fragte Hester im Flüsterton.

»Der König hält sich an das Maskenstück«, erwiderte John grimmig. »Akt zwei war das Aufstellen der königlichen Standarte. Aber das Wetter spielte einfach nicht mit. Es hätte ein sanfter Himmel oder vielleicht ein strahlender Komet über uns leuchten sollen, doch statt dessen regnete es in Strömen. Und der König bemerkte nicht, daß die Szenen alle einen falschen Ausgang nahmen. Er meint wohl, es sei nur eine Probe gewesen, er meint, es wäre besser für die Premiere, wenn jetzt alles schiefläuft.«

»Und was ist mit dir?« fragte sie leise.

»Ich bin fertig mit ihm«, sagte John. »Ich bin fertig mit dem Dienst bei dem Monarchen. Ich trat bei ihm an, um meinem Vater einen Gefallen zu tun und weil es mir gefiel, in den großen Parks zu arbeiten, die sein Vermächtnis sind. Ich bin Gärtner, und er wollte mich nicht ziehen lassen. Er muß in dem Schauspiel über alle Personen verfügen, ein jeder muß eine Flagge oder eine Lanze tragen. Damit wird er erst aufhören, wenn wir alle tot oder besiegt sind oder glauben, daß er der Gesalbte des Herrn und unfehlbar ist.«

Hester schaute rasch zur Küchentür, aber sie war fest verschlossen, und alle Angestellten des Hauses schliefen.

»Ich habe geschworen, daß ich nie so sein wollte wie mein Vater, der sich verpflichtete, in Lehenstreue einem Herrn in den Tod zu folgen. Niemals. Nicht einmal einem König. Vor allem nicht diesem König, der das nicht würdigt und unersättlich ist.«

»Du wirst doch nicht zum Parlament übergehen?« fragte Hester entgeistert. »O John, du wirst doch nicht gegen den König antreten?«

Er schüttelte den Kopf. »Ich bin kein Überläufer, nein, das nicht. Ich habe sein Brot gegessen, und er hat mich einen Freund genannt, und ich werde ihm nicht in den Rücken fallen. Aber in seiner verdammten Farce werde ich nicht mehr mitspielen.«

»Wirst du hierbleiben, hier mit uns in Frieden leben?«

»Wie kann ich denn?« fragte er zurück. »Die Leute wissen, wer ich bin. Sie werden mich fragen, wem ich diene. Ich werde ihn nicht verleugnen – ich bin kein Judas. Und er wird nach mir schicken.« Er nickte. »Früher oder später wird er bemerken, daß ich nicht am Hofe bin, und dann wird er mich wieder rufen.«

»Was werden wir also tun?«

»Nach Virginia aufbrechen«, sagte John entschlossen. »Wir alle. Mit dem nächsten Schiff segeln wir los und nehmen mit, was wir tragen können, und lassen den Rest hier. Wir lassen dieses Land hinter uns, soll es sich selbst in Stücke reißen. Ich will es nicht mit ansehen. Ich werde nicht dabeisein.«

Hester saß still da und versuchte, die Verzweiflung in

der Stimme ihres Mannes gegen ihre Liebe zu ihm und ihre Liebe für ihr Heim abzuwägen.

»Willst du einen Becher Bier?« fragte sie.

Er wandte seinen Blick vom Kamin ab, so als erinnerte er sich plötzlich daran, wo er war. »Ja«, sagte er. »Dann wollen wir zu Bett gehen. In jenen langen Nächten habe ich mich unsäglich nach dir gesehnt, Hester. Ich habe dich gewollt, und ich habe die Meilen verflucht, die uns trennten. Und morgen sehe ich meine Kinder, und wir werden ihnen mitteilen, daß wir fortgehen.«

»Du hast mich gewollt?« fragte sie mit leiser Stimme.

Er streckte eine Hand aus und drehte ihr Gesicht zu sich hoch, wobei ein Finger sanft unter ihrem Kinn ruhte. »Zu wissen, daß du hier bist, hat mich durch all die dunklen Nächte gebracht«, sagte er.

Sie hätte einen Schritt auf ihn zu machen können, als er da im Sessel saß, er hätte sie zu sich herangezogen und sie geküßt, so wie er sie noch nie geküßt hatte, und sie hätten sich lieben können, wie er es wollte und wie sie es gewollt hatte, seit sie ihn zum erstenmal gesehen hatte.

»Warte«, sagte sie. »Nicht so rasch, mein Gemahl. Ich kann hier nicht fort.«

John schien sie nicht gehört zu haben. Er war ganz versunken in den Anblick des Faltenwurfs ihres Nachtgewandes, ihrer von der Haube halb versteckten dunklen Haare, des tanzenden Flammenscheins auf ihrem Nacken und des Schimmers ihrer Schulter. »Was?«

»Ich kann hier nicht fort«, sagte sie beharrlich. »Das ist mein Heim.«

»Du hast mich nicht verstanden«, sagte er plötzlich schroff. »Ich habe mich entschieden. Ich muß weg. Ich kann hier nicht bleiben, oder ich werde zwischen den beiden Parteien – hier König und da Parlament – zerrieben. Das Parlament will, daß ich Schutzwälle aushebe und zu seiner Verteidigung exerziere, und der König wird mich an den Hof rufen. Ich kann nicht mit ansehen, wie der König in den Krieg reitet, als sei es ein Maskenball. Ich kann nicht in England bleiben und ihn sterben sehen!«

»Und ich kann nicht fort.« Sie blieb standhaft, als könne sie durch nichts erschüttert werden.

»Du bist mein Weib«, erinnerte John sie.

Sie beugte ihren Kopf nach unten.

»Du schuldest mir absoluten Gehorsam«, sagte er. »Ich bin dein Herr vor Gott.«

»Und der König ist dein Herr«, sagte sie freundlich. »Ist es nicht das, worum es geht?«

Er zögerte. »Ich dachte, du wolltest meine Frau sein?«

»Das will ich. Ich habe zugestimmt, deine Frau zu sein, deine Kinder aufzuziehen, für die Raritäten und den Garten und die Arche zu sorgen. Wie kann ich all diese Dinge in Virginia tun?«

»Du kannst dort für mich und die Kinder sorgen.«

Hester schüttelte den Kopf. »Das geht nicht. Du weißt selbst, wie gefährlich das Land ist. Denk an die wilden Indianer, den Hunger und die schrecklichen Krankheiten. Diesen Gefahren werde ich die Kinder nicht aussetzen.«

»Das ist mein Haus«, erklärte John streng. »Und ich werde es verlassen.«

»Es ist auch mein Haus.«

Sie starrten sich wie zwei Feinde an. John erinnerte sich an seinen ersten Eindruck von ihr – eine schlicht aussehende, tüchtige Frau, die man ohne seine Einwilligung in sein Haus gesetzt hatte. »Hester, ich gehe nach Virginia«, sagte er kühl. »Und es ist mein Wunsch, daß du mich mit den Kindern begleitest.«

Sie blickte unverwandt weiter geradeaus. »Es tut mir leid«, sagte sie ruhig. »Nein. Ich werde die Kinder nicht gefährden, und ich habe nicht die Absicht, mein Heim im Stich zu lassen.«

»Mein Vater …«, fing er an.

»Dein Vater hat mich mit der Sorge um Haus und Kinder betraut, während du fort warst«, sagte sie. »An seinem Sterbebett habe ich ihm versprochen, daß ich alles bewahren werde: Pflanzen, Raritäten und die Kinder. Kein umherstreifender Soldatenhaufen soll seine Bäume fällen und sie zu Kleinholz zerhacken oder seine Kastanienallee zerstören. Nichts soll hier schutzlos zurückbleiben, damit die Landstreicher kommen und Früchte oder Blumen abreißen. Ich werde die Raritäten nicht in einem Lagerhaus sich selbst überlassen, ohne zu wissen, wann ich zurückkehren kann. Und ich werde nicht Janes Kinder in die Neue Welt bringen, von der ich weiß, daß die Leute dort ganz aussichtslos ums pure Überleben kämpfen.«

»Janes Kinder!« schrie er. »Jane war meine Frau! Es sind meine Kinder! Jane bedeutet dir nichts. Sie bedeuten dir nichts.«

John sah, wie sie das Gesicht verzog, als hätte er sie geschlagen. Aber sie blieb bei ihrer Standhaftigkeit. »Ich habe lange darüber nachgedacht, mich um Janes Kinder zu kümmern und zu versuchen, so für sie zu sorgen, wie sie es gewollt hätte. Und manchmal glaube ich, daß sie vom Himmel herabblickt und sieht, wie sie heranwachsen, und daß sie glücklich ist um ihretwillen. Aber es sind auch meine Kinder. Seit vier Jahren liebe ich sie ohne Unterlaß, und ich werde sie nicht von hier fortreißen, nur weil du beschlossen hast, deinen Herrn und dein Land und dein Haus zu verlassen.«

»Ich bin nicht treulos!« sagte er gereizt.

Hester warf ihm einen langen, ruhigen Blick zu. »Du und dein Vater, ihr seid die Gärtner des Königs«, sagte sie. »Ihr steht in seinen Diensten.«

»Er besitzt aber nicht meine Seele!« rief John. »Ich bin nicht sein Sklave! Ich kann den Dienst aufkündigen und selbständig arbeiten. Ich kann gehen. Ich bin schon gegangen.«

Sie nickte. »So hat also ein Mann das Recht, zu wählen, wo er leben und wem er dienen will?«

»Ja«, sagte John fest.

»Eine Frau auch?«

»Ja«, sagte er nur widerwillig.

»So wähle ich denn, hier zu leben, und du wirst die Kinder nicht von hier wegnehmen.«

»Du willst also hierbleiben und allen schlimmen Gefahren trotzen?«

»Ich werde mich ihnen stellen«, sagte sie. »Wenn der König eine papistische Armee herholt, dann wird es uns in der Nähe von London am schlimmsten treffen. Sollte das eintreten, gehe ich nach Oatlands oder noch weiter weg. Man wird uns früh genug warnen, und ich werde darauf vorbereitet sein. Auch Janes Eltern werden uns beschützen. Außerdem weiß Alexander Norman, der jüngere Bruder deiner Mutter Elizabeth, immer genau, wo sich die königliche Armee befindet, er stellt die Fässer für das Pulver her und hat somit einen wichtigen Posten. An Rat und Tat wird es mir nicht mangeln. Aber in Virginia müßtest du dich allein um uns kümmern; und du bist weder Farmer noch Handwerker, und ich glaube, nur die können auf Dauer dort leben.«

»Ich werde mich mit dir nicht streiten«, sagte John voller Groll. »Es ist mir egal, ob du als meine Frau mitkommst oder ob du als meine Haushälterin lieber hierbleiben willst. Es ist deine Entscheidung. Ich werde als alleinstehender Mann nach Virginia gehen, wenn du es so wünschst.«

Sie spürte in sich einen Schmerz, der schlimmer war als alles, was sie an Leid zuvor erfahren hatte. Sie hörte, wie in seinen Worten drohend Untreue schwang, aber das sollte nicht ihren Entschluß beeinträchtigen. »Es tut mir leid, wenn ich anderer Meinung bin«, sagte sie unbeirrt.

John schritt zur Tür. »Ich ziehe mich zurück und

möchte nicht gestört werden. Ich bin daran gewöhnt, allein zu schlafen.«

Hester senkte den Kopf, ohne etwas darauf zu erwidern, daß sie in seinem Bett nicht mehr erwünscht war. »Nimm nur dein Bett«, sagte sie höflich. »Ich richte mir mein Lager in dem anderen Schlafzimmer.«

»Sobald ich eine Passage habe, reise ich ab«, sagte John. »Daran gibt es nichts zu rütteln, Hester. Ich werde in die Neue Welt aufbrechen. Ich habe dieses Land satt. Ich habe dieses Haus satt.« Er sprach es nicht aus, aber die Worte »Und ich habe dich satt« schwebten unausgesprochen zwischen ihnen.

Sie blickte ihn nicht an. »Und ich werde die Kinder und die Bäume bis zu deiner Rückkehr behüten.«

»Und wenn ich nie zurückkomme?«

»Dann werde ich es für den nächsten John Tradescant, für deinen Sohn, tun«, sagte sie. »Und für die Leute hier, die wieder Bäume und Pflanzen brauchen, wenn der Bürgerkrieg beendet ist. Und sie werden sich an den Namen Tradescant erinnern und ihn ehren, selbst wenn du nicht mehr hier bist.«

Oktober 1642.
Aufbruch nach Virginia

Im Oktober sollte ein Schiff nach Virginia lossegeln, und John Tradescant konnte darauf einen Platz bekommen. Ein halbes Dutzend neuer Siedler, die alles hinter sich lassen wollten, reiste ebenfalls mit. Sie luden gerade ihr Hab und Gut aufs Schiff. John Tradescant befand sich auch unter ihnen am Kai. Plötzlich rief jemand, daß der König eine Schlacht gewonnen hätte. Der Ort hieß Powick Bridge.

John mischte sich unter die Menge, die den Soldaten mit der neuesten Nachricht umringte. Er war ein Anhänger des Parlaments, und seine Schreckensgeschichte wurde von Mal zu Mal grausiger.

»Wir sind unter dem Grafen von Essex, meinem Herrn, losgezogen«, sagte der Mann. »Die Befehle taugten nichts, das kann niemand abstreiten. Wir sollten den Neffen des Königs, Prinz Rupert von der Pfalz, von der Hauptarmee abschneiden. Doch unterwegs wurden von beiden Seiten Schüsse auf uns abgefeuert, aus den Hecken. Verdammte Sache, man konnte nicht erkennen, wo sie herkamen. Eine Abteilung von den Teufeln des Königs, der Kavallerie, ritt uns über den Haufen, und wir fielen nach allen Seiten um und stürzten übereinander.

Der junge Prinz Rupert, Anfang Zwanzig soll er sein, verfügte über richtige Soldaten für seine Schlacht, der wird diesen Bürgerkrieg für seinen Onkel König Charles gewinnen.«

Bertram Hobert, einer von Johns Mitreisenden, blickte ihn an. »Ändert das Ihre Pläne, Mr. Tradescant?« fragte er.

»Nein«, sagte John besonnen. »Ob ich gehe oder bleibe, hat nichts mit dem Verlauf des Krieges zu tun. Ich habe geschäftliche Interessen in Virginia, eine Plantage, ein wenig Land – von meinem Vater geerbt –, wo ich ein Haus bauen möchte. Und ich habe bereits ein kleines Vermögen mit den Pflanzen verdient, die ich beim letztenmal mitgebracht habe. Ob nun das Parlament oder der König gewinnt, eines Tages wird Frieden herrschen, und die Leute wollen ihre Gärten herrichten.«

»Seid Ihr nicht für den König? Jetzt, wo er bald den Sieg davontragen wird?«

»Ich habe ihm mein ganzen Leben lang gedient«, sagte John und versuchte seinen Unmut zu verbergen. »Jetzt will ich auf Reisen gehen und für mich selbst arbeiten. Er braucht im Moment keinen Gärtner, sondern Soldaten.«

Mr. Hobert nickte.

»Wie steht es mit Euch?« wollte John wissen.

»Ich wollte aufbrechen, ganz gleich, wie die Dinge stehen«, sagte der Mann. »Es ging nicht voran. Ich habe so schwer wie alle anderen gearbeitet, aber was die Steuer nicht nimmt, nimmt der Kirchenzehnt. In Virginia kann man zu Geld kommen, und so will ich einige Jahre dort bleiben und eines Tages als reicher Mann zurückkehren und dann ein Gut in der Grafschaft Essex erwerben. Wie sieht es mit Euch aus? Werdet Ihr lange bleiben?«

Das war eine Frage, die er und Hester in all den Wochen, in denen sie für ihn die Sachen gepackt und die Bestellungen für exotische Pflanzen von anderen Gärtnern aufgenommen hatte, sorgsam gemieden hatten. Als das Schiff am Kai knarrte und der Wind vom Meer her wehte und die Flut begann, stieg in ihm ein Gefühl von Freiheit auf. John fühlte sich wieder jung und verwegen, ein junger Mann, der für ein junges Land voller Versprechungen bereit war.

»Ich denke, ich werde mich dort einrichten«, sagte er.

»Meine Frau und die Kinder bleiben in England, und ich werde sie häufig besuchen. Doch von Virginia verspreche ich mir viel. Ich werde dort ein Haus bauen und ...« Er hielt inne, er dachte an Suckahannas kleines, unschuldiges Lächeln, an ihren nackten tätowierten Körper, der zunehmend erotisch auf ihn gewirkt hatte. Sie war inzwischen zur Frau geworden, die zur Liebe und Leidenschaft bereit war.

»In dem Land kann man was erreichen«, sagte der Farmer und öffnete seine Arme weit. »Da gibt es Grund und Boden für jeden – und Erde, die noch nie umgepflügt worden ist. Dort wartet ein neues Leben auf mich.«

»Und auf mich«, bemerkte John.

John freute sich über die langen Tage des Müßiggangs an Bord. Er gewöhnte sich an die Bewegung des Schiffes, und sein Magen hörte auf, sich bei dem langen erschrekkenden Gleiten in die Wellentäler aufzubäumen. John verbrachte viele Tage an Deck damit, über die Reling gelehnt, das Zucken und Wogen des grünen Ozeans zu betrachten. Gelegentlich sahen sie große weiße Vögel, die John nicht kannte. So fragte er den Kapitän, ob er für seine Sammlung einen abschießen könne, um ihn später auszustopfen. Doch der winkte ab, denn es bringe kein Glück, Meeresvögel zu töten, sondern schwöre einen bösen Sturm herauf. John gab sich damit zufrieden. Er war ohnehin so unendlich weit entfernt von Lambeth, so weit weg von Hester, den Kindern und dem König und seinen kostümierten Kriegsmaskeraden.

John hatte vorgehabt, die zwei Monate der Reise darauf zu verwenden, Pläne zu schmieden und sich über seine Zukunft in Virginia schlüssig zu werden. Es war keine Reise, es war eine Flucht. Johns Erbe in Lambeth war für ihn ebenso eine Verpflichtung gewesen, die ihn beinah erdrosselt hätte, wie der Dienst als Gärtner des Königs oder seine erzwungene Ehe.

Nun würde er alle Fesseln abstreifen. Fast jede Nacht träumte er von ihr – von Suckahanna. Es war, als hätten seine Träume in ihm geschlummert und waren erst wiedererweckt worden, als er sich von England, von Hester, von der Arche befreit hatte. Gleich als die Taue, die das Schiff am Ufer festhielten, gekappt und sie durch das kalte Wasser der Themse gezogen wurden, hatte John verspürt, wie sein Verlangen nach ihr aufbrach, so wie das Schiff, das der Freiheit entgegenfuhr. Tief enttäuscht, schreckte er am Morgen hoch, da sie immer noch so viele Tage von Jamestown und Suckahanna entfernt waren. Außerdem war er voller Schamgefühl, denn er besaß zwar eine kleine abgeschirmte Lagerstatt in einer separaten Koje für sich, doch alle, die draußen schliefen, konnten hören, wie er in seinen Träumen vor Verlangen stöhnte, und er fürchtete, daß er im Schlaf auch ihren Namen genannt hatte.

Für John waren die kalten Wintermorgen auf See recht hart. In Lambeth hatten ihn die Forderungen des Königs und die Pflichten seiner Familie gegenüber vollkommen in Anspruch genommen, so daß er die letzten Worte, die Suckahanna ihm zugerufen hatte, verdrängt hatte: »Komm zu *Nepinough*« – der Erntezeit. Er war nicht zurückgekehrt, wie er es versprochen hatte. Vielleicht hatte sie gewartet, vielleicht war sie zusammen mit ihrer Mutter den ganzen Sommer über zu jedem aus England ankommenden Schiff gegangen. Und dann? Ob sie wohl ein ganzes Jahr gewartet hatten oder zwei oder gar vier volle Jahre?

John hoffte, daß Suckahanna erfahren hatte, daß in England ein Bürgerkrieg tobte. Die Kolonisten von Virginia hatten sich der Sache der Royalisten verschworen, und es gab stets allerhand Gerüchte und Berichte, die in der Siedlung die Runde machten, so daß auch die Indianerin und deren Tochter erfahren hatten, daß John vielleicht deshalb nicht fort konnte. Aber am Ende hatten sie ohnehin nie daran geglaubt, daß er eines Tage käme. Vielleicht hatte die Mutter ihr befohlen, nachdem die Ernte vorbei war, ihn zu vergessen und einen Mann ihres Volkes zu heiraten oder, und das war das schlimmste, die Dirne eines Weißen zu werden.

»Ich habe noch nie einen Menschen getroffen, der es so eilig hatte, wegen ein paar Blumen und Pflanzen fortzukommen«, bemerkte Bertram Hobert, als er sich eines Morgens in der Dämmerung neben John über die Reling lehnte, um mit ihm nach Westen zu blicken.

John wollte ihm schon alles anvertrauen – seine ängstliche Sehnsucht nach Suckahanna, seinen nicht abzustreitenden Betrug an Hester, aber dann zuckte er die Schultern und nickte.

»Von etwas fortzulaufen oder zu etwas hinzulaufen?« wollte Hobert wissen.

John Tradescant schüttelte den Kopf bei der Erwähnung des Durcheinanders seines Lebens. »Beides, vermutlich.«

Eine Woche bevor sie die Küste Amerikas erblicken sollten, fuhren sie in ein Unwetter hinein, und John fühlte sich einige Tage ganz elend vor Übelkeit und vor Furcht, während das Schiff hin und her rollte und man meinen konnte, es würde in den Wellentälern sinken. Sie hatten solch eine Angst, daß sie nicht sprachen, außer Mrs. Austin, die ständig betete und mit fest geschlossenen Augen die Arme um ihre Kinder geschlungen hatte, und Bertram Hobert, der seine eigene Litanei von Flüchen vor sich hin murmelte. John hatte sich im vollgestauten Laderaum neben ihn gehockt. Er war sicher, daß sie alle auf dem Meeresgrund enden würden und er sein Schicksal verdient hatte, denn er hatte nicht nur eine, sondern zwei Frauen betrogen und sie beide verlassen.

Langsam, unerträglich langsam ließ die starke See ein

wenig nach. Dann hörte auch das furchteinflößende Heulen des Windes in den Masten und der Takelage auf, und sie vernahmen die gewohnten Geräusche der arbeitenden Mannschaft an Deck.

John stieg vorsichtig nach oben und sah, daß es ein klarer, kalter Tag war und sich das Unwetter als dunkler Strich am nördlichen Horizont abzeichnete. Und vor ihnen, es wurde immer deutlicher, lag das intensive Weiß und Schwarz der Wälder von Virginia zur Winterszeit.

»Daheim«, sagte John, als hätte der Sturm auch seine Zweifel fortgeblasen und ihm die Furcht während des Unwetters das Recht gegeben, sein eigenes Land und seine Zukunft selbst zu bestimmen. »Endlich daheim.«

Während sie den Fluß hinauffuhren, erkannte John sofort, daß sich die englischen Siedler in den vier Jahren seiner Abwesenheit entlang des Ufers weiter ausgebreitet hatten. Alle drei oder vier Meilen lag ein Stück frisch gerodetes oder bereits bearbeitetes Land und ein kleines Haus, das zum Wasser blickte, mit einem kleinen hölzernen Steg als Anlegestelle für das Einladen der einzigen Anbaukultur: Tabak.

Bertram Hobert gesellte sich zu John ans Geländer. Der blickte zum anderen Ufer hinüber. »Und dort ist Jamestown«, sagte Hobert, der seinem Blick folgte. »Ich werde meiner Frau sagen, daß sie sich fertigmachen soll.« Er drehte sich um und verschwand nach unten. John blieb an Deck, denn er wollte all den Wandel in Augenschein nehmen. In den vier Jahren hatte man um Jamestown noch mehr Land erschlossen. Es wirkte wie eine entzündete Wunde, die sich in dem Marschland eiternd ausbreitete. Die Baumstämme hatte man in der Erde gelassen, wo sie verrotteten, und die Äste waren ebenso an Ort und Stelle liegengeblieben. Andere Landstücke waren durch Brandrodung gesäubert worden und sahen schwarz und verkohlt aus. Schneewehen schoben sich über das kahle Gelände, so als würde das Land ohne den ursprünglichen Baumbestand den scharfen Winden und dem kalten Wetter schutzlos ausgesetzt sein. Jamestown selbst wirkte wie eine aufblühende Stadt. Die gemauerte Kaianlage war vergrößert worden, damit noch mehr Schiffe Tabak laden konnten. Auch die Lagerhäuser entlang der Ufer waren aufgestockt worden und breiter als zuvor.

Es gab eine neue gepflasterte Straße, die parallel zum Fluß verlief, und jemand hatte eine Reihe Bäume gepflanzt, damit es dort einmal Schatten gäbe. Hinter der neuen Straße standen feste Steinhäuser. Immerhin waren sie besser als ihre Vorgänger, und sie hatten Fenster aus Ölpapier und nicht nur Holzläden. Wie John erkennen konnte, sah man sogar einige kleine rechteckige Flächen aus teurem hellem Glas. Das Ufer war immer noch mit Abfällen verdreckt, und die tiefe Abwasserrinne auf der neuen Straße deutete darauf hin, daß niemand es für nützlich erachtet hatte, eine Kanalisation für die neue Stadt anzulegen.

Das Fort stand immer noch da, aber die Tore waren offen, und die Kanonen hatte man zurückgerollt, so als würde man sie nur noch da haben, weil niemand sich bemüßigt fühlte, sie fortzubewegen.

Am Ufer hatten sich Leute eingefunden, die auf Nachrichten aus England und auf Waren warteten oder die neuen Siedler begrüßen wollten.

»Was gibt es Neues vom König?« rief ein Mann, während er ein Tauende auffing und es festmachte. »Was gibt es Neues über den Krieg?«

»Ein Sieg für den König!« rief einer der Seeleute triumphierend zurück. »Wir sind gerade abgefahren, als sein Verwandter, Prinz Rupert, die Anhänger des Parlaments weggefegt hat. Einer der Überlebenden schwor sogar, es könne keine Zweifel daran geben, daß der König sie wohl inzwischen geschlagen haben wird.«

»Gott sei Dank«, erwiderte der andere. Ein neben ihm Stehender lachte fröhlich. John fiel auf, daß der Bericht eines einzelnen Soldaten von einem Gefecht hier so interpretiert wurde, als handle es sich um die völlige Niederlage der Parlamentstruppen und bedeute das Ende des Bürgerkrieges. Eine glorreiche Kavallerieattacke von Prinz Rupert hatte die Sache entschieden, und die Kolonisten konnten sich wieder leichten Herzens dem Tabakanbau und dem Geldverdienen widmen.

John zuckte die Schultern und stieg unter Deck, um sein Gepäck zu holen. Von den Vorgängen in England war er so weit weg wie all die anderen. Er hatte keinen Grund anzunehmen, daß der Krieg eine längere und schmerzhaftere Angelegenheit sein würde, als der Matrose und die Kolonisten glaubten. Vielleicht hatten sie recht und er unrecht, und vielleicht war der König schon wieder in seinem Palast in Whitehall zurück und plante irgendeinen neuen Triumph. Krieg gegen die Iren oder Krieg gegen die Schotten oder – da er ja König Charles war, so wandelbar wie das Wetter im April – Krieg gegen die Spanier oder Franzosen. John hängte sich seine große Reisetasche, in der sich Kleider und Geld befanden, über die Schulter und ging nach oben zum Landesteg.

Sie war nicht da. Nicht in der Menge am Ufer, nicht weiter hinten im Schatten der Mauern des Lagerhauses, wo er sich von ihr verabschiedet hatte. Irgendwie hatte er sich vorgestellt, wie er die Landeplanken hinunterlief und Suckahanna, ein bißchen älter, ein wenig hübscher, auf ihn zurannte und in seine Arme fiel. Ein törichter Traum eines Mannes, der schon seine eigene Frau begraben und eine andere verlassen hatte, eines Mannes, der wußte, daß Liebe und Verlangen nicht immer glücklich endeten.

Er sah zu, wie man seine große Kiste auslud, dann übernahm er sie und zog sie durch den Schlamm hinauf zu dem Gasthof, von dem er mit Sicherheit annehmen konnte, dort auf die Wirtin zu treffen, die auch vier Jahre später noch genauso verbittert und ungastlich sein würde wie einst.

Seinen ersten Besuch stattete er Mr. Joseph ab.

»Natürlich erinnere ich mich an Euch«, sagte der Richter und Verwaltungsbeamte des Ortes. »Ihr seid mit einem indianischen Kanu raus in die Wälder gefahren und kamt mit ganzen Fässern voller Pflanzen zurück. Waren sie in England von Nutzen?«

»Die meisten«, sagte John Tradescant. »Einige verkauften sich sehr gut. Besonders die Dreimasterblume ist eine der schönsten Blumen, die ich je weitergezüchtet habe. Wir hatten bis dahin nur eine rote Art, aber die aus Virginia ist weiß und wie ein kleiner dreizähliger Blütenstern.«

»Und was gibt es Neues vom König?« wollte Mr. Joseph wissen.

»Gute Nachrichten. Prinz Ruperts Kavallerie hat an einem Ort, der Powick Bridge heißt, einen großen Sieg errungen«, sagte John und wiederholte das, was allgemein vermutet wurde. »Es heißt, daß man ihn nun nicht mehr aufhalten kann.«

Mr. Joseph nickte. »Nun, dem Himmel sei Dank«, sagte er. »Ich weiß nicht, was aus uns geworden wäre, wenn das Parlament die Oberhand gewonnen hätte. Wir sind eine Kronkolonie. Werden wir eine parlamentarische Kolonie werden? Niemand befaßt sich mit solchen Dingen. Wie steht es mit Euch? Wäret Ihr auch Gärtner auf seiten des Parlaments geworden?«

»Ich bin hier, weil ich sonst keinen Ausweg wußte«, gestand John. »Ich konnte keine klare Entscheidung treffen.«

Mr. Joseph nickte verständnisvoll. »Nun, was kann ich für Euch tun? Braucht Ihr wieder einen indianischen Führer?«

»Ich will den gleichen«, sagte John und versuchte seine Stimme gleichgültig klingen zu lassen. »Ich möchte wieder dieses Mädchen. Wißt Ihr, wo sie ist?«

»Was für ein Mädchen?«

John mußte sich dazu zwingen, gelassen zu wirken. »Ihr hattet mich mit einem Mädchen rausgeschickt, erinnert Ihr Euch? Ihr christlicher Name ist Mary. Ihre Mutter saß für einen Monat im Gefängnis. Das Mädchen war hier in Euren Diensten, erinnert Ihr Euch? Ihre Mutter wollte wohl mit ihr zu ihrem Stamm zurückkehren. Habt Ihr sie gesehen?«

»Oh, die Hure und ihre Tochter«, sagte Mr. Joseph, als es ihm wieder einfiel. »Nein. Sie müssen in den Wäldern sein. Ich habe sie nicht mehr gesehen.«

John hatte alles erwartet, aber nicht, daß er nichts über sie in Erfahrung bringen konnte. »Aber ... aber Ihr müßt sie doch mal bemerkt haben?«

Mr. Joseph schüttelte den Kopf. »Nein. Wollt Ihr einen anderen Begleiter?«

»Ich will dieses Mädchen!«

»Ich fürchte, ich kann Euch da nicht weiterhelfen.«

John dachte rasch nach. »Wo könnte ich sie finden? Kommen andere Indianer her, die sie vielleicht kennen?«

Wieder verneinte Mr. Joseph. »Endlich siedeln sie sich auch fest an«, sagte er voller Zufriedenheit. »Jene, die als Diener in unseren Häusern arbeiten, sind hier in der Stadt, oder sie sind auf den Plantagen. Die anderen in den Wäldern werden tagtäglich immer weiter vom Fluß und von der Küste weggetrieben. Wir säubern das Land, räumen sie aus dem Weg. Wenn sie draußen bei ihnen ist, so werdet Ihr sie nicht wiedersehen. Wahrscheinlich ist sie jenseits der Berge oder auf der anderen Seite des Flusses York, wenn sie ein wenig Verstand hat.« Er machte eine Pause. »Wozu braucht Ihr sie?«

»Ich versprach ihr, sie bei mir einzustellen«, sagte John

Tradescant ruhig. »Ich sagte, sie könnte zu mir zurückkommen und für mich arbeiten, wenn ich hier mein Haus baue. Sie kennt sich gut mit Pflanzen aus.«

»Sie kennen sich alle gut mit Pflanzen aus«, sagte Mr. Joseph. »Holt Euch eine andere.«

Jeder neue Einwanderer in Virginia erhielt als Familienvater ein Anrecht auf Land, zwanzig Hektar pro Person. John, der nun zum zweitenmal hier eintraf, erhielt weitere zwanzig Hektar, die feierlich auf einer Landkarte markiert wurden, die sich in dem neuen Gebäude der Bürgervertretung im Amtszimmer beim Gouverneur befand. Seinen Vater hatte man seinerzeit überredet, zwei Anrechte auf Land zu erwerben, als die Virginia Company gegründet wurde; so ließ John sein Land in einem Stück von nun achtzig Hektar zusammenlegen – so groß wie eine englische Farm. Es erstreckte sich flußaufwärts von Jamestown, kein gerade vorteilhaftes Gebiet, da die Tabakschiffe nicht so weit flußaufwärts fuhren. Die ersten Landankäufe waren um Jamestown und flußabwärts getätigt worden. Später eintreffende Pflanzer mußten ihre Güter in eigenen Booten flußabwärts nach Jamestown bringen und dort in die großen Überseeschiffe umladen.

John betrachtete aufmerksam die Landkarte. Der Verlauf der Flüsse und Berge war ungenau und eher vage eingetragen worden. Der einzige Teil des Landes, den John gut kannte, waren die Wälder, in denen er einen Monat mit Suckahanna herumgestreift war, und sie waren nur in groben Umrissen vermerkt; man vermutete dort schmale Buchten und Inseln und Moorgebiete. Genauigkeit spielte keine große Rolle. In der neuen Kolonie war so viel Land zu haben, daß man die Auseinandersetzungen über Grenzverläufe wie im überbevölkerten England nicht zu berücksichtigen brauchte. Niemand in diesem riesigen neuen Land würde über eine Meile östlich oder zehn Meilen westlich Haarspalterei betreiben. In dieser weitläufigen Ödnis gab es andere Dimensionen.

Bertram Hobert stellte sich neben John vor die Landkarte. »Gleich neben meinem Land«, bemerkte er. »Was haltet Ihr davon, wenn wir zusammen erst ein Haus bauen und darin wohnen, während wir das andere später errichten?«

John nickte nachdenklich. »Wann könnten wir damit beginnen?«

»Erst im Frühjahr. Vorher erfriert und verhungert man da draußen im Winter. Wir machen es uns bis zum Frühling hier in der Stadt gemütlich und beginnen, sobald es möglich ist.«

John blickte aus dem offenen Schlitz des Fensters auf den eisengrauen Himmel und das Schneetreiben und dachte an Suckahanna, die sich barfuß in den eiskalten Wäldern befand, wo der Schnee ein Dutzend Fuß hoch lag und die Wölfe des Nachts heulten. »Wer kann nur da draußen im Winter überleben?«

Mr. Hobert schüttelte den Kopf. »Das kann niemand«, sagte er.

Winter 1642/43.
Virginia

Bertram Hobert mietete für sich, seine Frau Sarah und seinen Sklaven, einen Schwarzen, der Francis hieß, eine Unterkunft. Nachdem sich John über die Behandlung in seiner Herberge beschwert hatte, bot Hobert ihm an, bis zum Frühjahr bei ihnen zu wohnen, und dann würden alle flußaufwärts fahren, um sich ihren neuen Landbesitz anzuschauen.

John stieß auf eine Stadt, die sich sehr gewandelt hatte. Aus England war 1641 ein neuer Gouverneur, Sir William Berkeley, eingetroffen und hatte seinen Amtssitz mit eleganten Möbeln und anderen schönen Dingen ausgestattet und gab mit seiner Frau Gesellschaften. Inzwischen waren die Straßen gepflastert, und der Tabak wurde nicht mehr an jeder Straßenecke oder anderen kleinen freien Flächen angebaut. Jetzt konnte man alles kaufen oder verkaufen und dabei mit Münzen bezahlen und nicht mehr mit Tabakprisen oder Wechseln, die man auf einen Tabakhändler zog. »Es ist eine richtige Stadt geworden und keine bloße Siedlung mehr«, sagte John.

In den letzten vier Jahren hatte sich manches zum Vorteil verändert. Doch um Suckahanna und ihre Mutter machte er sich Sorgen. Der Fluß war nun von seiner Mündung bis hinauf nach St. James' Island mit Plantagen gesäumt. Auf St. James' Island selbst stieß ein Feld an das nächste, der Wald war restlos verschwunden. An den entfernteren Ufern zeigte sich das Land ganz schwarz, denn es war brandgerodet und noch nicht gepflügt worden. John konnte sich nicht vorstellen, wie Suckahanna und ihr

Stamm in einem Land überleben sollten, in dem die Wälder, durch die sie Meile für Meile gestreift waren, niedergebrannt wurden. Nur ein paar angesengte Bäume standen noch auf den Plantagen. Selbst der Fluß war von den Pflanzungen eingegrenzt und von Anlegestellen überzogen.

John dachte, daß er sich das nur einbildete – oder vielleicht war es die Wirkung des eiskalten Wetters –, aber es schien ihm, als gäbe es nicht mehr so viele Vögel und als hörte er auch nicht mehr die Wölfe vor den Mauern von Jamestown heulen. Das Land war gezähmt worden, und die wilden Tiere und die Menschen, die mit ihnen ursprünglich gelebt hatten, waren weiter weg ins Landesinnere getrieben worden. John nahm an, wenn Suckahanna bei ihrem Stamm war, so wäre sie in einem Gebiet, das auf der Landkarte beim Gouverneur als »Wald« eingetragen war. Er befürchtete, sie womöglich nie wiederzusehen.

Während sie auf eine Wetterveränderung warteten, ging Bertram Hobert seinen Geschäften nach. Da es sein zweiter Aufenthalt in Jamestown war, wußte er, worin eine Nachfrage bestand. So hatte er all jene kleinen europäischen Luxusgüter mitgebracht, die die Siedler so sehr vermißten. Meist wurde er an den Nachmittagen in den besseren Häusern empfangen, wo er seine Vorräte an Papier und Tinte, an Federhaltern und Seife, echten Kerzen – im Gegensatz zu dem grünen Wachs in Virginia, der aus Wachsmyrte hergestellt wurde –, an französischem Cognac statt des ewigen Rums von den Westindischen Inseln, dazu Spitze, Baumwolle, Leinen, Seide und verschiedene geschnitzte Gegenstände anbot, die die Kolonisten an ihre Heimat erinnerten.

John begleitete ihn auf diesen Besuchen und begegnete Leuten, auf die die alte Unterscheidung von Grundbesitzer und Arbeiter nicht mehr zutraf, da alle zupacken mußten. Nun spielten eher ihre Fähigkeiten eine Rolle. Ein tüchtiger Zimmermann oder ein geschickter Jäger waren in der Neuen Welt mehr angesehen als jemand mit einem alten französischen Familiennamen oder mit Lateinkenntnissen. Eine Frau, die eine Muskete abfeuern oder ein Reh häuten konnte, war hier als Gefährtin und Partnerin für ihren Mann wertvoller, als wenn sie Gedichte schrieb oder Landschaften malte. Hester wäre an einem solchen Ort geradezu aufgeblüht, wo man von einer Frau erwartete, daß sie wie ein Mann zupackte und auch Verantwortung trug.

Sarah Hobert erinnerte John an Hester. Jeden Morgen betete sie, sprach zu jeder Mahlzeit das Tischgebet, und an den Abenden unterrichtete sie den Sklaven Francis im Schreiben und brachte ihm den Katechismus bei. Als John sah, wie sie ein Huhn auf ihren Knien rupfte und die Federn für ein Kissen aufhob oder wie sie abends neben dem Kamin Mais enthülste und dann die leeren Kolben behutsam in den Holzkorb zum Verfeuern legte, mußte er an Hester denken: eine fleißige Frau, gewissenhaft und mit einer inneren Stärke und Ruhe.

Eine Weile dachte er, daß die Kälte nie schwinden und der Müßggang in Jamestown nie aufhören würde. Doch Hobert bestand darauf, nicht flußaufwärts zu ziehen, solange immer noch dicker Schnee lag.

»Da draußen kann man den Tod finden, und niemand wird davon erfahren, niemand wird sich Gedanken machen«, erklärte er. »Wir bleiben in der Stadt, bis wir den Fluß ohne krachende Eisschollen passieren können. Es wäre riskant, die Stadt vorher zu verlassen.«

»Später wäre es nämlich eher gefährlich, hierzubleiben«, warf seine Frau leise ein. »Bei Hitze grassieren hier schreckliche Fieberarten, Bertram. Vor dem Sommer möchte ich lieber weit weg sein.«

»Alles zu seiner Zeit«, sagte er und blickte unter seinen

dichten Augenbrauen warnend zu ihr hinüber, daß sie nun still sein und sich nicht in das Gespräch von Männern einmischen sollte.

»So Gott es will!« sagte sie freundlich, ohne im geringsten eingeschüchtert zu sein.

John wußte, daß Hobert recht hatte, aber er war dennoch ungeduldig. Er fragte die Leute in der Stadt, ob sie sich an das Mädchen oder deren Mutter erinnerten, doch man sagte ihm, daß die Indianermädchen eins wie das andere aussähen, und wenn es verschwunden sei, so hatte es zweifellos seinen Herrn bestohlen oder betrogen und sei dann in die Wälder zu seinem Stamm gelaufen.

»Wo es ihr nicht besonders gut gehen wird«, erklärte ihm eine Frau, die an dem einzigen tiefen Brunnen der Stadt nach Wasser anstand.

»Wieso?« wollte John wissen. »Was meint Ihr damit?«

»Weil sie jeden Tag ein bißchen weiter weggetrieben werden. Im Winter nicht, weil unsere Männer jetzt nicht in die Wälder rausgehen, es wird so früh dunkel, und die Kälte kann einen schneller töten als ein Pfeil. Aber im Frühjahr jagen wir mit ein paar Hundemeuten und Jägertrupps die Rothäute, damit das Land für uns frei und sicher ist.«

»Aber sie ist doch nur ein Mädchen«, rief John empört. »Und ihre Mutter steht allein da.«

»Die würden sich vermehren, wenn man sie ließe«, erwiderte die Frau mit boshafter Gleichgültigkeit. »Ich möchte Euch nicht schockieren, mein Herr, aber entweder wir oder sie in diesem Land. Und wir sind dazu bestimmt, die Sieger zu sein. Ob nun Wolf oder Bär oder Indianer – wir vertreiben sie und machen den Weg für uns frei.«

Es war eine grausame Logik, die John kaum verdammen konnte, da er ja selbst achtzig Hektar Land und Wald besaß und damit geprahlt hatte, wie er die Bäume fällen und ein Haus errichten würde. Er wußte, daß die Powhatan auf seinen achtzig Hektar nie wieder jagen würden.

April 1643

Er mußte bis April warten, dann ruderte er mit den Hoberts flußaufwärts. Sie betrachteten ihre benachbarten Ländereien. Die Bäume reichten bis an den Rand des Wassers heran, ihr dichtes Blätterwerk warf Schatten auf die Ufer. John band das ausgeliehene Kanu an einem überhängenden dicken Ast fest und betrat sein eigenes neues Land.

»Mein Eden«, sagte er leise und feierlich zu sich selbst.

In den Bäumen saßen unzählige zwitschernde Vögel, die mit Werben und Verfolgen, Streiten und Nisten beschäftigt waren.

Dort gab es viele ihm völlig unbekannte Arten: kleine Reiher, so weiß wie Tauben, eigenartige Enten mit Köpfen, so hell wie Emaillekästchen. Der Boden war kräftig, dunkel und fruchtbar, eine Erde, die noch kein Pflug berührt hatte, die sich aber über die Jahrhunderte immer wieder durch herabfallende Blätter und andere verrottende Pflanzen selbst erneuert hatte. Er kam sich leicht verrückt vor, als er auf alle viere niederging, eine Handvoll Erde griff, sie zwischen den Fingern zerkrümelte und schließlich an Nase und Lippen führte. Es war gute dunkle Erde, auf der alles reichlich wachsen und gedeihen würde.

Das Ufer ging in einen steilen Hang über, also waren seine Felder vor Überschwemmungen geschützt, und es gab einen kleinen Hügel, vielleicht eine Meile vom Ufer landeinwärts, auf den John sein Blockhaus hinsetzen könnte. Wenn die Bäume gefällt waren, würde er einen schönen Blick auf den Fluß und seine künftige eigene Anlegestelle haben.

John stellte sich das einfache Gebäude vor: sozusagen die Hütte eines Pioniers, mit einem Raum unten und einer Leiter, die in halber Höhe zu einem Boden als Lagerraum führte, einem offenen Kamin an einer Wand, einem Dach aus Schilf oder sogar hölzernen Dachschindeln. Der Fußboden würde in den ersten Jahren nur aus festgestampfter Erde bestehen, vielleicht würde John später einmal ein paar Dielenbretter einziehen. Die Fenster würden lediglich offene Aussparungen mit solidem Rahmen sein, ohne Glas, aber mit dicken Holzläden versehen, die man im Winter und bei schlechtem Wetter schließen konnte.

Nachdenklich griff John nach einer sprießenden Ranke, nahm sich einen Steckling ab und verwahrte ihn in seiner Tasche. Er sollte um seine Tür herum wachsen. Das Ganze war vielleicht nur eine kleine Hütte in einer einzigen Wildnis, aber es sollte immerhin ein Garten erblühen.

Ein derartiges Haus war schnell fertig. In Jamestown gab es genügend Männer, die als Tagelöhner arbeiteten, und Bertram und John stellten sie ein. Sie sollten zuerst Hoberts Haus errichten und dann für John Tradescant die kleinere Version davon bauen. Die Zimmerleute vereinbarten, daß sie neben dem Lohn auch zu essen und zu trinken bekämen und daß ausreichend Nägel bereitgestellt werden müßten, der kostspieligste Teil beim Bau, da sie aus England kamen: Sie wurden jeden Morgen abgezählt und dann bei Anbruch der Abenddämmerung überprüft.

Sarah Hobert kochte für die Männer, während ihr Haus entstand. Sie briet Fleisch an langen Spießen über einem Lagerfeuer, so wie die Siedler es von den Indianern gelernt hatten. John dachte daran, wie Suckahanna neben dem kleinen Feuer gehockt und Forellen auf frische grüne Stöckchen aufgespießt hatte. Sarah machte Brot aus einem schweren dunklen Teig aus Roggenmehl. Weizen konnten die Siedler nicht anbauen. Als ihr eigenes Haus fertiggestellt war und die Tagelöhner sich nun bei Johns Land an die Arbeit machten, kam Sarah Hobert ebenfalls mit und kochte für alle wie gewohnt.

»Ich bedanke mich«, sagte John unbeholfen, als die Hoberts sich in ihr indianisches Kanu begaben und die kurze Strecke flußabwärts zu ihrem eigenen Besitz fahren wollten. »Ohne Euch hätte ich es nie geschafft.«

»Und wir hätten es ohne Euch nicht so schnell geschafft«, erwiderte Bertram. »Im nächsten oder übernächsten Monat werde ich mal vorbeikommen, um zu sehen, wie es Euch geht. Wir sind nun wie Brüder aufeinander angewiesen, wenn wir überleben wollen, John.«

»Es ist komisch«, meinte John. Er nahm ein Seil, machte es los und warf es Sarah zu, die darauf schon wartete. »Ich dachte, in diesem Land fließen Milch und Honig. Doch nun scheint es mir, daß wir die ganze Zeit immer ums Überleben kämpfen müssen.«

Sie sahen ihn verständnislos an, ihre weißen Gesichter wandten sich zu ihm um, während die Strömung das Kanu vom Ufer fortriß.

»Natürlich ist es ein Kampf«, rief ihm Sarah zu und unterstrich das Offensichtliche. »Gott, der Herr, hat bestimmt, daß wir unseren Weg selbstbestimmt durch diese schwierige Welt bis zur Rechtschaffenheit gehen müssen.«

»Bis bald«, rief Bertram über das Wasser zu ihm herüber. »Wenn wir uns eingerichtet haben, werde ich vorbeikommen.«

Die sanfte Strömung flußabwärts erfaßte sie, so daß Bertram nur noch zu steuern hatte. John betrachtete das Fließen des Wassers noch lange, nachdem sie hinter einer Kurve außer Sicht gelangt waren. Dann wandte er sich um und lief langsam den kleinen Pfad zu seinem neuen Haus zurück.

Da stand es, eine kleine, einfache rechteckige Hütte, aus frischem Holz gezimmert, auf einem Stück gerodeten Land. John hatte nicht mehr Bäume gefällt, als er für den Bau benötigte. All die dabei nicht verwendeten starken Äste und Zweige und nicht verwerteten Holzstücke lagen in einem einzigen Durcheinander um das Haus herum verstreut. Er hielt am Uferhang inne, um das Häuschen zu bewundern. Er hatte das Holz dazu geschlagen, die Eingangstür gehobelt und die groben Fensterrahmen eingesetzt und das Schilf für das Dach zusammengebündelt, und er war stolz darauf.

Dann betrachtete er es ein wenig gründlicher. Auf der einen Seite der Tür stand der Steckling, den er eingesetzt hatte, als er das erstemal seinen Fuß auf sein neues Besitztum gesetzt hatte. Er hatte ausgeschlagen, und das frische Grün des virginischen Geißblatts war zu erkennen, das im Frühsommer so golden und üppig blühen würde wie türkische Kapuzinerkresse. Doch an der anderen Seite der Tür mußte jemand anderes die Erde umgegraben, die Steine weggeräumt und eine zweite Kletterpflanze hingesetzt haben, eine, die er nicht kannte, die aber schon einen kleinen Trieb hatte, der sich an der neuen Wand hochranken wollte.

Sein erster Gedanke war, daß Sarah das in einer müßigen Minute getan haben mußte. Doch dann wurde ihm klar, daß sie so etwas für leichtfertige, eitle Zeitverschwendung gehalten hätte, bei der man die wahre Tagesarbeit vernachlässigt hätte. Auch keiner der Tagelöhner hätte sich damit abgegeben. Und Bertram Hobert konnte nicht eine Pflanze von der anderen unterscheiden, es sei denn, es wäre Tabak oder Mais gewesen. John hielt kurz inne, dann drehte er sich zu dem dunkler werdenden Wald um.

»Suckahanna?« flüsterte er in den grünen Schatten hinein. »Suckahanna? Meine Liebste?«

Sie kam nicht zu ihm, obwohl er in dieser Nacht ganz angespannt auf dem Fußboden seines Hauses wach gelegen und auf sie gewartet hatte, denn er war sich sicher, sie mußte draußen in den Wäldern sein.

Bei Morgengrauen zog er den hölzernen Fallriegel seiner neuen Tür hoch und trat in den Wald hinaus. Er ging zum Fluß hinunter, meinte er doch, ihr Spiegelbild auf dem eisigen Wasser zu sehen. Aber das Wasser war grau, und nur die Morgenbrise kräuselte es ein wenig. John dachte mit einem Schauer der Angst, daß sie ihn vielleicht quälte, ihm seine verspätete Rückkehr heimzahlen wollte, ihn warten ließ, so wie er sie vier lange Jahre hatte warten lassen.

»Es tut mir leid«, sagte er zu den schweigenden Bäumen und den zwitschernden Vögeln in den hohen Ästen. »Als ich in Lambeth eintraf, war mein Vater gerade gestorben, und ich hatte viel zu tun. Meine Kinder brauchten mich …« Er zögerte. Obwohl er hier ohne Zeugen nur vor dichtem Unterholz seine Beichte ablegte, war er sich seiner Lüge bewußt, denn er hatte Hester nicht erwähnt. »Ich habe dich nie vergessen«, sagte er.

Er wartete. Vom Fluß hinter ihm erscholl ein lautes Platschen. John drehte sich rasch um. Aber er sah nur die Kreise auf dem Wasser, die ein Lachs beim Auftauchen oder ein Otter beim Abtauchen hinterlassen hatten. Sie war nicht da. Nicht im Fluß und nicht im Wald.

John zog sich den Mantel ein wenig enger um die Schultern und ging wieder zum Haus zurück. Drinnen öffnete er einen neuen Sack mit Maismehl und stellte den Kochtopf mit genügend Wasser zum Waschen, Trinken und für den Maisbrei zum Frühstück über die Glut der Feuerstelle.

»Heute abend muß ich unbedingt etwas jagen«, sagte er in den Raum hinein. »Von diesem Fraß kann ich nicht leben.« Er goß die Hälfte des heißen Wassers in einen Becher mit weiter Tülle, schüttete einen Löffel von dem Maismehl dazu und rührte so lange, bis der Brei dicker wurde. Er war warm, und er hatte Hunger. Er versuchte die Tatsache zu ignorieren, daß das Ganze nach nichts schmeckte.

Später nahm John die Axt vom Haken über der Feuerstelle und ging hinaus, um aus dem gefällten Astwerk Kleinholz zu spalten. Das weiträumige Roden auf seinem Land für die Anpflanzungen mußte noch warten. Feuerholz hatte den Vorrang. Auf keinen Fall durfte das Feuer ausgehen. Genügend Leute hatten ihn schon in Jamestown davor gewarnt, und dort konnte man sich ein paar glühende Holzscheite vom Nachbarn borgen und sie auf einer Schaufel nach Hause tragen. Hier in der Wildnis war ein Feuer gleichbedeutend mit einem Funken Leben.

Fast den ganzen Vormittag über zerkleinerte John Feuerholz und stapelte es zu beiden Seiten des Kamins zum Trocknen auf. Er öffnete die grob gehobelte Tür und blickte zum Fluß hinunter. Sein ganzer Körper tat ihm weh, dabei hatte er doch nur für einen oder vielleicht zwei Tage seinen Brennvorrat gehackt. Zum Mittagessen gab es noch einmal Maisbrei, und zum Abendessen hatte er auch weiter nichts.

»Ich muß nachdenken«, sagte John in der Stille des Hauses. »Suckahanna und ich haben damals jeden Tag wie Königskinder gespeist. Ich muß versuchen, so wie sie zu leben und nicht wie ein Engländer.« Er kratzte den Rest seines Breis vom Grund des Holznapfes und stellte ihn beiseite. »Ich werde eine Falle für Fische aufstellen«, beschloß er. »Und in der Abenddämmerung, wenn die Vögel auf ihre Schlafplätze zurückkehren, werde ich ein paar Tauben schießen.«

John hatte in Jamestown eine Fischreuse gesehen, und er hatte seinerzeit Suckahanna beobachtet, wie sie aus Ranken und ein paar Stöckchen eine Reuse geflochten hatte. Sie hatte damit zwei Abende zugebracht, und am dritten Abend hatten sie schon gerösteten Karpfen gegessen. John hatte die Weidenringe und die Schnur in Jamestown gekauft, er mußte nur noch ein Netz knüpfen, in dem der Fisch sich verfing. Er nahm alles nach draußen mit, setzte sich auf einen Baumstamm in die nachmittägliche Sonne und begann mit einer Reihe von Knoten um den großen Eingangsring.

Als er ins Haus trat, flackerte das Feuer nur schwach. Er legte noch ein paar Holzscheite nach und griff nach seiner Muskete, schob Schießpulver und die Kugel in die Mündung hinein und streute dann etwas Pulver auf die Pfanne, so war sie zum Abschuß bereit. Er beugte sich über das Feuer, um den langen, öligen Docht anzuzünden, der als Zündschnur diente. Als er hell glühte, hielt er ihn zwischen erstem und zweitem Finger von der Pulverpfanne weit entfernt, und ging damit vorsichtig hinaus. Die Bäume standen so nah, daß sich John auf seine Türschwelle hockte und den offenen Himmel über ihm nach Waldtauben absuchte. Eine dicke, selbstsichere Taube setzte sich schließlich auf einen weit abstehenden Ast, der unter dem Gewicht zu wippen begann. John wartete ab, zielte dann sorgfältig und führte die Zündschnur an das Pulver.

Er hatte Glück. Der klare Klang des Schusses war wie ein Kanonendröhnen in diesem unschuldigen Land, und die anderen Tauben flogen ruckartig mit großem Geflatter aus den Bäumen auf. Doch der getroffene Vogel taumelte mit gebrochenem Flügel und blutender Brust nach unten. John stellte Muskete und Docht ab und rannte in fünf großen Schritten über die gerodete Fläche. Er packte die Taube und drehte ihr rasch und voller Mitleid den Hals um. Dann ging er zum Haus zurück, nahm seine Beute mit hinein, legte sie beim Kamin neben die unvollendete Fischreuse und lud die Muskete noch einmal nach.

Nun schwand das Tageslicht immer schneller, und es wurde kalt. Die Tauben, die sich von ihrem Schreck erholt hatten, kreisten über der kleinen Lichtung und ließen sich wieder auf den Bäumen nieder. John zielte, drückte ab, und die Vögel wurden in den Himmel aufgescheucht, doch diesmal fiel keiner zu Boden.

Er nahm den Vogel aus, schnitt den Kopf ab und warf die Innereien für eine Suppe in einen Topf, den er aufs Feuer setzte. Dann teilte er die Taube in vier Teile, spießte die Stücke vorsichtig auf einen angespitzten Stock und stellte ihn schräg vors Feuer mit dem Topf darunter, damit der herabtropfende Saft aufgefangen wurde. Für einen hungrigen Mann zogen sich all die Vorbereitungen ziemlich in die Länge, und sein Magen knurrte schon.

Von dem Holzspieß schob er die fertigen Fleischstückchen auf sein Brett. Sie waren köstlich: heiß, wohlschmeckend und fest. Zwar verbrannte er sich an der heißen Haut die Lippen, doch das hätte ihn nicht davon abhalten können, weiter hineinzubeißen. Zum erstenmal schaute er sich in seinem kleinen Haus mit einer gewissen Zuversicht um und rülpste zufrieden.

Schließlich streifte John die Stiefel ab und zog seine Tasche und seine Jacke zu sich heran, faltete sie zu einem Kopfkissen, legte sich darauf und deckte sich mit seinem Reiseumhang zu. Er öffnete noch einmal kurz ein Auge, um nachzuschauen, ob das Feuer eingedämmt und seine Fischreuse in Sicherheit war, und dann schlief er auf der Stelle ein.

Mai 1643

Am nächsten Tag machte sich John eine Stunde lang an der Fischreuse zu schaffen und setzte sie dann in das kalte, rasch fließende Wasser. Das Fleisch vom gestrigen Abendessen hielt länger in seinem Magen vor als die Maisgrütze, den ganzen Tag über fühlte er sich stärker und tüchtiger; doch am folgenden Morgen war er noch hungriger, als würde sein Körper wieder nach Fleisch verlangen. Zum Frühstück war ihm noch die Suppe aus den Taubenknochen geblieben, und dann machte er sie noch einmal warm zum Mittagessen, verlängert und kaum sättigend.

An Nachmittag ging er zu seiner Fischreuse und entdeckte eine kleine Forelle darin.

»Gott sei Dank!« sagte John andächtig, wobei er sich innerlich selbst lobte. Er hob die Reuse aus dem Fluß und hielt seine Beute vorsichtig fest. Der Fisch kam in einen Topf mit ein wenig Wasser und getrocknetem Maismehl, damit die Suppe sämig wurde; er ließ das Ganze ein wenig köcheln. Dann nahm er den Topf zum Abkühlen vom Feuer.

Aus diesen Dingen bestanden von nun an seine Mahlzeiten. Die monotone Fadheit der Maispflanze – als Grütze, als Gemüse, als Soße – und gelegentlich der Genuß von Fisch oder Fleisch waren alles, was es gab. Langsam gewöhnte sich John an diese Kost, aber gut und mit Genuß aß er nur in seinen Träumen von den Festen in Lambeth: den großen Abendessen in den Tagen zwischen Weihnachten und dem Dreikönigsfest, den üppig gedeckten Tafeln zu Ostern.

Tag für Tag hackte er Holz und ging im Wald jene Beeren oder Nüsse oder Kräuter suchen, die Suckahanna gesammelt hatte. Aber an den Zweigen hingen nur frische grüne Blätter, und die Nüsse waren vom Wind fortgeweht oder von den Eichhörnchen und Mäusen verzehrt worden.

Nach wochenlanger Suche dachte er, daß er nun genug von allem Exotischen hatte. Sein Vater hatte das Seltene und das Ungewöhnliche geliebt, und John hatte diese Liebe von ihm übernommen. Doch jetzt befand er sich in einer Welt, die in allem verschieden von seiner bisherigen war, hier war ihm alles fremd.

»Ich habe großes Heimweh«, sagte John plötzlich überrascht zu sich, als anderthalb Monate vorüber waren und ihn große Sehnsucht nach Lambeth und den Kindern und sogar nach Hester so heftig packte, daß es ihn schwindelte, als sei er wirklich erkrankt. Er mußte sich mit einer Hand an einem Baumstamm festhalten, um nicht hinzufallen. »Gott! Es ist schon so viel Zeit vergangen, seit ich die Hoberts verlassen und mit keiner Menschenseele mehr gesprochen habe. Ich vermisse mein Zuhause ... ich fühle mich einsam.«

Er drehte sich um und sah auf die kleine Lichtung, und mitten darauf stand plump das Haus, so klein und grob errichtet, wie ein Tischlerlehrling eine Holzkiste hergestellt hätte. John hatte auf einmal die Winzigkeit dieser Hütte und die Unendlichkeit des Waldes vor Augen, war ganz sprachlos und voller Furcht. »Aber ich werde hier schon heimisch werden«, sagte er dickköpfig.

Der Wind, der heftige Wind fuhr durch die Wipfel der hohen, starken Bäume, und es schien, als würden sogar die Wälder über den falschen Stolz des Mannes lachen, der dachte, er könnte sich in einer solchen Wildnis ein Heim schaffen. John konnte hier sein ganzes Leben lang schuften, und es reichte immer nur knapp zum Überleben, nie würde er zu Wohlstand kommen.

Ein Gefühl von Verzweiflung machte sich in ihm breit. »Hier draußen könnte ich sogar sterben«, dachte John. Laut mit sich selbst zu reden, das hatte er schon vor einer Weile aufgegeben. Die Stille des Waldes schien eine zu große Herausforderung zu sein, sie brachte seine schwache Stimme zum Schweigen. »Ich *werde* hier draußen sterben.« Jeder Gedanke schien einen größeren Abgrund aufzutun. »Ich werde einsam sterben. Wenn ich einen Tag lang nicht aufstehe, nur einen Tag lang, um Wasser zu holen, Holz zu hacken, zu jagen oder zu fischen, dann *werde* ich hier sofort sterben.«

John stieß sich von Baum ab, doch seine Beine trugen ihn kaum. Einsamkeit und Furcht hatten ihn erschöpft. Er taumelte zu seinem Haus zurück und dankte Gott, daß aus dem Schornstein wenigstens eine kleine Rauchwolke aufstieg und sich im Kochtopf Maisgrütze befand. John spürte, wie sich ihm der Hals zuschnürte bei dem Gedanken, wieder Grütze essen zu müssen. Er fiel auf Hände und Knie und mußte würgen. »Gott, mein Gott«, sagte er.

Aus seinem Mund tropfte ein wenig Speichel, den er sich mit dem Ärmel abwischte. Das dicke braune Streichgarngewebe roch unangenehm. »Meine Kleider stinken«, sagte er leise, ein wenig überrascht. »Ich muß stinken.« Mit der Hand fuhr er sich übers Gesicht. Sein Bart war gewachsen, verfilzt und dreckig, der Oberlippenbart hing um seinen Mund herum. »Ich muß aus dem Mund riechen, ich bin schmutzig«, sagte er mit schwacher Stimme. Das demütigte ihn zutiefst. John Tradescant, der Augapfel seiner Mutter, seines Vaters einziger Nachfolger, war zu einem dreckigen, heruntergekommenen Vagabunden geworden, der sich am Rand der Zivilisation aufhielt.

John taumelte auf seine Tür zu und stieß sie auf. Er sah sich um, als hätte er seine Behausung zuvor nie wahrgenommen. Die vier Wände waren aus frisch gefälltem Holz gebaut, das durch das wärmende Feuer und das wärmere

Wetter geschrumpft war. John würde die entstandenen Spalten mit Lehm und Zweigen zustopfen müssen. Während er durch die Ritzen der Hauswand auf den Wald schaute, zitterte er, als würde die Wildnis da draußen eindringen wollen, um ihn anzugreifen.

»Ich schaffe es nicht«, flüsterte er ziemlich elend. »Ich kann nicht das Haus instand setzen, auf Nahrungssuche gehen, waschen und jagen und das Land auch noch roden. Ich werde damit nicht fertig.« Wieder schnürte es ihm den Hals zu, und er dachte, daß er wieder würgen müßte, doch statt dessen röchelte er nur heiser.

Er betastete seinen Hosenbund und stellte fest, daß der viel zu weit war, da er abgenommen hatte. »Ich werde nicht überleben«, gestand er sich schließlich ein. »Ich bekomme nicht genug zu essen.«

Auf einmal erhielten seine Mattigkeit, die ihm schon ganz vertraut war, und die Krämpfe in seinem Bauch, die er einer geringfügigen Erkrankung zugeschrieben hatte, eine ganz neue und entsetzliche Bedeutung. Seit Wochen war er nun schon hungrig, und der Hunger versetzte ihn immer weniger in die Lage, die notwendigen täglichen Arbeiten zu verrichten. Immer öfter verfehlte er mit der Muskete seine Beute, und jeden Tag fiel es ihm schwerer, den Stapel Kleinholz zu hacken. So hatte er sich aufs Reisigsammeln verlegt, da sparte er die Kraft, die er zum Axtschwingen brauchte.

»Nun ist der Frühling angebrochen, und ich habe nichts angepflanzt«, sagte John abgestumpft und hielt seinen Hosenbund in der schwieligen Hand. »Nichts ist gerodet, und ich kann nichts umgraben. Ich habe keine Zeit zum Umgraben. Immer nur Nahrung besorgen und Wasser und Holz holen, und ich bin so erschöpft.«

Er streckte seine Hand nach dem Umhang aus. Der lag nicht mehr fein säuberlich zusammengelegt in einer Ecke des Raumes, sondern zusammengeknüllt auf der Erde, wie er ihn gerade hatte fallen lassen. Er wickelte sich darin ein. Hester hatte ihm den gekauft, als er verkündet hatte, fortzugehen, erinnerte er sich. Hester, die nicht hatte mitkommen wollen. Hester, die energisch betont hatte, daß das neue Land nicht für Leute geschaffen war, die an das bequeme Stadtleben gewöhnt waren. John legte sich auf den nackten Boden vor dem spärlich glühenden Feuer und zog sich den weiten Kragen des Umhangs übers Gesicht. Obwohl es vormittags war, verspürte er den Wunsch zu schlafen. Da hörte er kurze, wehleidige Laute, so wie Frances sie immer machte, wenn sie mitten in der Nacht aus einem schlechten Traum erwachte. Auf einmal merkte er, daß er selbst wie ein kleines, ängstliches Kind weinte. Das leise Wimmern hielt an, John hörte es, als sei er weit entfernt von seiner eigenen Angst und Schwäche, und dann schlief er ein.

Hungrig und voller Furcht wachte er wieder auf. Das Feuer war fast erloschen. Beim Anblick der grauen Asche auf der Feuerstelle sprang John mit einem Ausruf des Entsetzens auf die Beine und blickte aus dem Fenster. Gott sei Dank, es war nicht dunkel, er hatte nicht den ganzen Tag verschlafen. Er wankte nach draußen, den Umhang schleifte er mit den Füßen hinter sich her, und geriet ins Stolpern. Doch es gelang ihm, einen Stoß Feuerholz aus seinem Vorrat hereinzuholen. Er ließ es vor den Kamin fallen und brach die trockene Rinde ab. Mit kleinen Zweigen stieß er sie mitten in die restliche rote Glut hinein, neigte den Kopf hinunter, blies ganz sanft und leicht und bangte darum, daß sie Feuer fing. Es verging eine ganze Weile. John hörte, wie er ein Gebet murmelte. Da züngelte eine kleine gelbe Flamme auf wie eine Kerze, um gleich wieder zu verlöschen.»Bitte, Gott!« flüsterte er leise.

Die Flamme flackerte noch einmal gelb auf und wurde diesmal größer. Das Häufchen Rinde knackte, brannte und wurde verschlungen. John legte ein paar Zweige darüber, die sofort aufloderten, und er brauchte die anbrechende Dunkelheit und die Kälte wieder einmal nicht zu fürchten.

Er stellte fest, daß sein Magen knurrte, doch im Kochtopf befand sich nur die Grütze vom Vorabend. Wenn er sich aber die Mühe machte, den Topf zu säubern, Wasser aufzusetzen und einen Vogel zu schießen, könnte sein Essen anders aussehen. Erst einmal schob er aber den Topf etwas näher an die Flammen, so daß er sich erwärmte, und schlurfte hinaus.

Es ging auf den Abend zu. Die Sonne war hinter den Bäumen verschwunden, und der Himmel über dem kleinen Haus war mit hauchdünnen lavendelfarbenen Wolkenstreifen überzogen, so wie der feine Seidenschleier der Königin, den sie im Haar trug, wenn sie auf dem Weg zur Messe war. »Mantillawolken«, sagte John und blickte zu ihnen auf.

John schauderte es. Seine kurze Bewunderung des Himmels war plötzlich verschwunden. Auf einmal wirkte er wieder zu weit, zu gleichgültig, es war unmöglich, daß ein so kleiner Mensch wie er unter dem großen Himmelszelt überleben konnte.

»Gott ist mit mir«, sagte John und rief sich Janes Glauben ins Bewußtsein zurück.

Es herrschte Stille. Kein Zeichen, daß Gott mit ihm war. Kein Zeichen dafür, daß irgendein Gott da war. John erinnerte sich, wie Suckahanna bei Sonnenaufgang und Untergang über dem Fluß rauchenden Tabak verteilt hatte, und er dachte einen gotteslästerlichen Moment lang, daß dieses Land vielleicht fremde Götter, einen anderen Gott als in England besaß.

»Ich sollte beten«, sagte John leise. In dieser Wildnis hielt er die Sonntage nicht ein. Nicht einmal vor seinen Mahlzeiten oder vor dem Schlafengehen betete er. »Ich weiß nicht einmal, wann Sonntag ist!« rief John entsetzt.

Er spürte, wie ihn langsam Panik ergriff bei dem Gedanken, daß er tagsüber geschlafen hatte; doch er wußte nicht, wie lange. Er wußte nicht, wie weit entfernt die Stadt flußabwärts lag, wie lange es dauern würde, dort hinzugelangen, er wußte nicht einmal, welcher Tag heute war.

»So, wie ich gekleidet bin und wie ein Tier stinke, kann ich nicht in die Stadt!« sagte John. Doch dann verstummte er.

John sah plötzlich den Wohlstand und die Ordnung in Lambeth vor sich. Er dachte daran, wie kühn und geradezu verrückt sein Entschluß war, daß all das nichts mehr mit ihm zu tun haben und sein Leben anderswo stattfinden sollte, mit einer anderen Frau.

»Das ist nun also der Ort, den ich gewählt habe«, sagte er leise. »Anderswo. Ich lebe an diesem Anderswo, und ich werde an diesem Anderswo sterben, wenn es mir nicht gelingt, irgendwie heimzukehren.«

Ein beißender Geruch erinnerte ihn plötzlich an sein Abendbrot. Entsetzt drehte er sich um. Aus dem Kochtopf stieg dunkler Qualm auf, er war zu heiß geworden, und der Brei war angebacken und verbrannt.

John stürzte darauf zu, um ihn vom Feuer wegzuziehen, ließ aber sofort den heißen Henkel los. Er hatte sich die Hand verbrannt. Er fluchte, seine Hand schmerzte höllisch. Im Becher war noch ein wenig Wasser, das er nun über die Handfläche goß. Die Haut warf sofort eine Blase auf und wurde weiß. John spürte, wie ihm der Schweiß ausbrach, und dann schrie er wieder laut auf.

Er rannte zur Tür hinaus runter zum Fluß. An dem schmalen Sandufer kniete er nieder und tauchte seine Hand in den Fluß. Das kalte Wasser war wie ein Peitschenhieb auf seine zerstörte Haut, doch langsam ließ der Schmerz nach. »Ah, Gott, mein Gott«, hörte John sich sagen. »Was für ein Narr ich bin!«

Er drehte sich um und ging langsam zu dem kleinen Haus zurück. Das Feuer brannte noch. Mit dem Stiefel stieß er gegen den umgefallenen Kochtopf. Er rollte über den Boden. Es war kühl, er war vielleicht eine Stunde am Fluß gewesen. Ihm war nicht bewußt gewesen, wie die Zeit verflogen war. Jetzt nahm er den Topf auf und starrte hinein. Nichts davon konnte man mehr essen.

Mit dem Topf ging er noch einmal zum Fluß hinunter. Er tastete sich in der Dämmerung voran, die sehr schnell über den Wald hereinbrach. Er ließ ihn mit Wasser volllaufen und zum Einweichen stehen, während er nach der Fischreuse sah. Sie war leer. John versuchte nun, mit seiner gesunden linken Hand die angebrannten Reste abzukratzen, den Topf dann auszuspülen und ganz zu säubern.

Anschließend füllte er ihn mit Wasser und ging damit die Anhöhe hinauf bis zu seinem Haus. An der Stelle, wo er vor kurzem Bäume gefällt hatte, eroberte sich der Wald schon wieder seinen Lebensraum zurück. Kleine Kletterranken, flaches Unkraut und bodenbedeckende Pflanzen breiteten sich aus. Wenn John sich nicht sofort daranmachte, das Unkraut herauszureißen, hätte der Wald bald wieder alles zugewuchert. Nur noch ein kleiner Umriß auf der Landkarte im Amtszimmer des Gouverneurs würde ein vergebenes Landanrecht ausweisen, das einst jemand in Anspruch genommen, dann aber kapituliert hatte.

Als John im Haus war, goß er etwas Wasser in den Becher ab, verschüttete aber einiges auf den Boden, da er mit der einen Hand nicht so gut hantieren konnte. Dann rührte er etwas Maismehl darunter und setzte den Topf aufs Feuer. Diesmal ließ er den Brei nicht aus den Augen. Er hatte so viel gemacht, daß es auch noch für das nächste Frühstück reichte. Sein Magen knurrte. Er konnte sich nicht mehr daran erinnern, wann er zum letztenmal Früchte oder etwas Gemüse zu sich genommen hatte oder gar Fleisch, das nicht von der Waldtaube stammte. Es war ganz sonderbar, aber plötzlich mußte er an englische Pflaumen denken und wie süß ihr Fruchtfleisch schmeckte. In dem Garten seines Vaters gab es dreiunddreißig verschiedene Sorten Pflaumenbäume, von der seltenen weiß gemusterten Pflaume aus Malta, die in England einzig und allein von den Tradescants gezüchtet wurde, bis hin zu der gewöhnlichen Bauernpflaume mit der dunklen Haut.

Er schüttelte den Kopf. Es hatte keinen Sinn, sich den Wohlstand vorzustellen, den ihm sein Vater hinterlassen hatte. Es hatte keinen Sinn, an sein reiches Erbe zu denken, an die Blumen, das Gemüse, die Kräuter und die Früchte oder überhaupt an irgendeine Form von Nahrung, die er in diesem unwirtlichen Land weder finden noch anbauen konnte.

Als er sich gestärkt hatte, trank er Wasser und zog sich die Stiefel aus, denn er wollte sich hinlegen. Doch sein warmer Reiseumhang fehlte. Er sah sich danach um und verfluchte seine eigene Faulheit, ihn nicht gleich aufgeräumt zu haben. John war beunruhigt, denn er konnte ihn nirgends entdecken. Er spürte, wie ihn panische Angst ergriff und zu ersticken drohte. Er ging in die eine Zimmerecke, in der er sein Hab und Gut aufgestapelt hatte. In großer Eile suchte er die Sachen durch und riß dabei alles zu Boden. Der Umhang war nicht dabei.

Er beruhigte sich, und sein Atem, der fiepend und unregelmäßig geworden war, normalisierte sich wieder. »Bleib ganz ruhig«, sagte John zu sich selbst, doch seine Stimme zitterte im Dunkel. »Ich muß ihn irgendwo vergessen haben. Das ist alles. Ich habe ihn draußen gelassen«, sagte er leise.

Langsam ging er zur Tür und legte seine Hand auf den Holzriegel. Er hielt inne. Durch die Ritzen zwischen den Holzbalken zog die kalte Nachtluft herein und legte sich wie ein eisiger Seufzer auf sein Gesicht. Jenseits der Holztür war es dunkel, ein Dunkel von einer Dichte, wie es John noch nie zuvor in seinem Leben gesehen hatte, eine Schwärze, die von keinem Lagerfeuer, keinem Kerzenschein und keiner Fackel in Dutzenden von Meilen in einer Richtung und Tausenden von Meilen in Richtung Westen durchdrungen wurde. Es war eine so mächtige Dunkelheit, daß John auf den abergläubischen und lächerlichen Gedanken verfiel, sie könne vielleicht ins Haus dringen, sobald er die Tür öffnete, und das Feuer auslöschen. Es war eine Dunkelheit, der er in ihrer Größe nicht begegnen wollte.

»Aber ich brauche meinen Umhang«, sagte er dickköpfig.

Langsam und ängstlich öffnete John ein wenig die Tür. Mit einem kleinen Wimmern kroch er auf allen vieren über die Schwelle und tastete sich voran in der Hoffnung, ihn bald zu berühren.

Plötzlich stießen seine ausgestreckten Finger gegen etwas, und mit einem Laut der Angst zog er die Hand zurück, doch dann wurde ihm klar, daß es sich um weiche Wolle handelte. Er holte den Umhang vorsichtig zu sich heran, als handele es sich um einen der kostbaren Gobelins des Königs. Er sog den markanten Geruch ein, nicht mit Widerwillen, sondern mit Erleichterung, daß er in dieser eisigen dunklen Leere etwas Menschliches roch.

Er traute sich nicht, dieser Leere den Rücken zuzukehren. Mit einem Arm hielt er den Umhang an seine Brust gedrückt, und so kroch er rückwärts immer noch auf allen vieren zur Tür, als sei er ein verängstigtes Tier, das sich in seinen Bau zurückzieht. Dann schloß er die Tür.

Seine Augen mußten sich drin erst an das unstete Flackern des Feuers gewöhnen. Der Mantel war naß. Das machte ihm nichts aus. Er warf ihn sich um und legte sich schlafen. Mit weit geöffneten Augen. »Lieber Gott, beschütze mich in dieser Nacht, und zeige mir, was ich morgen zu tun habe«, sagte John und schloß die Augen.

In dieser Dunkelheit wartete er auf den Schlaf. Er hörte auf die Geräusche des Waldes vor seiner Tür. Als er das Heulen eines Wolfsrudels in der Ferne vernahm, packte ihn schauriges Entsetzen. Er dachte, sie könnten Witterung aufnehmen und zu ihm kommen und seine Hütte mit ihren hellen gelben Augen und ihren mageren, gelassenen Gesichtern umzingeln. Doch dann verstummten sie, und John schlief ein.

Als er morgens erwachte, regnete es. Er kroch aus seinem Mantel heraus und stellte den Topf zum Feuer. Sorgfältig rührte er den Brei um, doch als er warm war, hatte er auf einmal keinen Appetit. Er hatte so viel Hunger gelitten, daß ihn die Nahrung nun gleichgültig ließ. Er wußte, daß er etwas essen mußte; doch die graue Grütze, die ganz verschmutzt war von dem alten Bodensatz, schmeckte nicht. Er zwang sich, fünf Löffel hinunterzuschlucken, dann stellte er den Topf wieder auf die Feuerstelle zurück. Sollte kein Fisch in der Reuse sein, und sollte er auch kein Tier schießen können, so hätte er zum Abendessen wieder Brei. Neben dem Feuer lag nur noch wenig Holz. Auch der Holzstapel draußen hatte abgenommen und war feucht vom Regen. John trug fast alles ins Haus, damit es trocknen konnte. Er wollte nach der Axt greifen, um mehr Holz zu hacken, doch dann spürte er wieder den Schmerz in der verletzten Hand und schrie auf. Es würde noch dauern, bis die Wunde verheilt war. Also blieb ihm nichts anderes übrig, als Reisig zu sammeln und die Zweige zu zerbrechen, indem er sich draufstellte; die längeren Äste müßte er auf der Feuerstelle von einem Ende zum anderen abbrennen lassen und sie nach und nach ins Feuer rücken.

Mit gesenktem Kopf lief er in den Regen hinaus, wobei

er nur seinen groben Streichgarnüberrock trug, den Mantel hatte er zum Trocknen im Haus gelassen. Er benötigte den ganzen Vormittag, um abgebrochenes Astwerk eine Meile heranzuschleppen, und dann noch eine Stunde, um es zu zerteilen und zum Trocknen ins Haus zu bringen.

Der Regen und der Schweiß hatten ihn bis auf die Haut durchnäßt, vor Erschöpfung tat ihm alles weh. Die Wunde sonderte eine Art Flüssigkeit ab. John sah sie voller Furcht an. Wenn sie sich entzündete, müßte er in Jamestown irgendeinen Bader und Wundarzt aufsuchen. John wollte seine Hand nicht verlieren, wußte aber nicht, wie er einhändig in einem Kanu nach Jamestown gelangen sollte.

Er drehte sich zum Feuer um und wollte an etwas anderes denken. Es flackerte vor sich hin, und der Raum war warm. John blickte aus dem offenen Fenster und durch die Lücken in den Holzbohlenwänden. Der Wald schien sich ein wenig genähert zu haben, als sei er durch den strömenden Regen vorgedrungen, um sich immer mehr auf das einsame Haus zuzuschieben.

»Laß nicht zu, daß er mich zerstört«, flüsterte John und wußte, daß seine Gedanken absurd waren. »Laß nicht zu, daß er mich einfach überwuchert wie einen toten Hund, nach all den Schwierigkeiten, die ich schon überwunden habe.«

Der Brei vom Vortag war noch da. John machte sich nicht einmal mehr die Mühe, ihn zu erwärmen. Warm oder kalt, er widerte ihn an. Er zwang sich, vier Löffel davon zu essen, dann trank er einen Schluck Wasser. Er wußte, daß er mit seinem Gewehr hinaus sollte, um sich Nahrung zu beschaffen. Doch der Regen machte es unmöglich, und der immer dunkler werdende Himmel versprach ein Gewitter. Inmitten des kraftvollen Grüns – und der Regen ließ noch mehr davon sprießen und wuchern und spülte noch mehr Energie in die gierige Erde – schien er das einzige Wesen zu sein, das sich vor Hunger krümmte und jeden Tag immer mehr verkümmerte.

»Während es regnet, werde ich schlafen«, versuchte er sich zu trösten. »Erst in der Dämmerung werde ich mit meinem Gewehr losziehen.«

Er legte die feuchten Sachen ab und breitete sie zum Trocknen aus. Dann stieß er einen der großen Äste mitten ins Feuer, schlang sich seinen warmen Umhang um und schlief ein.

John hatte das Gefühl, er hätte vielleicht eine Minute geschlafen, doch als er aufwachte, bemerkte er, daß es draußen dunkel war. Er konnte nicht einmal mehr das Fenster erkennen. Nur die Glut leuchtete schwach, der Ast war fast durchgebrannt und dann von der Feuerstelle gerutscht.

Zuerst meinte John, daß ein furchtbares Gewitter den Himmel so verdunkelt hatte, doch dann nahm er lediglich den Regen auf den Blättern wahr, ein unerbittliches und unbarmherziges Tröpfeln.

»Es ist mitten in der Nacht«, wurde ihm plötzlich klar. »Ich habe den ganzen Nachmittag geschlafen, und jetzt ist es Nacht.«

Er sah sich in dem Raum um, als hätte sich während seines langen, wundersamen Schlafes alles verändert. Der Stapel mit seinen persönlichen Dingen, die Geräte, die er zum Bestellen seines Feldes benutzen wollte, seine Vorräte an trockenen Samen und Knollen und Mais befanden sich immer noch an Ort und Stelle. Und daneben lag kreuz und quer das Holz, das er erst an diesem Vormittag hineingeschafft hatte.

Er nahm ein paar Äste und legte sie ins Feuer. Als sie aufloderten, sprangen die Schatten im Raum auf und ab und sausten auf ihn zu. John unterdrückte einen jammervollen Seufzer. Mochte es mitten in der Nacht sein oder kurz vor Morgengrauen, er konnte nicht mehr weiterschlafen. Ganz wach mit all seinen Sinnen, fühlte er sich von Gefahren umgeben. Die Dunkelheit, diese eigenartige, unerklärliche Dunkelheit vor seinem Haus, war undurchdringlich.

»Ich werde bis morgen früh warten müssen.« John versuchte ganz ruhig zu sprechen, aber das Zittern in seiner Stimme machte ihm Angst, und so schwieg er. Doch die Dunkelheit vor dem Fenster löste sich nicht auf.

John setzte sich vor den Kamin, streckte die Beine aus und starrte in die Flammen. Es vergingen Stunden. Sein Kopf kippte zur Seite, und er legte sich vors Feuer, schloß die Augen und schlief ein. Erst sehr spät am Vormittag erwachte er. Sein leerer Magen knurrte, aber er war nicht hungrig. Er fühlte sich schwach, benommen und erschöpft.

»Ich werde noch schlafen«, sagte er. Er sah auf die geschlossenen Fensterläden. Um den Rahmen zeichnete sich eine helle goldene Linie ab. Das Unwetter war vorbei, und es war ein wunderschöner sonniger Tag.

John blickte gleichgültig dorthin. »Ich bin müde«, sagte er zu dem stillen Raum. Er schlief.

Am frühen Nachmittag wachte er auf. Der Schmerz in seinem Bauch stammte vom Hunger, doch vor allem war er durstig. In seinem Becher befand sich kein Wasser mehr. »Also muß ich runter zum Fluß«, sagte er ganz niedergeschlagen. Als er die Tür öffnete, blieb er wie angewurzelt stehen.

Auf der Schwelle stand ein kleiner Korb aus geflochtenen dicken farbigen Schnüren. Darin befanden sich drei frischgelegte, noch warme Enteneier, ein Laib gelbes Maisbrot, eine Handvoll Nüsse und ein paar getrocknete Früchte, die in ein Blatt gewickelt waren.

John schaute Richtung Wald. Nichts bewegte sich im

Dickicht. Kein davonhuschender Wildlederrock, nicht ein Leuchten von dunkel geöltem Haar.

»Suckahanna?« Seine Stimme war leise, schon viele Wochen lang hatte er nur vor sich hin geflüstert, daß er meinte, verlernt zu haben, wie man laut rief. Er versuchte es wieder. »Suckahanna?«

Keine Antwort. Ein Eichelhäher kreischte, und eine Waldtaube flatterte in den Ästen umher und flog davon, sonst war alles still.

John bückte sich und hob den Korb auf. Es mußte eine Gabe von ihr sein. Sie hatte die geschlossene Tür gesehen und erraten, wie schlimm es um ihn stand. Er setzte die Eier auf, doch er konnte nicht so lange warten, bis sie kochten, ohne zuvor schon etwas anderes zu kosten. So brach er ein Stück Brot ab und aß es, dann knackte er die Nüsse am Stein der Feuerstelle und schob sie sich zwischen die Zähne. Ihm lief das Wasser im Mund zusammen. Es war eine ganz ungestüme Lust auf Essen, auf einen anderen Geschmack. Als die Eier fertig waren, schlug er sie sofort auf und schlang sie hinunter, ganz gleich, ob er sich daran verbrannte.

»Bei Gott, war ich hungrig!« sagte er. Er griff nach dem letzten Stück von dem blaßgelben Brot und genoß den leicht süßlichen Geschmack. Dann nahm er eine Handvoll getrockneter Früchte. Auf der Stelle war sein Mund von einem intensiven herben Geschmack erfüllt, so herb wie von roten Johannisbeeren.

Ganz verzückt saß er da, mit geschürzten Lippen den Geschmack bewahrend, als gebe es auf der ganzen Welt nichts anderes als diesen Augenblick, wo er sich nach monatelangem Hungern schließlich gesättigt fühlte.

Nur ein paar Früchte waren übriggeblieben. Alles andere hatte er verschlungen. »Etwas hätte ich aufheben sollen«, sagte John bedauernd. »Und jetzt werde ich meine Fischreuse kontrollieren und dann ein Stück Land für die

Aussaat freimachen«, sagte er mit entschlossener Stimme. »Gott sei Dank fühle ich mich dazu stark genug.«

Darauf ging er hinaus und ließ die Tür offen, damit der kühle Wind seinen Gestank fortwehen konnte, hatte er doch wie ein Hund gehaust und geschlafen, ohne sich jemals gewaschen zu haben. Am Fluß zog er sich Hemd und Hosen aus, legte sie zusammen und klemmte sie unter ein paar Steine im Wasser. Dann watete er selbst in das eiskalte Wasser und wusch sich. Als er zitternd vor Kälte herauskam, holte er seine Kleider unter den Steinen hervor und spülte sie gründlich, wrang sie aus, wobei er immer noch die verletzte Hand schonte, und schüttelte sie glatt.

Im Haus brannte das Feuer stetig. Er stülpte den Kochtopf um und stellte ein paar Stöcke auf, damit er die nassen Sachen vor dem Feuer gut ausbreiten konnte. Dann ging er, nur mit seiner Jacke bekleidet, hinaus, um Holz zu hacken.

Später zog John eine Linie, die parallel zur Vorderseite seines Hauses verlief und vor der Tür aufhörte. Es sollte ein Beet werden mit kleinen Tabakpflanzen und Gemüse. Salat würde schnell wachsen, und er mußte Kartoffeln in die Erde bringen, Rüben, Karotten, Lauch und Erbsen aussäen. Die anderen Pflanzer am Flußufer entlang mit ihren Hilfskräften – ein paar davon waren Sklaven, andere freie Tagelöhner – waren das Risiko eingegangen, ausschließlich Tabak anzubauen, in der Annahme, sie konnten von dem Ertrag einer Ernte alles kaufen, was sie brauchten: Lebensmittel, sämtliche Baustoffe, ihre Kleidung. Und als der Tabak gut wuchs und der Preis dafür in die Höhe schnellte, hatte sich das für viele ausgezahlt.

Er hob die Spitzhacke hoch und ließ sie mit aller Wucht in die Erde fahren, doch sie blieb gleich in einer Wurzel stecken, und seine Hand schmerzte erneut. Die Wunde klaffte auf und sonderte eine dünne Flüssigkeit ab. Johns

Kopf dröhnte vor Schmerzen. Dann beugte er sich langsam nach unten, nahm Axt und Spaten auf, klemmte sie sich unter den Arm und trug sie ins Haus zurück. Nur mit einer Hand konnte er nicht umgraben. Sein Garten würde warten müssen.

Im Haus wickelte er sich einen Streifen Leinen, der eigentlich als Kragen für feinere Anlässe gedacht war, ganz fest um die Hand. Dabei wurde der Schmerz noch quälender, und er spürte, wie der Stoff auf der Wunde festklebte.

»Die Sache ist die«, sagte er leise in die Leere hinein, »ich weiß einfach nicht, was ich tun soll.«

Sollte er warten, bis seine Sachen getrocknet waren, und dann bis zur Anpflanzung von Hobert laufen, auch wenn es ein weiter Weg war? Dort würde sich Sarah Hobert um die Brandwunde kümmern. »Vielleicht hat sie eine Salbe, und ich könnte bei ihnen übernachten und mit ihnen reden. Und sie haben bestimmt Brot.«

Seine Zuversicht vom Vormittag schwand langsam. Er überprüfte sein Hemd, wollte nun unbedingt aufbrechen. Es war trocken und duftete süßlich, doch die Hose, die aus dickem Streichgarn war, war immer noch feucht. John wollte sie schon so anziehen, doch da durchfuhr ihn ein stechender Schmerz im Leib.

Es war das Essen, das er achtlos seinem kleiner gewordenen Magen zugemutet hatte; es war viel zu üppig gewesen. »O Gott!« rief John. Er hatte das Gefühl, man hätte ihm ein Schwert ins Gedärm gerammt.

Er krümmte sich vor Schmerz und rannte so zur Tür. Er war kaum draußen, da mußte er sich schon übergeben. Und damit brach aus ihm alles heraus, bis er erschöpft war. Er hielt sich am Türrahmen fest, doch bei den erneuten Krämpfen wurde er immer kraftloser.

Der Schmerz ließ nach, und John gelangte, halb taumelnd, halb kriechend, wieder zurück ins Haus. Ein bestialischer Gestank haftete an ihm, doch er konnte nicht noch einmal zum Fluß hinunter, um sich zu waschen. Er hüllte sich in seinen Umhang und legte sich vors Feuer. Ihm war klar, daß er einen Marsch zu den Hoberts nicht bewältigen konnte. Einhändig konnte er nicht mit dem Kanu paddeln. Er lag am wohlig warmen Feuer und schloß die Augen. Immer wenn er durch die krampfartigen Leibschmerzen geweckt wurde, blickte er zur Tür. Wenn Suckahanna nicht bald Essen und Wasser und heilsame Kräuter für seine Wunde brachte, würde er hier vor dem erlöschenden Feuer, mit nacktem Unterleib, von Krankheit gezeichnet, mit einer untauglichen, entzündeten Hand und nichts Eßbarem wahrscheinlich sterben, dachte John.

Sie kam nicht. Als es dunkel wurde, kroch er zur Tür und zog sie aus Angst vor den nachtaktiven Tieren zu. Wenn die Wölfe in dieser Nacht näher kämen, würde sich zwischen ihnen und ihm nur diese Tür befinden, die sie mit einem Sprung dagegen aufstoßen konnten. John hatte nicht die Kraft, sein Gewehr zu laden. Er merkte, wie er in seinem Umhang schwitzte, und dann spürte er etwas Feuchtes. Aus dem schrecklichen Gestank schloß er, daß sein Darm sich erneut entleert hatte. Er konnte nur noch in seinem eigenen Dreck liegen. Mal mußte er sich nachts übergeben, das Erbrochene verteilte sich in einer Lache um ihn herum, deren übler Geruch ihn erneut zum Speien zwang, doch diesmal brachte er nur grüne Galle hoch. Er hievte sich auf einen Ellbogen und legte mehr Holz nach. Dann schlief er.

Morgens schmerzte ihn alles, und er zitterte, als hätte er Schüttelfrost. In seiner Hand pochte es, und die Finger verfärbten sich. Der ganze Raum stank nach Jauche, und der Umhang klebte von seinen Exkrementen am Rücken fest. Er kroch zur Tür und machte sie auf, wobei er den Umhang abwarf. Seine Haut war wund und entzündet, und er konnte nur verschwommen sehen; durch die geöffnete Tür schimmerte goldenes und grünes Licht.

Auf der Schwelle stand ein schwarzes Tongefäß mit sauberem Wasser und daneben ein Topf mit warmer Maisgrütze. John hörte förmlich, wie sein gereizter Magen einen Laut der Dankbarkeit hervorstieß. Er nippte vorsichtig an dem Wasser. Sein Magen knurrte, doch die schrecklichen Schmerzkrämpfe waren weg. Unter großen Mühen setzte er sich auf die Türschwelle und führte den Topf mit der Grütze an seine Lippen. Sie war nicht so zubereitet, wie er sie kochte, in seinem dreckigen angebrannten Topf. Diese hier war locker und fein mit Kräutern abgeschmeckt, so gelb wie ein Pudding und mit etwas wie Safran gewürzt.

John aß diesmal langsam, und sein Frühstück zog sich so über den ganzen Vormittag hin. Eine Stunde später fühlte er keinen Schwindel mehr. Vorsichtig stemmte er sich am Türrahmen hoch und warf seinen stinkenden Umhang vor die Tür. Da entdeckte er, daß jemand vor dem Haus ein Stück Erde fein säuberlich umgegraben und vom Unkraut befreit hatte, genau von der Stelle an, wo seine Spitzhacke steckengeblieben war, bis hin vor die Haustür. John blickte auf das Beet und rieb sich die Augen, als sei alles nur ein Traum, ein Fiebertraum.

Nein, sie war nachts dagewesen und hatte die Erde so vorbereitet, daß er etwas aussäen konnte. Sie war gekommen und hatte gesehen, wie schlecht es ihm ging. Darum also hatte sie ihm diesmal nur dünne Grütze hingestellt.

»Suckahanna?« flüsterte er.

Immer noch keine Antwort, nur ein paar Vögel riefen etwas, und die Enten auf dem Fluß schnatterten.

John nahm seinen schmutzigen Mantel und humpelte zum Fluß hinunter, wo er ihn an seinem Waschplatz einweichen wollte. Er hockte sich über das kalte Wasser und versuchte, ihn zu säubern. Dann schleppte er sich wieder den kleinen Hang hinauf und schleifte den schweren nassen Umhang mit, wobei er unter seinen nackten Füßen jeden Stein spürte. Seine Hand war wund, sein Kopf dröhnte, sein Magen war gereizt. »Ich kann hier nicht überleben«, sagte John, als er nach mühevollem Marsch die Tür erreicht hatte. »Ich muß irgendwie flußabwärts zu Bertram, sonst werde ich hier sterben.«

Zumindest waren seine Hose und sein Hemd trocken und sauber. Er brauchte viel Zeit, um sich anzuziehen. Die Stiefel bekam er jedoch nur unter größter Anstrengung an. Er mußte sich langsam vorbeugen, damit ihm nicht schwindlig wurde. Das Gewehr nahm er gar nicht erst mit, da er es im Kanu weder laden noch die Lunte zünden konnte. Etwas anderes konnte er auch nicht tragen. Nur mit dem, was er auf dem Leib hatte, wankte er wieder wie ein Betrunkener den Hang hinunter bis zu der Stelle, wo sein Kanu am Ufer lag, sicher vor der Flut.

Einen Augenblick dachte er, daß er das Boot nie den kleinen Strand hinunter ins tiefe Wasser ziehen könnte, so schwach fühlte er sich. Er stieß es vorwärts, doch es ruckte nur ein paar Zentimeter nach vorn. Als das Kanu schließlich im Wasser schaukelte, konnte er sich kaum hineinziehen. Er fürchtete schon, daß es durch sein Gewicht auf Grund gelaufen war, doch als er mit seiner gesunden Hand das Paddel nahm, gelang es ihm, das Gewicht zu verlagern, und das Kanu glitt mitten in den Fluß ins Tiefe.

Es herrschte Ebbe, und der Fluß strömte Richtung Meer. John versuchte, das Kanu mit dem Paddel näher ans Ufer zu steuern, doch er bekam es mit einer Hand nicht unter Kontrolle. Er stieß das Paddel ins Wasser, und das Kanu drehte sich im Kreis. Er machte einen verzweifelten Stoß und richtete das Boot flußabwärts aus. Als es darauf in dem schnellen Strom hin und her pendelte, hielt er sich am Rand fest. Es rüttelte ihn mächtig durch, wie es auf dem schaumweißen Wasser schwankte. John blickte zum Ufer, das hinter ihm abzureißen schien. Alles kam ihm fremd vor, obwohl er und Bertram sich bestimmte landschaftliche Besonderheiten eingeprägt hatten, um sich orientieren zu können, wenn sie auf dem Fluß waren. Plötzlich meinte er eine hohe, einzeln stehende Kiefer wiederzuerkennen, deren Wurzeln tief ins Wasser reichten. So tauchte er wieder das Paddel ein und wollte das Kanu aufs Ufer zu lenken. Doch der Strom verschlang das Paddel, John wollte es noch packen, doch es war weg, und das Kanu drehte und drehte sich in der schwindelerregenden Strömung. So blieb ihm nur noch, sich ins Boot hineinzuducken und, auf dem feuchten Boden liegend, sich verloren treiben zu lassen.

John öffnete die Augen. Über ihm befand sich ein hohes, abgerundetes Dach aus verzweigtem Blattwerk, das man um Äste geschlungen hatte. Er lag auf einer Art Bettstatt aus Ästen und Matten. Als er den Kopf hob, erwartete er irgendwie das vertraute Gesicht von Bertram Hobert zu sehen oder das zurückhaltende Lächeln Sarahs. Doch es war niemand da.

Dieses Haus hatte kein gewöhnlicher Engländer gebaut, das zumindest war klar. Es war eine überdachte rechteckige Hütte, die mit geflochtenen Matten ausgelegt war, auf denen Rotwildfelle lagen. In der Mitte flackerte ein kleines Feuer, von dem Wärme und Licht und ein beißender Geruch ausgingen. An den Wänden hingen andere Tierfelle und ein halbfertiger geflochtener Korb und andere Körbe, in denen sich unterschiedliche Dinge befanden. Das einzige Licht von außen fiel durch ein Loch im Dach über der Feuerstelle und beschien die Felle, die vor dem Eingang hingen. John stellte die Füße auf den Boden und tat vorsichtig zwei Schritte, um hinauszugehen.

Da steckte ein Kind mit bräunlicher Haut den Kopf in die Hütte, sah, daß John aufgestanden war, und stieß, ohne sich zu bewegen, ohne auch nur die Augen von dem Fremden zu lassen, einen Schrei aus. John hörte rasche Tritte, und dann stand eine Frau hinter dem Kind. Sie hatte eine Hand auf dessen Schulter gelegt, und hinter ihr erschien eine zweite Frau, die Pfeil und Bogen zum Abschuß bereithielt.

John ließ sich wieder auf sein Lager nieder, hob die Hände und versuchte zu lächeln.

»Hallo«, sagte er und versuchte harmlos auszusehen.

Die beiden Frauen nickten daraufhin, sagten aber nichts. Er erinnerte sich daran, wie Suckahanna wochenlang geschwiegen hatte, und schlußfolgerte diesmal nicht, daß sie ihn nicht verstehen konnten, obwohl ihre Augen keine Regung zeigten.

»Danke, daß ihr mich hergebracht habt. Die Strömung war zu stark. Ich wollte zu meinem Freund – Bertram Hobert –, doch der Fluß hat mich fortgerissen.«

Wieder nickten sie, schwiegen aber.

»Ist Jamestown in der Nähe?« wollte John wissen.

»Jamestown? In der Nähe? Jamestown?«

Die Frau mit dem Pfeil lächelte kurz. »Nicht nah«, erwiderte sie in einem eigenartigen Waliser Dialekt.

»Ihr sprecht englisch!« rief John aus.

Weder nickte sie, noch lächelte sie, sie lockerte auch nicht die Spannung an ihrem Bogen.

»Ich bin ein friedfertiger Mensch«, erklärte John. »Ich wohne da auf meinem Land am Fluß. Dort verletzte ich mich. Wegen der Wunde wollte ich zu meinem Freund. Ich suche eine Indianermädchen, eine Indianerfrau. Suckahanna.«

Keine der beiden erwiderte etwas auf diesen Namen hin.

»Ich möchte sie zu meiner Frau machen«, sagte John.

»Wenn sie mich haben will. Ich bin nach Virginia zurückgekommen ...« Er verstummte. Es fiel ihm ein, daß sie vielleicht nicht wußten, wie die Weißen ihr Land nannten. »Ich bin hierher zurückgekommen, um mit ihr zusammen zu leben.«

»Suckahanna ist mit meinem Bruder verheiratet«, sagte die Frau mit dem Pfeil am Bogen in gutem Englisch. »Er hat sie begleitet, als sie dir die Speisen brachte. Wir hatten nicht erwartet, daß du alles auf einmal verschlingen würdest – wie ein Schwein die Eicheln.«

John wurde ganz verlegen. »Ich war dumm«, sagte er. »Und hungrig wie ein Wolf.« Bei dem Gedanken, daß sich diese Leute über seine Gier unterhielten und vielleicht gesehen hatten, wie er gewürgt und sich übergeben hatte, wollte er nur noch im Boden versinken, ja, er wünschte sich lieber in seine kleine Hütte zurück, wo er gegen den Tod gekämpft hatte, als bei diesen Frauen zu sein, die ihn mit unverhohlener Neugier betrachteten.

»Warum hat sich Suckahanna denn nicht zu erkennen gegeben?« Wieder blickte er auf den Pfeil. »Ich habe sie nicht entehrt«, sagte er rasch. »Ich wollte sie heiraten, weil ich dachte, sie sei noch frei.«

Die Frauen blickten nach wie vor mißtrauisch. In einem plötzlichen Anfall von Panik dachte John, daß sie ihn für irgendeine grausame Hinrichtung bisher verschont hätten. In Jamestown kursierten Geschichten über Männer, denen man bei lebendigem Leibe die Bäuche aufgeschlitzt und die Gedärme herausgeholt hatte. »Ich wollte ihr keinen Schaden zufügen«, sagte John. »Ich wollte niemandem von euch Schaden zufügen.«

»Dein Haus befindet sich in unserem Jagdrevier«, erwiderte nun die andere Frau. »Du hast die Vögel verschreckt, und das Rotwild nimmt nun andere Pfade im Wald, um von deinem Geruch fortzukommen.«

»Das tut mir leid«, sagte John. Er dachte an die Landkarte beim Gouverneur, und daß sich darauf viele freie Flächen ohne Namen befunden hatten. »Ich hatte angenommen, daß der Wald niemandem gehört und leer ist.«

Sie sahen ihn an, als hätte er etwas Unverständliches gesagt. »Leer?«

»Menschenleer«, berichtigte sich John. »Mir war klar, daß hier Tiere lebten. Aber ich hatte nicht daran gedacht, daß es euer Land ist.«

»Tiere besitzen kein Land«, sagte die Frau mit dem auf ihn gerichteten Pfeil langsam, als versuchte sie, die Argumentation eines Fremden zu begreifen.

»Nein«, stimmte ihr John zu.

»Aber du weißt, daß sie da sind, sie durchqueren den Wald.«

John mußte schlucken, sein Hals war ganz trocken, sein Kopf schmerzte heftig. »So sprechen wir weißen Leute wohl«, sagte er hilflos.

Die Frau mit dem Bogen nickte, zielte mit dem Pfeil immer noch auf seinen Bauch. »Eure Leute haben gesagt, daß sie nur vorübergehend nach kostbaren Metallen suchen und dann wieder fortgehen wollten«, sagte sie. »Jetzt erklärt ihr uns, daß das Land leer sei, und ihr baut eure Häuser auf den Fährten der Tiere, und ihr fällt die Bäume des Waldes und laßt keine neuen wachsen.«

»Das tut mir leid«, sagte John. »Wir wußten nicht, daß ihr hier lebt. Wenn ihr mir helft, nach Jamestown zu gelangen, könnte ich dem Gouverneur berichten …«

Er brach mitten im Satz ab. Auf einmal wandte sie den Pfeil von ihm weg, als hätte sie das Interesse an der ganzen Unterhaltung verloren. »Wir werden entscheiden, was mit dir geschieht, wenn die Männer heimkehren«, sagte sie kurz. »Warte solange hier.«

»Und Suckahanna? Ist sie hier?« John versuchte die Frage mit einer ruhigen, neutralen Stimme hervorzubringen, aber das Blut in seinen Schläfen hämmerte bei dem Gedanken an sie.

Sie blickten ihn gleichgültig an, drehten sich um und verschwanden.

Das Kind brachte einen Topf mit eiskaltem Wasser. John trank es ganz vorsichtig Schluck für Schluck. Er wartete. Das Kind, er konnte nicht einmal erkennen, ob es ein Junge oder ein Mädchen war, trug einen Schurz aus Wildleder und war sonst nackt. Es hockte im Eingang und betrachtete ihn mit ernsten dunklen Augen. John versuchte zu lächeln. Das Gesicht des Kindes blieb ernst. John lehnte sich gegen die Wand der Hütte und wartete.

Er konnte erkennen, daß sich in dem kleinen Ausschnitt der Öffnung die Schatten verlängerten, und dann hörte er in der Ferne ein paar Leute singen. Ihm war aufgefallen, daß das Kind die Stimmen schon vorher wahrgenommen hatte. John hob die Augenbrauen, als wollte er es fragen, was da vor sich ging. Es war so ernst wie ein Krieger, und wie ein mächtiger Krieger schüttelte es einfach nur den Kopf.

»Suckahanna?« flüsterte er.

Das Kind, das den Namen gehört hatte, nickte und machte mit der Hand eine einfache anmutige Geste hinaus, und da war sie, vom goldenen Abendlicht eingerahmt, größer, als er sich erinnerte, ihr Gesicht ein wenig ernster. Ihr Haar war nun gleichmäßig lang auf beiden Seiten, jedoch auf der rechten Seite aus dem Gesicht geflochten. Sie trug Wildlederleggins und ein kurzes Wildlederkleid, und ihre Arme und Wangen waren mit roten Spiralen bemalt.

»Suckahanna!« sagte er.

Sie stand vor ihm und schaute ihn von Kopf bis Fuß an, lächelte aber nicht, und dann trat sie ein wenig näher auf ihn zu und streckte ihm die Hand entgegen. John zögerte erst, wußte nicht, was er tun sollte, streckte dann aber auch die Hand aus.

Ihre Finger waren warm und trocken und umschlossen die seinen leicht. John verspürte auf diese Berührung hin eine tiefes Verlangen nach ihr. Mit den Augen glitt er über ihr Gesicht. Da sah er, er wollte es kaum glauben, wie sich langsam ein Lächeln von ihren Augen bis zu ihrem Mund stahl, bis ihr ganzes Gesicht schließlich davon ergriffen war und strahlte.

»John«, sagte sie mit freundlicher Stimme recht schwungvoll. »Willkommen bei meinem Stamm.«

Auf der Stelle stotterte er Erklärungen hervor. »Ich wollte kommen, ich wollte kommen, wie ich es gesagt hatte. Ich hatte nicht die Absicht, dich im Stich zu lassen. Doch als ich heimkehrte, war mein Vater gestorben, und meine kleinen Kinder brauchten eine Mutter …« Er verstummte, als er sah, daß sie den Kopf schüttelte und die Schulter hochzog.

»Ich weiß, daß du das vorhattest«, sagte sie. »Aber als die Zeit verstrich, mußten meine Mutter und ich zu unserem Stamm zurückkehren. Und dann war ich älter geworden und mußte heiraten.«

John hätte seine Hand weggezogen, wenn sie ihn nicht festgehalten hätte. »Das ist mein Sohn«, sagte sie mit einem Lächeln zu dem Kind am Eingang.

»Dein Sohn?«

»Der Sohn meines Mannes. Seine erste Frau starb, und nun bin ich seine Mutter, und ich habe selbst eine kleine Tochter.«

Tiefes Bedauern breitete sich in John aus, das schmerzhaft war. »Ich hätte nie gedacht …«

»Deine Hand ist verletzt? Und dir ist es schlecht ergangen?«

»An der Übelkeit war ich selbst schuld«, sagte John. »Ich hatte so lange nur Grütze im Magen, und da habe ich alle Eier auf einmal gegessen, die du mir geschickt hast – warst du es?«

Sie nickte.

»Die Hand hier habe ich mir am Kochtopf verbrannt, und die Wunde sieht schlimm aus.«

Sie nahm die Hand und neigte ihren Kopf darüber. John blickte auf ihre dunklen Haare und sog den vertrauten Geruch ihrer warmen Haut und des Bärenfettes ein. Er spürte, wie sein Verlangen nach ihr seinen ganzen Körper erfaßte. Ganz gleich, was es ihn kosten würde, er mußte sie in seinen Armen halten, nur einmal, ehe er starb.

Suckahanna schaute auf und erkannte sofort das Begehren in seinem Gesicht. Sie zuckte nicht zurück, wie es eine Engländerin getan hätte, näherte sich ihm aber auch nicht weiter. Sie stand einfach nur ruhig da und sah ihn gelassen an, sie las seine Begierde, seine Angst und seine Not.

»Ich glaube, wir können die Wunde heilen«, sagte sie sanft. »Komm.«

Draußen mußte John blinzeln. Er befand sich mitten auf dem zentralen Platz der Siedlung, um ihn herum standen hohe, längliche Hütten, aus Holz errichtet und mit Wänden aus ineinander verwobenem Schilf. Über jeder Hütte stieg eine kleine Rauchwolke in die Luft auf, und eine Schar Kinder spielte vor den Eingängen. Auf dem Platz saßen eine Handvoll Männer, ganz entspannt, sie unterhielten sich leise und vertraut, einer von ihnen zog eine Bogensehne fest, ein anderer spitzte Schilfrohre an, die als Pfeilspitzen dienen sollten. Als Suckahanna John vorbeiführte, schauten sie kurz hoch, aber sie riefen ihnen nichts zu, sie schienen seine Anwesenheit zu übergehen. Mit einem Blick nur erfaßten sie seine Gangart, die Abdrücke, die seine Stiefel hinterließen, seinen Geruch, das verfilzte, ungepflegte Haar und die kränkliche Blässe seiner Haut. Sie schätzten seine Fähigkeiten ein, zu kämpfen, zu rennen und sich zu verstecken. Sie spürten seine

Angst vor ihnen und daß er Suckahanna vertraute. Dann wandten sie sich wieder ihrer Arbeit zu und unterhielten sich so wie bisher.

Suckahanna führte ihn auf den kleinen Weg, der von etlichen Hütten gesäumt war. Am Ende befand sich eine riesige Feuerstelle. Mitten in der Glut standen ein Dutzend schwarze Kessel, und Spieße mit Wildbret lagen auf einem Gestell. John spürte, daß sein Magen sich vor Hunger anspannte, aber Suckahanna ging mit ihm weiter zu einer Hütte auf der anderen Seite des Feuers.

Als sie davorstand, rief sie etwas, vielleicht einen Namen, und dann öffnete sich ein Vorhang, und eine alte Frau blickte heraus.

»Suckahanna!«

»Musses.«

Die Frau redete rasch auf Suckahanna ein, und diese antwortete. Dann streckte sie die Hand aus, um sich Johns Verbrennung anzusehen.

Suckahanna machte ihm Zeichen, daß er sie ihr zeigen solle. »Sie ist weise, sie wird deine Wunde heilen.«

Zögernd öffnete John die Finger. Das rohe Fleisch hatte sich entzündet und roch und näßte nun. John betrachtete die Wunde ängstlich. In London hätte ihm der Wundarzt die Hand amputiert, damit sich die Blutvergiftung nicht weiter den Arm hinaufzog. Vor der Entzündung hatte er fast weniger Angst als vor diesen Wilden hier und deren Wundbehandlung.

Die Frau sagte etwas zu Suckahanna, und Suckahanna kicherte impulsiv, so wie damals als Mädchen im Wald. Sie drehte sich zu John um. »Sie sagt, du solltest deinen Darm entleeren, aber ich habe ihr erklärt, daß du das schon von selbst getan hast.«

Die Frau lachte, Suckahanna lächelte, doch John, der voller Furcht und Schmerzen war, brachte nur ein grimmiges Nicken zustande.

»Sie sagt, daß du deine Krankheit erst ausschwitzen mußt, ehe wir die Wunde heilen.«

»Ausschwitzen?«

»In einem ...«, Suckahanna kannte das englische Wort dafür nicht, »... kleinen Haus. In einem kleinen Erdhaus.«

Die Frau nickte.

Die beiden Frauen führten ihn zum Rand der Siedlung. Dort befand sich eine kleinere Rundhütte, deren Dach ebenerdig war. Aus einem Loch in der Mitte des Dachs stieg dicker Rauch auf.

»Es ist sehr heiß da drin«, erklärte Suckahanna.

John nickte, es wirkte wie die Hölle.

Suckahanna legte sanft eine Hand auf sein schmutziges Hemd. »Du mußt die Kleider ausziehen«, erklärte sie ihm. »Alle, und dann mußt du da reingehen, nackt.«

Instinktiv griff John nach dem Gürtel seiner Hose und mußte vor Schmerz aufschreien, so sehr tat ihm die Berührung weh. Zögernd streifte er das Hemd ab. Die Alte betrachtete interessiert seine blasse Haut, als sollte er geröstet werden. John warf einen ängstlichen Blick auf die Hütte.

»Suckahanna – will man mich umbringen?« fragte er. »Dann würde ich lieber in meinen Hosen sterben.«

Sie lachte nicht über seine Furcht. Sie schüttelte den Kopf. »Ich würde dich nicht in den Tod führen«, sagte sie schlicht. »Ich habe dich in den Wäldern einen Monat lang beschützt, nicht wahr? Und dann habe ich dir gesagt, daß ich dich liebe. Nichts hat sich daran geändert.«

Es war wie dieser Gefühlsrausch, als er sie getroffen hatte. Auf einmal vertraute er ihr ganz. Er öffnete die Schnüre seiner Hose und ließ sie auf den Boden fallen. Er schlüpfte aus den Stiefeln und zog die stinkenden Strümpfe ab. Da stand er nun nackt vor den beiden Frauen und spürte, wie sein Glied beim neugierigen, wachsamen

Blick der alten Frau und Suckahannas offensichtlichem Desinteresse schrumpfte.

»Geh da runter«, sagte sie und zeigte auf die Stufen, die in das dampferfüllte Dunkel führten. »Da steht eine Bank. Es wird heiß sein, du wirst schwitzen wie im Fieber. Wenn Musses dich ruft, komm raus. Aber nicht eher.«

John machte einen Schritt auf die Hütte zu und zögerte dann. Suckahannas vertraute feste Hand stieß ihn in den Rücken. »Geh weiter«, sagte sie beharrlich.

Der Raum war von einem beißenden Kräutergeruch erfüllt, und es herrschte eine enorme Hitze. Nun verstand er, warum man das Ganze so tief wie einen Keller angelegt hatte. Die Erde diente so als Ofen und bewahrte Wärme. In der Mitte befand sich eine kleine Feuerstelle mit roter Glut und einem Krug voll getrockneter Kräuter daneben. Es war genug Platz für eine kleine Bank aus Steinen, die beim Berühren so heiß waren, daß John sich nur ganz behutsam darauf niederlassen konnte.

»Schütte die Kräuter aus dem Krug aufs Feuer!« rief Suckahanna von draußen.

Nur widerstrebend streute John die Kräuter in die Flammen. Im Nu breiteten sich schwarze Rauchwolken aus, die einem förmlich die Luft aus den Lungen sogen, daß er zu husten anfing und nach Luft rang. Der Rauch warf ihn um, er mußte sich auf der Steinbank ausstrecken und spürte, wie er in einen Zustand des Träumens hinüberglitt. Er sah seine kleine Tochter Frances mit einem Pflanzenheber und einer Gießkanne im Garten von Lambeth, er sah den schönen Herzog von Buckingham, wie er den Kopf nach hinten warf und lachte, er sah Johnnie im Moment der Geburt, rot angelaufen, feucht und schreiend, er sah Jane, die ihm in ihrer Hochzeitsnacht durch das Kerzenlicht hindurch zulächelte. Er sah, wie sein Vater in einem Blumenbett starb, er sah die Rosamund-Rosen, die er zu Janes Trauergottesdienst in der

Kapelle ihres Vaters themseabwärts nach London geschickt hatte.

Von weit weg hörte er, wie jemand etwas in einer fremden Sprache rief. Er öffnete die Augen.

»Sie sagt, daß du rauskommen kannst!« hörte er in seiner Sprache. Aber es war weniger diese Anweisung als der Klang von Suckahannas Stimme, die ihn aus seinen Träumen riß und hinauf ins Helle treten ließ.

»Ah«, sagte die alte Frau freundlich, als er erschien. Sie nickte Suckahanna zu und warf einen Wildlederumhang um Johns Schultern, damit er in der Kühle des aufkommenden Abends nicht fror.

John suchte seine Kleider. Alles war fort, nur die Stiefel waren ihm geblieben. Suckahanna befand sich in einer Gruppe von Frauen, die seine Nacktheit mit fröhlicher Neugier betrachteten. Sie trat sogleich vor und hielt ihm ein Kleiderbündel hin. John erkannte darunter einen Lendenschurz – ein Stück Tuch, das er sich zwischen die Pobacken binden und dann an zwei Schnüren um die Taille wickeln mußte –, einen Wildlederrock und ein Wildlederhemd. Er schreckte zurück. »Wo sind meine Sachen?«

Suckahanna schüttelte resolut den Kopf. »Die haben gestunken«, sagte sie. »Und sie hatten Läuse und Flöhe. Wir sind ein sauberes Volk. In unseren Häusern darfst du so etwas nicht tragen.«

Er war beschämt und konnte nichts weiter sagen. Widerstandslos zog er die Schnüre des Lendentuches um die Taille fest und fühlte sich nun, wo er nicht mehr so nackt war, vor den leuchtenden schwarzen Augen besser. »Warum sind sie alle hier?«

»Um Kräuter für deine Wunde zu suchen«, erwiderte sie ruhig.

John blickte auf seine Handfläche. Sie war durch das Schwitzen sauberer geworden, um so mehr trat die Stelle mit dem faulenden Fleisch hervor.

Er zog sich das Hemd an und strich den Rock glatt. Er kam sich grotesk vor, schauten doch unter dem wunderbar bestickten Rock seine weißen Beine hervor, und dann kamen noch die schweren Stiefel dazu. Doch die Frauen lachten nicht. Sie setzten sich in Gang, die alte Frau bildete den Anfang und Suckahanna den Schluß. Sie drehte sich nach John um. »Folge uns«, sagte sie bloß.

Ihm fiel der unerträgliche stete Trab mit ihr ein, damals in den Wäldern. Die Frauen fielen in den gleichen unbarmherzigen Trott, der für ihn zu rasch war, wenn er ging, aber zu langsam, wenn er rannte. Und so ging und rannte er abwechselnd, spurtete außer Atem hinterher.

Die alte Frau lief voraus und hatte dabei die Pflanzen zu beiden Seiten des Pfades im Blick. Sie hielt plötzlich inne und zeigte ein Stück in den Wald hinein. Sie hatte die Pflanze entdeckt, die sie gesucht hatte, im Laufschritt, in der Dämmerung. Diese sah für John wie Leberkraut aus, ein Abkömmling jedenfalls, wie er ihn noch nie zuvor angetroffen hatte.

»Warte hier«, ordnete Suckahanna an und folgte den anderen Frauen, die auf die Pflanze zugingen. Sie ließen sich in einem Kreis darum nieder und schwiegen eine Weile, als seien sie in ein Gebet versunken. John spürte ein eigenartiges Prickeln auf seinem Nacken, als würde gerade etwas Kraftvolles und Mysteriöses stattfinden. Die Frauen streckten ihre Hände über die Pflanze, als prüften sie die Hitze über einem Kochtopf. Und dann machten sie schlängelnde Bewegungen mit den Händen aufeinander zu, über und um die Pflanze herum, in einem sich wiederholenden Rhythmus. Dabei summten sie leise, und schließlich drangen ihm die Worte eines Liedes ans Ohr, ganz sanft gesungen.

Die Dunkelheit unter den Bäumen nahm zu; John bemerkte, daß die Sonne untergegangen war und in den

Baumkronen ein ständiges Rauschen und Zwitschern herrschte, denn die Vögel ließen sich nun zur Nacht dort nieder. Auf dem Waldboden sangen die Frauen weiter, und dann lehnte sich die alte Frau nach vorn und pflückte einen Kräuterstengel, und die anderen Frauen taten es ihr nach.

John trat unruhig von einem Fuß auf den anderen. Irgendwann erhoben sich die Frauen und kamen auf ihn zu. Dabei kauten sie alle auf dem Kraut. John wartete ab, ob er es auch in den Mund nehmen sollte, aber sie bildeten einen Kreis um ihn und bewegten sich um ihn herum. Als erste hielt Suckahanna inne und bedeutete ihm, seine Hand auszustrecken. John öffnete die Finger; Suckahanna beugte sich mit ihrem Mund darüber und spuckte das gekaute Kraut auf seine Wunde. Als die Flüssigkeit mitten auf die entzündete Stelle traf, mußte John laut aufschreien. Er konnte die Hand nicht zurückziehen, weil sie ganz fest zugepackt hatte. Und auch die anderen Frauen drängten sich nun um ihn und spuckten so genau und scharf gezielt, daß die Kräuterflüssigkeit nicht nur die Wunde bedeckte, sondern auch tief in sie eindrang. Zuletzt trat die alte Frau heran und spie ihr Kraut mit großer Wucht aus. Nach seinem Aufschrei holte sie ein Lederband aus ihrem Schurz, breitete ein Blatt über die Wunde und band es fest.

John war es schwindlig von dem Schmerz. Auf dem Rückweg zur Indianersiedlung mußte Suckahanna ihn unter der Schulter stützen.

Es wurde dunkel. Die Frauen kehrten nun in ihre Hütten zu den Feuerstellen zurück. Die Männer saßen bereits da und warteten auf das Abendessen. Suckahanna grüßte mit erhobener Hand einen Mann, der ihr ernst entgegengeblickt hatte, als sie mit John daherkam. Wie ein Liebespaar schritten sie und John durch den Eingang, dann half sie ihm auf ein Lager.

»Schlaf«, sagte sie freundlich. »Morgen wird es dir besser gehen.«

»Ich will dich«, sagte John, dessen Geist von dem Schmerz, dem Rauch und seiner Begierde ganz benebelt war.

Sie lachte, es war ein leises, belustigtes Lachen. »Du bist krank. Schlaf jetzt. Ich werde morgen früh hier sein.«

Frühjahr 1643.
England

An einem kalten Frühlingstag nahm Alexander Norman ein Boot die Themse flußaufwärts, ging nördlich von Lambeth an Land und spazierte durch die Felder zur Arche. Frances, die gerade müßig aus ihrem Schlafzimmerfenster blickte, sah die hohe Gestalt auf das Haus zukommen und verschwand, um sich das Haar zu kämmen, ihr Kleid zurechtzurücken und die Schürze abzubinden. In wenigen Augenblicken war sie unten, öffnete ihm die Tür und wies die Dienstmagd an, Hester aus dem Hof zu holen und ihr mitzuteilen, daß ihr Verwandter, Mr. Norman, zu Besuch eingetroffen sei.

Er lächelte sie freundlich an. »Du siehst hübsch aus«, sagte er einfach. »Jedesmal, wenn ich dich sehe, bist du noch hübscher geworden. Wie alt bist du jetzt? Fünfzehn?«

Frances schlug die Augen nieder, so bescheiden, wie sie konnte, und wünschte sich, daß sie erröten könnte. Eine Sekunde lang dachte sie, sie könnte behaupten, fünfzehn zu sein, doch zum Glück erinnerte sie sich daran, daß ein Geburtstag auch ein Geschenk nach sich ziehen müßte. »In fünf Monaten werde ich fünfzehn«, sagte sie. »Am siebten Oktober.« Ohne aufzublicken, die Augen immer noch auf ihre Schuhe geheftet, konnte sie trotzdem erkennen, daß sich seine Hand auf die Klappe der tiefen Manteltasche zuschob.

»Die habe ich dir mitgebracht«, sagte er. »Ein paar kleine Geschenke vom Markt.«

Es waren aber weit mehr als nur Jahrmarktsgeschenke. Es handelte sich um drei große Knäuel Bänder aus dunkelroter Seide, durch die sich ein Goldfaden zog. Das würde ausreichen, um ein Kleid zu schmücken und noch Schleifen für Frances' Haar abzugeben. Trotz der Knappheit durch den Bürgerkrieg waren immer noch Kleider mit auffälligen geschlitzten Ärmeln und Borten Mode, und Frances benötigte nicht nur Bänder dringend, sondern hatte eine regelrechte Leidenschaft dafür entwickelt.

Ohne seine Augen von ihrem erregten Gesicht abzuwenden, sagte Alexander Norman: »Du liebst doch solch wunderschöne Dinge, nicht wahr, Frances?« Daraufhin warf sie ihm einen vollkommen unschuldigen Blick zu, weit entfernt von jeder Koketterie. Sie sagte: »Oh, aber natürlich! Wegen meines Großvaters! Mein ganzes Leben bin ich immer von wunderschönen Dingen umgeben gewesen.«

»Cousin Norman«, sagte Hester liebenswürdig, als sie aus der Küche den Flur betrat. »Was für eine Freude, Euch an einem so kalten Tag zu sehen. Seid Ihr auf dem Fluß gekommen?«

»Ja«, sagte er. Sie half ihm aus seinem Mantel und reichte ihn Frances, die ihn in die Küche zum Aufwärmen bringen und heißes Bier bestellen sollte. »In diesen Zeiten traue ich den Straßen nicht.«

Sie schüttelte den Kopf. »Lambeth ist ziemlich ruhig geworden, seit der Palast des Erzbischofs leer ist«, sagte sie. »All unsere Gehilfen und Burschen werden gedrillt, müssen ständig antreten und Befestigungen bauen. Sie sind völlig erschöpft und verspüren keine Lust, auf den Straßen herumzulungern und Unruhe zu stiften.«

Sie führte ihn ins Wohnzimmer der Familie. Johnnie saß vor einem kleinen Feuer und beschriftete fein säuberlich Pflanzenschilder. »Onkel Norman!« rief er und sprang von seinem Sitz auf. Alexander Norman begrüßte ihn mit einer heftigen Umarmung und fuhr wieder mit der Hand in die Tasche.

»Deiner Schwester habe ich Hunderte von Metern Seidenband geschenkt, würdest du dich über das gleiche freuen, um deinen Anzug zu verzieren?« fragte er.

»Nein, Sir, nicht, wenn Ihr nicht etwas anderes mithabt ..., ja, ich freue mich über alles, was Ihr mir mitbringt ...«

Alexander lachte. »Ich habe hier ein großartiges kleines Spielzeug, von einem der Waffenschmiede im Tower gemacht. Aber du mußt mir versprechen, nur verwelkte Rosen damit zu köpfen.«

Nun holte er aus der Tasche ein kleines Messer hervor, das man auf- und zuklappen konnte, so daß die scharfe Klinge geschützt war. »Erlauben Sie das, Mrs. Tradescant?« fragte Alexander. »Wenn er verspricht, auf seine Finger aufzupassen?«

Hester lächelte. »Ich hätte gern den Mut, nein zu sagen«, sagte sie. »Doch du kannst es haben, Johnnie, aber Cousin Norman muß dir zeigen, wie man es benutzt, damit du dir nicht weh tust.«

»Kann ich damit auch Holz schnitzen?«

»Fangen wir lieber mit etwas Einfacherem an. Geh und bitte in der Küche um ein großes Stück Seife. Holz kommt später dran.« Der Junge nickte, drückte sorgfältig den Korken auf sein Tintenfäßchen und stellte das Tablett mit den Schildern beiseite. Dann verließ er den Raum. Nun trug Frances das Bier für ihren Onkel auf, nahm dann ihre Handarbeit auf und setzte sich auf den Fensterplatz.

»Irgend etwas Neues?« fragte Hester.

Alexander Norman nickte. »Habt Ihr schon von Birmingham gehört?«

Hester deutete auf Frances. »Davon wollen wir jetzt nicht reden. Ich habe schon genug erfahren.«

Alexander schaute ernst drein. »Furchtbare Sachen. Prinz Rupert hat nun völlig die Kontrolle über seine plündernden Haufen verloren, wenn er auch siegt.«

Hester nickte. »Der König soll den ganzen Westen des Landes unter sich haben?«

»So ist es, die Flotte hat er verloren, aber er hält viele Häfen besetzt, genau Frankreich gegenüber. Folglich kann er eine französische Armee an Land bringen, wenn die Königin ihr Versprechen einhalten kann.«

»Und niemand marschiert auf London zu?« fragte Hester.

»Nicht daß ich wüßte, aber allein in diesem Monat gab es im ganzen Land viele Gefechte.«

»In der Nähe nichts?«

Alexander Norman lehnte sich nach vorn und legte seine Hand auf Hesters, deren Hände sich fest um seine klammerten. »Friede, meine Cousine«, erwiderte er leise. »Nichts in der Gegend hier. Ihr wißt, daß ich Euch warnen würde, sobald ich von einer Gefahr für Eure Arche erfahre. Ihr und Eure kostbaren Güter werden sicher durch den Sturm kommen.«

Er blickte zum Fensterplatz hinüber. »Frances, würdest du mir noch einen Becher Bier bringen?« bat er.

Sofort stand sie auf und lief zur Tür. »Und laß mich einen Moment mit deiner Stiefmutter allein«, sagte er ruhig. »Ich möchte etwas Persönliches mit ihr besprechen.«

Frances sah Hester fragend an, wollte wissen, ob sie Einwände machte. Nach Hesters kurzem Nicken hob Frances leicht die Augenbrauen, als gingen ihr irgendwelche unverfrorenen Vermutungen durch den Kopf. Sie verließ den Raum und zog die Tür hinter sich zu.

»Sie ist ein wenig aufsässig«, sagte Hester, als die Tür zu war. »Aber das liegt nur an ihrem Temperament, das nach Freiheit strebt.«

»Ich weiß«, stimmte ihr Alexander Norman zu. »Und ich möchte nicht, daß man ihr Zügel anlegt.«

Hester lächelte. »Man kann sie schwer zähmen«, sagte sie.

»Macht Ihr Euch Sorgen um ihre Sicherheit?«

»Ja. Ich mache mir um uns alle Sorgen, natürlich, und um das Kuriositätenkabinett. Aber am meisten um Frances. Sie ist in einem Alter, in dem sie ein wenig mehr Gesellschaft haben sollte, um Freundschaften zu schließen; statt dessen verbringt sie ihre Zeit hier, mit mir und ihrem Bruder eingepfercht. Die Pest geht auch in diesem Jahr überall um, also kann ich sie nicht zu ihren Großeltern nach London bringen – abgesehen davon, daß diese nicht so offen und gesellig sind, sie treffen niemanden.«

»Dann sollte sie an den Hof nach Oxford, wo der König jetzt weilt ...«

Hesters Gesicht spiegelte Entrüstung wider. »Ich würde sie eher in den Löwenzwinger im Tower werfen, als sie in solch eine Gesellschaft zu geben. Jetzt drängt sich alles in Oxford zusammen, und sie feiern tagein, tagaus ihre Siege mit wüsten Trinkgelagen.«

»Ich habe mich gefragt, ob Ihr mich in Betracht ziehen würdet ... ich meine, ob ich ihr und natürlich Euch nicht Zuflucht bieten sollte. Ob Ihr nicht die Arche bis zum Kriegsende schließt und bei mir im Tower-Bezirk von London lebt: dem sichersten Ort im ganzen Königreich.«

Als sie daraufhin nichts erwiderte, fügte er mit gedämpfter Stimme hinzu: »Ich denke an eine Heirat, Hester.« Sie erblaßte vor Schreck und rückte ein wenig ihren Stuhl von dem seinen ab.

»Habt Ihr das nicht erwartet? Obwohl ich Euch so häufig besucht habe?«

Verblüfft schüttelte sie den Kopf. »Ich glaubte, es wäre aus reiner Freundlichkeit für Mr. Tradescants Familie«, sagte sie leise. »Weil Ihr ein Freund der Familie seid, ein guter Verwandter.«

»Es war mehr.«

»Ich bin eine verheiratete Frau«, erwiderte sie bestimmt. »Ich betrachte mich nicht als verlassen oder verwitwet. Ehe ich nicht von John erfahre, daß er nie wieder nach Hause kommt, betrachte ich mich als seine Frau.«

Alexander antwortete nicht, sein Gesicht blieb sehr ernst.

»Niemals würde er uns aufgeben«, sagte sie noch einmal, etwas weniger sicher als zuvor. »Nicht wahr?«

Ehe er etwas darauf erwidern konnte, erhob sie sich und ging mit leichten, entschlossenen Schritten zum Fenster hinüber. »Und wenn Ihr meint, daß er dort drüben sterben und nie wiederkehren wird, so muß ich Euch mitteilen, daß ich es dann immer noch für meine Pflicht halten würde, hierzubleiben und das Haus und den Garten für Johnnie zu versorgen, bis er erwachsen ist. Ich habe Johns Vater versprochen, daß ich das Anwesen und die Kinder beschützen werde.«

»Ihr habt mich mißverstanden«, brach es nun aus ihm heraus. »Es tut mir leid. Ich habe nicht um Euch angehalten.«

Abrupt drehte sie sich um. Da das Licht vom Fenster nun hinter ihr war, konnte er nicht genau ihr Gesicht erkennen. »Was?«

»Ich habe an Frances gedacht.«

»Ihr habt um Frances' Hand angehalten?«

Ihre ungläubige Stimme ließ ihn zusammenzucken. Stumm nickte er.

»Aber Ihr seid schon fünfundfünzig!«

»Ich bin dreiundfünfzig.«

»Und sie ist ein Kind.«

»Sie ist eine junge Frau, und sie ist reif für die Ehe, und es herrschen gefährliche Zeiten.«

Hester war verstummt, dann wandte sie sich von ihm ab. Er sah, wie sie die Schultern hochzog, als wolle sie sich vor einer Beleidigung schützen. »Ich bitte Euch um Verzeihung. Ihr müßt glauben, ich sei eine Närrin.«

Er ging rasch drei Schritte auf sie zu, drehte sie um und

hielt sie an den Armen fest, damit er ihr ins Gesicht schauen konnte. »Seit langem seid Ihr für mich eine der mutigsten und reizendsten Frauen, die mir je begegnet sind. John wird zu Euch zurückkehren, und ich weiß, Ihr habt ihn von Eurer Hochzeit an geliebt. Für mich seid Ihr, und werdet es immer sein, eine gute, liebe Freundin.«

Hester blickte verwirrt zur Seite, sie schämte sich ganz jämmerlich. »Ich danke Euch«, flüsterte sie. »Bitte laßt mich los.«

»Es ist meiner eigenen Schüchternheit und Dummheit zuzuschreiben, daß Ihr meine Worte mißverstanden habt«, sagte er entschlossen. »Bitte, seid nicht zornig, weder auf mich noch auf Euch.«

Sie machte sich von ihm frei. »Ich weiß, daß ich eine Närrin war!« rief sie. »Einen Heiratsantrag abzulehnen, der gar nicht mir galt! Und Ihr seid auch ein Narr!« Auf einmal hatte sie sich wieder im Griff. »Zu meinen, Ihr könntet ein Mädchen heiraten, das gerade aus den Kinderschuhen herausgewachsen ist.«

Er lief zur Tür. »Ich gehe ein wenig im Garten spazieren«, sagte er. »Und später können wir unser Gespräch fortsetzen.«

Ohne ein weiteres Wort ging er hinaus. Hester blickte aus dem Fenster und sah, wie er über die Terrasse zur Südseite des Hauses ging und die Stufen zum Garten hinunterschritt.

Der Garten zeigte seine Blütenpracht so vollkommen, wie es Mitte Mai nur ging. In dem von Mauern umgebenen Obstgarten sah er den Himmel vor lauter herrlich dicken rosafarbenen und weißen Blüten nicht. Auf den langen Gängen im Blumengarten leuchteten die Narzissen und Tulpen und bildeten ein Meer aus Rot und Gold und Weiß. Die Kastanienallee übertraf sich selbst an Schönheit. Die Blüten öffneten sich gerade zu dicken weißen Kerzen, die mit zarten rosafarbenen Tupfern überzogen waren. An den Mauern zur Rechten standen spalierte Feigenbäume, Pfirsich- und Kirschbäume, die sich bereits unter der Last ihrer Blüten bogen. Auf die Blumenbeete darunter regneten ihre Blütenblätter herab und legten einen Teppich darüber.

Da öffnete sich die Tür hinter Hester, Frances trat mit dem gewünschten zweiten Becher ein. »Ist Onkel Norman fort?«

»Du kannst ja selbst sehen, daß er fort ist«, erwiderte Hester schnippisch.

Frances stellte den Becher, ohne einen Tropfen zu verschütten, hin und drehte sich um und sah in das aufgebrachte Gesicht ihrer Stiefmutter.

»Was hat er getan, daß du so außer dir bist?« fragte sie ruhig.

»Er hat etwas Lächerliches gesagt, und ich habe etwas Lächerliches gedacht und komme mir nun ... komme mir ...«

»Lächerlich vor?« schlug Frances vor und erhielt darauf einen verärgerten Blick.

Hester wandte sich von ihr ab und schaute wieder aus dem Fenster. In der dicken Fensterscheibe konnte sie gleichzeitig ihr Gesicht und Alexander Norman erkennen, der durch den Garten schritt. Sie wirkte düster und verbittert wie eine Frau, die unter der Last allzu vieler Sorgen litt und immer noch gegen sie ankämpfte.

»Was hat er denn so Lächerliches gesagt?« fragte Frances freundlich. Sie stellte sich neben ihre Stiefmutter und legte einen Arm um deren Taille. Hester sah diese sanfte Schönheit neben ihrem eigenen, von Sorgen gezeichneten Gesicht und fühlte Neid in sich aufkommen, da ihre Schönheit schon verblichen war. Zugleich aber kam auch ein Funken Freude in ihr auf, weil sie dieses einsame, scheue kleine Geschöpf zu jenem selten schönen Wesen herangezogen hatte.

»Er sagte, daß du nun eine erwachsene Frau bist«, erklärte Hester. Sie spürte Frances an ihrer Seite. Das Mädchen war kein Mädchen mehr, ihre Brüste wuchsen langsam, die schmale Taille konnte von den Händen eines Mannes umschlossen werden, ihre langen staksigen Beine waren nun wohlgeformt, sie war, wie Alexander Norman es ihrer Stiefmutter gegenüber ausgedrückt hatte, eine junge Frau.

»Nun, das bin ich wohl inzwischen«, sagte Frances, als wolle sie das Offensichtliche nur bestätigen.

»Er meinte, du solltest verheiratet werden«, sagte Hester.

»Das werde ich wohl auch, schätze ich.«

»Er dachte, es wäre besser früher als später«, sagte Hester. »Weil wir in so gefährlichen Zeiten leben. Du solltest einen Ehemann haben, der dich beschützt, meint er.« Sie hatte gedacht, daß sich Frances mit einem unbekümmerten Lachen von ihr losgemacht hätte. Doch das Mädchen legte seinen Kopf auf die Schulter der Stiefmutter und sagte nachdenklich: »Weißt du, ich glaube, mir würde das gefallen.«

Hester richtete sich ganz auf, um Frances anzuschauen. »Mir kommst du immer noch wie ein kleines Mädchen vor.«

»Aber ich bin erwachsen«, unterstrich Frances. »Und wenn ich nach Lambeth gehe, dann rufen mir die Männer hinterher. Wenn Vater zu Hause wäre, dann wäre es anders, aber er ist nicht da, und er wird auch nicht heimkommen, oder?«

Hester schüttelte den Kopf. »Ich habe keine Nachricht von ihm.«

»Wenn er also nicht heimkehrt und der Krieg andauert, und wenn alles so unsicher ist …«

»Ja?« wollte Hester wissen.

»Wenn unser Leben hier nicht einfacher wird, dann

hätte ich gern einen Ehemann, der sich um mich kümmert und um dich und Johnnie. Ich glaube, wir brauchen in diesem Haus einen Mann.«

Alexander Norman schritt eine Stunde durch die Gärten, ehe er zum Abendessen wieder das Haus betrat. Hester deckte gerade den Tisch, Frances half ihr dabei. Johnnie führte unterdessen einen Besucher durch den Raritätensaal.

»Ich glaube, ich habe ein gutes Geschäft für Euch getätigt«, sagte er ungezwungen, als er hereinkam. Hester hatte bei seinem Eintreten aufgeschaut und war nun erleichtert, als sie sein vertrautes, beruhigendes Lächeln sah. »Ein junger Mann aus Kent hat sich nach Obstbäumen erkundigt. Ich habe ihm Johns Pflaumenbäume wärmstens empfohlen und ihn auch mit dem Gärtner zusammengebracht. Ich ließ ihn dort zurück, als er einen Auftrag für zwanzig Bäume aufschrieb, die er in Gold zahlen wollte.«

Frances klatschte vergnügt in die Hände. »Ausgezeichnet, Onkel Norman! Jetzt müssen wir Euch nur noch beibringen, wie man Unkraut jätet, und dann könnt Ihr jeden Tag herkommen und für uns arbeiten.«

»Zwanzig Bäume sind ein sehr gutes Geschäft«, bestätigte Hester. »Besonders heutzutage, wo niemand mehr an die Gestaltung von Gärten denkt. Habt Ihr ihm mitgeteilt, daß er sich selbst um den Transport kümmern muß?«

»Ja. Ich weiß, daß Ihr keine Lieferungen macht.«

»Selbst wenn wir auch nur einen Angestellten dafür hätten, würde ich ihn dennoch nicht losschicken. Ich kann es nicht riskieren, mein Pferd und das Fuhrwerk auf den unsicheren Straßen zu verlieren.« Hester wandte sich nun an Frances. »Hol Johnnie, und teile der Köchin mit, daß sie das Abendessen servieren kann.«

Frances nickte und verließ den Raum.

Alexander streckte seine Hand aus. »Verzeiht Ihr mir meine Dummheit?«

Hester nahm seine Hand. »Und Ihr müßt mir verzeihen. Welch peinlicher Irrtum meinerseits. Hätte ich mehr Erfahrung, so hätte ich gewußt, wie ein Mann gewöhnlich um die Hand einer Frau anhält.«

Er lächelte sie an, ließ ihre Hand einen Moment lang in der seinen. »Und wie steht es mit Frances' Zukunft?«

Hester schüttelte den Kopf und zog ihre Hand zurück. »Sie ist noch zu jung«, sagte sie unbeugsam. »Fragt in ein, zwei Jahren noch einmal. Wenn es nach mir ginge, sähe ich lieber einen jungen Mann mit einem eigenen Häuschen an ihrer Seite, wo sie ihr eigenes Leben beginnen könnte.«

Er nickte. »Ich verstehe. Aber heute ist eine Entscheidung für einen jungen Mann durchaus nicht mit einer sicheren Zukunft verbunden. Ob er nun ein Royalist ist oder für das Parlament, man wird ihn auf jeden Fall zu seinem Herrn rufen, dem er dienen soll, und es gibt in diesem Königreich keine kleinen Häuschen mehr, in denen junge Leute in Frieden leben können.«

»Wenn der Krieg zu Ende ist ...«

»Wenn der Bürgerkrieg vorbei ist, werden wir wissen, ob sie sich nach einem Gatten im Parlament oder bei Hofe umsehen sollte. Aber was wird sein, wenn er sich noch über Jahre hinzieht? Ich sage Euch, liebe Cousine, im Tower sind die Arsenale dem Parlamentsheer vorbehalten, aber es gibt solche auch für die Royalisten, genug, daß dieser Krieg noch gut zwanzig Jahre andauern könnte. Die Parlamentarier werden sich wohl nicht ergeben – das käme der Besiegelung ihres eigenen Todesurteils wegen Hochverrats gleich –, und der König hat es nicht darauf abgesehen, mit ihnen eine Einigung zu erzielen.«

Hester nickte. Sie sah ganz sorgenvoll aus. »Wenn sich irgendeine Gefahr abzeichnet, werde ich sie zu Euch schicken«, versprach sie.

Alexander machte eine kleine Verneigung. »Ich opfere

mein Leben für sie«, sagte er schlicht. »Und ich liebe sie so sehr, daß ich ihre Bedürfnisse über die meinen stellen würde. Wenn es Frieden gibt und sie sich in einen Mann ihres Alters verlieben sollte, der sie beschützt, so würde ich ihr nicht im Weg stehen und Euch auch nicht mehr an dieses Gespräch erinnern.«

Ein paar Tage nach Alexander Normans Besuch schaute Hester zufällig aus dem Fenster, als ein Fremder um die Hausecke bog und sich auf die Küchentür zu bewegte. Sie stand vom Herd auf, nahm ihre grobe Leinenschürze ab und wollte sehen, was er wünschte.

Der Mann stand auf der Türschwelle und fragte: »Mrs. John Tradescant?«

Hesters Nackenhaare sträubten sich leicht. »Ja«, sagte sie ruhig. »Und wer seid Ihr?«

Er schlüpfte durch den Türrahmen und stand in der Küche. »Schließt die Tür«, flüsterte er.

Hester regte sich nicht auf seine Anweisung hin. »Einer meiner Angestellten ist ein kräftiger Mann, und er ist in Rufweite«, sagte sie. »Und die halbe Nachbarschaft würde hergelaufen kommen, wenn ich schreie. Sagt mir lieber, in welcher Sache Ihr hier seid, und zwar rasch.«

»Nun, es ist ein Auftrag des Königs.«

Hester spürte, wie sich vor Entsetzen ihr Magen zusammenkrampfte. Langsam zog sie die Tür zu. »Kommt rein«, sagte sie und führte den Besucher in den Raritätensaal.

»Kann man uns belauschen?« fragte er und blickte sich um, wobei er kein Auge für die Flaggen, die herunterbaumelnden Vogelskelette, den Walschädel und die polierten Glasvitrinen voller exotischer Objekte hatte.

»Nur wenn ich schreie«, sagte Hester mit bitterem Humor. »Also, worum geht es?«

Der Mann steckte eine Hand in seine Jacke und zeigte ihr ein goldenes Schmuckstück. »Erkennt Ihr ihn?«

Es handelte sich um einen der Lieblingsringe des Königs. Hester hatte ihn viele Male an seinem Finger gesehen. »Ja.«

»Ich komme auf Befehl einer Dame – deren Name nichts zur Sache tut –, mit der der königliche Befehl zum militärischen Aufgebot nach London gelangt ist. Ihr wißt, was das bedeutet?«

»Ich habe nicht die geringste Ahnung«, sagte Hester wenig entgegenkommend.

»Es handelt sich um einen Aufruf. Einen Aufruf, der königlichen Standarte zu folgen. Wenn unsere Armee an den Stadttoren ist, wird er laut in Whitehall verlesen werden. Ihr übernehmt dabei eine bestimmte Rolle. Euer Gatte hat den Befehl, die Autorität des Königs in Lambeth auszurufen und, sobald er die Anweisung erhält, alle königstreuen Männer für Seine Majestät zusammenzuführen.«

»Welche Dame überbringt den Befehl?« fragte Hester leise.

»Ich sagte, daß ihr Name nichts zur Sache tut.«

»Wenn sie mich bittet, mein Leben zu riskieren, kann ich wohl auf ihren Namen bestehen«, sagte Hester beharrlich.

Er legte seinen Mund an ihr Ohr. Hester roch den vertrauten Duft des Sandelholzes, den die jungen Männer bei Hofe als Pomade verwendeten. »Lady d'Aubigny«, flüsterte er. »Eine große Dame und die Witwe eines Helden. Ihr Lord fiel in der ersten Schlacht zwischen König und Parlament bei Edgehill im Oktober 1642, und sie ist von König Charles damit betraut worden, alle Royalisten Londons aufzurufen, mit ihm zu kämpfen. Und sie vertraut Euch.«

Hester war sehr erleichtert, daß John in weiter Ferne war. »Tut mir leid«, sagte sie geschwind. »Mein Mann befindet sich in Virginia, sammelt Pflanzen und Kuriositäten und legt eine eigene Plantage an.«

»Wann ist er zurück?«

Sie zuckte die Schultern. »Das weiß ich nicht.«

Auf der Stelle wich das beflissene konspirative Gehabe des Mannes. Er fluchte und trat eilig zwei Schritt von ihr zurück. »So, was können wir dann tun?« wollte er wissen. »Mr. Tradescant sollte Lambeth und das Ufer sichern. Wir haben mit ihm gerechnet.«

»Ihr habt mit ihm gerechnet? Er sollte hier die Sicherheit des Königs gewährleisten, und Ihr habt nicht daran gedacht, daß er nicht anwesend sein könnte?« fragte Hester ungläubig. »Was wäre, wenn er krank oder ein Opfer der Pest gewesen wäre oder sogar die Seiten gewechselt hätte?«

Der Mann warf ihr rasch einen zornigen Blick zu. »Der Krieg ist ein Spiel«, erwiderte er hochtrabend. »Manchmal zahlt sich das Spiel aus, manchmal nicht. Ich hatte darauf gesetzt, daß er hier sein würde, bei guter Gesundheit und in unverbrüchlicher Treue seinem Herrn ergeben.«

Hester schüttelte den Kopf »Seine Treue bricht er nicht. Aber er kann Euch nichts nützen.«

»Und sein Sohn?«

»Johnnie ist noch nicht einmal zehn.«

»Wie steht es mit Euch? Sicher habt Ihr unter den hiesigen Nachbarn einen gewissen Einfluß? Euer Haus könnte als Sammelpunkt dienen. Ich könnte Euch einen Offizier schicken, der die Männer zusammentreibt, oder Euer Vater … Ihr habt doch einen Vater?«

Hester schüttelte den Kopf. »Keinen Vater, keinen Einfluß. Ich bin neu in dieser Gegend«, sagte sie. »Ich bin Mr. Tradescants zweite Frau. Wir sind erst seit vier Jahren verheiratet. Freunde habe ich hier auch nicht und keine Familie.«

»Aber jemand muß es doch tun!« schoß es aus ihm heraus. »Jemand muß doch das Themseufer und Lambeth absichern!«

Wieder schüttelte Hester verneinend den Kopf und ging zur Vordertür voran. Der royalistische Verschwörer trottete unglücklich hinter ihr her.

»Wie wäre es mit jemandem vom Palast des Bischofs? Wie steht es mit dem hiesigen Pfarrer?«

»Der Erzbischof befindet sich seit 1641 im Tower wegen seiner Gottesdienste für den König, wie Ihr vielleicht wißt. Und seine Diener sind schon seit langem auf und davon.« Hester öffnete die Vordertür. »Und der Pfarrer von hier ist ein Independent, und er war einer der ersten, der gegen die Reformen von Erzbischof Laud protestiert hat.«

Der Mann stand unschlüssig da, aber Hester schob ihn resolut aus dem Haus. »Ich werde mich bei Euch melden, wenn ich auf dieser Seite des Flusses ein sicheres Haus benötige«, versprach er. »Habt Ihr Pferde oder Stallungen, wo wir einen kleinen Trupp Pferde heimlich unterbringen können?«

»Nein«, sagte Hester.

Der Mann zögerte und sah sie scharf an. Hester verspürte plötzlich Angst, daß sie ihn unterschätzt und für einen Dummkopf gehalten hatte. Sein glitzernder taxierender Blick besagte etwas anderes. »Ich gehe davon aus, daß Ihr für den König seid, Mrs. Tradescant«, sagte er, und seine Stimme klang drohend. »Wenn er nach London kommt, wird er von seinen treuen Gefolgsmännern Unterstützung erwarten. Ihr werdet ihm dieses Haus zur Verfügung stellen müssen.«

»Ich kenne mich in diesen Dingen nicht aus«, entgegnete Hester mit dünner Stimme. »Solange mein Mann fort ist, führe ich in diesem Haus und in der Gärtnerei die Geschäfte …«

»In diesem Land gibt es Hunderte von Frauen und Witwen so wie Euch«, sagte der Mann barsch, »und sie haben nicht vergessen, wem sie verpflichtet sind. Seid Ihr für den König oder nicht?«

»Für den König«, sagte Hester rasch ohne jeden Enthusiasmus.

»Dann wird Seine Majestät Eure Dienste in Anspruch nehmen«, sagte er. »Darauf könnt Ihr Euch verlassen.«

Er nickte ihr zu, drehte sich auf dem Absatz um und ging über die kleine Zugbrücke zur Straße nach Lambeth. Hester sah ihm nach, sein Mantel wehte nach hinten, die Federn auf seinem Hut wippten hin und her, ein Edelmann war er, durch und durch, auch ein Kavalier, dann schloß sie die Tür, als könnte sie den Besuch des Mannes und ihre Furcht aussperren.

Einen Augenblick lang dachte sie nach und ging ins Wohnzimmer, um einen Brief an Alexander Norman zu verfassen.

Es könnte sein, daß ich Eure Hilfe benötige. Bitte teilt mir mit, ob in Eurer Nachbarschaft die Pest aufgetreten ist oder nicht. Es könnte sein, daß ich ein paar Tage bei Euch übernachten muß.

Sie versiegelte die Botschaft und ging in die Küche. Der Gärtner Joseph war da und aß sein Mittagsbrot.

»Könnt Ihr das zu meinem Verwandten Mr. Alexander Norman in der Nähe vom Aldgate-Tor bringen?« fragte Hester ihn unvermittelt.

Der Mann wischte sich den Mund mit seinem Handrücken ab. »Heute nachmittag wollte ich die Blätter der frühen Tulpen zurückschneiden«, sagte er.

Hester zögerte. In der Arche gab es ein paar Dinge, die noch kostbarer als die Tulpen waren. »Wie dem auch sei«, sagte sie. »Ich halte das hier für wichtiger. Übergebt es nur Mr. Norman persönlich, und wartet auf Antwort.«

Als es draußen langsam dunkelte, kehrte Joseph mit einer Botschaft zurück. Hester saß auf der Terrasse vor dem

Haus, genoß den Sonnenuntergang und die langsam hereinbrechende Dämmerung. Der Garten vor ihr war im Zwielicht wie ein verzauberter Ort. Die Kirschblüte lag wie ein Nebelschleier auf den Baumkronen im hinteren Obstgarten, die farbenprächtigen Tulpen waren zum Abend hin blasser geworden und leuchteten auf den Beeten wie weiße Becher. Hester dachte an John Tradescant, den alten Mann, dem sie begegnet war, der seine Enkel ihrer Obhut anvertraut hatte, und sie dachte, daß dieser Garten als sein Denkmal existierte, so wie das reichverzierte Steingrab auf dem Friedhof.

»Ihr Mr. Norman hat mir die Antwort nicht aufgeschrieben, sondern sie mir mündlich mitgeteilt.« Joseph schreckte seine Herrin regelrecht auf, als er plötzlich vor ihr auf dem Weg auftauchte.

Hester legte eine Hand auf ihr Herz. »Ihr habt mich erschreckt! Kommt wie ein Geist aus dem Dunkel der Dämmerung!«

»Er sagte: ›Keine Pest. Die Zimmer sind bereit. Jederzeit.‹«

Hester lächelte über die finster wirkende Art, in der der Gärtner die Nachricht übermittelte. »War das alles?«

»Ganz und gar«, erwiderte er.

»Vielen Dank«, sagte Hester. »Johnnie, Frances und ich werden Euch morgen bei den Tulpen helfen.«

Er machte kehrt und ging um die Hinterseite des Hauses herum zur Pumpe und zur Küchentür. Hester saß wieder allein da und beobachtete, wie das letzte Licht von den Blättern der Baumkronen und den nickenden Blumen schwand. Als es kälter wurde, erhob sie sich und lief zur Tür. »John«, sagte sie leise. »Ich wünschte, du würdest heimkommen.«

Sommer 1643.
Virginia

Das Leben nach Johns Ankunft in dem Indianerdorf wurde bald von alltäglicher Routine bestimmt, wie er sie von England her kannte. Am Morgen weckte ihn Suckahannas Junge, der ihm in einer der glatten schwarzen Schalen warmes Wasser zum Waschen brachte. Trat er dann vor die Hütte, sah er im Licht der kühlen Morgendämmerung, wie die Indianer nacheinander zum Fluß eilten, um dort ihr Morgengebet zu verrichten.

Kehrten sie von dort zurück, hielt John unter ihnen nach Suckahanna Ausschau, die mit strahlendem Gesicht neben ihrem Mann und dessen Sohn lief und ihr Baby auf den Rücken gebunden hatte. Ehe der Junge etwas zu essen bekam, mußte er sich in der Schießkunst üben. Suckahanna klaubte dazu ein wenig Moos von einem Baum und warf es vor ihm in die Luft. Erst wenn sein kleiner Pfeil das herabfallende Moos durchbohrt hatte, durfte der Junge sein Frühstück einnehmen. Manchmal war Suckahanna früh mit ihm unter den Bäumen, und er mußte drei, vier oder fünf Versuche machen, ehe John hörte, wie sie den Jungen lobte und ihm über die dunklen Haare strich.

»Als er ganz klein war, hatte er keine Mutter«, erklärte sie John. »Er muß viel lernen.«

»Warum hat ihm sein Vater nichts beigebracht?« wollte John wissen. Sie warf den Kopf zurück und lachte. »Ein Kind in diese Welt einzuführen, das ist Frauensache«, sagte sie schlicht. »Das kann kein Mann.«

Als die Sonne immer höher stieg und die Luft erwärmte, versammelten sich alle zu einem Frühstück aus

Früchten oder Nüssen oder einer Schleimsuppe aus Maismehl und Beeren. Zu dieser Jahreszeit war man sparsam mit den Nahrungsmitteln, aber niemand im Dorf mußte Hunger leiden. Man hatte in all den Monaten, in denen es reichlich Früchte gab, die Vorratskammern genügend aufgestockt. Außerdem hatte man zusätzlich einen geräumigen Getreidespeicher mit großen Schalen von getrockneten Hülsenfrüchten, riesigen Maschensäcken mit getrocknetem Mais und mannshohen Fässern mit Nüssen gefüllt. John fragte sich, warum man dieses Vorratslager unangetastet ließ, doch niemand wollte es ihm verraten.

Später spannten die Männer die Bögen nach, ölten sich die Körper ein, banden sich das Haar zurück, malten sich die Gesichter an und gingen zusammen auf Jagd. Die Männer unterhielten sich nicht mit ihm, er wußte nicht einmal, ob sie Englisch verstanden. Die Frauen verstanden alles, was er sagte, aber ihre Antworten fielen immer knapp aus. Es war ganz unvermeidlich – John lernte den Rhythmus ihrer Sprache kennen, Powhatan, er lernte ein paar einzelne Wörter und Namen. Er beobachtete die Männer und wußte, daß sie ihre nächste Jagd besprachen. Suckahannas Mann befand sich mitten unter ihnen. Man schätzte ihn als guten Jäger und begegnete ihm mit großem Respekt. Er allein entschied über den Verlauf jeder Jagd. Selbst sein Name spiegelte sein Können wider. Er hieß Attone – der Pfeil.

Als sich die Männer daranmachten, das Dorf zu verlassen, griffen die Frauen die Kinder und ihre Feldarbeitsgeräte und liefen zu den Feldern. Während John noch geschwächt war und unter Suckahannas besonderem Schutz stand, begleitete er sie und sah den Frauen beim Pflanzen zu. Das Getreide wuchs auf einem Feld, das nur recht oberflächlich durch Brandrodung gesäubert und von Strauchwerk frei gemacht worden war. Die Baumstümpfe hatte man in der Erde gelassen, ja die größten Bäume hatte man nicht angetastet und um sie herum gepflanzt. Der Feldrand glich einem ausgefransten Stück Stoff, dort war das Feuer nicht mehr zum Zuge gekommen. Diese Nachlässigkeiten widersprachen Johns Vorstellung von einem richtigen Feld, das man rechteckig im Gelände anlegte, mit klaren Begrenzungen, die von Hecken und Gräben gebildet wurden.

»Ihr könntet doch die Männer bitten, beim Ausgraben der Stubben zu helfen«, schlug er Suckahanna vor. »Es ist kein großer Aufwand, sie richtig zu roden, und das Getreide könntet ihr in geraden Reihen anbauen.«

»Wir möchten, daß die Bäume wieder wachsen«, sagte sie. »Dieses Feld brauchen wir nicht länger als ein Jahr.«

»Aber wenn ihr es richtig säubert, dann könntet ihr es Jahr für Jahr aufs neue benutzen«, sagte John beharrlich. »Dann müßtet ihr nicht weiterziehen.«

Ganz entschieden schüttelte sie den Kopf. »Die Erde ermüdet, wenn sie so ausgebeutet wird«, sagte sie. »Wenn du drei Jahre hintereinander Mais an der gleichen Stelle anbaust, erntest du im dritten Jahr fast gar nichts.«

»Die Weißen legen auch solche Felder an und benutzen sie erneut«, bemerkte John.

»Das haben die Weißen einst gemacht«, berichtigte sie ihn. »Um ganz Jamestown herum stellen sie nun fest, daß der Boden erschöpft ist. Erschöpft von den hungrigen weißen Mäulern, die essen und essen und essen und nie genug kriegen können und doch nicht den Ort wechseln wollen.«

Sie ging mit ihrem Pflanzstock zur nächsten Reihe. In jedes Loch ließ sie vier Maiskörner und zwei Bohnensamen fallen. Hinter ihr folgte eine Frau, die Kürbiskerne aussäte. Später würden sie dann unter diesen Pflanzen schnell wachsende Amaracocks anbauen, die sehr saftige, durstlöschende Früchte hervorbrachten.

John hob nun selbst einen Stock auf und kniete sich neben sie. »Ich helfe dir«, sagte er.

Bei diesem Anblick konnte sie sich ein Kichern nicht verkneifen, dann schüttelte sie den Kopf. »Das ist Frauenarbeit.«

»Das kann ich auch. In meinem Land bin ich Gärtner.«

Suckahanna lehnte seine Hilfe immer noch ab. »Ich weiß, daß du es kannst. Und auch jeder Mann meines Stammes könnte es, wenn es sein müßte. Doch die Frauen möchten es tun. Das ist unsere Bestimmung.«

»Um den Männern zu dienen?« fragte John und dachte an den Müßiggang der Männer nach der Jagd.

Sie warf ihm rasch einen verächtlichen Blick zu und zog die dunklen Augenbrauen zusammen. »Weil die Erde und die Frauen zusammengehören«, flüsterte sie fast. »Dort liegt die Kraft eines Volkes, nicht in den Kriegsräten oder in den Jagdausflügen. Es sind die Frauen, die die Kraft haben, Dinge zum Wachsen zu bringen, Leben zu schenken. Der Rest ist – Pfeifenrauch.«

John spürte, wie seine Ansichten, seine bequeme Sicht der Welten erschüttert wurden. »Die Männer haben die Macht«, sagte er. »Gott hat sie nach seinem Vorbild erschaffen.«

Sie blickte ihn an, als mache er einen Scherz. »Du magst glauben, daß dein Gott es so eingerichtet hat«, sagte sie höflich. »Aber wir sind die Kinder des Großen Hasen.«

»Eines Hasen?«

Sie hielt in ihrer Arbeit inne und hockte sich auf die Fersen. »Ich werde es dir erklären wie einem kleinen Kind«, sagte sie mit einem Lächeln. »Hör zu. Am Anfang, als nichts als Dunkelheit herrschte und das Rauschen des Wassers zu hören war, trat der Große Hase aus dem Dunkel und schuf Mann und Frau.«

John hockte sich neben sie auf die feuchte Erde, sah, wie sich ein Lächeln über ihr Gesicht ausbreitete und ihr das Haar über die nackten Schultern fiel.

»Sie hatten Hunger. Menschen haben immer Hunger.

Also tat der Hase sie in einen Beutel, bis er sie mit Nahrung versorgen konnte. Er rannte durch die Dunkelheit mit dem Beutel zwischen seinen Zähnen; überall, wohin er gelangte, wurden Land und Wasser geschaffen und das große Rotwild. Das zog durch das neue Land und trank Wasser und bildete die Nahrung für den frisch geschaffenen Menschen. Und überall, wo er vorbeikam, öffneten sich dunkle Mäuler aus der Finsternis und schnappten nach seinen Läufen und dem Beutel, den er trug. Aber wenn er vorbeirannte, wurden diese Mäuler zerstört und flohen zurück in das Dunkel.«

John wartete.

Suckahanna lächelte. »Dann erst öffnete er den Beutel und ließ Mann und Frau heraus. Der Mann ging das Rotwild jagen. Er verfügt über die ganze Pracht des Hirsches. Das ist, was er will. Aber die Frau ...«, sie verstummte und warf ihm einen seitlichen Blick zu, »... die Frau hat alles andere.«

Noch vor einem Jahr hätte John die Geschichte für eine heidnische Mär voller Ketzerei und Unsinn gehalten. Doch nun hörte er zu und nickte. »Die Frauen haben alles andere?«

»Alles außer Jagd und Krieg.«

»Was soll ich dann also tun?« fragte er sie.

Suckahanna wirkte überrascht, als hätte er die Unterhaltung in einem großen Satz vorangetrieben. »Du wirst wieder ganz gesund«, sagte sie langsam. »Und dann wirst du dich entscheiden.«

»Entscheiden?«

»Wo du leben willst. Was für eine Sorte Mann du sein willst.«

»Ich dachte, daß ich nach meiner Genesung wieder in mein Haus zurückkehre – zu meinen Feldern flußaufwärts.«

»Du mußt doch inzwischen begriffen haben, daß du dort nicht überleben kannst«, sagte sie freundlich. »Das ist unmöglich. Du wärest dort gestorben, mein Liebster.«

Dieses Kosewort war ihr so herausgeschlüpft, sie errötete und biß sich auf die Lippe, als hätte sie es gern zurückgenommen.

»Ich dachte – ich dachte, ich könnte einen Diener bekommen oder einen Sklaven. Ich dachte ...« Er zögerte. »Ich dachte, daß du vielleicht mit mir gehen würdest?«

»Als Dienerin? Als Sklavin?« Ihre Augen funkelten ihn wütend an.

»Ich meinte, daß ich jemanden brauche, der für mich arbeitet«, berichtigte sich John. »Und seit ich herkam, habe ich darum gebetet, daß du mit mir gehst. Ich meinte einen Diener und dich noch dazu.«

»Ich werde niemals wieder unter dem Dach eines weißen Mannes wohnen«, sagte Suckahanna entschlossen. »Ich habe diesen Entschluß gefaßt und werde bei meinem Volk bleiben.«

John sprang auf die Füße, machte einen Schritt von ihr zurück und ging sofort wieder auf sie zu. »Dann habe ich hier nichts verloren«, rief er. »Ich wollte ein neues Leben beginnen, die jungfräuliche Erde bearbeiten und dich finden. Und du erklärst mir, daß ich weder allein pflügen noch hacken, weder mich noch mein Feuer erhalten kann. Dich kann ich auch nicht von deinem Volk lösen!«

»Du könntest vielleicht bei mir bleiben«, sagte sie langsam, während sie weiterarbeitete. »Verlaß deine Leute, und komm zu meinem Volk.«

»Ich kann hier nicht leben, wo ich dich jeden Tag sehe«, entgegnete John. »Ich will dich, Suckahanna. Ich kann es nicht ertragen, in deiner Nähe zu sein und jede Nacht nur einen Schritt von dir entfernt zu schlafen.«

»Ich weiß«, sagte sie fast flüsternd, daß er sich zu ihr vorbeugen mußte. Doch ihre Hände blieben ständig in Bewegung. Mit dem Stock bohrte sie in der frischen Erde Löcher, in die sie nun rasch die Samen fallen ließ. »Ich könnte meinen Mann bitten, mich freizugeben.«

»Dich freizugeben?« fragte John ungläubig. »Ist das möglich?«

»Könnte sein«, sagte sie ruhig. »Wenn ich den Wunsch habe …«

»Dein Volk läßt zu, daß die Frauen kommen und gehen können, wie sie wollen?«

Sie warf ihm ein knappes Lächeln zu. »Ich habe dir gesagt, daß wir ein stolzes Volk sind. Frauen sind keine Sklaven. Wenn sie gehen wollen, dann müssen sie es auch tun dürfen, meinst du nicht?«

»Ja … aber …«

»Die Kinder blieben dann bei uns«, erklärte sie weiter. »Der kleine Junge und mein eigenes Baby. Du müßtest versprechen, sie wie ein Vater zu lieben und für sie zu sorgen. Du müßtest Teil des Stammes werden, ein Bruder.«

»Würden sie mich akzeptieren?«

»*Wir* würden dich akzeptieren.«

John schwieg, in seinem Kopf drehte sich alles. Das war ein weit größeres Wagnis als sein abenteuerlicher Aufbruch nach Virginia. Es war ein Schritt in das Unbekannte jenseits der Kolonistensiedlung, ins Dunkel einer unbekannten Welt.

»Ich weiß nicht«, sagte er.

»Du müßtest dich entscheiden, mein Liebster«, wiederholte sie geduldig.

John zögerte, als er ihre Anrede hörte. »Möchtest du mit mir zusammensein?«

Plötzlich waren ihre Hände wieder mit der Arbeit beschäftigt, sie neigte den Kopf, und ihr wallendes dunkles Haar verdeckte ihr Gesicht und fiel über die nackte braune Schulter. »Du müßtest dich entscheiden, ohne einen Ratschlag von mir«, sagte sie, ohne ihn anzuschauen. »Ich möchte keinen Mann mit halbem Herzen.«

Zur Mittagszeit machten die Frauen eine Pause. Die Felder, auf denen sie arbeiteten, waren weit von ihren Hütten entfernt, zu weit, um dorthin zurückzukehren. So aßen sie nun den mitgebrachten kalten Brei und die Früchte. Dann murmelten sie kurze Gebete zur Sonne, die nun genau über den Frauen stand und jede von ihnen mit Licht und Wärme segnete. Dann ruhten sie sich im Schatten der Bäume aus. John hatte sich in der Nähe von Suckahanna ausgestreckt und hörte den gedämpften Stimmen zu, erhaschte hier und da ein paar Wörter, die er nach und nach immer besser verstehen konnte.

Als sie ins Dorf zurückkehrten, berührte er ihren Arm. »Ich brauche den Rat eines Mannes«, sagte er. »Kann einer der Männer meine Sprache? Jemand, dem ich vertrauen kann. Er muß mir erklären, wie ein Powhatan die Dinge sieht. Aber kein Freund deines Mannes!«

Auf einmal funkelten ihre dunklen Augen auf, sie mußte loslachen. »Oh! Du vertraust mir wohl nicht!«

»Doch ...« John hörte, wie er stottern mußte. »Natürlich!«

Suckahanna drehte sich um und murmelte etwas zu ihrer Schwägerin hinüber, die ein paar Schritte vor ihnen lief. Daraufhin kicherte die Frau los und schaute sich um. Nun lachte sie John an und deutete mit ihrem Finger vorwurfsvoll auf ihn.

»Was sagt sie?«

»Sie meint, du bist ein Mann durch und durch, schon ein richtiger Powhatan. Sie sagt, die Männer müssen immer nur reden, reden, reden, um Entscheidungen zu treffen, die schon bekannt sind.«

»Bekannt?« erkundigte sich John.

Suckahanna verbarg ihre Augen unter ihren langen Wimpern. »Jeder hier weiß, daß du mich liebst«, sagte sie ruhig. »Jeder hier glaubt, daß ich dich liebe. Wir warten alle nur ...«

»Warten?«

»Auf dich. Daß du dich entscheidest.«

Vor dem Abendessen ging John zur Hütte des Häuptlings. Sie stand als erste am Hauptweg, in der Nähe des Tanz- und Festplatzes, ein wenig vom Rauch der Feuerstellen entfernt. Die Wände des viereckigen Hauses wurden von Baumrinde gebildet, und auch das Dach bestand aus groben Schindeln aus Rinde. War es tagsüber heiß, so rollte man die Seitenwände – ebenfalls aus Rinde – hoch, und am Abend schloß man sie wieder. Der Häuptling saß auf einem Podest am Ende des Raumes mit zwei alten Männern des Stammes an seiner Seite. John fiel auf, daß sie ihre scharfen Jagdmesser trugen. Sie blickten ernst.

»Tritt ein.« Der Häuptling sprach mit einem starken Akzent englisch.

John betrat das Dunkel der Hütte und nahm auf eine kurze Geste hin auf einem Lager aus Rehfellen Platz. Einen Augenblick lang erinnerte ihn das an die wortlosen Gesten König Charles' gegenüber seinen Untertanen. Er hatte dem größten König Englands gedient, gewiß konnte er sich auch vor jemandem wie ein Mann benehmen, der nichts weiter als das Oberhaupt der Wilden war, die sich an eine Ecke des unbekannten neuen Landes klammerten.

»Du begehrst Suckahanna?« sagte der Häuptling kurz.

John bemerkte, daß er auf die langen, scharfen Klingen der Jagdmesser starren mußte.

»Ich kannte sie schon, bevor sie verheiratet war«, sagte er. Seine Stimme klang schwach und reumütig, selbst ihm fiel es auf. »Ich wollte zurückkehren, um sie zur Frau zu nehmen.«

»Aber du bist nicht zurückgekehrt«, sagte er.

John biß die Zähne zusammen. »Als ich nach England kam, war mein Vater gestorben, und ich mußte mich um meine Kinder kümmern. Ich mußte also dort bleiben.«

»Sie hat gewartet«, erinnerte ihn der Häuptling. Die alten Männer an seiner Seite nickten, ihre scharfkantigen Gesichter wirkten wie die Steinadler am Chorpult in der englischen Kirche. »Sie hat deinen Worten vertraut.«

»Es tut mir leid«, sagte John verlegen.

»Du hast in deinem Land eine neue Frau und Kinder?«

John dachte erst an eine kleine Notlüge, er dachte, daß er ihnen erzählen könnte, daß die Pest sowohl seine Kinder als auch Jane dahingerafft hatte. »Ja, ich habe Kinder«, sagte er leise. »Und ein Weib.«

»Und wartet deine Frau jetzt auf dich?«

John nickte.

Der Häuptling seufzte laut auf, als sei Johns Untreue eine schwierige und unlösbare Angelegenheit. Daraufhin herrschte lange Zeit Schweigen.

»Wo möchtest du sein?« fragte ihn der Häuptling. »Bei Suckahanna oder deiner Frau?«

»Bei Suckahanna«, erwiderte John.

»Du wirst für ihre Kinder sorgen, als seien sie deine eigenen?«

»Mit Freuden.«

»Du weißt, daß die Kinder nie zu deinem Volk gehören werden? Daß sie immer bei den Powhatan leben werden?«

John nickte.

»Und daß ihre Mutter bei uns bleibt. Sie wird nie mit dir in dein Land gehen.«

»Ja, das hat sie mir gesagt.« Er spürte, wie seine innere Erregung wuchs. Das Verhör glich eher der Befragung eines Bräutigams und war nicht die Ankündigung einer Ablehnung.

»Sie kam zu uns, weil sie eine Heimat suchte. Sie konnte nicht mehr auf dich warten. Sie hat sich entschieden und ist nun unser Kind. Wir haben sie in unser Herz geschlossen.«

»Ich verstehe«, sagte John. Er hatte schon Angst, sie

könnten sein Herzklopfen wahrnehmen. »Ich möchte sie nicht von Euch fortnehmen. Ich weiß, daß sie sich entschieden hat und mit den Kindern bei Euch bleiben wird.«

»Und mit allen Kindern, die du vielleicht mit ihr haben wirst.« Diese Worte äußerte derjenige, der deutlicher und besser seine Sprache beherrschte. »Es werden keine Engländer sein, denk daran. Sie werden auch zum Volk des Großen Hasen gehören.«

Er schluckte. »Ja.«

»Wenn du sie wählst, dann wählst du, bei ihr zu bleiben, bei uns zu bleiben«, wiederholte der Häuptling.

John senkte den Kopf. Nun herrschte Stille.

»Möchtest du unser Bruder sein?«

John holte tief Luft. Lambeth schien weit weg zu sein, Hester war mehr tot als seine erste Frau Jane. Seine eigenen Kinder halb vergessen. Das Pulsieren seines Blutes, das Pochen in seinen Ohren, alles bebte für Suckahanna. »Das will ich«, sagte er.

Schneller, als seine Augen folgen konnten, wie eine angreifende Schlange, packte der Häuptling Johns Handgelenk und drehte es so um, daß er vor den starren Blicken der drei alten Männer auf die Knie fiel. Der Schmerz schoß John vom Arm in die Schulter, der Alte hielt ihn so kraftvoll fest, daß er auf den Knien blieb.

»Gegen dein eigenes Volk?« fragte der Häuptling.

»Dazu wird es nicht kommen«, stieß John hervor. Er konnte spüren, wie sich die Knochen in seinem Arm zu verbiegen drohten, ein wenig mehr Druck hätte schon ausgereicht, sie zu brechen. »Ich weiß, wir haben Euer Volk schlecht behandelt, aber jetzt haben sie das Land, was sie brauchen, es wird nicht zu einem Krieg kommen.«

»Sie haben uns zurückgetrieben«, sagte der Mann, wobei er den Arm unverändert fest gepackt hielt. »Und sie werden uns immer weiter zurückdrängen, jedesmal, wenn sie einen Zoll mehr Land benötigen. Ist es nicht so?«

John traute sich nicht zu antworten. Er spürte, wie ihm der Schweiß auf dem Rücken stand, die Muskeln in seinem Arm vibrierten. »Ich kann es nicht sagen.«

»Sie benutzen das Land und lassen es dann fallen. Sie verderben die Erde, und dann ist sie zu nichts mehr nütze. Also brauchen sie immer mehr neuen Boden – mehr und mehr.«

Ganz unvermittelt ließ der Häuptling John nun los, so daß er kopfüber hinstürzte. Er biß sich auf die Lippen, damit er vor Schmerz nicht aufschreien mußte. Sein Keuchen konnte er aber nicht unterdrücken.

»Es wird also eine Zeit kommen, in der jeder Flußarm und jeder hochgewachsene Baum erleben wird, daß ein Engländer kommt und einen Grenzpfosten in die Erde rammt.«

John hockte sich auf die Fersen, tastete seinen Unterarm und die Schulter ab. »Ja«, sagte er widerwillig.

»Wenn du also sagst, du bist unser Bruder, dann mußt du wissen, daß wir dich wie einen Bruder betrachten. Du wirst neben uns sterben, wenn wir vorwärts stürmen. Deine Hände werden rot mit dem Blut weißer Männer sein. Du wirst dir ihren Skalp an den Gürtel hängen.«

John dachte an die Hoberts in ihrem kleinen Haus, versteckt unter Bäumen, und an den Gasthof in Jamestown, an die Dienstmagd im Hause des Gouverneurs, die rauhe Freundlichkeit der Pflanzer, an die hoffnungsvollen Gesichter der Einwanderer, wenn sie am Kai anlegten. Der Häuptling klatschte in die Hände, und ein lauter Ton drang hervor.

»Ich wußte, daß du das nicht könntest«, sagte er, erhob sich und ging hinaus.

John raffte sich auf und wollte ihm hinterherlaufen. Einer der alten Männer streckte sein knochiges Bein vor, und John stolperte zu Boden.

»Bleib still liegen, Engländer«, sagte der alte Mann, der

sehr gut englisch sprechen konnte, mit reinem Oxford-Akzent.

»Bleib wie ein Narr da unten am Boden. Dachtest du, daß wir unsere Tochter einem Mann geben, der nur mit halbem Herzen für alles einsteht?«

»Ich liebe sie«, sagte John. »Das schwöre ich.«

Die beiden Alten standen langsam auf.

»Liebe ist nicht genug«, sagte der alte Mann. »Du mußt in die Tradition und in die Familie eingebunden sein. Liebe sie nur, wie du magst. Das ist keine Schande. Aber wähle dein Volk, und bleibe bei ihm. Das ist der Pfad eines Kriegers.«

Ohne ein weiteres Wort zu verlieren, gingen die alten Männer hinaus, ihre nackten Füße setzten nur ein paar Zentimeter vor Johns Gesicht auf. Er lag auf den Tierfellen, er war das Symbol eines zu Fall gebrachten Mannes. Er ließ sie an sich vorbeigehen.

Es wurde dunkel. John blieb regungslos liegen. Er merkte nicht, wie das Licht trüber wurde und wie an der Wand die Schatten größer wurden. Aus der Ferne drang Gesang zu ihm herüber, und er wußte, daß das Abendessen gekocht und verzehrt war und sich Suckahannas Volk auf dem Festplatz versammelt hatte. John lag mit dem Gesicht in den Fellen und wünschte sich nichts und weinte auch nicht. Er wußte um seine eigene Leere.

Plötzlich näherte sich ein Licht dem Eingang, ein Zweig des Kerzenholzes, so hell wie das beste Londoner Wachs. Dahinter stand Suckahanna im Halbschatten.

»Du hast ihnen erzählt, daß du mich nicht willst?« fragte sie von der Tür her.

»Ich habe eine Prüfung nicht bestanden«, sagte John. »Sie sagten, daß ich gegen meine eigenen Leute kämpfen müßte, und darauf konnte ich mich nicht einlassen.«

»Nun gut.« Sie drehte sich um und ging.

»Suckahanna!« schrie er, und die Verzweiflung und

Leidenschaft in seiner Stimme hätten jede Frau, nur nicht eine Frau der Powhatan, zum Innehalten gebracht. Sie zögerte nicht einmal. Sie lief so leichtfüßig davon, als wolle sie sich wieder in den Tanz einreihen. John sprang auf und rannte ihr hinterher. Sie ging zügig den kleinen Weg bis zu ihrer Hütte entlang, schlug den Fellvorhang auseinander und schlüpfte hinein.

John blieb wie angewurzelt stehen und hatte das Bedürfnis, zu schreien und mit der Faust gegen die leichten Wände des Hauses zu hämmern. Er holte tief Luft und wendete sich dem Feuer auf dem Festplatz zu, um das die anderen im Kreise tanzten.

Sie bewegten sich aus reiner Freude am Tanz, es handelte sich nicht um eine religiöse Zeremonie. Er erkannte es daran, daß der Häuptling sich gesetzt hatte und nur einen gewöhnlichen Umhang trug, um sich die Schultern zu wärmen, und seine Kette aus den geheiligten Schalen der Seeohrschnecke nicht angelegt hatte. Er klatschte zur Musik der Trommeln und Flöten in die Hände und lächelte.

John lief auf das Licht zu. Ihm war klar, daß sie ihn nicht erst jetzt bemerkten. Sie hatten ihn schon längst im Dunkel kommen sehen, gefühlt, wie er Suckahanna hinterhergerannt war und nun zu ihnen gelaufen kam. Er ging um den festgestampften Boden der Tanzfläche herum und auf den Sitz des Häuptlings zu. Die drei Männer starrten ihn mit belustigter Offenheit an, denn ihr Alter erlaubte ihnen einen Zynismus, der sie über die Schmerzen der Jugend immer lächeln ließ.

»Ah, der englische Gast«, sagte der Häuptling.

»Ich möchte sie heiraten«, verkündete John ohne große Vorrede. »Und meine Kinder werden Powhatan sein, und mein Herz wird für die Powhatan schlagen. Und ich werde wie ein Krieger alle Befehle ausführen.«

Das scharfkantige, spitze Gesicht leuchtete vor Freude. »Du hast deine Meinung geändert«, sagte der Häuptling.

»Ich kenne nun den Preis«, erwiderte John. »Ich bin kein wankelmütiger Mann. Ich wußte nicht, was Suckahanna mich kosten würde. Jetzt habt Ihr es mir erklärt, und ich habe begriffen. Ich bin mit allem einverstanden.«

Einer der Männer lächelte. »Ein Kaufmann, ein Händler«, sagte er, und es war nicht als Kompliment gemeint.

»Daß deine Kinder Powhatan sein werden?« wollte der andere noch einmal bestätigt wissen. »Und du ein Krieger bist? Gegen dein eigenes Volk?«

John nickte. »Ja.«

Der Häuptling erhob sich. Auf der Stelle verstummte das Trommeln, und die Tänzer hielten inne. Er streckte einen Arm zu John aus, und dieser ging etwas unsicher auf ihn zu. Der dünne Arm legte sich leicht auf Johns breite Schultern, doch als der Häuptling ihn anpackte, spürte er, wie stark die Handmuskeln waren.

»Der Engländer will Krieger der Powhatan werden und Suckahanna heiraten«, verkündete der Häuptling auf Powhatan. »Wir haben uns geeinigt. Morgen geht er mit den Männern auf Jagd. Er heiratet sie, sobald er bewiesen hat, daß er allein ein Reh erlegen kann.« John zog vor Anstrengung, ihn zu verstehen, die Stirn in Falten. Dann wandte sich das spitze Gesicht ihm zu, und der Häuptling sprach nun englisch: »Du hast einen Tag, dies zu beweisen«, sagte er. »Nur einen Tag. Wenn du nicht zwischen Sonnenaufgang und -untergang Bogenschießen, jagen und dein Reh töten kannst, mußt du zu deinen Leuten und ihrem Schießpulver zurückkehren. Wenn du eine Frau der Powhatan möchtest, dann mußt du in der Lage sein, sie mit deinen Händen zu ernähren.«

Suckahannas Mann stand mitten im Kreis der Tanzenden und grinste John an. »Dann also morgen«, sagte er auffordernd auf Powhatan, ob John es nun verstehen mochte oder nicht. »Wir fangen ganz früh an.«

In der Morgendämmerung waren sie im Fluß, in der tiefen, feierlichen Stille der Gebete zum Sonnenaufgang. Die Krieger und Frauen standen im Halbdunkel bis zur Taille im eisigen Wasser, sie wuschen sich, sie zündeten die Tabakblätter an und verstreuten sie.

John stand am Ufer und hielt als Zeichen seines Respekts den Kopf gesenkt. Er war der Meinung, daß er sich so lange nicht zu ihnen gesellen sollte, bis sie ihn dazu aufforderten. Außerdem gebot ihm sein eigener strenger Glaube, aus Angst um sein Seelenheil davor zurückzuweichen. Die Geschichte von dem Großen Hasen und dem Mann und der Frau in dessen Beutel war ganz offensichtlich Unsinn. Aber war die Geschichte von der Frau, die der Heilige Geist besucht hatte und die nun Gottes eigenen Sohn vor Ochs und Esel im Stall zur Welt brachte, wo Engel über ihnen sangen, nicht ebensolcher Unsinn?

Als sie aus dem Wasser stiegen, trat John einen Schritt aus den Büschen nach vorn und sagte zu Suckahannas Mann auf Powhatan: »Ich bin bereit.«

Attone betrachtete ihn von oben bis unten. John war wie ein Krieger gekleidet, trug ein Wildlederhemd und einen Wildlederschurz. Er hatte gelernt, ohne seine Stiefel zu gehen, nun trug er die Mokassins der Powhatan, obwohl seine Fußsohlen nie so hart wie die der anderen werden konnten, die seit ihrer Kindheit barfuß über Steine gerannt, durch Flüsse gelaufen waren und Felsen erklommen hatten. John war auch nicht mehr schlapp und mager wie damals, als er so lange Hunger gelitten hatte. Er war dünn und gestählt wie ein Jagdhund.

Suckahannas Mann lächelte John an. »Bereit?« fragte er in seiner Sprache.

»Bereit«, erwiderte John und war sich der Herausforderung seines Gegners bewußt.

Erst eine ganze Stunde nach Sonnenaufgang setzte sich der Jagdtrupp in Bewegung und trottete aus dem Dorf hinaus. Als sie an den Frauen vorbeiliefen und auf die Felder zusteuerten, blieb sein Gesicht ernst. Die eilenden Männer und John, der am Ende Schritt hielt, bekamen anfeuernde Rufe und Pfiffe aus der Menge.

»Dafür, daß er ein Weißer ist, kann er rennen«, sagte eine Frau ehrlich zu Suckahanna, und diese drehte sich geschmeichelt um.

John wollte um keinen Preis selbstgefällig lächeln. Das Fett an seinem Körper war seit der Hungerzeit in den Wäldern verschwunden. Das Essen, das sie ihm gaben, hatte vor allem dem Aufbau der Muskeln gedient, und er war noch nie in besserer körperlicher Verfassung gewesen als jetzt, obwohl er fünfunddreißig war. Zehn Minuten verstrichen, und John mußte nach Luft schnappen und gegen seinen Wunsch ankämpfen, sich zurückfallen zu lassen. Es war nicht so, daß sie zu schnell liefen, John hätte sie leicht überholen können, es war vielmehr ihr kontinuierlicher Schritt auf den Fußballen, ein rascher Gang, der nie ein richtiges Rennen war. Dieses Tempo beanspruchte vor allem die Wadenmuskeln und die Fußwölbung, war aber für den ganzen gemarterten Körper des Engländers eine schweißtreibende Quälerei. Doch John gab nicht auf.

Weitere zehn Minuten lang und auch die nächsten unerträglichen Minuten tanzte die Reihe der Krieger noch immer über den Pfad, wobei sie nun genau die Fußabdrücke des Vordermannes benutzten, so daß ein Verfolger meinen mußte, es sei nur eine Person unterwegs gewesen. Dahinter lief John, der erst zwei Schritte auf einmal nahm, dann anderthalb, dann kurz voranspurtete, um wieder in eine langsamere Gangart zu verfallen.

Plötzlich hielten sie an. Attones Finger spreizten sich leicht, als er seine Hand zur Seite ausstreckte. Ein anderes Signal war gar nicht notwendig. Die Finger öffneten sich und schlossen sich zweimal: Rehe, ein Rudel. Zeigefinger und kleiner Finger waren angehoben: mit einem Hirsch. Attone blickte zurück auf die Kette der Jäger, und langsam, einer nach dem anderen, drehten sich die halbgeschorenen Köpfe nach John um. Attone hatte ein leichtes Lächeln im Gesicht, das nun von allen Kriegern den Pfad hinunter zu John weitergegeben wurde. Hier war das Rudel, hier war der Hirsch. Es war Johns Jagd. Wie sollten sie seines Erachtens vorgehen?

John schaute sich um. Manchmal machten die Jäger im Wald ein paar Feuer und trieben die Rehe in einen Hinterhalt. Noch mehr Umsicht mußte ein einzelner Jäger aufbringen, wenn er sich heranpirschen wollte. Attone war bei seinem Stamm berühmt für sein Talent der Verstellung. Er warf sich ein Rehfell über, band sich ein Gehörn auf den Kopf und näherte sich einem äsenden Tier, dann ließ er dicht neben ihm seine Hand über dessen Schulterblatt gleiten und schnitt ihm blitzschnell den Hals durch. John wußte, daß er mit diesem Geschick nicht wetteifern konnte. Man müßte ihm die Tiere zutreiben, damit er eins töten könnte.

Sie befanden sich in der Nähe einer verlassenen Siedlung der Weißen. Vor einiger Zeit hatte am Fluß, wo jetzt die Rehe zwischen einzelnen Maispflanzen und Gras ästen, ein Haus gestanden. An dessen Stelle lag nur noch ein Haufen Sägespäne. Ein kleiner Steg, an dem das Tabakschiff angehalten hatte, um die Fracht aufzuladen, war noch zu sehen. Alles schien schon vor Jahren zerfallen zu sein. Der Steg war inzwischen mit den Holzpfählen teilweise in den tückischen Flußschlamm gesunken und führte auf rutschigen Bohlen direkt ins Wasser. John inspizierte das Gelände und nickte ganz zuversichtlich, als habe er einen Plan.

Alle warteten sie auf John. Es war seine Jagd. Es war sein Rudel Rehe. Sie waren seine Krieger. Wie würden sie sich lenken lassen?

Er kam sich wie ein Narr vor, harrte aber aus, obwohl er sich seine völlige Unkenntnis, wie nun vorzugehen sei, eingestand. Irgendwie wies John dann einen Mann an, sich an den Rand des Rudels zu schleichen, ein anderer sollte an die andere Seite gehen. Er bildete mit seinen Händen einen Trichter: Sie sollten die Rehe umstellen und sie vorwärts treiben. Er zeigte auf den Fluß, auf den abgesunkenen Steg. Sie sollten die Tiere in diese Richtung abdrängen.

Er hatte Anfängerglück. Gerade als die Männer auf ihre Plätze schlichen, setzte der Regen ein, schwere dicke Tropfen, die den fremden Geruch nahmen und das Geräusch der Männer im Dickicht unhörbar machten. In Sekunden hatten die Jäger die Herde umzingelt und warteten auf ein Zeichen, sich nach vorn zu bewegen. John befand sich weiter hinten und hatte die Hoffnung, daß man das Rudel vor ihm in den Schlamm trieb, wo die Tiere nur mit Mühe vorwärts kamen und er leicht eins abschießen konnte. Er machte jene kleine Handbewegung, die »Vorwärts!« bedeutete; und die Indianer, selbst Attone, machten ihm die Freude, sich auf sein Geheiß hin zu bewegen.

Eins, zwei, die Köpfe der Rehe kamen hoch, die Ricken blickten sich nach ihren Kitzen um. Der Rehbock nahm Witterung auf. Er konnte nichts riechen, der Wind hatte sich mit dem Regen gedreht. Die Krieger hielten auf Johns Weisung an, und dann, auf eine Handbewegung von ihm, schlichen sie weiter. Das Rudel spürte, daß etwas im Gange war. Sie drängten sich nun eng aneinander und folgten dem Bock, der seinen schweren Kopf erst auf eine Seite und dann auf die andere neigte.

John hätte nun »Halt!« gebieten sollen, doch er machte ein Zeichen, daß sich alle nach vorn bewegen sollten: Zum Scheitern kam es nur nicht, weil die Indianer mehr ihren Fähigkeiten vertrauten. Weiter vor konnten sie nicht, da sie ganz sicher das Rudel in Panik versetzt und in die Flucht gejagt hätten. Sie verstießen gegen Johns hastig ausgestoßene Kommandos und blieben hinter den Rehen zurück, warteten, bis sich die verängstigten Köpfe wieder dem Äsen widmeten und sich die wachsamen Ohren nicht mehr hin und her drehten.

Wieder machte John ein Zeichen: »Vorwärts!« Erst jetzt näherten sich die Indianer langsam den Tieren, um diese durch ihre allmählich spürbar werdende Präsenz auf den Fluß zuzutreiben. Sie hatten recht. Der Kopf des Rehbocks kam wieder nach oben, und er lief nun entschlossen auf dem Pfad weiter, den einst der Farmer von seinem Maisfeld bis zu seinem Steg eingeschlagen hatte, und die Ricken und Kitze folgten ihm.

John winkte »Weiter, weiter!«, die Rehe liefen schneller, und die Jäger folgten ihnen um so geschwinder. Dann, als ob sie die Anspannung spürten, die in der Luft lag, erkannte der Rehbock, daß sie verfolgt wurden. Sie warfen die Köpfe zurück, und ihre dunklen feuchten Augen rollten. Erst trabten sie, dann galoppierten sie auf den Pfad zu, der auf den scheinbar sicheren Landesteg führte, als sei dort eine Zuflucht.

Da rannten die Krieger hinter ihnen her, und im Laufen legte jeder einen Pfeil an seinen Bogen – eine eingeübte Handbewegung, die immer saß, auch wenn sie um umgestürzte Bäume wirbelten und über Äste hüpften. John suchte nach seinem Pfeil, ließ ihn in der Eile fallen, tastete an seiner Hüfte nach einem zweiten und mußte feststellen, daß der Köcher beim Rennen abgerissen war. Nun besaß er keine Waffen mehr. In wütender Verzweiflung warf er seinen Bogen beiseite. Seine Füße liefen noch schneller voran.

»Ja-aah!« schrie John. Die Krieger rannten aus dem Wald in einem vollkommenen Halbkreis heraus, das Rudel, das nur noch ein Haufen von zuckenden Hörnern,

Augen, Köpfen und trampelnden Hufen war, war darin gefangen. »Jetzt!« schrie John. In ihm stieg eine große Lust auf die Jagd auf. Er wollte unbedingt ein Tier töten und damit diesen Augenblick spüren: den Triumph, sein Tier zu erlegen, nachdem er die Jäger angeführt hatte.

Doch als es soweit war, gerade als das erste Reh auf den Steg sprang, auf dem es sich sicher wähnte, und mit den Hufen auf den glitschigen Holzbohlen abrutschte, schoß ein Pfeil durch die Luft und traf es mitten ins Herz, just in dem Moment, als die anderen ihm folgen wollten. Da brach ein junger Rehbock nach rechts aus, zum Ufer, und hatte freie Bahn den Weg flußabwärts in die Freiheit. Ein anderes Tier schloß sich ihm an, und Tradescant wurde in diesem Bruchteil einer Sekunde klar, daß der Halbkreis seiner Indianer den ausbrechenden Tieren nicht standhalten konnte, daß sein Rudel sich zerstreuen und es wie Quecksilber aus dem Glas eines Alchimisten rinnen und sich verteilen würde.

»Nein!« schrie er. »Nein! Meine Rehe!« Und nun dachte er nicht mehr an Suckahanna und seinen Stolz, auch nicht an sein Ansehen bei Attone und den anderen Jägern. Jetzt war er nur noch darauf aus, daß sein Plan aufgehen sollte, seine vollkommene Strategie gelingen mußte und keine fliehenden, in Rage geratenen Tiere die Vollkommenheit dieses Moments der Jagd zerstören durften.

Auf einmal rannte er in großen, ruckartigen Schritten los, er rannte, wie noch nie zuvor in seinem Leben, um die Lücke im Halbkreis zu schließen, um den ersten Jäger ganz außen rechts zu überholen, damit die Rehe nicht mehr aus seinem wunderschönen Halbkreis ausbrechen konnten. Attone, der den Bogen gespannt hielt, hörte den Ruf des Engländers, als der mit wehenden Haaren in halsbrecherischem Tempo und großen Sätzen den Abhang hinunterraste. Mit offenem Mund verfolgte er John, als dieser

»N-e-i-n!« schrie und erst einen, dann zwei und drei Jäger überholte und in die Lücke der Kette der Jäger sprang. Attone vergaß darüber fast die Jagd.

Johns plötzlicher Ausbruch hatte für großen Aufruhr unter den Rehen gesorgt. Statt durch die Lücke davonzuspringen, liefen sie zurück und trafen auf die Reihe der Indianer. Nun konnten sie nirgendwohin, ihnen blieb nur noch der Fluß und der rutschige Steg. Eins nach dem anderen sprang hinunter, doch die scharfen Hufe fanden auf dem bröckligen, halb verrotteten Holz keinen Halt, sie strauchelten und fielen in den Fluß. Nun schoß ein Regen aus Pfeilen auf sie herab.

John sah von alldem nichts. Er sah nur die Lücke in seinem Plan, die Schwachstelle in seinem vollkommenen Jagdvorhaben, und ein Reh, das hin und her eilte, um an ihm vorbeizukommen. Er rannte, er rannte darauf zu, mit ausgestreckten Händen, als wolle er es am Hals packen. Jetzt bemerkte das Reh ihn und versuchte in Freiheit zu gelangen, sprang in großen Sätzen das steile Ufer zum Fluß hinunter, plumpste ins Wasser, kam wieder an die Oberfläche, legte seinen glatten Kopf zurück, damit es mit der nassen, dunklen Nase atmen konnte, und schwamm mit seinen staksigen Beinen. Es versuchte die Flußmitte zu erreichen.

John konnte es nicht mit ansehen, daß ihm seine Beute entwischte, und stieß ein verzweifeltes »Hal-loah!« aus und warf sich, als könnte er fliegen, kopfüber fast zwei Meter tief hinunter in den Fluß, direkt auf das Reh. Als Johns Kopf auf den Schädel des Tieres prallte, gab es einen lauten Knacks, und während er immer noch von dem Aufprall benommen war, wurden sie in die Tiefen des Flusses gezogen, kamen zusammen wieder hoch und blickten einander in die vor Entsetzen aufgerissenen Augen. John spürte, wie seine Hände den Hals gepackt hielten. Auf einmal bekam er einen starken Schlag gegen die Brust, als hätte ihn ein Geschoß getroffen, und wieder wurde er unter Wasser gezogen.

Attone war weit davon entfernt, mit seinem Pfeil auf den untergehenden Kopf des Tieres zu zielen, er erlegte auch nicht jene, die vom Steg abrutschten, nein, er brach auf einmal beim Anblick des Engländers in lautes Lachen aus – der Engländer, der verachtete, allzu besorgte, die Frauen behütende Mann, der nun wie ein Geist aus der dunklen Welt grölte, der solche Sätze machte, als könne er ein Reh überholen, und dann mit dem Kopf voran in den Fluß tauchte. Ein Mann, der so von Blutdurst durchdrungen war, so besessen von dem Wunsch, ein Tier zu erlegen, daß es ihm gelungen war, Nase an Nase mit einem Reh im tiefen Wasser zu kämpfen und immer noch mit beiden Händen dessen Hals gepackt zu halten.

Attone mußte sich an einem Baum abstützen und rief auf englisch: »Engländer! Engländer! Bist du tot? Oder nur verrückt?«

Tradescant, der gerade an die Oberfläche kam, wurde sich dessen bewußt, daß er sich in einem kalten Fluß voller Schlingpflanzen befand und weder Pfeil und Bogen noch ein anderes Instrument zum Töten besaß, sondern nur eine gebrochene Rippe spürte, eine Verletzung über dem Herzen von einem Huftritt und einen lädierten Schädel. Er hörte das unwiderstehliche Lachen eines belustigten Powhatan und fing auch an zu lachen. Er paddelte wie ein altersschwacher Hund zum Ufer und konnte kaum hinaufklettern, so sehr wurde er von Lachen geschüttelt. Als er dann Attone sah, der ihm die Hand entgegenstreckte, dessen braunes Gesicht von lauter Lachfalten überzogen war, steigerte sich Tradescants Heiterkeit noch um einiges.

Er packte Attones Arm, aber das war für beide zuviel, und sie rutschten aneinander ab, wobei sie immer wieder hilflos vor sich hin kicherten und ganz kraftlos waren, bis

Attone sich schließlich auf das weiche Ufergras fallen ließ und Tradescant im seichten Wasser zurückblieb, wo er nun wie ein Wolf über seine Jagd, seine Verrücktheit und seine Unfähigkeit heulte.

Als Suckahanna die Männer in das Indianerdorf zurückkommen sah, ging sie langsam hinaus, um sie zu begrüßen. Ihr Mann war der beste Jäger ihres Stammes, doch sie wollte ihn für einen Engländer eintauschen, der, wie jeder wußte, unfähig war, eine Taube mit dem Gewehr zu erlegen, jener unfehlbaren Waffe des weißen Mannes.

Zuerst sah sie die Beute. Sechs Jäger trugen drei Rehe, deren zusammengebundene Vorder- und Hinterläufe an Ästen baumelten. Das war ein Erfolg, auf den jeder stolz gewesen wäre; die Tiere genügten, um das ganze Dorf zu ernähren und noch zusätzlich etwas Fleisch einzupökeln. Drei Rehe sprachen für eine erfolgreiche Jagd; drei Rehe waren der unbestreitbare Beleg dafür, daß die Jäger ihr Handwerk verstanden.

Dann entdeckte sie John. Zuerst dachte sie, er sei verwundet, schwer verwundet, denn der Jäger, der ihn stützte, war ihr eigener Mann, Attone. Sie rannte schon auf ihn zu, doch nach zwei Schritten zögerte sie wieder. Wie die beiden Männer so daherkamen, war irgendwie merkwürdig, da humpelte nicht ein Verletzter mit seinem Helfer heran. Sie hingen zusammen, als seien sie beide nicht bei Sinnen, als seien sie betrunken. Sie lallten ein Wort und dann wieder eins, torkelten im Kreis herum und konnten sich vor Lachen nicht auf den Beinen halten.

Suckahanna begab sich rasch in den Eingang zu ihrer Hütte zurück und ließ den Fellvorhang zufallen, damit niemand sie sah. Drinnen hob sie ihn ein wenig an und lugte hinaus. Die Männer, die das Wild trugen, hängten es auf Pfähle, damit es ausgenommen und gehäutet werden konnte. Attone und John aber beteiligten sich nicht daran. Sie hatten einander die Arme über die Schultern gelegt und liefen mit den meisten anderen Jägern auf die Schwitzhütte zu, und auch dann noch konnte Suckahanna ihre plötzlichen Lachausbrüche vernehmen.

»Reingetaucht!« hörte sie, und dann das grölende Gelächter von Tradescant: »Aber du weißt noch nicht, daß ich auf seinen Kopf prallte!« Das war zuviel für Attone, seine Knie gaben einfach unter ihm nach.

»Ich habe dich beobachtet. Du hattest keine Pfeile mehr?«

»Wozu braucht er Pfeile? Wenn er sich direkt auf das Tier stürzt, um es zu töten?«

Da schrie wieder jemand auf, und nun legten alle Krieger die Arme auf die Schultern ihres Nebenmannes und taumelten zusammen, wobei die Füße im Rhythmus ihres kreischenden Gelächters stampften.

In der fast heiligen Stille der Schwitzhütte kamen sie wieder zur Ruhe, und nun spürten sie, wie erschöpft sie von diesem Tag waren. Sie lehnten sich gegen die Wände, die von der Glut erwärmt waren, hielten die Augen geschlossen und sogen die heilende Hitze auf, schwitzten alle Schmerzen und Gebrechen aus. Ab und zu mußte einer kurz auflachen und steckte damit all die anderen an.

Lange hielten sie es in der Hitze aus, bis ihre Stirnhöhlen heiß und trocken waren und der ganze Schädel glühte. John spürte seine Kopfverletzung, die immer mehr anschwoll, und bemerkte auch, daß der Hufabdruck auf seiner Brust immer dunkler wurde und empfindlich weh tat. Das war ihm egal. Alles war ihm egal, er wollte nur die tiefe, sinnliche Freude dieser Wärme und Ruhe genießen.

Nach einer ganzen Weile stand Attone auf und rekelte sich wie ein Katze, streckte jeden Wirbel seines Rückgrats. Mit entschiedener Geste hielt er John seine Hand entgegen und sagte auf Powhatan: »Komm nun, mein Bruder.«

John blickte auf, sah die ihm angebotene Hand und streckte ihm seine entgegen. Attone zog ihn hoch, und einen Moment lang standen die beiden Männer Hand in Hand da und sahen sich tief in die Augen mit einem abschätzenden, aufrichtigen Blick des Respekts und der Sympathie.

Attone ging als erster hinaus. »Ich habe einen Namen für dich, einen Stammesnamen«, sagte Attone. »Du kannst nicht mehr John Tradescant sein. Du bist nunmehr ein Krieger.«

John verstand die Bedeutung seiner Worte. Also hatte man ihn aufgenommen. »Wie soll mein Name lauten?« fragte er.

»Adler«, verkündete Attone.

Die große Bedeutung dieses Namens sorgte für ein bewunderndes Gemurmel unter den anderen Indianern, denn John war damit eine große Ehre zuteil geworden.

»Adler?«

»Ja. Weil du ein Reh tötest, indem du dich, aus dem Himmel kommend, daraufstürzt.«

Nun kreischten die Krieger erneut wild auf und mußten einander vor Lachen festhalten, John mittendrin, und Attone hatte ihm wieder die Arme um die Schultern gelegt. »Adler!« sagten die Indianer. »Großer Jäger!«

Sie wandten sich um und rannten zusammen zum Fluß, um sich zu waschen. Sie tauchten zusammen in den Fluß und planschten wie kleine Jungen. Plötzlich erblickte Attone eine dunkle hohe Gestalt am Ufer, er richtete sich auf und wurde ernst.

Der Häuptling beobachtete sie. Attone kam aus dem Fluß heraus, und die Männer folgten ihm. Sie trockneten sich ab und zogen sich saubere Wildlederhosen an. Der

Häuptling ging zum Festplatz voran, und die Krieger stellten sich vor ihm auf.

»Hat der Mann, der Suckahanna will, sein Reh getötet?« fragte der Häuptling in seiner Sprache. Daraufhin herrschte einen Augenblick lang betroffenes Schweigen.

»Wir haben drei Rehe heimgebracht«, sagte Attone ruhig. »Eine gute Ausbeute, und der Mann, der Suckahanna will, war den ganzen Tag über an meiner Seite. Er blieb nicht hinter uns zurück, er hat nicht versagt, er hat nicht schlappgemacht. Er hat die Jagd geplant, und sein Plan war gut. Er hat die Tiere zum Fluß getrieben, und wir haben drei getötet.«

»Welches hat er getötet?« wollte der Häuptling wissen.

Attone verstummte.

»Ohne seinen Plan hätten wir keines töten können«, sagte einer der anderen Männer. »Er erkannte, daß man die Beute zum Fluß treiben konnte. Er hat uns den Weg gezeigt.«

Der Häuptling nickte gelassen, als wolle er noch die ganze Nacht sein Verhör fortsetzen. »Und welches Tier hat er getötet?« fragte er. »Einen der Rehböcke? Eine Ricke?«

John, der das Verhör so gut, wie er konnte, verfolgt hatte, begriff, daß die Jäger seinen Mißerfolg nicht verheimlichen konnten. Er spürte, wie große Enttäuschung in ihm aufstieg: daß die Jagd und das Gelächter und sein neuer Stammesname nichts bewirkt haben sollten, weil ein alter Mann, alt genug, sein Vater zu sein, am Buchstaben des Gesetzes festhielt. Er meinte, daß ein Krieger sein eigenes Scheitern eingestehen müßte wie ein Mann und daß er dann das Dorf, ohne sich umzudrehen, verlassen müßte. Er machte einen Schritt nach vorn und öffnete den Mund. Eine Sekunde dachte er nach, wie wohl das Wort für Niederlage auf Powhatan heißen möge, und stellte fest, daß er es nicht wußte. Er formte dann einen

Satz mit Wörtern, die er kannte: »Ich habe nicht getötet. Ich kann nicht heiraten.«

»Ja?« Der Häuptling forderte ihn auf, weiterzusprechen.

Da schrie eine Frau am Rande des Festplatzes auf.

»Wessen Reh ist das hier?« fragte jemand.

Eine Frau kam auf sie zu. Sie hatte die Vorderläufe eines Rehs gepackt und zog es zu den anderen hin. Der Kopf hing schlaff zur Seite; es war deutlich, daß der Hals gebrochen war.

»Das ist mein Reh!« rief John. Er klopfte Attone auf den Rücken. »Das ist mein Reh!« Er rannte auf die Frau zu und nahm die zarten Rehbeine aus ihrer Hand. »Das ist mein Reh! Mein Reh!«

»Ich habe es am Flußufer gefunden«, sagte sie. »Es ist flußabwärts angespült worden. Aber es war noch nicht lange im Fluß.«

»Der Adler hat es getötet!« verkündete Attone. Da erscholl wieder das Gelächter von den Kriegern. Der Häuptling warf ihnen einen scharfen Blick zu.

»Hast du dieses Tier getötet?« fragte er John.

John konnte seine aufschäumende Freude kaum unterdrücken. »Ja, Sir«, sagte er. »Das ist mein Reh, ich habe es getötet. Ich will Suckahanna.«.

»Adler! Adler!« Der Ruf kam von den Kriegern.

Der Häuptling blickte Attone an. »Gibst du deine Frau diesem Mann, deine Frau und deinen erstgeborenen Sohn und dein zweitgeborenes Kind?«

Attone blickte John direkt an, und sein ernstes, dunkles Gesicht verzog sich zu einem unwiderstehlichen Lächeln. »Er ist ein guter Mann«, sagte er. »Er hat die Entschlossenheit eines Lachses, der im Wasser springt, und das Herz eines Büffels. Ich gebe Suckahanna frei für ihn. Er ist mein Bruder. Er ist der Adler.«

Der Häuptling hob seinen geschmückten Speer.

»Hört«, sagte er so leise, daß die Frauen am Rande des Festplatzes, wo auch Suckahanna stand, den Kopf nach vorn reckten.

»Dies ist unser Bruder. Er hat sich auf der Jagd bewährt, und er ist Suckahannas Mann. Morgen werden wir ihn in unseren Stamm aufnehmen, und sein Name soll Adler sein.«

Freudenschreie wurden ausgestoßen, alle klatschten Beifall und umringten John. John mußte sich seinen Weg durch die lachenden Gesichter und klatschenden Hände zu Suckahanna bahnen, um sie zu umarmen. Als ihre Lippen aufeinandertrafen, überkam ihn ein plötzliches Verlangen, ein Gefühl, daß er viele Jahre unterdrückt hatte.

Suckahanna wandte das Gesicht von ihm ab, nur unwillig ließ John sie los. Sie lehnte den Kopf an seine Schulter, und mit all seinen Sinnen genoß er nun die Berührung ihres schmalen Körpers, den er unter seinem Arm spürte, die Art, wie ihre langen Beine sich an seine Seite schmiegten, den Duft ihres Haares, die Wärme ihrer nackten Haut an seiner kühlen feuchten Brust.

In dieser Nacht konnte John noch nicht bei Suckahanna schlafen. Sie zog zwar aus Attones Hütte aus, verbrachte aber die Nacht bei Musses. Attone trug ihre Rehfelle, ihre Körbe und ihre Krüge zu Musses' Hütte und küßte sie zärtlich auf die Stirn, als er sich von ihr verabschiedete.

»Macht es ihm nichts aus?« fragte John, als er diese herzliche Verabschiedung beobachtete.

Suckahanna warf ihm ein kurzes schelmisches Lächeln zu. »Nur ein bißchen«, sagte sie.

»Mir würde es etwas ausmachen«, warf John ein.

»Er hat geheiratet, weil man es ihm geraten hatte«, erklärte sie. »Und dann mußte er mich und meine Mutter versorgen, und wir haben keine Aussteuer mitgebracht, keinerlei Werte. Also konnte er es sich nicht leisten, eine zweite Frau zu nehmen, wenn er es gewollt hätte. Doch jetzt hat sich alles für ihn geändert. Er ist wieder Junggeselle. Du wirst ihm für mich etwas bezahlen müssen, das wird ihm gefallen, und dann kann er sich umsehen und das Mädchen aussuchen, das er diesmal wirklich will.«

»Wieviel werde ich ihm zahlen müssen?« fragte John.

»Vielleicht viel«, warnte sie ihn. »Vielleicht eines deiner Gewehre, die du in deinem Haus gelassen hast.«

»Sind die noch da?« fragte John ungläubig. »Ich hätte gedacht, daß man alles gestohlen hat.«

Sie nickte gelassen. »Alles ist gestohlen worden. Aber wenn Attone das Gewehr haben soll, dann kannst du sicher sein, daß man es wieder zurückgibt.«

»Ich hätte gern meine Gewehre wieder zurück«, äußerte John halb wehmütig.

»Deine Sachen hat man dir gestohlen, als du ein reicher weißer Mann warst, und nun sind sie weg.«

Sie sah in sein zweifelndes Gesicht.

»Was würdest du damit anfangen wollen? Wenn man hier nur Pfeil und Bogen und einen Speer, einen Pflanzstock, ein Messer oder eine Fischreuse braucht?«

John dachte einen Augenblick nach, und ihm wurde klar, daß seine Besitztümer Teil des anderen Lebens waren, das er hinter sich gelassen hatte. Es waren Dinge, die besser abgelegt und vergessen blieben, als in der Ecke seines neuen indianischen Zuhauses zu stehen und ihn immer an früher zu erinnern.

»Nun gut«, sagte er. »Wenn er sie zurückbekommen kann, kann er sie behalten.«

Kurz vor Morgengrauen wurde John von Attone wachgerüttelt. »Wach auf, Adler«, flüsterte er. »Komm und wasch dich.«

Es war noch sehr früh, nur die beiden Männer bewegten

sich wie graue Schatten den Weg zwischen den Hütten entlang. Es war immer noch finster, nur ein schmaler blaßgrauer Streifen über dem Dunkel des Waldes kündigte den Tag an.

John Tradescant watete neben Attone in den Fluß und folgte jeder seiner Bewegungen. Zuerst kam das sorgfältige Waschen des Gesichts, dann das akribische Reinigen der Achselhöhlen und der Genitalien und schließlich das tiefe Eintauchen in das eisige Wasser, wobei die Brust, der Rücken, die Schenkel, die Waden und Füße kräftig abgerieben wurden. Attone tauchte prustend wieder auf und strich sich das lange Haar nach hinten.

Er ging aufs Ufer zu, John folgte ihm. Auf den Kieselsteinen des Strandes flackerte ein kleines Feuer, ein paar der kleinen indianischen Tabakpflanzen lagen daneben. Attone hob die Schale einer Seeohrschnecke auf, nahm ein Tabakblatt, zündete es mit einem glühenden Ästchen an und lief wieder in den Fluß zurück, wobei er das brennende Blatt über der Schale vor sich her trug, um die heilige Asche aufzufangen. Das Gesicht hatte er der Sonne zugewandt und murmelte dabei seine Gebete. John ahmte ihn genau nach und konnte der Zeremonie einigermaßen folgen – der Zeremonie, die den Sonnenaufgang beschwor, für Rotwild und Rehe gute Nahrung und ein glückliches Aufwachsen erflehte, den Regen und das Wachsen der Pflanzen erbat, den grausamen Gott Okee anbetete, seinem Zorn Zügel anzulegen, und das Volk bat, die Erde in Ehren zu halten und seine Mütter immer zu lieben. Darauf verstreute Attone die Asche und die glühenden Blatteile über dem Wasser und blickte zum Ufer. John tat es ihm nach.

Dort wartete Suckahanna mit ernstem Gesicht. Als John auf seine Kleider zuging, auf die abgetragene Wildlederhose, die man ihm beim Eintreffen im Dorf gegeben hatte, schüttelte sie wortlos den Kopf und reichte ihm eine neue aus weichem Leder, dazu einen kleinen Wildlederschurz, der mit einem feinem Stickmuster verziert war.

John ging auf sie zu und ließ sich nach Stammessitte ankleiden und erhielt von ihr und Musses, der Sippenmutter, seine rote Bemalung mit Bärenfett, so daß seine Haut so dunkel wirkte wie die der anderen.

Vom Dorf her drang das Dröhnen der Trommeln, das in einen steten beharrlichen Rhythmus überging, bis zu ihnen.

»Es ist Zeit«, sagte Attone. »Komm, Adler. Jetzt bist du dran.«

John drehte sich um, meinte, daß Attone auf die Erwähnung dieses Namens hin lachen würde, aber der Krieger blickte ihn unverwandt ernst an. Nicht ein Anflug von einem Lächeln war auf seinem Gesicht auszumachen. »Ich bin dran?« fragte John unsicher.

Suckahanna wandte sich dem Dorf zu und lief vor ihnen. Als sie den Festplatz erreichten, blieb sie jedoch zurück und gesellte sich zu den Frauen, die an der Seite warteten. Diese bildeten einen Kreis um Suckahanna und verschränkten die Arme, so daß sie umringt war von all ihren Gefährtinnen.

John wurde von den Kriegern in die Mitte genommen, die ihn gestern begleitet hatten. Niemand begrüßte ihn mit einem Lächeln. Ihre Gesichter waren so starr, als seien sie aus Holz geschnitzt. John blickte alle der Reihe nach an. Nun kamen sie ihm nicht mehr wie Freunde vor, sie erschienen ihm wie Feinde.

Der Vorhang zur Hütte des Häuptlings wurde zurückgeschlagen, und der alte Mann trat heraus. Er trug ein furchteinflößendes Kostüm aus Vogelfedern, das mit so viel Sorgfalt gefertigt worden war, daß John keine Nähte und keinen Stoff erkennen konnte. Er wirkte wie ein Mensch, der in einen dunkelglänzenden Vogel verwandelt war. Er schritt auf langen Beinen so gravitätisch daher wie ein übellauniger Reiher. Hinter ihm folgten die beiden Dorfältesten, die funkelnde, mit schwarzen Bernsteinperlen besetzte Umhänge übergeworfen hatten. Bei jeder Bewegung machten sie klirrende Geräusche, denn sie waren außerdem noch mit unzähligen Amuletten und Ketten aus Kupfer und Muschelschalen behängt.

Auf einen Wink des Häuptlings mit seinem reichverzierten Speer hin traten aus der Hütte zwei junge Männer, die etwas Schweres, Quadratisches schleppten. Einen Augenblick dachte John, daß es sich um ein Gestell, ein Podest für den Häuptling handeln könnte, worauf sich dieser stellte, wenn er sein Volk ansprach. Doch dann bemerkte er, daß sich in der Mitte des Gestells eine Vertiefung befand, die für das Kinn ausgespart war. Mit dumpfem Entsetzen wurde John klar, was das bedeutete. Oft genug hatte er in London beim Tower Hill Hinrichtungen beigewohnt. Und so erkannte er in dem Gerüst ein Schafott.

»Nein!« schrie er und wich zurück. Doch ein Dutzend Männer umzingelten ihn und mußten ihn nicht einmal festhalten, sondern drängten sich nur mit ihren Leibern ganz dicht um ihn. Sie hatten einander untergehakt und schoben sich an ihn heran, so daß es für John kein Entrinnen gab. Selbst wenn er vor Angst gestorben wäre, hätte er aufrecht stehenbleiben müssen.

Der Häuptling zeigte John ein Lächeln. Seine Federn zuckten, als sei er ein englischer Rabe, der den weiten Weg in die Neue Welt herüber gemacht hatte, um John die Augen auszuhacken. John hörte, wie er gegen diese Ungerechtigkeit anschrie: Warum hatten sie ihn gerettet, als er mit der Brandwunde und der Blutvergiftung krank und vor Hunger schwach gewesen war, wenn sie ihn nun doch enthaupten wollten? Dann fielen ihm die Geschichten aus Jamestown wieder ein, die besagten, daß die Indianer keine Vernunft besaßen. Sie folterten um des Spaßes willen und vergossen um des Vergnügens willen Blut. Er meinte nun, daß ein Hieb mit der Axt ein Segen sei gegenüber einem Bauchaufschlitzen oder der Aussicht, skalpiert, gevierteilt oder über einem Ameisenhügel lebendigen Leibes aufgespießt zu werden.

Bei dem Gedanken daran mußte er wieder aufschreien. »Suckahanna!« rief er gequält und stieß sich zwischen den Leibern der Krieger so weit nach vorn, daß er sie sehen konnte. Ihr Gesicht war ganz weiß. Voller Verzweiflung flehte sie die Frauen um sich herum an und blickte dabei ständig zu ihm hinüber. »John!« rief sie.

Die Krieger packten seine Arme und zerrten ihn zu dem Gerüst hin. John konnte nicht entkommen. Er schlug wild um sich und fluchte, doch sie hielten ihn fest. Ihr Gewicht preßte seinen Kopf hinunter, so tief, bis sein Kinn die unbarmherzige Kälte des sorgfältig bearbeiteten Holzblocks berührte. Da spürte er, daß sein letztes Stündlein geschlagen hatte.

»Gott möge mir meine Sünden vergeben«, flüsterte John heiser. »Und meine Kinder und Hester beschützen. Gott, vergib mir, Gott, vergib mir!« Eine Sekunde schloß er die Augen vor Entsetzen, dann öffnete er sie wieder und sah nach Suckahanna. Die Frauen hatten sie losgelassen, nun stand sie starr unter ihnen, ihr Gesicht vor Angst so weiß wie das einer Engländerin.

»Suckahanna«, sagte John leise.

Er versuchte sie anzulächeln, ihr zu zeigen, daß selbst jetzt seine Liebe nichts trübte, es weder Bedauern noch Vorwürfe gab. Doch er wußte, daß sein Mund trocken war und er nur seine Zähne zeigen konnte und sie bald das Weiß seines Schädels sehen würde, wenn sie ihm die Haut von der Stirn abzogen und die Trophäe seines Skalps hochhielten.

Plötzlich ließ der Druck gegen seinen Rücken und seinen Hals nach, denn die Männer bemerkten, daß er sich seinem Schicksal ergeben hatte. John suchte mit den Augen nach dem Henker und seiner Axt, doch statt dessen erblickte er nur eine große Kampfkeule, vorzüglich gearbeitet und ausgewuchtet, und den Mann, der sie hielt und auf das Zeichen wartete, loszulegen und Johns Schädel zu zertrümmern.

Nun verließ ihn all sein Mut, Feuchtigkeit floß an seinen Beinen entlang. Er hörte ein leises Wimmern, es war seine Stimme der Angst.

Der Häuptling erhob seinen verzierten Speer, die schwarzen Federn an seinen Armen rauschten, als seien es Flügelspitzen. Wie ein schwarzer Engel stand er zwischen John und der Sonne, und sein Gesicht war von Freude erfüllt.

Der Speer senkte sich. Die Kampfkeule wurde hochgeschwungen, und John wartete auf den Todesstoß.

Etwas traf ihn, sein gemarterter Körper zuckte bei dem Aufprall zusammen, aber es war nicht die Keule auf seinem Schädel, es war Suckahannas Körper. Sie hatte sich von den Frauen losgerissen, war über den Platz geeilt, um sich auf seinen Rücken zu stürzen, mit einem Knie in seinen Ausscheidungen, das Haar über seinem bebenden Rückgrat, den Kopf über dem seinen, das Kinn auf seinem Schädel, um sich selbst dem Henker darzubieten.

Der Henker konnte den Schwung der Keule nicht mehr aufhalten, sondern sie nur noch zur Seite lenken. So prallte sie wie eine Kanonenkugel in den von den Tänzen festgestampften Boden des Platzes.

John spürte, wie sich sein Barthaar beim Niedersausen der Keule aufrichtete, er öffnete die Augen und blickte zum Häuptling hinüber.

Der alte Mann war ernst. Er hob den Speer und sprach so leise wie immer.

»Hör, Volk des Waldes und des Flusses, hör, Volk der

Ebenen, hör, Volk der Ufer und der Sümpfe, des Himmels, des Regens, der Sonne, hört, ihr alle, die ihr aus dem Mund des Großen Hasen gesprungen und über das Land gelaufen seid, das er schuf. Suckahanna, unsere Tochter, ist bis an den Rand des dunklen Flusses gegangen wegen dieses Mannes. Er verdankt ihr sein Leben. Sie hat ihm das Leben geschenkt, er hat eine Powhatan-Mutter.«

Die Versammelten nickten. »Eine Powhaten hat ihm das Leben geschenkt.«

John fühlte, wie Suckahannas schlanker Leib zitterte. Er sah, wie sich ihre zitternden Hände auf der Richtstatt aufstützten und weiß wurden, als sie sich erst auf die Knie hockte und sich dann vor ihr Volk stellte. Er dachte, er sollte sich auch erheben, an ihre Seite treten, aber seine Beine würden ihm wohl den Dienst versagen. Ihm wurde bewußt, daß er sich für sie aufrichten mußte, wenn sie bereit war, für ihn zu sterben. Vielleicht sollte er vor ihr knien.

Er erhob sich mühsam und stellte fest, daß seine Beine zitterten und sein Körper von kaltem Schweiß überzogen war. Suckahanna drehte sich zu ihm um und nahm seine Hand.

»Ich nehme dich zu meinem Mann«, sagte sie mit bebender Stimme. »Ich nehme dich in unser Volk auf. Nun gehörst du zu diesem Volk, für immer und ewig.«

Tiefe Stille herrschte. John befürchtete, daß seine Stimme nur einen Schrei hervorbringen könnte. Er räusperte sich und sah das Mädchen an, das seine Frau geworden war und ihn nun ein zweites Mal gerettet hatte.

»Ich danke dir, daß du mir das Leben gerettet hast«, sagte er stockend in ihrer Sprache, und wenn er nicht weiter wußte, ließ er englische Wörter einfließen. »Das werde ich nie vergessen. Ich nehme dich gern zur Frau und möchte zu deinem Volk gehören.«

»Ich nehme *dich* zum Mann«, betonte sie leicht.

»Ich freue mich, daß du mich zu deinem Mann machst, und ebenso, daß mich dein Volk aufnimmt«, korrigierte er sich.

Nun hörte man ein vergnügliches Murmeln in der Menge, und alle blickten zum Häuptling, auf die dunkle Federgestalt, die wie ein Reiher auf einer Kiefer hockte und über dem Paar schwebte. Er hob erneut seinen Speer.

»Adler!« rief Attone belustigt und grinste John seitwärts an: »Adler! Der das Wild tötet, indem er ihm auf den Kopf springt und es ins Wasser taucht. Der sich bei seiner eigenen Hochzeit bepißt!«

In dieser Nacht gerieten sie in einen Taumel. Benebelt und zügellos tobend, dann wechselweise abgestumpft und wieder ausgelassen, tanzten und hüpften sie unter einem gelben Sommernachtsmond. Sie rauchten den geweihten Tabak, bis sie ganz berauscht davon waren und ihr Trommelfell glühte und juckte. Sie rauchten, bis sie ein Dutzend Monde am Himmel sahen, und tanzten lange unter ihnen und folgten der Spur dieser vielen Monde. Sie rauchten, bis sie nicht mehr konnten und ihre brennenden Kehlen mit Wasser kühlen mußten. Dann rannten sie zum Fluß hinunter und beschworen noch mehr Monde, die für sie auf dem Wasser schwebten wie einzelne Trittsteine in der Dunkelheit. Sie rauchten, bis sie hungrig wie Kinder waren, und sie durchstöberten die Vorratslager nach Süßem und Herzhaftem, und sie verschlangen getrocknete Blaubeeren und erhitzten Mais aus der Feuerglut und verbrannten sich in ihrer Gier die Zunge. Sie rauchten in einer ausschweifenden Orgie, denn sie feierten, daß Adler die Prüfung bestanden und seinen Kopf auf den Richtblock gelegt hatte. So etwas hatte es seit den Tagen von Prinzessin Pocahontas, der Tochter des Häuptlings, nicht mehr gegeben, als sie sich opfern wollte, um John Smith zu retten und ihm nach England zu folgen.

Dabei war sie noch so jung gewesen und hatte kaum begriffen, was sie dabei aufs Spiel setzte.

Suckahannas Geschichte war noch leidenschaftlicher, und die Frauen baten sie viele Male, sie ihnen zu erzählen. Wie sie John begegnet war und Angst vor ihm gehabt hatte. Wie er sie freundlich behandelt und keine Ahnung davon hatte, daß sie alle seine Wörter verstand, daß sie hörte, wie er sagte, sie sei wunderschön und begehrenswert. Daraufhin seufzten die Frauen, und die jungen Krieger lachten und stießen einander in die Rippen. Dann berichtete Suckahanna, wie sie unter den schrecklichen Bedingungen in der Welt des weißen Mannes in Jamestown auf ihn gewartet hatte; und wie sie ihn dann aufgegeben und bei ihrem Volk Zuflucht gesucht hatte und glücklich über Attones Freundlichkeit gewesen war. Dann erzählte Suckahanna ihnen, wie sie von einem frisch angekommenen Weißen hörte, der im Wald eine Lichtung geschlagen, ein Haus gebaut und vor seiner Tür eine Blume angepflanzt hatte. Daraufhin habe sie gewußt, daß John in das Land des Großen Hasen zurückgekehrt war. So war sie allein losgezogen und hatte ihn, im Schatten der Bäume versteckt, beobachtet – und sie wußte, daß er der einzige Mann war, den sie je geliebt hatte und immer lieben würde. Darauf hatte sie Attone und dem Häuptling erklärt, daß der Mann, den sie liebte, ein Engländer war, der allein im Wald lebte, und um Erlaubnis gebeten, zu ihm zu gehen.

Doch sie waren weise und vorsichtig, und sie ließen sie warten und ihn beobachten. Dabei bemerkten sie, daß er nicht die Fertigkeiten besaß, mit allen Widrigkeiten des Lebens im Walde allein fertig zu werden. Suckahanna bat erneut Attone und den Häuptling, ihr zu gestatten, dem Engländer zu helfen, sein Heim im Land des Hasen aufzubauen.

Weise lehnten sie das wieder ab. Sie meinten, daß man

dem Weißen nicht Attones Kinder anvertrauen könne. Wenn Suckahanna zu ihm zurückkehrte, würde er sie vielleicht wie eine Sklavin behandeln und nicht als seine Frau. Sie sagten, sie solle warten.

Suckahanna wartete und hielt John mit kleinen Gaben am Leben. Sie sah, wie er am Rande der Verzweiflung und des Todes ins Kanu stieg und beinahe ewig bis zum Großen Meer gefahren wäre. Erst in diesem Augenblick erlaubte man es Suckahanna, ihn zu den Powhatan zu bringen.

Das war eine anrührende Geschichte, die die letzten Stunden der Nacht füllte, als ihre wilden, benebelten Köpfe wieder klar sahen, ihr Gelächter abebbte und die Männer, Frauen und Kinder langsam den Festplatz und das große Feuer, das sie für ihr ausgelassenes Feiern errichtet hatten, verließen.

Suckahanna und John gehörten zu den letzten, die im Morgengrauen aufbrachen. Schließlich verspürten sie keine Eile, zueinanderzukommen. Sie hatten eine Unterkunft in einem leeren Vorratslager, das ihnen der Häuptling zur Verfügung gestellt hatte. Bald würde man gemeinsam eine neue Hütte für sie bauen. Suckahanna hatte inzwischen in dem vorläufigen Quartier Wildleder auf die Lagerstätten gelegt und ihre Körbe an die Wände gehängt.

»Ich bin auch müde«, sagte sie. »Laß uns gehen.« Suckahanna lächelte John an. Das Baby war in seinen Schlafsack gehüllt, ihr kleiner Sohn lag eingekuschelt mit seinem schweren Kopf in ihrem Schoß.

John stand auf und nahm Suckahannas Sohn in seine Arme. Der schlaftrunkene Kleine umschlang ihn, schenkte ihm das kindlich rasche Vertrauen, da er bisher nur zärtlich liebende Berührungen erfahren hatte. John folgte Suckahanna und legte den Jungen nach ihrer Anweisung auf seine kleine Schlafstatt in der Ecke neben das Baby. Dann ließ er sich auf den warmen Tierfellen nieder und sah seiner Frau zu, wie sie ihr Haar öffnete, ihr kurzes Kleid aufschnürte und es zu Boden fallen ließ. Nackt stand sie nun vor ihm.

John erhob sich, seine Finger suchten rasch den Knoten seines Lendenschurzes zu öffnen. Nun war auch er nackt. Ihre Augen glitten über seinen Körper, ohne Scham, dunkel vor Verlangen, und sie lächelte ein wenig, so wie eine Frau lächelt, die weiß, daß ihr Mann sie begehrt: halb aus Eitelkeit, halb vor Freude.

Sie warf ihren Kopf stolz nach hinten, wandte sich um und streckte sich dann auf ihrem Lager aus, wobei sie das weiche Wildleder zur Seite schob, so daß es ihren bronzefarbenen glatten Körper umschmiegte. Mit auseinanderfließenden Haaren, halbgeöffnetem Mund, mit vor Lust getrübten Augen und einem leicht beschleunigten Atem war sie für ihn bereit. John ging auf die Schlafstatt zu und glitt über sie mit dem Gefühl, dies müsse ein Traum sein nach all den Jahren seiner Sehnsüchte. Er neigte seinen Kopf zu ihr hinunter und küßte sie, und als er ihre warmen Lippen schmeckte, wußte er, daß er wach und lebendig war, lebendiger als je zuvor in seinem Leben. Er spürte seinen Leib entbrennen und drang tief in sie ein mit einem leisen Seufzer der Verzückung. Suckahannas dunkle Augen fielen zu.

Sommer 1643.
England

Am Morgen des 31. Mai wachte Hester von einem Kieselsteinregen gegen ihr Schlafzimmerfenster auf. Einen Augenblick lang hatte sie den absurden Gedanken, daß es John sei, der aus seinem eigenen Haus ausgesperrt war und auf diese Weise Einlaß begehrte – für eine Versöhnung, eine Heimkehr und ein Ende ihrer Einsamkeit und des Wartens.

Sie sprang aus dem Bett, rannte zum Fenster und blickte hinunter. Ein Mann stand da, den Umhang fast bis zu den Augen hochgezogen, doch sie hätte ihn überall an seinem Hut, der reich mit Federn geschmückt war, erkannt.

»Er möge verrecken!« fluchte Hester vor sich hin, als sie sich eine Jacke über ihr Nachtgewand warf und die Stufen barfuß hinunterlief, um dem Mann die Hintertür zu öffnen. Bei den Ställen bellte kurz ein Hund. Hester erlaubte dem Fremden, ins Haus zu schlüpfen, und machte die Tür hinter ihm zu.

»Was gibt es?« fragte sie kurz angebunden.

»Die Sache ist fehlgeschlagen«, antwortete er und enthüllte sein Gesicht. Sie bemerkte, daß er erschöpft und besorgt war. »Ich brauche rasch ein Pferd, um von hier fortzukommen und den König zu warnen.«

»Ich habe keins«, sagte Hester bestimmt.

»Lügnerin!« entgegnete er barsch.

»Ich habe keins übrig.«

»Hier geht es um den König. Seine Majestät wird erfahren, wie man mir geholfen hat.«

Hester biß sich auf die Lippen. »Werdet Ihr mir das Pferd zurückschicken?« fragte sie. »Es hilft mir bei der Landarbeit. Ich brauche es.«

»Der König benötigt es dringender.«

»Sprecht gefälligst leiser«, warf ihm Hester unwillig an den Kopf. »Oder wollt Ihr das ganze Haus aufwecken?«

»So gebt mir das Pferd!«

Sie ging voran bis zur Küche an der Rückseite des Hauses. Er zögerte, als er sah, daß das Feuer zur Nacht mit Asche bedeckt worden war. »Ich brauche was zu essen«, sagte er.

»Ihr geht nach Oxford und nicht nach Amerika«, sagte Hester voller Ungeduld. »Ihr könnt dort essen.«

»Gebt mir etwas Brot und Käse, und ich trinke einen Becher Bier, während Ihr das Pferd sattelt.«

Hester winkte ihn zur Speisekammer hinüber. »Eßt, was Ihr wollt, und kommt in den Hof, wenn Ihr fertig seid.«

Sie schlüpfte in ein Paar Holzpantinen und öffnete die Küchentür. Draußen zog sie die Jacke enger um sich und knöpfte sie zu. Johns Pferd stand in der Bucht. Als es Hester sah, wieherte es, dann bellte der Hund wieder.

»Still!« rief Hester beiden zu, als sie aus der Sattelkammer Johns schweren Sattel und das Zaumzeug holte. Die Stute stand geduldig still, während sie sich mit dem Sattel zu schaffen machte. Als sich ein Schatten dem Stall näherte, bewegte sich das Pferd. Hester blickte auf, voller Angst, daß die Anhänger des Parlaments gekommen waren, um den Königstreuen festzunehmen und auch sie als eine Mitverschwörerin. Doch es war nur der Royalist, der in den Händen Brot und Käse hielt und den Hut nach hinten geschoben hatte.

Hester führte das Pferd in den Hof hinaus. »Gebt den her!« sagte sie plötzlich und fegte ihm den Hut vom Kopf. Er war viel zu überrascht, um sich zu wehren. Mit einer raschen Geste hatte sie die Federn vom Hutrand losgemacht und auf den Misthaufen geworfen. »Warum nicht gleich die Farben des Königs tragen, während Ihr etwas vorhabt?« sagte sie.

Er nickte. »Ich werde Seiner Majestät berichten, daß man sich im Haus der Tradescants an ihn erinnert. Dafür werdet Ihr belohnt werden.«

»Der einzige Lohn, den ich will, ist, daß Ihr mir das Pferd unversehrt zurückschickt«, sagte Hester.

Sie trat vom Kopf der Stute zurück, die vorsichtig über die Pflastersteine auf den Hof hinaus und um das Haus herum zur Straße lief. Hester lauschte. Hätte man den Mann verfolgt, würde sie das Hufgeklapper auf der Straße nach Lambeth hören. Im Garten fing irgendwo eine Drossel an zu singen. Sie zitterte vor Kälte und Furcht und ging hinein.

Wenn man den Mann festnehmen sollte und er sie als Verbündete angab und sagte, daß die Arche ein treues royalistisches Haus sei, dann konnte sie vom Parlament des Hochverrats für schuldig befunden und zum Tode verurteilt werden. Der Königstreue mochte mit Federn am Hut unbekümmert mitten in eine Niederlage hineinreiten; doch Hester wußte nur zu gut, daß sich das Land im Bürgerkrieg befand und daß in diesem Krieg kein Pardon gegeben wurde.

Sie wartete am Feuer, bis es hinten in dem kleinen rechteckigen Küchenfenster hell wurde, dann ging sie hinauf und weckte Frances und Johnnie.

»Was ist, Mutter?« fragte Johnnie, der ihr ernstes Gesicht sah.

»Wir werden Onkel Norman besuchen«, sagte sie. »Heute noch.«

Sie nahmen ein Boot die Themse abwärts, und der Bootsführer erzählte viel über eine royalistische Verschwörung, die gestern aufgedeckt worden sei. Hester nickte. »Mich interessiert Politik nicht«, sagte sie abweisend.

»Ihr werdet Euch dafür interessieren, wenn diese Verräter die Stadt dem König übergeben«, sagte der Bootsführer. »Wenn der König mordende Iren und verfluchte Franzosen einschleppt, die die Kehlen aufrechter Engländer durchschneiden sollen!«

»Ja«, sagte Hester höflich. »Ich schätze, daß ich mich dann in der Tat dafür interessieren werde.«

Der Bootsführer räusperte sich, spie ins Wasser und ruderte gleichmäßig weiter.

Alexander Norman empfing sie, als sei ihr Besuch schon vor Monaten geplant und nicht in Hesters Angst kurzfristig beschlossen worden. Seine Haushälterin hatte zwei Zimmer in seinem kleinen Stadthaus neben seinem Werkshof in den Minories im Schatten des Tower hergerichtet.

»Meine Verwandte hat mir schon seit langem versprochen, mich zu besuchen«, klärte er seine Haushälterin auf, als sie Hester ins vordere Empfangszimmer führte und ihr Hut und Umhang abnahm. »Ich habe darauf bestanden, daß es noch im Mai sein müßte, ehe es in der Stadt zu heiß und ungesund wird.«

»In den Geschäften gibt es nichts Besonderes zu kaufen«, meinte die Haushälterin. »Wenn Ihr vorhattet, Euch nach neuester Mode umzusehen, hättet Ihr daheim bleiben können.«

»Die Familie der ersten Frau meines Mannes betreibt eine Seiden- und Schnittwarenhandlung in der Nähe des Hafens«, erwiderte sie auf den freundlichen Hinweis. »Ich dachte, daß sie mir etwas zeigen würden, wenn noch etwas an Lager ist.«

»Gewiß haben sie noch ein wenig Seide für die kleine Miss hier aufbewahrt. Ist sie nicht eine echte Schönheit?«

Frances schälte sich gerade aus dem dicken Umhang und nahm die große Haube ab, die sie Hesters wegen tragen mußte.

»Seid Ihr auf der Suche nach einem Gatten für sie?«

Hester schüttelte den Kopf. »Das ist noch zu früh.«

Die Haushälterin nickte und machte sich davon.

Alexander Norman rückte für Hester einen Sessel näher an den Kamin. »War es kalt auf dem Fluß?«

»Ein wenig«, sagte sie und nahm Platz.

»Hattet Ihr Ärger?« fragte er sehr leise.

»Ein Offizier der Royalisten kam frühmorgens und hat Johns Pferd mitgenommen. Vorher wollte er, daß John ihm bei dem Vorhaben hilft, Lambeth mit einem Aufruf für die Partei des Königs zu mobilisieren.«

Diese Nachricht erschreckte Alexander. »Wann war das?«

»Er ist heute früh im Morgengrauen fort, doch das erstemal ist er vor zwei Wochen aufgetaucht.«

»Hat ihn jemand gesehen?«

Hester zuckte die Achseln. »Ich weiß es nicht. Vor dem Haus hat ihm sicher niemand aufgelauert, und niemand scheint unseren Aufbruch bemerkt zu haben. Er wollte nach Oxford zum König. Ich weiß nicht, ob er dort eingetroffen ist.«

Er wandte sich von ihr ab.

»Was ist los?« wollte Hester wissen. »Der Bootsführer hat von einer Verschwörung gesprochen.«

»Es ist Lady d'Aubigny«, erwiderte Alexander. Hester stieß vor Entsetzen einen kleinen Schrei aus. »Ihr kennt den Namen?«

»Ich hörte ihn vor zwei Wochen erstmals, als ich diesem Offizier äußerste Verschwiegenheit geloben mußte. Nie habe ich damit gerechnet, daß alle davon wissen.«

»Sie ist eine Närrin. Der Dichter Edmund Waller und sie hatten geplant, London für den König zu erobern. Sie wollten den Tower besetzen und das gesamte Parlament einsperren. Und das Oberhaus mit den Lords sollte sich hinter sie stellen, und all die Royalisten sollten einen Aufstand machen.«

Hester wurde ganz blaß. »Und?«

»Nichts weiter. Jeder, der mit dem Vorhaben vertraut war, posaunte es in den Versammlungen und in den Schenken aus. Und heute vormittag sind sie festgenommen worden. Lady d'Aubigny ist verschwunden, niemand weiß bisher, wo sie sich aufhält. Aber Waller ist festgesetzt und ein halbes Dutzend anderer ebenso.« Er schwieg. »Wer weiß davon, daß Ihr hier seid?«

»Die Bediensteten. Ich sagte, daß ich einen Besuch in London abstatten wollte. Das hielt ich für besser, als wenn wir uns versteckt hätten.«

»Da habt Ihr recht. Doch ich frage mich, ob Ihr nicht lieber London verlassen solltet.«

»Wir alle?«

»Nur Ihr, denke ich. Habt Ihr außerhalb der Stadt Verwandtschaft? Einen Ort, wo Ihr zurückgezogen leben könntet, bis dieser Aufruhr vorüber ist?«

Sie verneinte. »John riet mir, wenn Gefahr droht, nach Oatlands zu gehen. Dort hat er sein Gärtnerhaus.«

Die Haushälterin steckte ihren Kopf durch die Tür. »Das Abendessen ist angerichtet«, verkündete sie.

»Ich bin so hungrig!« rief Johnnie, und er und Frances, die beide auf der Fensterbank gesessen und auf die Straße hinuntergeblickt hatten, gingen ins Speisezimmer hinüber. Alexander nahm Hesters kalte Hand.

»Kommt und eßt etwas«, sagte er. »In den nächsten zehn Minuten wird nichts geschehen. Ich werde einen meiner Schreiber nach Westminster schicken, damit er uns auf dem laufenden hält.«

Hester aß nichts, und jedesmal, wenn ein Fuhrwerk über die Straße zuckelte, schreckte sie auf und wartete auf ein Pochen an der Tür.

»Was hast du, Mutter?« fragte Frances. »Ich spüre, daß etwas nicht stimmt.«

Hester blickte zu Alexander hinüber. »Ihr solltet es sagen«, meinte er. »Sie haben ein Recht darauf, es zu erfahren.«

»Ein Spion des Königs kam nachts und hat Vaters Stute mitgenommen«, sagte Hester.

Die beiden Kinder waren über diese Mitteilung bestürzt.

»Ein Spion des Königs?« fragte Johnnie.

»Was hatte er an?« wollte Frances wissen.

»Oh, warum hast du mich nicht geweckt?« rief Johnnie aufgebracht. »Ich hätte ihm helfen können.«

»Er trug einen Umhang und …«, Hesters Stimme zitterte, als sie widerwillig ein Lachen hervorbrachte, »… und einen albernen Hut mit Federn.«

»Oh!« flüsterte Frances. »Welche Farbe hatte er?«

»Das spielt doch keine Rolle!« rief Johnnie. »Mutter, warum hast du mir nichts davon gesagt? Ich hätte ihn führen können und wäre sein Page geworden.«

»Ich vermute, daß deine Mutter dir deshalb nichts davon erzählt hat«, sagte Alexander freundlich.

»Doch ich hätte mit ihm in ein, zwei Gemetzel ziehen können und wäre dann wieder heimgekehrt. Ich bin ein Tradescant! Es ist meine Pflicht, dem König zu dienen!« sagte Johnnie enthusiastisch.

»Es ist deine Pflicht, deine Mutter zu beschützen«, sagte Alexander auf einmal grimmig. »Also schweig, Johnnie.«

»Warum sind wir dann hierhergekommen?« fragte Frances. »Was geschieht nun? Ist das Parlament hinter uns her?«

»Nicht hinter dir«, sagte Hester leise. »Doch wenn sie herauskriegen, daß er in der Arche Hilfe erhalten hat, stecke ich vielleicht in Schwierigkeiten.«

Frances blickte sich sofort nach Alexander Norman um

und streckte ihm die Hände entgegen. »Ihr werdet Euch um uns kümmern, nicht wahr, Onkel Norman?« fragte sie. »Ihr laßt es nicht zu, daß sie uns Mutter wegnehmen?«

Er nahm ihre Hände; Hester bemerkte, daß er sich zurückhalten mußte, sie nicht an sich zu ziehen. »Natürlich«, sagte er.

Frances hatte immer noch ihre Hände in den seinen und wandte sich nun ihrer Stiefmutter zu; da sah Hester sie zum erstenmal als ein Paar. Sah, wie er den Kopf zu ihr neigte, sah, wie sie ihm vertraute.

»Ist es angebracht, daß du dich versteckst?« fragte Frances beunruhigt.

»Ich mache mich jetzt sofort zum Tower auf«, entschied Alexander, »um zu erfahren, was es Neues gibt. Bis zu meiner Rückkehr laßt die Tür verriegelt. So rasch können sie Euren Namen nicht herausgefunden haben und auch nicht, daß Ihr hier seid. Wir sind ihnen mindestens einen Tag voraus.«

Hesters Mund fühlte sich trocken an. Sie nahm sich einen kleinen Becher Bier. Alexander warf ihr rasch ein ermunterndes Lächeln zu. »Seid jetzt tapfer«, sagte er. »Ich werde höchstens eine Stunde fort sein.«

Die kleine Familie ging ins Empfangszimmer zurück, wo sich Frances und Johnnie wieder auf der Fensterbank postierten. Hester saß in unbehaglicher Tatenlosigkeit am Kamin. Als die Haushälterin mit neuen Kohlen hereinkam, sprangen alle auf.

»Ich hatte gedacht, Ihr würdet ausgehen wollen«, meinte sie freundlich.

»Vielleicht später«, erwiderte Hester kurz angebunden.

Wie versprochen, kehrte Alexander Norman noch vor Ablauf einer Stunde über die Straße vom Tower her zurück.

»Schlechte Nachrichten«, sagte er und prüfte, ob die Zimmertür wirklich hinter ihm zu war. »Lady d'Aubigny hat in der französischen Gesandtschaft Zuflucht gefunden unter dem Vorwand, daß ihr Gatte Franzose sei. Doch das Parlament hat angeordnet, daß die Franzosen sie ausliefern müßten, und so ist es geschehen. Sie wird wegen Hochverrats abgeurteilt werden, denn sie trug die königliche Liste zum militärischen Aufgebot bei sich und hat versucht, hier in der City von London eine Armee aufzustellen.«

»Der französische Gesandte hat eine englische Lady aus dem Gefolge Seiner Majestät dem Parlament übergeben?« fragte Hester ungläubig.

»Ja«, sagte Alexander mit ernstem Blick. »Vielleicht hat der König in Frankreich weniger Freunde, als er glaubt. Vielleicht haben die Franzosen vor, direkt mit dem Parlament zu verhandeln.«

»Und weiter?«

»Man hat sich mit Edmund Waller, dem Hirn hinter diesem hirnlosen Vorhaben, beschäftigt. Der singt jetzt wie eine blinde Drossel und packt alles aus«, sagte Alexander Norman. »Er verpfeift sozusagen jeden und hofft, Tower Hill und dem Richtblock auf diese Weise zu entkommen.«

»Ob er wohl auch meinen Namen kennt?« fragte Hester leise. Ihre Lippen fühlten sich wie taub an.

»Das weiß ich nicht«, lautete Alexanders Anwort. »Ich wollte keine detaillierten Fragen stellen, da ich nicht auf mich aufmerksam machen wollte. Hoffen wir also, daß Euer Spion entkommen konnte und er in dem ganzen Uhrwerk nur ein unbedeutendes Rädchen ist, so daß Ihr nicht in den Fall verwickelt werdet.«

»Wenn man ihn nicht auf Vaters Pferd festnimmt«, meinte Frances erschrocken.

»Das Pferd habe ich ihm gegeben, könnte ich doch

sagen«, warf Johnnie ein. »Ich war es, weil ich ein Royalist bin. Sie würden mich doch nicht hinrichten, oder? Ich bin noch nicht einmal zehn Jahre alt.«

Hester zog ihn an sich und küßte seinen sanften lieben Kopf. »Ich möchte nicht, daß du da mit hineingezogen wirst, ganz gleich, welches Risiko ich trage.« Sie schaute zu Alexander Norman auf. »Soll ich bleiben oder lieber gehen?«

Er biß sich auf die Oberlippe. »Das weiß nur der Teufel«, sagte er. »Ich glaube, Ihr solltet gehen. Nimmt man Euren Spion gefangen, und er folgt dem Beispiel seiner Oberen, dann wird er alle Informationen preisgeben und womöglich auch Euren Namen nennen. Selbst wenn er nicht geschnappt wird, könnten die Männer des Königs freimütig alles erzählen und Euren Namen ebenfalls erwähnen. Geht nach Oatlands, und bleibt eine Woche in Johns Gärtnerhaus. Ich werde Euch Bescheid geben, wenn die Luft rein ist.«

»Oatlands?« fragte Johnnie. »Bei Prinz Rupert?«

»Ja, es heißt, daß er sich dort aufhält«, sagte Alexander Norman. »Zumindest seid Ihr da vor dem Parlamentsheer sicher, solange er dort weilt.«

»Oatlands!« rief Johnnie. »Prinz Rupert! Ich muß mitgehen! Um dich zu beschützen!«

Frances wollte schon sagen: Ich komme auch mit, doch sie zögerte und schaute zu Alexander Norman hinüber. »Soll ich mitgehen?«

»Ihr werdet alle zusammen abreisen«, erwiderte er. »Das Parlament kann euch nicht festnehmen, ihr steht unter königlichem Schutz. Und wenn ihr heimkehrt, könnt ihr sagen, daß ihr nur Johns Arbeit im Garten fortgeführt habt.« Frances wollte etwas einwenden.

»Ihr solltet gleich aufbrechen«, meinte Alexander bestimmt. Er führte sie aus dem Zimmer in die schmale Eingangsdiele.

Hester blieb etwas zurück und sah ihre schöne Stieftochter an. »Scheint es dir zu riskant, wegzugehen?« fragte sie. »Ich würde es verstehen, wenn du nicht nach Oatlands mitkommen willst. Du könntest zu deinen Großeltern ziehen, Frances.«

»O nein!« rief Frances, die plötzlich wieder ein kleines Mädchen zu sein schien. »Mutter! Nein! Ganz gleich, was dich erwartet, möchte ich mir dir zusammenbleiben. Ich dachte nur, daß uns vielleicht Onkel Norman begleiten könnte. Ich würde mich so viel sicherer fühlen.«

»Er sollte lieber hier die Lage erkunden, und wir sollten weit weg auf dem Lande sein«, sagte Hester. »Und wenn wieder alles friedlich ist, kehren wir nach Lambeth zurück. Es ist schrecklich, das Raritätenkabinett und die Gärten im Stich zu lassen.«

»Falls Vater diesen Monat wieder zurückkommt?« fragte Johnnie.

Hester brachte ein Lächeln zustande. »Falls Vater diesen Monat zurückkommt«, pflichtete sie ihm bei.

Schloß Oatlands war im Frühsommer wunderschön. Doch man merkte dem Garten an, daß die ordnende Hand des Gärtners fehlte und manches verwahrlost war. Auch die meisten Räume des Hauses waren zugesperrt. Ein Regiment Soldaten hatte die große Halle in Beschlag genommen, und die Köche des Regiments waren in den verschiedenen Küchen zugange. Die Pferde der Kavallerie hatte man in den alten königlichen Stallungen untergebracht, und Johns kostbare Rasenfläche vor dem Schloß wurde beim ständigen Drillen, Exerzieren und Aufmarschieren zertrampelt. Prinz Rupert hielt sich nur selten bei seinen Truppen auf. Die Hälfte der Zeit war er bei Hofe in Oxford, wo er sich gegen Friedensverhandlungen aussprach und dem König in seiner unberechenbaren Haltung den Rücken stärkte, das Parlament zu erobern und nicht mit ihm zu reden. Die königliche Kavallerie kümmerte sich nicht um das Seidenraupenhaus oder um das daneben gelegene Haus des Gärtners. Dem Kommandeur begegnete Hester gelegentlich, wenn sie durch die Gärten ging; sie ließ einmal eine Bemerkung darüber fallen, daß sie es für ihre Pflicht hielte, für die Gartenanlagen zu sorgen, da ihr Gatte ja immer noch Gärtner im Schloß war.

»Sehr löblich«, sagte er. »Was muß gemacht werden?«

»Die Wiese muß gemäht werden«, erwiderte Hester. »Und im Knotengarten muß das Unkraut raus, und die Hecken müssen in Form gebracht werden. Die Rosen hätten im Winter beschnitten werden müssen, jetzt ist es zu spät, und für die Obstbäume auch.«

Der Kommandeur nickte. »Im Augenblick denkt niemand an Gartenarbeiten«, meinte er kategorisch. »Aber tut, was Ihr könnt, und ich werde dafür sorgen, daß Ihr bezahlt werdet.«

»Vielen Dank«, sagte Hester.

»Wer ist jenes hübsche Mädchen?« fragte er auf einmal.

»Meine Stieftochter.«

»Laßt sie nicht den Männern über den Weg laufen«, warnte er sie.

»Sie bleibt immer in meiner Nähe«, entgegnete Hester beunruhigt. »Darf sie im Park herumlaufen?«

»Ja. Aber nicht beim Schloß.«

Hester machte einen kleinen Knicks.

Er wollte schon weitergehen, doch dann zögerte er. »Ich habe einmal die Arche besucht«, sagte er. »Als ich ein wenig älter war als Euer Sohn. Der alte Mr. Tradescant hat mich persönlich herumgeführt. Es war der schönste Ort, an dem ich je gewesen bin. Ich konnte kaum meinen Augen trauen. Sogar ein Meerengelhai war da und der Kiefer eines Riesenwals.«

Hester lächelte. »Die gibt es immer noch«, sagte sie.

»Mir kommt es recht ungewöhnlich vor, daß Ihr, während ich für den König gegen sein eigenes irregeleitetes Volk kämpfe, immer noch Mäusefelle, Glasgegenstände und winzige Spielsachen sammelt.«

»Zum einen kann ich zur Zeit nichts anderes tun«, erwiderte Hester scharf. »Mein Gatte vertraute die Sammlung, den Garten und die Kinder meiner Obhut an. Und eine Frau muß ihre Pflicht tun, was immer geschieht.«

Er nickte zustimmend.

»Und zum anderen wird es allen eine große Freude sein, wenn all die seltenen und wunderschönen Dinge den Krieg überstehen und die exotischen Pflanzen gewachsen sind und es Tulpen gibt und, vor allem, wenn die Kastanien so prächtig dicht und grün gedeihen wie eh und je«, sagte Hester etwas sanfter.

Nun herrschte kurzes Schweigen, dann neigte er sich tief hinunter, nahm Hesters Hand und küßte sie. »Ihr bewahrt ein kleines Stück England für uns«, sagte er gerührt.

Hester fand einen jungen Burschen, der bisher sowohl der Begeisterung für den Krieg als auch den Rekrutierungsoffizieren entgangen war. Er mähte von nun an unter ihrer Anleitung die Flächen um Oatlands herum und jätete die Kiesrechtecke des Knotengartens. Bei dem Küchen- und Kräutergarten konnte man kaum etwas ausrichten; man mußte alles wachsen lassen und abwarten, welche Gemüsesorten und welche Früchte sich durch das Unkraut hindurchschoben. Wenn man nach den Blüten urteilte, die wie Schneeflocken in den Ecken des von Mauern umgebenen Obstgartens zu Boden fielen, dann würde es eine reiche Ernte geben.

Im Seidenraupenhaus waren die Regale voll mit verstaubten, ausgetrockneten kleinen Gespinsthüllen. Als der König und die Königin all ihre Residenzen aufgegeben hatten, war auch hier der wärmespendende Ofen ausgegangen, und die Raupen waren gestorben. Hester reinigte die Schalen und wischte den Fußboden in ziemlicher Verärgerung über die Königin, die solche Dinge wie die Aufzucht von Seidenraupen ins Leben gerufen und sie dann völlig vergessen hatte. Jeden Tag banden sich Hester und Frances die Kleider hoch, krempelten die Ärmel auf und machten sich in den Gärten zu schaffen. Sie notierten die Stellen, wo Tulpen wuchsen, denn im Herbst sollten diese ausgegraben werden. Sie befestigten Kletterranken an den Lauben und Laubengängen und jäteten scheinbar endlos Unkraut.

Am Nachmittag durfte Johnnie der Kavallerie beim Exerzieren zuschauen, und einmal konnte er auch den jugendlichen Prinz Rupert auf seinem riesigen Pferd bestaunen mit seinem Pudel, der über dem Sattelknauf lag, und seinem dunklen Haar, das in riesigen Locken über seine Schultern fiel. Prinz Rupert hatte den kleinen Jungen entdeckt, und Johnnie hatte ihn prompt gefragt, ob er in seinem Regiment dienen dürfte, sobald er alt genug dafür sei und ein neues Pferd hätte.

»Du hast doch nichts von dem Royalisten erzählt, der Vaters Pferd mitgenommen hat?« fragte Hester erschrocken.

Ganz plötzlich war all die jungenhafte, ungestüme Wildheit aus seinem Gesicht verschwunden, und er wirkte ganz umsichtig. »Natürlich nicht«, sagte er rasch. »Ich bin doch kein Kind mehr.«

Hester erfuhr weder Neuigkeiten noch Klatsch oder Gerüchte. Die Soldaten wußten kaum mehr, noch nicht einmal, wann ihr Marschbefehl eintreffen würde. Hester war zu ängstlich, um deswegen nach Weybridge zu gehen. Sie mußte auf eine Nachricht von Alexander Norman hoffen. In der dritten Juniwoche traf er persönlich ein.

Frances sah ihn zuerst. Sie und Hester wühlten in den Blumenbeeten im Garten der Königin, holten die frühen

Tulpen aus der Erde und legten die kostbaren Zwiebeln zum Aufbewahren in Säcke.

»Sieh nur!« rief Frances, und im nächsten Moment war sie aufgesprungen und rannte wie ein Kind mit ausgebreiteten Armen auf ihn zu.

Alexander Norman zögerte kurz, dann breitete auch er die Arme aus und fing sie auf. Über ihrem goldbraunen Schopf begegneten sich Hesters und seine Augen, und er warf ihr ein kleines reumütiges Lächeln zu. Frances schob sich ein wenig aus seinen Armen zurück. »Sind wir sicher?«

Hester spürte, daß ihre Knie weich wurden, und sie sank auf eine Steinbank. »Ist der Spion unbeschadet nach Oxford gelangt?«

»Gott sei Dank ja«, erwiderte er.

»Und hat Eure Stute mit einer versteckten Nachricht im Sattel heimgeschickt, in der er sich dafür entschuldigt, Euch das Tier mit Gewalt fortgenommen zu haben. Wenn sich jemand danach erkundigen sollte, so werden wir diesen Brief vorzeigen, der Euch entlastet. Wir haben wirklich Glück.«

Hester schloß die Augen und holte tief Luft. »Ich hatte mehr Angst, als ich eingestehen wollte.«

»Ich wußte, daß wir außer Gefahr sind«, sagte Frances. »Ich wußte, daß Ihr uns beschützen würdet, Onkel Norman.«

»Was gibt es sonst noch Neues?« wollte Hester wissen.

»Waller, der den Plan ausgeheckt hatte, ist der einzige, der straffrei ausgeht«, erläuterte Alexander mit leiser Stimme. »Waller hat alles gestanden, alle genannt, mit denen er konspiriert hat, und dank seiner Doppelzüngigkeit sind schon zwei Verschwörer gehängt worden, obwohl sie weniger als er zu verantworten hatten und er die Anweisungen erteilte. Und es werden noch mehr dran glauben müssen.«

Hester schüttelte mißbilligend den Kopf.

»Waller selbst muß eine Geldbuße zahlen und wird gefangengehalten, doch die Kunde von seiner List und seiner Verschwörung hat die Parlamentsleute enger zusammengeschweißt. Sie haben sich erneut die Treue geschworen und streben alle ein Bündnis mit dem Oberhaus und den Schotten an. Der König hat sich selbst mächtig geschadet – seine Feinde haben sich verbrüdert, und er ist seinen Zielen keinen Deut näher gekommen. Und jeder Mensch von Verstand muß Waller verachten und seinen Herrn dazu.«

Hester erhob sich. »Kann ich also nach Hause zurück?«

»Ja. Ich habe auf meinem Weg in Lambeth haltgemacht, um selbst nach dem Rechten zu sehen. Joseph versicherte mir, daß alles im Garten blüht und gedeiht und das Haus abgeschlossen und bewacht wurde. Alles ist für Eure Rückkehr bereit.«

Frances klatschte in die Hände. »Laßt uns aufbrechen!« sagte sie. »Ich würde lieber in meinem eigenen Garten Unkraut jäten als hier in dem des Königs.«

Alexander nahm ihre Hände und drehte die Handflächen nach oben. Sie waren vom Graben ganz verschmutzt, die Fingernägel abgebrochen. »Mit solchen Händen wirst du nie eine Lady sein«, sagte er. »Du solltest Handschuhe tragen.«

»Oh, puh!« meinte Frances und zog die Hände von ihm fort. »Mir ist es egal, ob ich eine Lady bin oder nicht. Ich bin eine arbeitende Frau wie Mutter.«

»Genug«, warf Hester ein. »In diesem Königreich herrscht genug Zwietracht, da muß es im Haus nicht auch noch anfangen.«

Winter 1643.
Virginia

John hätte es nicht für möglich gehalten, ein Powhatan zu werden, doch schon im Herbst hatte er das Gefühl, sein Londoner Leben weit hinter sich gelassen zu haben. Bereits nach wenigen Wochen verwendete er nur noch die Sprache der Indianer, und es vergingen wenige Monate, und er fühlte sich in der bilderreichen Gedankenwelt und der Lebensweise der Powhatan fast wie zu Hause. Er mußte lernen, den Stolz eines Mannes zu empfinden, dem das Land persönlich geschenkt worden war, ein Gunstzeichen des Großen Hasen. Er mußte lernen, Freude und Stolz zu empfinden, wenn er seine Familie erwähnte und seinem Dorf Nahrung brachte. Er mußte die Wesensart der kleinen Stammesgemeinschaft kennenlernen, das plötzliche Aufflackern von Verärgerung, die leichten Scherze, die Anziehungskraft von Klatsch, die Gefahr, Schaden anzurichten, das Vergnügen, Suckahannas Jungen und ihr Baby wachsen zu sehen, und das dunkle, stete Entzücken der hereinbrechenden Nacht mit ihr.

Wenn sie sich liebten, wechselten sie nie ein Wort. Nie sprachen sie davon. Als er mit seiner ersten Frau Jane zusammen gewesen war, hatte es ein paar Dinge gegeben, die man unterließ, weil sie zu intim waren, fast unanständig. Doch mit Suckahanna bargen die Freuden im Bett alles, was im Bereich des Möglichen lag, wo jedes Vergnügen begehrt und jeder Wunsch Erfüllung fand; es waren Freuden der Dunkelheit und der Stille. Am Tage und wenn sie sich unterhielten, befanden sie sich in der Schwebe und warteten auf den Einbruch der Nacht.

Selbst in den kältesten Tagen gingen die Krieger auf die Jagd. Attone besaß nun Johns altes Gewehr, doch es gab kein Schießpulver dafür. Dennoch bestand er darauf, es bei jeder Jagd bei sich zu tragen. Wenn er mit einem genau gezielten Pfeil eine Wildgans oder Ente erlegte und sie vom Himmel heruntertrudelte, nahm er das Gewehr aus dem Hirschlederhalfter, das er sich angefertigt hatte und auf dem Rücken trug, suchte den toten Vogel und sagte feierlich: »Peng!«

»Guter Schuß, Sir!« sagte John dann auf englisch, wobei ihm die Wörter seltsam fremd über die Lippen kamen.

Daraufhin drehte sich Attone um und strahlte immer. »Guter Schuß«, wiederholte er dann zustimmend.

Auf allen Jagdausflügen in diesem Herbst war Attone an Johns Seite und erklärte ihm, was zu tun war. Alle Indianer des Stammes brachten John rasch bei, was er wissen mußte, um mitten unter ihnen zu leben. Das Ritual seiner Aufnahme und Hochzeit genügte vollkommen, um sich voll für ihn einzusetzen. John war einer der Ihren geworden.

Als der Herbst vom Winter abgelöst wurde, leerten sich die Vorratslager, und die Indianer hungerten zunehmend. Man sparte die Nahrung für die Stärksten, die kleinen Kinder und die Krieger, die auf die Jagd gingen, auf. Die Alten, Schwachen und Kranken akzeptierten, daß das Essen in jenen Zeiten denen vorbehalten war, die am ehesten überleben würden. John bot Musses seine Ration an, doch sie lachte ihm ins Gesicht.

»Meinst du, ich habe Angst zu sterben?« fragte sie ihn, als er ihr seine Schale mit Maisbrei brachte.

»Ich dachte nur, du müßtest doch Hunger haben!« sagte er.

»Da hast du recht«, antwortete sie kurz. »Ich habe Hunger auf Fleisch. Also iß dein Frühstück, Adler, und zieh los, und stürze von oben auf ein Rotwild herab. Unser Volk braucht Nahrung. Die Jäger müssen sie herbeischaffen.«

John neigte seinen Kopf und verschlang das Essen und dankte für die sättigende, warme Süße.

Als er aufsah, ruhten ihre hellen hungrigen Augen auf ihm. »Jetzt geh, und bring einen Hirsch!«

Es war nicht immer einfach zu jagen. Die Tage waren kurz und eisig kalt, und wenn sie dann einen Schneehasen oder einen Hirsch, ein Stinktier oder ein wie närrisch futtersuchendes Eichhörnchen erlegten, dann war an ihnen meist weniger Fleisch dran als im Sommer. Die Fischreusen froren ein, und die kleinen süßen Naschereien, die die Nahrung der Powhatan ergänzten, die Früchte, Nüsse und Beeren, waren aufgezehrt. Noch gab es eßbare Wurzeln, nach denen die Frauen gruben, und es gab die verlockenden Vorratslager.

»Warum können wir nicht von den Vorräten leben?« fragte John Suckahanna.

»Das machen wir«, erwiderte sie. »Aber wir teilen sie sehr sorgfältig ein, wenn es nichts anderes mehr gibt. So weit ist es noch nicht. Vielleicht kommt es auch nicht dazu.«

»Aber in den Lagern befindet sich genügend, um das ganze Dorf die schlechte Jahreszeit hindurch zu ernähren!« rief John. »Es wird verderben, wenn wir es nicht essen.«

Sie lächelte ihn von der Seite her an. »Aber nein«, erklärte sie. »Das Fleisch ist gut gepökelt, der Fisch in Töpfen eingesalzen. Die Austern und Flußkrebse sind geräuchert und getrocknet, die Samen und Nüsse lagern trocken und sicher. Du suchst doch nur einen Grund, sie auf der Stelle zu verspeisen.«

»Warum können wir nicht an die Vorräte gehen?« fragte er Musses an einem anderen Tag.

Sie schüttelte den Kopf. »Das ist der ganze Reichtum

unseres Volkes!« sagte sie. »Unser Erbe. Wir haben es bewußt aufgespart, von guten und schlechten Ernten. Wir hüten es den Winter hindurch und verbrauchen sowenig wie möglich. Wir sind nicht wie die Engländer, die den Winter über ihre Frühjahrssaat verzehren und dann feststellen, daß sie nichts mehr zum Aussäen haben.«

Die gleiche Frage stellte er wenig später Attone.

»In der Zeit des Aufstandes, als unser König Opechancanough gegen die weißen Männer zog, weißt du, was sie mit unseren Fischreusen gemacht haben?«

»Eingerissen haben sie die«, sagte John.

»Und was taten sie mit der Ernte auf den Feldern?«

»Die haben sie in den schlammigen Boden gestampft.«

»Es war noch schlimmer. Sie ließen die Frauen die Felder bestellen und pflegen; so dachten wir, wir könnten das Getreide abernten. Doch nach einem Jahr harter Arbeit tauchten sie zur Erntezeit auf und zündeten die Felder und die Wälder ringsum an.« Er trat zurück und blickte in Johns Gesicht. »Sie brannten alles nieder«, sagte er. »Ich hätte es verstanden, wenn sie uns die Ernte gestohlen hätten. Aber das taten sie nicht. Sie verbrannten einfach alles, das reife Getreide. So hungerten sie im darauffolgenden Winter, da sie nichts von uns abkaufen konnten. Und wir hungerten ebenfalls.«

John nickte.

»In jenem Jahr habe ich meinen Bruder verloren«, sagte Attone bitter. »Meinen älteren Bruder, der wie ein Vater für mich war. Mit einem Bauch voller gefrorenem Gras ist er gestorben. Es gab nichts anderes zu essen.«

John riß vor Erstaunen den Mund auf. »Sind das etwa Vorräte für einen Krieg?«

Die Hand auf seiner Schulter lastete nun so schwer auf ihm, als sei er in einen Schraubstock gespannt. »Dachtest du etwa, wir würden es zulassen, daß sie uns in die Berge oder aufs Meer vor sich hertreiben?«

Stumm schüttelte John den Kopf.

»Natürlich wird es zu einem Krieg kommen«, sagte Attone nüchtern. »Mein Sohn muß einem Pfad folgen können, muß einen Hirsch töten können. Wenn sich der weiße Mann nicht an seine Verträge halten will, nicht das Land teilen will, dann wird er getötet werden.«

John senkte den Kopf. Er hatte das starke Gefühl, daß der Untergang unmittelbar bevorstünde.

Es gab immer weniger Rotwild, das Jagen wurde immer mühseliger. Die Männer zogen in Zweier- und Dreiergruppen los, um Niederwild und Vögel zu erlegen. Attone und John verließen die gewöhnlichen Pfade und gingen flußabwärts.

Es herrschte mildes Tauwetter. John hörte das ununterbrochene Tropfen schmelzenden Schnees von den Bäumen, auf deren dunklen Zweigen sich neue Triebe zeigten. Attone streckte den Kopf hoch. »Was kannst du hören?« fragte er John.

John schüttelte den Kopf. »Nichts.«

Attone zog die Augenbrauen hoch. Er würde sich nie an die Unempfindlichkeit der Sinne der Engländer gewöhnen.

Auf einmal duckte er sich und zeigte zwei Finger, das Zeichen für Hase oder Kaninchen. Da duckte sich auch John. Nun legten beide Pfeil und Bogen an.

Die Beute näherte sich langsam, ahnte nichts von den beiden Jägern. Diese hörten sie, ehe sie sie entdeckten, weil sie weiß auf weißem Schnee war; ein Schneehase mit einem weißlichen Fell wie ein Hermelin. Als er sich hinhockte, verrieten ihn nur die kleinen dunklen Spuren im Schnee und das gelegentliche Wackeln der Ohren.

Attone hob seinen Bogen; das winzige Geräusch, das der Pfeil beim Abschuß erzeugte, war das erste, was bei dem Hasen Alarm auslöste. Er richtete sich auf, und der

Pfeil durchdrang seinen Körper hinter dem Vorderlauf. Als das Tier sich aus dem Staub machen wollte, hefteten John und Attone sich sofort an seine Fersen. Der Hase schleifte den Pfeil mit sich fort.

Plötzlich stieß Attone einen Schrei aus, da er gestolpert und hingefallen war. John rannte weiter dem erschrockenen Hasen hinterher, durchdrang das Dickicht, sprang über umgestürzte Stämme, wich Felsbrocken aus, krabbelte schließlich auf allen vieren durch das winterliche Gestrüpp, damit er das verletzte Tier nicht aus den Augen verlor.

Auf einmal fiel ein Musketenschuß in der eisigen Stille. Der Hase wirbelte durch die Luft und fiel auf den Rücken. John richtete sich aus den Büschen auf, halbnackt, seine Haut dunkelfleckig vom Bärenfett, im Wildlederrock und Wams. So blickte er in das bleiche, halbverhungerte Gesicht seines alten Freundes Bertram Hobert.

Er erkannte ihn auf der Stelle trotz der Spuren, die Hunger und Erschöpfung im Gesicht des Mannes hinterlassen hatten. Er wollte ihn schon begrüßen, dann wurde ihm bewußt, daß Bertram das Gewehr auf seinen Bauch gerichtet hatte. »Der gehört mir«, stieß Hobert wütend hervor, wobei seine schwarzen fauligen Zähne sichtbar wurden. »Mir, hörst du? Mein Essen.«

John breitete seine Hände in ehrerbietiger Geste aus, wußte er doch, daß er messerklingenscharfe Pfeile auf dem Rücken in seinem Köcher trug, die er schnell benutzen könnte, so daß Bertram nicht einmal Zeit zum Nachladen und Zünden der Muskete gehabt hätte. War der Mann verrückt, ihn mit einer ungeladenen Waffe zu bedrohen?

»Mach ein paar Schritte zurück«, schrie Hobert und winkte ihn zur Seite. »Tritt zurück, oder ich werde dich, verdammt noch mal, an Ort und Stelle umblasen.«

John folgte der Aufforderung und sah stumm bedauernd zu, wie der Engländer zu dem toten Hasen humpelte. Bertram Hobert beugte sich steif über das Tier, nahm es an den schlaffen Ohren hoch und stopfte es in seine Jagdtasche. Er fletschte die Zähne und sagte zu John: »Hau ab! Ich bringe dich um, wenn du mich weiter so anstarrst mit deinen bösen dunklen Augen. Das hier ist mein Land, oder zumindest ist es dicht neben dem meinen. Ich möchte nicht, daß sich dein Diebesvolk näher als zehn Meilen an meine Felder heranwagt. Hau ab, sonst werde ich die Soldaten aus Jamestown holen, damit sie dich erledigen. Wenn dein Dorf hier in der Nähe ist, werden wir es finden. Wir werden dich und deinesgleichen ausräuchern.«

John trat zurück, wobei er sein Gegenüber nie aus den Augen verlor. Das Gesicht des Mannes, einst sonnig und lächelnd vor Zuversicht, war nichts als eine zerfurchte Ruine. John verspürte in dem Augenblick keine Lust, seinen alten Freund und Reisegefährten beim Namen zu nennen. Diesen hageren, fluchenden und stinkenden Engländer wollte er nicht kennen, wollte seine Freundschaft mit ihm nicht bekunden. Wie ein Feind drohte ihm der Mann. Wäre seine Waffe neu geladen gewesen, so meinte John, daß dann sein Blut den Schnee sprenkeln würde. Er senkte den Kopf nach unten wie ein unterwürfiger, ängstlicher versklavter Indianer und schlich zurück. Nach zwei, drei Schritten konnte er sich in die Krümmung eines Baumes schmiegen, und er wußte, daß er von einem Weißen in dem Gemisch aus Schnee, dunklen Schatten und gefleckter Rinde nicht mehr erspäht werden konnte.

Bertram Hobert starrte in den dunklen Wald, der seinen Feind in Sekundenschnelle verschlungen hatte. »Ich weiß, daß du da bist!« rief er. »Ich könnte dich finden, wenn ich wollte.«

Nun kehrte Attone an Johns Seite zurück, so leise, daß

nicht einmal ein Zweig geknackt hatte. »Wer ist dieser stinkende Kerl dort?« wollte er wissen.

»Mein Nachbar, der Farmer Bertram Hobert«, erklärte ihm John. Der Name klang ihm fremd. Er konnte ihn nur mühsam formen, so sehr hatte er sich an die weiche dahinplätschernde Redeweise der Indianer gewöhnt.

»Der Winter hat seine Beine angegriffen«, fiel Attone auf.

John sah, daß er recht hatte. Bertram lahmte vor Schmerzen, und statt Schuhen oder Stiefeln trug er dicke Lappen an den Füßen, die mit Bindfaden zusammengehalten wurden.

»Das tut weh«, sagte Attone. »Er sollte Bärenfett einreiben und Mokassins tragen.«

»Das kennt er nicht«, sagte John traurig.

»Er hat unseren Hasen. Sollen wie ihn töten?«

John legte seinen Arm auf Attones, der nach einem Pfeil greifen wollte. »Laß ihn leben. Er war mein Freund.«

Attone zog seine dunklen Augenbrauen hoch. »Er wollte dich erschießen!«

»Er hat mich nicht erkannt. Aber er hat mir geholfen, mein Haus zu errichten. Wir reisten zusammen auf dem Schiff von England herüber. Er hat eine gute Frau und war einmal mein Freund. Wegen eines Hasen sollte er nicht sterben.«

»Ich würde ihn wegen einer Maus töten!« stellte Attone fest, doch der Pfeil blieb im Köcher. »Und nun müssen wir den Fluß durchqueren. Hier wird es im Umkreis von vielen Meilen kein Wild geben, wenn er mit seinen kranken eitrigen Füßen losstampft.«

Obwohl sie drei Tage unterwegs waren und die schmalen Pfade entlangliefen, die die Indianer seit Jahrhunderten nutzten, erlegten sie kein Wild. Hin und wieder war der Pfad doppelt oder gar dreifach breit. Dann verfinsterte sich Attones Gesicht, und er schaute sich um, ob in der Nähe eine neue Parzelle abgesteckt wurde, auf die der erweiterte Weg zuführen würde. Immer wieder entdeckten sie neue Gebäude, die voller Stolz inmitten einer Ödnis aus gefällten Bäumen und grob gesäubertem Land am Ufer des Flusses standen. Mit ausdruckslosem Gesicht meinte Attone: »Wir müssen weiter, hier wird es kein Wild mehr geben.«

Am zweiten Tag entfernten sie sich vom Fluß, da sich die Siedlungen immer in Flußnähe befanden, damit der Tabak leichter zum Hafen von Jamestown verschifft werden konnte. Im Waldesinneren stießen sie wieder auf Spuren von Hirschen. Am dritten Tag, als sie gerade in einem großen Bogen heimwärts liefen, fiel John ein großer dunkler Busch auf, und als er ihn näher betrachtete, bewegte sich dieser. Dann spürte er Attones Hand auf seinem Rücken und dessen Atem, als er leise sagte: »Elch.« Die bebende Stimme des Kriegers ließ nun auch Johns Herz schneller klopfen. Das Tier war von gewaltigem Ausmaß, das Geweih so ausladend wie die Schwingen eines Kondors.

Attone entfernte sich von ihm. John meinte, daß sie sich nun wie üblich in nachgeahmter hirschähnlicher Manier vorwärts schieben würden. Doch dann bemerkte er, daß Attone einen Baum hochkletterte. Als er sich mit angelegtem Pfeil auf einem Ast ausstreckte, nickte er John mit seinem unerforschlichen Lächeln zu.

John blickte auf den äsenden Elch zurück. Der ahnte nichts von ihrer Anwesenheit. John zeigte nach oben: Sollte er auch hinaufklettern? Attone ließ mit einem Grinsen seine weißen Zähne aufblitzen. Er schüttelte den Kopf. John sollte auf dem Boden bleiben.

Sofort wurde John klar, warum das so offensichtlich amüsant war. War der Elch getroffen, würde er sich nach seinem Feind umsehen und denjenigen verfolgen, den er zuerst erblickte. Das würde John sein, der unten als Köder dienen sollte. John warf Attone einen finsteren Blick zu, dieser lächelte ihn gleichgültig an und zuckte mit den Schultern – das war das Schicksal bei der Jagd.

John setzte seinen Pfeil an den Bogen und wartete. Der Elch schnüffelte suchend am Waldboden entlang. Nun stand er John genau gegenüber und hob kurz den Kopf, wobei er Witterung aufnahm. Das war die richtige Gelegenheit. Beide Pfeile flogen im selben Augenblick los. Johns Pfeil, der auf das Herz abzielte, stach durch die dicke Haut und die Fettschicht über der Brust, Attones Pfeile bohrte sich zielsicher mitten ins Auge. Der Elch heulte vor Schmerzen auf und machte einen Satz nach vorn. Ein zweiter Pfeil von Attone traf ihn an der Schulter und durchtrennte den Muskel zum Oberschenkel, so daß das Tier auf ein Knie sackte. Johns zittriger zweiter Schuß flog zu weit. Daraufhin rannte er los, duckte sich hinter die Bäume, da das Tier stolpernd auf ihn zugelaufen kam, wobei es aus dem Kopf blutete. Attone zielte noch einmal auf den Kopf und sprang dann mit dem Messer in der Hand vom Baum. Nun stürzte der Elch auf beide Knie, sein Schädel schwankte von einer Seite zur anderen, das riesige Geweih stellte immer noch eine Gefahr dar. John lugte hinter dem Baum hervor und rannte wieder zurück, wobei er sein Jagdmesser mit der scharfen Muschelklinge aus der Schutztasche zog. Zu beiden Seiten des verwundeten Tieres warteten die Männer auf den richtigen Augenblick. Attone murmelte ein Gebet für das sterbende Tier, sprang hinter die sich bewegenden Geweihschaufeln und stach sein Messer tief zwischen die Schulterblätter. Da sackte der Kopf nach unten; John rammte sein Messer tief in den Hals und machte einen langen Schnitt.

Als der Elch zur Seite fiel und starb, sprangen die beiden Männer beiseite. Attone nickte. »Das war gut und rasch«, sagte er ganz außer Atem. »Geh nun, mein Bruder, wir danken dir.«

John rieb sich mit blutverschmierten Fingern den Schweiß aus dem Gesicht. Mit wackeligen Beinen ließ er sich erschöpft auf dem verschneiten Waldboden nieder. »Was wäre gewesen, wenn du ihn verfehlt hättest?«

»Warum fragst du? Was interessiert das jetzt noch?« wollte Attone wissen, rieb sich die Augen und gluckste wieder lachend vor sich hin. »Das wäre doch dann egal. Wenn du tot bist.«

John sollte die Jagdbeute bewachen, während Attone den langen Weg zum Dorf zurücklief. Es würde zwei Tage dauern, bis er mit den Kriegern zurück sein würde, die das Fleisch ins Lager tragen sollten. John baute sich ein kleines Zelt aus den Zweigen von jungen Bäumen und bedeckte sie mit Winterfarn. Dann errichtete er auf einer Seite des Unterschlupfes eine Feuerstelle. Später machte er sich daran, das große Tier zu häuten und zu zerlegen. Attone hatte ihm sein Jagdmesser dagelassen, damit er es benutzen konnte, wenn sein eigenes stumpf geworden war vom Schneiden des dicken Fells, des Fetts und des Fleisches. Er arbeitete von Sonnenaufgang an, nachdem er bei seiner Waschung im eisigen Wasser die Morgengebete der Powhatan gemurmelt hatte. Gegen Mittag sammelte er Nüsse und Beeren und verzehrte sie. Danach suchte er Feuerholz und machte sich wieder an dem Elch zu schaffen. Am Abend schnitt er sich eine dünne Scheibe vom Fleisch ab und röstete sie über dem Feuer. John hatte inzwischen den Brauch der Weißen abgelegt, in guten Zeiten alles auf einmal zu verschlingen und zu hungern, wenn das Essen knapp war. Er aß wie ein Powhatan. Der machte sich nicht über seine Vorräte her, wie sich ein Schwein auf Eicheln stürzte. In den zwei Tagen und drei Nächten, die John dort wartete, wurde ihm klar, wie sehr er zu einem Powhatan geworden war. Der Wald jagte ihm keine Angst mehr ein. Er wußte, daß es im Wald Wölfe gab und sie bald die Witterung des Elches aufnehmen würden. Deshalb errichtete er aus herumliegenden Ästen einen groben Zaun um das erlegte Tier und sorgte dafür, daß das Feuer ständig brannte. Jetzt, wo er sich selbst gut aus dem Wald ernährte, kam ihm der enorme Aufwand seines englischen Lebens absurd vor. Es schien ihm unglaubhaft, wie er in seiner Blockhütte mitten in einem von Leben durchdrungenen Wald fast verhungert wäre. Dann sah er plötzlich den hungrigen Zorn in Bertrams verzerrtem Gesicht vor sich und wußte wieder, daß ein Mann mitten im Paradies leben und damit nichts anfangen konnte.

Am Vormittag des dritten Tages, als John methodisch Fleischstücke aus dem großen Körper des Tieres herausschnitt, hörte er hinter sich ein kaum wahrnehmbares Knacken, und er drehte sich mit gezücktem Messer um.

»Adler, ich grüße dich«, sagte Attone freundlich.

Suckahanna war bei ihm. John streckte ihr die Arme entgegen, und sie kam auf ihn zu. Er spürte ihren mädchenhaft leichten Körper in seiner Umarmung. Ihre Schultern waren zart und schmal und knochig.

»Ich habe deine Frau und meine Kinder mitgebracht und einige andere, die sich hier satt essen und sich um das Fleisch kümmern sollen. Im Dorf haben sie gehungert«, erklärte Attone.

»Legt mehr Holz nach. Sie werden bald hier sein.«

John wischte Attones Messer ab und gab es ihm dankend zurück. Und dann legten sie Johns kleinen Holzzaun aufs Feuer, das daraufhin aufloderte und knackte. Als das Holz bis auf die rote Glut heruntergebrannt war, trug Suckahanna abgerundete Steine herbei und häufte Aschenglut darüber, damit sie heiß wurden. Dann legte sie unzählige kleine Fleischstückchen auf die heißen Steine, die dort zischend brutzelten. Inzwischen war die

Dorfgemeinschaft – all jene, die noch laufen konnten – eingetroffen, und ein jeder bekam Fleisch.

Als die Schatten länger wurden, machten sie sich an die Arbeit. Die Frauen errichteten ein provisorisches Langhaus, indem sie junge Bäume herunterbogen und Rinde und Blätter mit den Zweigen verflochten. Die Männer stellten Stangen zum Trocknen der Elchhaut auf und legten Holz zum Kochen und Räuchern des Fleisches nach. Die Kinder wurden ausgeschickt, noch mehr Feuerholz und Äste für einen größeren Zaun zu sammeln, der das zu räuchernde Fleisch und die Hütte umgeben sollte. Bei Sonnenuntergang, als sich alle zum entfernten Fluß aufmachten und für die Gebete ins Wasser gingen und rauchende Tabakblätter flußabwärts sandten, besaßen sie ein kleines befestigtes Lager: sicher vor Wölfen und im Falle eines Angriffs leicht zu verteidigen.

Es dauerte noch zwei weitere Tage, bis der Elch vollständig zerlegt, das Fleisch geräuchert und verpackt war. Nach dem ersten Tag waren zwei schnelle Krieger mit der ersten Fleischladung zum Dorf zurückgeeilt, wo die Alten und die ganz Jungen und jene, die zu krank für den Fußmarsch gewesen waren, zurückgeblieben waren. Inzwischen war die Elchhaut gegerbt und das Fleisch geräuchert. Auch die Knochen waren für den Transport zusammengebunden worden. Suckahanna goß Wasser über die Feuerstellen und scharrte Erde über die restliche Glut, die Frauen banden die jungen Bäume auseinander, die sich wieder aufrichteten. Sie wollten nicht nur ihre Wege und Pfade geheimhalten, auch der Wald sollte unberührt bleiben, der Elch und Powhatan Schutz und Nahrung bot.

Als alle Arbeit getan war, blieb John zögernd mit seiner Ladung Fleisch stehen. »Ich möchte Bertram Hobert besuchen«, sagte er zu Suckahanna.

»Weshalb?«

»Ich habe ihn beim Jagen gesehen, er ist hungrig und krank, ihm faulen die Beine ab. Einst war er mein Freund. Ich würde ihm gern etwas Fleisch bringen.«

Sie blickte ihn besorgt an. »So, wie du jetzt aussiehst, kannst du dort nicht auftauchen«, meinte sie. »Sobald er dich sieht, wird er dich erschießen.«

»Ich werde ihm das Fleisch auf die Türschwelle legen«, sagte John. »So, wie es mir widerfahren ist.«

»Dabei hast du dich überfressen«, warf sie ein. »Paß auf, daß ihm das nicht auch geschieht.«

John kicherte. »Er hat eine Frau, die sich um ihn kümmern kann – zumindest hatte er mal eine. Er ist mein Freund, Suckahanna.«

Ihr Blick war eher streng als zärtlich. »Er kann jetzt nicht mehr dein Freund sein. Du bist ein Powhatan.«

Er streckte seine Hand aus und berührte ihre Fingerspitzen. Als sie seine Hand spürte, schlossen sich ihre Augen kurz, so sehr genoß sie seine warme Berührung. John wußte, daß er gewonnen hatte.

»Soll ich auf dich warten?« fragte sie.

»Bleib beim Stamm«, sagte er. »Ich werde euch einholen, ehe ihr das Dorf erreicht.«

Sie nickte, nahm ihr Bündel mit dem getrockneten Fleisch auf und ging los. John verfolgte ihre geschmeidigen Schritte mit den Augen, bis sie unter den Bäumen verschwand. Dann drehte er sich um und eilte flußabwärts zu Hoberts Pflanzung.

John verlangsamte sein Tempo, als er ein Grenzzeichen zu Hoberts Land entdeckte – eine Kiefer, in die sie ein krummes »H« geritzt hatten, und eine prächtige Eiche, die sich über den Weg neigte. Gleich darauf entdeckte er das mit Schindeln gedeckte Dach von Hoberts Blockhütte und sah eine dünne Rauchsäule aus dem Schornstein aufsteigen. John hockte sich im Schutz der Bäume hin, um die Szenerie zu betrachten.

Er sah einen Mann, der schwer mit Holz beladen war und sich tief nach unten beugte. An der Tür warf er das Holz ab und richtete sich mit einem Seufzer auf. Es war Francis, der schwarze Sklave. Die Tür öffnete sich, und Mrs. Hobert sprach ihn in schroffem Ton an, dann ging er hinein. John harrte noch ein wenig aus. Es wurde kälter und der Himmel immer dunkler. Bertram muß noch spät mit seinem Gewehr unterwegs sein. John rührte sich nicht. Erst als es stockdunkel war, meinte er, daß sich Bertram im Haus aufhalten mußte. Er stand auf und lief den Hügel zum kleinen Haus hinunter, das auf einem ebenen Gelände am Fluß stand.

An der Tür zögerte er und spähte durch eine Ritze in das vom Kaminfeuer erhellte Innere des Hauses. Der Raum war sparsam eingerichtet. Ein Tisch stand vor dem Feuer, zwei Hocker und ein Baumstumpf dienten als Sitzgelegenheiten. Auf einem in die Wand gebauten Kastenbett lagerte jemand mit dem Gesicht zur Wand. Über eine Leiter gelangte man zu einem Hochbett, das nur von einem Stück Sackleinen, das als Vorhang diente, abgetrennt war. John mußte an das funkelnagelneue englische Haus der Hoberts denken, das diese aufgegeben hatten für ihre jetzige schäbige Bleibe. Johns Herz zog sich um ihretwillen zusammen, aber überraschenderweise auch um seinetwillen: noch andere Leute waren im Exil in diesem fremden und fernen Land.

Er klopfte und rief: »Ein Freund, John Tradescant.« Sein Name kam ihm nur schwer über die Lippen.

Trotz dieser beruhigenden Ankündigung stieß Mrs. Hobert einen Schrei aus.

»Wer?« fragte Mrs. Hobert.

»John Tradesant. Euer Reisegefährte und Nachbar«, wiederholte er.

»Wir dachten, Ihr seid nicht mehr am Leben!« Vorsichtig wurde die Tür geöffnet, und Mrs. Hoberts Kopf blickte heraus.

John hielt sich im Dunkel verborgen. »Ich habe bei den Powhatan gelebt«, sagte er.

»Den Wilden?«

»Ja. Deshalb sehe ich so fremdartig aus.«

Von weiblicher Neugier getrieben, trat sie einen Schritt heraus. »Wie ein Wilder?«

»Habt keine Angst«, sagte John und schob sich ins Licht.

Bei seinem Anblick schlug sie die Hände vor den Mund, ihre Augen waren vor Entsetzen geweitet. »Seid Ihr es wirklich?«

»Ich schwöre«, sagte John. »Nur gekleidet wie ein Powhatan.«

»Armer, armer Mann«, sagte sie, griff nach seiner Hand und zog ihn ins Haus. »Du liebe Güte, Gott möge uns vor solch einem Schicksal bewahren! Wie seid Ihr ihnen entkommen?«

»Man hat mich nicht festgehalten«, erwiderte John. Er nickte zu Francis hinüber, der vor Schreck wie angewurzelt dastand, als er ihn sah.

»Ich bin es«, wiederholte er.

Francis verneigte sich daraufhin leicht und stellte die Axt wieder hinter der Tür ab.

»Nehmt Platz, nehmt Platz«, forderte Sarah Hobert ihn auf. »Euer Haar! Und, du liebe Güte, die haben Eure Haut so gefärbt wie ihre.«

»Das ist Bärenfett«, erklärte John. »Wehrt im Sommer Insekten ab, und im Winter schützt es vor Kälte.«

»Gott bewahre uns! Wie konntet Ihr entkommen?« Dann wurde sie plötzlich ganz von der Angst vor den Wilden erfaßt und blickte voll Furcht zu ihrer dünnen Holztür. »Sind sie hinter Euch her?«

»Nein, nein«, beruhigte John sie.

»Seid Ihr hungrig?« Der besorgte Blick auf ihren Kochtopf verriet, daß sie selbst nicht viel anzubieten hatte.

»Ich habe gegessen«, sagte John ruhig. »Aber ich habe Euch Fleisch mitgebracht. Wir haben einen Elch erlegt.«

»Fleisch?« Sie mußte schlucken, denn der Speichel floß ihr im Mund zusammen.

John nahm das Bündel vom Rücken. »Hier«, sagte er. »Es ist geräuchert; aber Ihr könnt es mit ein wenig Wasser sieden lassen.«

Sie stürzte sich darauf, warf es in den Kochtopf, der bei der Feuerstelle stand, und rief laut: »Bertram, Bertram!«

Der Rücken auf dem Bett bewegte sich leicht, dann drehte sich der Mann langsam zur Seite und blickte ins Zimmer.

»Wir haben Fleisch!« sagte sie triumphierend. »Kannst du dich hinsetzen, damit du etwas Brühe löffeln kannst?«

»Fleisch?« Hoberts Stimme war ein heiseres Krächzen.

»Unser Nachbar Tradescant hat uns ein paar Stücke von einem Elch mitgebracht«, erklärte sie. »Er hat bei den Wilden gelebt und ist jetzt, Gott sei Dank, von ihnen fortgekommen.«

Hobert stützte sich auf einen Arm. Sein Gesicht war schmerzverzerrt. In dem kleinen Raum stank es nach Krankheit und Eiter.

»John Tradescant?« fragte er verwundert. »Seid Ihr es wirklich?«

John ging zur Lagerstatt hinüber und nahm Hoberts Hand. »Ich lebe bei den Powhatan und kleide mich wie sie und jage mit ihnen«, sagte er. »Sie behandeln mich als einen Freund. Ich habe Euch vor kurzem im Wald entdeckt und dachte, daß Ihr Hilfe braucht. Ich wäre schon eher gekommen, wenn ich gewußt hätte, daß Ihr in Not seid, Bertram.«

Die rotgeränderten Augen wanderten über Johns Gesicht. »Ein Wilder«, sagte er verblüfft.

»Ich bin wirklich John Tradescant«, sagte er. »Ich

konnte nicht allein im Wald überleben. Zum Glück geriet ich an die Powhatan, sie haben mich gut behandelt.«

Sarah Hobert kam mit einem schönen Topf voll köstlicher Suppe ans Bett. Auf der Stelle erkannte John die Handarbeit der Indianer, die vollkommen glatten Wände, wie sie bei ihren erlesenen schwarzen Töpfen üblich waren.

»Das ist von den Powhatan gefertigt«, erklärte er.

Sie warf ihm einen verächtlichen Blick zu. »Wir haben einst mit ihnen Handel getrieben, aber sie wurden unverschämt und unehrlich«, sagte Sarah. »Jetzt will mein Mann nicht mehr, daß sie sich seinem Land nähern.« Sie wandte sich der kläglichen Erscheinung im Bett zu. »Willst du etwas probieren, Bertram?«

Ganz ungeduldig setzte er sich aufrecht hin und griff nach dem Topf, gierig schlürfte er die Brühe hinunter.

»Ruht Euch jetzt aus«, rief ihm John zu, der seinen schrecklichen Zustand vor Augen hatte, damals, als er seinem ausgehungerten Magen zuviel zugemutet hatte. »Ihr könnt später mehr bekommen, und ich werde Euch noch andere Dinge mitbringen – Mais, Beeren und Nüsse.«

Sarah streckte ihre Hand aus und griff nach seiner. »Gott sei gelobt, daß er Euch zurückgeschickt hat«, sagte sie. »Dafür, daß der Verlorene wieder heimgekehrt ist.«

John zögerte. »Ich kam Euch nur besuchen«, sagte er.

Ihr Gesicht strahlte vor Erleichterung und Glück, sie hatte ihm nicht mehr zugehört. »Gott sei gelobt, daß er Euch an Euren wahren Ort zurückgebracht hat«, flüsterte sie dankbar.

Es kam gar nicht in Frage, daß John noch in jener Nacht oder am folgenden Tag wieder aufbrach. Er schlief auf der Lagerstatt auf dem Dachboden auf der gleichen Seite des provisorischen Wandvorhangs wie der Sklave Francis. Am nächsten Morgen lag Hobert mit Fieber im Bett und stöhnte und zählte laut die Summen von Geld auf, die er benötigte, um neue Parzellen Land zu kaufen, er rechnete die Prozentsätze seines Profits vor, den er erhoffte, nannte die Löhne, die er zahlen müßte, um das Land roden und Tabak anpflanzen zu lassen.

»Ist er verrückt geworden?« fragte John besorgt.

Sarah schüttelte den Kopf. »Es ist wieder das Fieber«, sagte sie. »Manchmal muß ihn Francis festbinden.«

»Das ist doch unmöglich«, sagte John resolut. »Ihr müßt wieder nach Jamestown zurück. Auf keinen Fall könnt Ihr hier länger mit einem Kranken und nur einem Sklaven bleiben.«

Sie schaute auf. In ihrem Gesicht glomm ein Hoffnungsschimmer auf. »Das hatte ich schon befürchtet«, sagte sie. »Doch nun seid Ihr ja da, von Gott gesandt. Ihr werdet mir helfen, die Felder zu bestellen, nicht wahr, John? Mir helfen, bis Bertram wieder gesund ist. Er ist ein starker Mann. Nur die schrecklichen Jahreszeiten hier in Virginia sind schuld. Das sagen alle. Man muß daran gewöhnt sein.«

»Ich kann nicht bleiben«, sagte John verlegen.

»Wo wollt Ihr denn sonst hin?« fragte sie. »Euer eigenes Land ist überwuchert, und die Indianer werden inzwischen alles, was Ihr jemals besessen habt, geplündert haben.«

John fühlte sich außerstande, ihr zu erklären, daß er in dem Indianerdorf ein neues Heim, eine Frau und Kinder hatte, die auf ihn warteten.

»Einen Becher Bier, um Gottes willen!« rief Bertram, laut fordernd, aus dem Bett. Sarah drehte sich um und goß ihm aus dem Krug einen kleinen Becher Wasser ein.

»Ich werde mehr holen«, murmelte John, nahm den Krug und ging hinaus.

Er lief langsam zum Fluß, füllte den Krug und ging wieder zurück, wobei er nachdachte. Wenn er Sarah allein ließ, dann war das ihr Todesurteil, genauso eindeutig, als wäre er der König, der in Whitehall irgendeine arme Seele zum Tode verurteilte. Sie, Bertram und Francis würden im Wald sterben, und die Bäume würden durch ihren Fußboden aus Erde wachsen. Ohne Hilfe würden sie in diesem Land, so reich an Früchten und anderem Eßbaren, nicht überleben.

John streckte die Schultern vor und ging mit dem Krug zum Haus. Francis befand sich draußen und stapelte das Feuerholz auf. »Geh und pflege deinen Herrn«, sagte John. »Ich muß Mrs. Hobert in den Wald mitnehmen und ihr zeigen, wie man Früchte, Wurzeln und Beeren sammelt. Ihr habt inmitten des Reichtums gehungert. Warum hast du ihr das nicht beigebracht?«

»Ich? Woher soll ich das denn wissen?«

»Du mußt doch in deiner Heimat auch Nüsse und Beeren gegessen haben«, erwiderte John gereizt.

Der Schwarze zog eine Augenbraue hoch. »Mein Land ist nicht wie dieses«, sagte er. »Also haben wir nicht die gleichen Früchte. Und überhaupt wurde ich von meiner Frau oder meinem Sklaven bedient.«

»Du bist ein Wilder!« rief John entrüstet. »Was soll das heißen, ein Sklave hat dich bedient?«

Der Schwarze schaute nur von den Resten seiner Hose und seines Hemdes zu Johns besticktem Lederschurz und seiner tätowierten fleckigen Haut.

»Ich sehe hier nur einen Wilden«, stellte er fest.

John fluchte leise und stieß die Tür auf. »Mrs. Hobert!« sagte er. »Kommt mit hinaus, ich zeige Euch, wo man Nüsse und eßbare Wurzeln findet.«

Sie brachte einen Korb mit, einen von Indianern gefertigten Korb, wie John bemerkte. Rasch lernte sie, woran man Wurzeln erkannte, die man kochen und verzehren, und Wurzeln, die man zerschneiden und roh verspeisen konnte. John zeigte ihr Bäume, die gerade Nüsse trugen; er deutete auf wilde Pflaumen- und Kirschbäume, die später blühen und Früchte haben würden. Mit dem Korb voller eßbarer Dinge kehrten sie wieder zurück.

Hobert war in einen festen Schlaf gesunken, kalter Schweiß stand ihm auf der Stirn.

»Wir werden ihn nicht aufwecken«, entschied seine Frau. »Vielleicht sinkt das Fieber, dann braucht er Ruhe.«

»Die Powhatan haben Medizin«, sagte John. »Gegen Fieber und Erfrierungen. Ich könnte einen der Medizinmänner fragen, ob sie sich Bertram einmal ansehen, oder eine Kräuterfrau. Sie hat mich geheilt. Vielleicht könnte sie herkommen.«

Sarah Hobert schüttelte entschieden den Kopf. »Sie würden uns vergiften, kleinhacken und aufessen«, meinte sie ernst. »Ihr hattet vielleicht Glück, John Tradescant, daß sie Euch am Leben ließen. Zuerst haben wir mit ihnen gehandelt, dann sollten sie unser Land roden und die Felder umgraben. Aber sie waren faul und ruhten sich nur aus, und als wir sie auspeitschten, fingen sie an, uns zu bestehlen, und rannten fort. Sie sind unsere Feinde. Ich möchte sie nicht in meiner Nähe haben.«

»Sie verfügen über Fertigkeiten, die Ihr unbedingt lernen müßt«, erklärte ihr John eindringlich. »Ihr müßt lernen, wie sie im Wald leben, damit Ihr selbst hier überleben könnt.«

Sie verneinte wieder. »Ich werde wie eine gottesfürchtige Engländerin leben und dieses Land zu einem neuen England machen. Dann können sie zu *mir* kommen, um etwas zu lernen.« Sie schloß kurz die Augen und betete. Als sie sie wieder aufschlug, sah sie John streng und tadelnd an.

»Ich habe ein Hemd und eine Hose herausgesucht, die Bertram gehören«, sagte sie. »Ihr könnt sie als Lohn dafür haben, daß Ihr uns geholfen habt. Ihr werdet doch nicht weiterhin so halbnackt herumlaufen wollen.«

»So lebe ich aber jetzt«, erwiderte John.

»In einem christlichen Haus aber nicht«, sagte sie verkniffen. »Das kann ich nicht zulassen, Mr. Tradescant, das schickt sich nicht. Es ist Lüsternheit, sich mir gegenüber so zu zeigen. Wenn mein Mann bei Verstand und gesund wäre, würde er dies nicht gestatten.«

»Lüsternheit war mir nicht in den Sinn gekommen, Mrs. Hobert ...«

Sie zeigte auf die Kleider, die vor der Feuerstelle ausgebreitet lagen. »So zieht Euch an, Mr. Tradescant, bitte.«

Eine ganze Woche hielt sich John bei den Hoberts auf und trug wieder englische Kleider, nur an den Füßen war er nackt. Das Hemd schmerzte am Hals, die Hosen waren ihm zu warm und schnürten seine Beine ein. Doch weil er Sarah Hoberts Gefühle nicht verletzen wollte, hatte er sie angezogen. Er meinte, sie nicht verlassen zu können, ehe Bertram nicht völlig genesen war.

In der dritten Nacht sank das Fieber, und am nächsten Tag fühlte sich Bertram in der Lage, auf Johns Arm gestützt, zum Fluß hinunterzuhinken.

In den Anzuchtbeeten stießen schon die kleinen grünen Spitzen der Tabakpflanzen hervor. »Da seht Ihr meinen Reichtum, Tradescant«, sagte er. »Hier wächst mein Reichtum heran. Wenn wir den Rest des kalten Wetters überstehen, ohne zu verhungern oder den Indianern in die Hände zu fallen, dann werde ich durch den Tabak ein gemachter Mann sein. Ich werde ihn im Hafen von Jamestown verkaufen und nach England verschiffen lassen. Ich werde einen Diener, das heißt etliche Diener einstellen, und ich werde es mir hier gutgehen lassen.«

»So Gott will«, sagte John.

»Bleibt bei uns«, forderte Bertram Hobert ihn auf. »Ich bezweifle, daß ich es ohne Euch schaffe, und Sarah kann nicht alles allein tun. Francis hat mit Pflanzen kein Geschick, ich habe schon Angst, wenn er sie berührt. Sollte ich zur Pflanzzeit wieder krank sein, wer soll dann die Arbeit tun? Bleibt bei mir, und sorgt dafür, daß meine Tabakpflanzen richtig aufs Feld kommen.«

»Das kann ich nicht«, antwortete John so freundlich, wie er nur konnte. »Zu gegebener Zeit komme ich nachsehen, wie es Euch geht. Ich werde die jungen Pflanzen umsetzen und Euch beibringen, wie die Powhatan ihr Getreide anbauen, damit Ihr nie wieder Hunger leiden müßt.«

»Ihr kommt zurück, um meinen Tabak umzupflanzen? Schwört Ihr das?«

»Ich schwöre es«, sagte John.

»Dann brauchen wir keine weiteren Getreidefelder«, erwiderte Hobert lebhaft. »Wir werden uns alles, was wir brauchen, vom Erlös des Tabaks kaufen können. Und ich werde Euch alles vergüten, John. Beim nächstenmal komme ich auf Euer Land und arbeite für Euch, so, wie wir es abgesprochen hatten, stimmt's? So, wie wir es immer vorhatten.«

Mit diesem Versprechen verließ John die Hoberts und überquerte den Fluß oberhalb der Wasserfälle, wo er in den Stromschnellen von Stein zu Stein springen konnte. Auf der anderen Flußseite legte er Hosen und Hemd ab und stopfte sie in eine Baumhöhle.

Es tat ihm gut, wieder die Luft auf seiner Haut zu spüren, er fühlte sich in seiner Nacktheit mehr als Mann als je in seiner englischen Kleidung. Er reckte und streckte sich, als hätte man ihn aus einer weitaus größeren Einzwängung befreit als der seines Leinenhemdes. Dann lief er über den Jagdpfad der Powhatan wieder zu der Indianersiedlung zurück.

Suckahanna empfing ihn zurückhaltend, wie eine Frau, die zutiefst verletzt war. John gab keine Erklärungen ab und entschuldigte sich auch nicht; erst als sie im Dunkel ihres Hauses allein auf ihrer Bettstatt lagen und die leisen Geräusche der Kinder verrieten, daß sie tief und fest schliefen, sprach John.

»Ich konnte nicht zum versprochenen Zeitpunkt zurückkommen«, sagte er. Aber Suckahanna hatte ihm ihren nackten glatten Rücken zugewandt und schwieg.

»Ich bin geblieben, um einer hungrigen Frau Essen zu bereiten und einen kranken Mann zu pflegen«, erklärte John. »Als ich ihr beigebracht hatte, wie man Nahrung draußen findet, und es ihm besser ging, habe ich mich auf den Heimweg gemacht.«

Er wartete auf eine Erwiderung.

»Hättest du denn gewollt, daß ich sie dem Sterben überlasse?« fragte er.

Nun drehte sie sich zu ihm um. »Besser jetzt und durch ihr eigenes Versagen als später«, sagte sie einfach.

John mußte bei diesen verletzenden Worten schlucken. »Du sprichst wie eine herzlose Frau«, entgegnete er aufgebracht.

Sie zuckte nur die Schultern, als interessiere es sie nicht, ob er sie für herzlos oder freundlich halte. Dann wandte sie sich wieder von ihm ab und schlief ein.

Frühjahr 1644.
Virginia

Einen Monat lang kehrte John Tradescant nicht zum Haus der Hoberts zurück. Er ging mit Attone und den anderen Kriegern auf die Jagd und lebte ganz wie ein Powhatan. Als er meinte, daß nun die Zeit zum Verpflanzen von Bertrams Tabak gekommen war, sprach er mit Attone und nicht mit Suckahanna.

»Mein Freund, der krank war, braucht mich beim Umsetzen seiner Tabakpflanzen. Ich sollte jetzt los und ihm dabei helfen.«

»Dann geh, Adler«, sagte Attone wenig hilfreich.

»Suckahanna wird darüber sehr zornig sein.«

»Dann bleib.«

»Ich bitte nicht um Rat …«

»Ich gebe dir keinen.«

John schwieg und schluckte seine Wut hinunter. Attone lächelte. Es machte ihm Spaß, ihn so zu ärgern.

»Ich teile dir mit, daß ich eine Weile fort sein werde«, sagte John geduldig. »Ich bitte dich, mich zu holen, wenn Suckahanna in Not ist. Sie wird nicht nach mir schicken, selbst wann das der Fall wäre; sie ist zornig auf mich.«

»Sie wird nicht in Not sein. Das Wild kehrt zurück, die Fische laichen. Wozu sollte sie dich brauchen? Du kannst deine übelriechenden Freunde aufsuchen.«

John knirschte mit den Zähnen. »Wenn einer von unserem Volk Schwierigkeiten hätte, würdest du ihm zu Hilfe eilen.«

»Hobert ist keiner von unserem Volk. Nicht von meinem.«

John zögerte. »Auch nicht von meinem«, sagte er und war sich bewußt, wie schmerzhaft zweigeteilte Treue sein kann. »Ich kann nicht mit ansehen, wie er scheitert. Er hat mir einmal Gutes getan, und ich habe ihm ein Versprechen gegeben.«

»Das ist ein Pfad, der im Kreise läuft«, sagte Attone belustigt. »Du gehst wie ein schneeblinder Mann umher, immer im Kreis. Was blendet dich so, Adler? Warum kannst du nicht geradeaus gehen?«

»Weil ich mich hin und her gerissen fühle.«

»So entscheide dich für eine Seite«, sagte Attone nun in scharfem Ton. »Ehe du stolperst und dich die Last zu Boden zwingt.« Ohne sich umzusehen, sprang er auf und lief mit federnden Schritten zum Fluß hinunter, um die Fischreuse zu kontrollieren.

Das Haus der Hoberts befand sich mitten in einem grünen Meer. Bertram hatte begonnen, die Fläche zu bepflanzen, die zwischen Haus und Fluß verlief, und die merkwürdigen Pflanzen mit den herabhängenden Blättern standen in drei Reihen vor dem Haus.

»John, Gott sei Dank, daß Ihr gekommen seid«, sagte Hobert, auf dem Boden kniend. »Ich hatte schon befürchtet, Ihr werdet uns enttäuschen.«

»Mr. Tradescant, seid herzlich willkommen!« rief Sarah vom Ende der Reihe her.

John, dem in seinem englischen Hemd und den Hosen ganz heiß war, winkte den beiden zu.

»Ihr solltet einen Hut tragen, um Euch vor der Sonne zu schützen«, schimpfte Sarah. »Hier sind schon Menschen an einem Sonnenstich gestorben.«

John fuhr sich mit der Hand übers Gesicht und spürte, wie seine gerötete Haut Hitze ausstrahlte. »Das sind die Kleider«, sagte er. »Wie kann man in diesem Land im Frühling nur Wolle tragen?«

»Wegen dem Dunst in der Luft«, klärte ihn Sarah mit entschiedener Stimme auf. »Wenn wir nächstes Mal in Jamestown sind, kaufe ich Euch bestimmt einen Hut. Wir sind gerade erst in der Stadt gewesen.«

»Da war ein Brief für Euch«, sagte Bertram. »Ich mußte in die Stadt, um eine Hacke zu kaufen und etwas Geld abzuholen. Bei Eurem Gasthof lag der Brief an Euch.«

»An mich?« fragte John.

»Er liegt drin. Ich habe ihn unter die Matratze geschoben, die Ihr letztens benutzt habt, damit er nicht wegkommt.«

Er ging ins Haus und sprang die Leiter in einem Satz hinauf. Unter seiner Strohmatratze lag ein gefalteter versiegelter Brief, der von der Reise arg beschmutzt war. John erkannte sofort Hesters Handschrift.

Als er an seine Familie in Lambeth dachte, spürte er einen tiefen Schmerz. Er hatte Angst um seine Kinder, Frances und Johnnie, ob eines von ihnen krank oder gestorben war oder das Haus von marodierenden Soldaten geplündert und der Garten zerstört war oder gar Hester selbst ... Er schüttelte die schlimmen Schreckensbilder ab, brach das Siegel auf und faltete den Brief auseinander.

Lambeth, Neujahr 1644

Lieber Mann!

Obwohl ich nichts von Dir gehört habe, hoffe ich, daß Dein Vorhaben gut läuft, daß Du das Land, das Du wolltest, gefunden, gerodet und neu bepflanzt hast. Es ist schon ein eigenartiges Gefühl, den Blick aus Deinem Fenster nicht zu kennen, auch nicht zu wissen, wie Deine Küche aussieht oder wie Dir das Klima bekommt. Ich versuche den Kindern zu erzählen, was Du tust, aber ich weiß nicht, ob ich ihnen sagen soll, daß Du Dich durch tiefen Schnee kämpfst oder in feuchter Erde gräbst. An den Abenden lesen wir in der Wahrhaftigen Geschichte *von Kapitän Smith, der bereits 1606 nach Jamestown segelte, damit wir vielleicht eine Vorstellung von Deinem Leben bekommen. Aber einige seiner Abenteuer mußte ich beim Lesen überspringen, sonst hätten die Kinder um Dich Angst. Ich bete dafür, daß es Dir gutgeht und es dort nicht so wild und roh zugeht, wie Kapitän John Smith berichtet, und daß die Siedler in ihrem täglichen Gebaren christlicher und freundlicher geworden sind.*

Hier in Lambeth können wir nicht klagen, auch wenn es Unruhen und Sorgen gibt, wie ein jeder im Land bei dem andauernden Bürgerkrieg zu spüren kriegt. Das Essen ist knapp, Kohle gibt es nirgendwo mehr. Auf den Londoner Zufahrtsstraßen hat es kleine Geplänkel gegeben. Unsere Angestellten sind alle einberufen worden, um in den in der Stadt ausgebildeten Miliztruppen zu dienen, sind aber noch nicht außerhalb der City von London zum Einsatz gekommen. Wir versuchen die Arche und die Gärten wie immer dem Publikum geöffnet zu halten, und wir verkaufen auch ein wenig. Es gibt noch Leute, die so leben wollen, als herrsche kein Bürgerkrieg; sie sind immer noch darauf aus, daß die Gärten gedeihen und man exotische und schöne Dinge betrachten kann.

Nie hätte ich gedacht, daß ich folgendes je sagen würde, aber ich bin froh, daß Du nicht *hier bist. Die Kinder und ich vermissen Dich, aber ich weiß nicht, wie ein Mann einen klaren Kopf behalten und zugleich die Sorgen und Nöte des Königreichs ertragen kann. Insbesondere, wo Du dem König und der Königin gedient hast und sahst, wie sie die Folgen ihrer Narrheiten ernteten. Eine Frau kann sich dabei nur fragen, warum sich die beiden Seiten nicht friedlich verständigen und eine Lösung finden können. Das Parlament hat sich nun mit den Schotten im Norden verbündet, und sie haben sich feierlich geschworen, einander im Kampf gegen den König beizustehen. Doch die Schotten sind weit entfernt, und die Armee des Königs ist sehr nah, jede Partei scheint zu glauben, sie hätte die größeren Vorteile. Außerdem hat der*

König eine papistische irische Armee auf die Beine gestellt, und wir haben alle große Angst vor ihrem Einmarsch.

Mir scheint es indes immer sicherer zu sein, daß nach den militärischen Auseinandersetzungen wieder der König in London sitzt und seine Befugnisse kaum eingeschränkt sein werden. Und jene, die einst gegen ihn ins Feld gezogen sind, werden zu Gott beten müssen, daß er in seinem Sieg ihnen gegenüber großzügiger ist als in Kriegszeiten. Der junge Prinz Rupert soll sich wohl überall aufhalten, und der andere Befehlshaber der Armeen ist die Königin. Du kannst Dir vorstellen, wie der König von beiden beraten wird. Prinz Maurice, Ruperts Bruder, dient auch in der Armee; diesen Sommer haben sie Bristol und Devizes eingenommen. Verglichen mit der wohlausgestatteten reichen Armee des Königs, bieten die Truppen des Parlaments einen jämmerlichen Anblick. Der König verfügt über hochrangige Befehlshaber, die schon in ganz Europa gekämpft haben. Prinz Rupert hat bisher keine einzige Schlacht verloren. Das Parlament führt gegen sie einfache Bauern und Handwerksburschen ins Feld, die von den Royalisten wie Gerste umgemäht werden. Das Parlament verkündet ständig großartige Siege in unbedeutenden Schlachten, die an ganz unbekannten und unwichtigen Orten geschlagen wurden.

Dennoch hat der König bisher London noch nicht erreichen können – und die Stadt ist eindeutig gegen ihn. Dein Schwiegervater, Mr. Hurte, hat ein eigenes Regiment ins Leben gerufen, um London zu verteidigen. Er meint – wie alle Händler und Kaufleute –, daß der König die Stadt auf keinen Fall wieder regieren darf. Doch da alle anderen großen Städte nacheinander an den König zurückfallen, wird London wohl auch eines Tages aufgeben, insbesondere wenn die Königin ihre französischen Verbündeten dafür gewinnt, ihrem Gemahl beizustehen. Sollte wirklich eine französische Armee auf Westminster zumarschieren, wird das Parlament in der Tat besiegt werden; und ich glaube, es wird schwerer sein, die französischen Papisten wieder loszuwerden, als sie herzubitten.

Aber noch schlimmer als die französischen Papisten wird eine irische Armee sein. Man befürchtet, daß die katholischen Iren das Land überziehen, doch ich kann mir nicht vorstellen, daß der König so einen niederträchtigen Plan ausbrütet. Er würde nicht wagen, einen solchen Sturm heraufzubeschwören, da bin ich sicher. Denn welcher Engländer würde jemals wieder dem König glauben?

Natürlich ist Oxford in den Händen des Königs, wo er hofhält, und seine Freunde haben die Garnisonen entlang der großen Route nach Schottland in Besitz. Die Königin hat York besetzt; und solange sie dabei ist, habe ich keine Hoffnung auf Frieden. Bald wird die königliche Armee Richtung London ziehen, und all jene, die nicht mehr wissen, was sie denken sollen (und das sind die meisten), hoffen nur noch, daß die Stadt beizeiten aufgibt.

Den Kindern geht es gut, obwohl sie auch ganz durcheinander sind, da es weder Schule noch andere Vergnügungen gibt, die ihr Temperament zügeln könnten. Ich verbiete ihnen, nach London zu fahren, denn dort ist wieder die Pest ausgebrochen. Die muß von den Soldaten eingeschleppt worden sein, die von einer Schlacht zur nächsten ziehen und dabei durch die Dörfer kommen. Auch haben wir eine kleine Tür durch die Mauer gebrochen, damit wir den bettelnden Armen etwas zu essen geben können, ohne daß die Bediensteten die Vordertür des Hauses öffnen müssen. Ebenso habe ich die Brücke über das Flüßchen zu einer Zugbrücke umbauen lassen, die wir nachts immer hochziehen. Die Mauer um die Arche und den Garten ist ebenfalls fertiggestellt. Manchmal komme ich mir wie Mrs. Noah vor, die über den Rand der Arche späht, während das Wasser am Ende der Welt steigt und steigt und mich in einem Strudel umschließt. In solchen Nächten fühle ich mich sehr einsam und habe Angst, dann wünschte ich, Du wärest bei mir.

Johnnie sagt, daß er Soldat werden und für den König kämpfen will. Er hat sich eine Radierung an das Kopfteil seines Bettes gehängt, auf der Prinz Rupert auf seinem Rappen dargestellt ist. Jeden Abend spricht er ziemlich blutrünstige Gebete, damit Gott ihn beschütze. Er ist ein hübscher, mutiger Junge, so schlau wie alle Kinder. Er kann Englisch, Latein und Französisch lesen und schreiben, und ich habe ihn mit der Aufgabe betraut, die Pflanzenschilder auch auf Latein zu beschriften, was ihm fehlerlos gelingt. Er vermißt Dich sehr, aber er ist stolz darauf, daß sein Vater einer der ersten Siedler in Virginia ist, er glaubt, daß Du täglich mit Bären ringst und gegen Indianer kämpfst, und betet allabendlich für Dich.

Frances ist auch wohlauf. Du würdest sie kaum wiedererkennen, sie ist in diesen letzten Monaten von einem Mädchen zur jungen Frau gereift. Sie trägt jetzt die Haare immer hochgesteckt, und ihre Kleider sind lang und elegant. Ich habe immer gewußt, daß sie eine Schönheit wird, aber sie hat in ihrer reizenden Anmut meine Erwartungen noch übertroffen. Sie ist so goldbraun wie ihre Mutter, wie mir Mrs. Hurte sagte, und ihr Wesen ist so unbeschwert und heiter wie bei sonst keinem. Manchmal ist sie etwas flatterhaft, das behalte ich im Auge und versuche sie zu tadeln, aber sie ist ein so liebes Geschöpf, daß ich einfach nicht so streng sein kann. Während Du fort bist, kümmert sie sich um den Garten, und Du wirst bei Deiner Heimkehr stolz auf sie sein. Sie hat ein gutes Gespür für Pflanzen und deren Bedürfnisse. Oft denke ich, daß es eine Schande ist, daß sie nicht offiziell Deine Nachfolge antreten darf und ein weiterer Tradescant-Gärtner sein kann, wie sie es sich immer gewünscht hat.

Wenn die Kampfhandlungen näher auf London zu rükken, so mache ich mir um sie die größten Sorgen. Ich glaube, daß Johnnie und ich alles außer einen direkten Angriff überstehen könnten, aber Frances ist so hübsch, daß sie überall Aufsehen erregt. Ich kleide sie so schlicht, wie ich kann; sie trägt auch immer eine Haube und eine Kapuze für ihr Haar, wenn sie ausgeht. Doch sie hat etwas an sich, das den Männern den Kopf verdreht. Ich habe gesehen, wie die Leute sie auf der Straße anstarren, als sei sie eine Blume oder Statue, etwas Seltenes und Kostbares, das sie mit nach Hause nehmen wollen. Ein reicher Mann, der nicht die Bezeichnung eines Gentleman verdient, besuchte eines Tages den Garten und bot mir zehn Pfund an, wenn ich sie ihm mitgäbe. Ich wies Joseph an, ihn so rasch wie möglich von unserem Anwesen zu entfernen, wie Du es auch gewünscht hättest. Das soll Dir einen Eindruck von den Sorgen vermitteln, die ich wegen ihr habe. Eins der Küchenmädchen – eine dumme Gans – hatte Frances brühwarm erzählt, daß der Gentleman Gefallen an ihr gefunden und ein Angebot gemacht hatte, was nicht gerade auf eine Hochzeit hinauslief. Daraufhin war Frances auf die Gartenmauer geklettert – es tut mir leid, dies schreiben zu müssen –, hatte ihm den Rücken zugewandt, das Kleid hochgerafft und ihm ihren Hintern gezeigt. Ich zog sie rasch von da oben herunter und schlug sie wegen ihres unanständigen Verhaltens und dachte dann, daß sie vor lauter Scham jämmerlich weinen mußte, doch als sie sich wieder aufgerichtet hatte, bemerkte ich, daß sie so sehr lachte und darum kein vernünftiges Wort herausbrachte. Ich schickte sie zur Strafe auf ihr Zimmer, und als sie fort war, mußte ich auch lachen. Sie ist eine solche Mischung aus kleinem Biest und Kind und junger Lady. Ich schätze, daß der feine Gentleman mehr bekommen hätte, als er für zehn Pfund erwartet hatte.

In diesen aufrührerischen Zeiten ist mein wichtigster Ratgeber der beste Freund und Verwandte Deines Vaters, nämlich Dein Onkel Alexander Norman. Er hat kraft seines Amtes immer die neuesten Informationen. Da er vom Tower aus die Geschütze losschickt, weiß er stets, wo die schlimmsten Gefechte stattfinden und wieviel Munition in jeder einzelnen Schlacht verbraucht wurde. Er besucht uns jede Wo-

che und versorgt uns mit Neuigkeiten und ist zufrieden, wenn es uns gutgeht. Frances behandelt er wie eine junge Lady und Johnnie wie den Hausherrn, so empfangen sie ihn immer als ihren liebsten Gast. Frances benimmt sich nie schlecht, wenn er da ist, sondern ist immer ganz sachlich und bedächtig, eine exzellente kleine Hausfrau. Als ich ihm von dem Mann und seinem Angebot erzählte, war er so zornig wie noch nie zuvor; er hätte ihn zu einem Duell herausgefordert, wenn ich den Namen preisgegeben hätte, doch ich erklärte ihm, daß er schon genügend bestraft worden sei. Ich verschwieg ihm allerdings die Art der Strafe.

Und was mich angeht, mein Mann, so bedenke ich stets, daß es keine Liebesheirat war und wir nie mehr als Freunde füreinander waren. Und außerdem befürchte ich, daß Du mich nicht in freundlicher Erinnerung behalten hast, da wir uns bei Deinem Abschied gestritten hatten. Ich tue meine Pflicht, wie ich es Dir vor dem Altar und Deinem Vater an seinem Sterbebett versprochen habe. Ich bin Dir eine gute Frau, Deinen Kindern eine Mutter, und ich hüte die Raritäten und den Garten. Das Kuriositätenkabinett, der Garten und die Kinder sind mein größtes Glück, auch wenn in diesen harten Zeiten Glück nur schwer zu finden ist. Du fehlst mir mehr, als ich es für möglich gehalten hätte, und oft denke ich an einen Moment im Hof, eine Sekunde in der Empfangshalle und an einen Brief von Dir zurück, der beinahe liebevoll klang, und ich frage mich, ob wir Liebende und nicht nur Frau und Mann füreinander hätten sein können, wenn wir uns in unbeschwerteren Zeiten begegnet wären. Ich wünschte, mich hätte hier nichts festgehalten und ich hätte Dich auf Deiner Unternehmung nach Virginia begleiten können. Ich wünschte, Du hättest mich so lieb, daß Du nicht ohne mich losgezogen wärst, oder hättest so wie ich empfunden, wärst an das Haus, den Garten und die Kinder gebunden gewesen. Aber das tatest Du nicht und wirst es auch nicht tun, und ich sollte nicht die Zeit damit verschwenden, das Scheitern eines Traums zu beklagen; vielleicht bin ich eine Närrin, überhaupt an so etwas zu denken.

Also mir geht es gut, ich fürchte mich manchmal ein wenig, bin immer besorgt, arbeite schwer, um das Erbe Deines Vaters für Dich und Johnnie zu bewahren. Ich hüte Frances und bete für Dich, mein lieber, lieber Mann, und hoffe, daß es Dir gutgeht, ganz gleich, wo Du bist, ganz gleich, wie weit Du von mir fort bist in einem solch fremden Land, und daß Du zu Deiner treuen Frau heimkehren wirst.

Hester.

John sank auf seiner Matratze in die Knie und hockte sich dann hin. Er las alles noch einmal. Das Papier war an den Stellen, wo es vom Meerwasser oder Regen naß geworden war, eingerissen, die Tinte war an ein oder zwei Stellen verschmiert, doch Hesters Stimme, ihre mutige kleine Stimme, klang über das Meer zu ihm hinüber und sagte ihrem Gatten, daß sie ihm die Treue hielt.

John ließ den Kopf in die Hände sinken. Er dachte, er mußte verrückt gewesen sein, Frau, Kinder und Heim zu verlassen. Er mußte verrückt und selbstsüchtig gewesen sein, sie mitten im Bürgerkrieg allein zu lassen, wie besessen verrückt, zu glauben, er könne sich in der Wildnis ein eigenes Leben schaffen, und verrückt vor Eitelkeit, zu meinen, er könne eine junge Frau in der Fremde lieben und heiraten und alles noch einmal von vorn beginnen, ganz nach seinem verrückten Plan.

So lag er noch eine Weile regungslos da. Unten kam gerade Francis mit einer neuen Ladung Holz herein und stapelte es neben der Feuerstelle. »Seid Ihr hier drinnen, Mr. Tradescant?«

»Hier«, sagte John und schleppte sich zur Leiter und kletterte mit schwachen Knien nach unten.

Francis betrachtete John näher, und sein Gesichtsausdruck wurde sanfter. »War es Euer Brief? Schlechte Nachrichten aus der Heimat?«

John schüttelte den Kopf und fuhr sich mit der Hand übers Gesicht. »Nein. Sie kommen gut ohne mich zurecht. Mir ging nur durch den Kopf, daß ich lieber dort sein sollte.«

Der Sklave zuckte die Achseln. »Manchmal kann man nicht an dem Ort sein, an den man sich wünscht.«

»Ja, aber ich habe mir das selbst ausgesucht«, sagte John.

Langsam zog ein breites Lächeln über das Gesicht des Schwarzen, als ob er sich über Johns Dummheit amüsierte. »Ihr habt Euch das selbst ausgesucht?«

John nickte. »Ich habe in Lambeth einen schönen Besitz und eine Familie, und ich hatte es mir in den Kopf gesetzt, das Leben dort sei für mich unmöglich geworden und die Frau, die ich lieben wollte, sei hier und daß ich ganz von vorn anfangen könne.«

Francis kniete sich vor die Feuerstelle und legte mit ruhiger, geschickter Hand Holz nach.

»Ich habe mein ganzes Leben im Schatten meines Vaters gestanden«, erklärte John, mehr sich selbst, als dem schweigsamen Zuhörer gegenüber. »Daheim habe ich sein Handwerk erlernt, tat das, was er tat. Aber ich hatte immer das Gefühl, daß ich es nicht so gut konnte. Er hat immer gewußt, was das Richtige war. Mir kam es vor, als sei er immer unfehlbar in seinen Entscheidungen gewesen. Und ich war mein Leben lang von diesen oder jenen Zweifeln geplagt.«

Francis blickte rasch hoch. »Solche Engländer sind mir schon oft begegnet«, bemerkte er.

»Wie steht es mit dir?« fragte John. »Wo ist deine Heimat?«

»Im Königreich Dahomey«, antwortete Francis.

»Liegt das in Afrika?«

Der Mann nickte.

»Wurdest du in die Sklaverei verkauft?«

»Man hat mich in die Sklaverei gestoßen, gezerrt. Ich habe mich auf der Straße zum Markt und bis zum Schiffssteg hinunter in den Laderaum gewehrt, habe getreten, gebissen und geschrien und gekämpft. Ich habe erst aufgehört, mich zu wehren und um mich zu schlagen, als sie uns zum Waschen an Deck brachten und ich nun um mich herum nur das Meer und weit und breit kein Land sah. Da wurde mir klar, daß mir eine Flucht nichts nützen würde, weil ich nicht wußte, wohin ich fliehen sollte. Daß ich verloren war, und das für den Rest meines Lebens.«

»Wurdest du nach England gebracht?«

»Erst nach Jamaika, aber dann nahm mich der Kapitän nach England mit. Er wollte selbst einen Sklaven. Hat mich dann beim Kartenspiel an einen Londoner Kaufmann verloren, der mich wiederum an Mr. Hobert verkaufte. Der wollte eigentlich ein Pferd nach Virginia einführen, das er vor den Pflug spannen konnte, doch man sagte ihm, daß er kein Pferd verschiffen könne, ein Mann würde die Arbeit auch tun. So wurde ich zu seinem Pflug-Pferd.«

»Er behandelt dich nicht schlecht«, warf John ein.

»Für ein Pferd geht es mir gut«, sagte er ironisch. »Ich kann im Haus wohnen und essen, was sie essen. Und ich habe sogar mein eigenes Stück Land.«

»Wo du etwas anbauen wirst?«

»Mein eigenes Essen, eigenen Tabak, und ich werde selbst damit handeln und daran verdienen, und wenn ich fünfzehn Shilling in Händen halte, so will mir Mr. Hobert dafür die Freiheit schenken. Dann werde nur noch ein vertraglich verpflichteter Diener sein und nicht mehr sein Sklave. Und wenn ich genügend verdient habe, will ich mich selbständig machen, mehr Land kaufen und ein richtiger Pflanzer sein, so wie Ihr.«

»Du wirst freigelassen?«

»Das hat mir Mr. Hobert versprochen, der Verwaltungsbeamte hat es beurkundet, und auch die anderen Schwarzen sagen mir, daß dies nicht ungewöhnlich ist.«

»Willst du nicht nach Afrika zurück?«

Für einen Augenblick wurde in dem dunklen Gesicht des Sklaven ein tiefer Schmerz sichtbar. »Ich glaube fest daran, daß ich in meiner Todesstunde dort sein werde«, antwortete er.

»Hast du eine Familie dort zurückgelassen?«

»Meine Frau, mein Kind, meine Mutter und zwei kleinere Brüder.«

Angesichts seines großen Verlustes schwieg John. »Du mußt uns Weiße hassen«, sagte er.

Nun sah ihm Francis direkt in die Augen. »Ich hasse euch nicht«, sagte er. »Ich habe keine Zeit für Haß.« Er schwieg kurz. »Aber ich begreife nicht, wie ihr zu eurem Gott beten und hoffen könnt, daß er euch erhört.«

»Oh, das kann ich dir erklären«, sagte John verbittert. »Wir Engländer haben da einen schlauen Trick. Wir gehen davon aus, daß die ganze Welt unser ist, alles, was jemals war, und alles, was jemals sein wird.« Er dachte an die selbstgefällige Anmaßung des Königs, zu meinen, die Welt sei einzig zu seinem Vergnügen bestimmt worden, daß jedes Objekt der Kunst ihm gehören sollte, beinahe per Gesetz. »In unserem Land ist jeder, der nicht mächtig und schön ist, nur von niederem Rang und nicht weiter von Bedeutung. Wenn wir dann nach Übersee kommen, stoßen wir auf viele Menschen, die nicht wie wir sind, und wir halten uns dann für etwas Besseres. Wenn wir deren Sprache nicht verstehen, meinen wir, sie können nicht sprechen, und wenn sie andere Musik machen und anders tanzen als wir, dann sagen wir, sie heulen wie Wölfe und sind im übrigen wie Tiere, ja im Grunde noch niedriger als Tiere, weil wir sie noch weniger für unsere Zwecke nutzen können.«

»Also hat mich Mr. Bertram Hobert zu seinem Pflug-Pferd gemacht.«

»Und ich stolziere großspurig herum und glaube, daß ich hier einfach so herkommen kann, daß dieses Land menschenleer ist und ich eine Parzelle als mein Eigentum deklarieren kann und der Frau keine bessere Zukunft beschieden ist, als mich zu lieben«, sagte John voller Einsicht. »Weil ich ein Engländer bin. Weil sich die ganze Welt nur nach meinem augenblicklichen Wohlbefinden zu richten hat.«

Da ging die Tür auf, und Sarah Hobert stand auf der Schwelle und machte sich den Schmutz von den Stiefeln. »Los, zieh sie mir aus«, forderte sie Francis schroff auf. »Ich muß das Essen machen.«

Sie stellte den Kochtopf an den Rand des Feuers und rührte kurz um. Zum Abendessen würde es wieder Maisbrei geben.

Während Bertram das Tischgebet sprach und ihr Essen segnete, neigten sie die Köpfe. Dann aßen sie schweigend. John beobachtete verstohlen Bertram und Sarah, die ihr Mahl verschlangen. Dieses Land hatte beide verändert. Sarah war in England einst eine respekteinflößende, gottesfürchtige Frau gewesen, die Gattin eines kleineren Pächters und eine selbständige Händlerin. Dieses Land hatte sie hart gemacht.

Nach der Mahlzeit nickte Sarah ihm zu und verließ das Haus, worauf ihr Bertram und der Sklave folgten. Sie ging den Weg bis zum Ende der Anpflanzung und schleppte einen schweren Spaten mit. Bertram trug die Spitzhacke, die man für störrische, festsitzende Wurzeln brauchte. Francis schob hinter ihnen den schweren Handkarren, der mit einer Ladung kostbarer, hin und her wippender kleiner Tabakpflanzen gefüllt war. John bildete die Nachhut; er brachte die beiden neuen Hacken mit. Einen Moment lang dachte er an die Holzskulptur am Hauptpfosten der Hallentreppe von Hatfield House, in der sein Vater verewigt worden war. Sie verkörperte einen großen Mann, der aus reinem Vergnügen mit einem verwegen schräg ins Gesicht gezogenen Hut in den Garten hinausstürmte. Dabei schulterte er eine Harke, und unter dem anderen Arm klemmte eine Schale, die von wunderschönen Blumen und Früchten überquoll. John Tradescant der Ältere hatte sein ganzes Leben Pflanzen gewidmet, die ihrer Schönheit wegen gezüchtet worden waren, ein Leben, das von dem Gedanken beflügelt war, zu hegen und zu pflegen, um einen Trost für die Augen, eine Quelle der Freude zu schaffen. Er arbeitete nun fürs Überleben. Irgendeine widersprüchliche Sehnsucht hatte ihn aus dem behaglichen und so reichen Leben seines Vaters in ein Land getrieben, in dem man all seine Fähigkeiten und die ganze Kraft darauf verwenden mußte, nicht zu sterben. Seines Vaters Erbe, die große züchterische Hinterlassenschaft und dessen Freude an der Arbeit, hatte er aufgegeben. Er hielt inne und beobachtete Hobert, Sarah und Francis, die den Pfad zum Fluß hinunterliefen, um mit dem Einsetzen der Tabakpflanzen zu beginnen: ein kleiner Zug entschlossener Menschen, gewillt, ihre Hoffnung in den jungfräulichen Boden zu pflanzen.

John blieb acht Nächte bei den Hoberts, und als er fortging, war das Gelände vor ihrem Haus von allen großen Wurzeln befreit und in ein Tabakfeld verwandelt worden, das prächtig gedieh. John hatte darauf bestanden, daß man einen Gemüsegarten für die Küche seitlich vom Haus anlegte. Darin wuchsen nun Mais, Kürbis und Bohnen.

»Ich werde Euch ein paar Amarock-Samen besorgen, damit ihr auch Früchte habt«, sagte John.

Sarah sah ihn mit leuchtenden Augen an. »Stehlt sie«, forderte sie ihn auf.

John war entsetzt. »Ich hätte ernsthaft nicht gedacht, daß Ihr Diebstahl zulassen würdet.«

»Wenn man von solchen wie denen etwas nimmt, dann ist es kein Diebstahl«, sagte sie mit fester Stimme. »Stehle ich einen Knochen aus dem Futternapf meines Hundes? Sie haben keinen Anspruch auf das Land, der König hat sein Alleinrecht darauf geltend gemacht. Alles in diesem Land gehört uns. Wenn sie sich Fleisch in ihre Mäuler stopfen, dann nehmen sie es uns fort. Hier ist ein neues England entstanden, und alles gehört den englischen Bewohnern hier.«

»Ihr werdet doch zurückkommen und mir bei der Ernte helfen, nicht wahr, John?« erkundigte sich Hobert.

John zögerte. »Wenn ich es einrichten kann«, sagte er. »Es ist nicht leicht für mich, ständig zu kommen und zu gehen, wie ich will.«

»Dann bleibt gleich hier«, drängte ihn Sarah.

»Mir fällt es schwer, so oft zwischen dieser und jener Welt zu pendeln.«

»Dann bleibt bei uns«, erwiderte Sarah schlicht. »Ihr habt auf dem Boden Euer Lager, und nach der Ernte zahlen wir Euch einen Anteil. Wir können auch Euer Haus wiederaufbauen und Euer Feld herrichten, wie versprochen. Ihr werdet unser Nachbar sein und nicht mehr dieses Hin und Her haben.«

John schwieg kurze Zeit.

»Nun bedräng ihn nicht so«, meinte Hobert freundlich zu seiner Frau. »Kommt«, sagte er zu John. »Ich werde mit Euch flußaufwärts gehen.«

Er nahm das Gewehr vom Haken hinter der Tür, zündete die Lunte mit der Glut aus dem Kamin an. »Ich werde etwas Fleisch mitbringen«, sagte er, um dem Protest seiner Frau zuvorzukommen, die es lieber sah, wenn sie zusammen auf dem Feld arbeiteten. »Ich bin nicht lange fort.«

John verbeugte sich vor Sarah und nickte Francis zu, dann gingen die beiden Männer los.

Hobert lief neben John, nicht hinter ihm, wie er es von den Indianern gewöhnt war. Es war ein eigenartiges Gefühl, daß jemand neben ihm trabte, eigenartig, das Tempo zu drosseln, als liefe er mit einem Kind zusammen, eigenartig, die Geräusche zu hören, die sie machten, als sie sich mit schweren Schuhen durch das Unterholz schlugen. John dachte, daß sämtliche Tiere im Umfeld von vielen Meilen aufgeschreckt und längst über alle Berge waren, ehe Hobert an ihren Futterplätzen eintraf.

»Ist die Jagd jetzt einfacher, wo mit dem Frühling das Rotwild wieder in die Wälder zurückkehrt?« erkundigte sich John.

Hobert schüttelte den Kopf. »Schlechter als im letzten Jahr – wegen der Wilden. Die nehmen so viel weg und treiben die Tiere immer tiefer und tiefer in die Wälder, in der Hoffnung, daß sie uns aushungern können.«

John schüttelte den Kopf, hatte aber nicht die Kraft, ihm zu widersprechen.

»In Jamestown gab es Nachrichten aus England«, sagte Hobert. »Die Schotten haben die Grenze überschritten, sie sind in den Krieg eingetreten.«

»Gegen den König?« fragte John verwundert.

»Gegen den König und, was noch wichtiger ist, mit dem Parlament. Einige sagten, daß Charles sich mit dem Parlament oder den Schotten einigen muß. Er könnte nie gegen beide kämpfen. Gott sei Dank, daß es nicht mehr unser Krieg ist, stimmt's, John?«

John nickte geistesabwesend. »Meine Frau ist immer noch in Lambeth«, erklärte er. »Mein Sohn und meine Tochter auch.«

»Ich dachte, Ihr hättet sie gänzlich verlassen?« warf Hobert ein.

»Das hätte ich nicht tun sollen«, sagte John kaum hörbar. »Man läßt niemanden mitten in einem solchen Krieg im Stich. Ich war wütend auf sie. Ich hatte darauf bestanden, daß sie mich in die Neue Welt begleitet, doch als sie sich mir widersetzte, war ich der Meinung, daß ich nun frei sei und losziehen könne.«

Hobert zuckte die Schultern. »Ihr führt ein sonderbares Leben.«

»Es sind zwei Leben«, stellte John fest. »Eins hier, wo ich der Erde so nah verbunden bin, daß ich ihren Herzschlag spüre, und eins dort, wo ich wie ein Engländer mit Pflichten und Verpflichtungen lebe und zugleich mit großen Reichtümern und viel Freude gesegnet bin.«

»Kann ein Mensch beides leben?« fragte Hobert.

John dachte einen Augenblick nach. »Nicht in aller Ehre.«

Als Suckahanna ihn aus dem Dunkel des Waldes heraustreten und zur Schwitzhütte gehen sah, an den Feldern vorbei auf dem Weg durchs Dorf, wußte sie, daß etwas geschehen war. Er lief wie ein Weißer, mit dem vollen Gewicht auf den Hacken. Er hatte nicht den Gang der Powhatan. Er lief, als drücke ihn eine Last auf den Schultern nach unten, als zöge sie seinen Kopf nieder, so daß es aussah, als wate er durch einen Sumpf voller Schwierigkeiten und könne nicht mehr leichtfüßig über weiches Gras tanzen.

Langsam ging sie hinaus, um ihn begrüßen. »Was ist passiert?«

Ohne sie anzusehen, schüttelte er den Kopf. »Nichts. Ich habe mein Versprechen eingelöst und bin nun heimgekehrt. Ich muß erst wieder zur Erntezeit zurück.«

»Sind sie krank?« fragte sie, denn sie dachte, daß seine gebeugte Haltung mit Krankheit oder Schmerzen zu tun hatte.

»Es geht ihnen gut«, sagte er.

»Und du?«

Er richtete sich auf. »Ich bin erschöpft«, erwiderte er.

»Ich werde in die Schwitzhütte gehen und mich dann im Fluß waschen.« Er warf ihr ein kurzes, unglückliches Lächeln zu. »Und alles wird so wie früher.«

In den warmen Tagen, wenn die Wälder vor seinen Augen grün zu werden schienen, machte sich John wieder daran, Pflanzen zu sammeln und Raritäten nachzuspüren. Er hatte schon ein riesiges Paket mit indianischen Gegenständen nach England gesandt: Indianerkleidung, Werkzeuge, eine Schachtel mit Bändern und Hauben, die aus Tierhäuten angefertigt waren. Nun nahm er Suckahannas Sohn als Träger mit in den Wald. Täglich verließen beide das Dorf, machten ausgedehnte Ausflüge in die Wildnis und kehrten mit sprießenden Wurzeln wieder heim. John arbeitete meist schweigsam mit dem kleinen Jungen zusammen und mußte feststellen, daß er in Gedanken oft in Lambeth war. Er empfand ein tiefes Gefühl für Hester und hatte das starke Verlangen, an ihrer Seite zu sein und gemeinsam die Gefahren zu durchstehen, die in einem Land, daß sich in der Zange eines üblen Bürgerkriegs befand, auf sie zukommen könnten. Doch er wußte zugleich, daß er Suckahanna und die Powhatan nicht verlassen konnte. Er wäre so gern wie Attone oder auch wie Hobert gewesen, die ihren Weg geradlinig und ohne Zögern verfolgten. Er hielt sich für unentschlossen und schwach und gab sich die Schuld.

Suckahanna beobachtete, wie er ein Anzuchtbeet anlegte, sich mit den Wurzeln und Stecklingen beschäftigte. Doch viele Wochen lang sagte sie nichts. Dann brach sie ihr Schweigen.

»Wofür sind die bestimmt?«

»Ich werde sie nach England schicken«, sagte John. »Man kann sie, wenn sie größer sind, den anderen Gärtnern verkaufen.«

»Durch deine Frau?«

Er versuchte ihr so frei und arglos in die Augen zu schauen, wie er konnte. »Meine englische Frau«, berichtigte er sie.

»Und was wird sie glauben? Wenn ihr ein Toter Pflanzen schickt?«

»Sie wird denken, daß ich nur meiner Pflicht ihr gegenüber nachkomme«, erklärte John. »Ich kann nicht so tun, als gebe es sie nicht.«

»Sie wird wissen, daß du am Leben bist und du sie verlassen hast«, stellte Suckahanna fest. »Inzwischen hat sie dich für tot gehalten.«

»Ich muß sie auf irgendeine Art unterstützen.«

Sie nickte und erwiderte nichts. John konnte die stoische Würde eines Powhatan, der schwieg, nicht akzeptieren. »Ich habe das Gefühl, daß ich ihr gegenüber alles in meiner Macht Stehende tun muß«, sagte er verlegen. »Sie hat mir einen Brief geschickt, den ich bei den Hoberts erhalten habe. Sie steckt in Schwierigkeiten, und in England herrscht Krieg.«

Suckahanna sah ihn an, sagte aber nichts.

»Ich bin hin und her gerissen«, gestand er plötzlich ganz offen und ehrlich.

»Du hast dir deinen Weg selbst ausgesucht«, erinnerte sie ihn. »Frei ausgesucht.«

»Ich weiß«, antwortete er kleinlaut. »Aber ich muß ständig an sie denken.«

Er verstummte und blickte sie an. Sie hatte den Kopf von ihm abgewendet und ihr Gesicht hinter ihrem dichten Haar verborgen. Die glatte und braune Haut der Schultern schimmerte durch ihr Haar hindurch, ihr Körper zuckte. Er stieß einen Laut hervor und ging auf sie zu, um sie zu trösten. Er dachte, daß sie weinte. Doch dann sah er, wie ihre weißen Zähne aufblitzten, und sie drehte sich rasch um und rannte den Weg durchs Dorf hinunter, von ihm weg. Sie war fort. Sie hatte lachen müssen. Nicht einmal ihr großes Taktgefühl hatte ihre Belustigung unterdrücken können. Das Spektakel, das ihr Mann bot, der ewig hin und her getrieben war zwischen Pflicht und Sehnsucht, England und den Powhatan, war schließlich so lächerlich, daß man ihn nicht mehr ernst nehmen konnte.

»Ach, du hast gut lachen«, sagte John zu sich selbst und war in diesem Moment ein Engländer durch und durch, als trüge er Stiefel, Hosen und einen schweren Hut. »Und Gott allein weiß, daß ich dich dafür liebe. Und Gott allein weiß, daß ich wünschte, ich könnte auch über mich lachen.«

Als der Schnee auch auf den höchsten Bergen geschwunden war und früh kein klirrender Frost mehr herrschte, als der Boden unter den dünnen Mokassins der Jäger trocken war, wurde eine Versammlung beim obersten Häuptling aller Powhatan, bei Opechancanough, einberufen. John, der Adler, ging zusammen mit Attone und mit einem der hohen Berater ihrer Gemeinschaft dorthin, um ihr Dorf zu repräsentieren. Sie liefen die schmalen Pfade entlang, flußaufwärts nach Norden zur großen Hauptstadt Powhatan. Sie befand sich in dem trockenen Waldland, am Fuße des Gebirges, am Rande des Flusses, den John einst als James River kennengelernt hatte, der von ihm nun Powhatan genannt wurde. Der Wasserfall neben der Stadt Powhatan hieß Paqwachowng. Gegen Einbruch der Dämmerung erblickten sie die Stadt der vierzig Krieger und machten vor ihr Rast.

»Du sagst erst etwas, wenn du angesprochen wirst«, erklärte ihm Attone kurz. »Der Dorfälteste wird die Unterhaltung führen.«

Ohne Groll blickte John zu dem alten Mann, der die vielen Tage über die kleine Gruppe in zügigem Tempo angeführt hatte. »Ich wollte erst gar nicht mitkommen«, entgegnete John. »Ich werde wohl auch kaum das Gespräch unterbrechen.«

»Wolltest nicht mit, wo du doch neue Pflanzen und Bäume und Blumen entdecken kannst? Und sie zu Suckahanna bringen kannst, wenn wir mit dem Kanu flußabwärts fahren?« spottete Attone.

»Nun gut«, räumte John ein. »Ich sage nur, daß ich nicht darum gebeten habe mitzukommen. Ich wollte keinen Platz hier beanspruchen.«

Das kantige Gesicht des Alten mit der großen Nase drehte sich ihm zu. »Aber dein Platz ist hier!«

»Das weiß ich, Dorfältester«, entgegnete John respektvoll.

»Du wirst Fragen beantworten, dich aber mit deiner Meinung zurückhalten müssen«, ordnete der Alte an.

John nickte gehorsam und reihte sich wieder hinten ein.

Niemand wußte, wie alt der große Kriegsherr Opechancanough war. Er hatte seine Macht von seinem Bruder, dem großen Powhatan, der von 1550 bis 1618 gelebt hatte, geerbt. Er war der Vater von Prinzessin Pocahontas gewesen, der Indianerheldin, der John als kleiner Junge begegnet war, als sie als berühmte Persönlichkeit London einen Besuch abstattete. Im zerfurchten Gesicht ihres Onkels war aber keine Spur ihrer Schönheit zu erkennen. Er saß auf einer hohen Bank am Ende eines reichverzierten Versammlungshauses, und in dem düsteren Licht leuchteten die runden Muschelscheiben an seinem prächtigen Umhang auf, der sein hohes Amt unterstrich. Er hatte nur kurz einen Blick auf John und seine Gefährten geworfen, die sich zu ihm hin schoben, ihren Tribut auf den immer höher werdenden Stapel legten und wieder zurücktraten.

Als alle eingetroffen waren und sich vor dem Häuptling verneigt hatten, machte er eine kurze Geste mit der Hand.

Daraufhin trat der Priester vor, warf etwas Staub ins Feuer und beobachtete den in Spiralen aufsteigenden wohlriechenden Rauch. John, den der viele Tage währende Marsch ziemlich ermüdet hatte, verfolgte den Rauch mit den Augen und meinte, daß er in ganz eigenartige verführerische Gestalten zerfloß; es war beinahe, als könne man die Zukunft daraus lesen.

Aus der dichten Menge, die sich in dem großen Haus zusammendrängte, kam ein dunkles Gemurmel. Der Priester lief um das Feuer und stierte in die Glut, und während er mit wehendem Umhang an den Männern vorbeirauschte, wichen diese zurück, um ihm Platz zu machen. Schließlich trat er zurück und verneigte sich zu Opechancanough hin.

»Ja«, lautete sein Urteil.

Plötzlich wurde der Alte lebendig und lehnte sich nach vorn. »Bist du sicher? Wir werden siegen? Und sie werden wieder ins Meer zurückgetrieben werden, von wo sie gekommen sind, und die Wellen werden rot aufschäumen von ihrem Blut, und ihre Frauen und Kinder werden auf unseren Feldern arbeiten und uns dienen, so wie wir ihnen gedient haben?«

Der Priester nickte. »Ich habe es gesehen«, sagte er.

Opechancanough blickte an dem Priester vorbei zu den Männern, die schweigend abwarteten und sich in der Gewißheit wiegten, daß sie unschlagbar waren. »Ihr habt gehört«, sagte er, »wir werden gewinnen. So sagt mir jetzt, wie dieser Sieg errungen werden kann.«

John war von dem Duft des Rauches und der plötzlichen Wärme und dem Dunkel ganz benommen, doch auf einmal fühlte er sich wachgerüttelt, war hellwach, als habe ihn ein Schlag ins Gesicht getroffen. Er strengte seine Ohren und sein Begriffsvermögen an, um dem rauhen Wortwechsel von Ratschlägen, Gegenmeinungen und Informationen zu folgen: zum Beispiel der Mitteilung über ein einsames Landhaus hier, ein neu angelegtes Fort mit Kanone weiter flußabwärts. Sein Mut verließ ihn von Minute zu Minute mehr, denn ihm wurde nun bewußt, was er die ganze Zeit verdrängt hatte: Opechancanough und die Armee der Powhatan wollten Jamestown und alle weißen Siedler in diesem Land überfallen, das diese als »leer« bezeichnet hatten und nun nach und nach bevölkerten. Sollten die Powhatan gewinnen, dann würde es in ganz Virginia nicht einen Weißen, gleich welchen Alters oder Geschlechts, geben, der am Leben oder nicht versklavt sein würde. Sollten die Powhatan verlieren, dann würde eines Tages eine schreckliche Rechnung aufgemacht werden.

»Und was sagt unser Bruder, der Adler?« wollte Opechancanough plötzlich wissen. Sein spitzes, strenges Gesicht war nun John zugewandt, der im hinteren Teil des Hauses saß.

»Nichts ...«, stammelte John, und die Worte kamen nicht über seine Lippen. »Nichts ... Sir.«

»Werden sie auf uns vorbereitet sein? Wissen sie, daß wir die ganze Zeit über abgewartet haben und Pläne machen?«

John schüttelte auf erbärmliche Weise den Kopf.

»Glauben sie, daß wir zerschlagen sind und uns zurückgezogen haben, nachdem wir aus unseren Wäldern und Jagdgebieten vertrieben wurden?«

»Ich glaube, ja ...«, erwiderte John. »Aber ich bin schon lange von den Weißen fort.«

»Du wirst uns beraten«, bestimmte Opechancanough. »Du wirst uns sagen, wie man ihre Waffen meiden kann und zu welcher Tageszeit wir angreifen sollen. Wir werden dein Wissen benutzen, um gegen sie zu kämpfen. Stimmst du zu?«

John öffnete den Mund. Es drang aber kein Laut heraus. Er hatte bemerkt, daß Attone aufgestanden war.

»Er ist von dieser Ehre ganz sprachlos«, verteidigte ihn Attone ganz ruhig. Ohne daß es die anderen bemerkten, stieß er kräftig gegen Johns Zehen.

»So ist es«, sagte John starr.

»An diesen Händen wird englisches Blut kleben«, verhieß ihm Opechancanough. Sein Gesicht war recht ernst, doch in seinen Augen entdeckte John einen Funken von schelmischer Boshaftigkeit, jener unwiderstehlichen Schadenfreude der Powhatan. »Das wird dich glücklich machen, Adler.«

Frühjahr 1644.
England

Alexander Norman sprach nicht noch einmal von Heirat gegenüber Hester, doch er stattete der Arche einmal wöchentlich einen Besuch ab. Er nahm Frances mit auf den Fluß hinaus, kaufte ihr ein Pferd und ritt mit ihr von Lambeth fort aufs Land hinaus. Von diesen Ausflügen kehrte Frances ungewöhnlich ruhig und nachdenklich zurück, doch Hester sagte sie nur, daß ihr Onkel sehr freundlich gewesen sei und sie sich über alles Erdenkliche unterhalten hätten, sie sich aber an nichts Genaues mehr erinnern könne. Hester fühlte sich hin und her gerissen. Einerseits meinte sie, sie müsse Frances davor warnen, ihre Verbindung zu ihrem Onkel nicht noch mehr zu vertiefen, was ihm nur Schmerz und Enttäuschung einbringen würde; andererseits wollte sie ihre Tochter nicht daran hindern, ein vertrauensvolles, liebevolles Verhältnis zu einem guten Mann zu haben, der ihr Vater sein könnte.

Und sie fragte sich, ob er sich darüber freute, wenn Frances zu ihm aufschaute und bewundernd sagte: »Ihr wißt alles über König Henry, nicht wahr, Onkel Norman? Ihr wart noch ein Kind, als er auf dem Thron war, oder?«

Dann warf er Hester ein bitteres Lächeln zu. »Das würde stimmen, wenn ich hundert Jahre alt wäre. Hast du denn keine Ahnung von Geschichte, Frances?«

Sie verzog das Gesicht. »Nicht viel. Wie alt seid Ihr denn dann, Onkel?«

Hester dachte, er müsse nun tief Luft holen, um zu antworten.

»Ich bin vierundfünzig«, sagte er ehrlich. »Und ich habe

drei Monarchen auf dem Thron erlebt, aber solche Zeiten noch nie.«

Frances schaute ihn nachdenklich an, den Kopf zur Seite geneigt. »Nun, Ihr seht jedenfalls nicht sehr alt aus«, meinte sie offen heraus. »Für mich seid Ihr nicht alt.«

»Ich bin aber so alt.«

Hester meinte, diese Bestätigung würde ihn teuer zu stehen kommen.

»Ich bin alt genug, um dein Vater zu sein.«

Doch Frances' überraschtes Gelächter brachte ihn auch zum Schmunzeln. »Für mich seid Ihr ein Freund!« rief sie.

»Nun, vor deiner Geburt war ich der Freund deines Großvaters. Du hast auf meinem Schoß gesessen, als du ein kleines Baby warst.«

Sie nickte. »Ich glaube nicht, daß ich es dadurch anders sehe«, meinte sie.

Hester fragte sich, was genau sie damit meinte.

Bei seinen Besuchen vernachlässigte Alexander auch Johnnie und Hester nicht. Johnnie brachte er Pamphlete und Balladen über seinen Helden Prinz Rupert mit, und Hester wurde mit immer willkommenen Neuigkeiten über den Kriegsverlauf versorgt. Er sprach von einem neuen Befehlshaber, Oberst Cromwell, der aus dem Nichts aufgetaucht und einst nur ein einfacher kleiner Landbesitzer gewesen war, der aber nun über ein Regiment Soldaten verfügte, das dem Angriff der königlichen Kavallerie standhalten könnte und gut ausgebildet war.

»Ich glaube, dieser Cromwell versteht sein Handwerk ebensogut wie Prinz Rupert«, erklärte Alexander.

Johnnie schüttelte den Kopf. »Prinz Rupert hat in ganz Europa gekämpft«, sagte er entschlossen. »Und schon in meinem Alter hat er Pferde geritten, große Kavallerierösser. Das kann niemand aus der Grafschaft East Anglia von sich behaupten.«

Es hieß, daß der königliche Hof in Oxford ein zügelloses, ausschweifendes Leben führte. Daß allmorgendlich die Gelehrten und Höflinge betrunken im Rinnstein lagen und der König einen Sieg nach dem anderen feierte, ganz gleich, wie klein das Gefecht und wie unbedeutend die Schlacht war. Es hatte den Anschein, als ob sich das Reich wieder für ihn öffnete und er in Jahresfrist erneut von London aus regieren konnte. Und so fing er mit dem Vormarsch auf seine rebellische Hauptstadt an. Alexander Norman sandte eine Botschaft zur Arche nach Lambeth.

Liebe Cousine Hester!

Ich empfehle Euch, die kostbarsten Schätze aus Eurer Sammlung an einem sicheren Ort zu verstecken und die Kleider und Dinge einzupacken, die Ihr selbst benötigt. Der König marschiert von Norden aus auf London zu, um die Stadt einzunehmen. Wenn der König also London umzingelt und belagert, dann glaube ich, daß Lambeth höchstwahrscheinlich auch in seine Hände fällt, daß dann die Truppen des Parlaments abziehen und sich nördlich des Flusses einrichten werden. Sollten sich die Kämpfe in die Länge ziehen, könnte es passieren, daß Ihr zwischen die Fronten geratet und in der Falle sitzt. Deshalb haltet Euch für einen Aufbruch jederzeit bereit, sobald ich Euch Bescheid gebe. Ich werde Euch nach Oatlands zurückbringen.

Alexander.

Hester warf den Brief sofort in das kleine Feuer aus Kohlenstaub und Anzündmaterial und sah zu, wie er langsam verbrannte. Sie fühlte sich sehr müde, als währte der Bürgerkrieg schon Ewigkeiten und würde für immer andauern, ohne einen Sieg, ohne einen Frieden. Schließlich raffte sie sich auf, glättete ihr Kleid, band sich die Leinenschürze um und ging zum Raritätensaal.

Johnnie verabschiedete gerade einen Besucher an der Vordertür.

»Was gibt es, Mutter?« fragte er, sobald er die Tür fest verschlossen hatte. »Doch nicht schlechte Nachrichten aus Virginia?«

Sie schüttelte den Kopf. »Nein, Gott sei Dank. Es ist eine Nachricht von deinem Onkel. Er schreibt, daß der König auf London zumarschiert und wir sofort die kostbarsten Sachen einpacken müssen.«

Er nickte, sein kleines Gesicht war ganz ernst. »Ich werde Frances rufen«, sagte er. »Wir werden alle mit anpacken.«

Frances kam aus ihrem Zimmer herunter und hatte ihr Haar auf neue Weise hochgesteckt. »Wie sehe ich aus?«

»Furchtbar häßlich«, sagte Johnnie und lächelte verschmitzt.

Hester zog die großen hölzernen Truhen hervor, die unter den Schauvitrinen verborgen waren. »Pack du das Glas und Porzellan ein, Frances, du bist immer sehr vorsichtig. Johnnie, du verpackst die Münzen.«

Hester öffnete alle Schränke und fing an, die Kleider, Westen und Mäntel aus der ganzen Welt zusammenzulegen und einzupacken. Es waren unter anderem die Sachen von Wilden, die aus Federn und Perlen bestanden, wunderschön gearbeitete Schals aus Indien und China und dann die Handschuhe von König Henry, die König Charles persönlich den Tradescants überreicht hatte. Sie blickte sich um, Johnnie legte jede Münze einzeln mit Schild in die Truhe.

»Du mußt sie einfach nur aufeinanderschichten«, riet Hester ihm. »Und beim Auspacken müssen wir neue Schilder machen.«

Sein kleines Gesicht wirkte ganz entsetzt. Die Ordnung im Kuriositätenraum war für die ganze Familie schon immer ein unantastbares Heiligtum gewesen. »Aber das sind die Schilder von Großvater John!«

»Ich weiß«, sagte Hester hart. »Schütte einfach alle Münzen in die Truhe, Johnnie, und dann können wir sie verstecken, auch wenn ein Dutzend Regimenter hier durchzieht.«

Er sträubte sich, aber tat, wie man ihm geheißen. Frances schlug unterdessen am anderen Ende des Saals Glasobjekte in Seide und Tücher ein und legte sie dicht an dicht in eine Holzkiste.

Hester sah sich um. Es war eine umfangreiche Sammlung, und nun konnte sie nur die kostbarsten Dinge davon retten. »Die kleinen Spielzeuge«, rief sie zu Frances hinüber. »Die mechanischen Spielzeuge. Die nimm als nächstes.«

»Was ist mit dem Schwanz vom Meeresengelhai?« wollte Johnnie wissen. »Und mit dem Kiefer vom Wal?«

»Die können wir nicht einmal anheben«, erwiderte Frances. »Was sollen wir machen? Wie kann man diese Dinge sicher verstecken?«

»Keine Ahnung«, sagte Hester. Ihre Hände waren unentwegt beschäftigt, wickelten ein, legten zusammen und strichen glatt, doch ihre Stimme klang verzweifelt und erschöpft. »Ich schätze, wir sollten soviel wie möglich einpacken. Und was den Rest angeht, so weiß ich auch keine Lösung.«

Die ganze Nacht hindurch schleppten Hester und die Kinder mit dem Gärtner Joseph zusammen die Kisten ins Eishaus und stapelten sie dort auf. Das Eishaus war aus Ziegelsteinen halb in die Erde gebaut, feucht und dunkel. Frances zitterte am ganzen Körper und zog sich die Kapuze über den Kopf, sie hatte vor Spinnen und Fledermäusen Angst. Die Kisten füllten rasch den kleinen runden Raum. Als sie fertig waren, nagelten sie die Tür zu. Hester überkam das eigenartige, ja abergläubische Gefühl, daß sie wie die Trauernden vor ihrer Familiengruft standen und daß alles, was ihnen einst so viel bedeutet hatte, nun begraben war.

»Morgen werde ich ein paar Sträucher davor setzen«, versprach Joseph, »und etwas Efeu über die Tür ranken lassen. Schon in einem Monat wird man nicht mehr wissen, daß sich dahinter ein Häuschen verbirgt. Wird die Armee des Königs bald hier sein?« wollte Joseph wissen.

»Der König wird selbst kommen«, sagte Hester bitter. »Und Gott möge dafür sorgen, daß die Schlacht, ganz gleich, wer der Sieger ist, rasch vorbei sein wird und wieder Friede im Land einkehrt. Denn ich glaube nicht, daß ich noch ein weiteres Jahr durchhalten kann.«

Innerhalb von wenigen Tagen wurde in London alles rationiert; kaufen konnte man nichts mehr. Die königliche Armee kam über die große Straße von Norden her. Fuhrwerken mit Lebensmitteln und Waren war der Weg nach London versperrt. Der Lord Mayor von London richtete persönlich Verpflegungsstellen ein, wo die Leute zu fairen Preisen Nahrung kaufen konnten, so daß die Wucherer aus der Notlage der Stadt keinen Profit schlagen konnten. Joseph wurde täglich aufgefordert, Gräben um die Stadt auszuheben, womit man sich vor der Kavallerie schützen wollte, und der örtliche Befehlshaber der Bürgerwehr ließ sogar anfragen, wie alt Johnnie sei und wann er für den Militärdienst eingezogen werden könne.

Johnnie war drauf und dran, sich nachts davonzustehlen und zur königlichen Armee durchzuschlagen. »Ich könnte im Vortrupp dienen«, sagte er. »Ich könnte als Spion Dinge ausspähen und dem König berichten, wo Gräben gezogen und die Kanonen aufgestellt sind. Er braucht mich, ich sollte zu ihm gehen.«

»Sei still«, fuhr ihn Hester an. Ihre Geduld war bei dem Gedanken an eine hereinbrechende Katastrophe für ihr Haus und die Kinder, die sie liebte, auf eine harte Probe gestellt. »Der König hat genug Narren, die seiner Standarte hinterherlaufen. Du bist ein Kind. Du wirst wie ein gehorsames Kind zu Hause bleiben.«

»Ich bin fast elf!« protestierte er. »Und Herr in diesem Hause.«

Hester lächelte ihn an. »Dann bleib hier und verteidige mich«, sagte sie. »Wir halten hier die Schätze des Landes verborgen, wir müssen auf unserem Posten bleiben.«

Er war etwas besänftigt. »Wenn ich erwachsen bin, werde ich Prinz Ruperts Kavallerie beitreten«, gelobte er.

»Ich hoffe, daß du dann ein Gärtner in einem friedlichen Land sein wirst«, sagte sie inbrünstig.

Gegen Ende März 1644 machte eine ungeheuerliche, zunächst als Gerücht kursierende Nachricht unter den Leuten in der Stadt die Runde und wurde schon nach einem Tag von den Flugschriften, Pamphleten und Balladen bestätigt. Trotz aller Vorahnungen und Befürchtungen, jeder Wahrscheinlichkeit zum Trotz, war die Armee des Parlaments – aus arbeitenden Männern bestehend, von Männern angeführt, die nie als Gentlemen am Hofe gedient hatten – in Alresford vor Winchester auf die königlichen Truppen gestoßen und hatte in einer langen und schweren Schlacht einen triumphalen Sieg errungen. Das war um so bemerkenswerter, weil man es mit einem royalistischen Kavallerieregiment zu tun gehabt hatte. Diesmal war es ihm nicht gelungen, die ängstliche Infanterie des Parlaments niederzumetzeln und in die Flucht zu schlagen. Diesmal wich die Parlamentsarmee nicht zurück, und das Pferd des Königs wurde in die unzähligen und sich verkreuzenden Wege von Hampshire zurückgedrängt. Es gelang Charles nicht, einen neuen Anlauf zu nehmen und die Truppen neu zu ordnen, während sich die Infanterie des Parlaments verbissen und entschlossen aufwärts zur Hügelkette von Alresford hinaus durchschlug und vor Einbruch der Dunkelheit den Ort erreicht hatte.

In jener Nacht wurden in ganz Lambeth Freudenfeuer angezündet, und in jedem Fenster flackerten kostbare Kerzen. Am nächsten Sonntag versäumte niemand den Dankgottesdienst in der Kirche. Die Wellen des Krieges waren für einen Moment zurückgewichen, nur für einen Moment; und ein oder zwei Monate lang sah man keinen Offizier des Königs mehr zu Pferde in den engen Straßen von Lambeth. Es konnten auch keine papistischen Soldaten aus Irland eintreffen, um mordend durch die Gegend zu ziehen. Es sickerte durch, daß es den Kräften des Parlaments gelungen war, alle Häfen von Wales, die Richtung Irland lagen, zu besetzen. Selbst in Schottland waren die wenigen royalistischen Truppen wieder zurückgedrängt worden.

»Ich glaube, der König wird sich mit dem Parlament einigen müssen«, sagte Alexander zu Hester an einem Aprilabend. »Er ist erstmals in der Defensive, und die königliche Armee kämpft nicht gut, wenn sie sich auf dem Rückzug befindet.«

»Und was geschieht dann?« fragte Hester. »Soll ich die Raritäten aus dem Versteck hervorholen und auspacken?«

Alexander Norman dachte nach. »Erst wenn der Frieden ausgerufen worden ist«, erklärte er.

»Meint Ihr, der König wird mit dem Parlament Frieden schließen und kleinlaut zurückkehren?«

»Was bleibt ihm anderes übrig?« sagte er. »Er muß sich mit ihm einigen. Er ist immer noch der König, und sie bilden immer noch das Parlament.«

»Also sind der ganze Schmerz und das ganze Blutvergießen umsonst gewesen«, bemerkte Hester offen. »Nichts ist dabei herausgekommen, nur daß dem König beigebracht wurde, daß er mit seinem Parlament so umgehen muß, wie es sein Vater und die alte Königin zuvor taten.«

Alexanders Blick war ernst. »Das war eine teure Lektion.«

April 1644.
Virginia

John hatte gehofft, als einfacher Krieger von Opechancanough zum Kriegsrat bestellt worden zu sein. Doch je mehr Vormittage er bei Opechancanough verbrachte, desto deutlicher wurde ihm, daß er ausgehorcht werden sollte. Anfangs waren die Fragen genau und direkt und betrafen das Fort von Jamestown. Stimmte es, daß die Stadt so groß geworden war, daß die Mauern des Forts nicht mehr alle Bewohner faßten? Stimmte es auch, daß man sie vernachlässigt hatte und sie an vielen Stellen ausgebessert werden müßten, keine richtigen Wachposten mehr aufgestellt waren und die Kanonen vor sich hin rosteten?

John antwortete so wahrheitsgemäß, wie er nur konnte, und erinnerte Opechancanough warnend daran, daß er die Stadt selbst nur kurz besucht, nie dort gelebt hatte und folglich nicht in- und auswendig kannte. Doch je mehr die Unterhaltung voranschritt, um so offensichtlicher wurde, daß Openchancanough bereits bestens informiert war. Der weise alte Kriegsherr hatte viele Spione, die das Fort beobachteten. Er benutzte John dazu, sich zu vergewissern, ob seine Spione die Wahrheit sagten, und diese wiederum dazu, John zu überprüfen.

Als er sich sicher war, daß John auch in Zukunft alles aufrichtig beantworten würde, ging er zu anderen Dingen über. Er fragte nun, um welche Zeit genau die Weißen morgens aufstanden, ob alle Trunkenbolde waren, deren Verstand bei Einbruch der Dunkelheit schon halb benebelt war. Ob sie einen besonderen Zauber hätten, ihr

Schießpulver zu benutzen, ihre Kanonen oder Steinschloßgewehre, oder ob die Powhatan ihnen diese Sachen fortnehmen und gegen ihre Erfinder einsetzen konnten.

John hatte es schwer, sich in der anderen Sprache und einer anderen Denkweise mit den Vorstellungen von Zauber, Kriegsführung und Theologie auseinanderzusetzen. Immer wieder blieb ihm nichts anderes übrig, als dem alten Mann zu sagen: »Tut mir leid, das weiß ich nicht«, und dann zu sehen, wie sich die dunklen Augenbrauen des Häuptlings in der Mitte trafen und sich das zerfurchte Gesicht voller Zorn verdüsterte.

»Das weiß ich wirklich nicht«, wiederholte John dann immer und hörte, wie nervös seine Stimme klang.

Immer wieder fragte Opechancanough nach den Möglichkeiten der Engländer, Nachrichten weiterzugeben. Wenn ein Siedler in seiner Nähe einen Kampf entdeckte, wie schnell könnte er Jamestown darüber informieren? Verfügten die Engländer über Methoden, mit Rauch Signale zu senden? Oder durch Trommmelrhythmen?

»Mit Rauch?« fragte John ungläubig. »Nein. Auch keine Trommeln. Die Soldaten trommeln nur zum Vormarsch oder Rückzug …«

Opechancanough spuckte spöttisch auf den Boden. »Nein. Um Botschaften zu senden. Lange Botschaften.«

In seiner Verblüffung schüttelte John den Kopf. »Natürlich nicht. Wie sollte so etwas funktionieren?«

Da leuchtete wieder Opechancanoughs dunkles Lächeln auf. »Egal. Also wenn ein Mann alarmiert ist und Jamestown alarmieren will, müßte er sich selbst auf den Weg machen? Zu Fuß oder im Kanu?«

»Ja«, erwiderte John.

Nun herrschte Schweigen. »Im letzten Krieg sind wir reingelegt worden«, sagte Opechancanough nachdenklich.

»Wann wird es erneut Krieg geben?« fragte John.
Opechancanough zuckte mit den Schultern. »Bald.«

Mitten in der Nacht wachte John auf und blieb still liegen. Etwas hatte ihn aus dem Schlaf gerissen, aber er konnte nicht mehr zurückverfolgen, durch welches Geräusch, welche Bewegung oder welche Wahrnehmung er geweckt worden war. Doch dann hörte er es wieder. Draußen knackte ein Zweig, und dann teilten sich die Tierfelle, die den Eingang verhängten, und eine leise Stimme flüsterte kurz in das warme Dunkel hinein: »Es geht jetzt los.«

Attone, der neben John gelegen hatte, war inzwischen wach und stand auf. »Jetzt!« sagte er mit freudig erregter Stimme.

»Was geht jetzt los?« fragte John, als wüßte er es nicht, als sei er nicht kurz davor, vor lauter Schuldgefühl und Angst zu weinen.

»Wir sind auf dem Kriegspfad«, sagte Attone freundlich. »Jetzt geht es los, mein Bruder.«

Draußen vor dem Zelt herrschte eine schweigsame Betriebsamkeit. Die Männer spannten ihre Bögen neu, schnallten sich die Gürtel enger und kontrollierten, ob die Klingen ihrer Messer geschärft waren. Es war nichts weiter vorzubereiten, da die Powhatan immer zum Aufbruch, zur Jagd und zum Krieg bereit waren. John reihte sich hinter Attone ein und hörte seinen eigenen stockenden Atem und vor ihm Attones leichtes Schnaufen. Er wußte, daß er nicht mit ganzem Herzen dabei war; wußte, es gab keinen Weg nach vorn aus seiner Bindung an die Powhatan und auch keinen mehr zurück zu den Engländern.

Auf ein Zeichen von Opechancanough hin, der auf seinem Thron saß – ein dunkler Schatten im Mondlicht –, zogen die Männer los, wobei sie sowenig Geräusch wie möglich machten, wie ein Rudel Wölfe, in leisen Mokassins, die Köcher ruhig an der Seite haltend, die Bögen über die Schulter gehängt. Der Mond berührte jeden Krieger, als gäbe er seinen Segen; der weiße Lichtstrahl schien auf eine ins dunkle Haar geflochtene Feder, auf eine blasse alte Narbe auf einem hohen Wangenknochen, auf ein erregtes Lächeln, auf die glänzende dunkle Haut. John folgte leise Attones Schritten.

Sie sollten sich in zwei große Gruppen aufspalten. Eine sollte per Kanu flußabwärts nach Jamestown fahren, den Schutz der Nacht ausnutzend, rasch vorwärts kommen und die Stadt gegen Morgengrauen umzingelt haben. Die andere Gruppe sollte auf beiden Uferseiten an Land bleiben und in jedes einzelne Haus, jede Hütte und jedes vielversprechende Blockhaus eindringen und jeden Mann, jede Frau und jedes Kind töten, damit niemand entkommen und die Nachricht flußabwärts verbreiten konnte.

John gehörte zu dem Trupp an Land. Attone war bei ihm. Er dachte, daß Opechancanough immer noch seine Treue zu den Powhatan prüfte, indem er ihn den Indianern zugeteilt hatte, die recht bald und so direkt die Leute umbringen sollten – und zwar nicht die Bewohner des Forts, sondern die schutzlosen, schlafenden Familien, die alle zusammen in einem Bett lagen. Doch dann wurde ihm klar, daß Opechancanough so entschieden hatte, weil er hier keinen Schaden anrichten konnte, sollte er sich als treulos erweisen. Er befand sich in den hinteren Reihen, er konnte nicht nach vorn preschen und Jamestown alarmieren, sondern vielleicht nur ein paar Morde flußaufwärts verhindern und sich erschießen lassen.

Gegen Anbruch der Morgendämmerung näherten sie sich einem kleinen Haus. Es stand, etwas vom Ufer abgerückt, auf einer kleinen Anhöhe, genauso wie John sein eigenes Haus gebaut hatte. Davor wuchs ein kleiner Bauerngarten, der inzwischen vernachlässigt und zugewuchert war. Zwischen Garten und Fluß erstreckten sich lange Tabakfelder, die Pflanzen standen in geraden Reihen und wuchsen gut. Ein kleiner Anlegeplatz ragte in den Fluß hinein. Es schien kein Licht durch das Fenster, nur eine kleine Rauchfahne verriet, daß jemand das Feuer zur Nacht mit Asche abgedeckt hatte.

Die Männer hinter John stießen ihn plötzlich in den Rücken, aber er gab keinen Laut von sich. John berührte Attones Schulter. »Ich kann es nicht tun«, sagte er.

Attone drehte sich um, sein Blick war so eisig wie die Klinge eines Messers auf nackter Haut. »Was?«

»Ich kann es nicht tun. Ich kann da nicht rein und meine Leute töten.«

»Möchtest du, daß ich dich jetzt töte?«

Stumm schüttelte John den Kopf.

»Die anderen werden dich töten, wenn ich es nicht tue.«

John lehnte sich vor, als wolle er Attone in die Arme nehmen, und legte sein unglückliches Gesicht an die Schulter des Mannes. »Dann müssen sie es tun. Denn ich kann es nicht.«

»Wartest du hier?«

John nickte.

»Und schreist nicht oder rennst weg?«

Wieder nickte John.

»Mein Bruder hält Wache«, sagte Attone schlicht zu den anderen. »Folgt mir.«

Die Männer trotteten an John vorbei, ohne ihn anzublicken. Er lehnte sich gegen einen Baum, als Wachposten recht unnütz, ein gebrochener Krieger und ein beschämter Ehemann.

Sie leisteten rasche und saubere Arbeit. Es gab nur einen Schrei des Entsetzens und weiter nichts, und nach kurzer Zeit waren sie wieder zurück. Attone wischte seine Messerklinge an einem Stück Musselinstoff ab, der aus Europa stammte. »Weiter«, sagte er rasch zu den anderen.

Sie nickten und kehrten wieder auf den Pfad zurück. Ein Mann hielt etwas in der Hand. Attone streckte die Hand danach aus. Eine Steinflasche fiel zu Boden und rollte davon. Attone stieß sie mit dem Fuß weg, so daß sie sich drehte und drehte und der pure Alkohol herausfloß und die ganze Luft danach stank. Dann wandte er sich zu John um.

»Findest du den Weg zu Suckahanna und dem Dorf zurück?«

»Ja.«

»Dann lauf zurück. Warte, bis die Männer zurückkehren.«

»Sie wird mich nicht wollen«, sagte John überzeugt.

»Nein«, sagte Attone. »Keiner von uns wird dich wollen, Adler.« Er verstummte, da kam ihm plötzlich ein Gedanke. »Wie war dein Name? Bevor du mein Bruder, der Adler, wurdest?«

»Ich war John Tradescant«, sagte John, was ihm merkwürdig in den Ohren klang.

»Dann wirst du der auch wieder sein müssen«, sagte Attone kategorisch. »Jetzt geh zu Suckahanna, ehe dich noch jemand tötet.«

»Es tut mir leid ...«, setzte John an.

»Geh zu Suckahanna zurück, ehe ich dich selbst noch umbringe«, sagte Attone abrupt und verschwand in der Dunkelheit.

Das Dorf wurde von Attones Sohn bewacht, der John am Gang erkannte und in die graue Morgendämmerung hineinrief: »Adler, bist du es?«

»Nein«, sagte John. Seine Stimme klang ausdruckslos und müde. »Du mußt mich John nennen.«

»Ist mein Vater bei dir? Kommen die Krieger heim?«

»Sie sind auf dem Kriegspfad«, erklärte John. »Ich bin allein.«

Der Junge hielt sich zurück und lief nicht wie sonst auf John zu in dessen Arme. »Du bist nicht bei den Kriegern?«

»Ich konnte es nicht tun«, sagte John schlicht. Er hatte gemeint, es würde am schlimmsten sein, dies Suckahanna zu erklären, doch er konnte den Blick ihres Sohnes kaum ertragen. Langsam wich das Leuchten aus dem Gesicht des Jungen.

»Ich begreife es nicht«, sagte er klagend. Johns Verhalten schien zu kompliziert für seinen Verstand, und er wollte gern, daß John eine andere Erklärung abgab.

»Ich bringe es nicht über mich, einen Engländer zu töten«, brachte John schleppend hervor.

Die Augen des Jungen betrachteten ihn eindringlich. »Ich hatte dich für einen Krieger gehalten«, sagte er vorwurfsvoll.

John schüttelte den Kopf. »Nein. Es scheint, daß ich keiner sein kann.«

Eine Bewegung hinter ihm ließ ihn aufmerksam werden. Suckahanna stand da und beobachtete ihn. Der Mann und der Junge drehten sich um und standen ihr gegenüber, warteten auf ihr Urteil.

»Also hast du dich endlich entschieden«, sagte sie ruhig. »Du bist also ein Engländer.«

Langsam ließ sich John auf die Knie nieder, auf beide Knie, eine Geste, die er nur einmal vor der größten Königin Europas benutzt hatte, damals gegen seinen Willen. »Das bin ich«, sagte er. »Und ich wußte das erst, als ich nicht ihr Blut vergießen konnte. Es tut mir leid, Suckahanna.«

Sie sah ihn an und durch ihn hindurch, als verstünde sie alles, und einen Moment lang meinte John, daß sie ihm vergeben könnte. Doch sie wandte sich ab und schnippte die Finger zu ihrem Jungen hin und lief leichtfüßig in der Dämmerung die Straße hinunter. Sie drehte sich nicht mehr zu ihm um. Er wußte, daß sie ihn nie wieder mit Liebe anschauen würde.

Triumphierend kehrten die Krieger heim. Der erste Überfall auf die einsamen Häuser am Flußufer war reibungslos verlaufen. Auch der Angriff auf Jamestown war unbemerkt geblieben und hatte die Bewohner im Schlaf überrascht, und als über fünfhundert Siedler getötet waren und man Alarm schlug, zog sich der Trupp der Indianer zurück. Dieser erste Überraschungsangriff auf das Fort war erfolgreich, aber die Stadt erstreckte sich inzwischen so weitläufig über die Mauern hinaus, und die Häuser waren so mit Gittern und festen Türen gesichert, daß diese eine Schlacht den Krieg noch nicht entschieden hatte. Die Indianer hatten sich zur Neuformierung zurückgezogen, um ihre Wunden zu heilen und die Toten zu bestatten. Dann würden sie wieder vorwärts stoßen.

Unterdessen hatte der Gouverneur von Jamestown alle gesunden Männer und auch alle Jagdhunde zu einem Gegenangriff aufgerufen. Er hatte den Kolonisten eine Entscheidung bis auf den Tod versprochen, eine Lösung für immer und ewig.

»Wir müssen fort«, sagte Attone, als alle Männer eingetroffen waren. »Tiefer in die Wälder hinein, vielleicht über den Fluß hinüber und in die feuchten Buchten. Ist erst einmal das Dorf sicher versteckt, können wir uns vorwagen und kämpfen.«

Sie marschierten den ganzen Tag. Einmal, als sie Rast machten, hörten sie ein Jagdhorn blasen und Hundegebell. Es waren die Hunde von Gouverneur Sir William Berkeley auf Indianerjagd.

Sie überquerten sofort den Fluß, die Kinder auf den Schultern der Männer, die Frauen wateten durch das brusttiefe Wasser, ohne sich auch nur im leisesten zu beschweren. Dann durchquerten sie ihn erneut. Dann führte Attone sie in ruhigem Laufschritt voran.

John befand sich im Nachtrab und half den alten Männern und Frauen, Schritt zu halten, und trug ihre Lasten.

Suckahanna hatte niemandem erzählt, was zwischen ihr und ihrem Mann vorgefallen war, doch das war gar nicht nötig. Jeder konnte sehen, daß Adler nicht an der Seite seines Freundes lief und auch nicht an der Seite seiner Frau. Jeder konnte sehen, daß er für Attone gestorben war, auch für Suckahanna, so tot, als wäre er nach Jamestown gegangen, hätte dort wie ein Krieger gekämpft und wäre heldenhaft umgekommen. Also ließen sie ihn ihre Lasten schleppen oder sich im Fluß von ihm stützen, als sei er ein Fels oder ein Baum oder etwas anderes Nützliches. Aber sie sprachen weder mit ihm, noch lächelten sie ihn an, ja, sie sahen ihm nicht einmal in die Augen.

Den ganzen Tag über führte sie Attone näher ans Meer heran, wo sich die Moskitos in dichten Wolken aus dem durchnäßten Gras und dem Schilfrohr erhoben und die Bäume sich über das dunkle, schlickige Salzwasser wölbten. Nachts stießen sie auf einen Flecken Erde, der nur leicht über das der Flut unterworfene Gelände herausragte. »Hier«, sagte Attone. »Baut ein paar Unterkünfte, aber macht kein Feuer.«

Am Tage liefen sie in dem schmerzhaften Tempo weiter. Ein alter Mann und eine alte Frau hielten plötzlich an und sagten, sie würden keinen Schritt weitergehen. Attone ließ sie mit Pfeil und Bogen zurück, damit sie den Verfolgern entgegentreten konnten, und gab ihnen ein kleines Stück scharfer Rindenspitze, damit sie sich selbst die Adern aufschlitzen konnten, ehe sie in die Hände der Feinde gerieten. Von den anderen hielt niemand an, um sich von ihnen zu verabschieden. Der Schutz des Volkes spielte eine größere Rolle als der Abschied von einzelnen. Attone wollte sein Volk fortführen.

Am dritten Tag erreichten sie einen kleinen Hügel mitten im Sumpfgelände. Attone ordnete an, daß man hier Rast machte. Es gab nichts zu essen außer grobem Maismehl, das sie mit dem kalten Marschwasser vermengten. Attone schickte einen Spähtrupp von hungrigen Männern aus, die zum Pfad zurückgehen und prüfen sollten, ob man ihrer Fährte gefolgt war. Als sie zurückkehrten und sagten, daß die Gegend sicher war, schickte er sie wieder los. Erst als am fünften Tag der dritte Spähtrupp zurückkehrte, befahl er den Frauen, nun Feuer zu machen und Nahrung zu suchen. Endlich konnten die Männer auf Jagd gehen.

»Was geschieht nun?« wollte John von einer der alten Frauen wissen.

»Wir leben hier«, antwortete sie.

»Mitten in einem fauligen Sumpf?«

Sie warf ihm einen Blick zu, der ihm sagte, daß sie seine Schwachheit verachtete, mit Worten hätten sie es nicht klarer ausdrücken können. »Mitten in einem fauligen Sumpf.«

Sommer 1644.
England

Alexander Normans Vorhersagen schienen sich zu bewahrheiten. Den Frühling und Frühsommer hindurch drangen Gerüchte, wilde Mutmaßungen und auch Fetzen von Tatsachenberichten nach London und gelangten schließlich auch nach Lambeth. Im ganzen Land fanden kleinere Gemetzel statt, und am 2. Juli kam es zu der fürchterlichen Schlacht bei Marston Moor in der Nähe von York. Alexander schrieb Hester:

Ich kann Euch nicht besuchen kommen, da ich so in Anspruch genommen bin von meinem Amt beim Artilleriedepot. Es hat in Yorkshire eine große Schlacht gegeben, die das Parlament für sich entscheiden konnte. Ich erfuhr, daß Prinz Rupert persönlich auf Cromwell traf, und Cromwell hat gesiegt. In aller Eile … Alexander.

Hester wartete noch ein paar Tage auf neue Nachrichten, und dann klopfte eine ihrer Nachbarinnen an die Tür und sagte, daß sie zum Unterhaus nach Westminster gehen wolle, um die Standarten des Königs zu sehen. »Achtundvierzig königliche Standarten, die alle zur Ansicht an der Schranke im Unterhaus ausgestellt sind«, sagte sie. »Ich nehme Johnnie mit. Das sollte der Junge sehen.«

Johnnie schüttelte den Kopf. »Ist auch Prinz Ruperts Standarte darunter?« wollte er wissen.

»Die wirst du sehen«, versprach ihm die Frau. »Mit seinem eigenen Blut befleckt.«

Johnnies braune Augen wurden in seinem blassen Gesicht immer größer. »Ich möchte das nicht sehen«, sagte er trotzig, und dann erinnerte er sich wieder daran, gute Manieren zu bewahren. »Aber vielen Dank für Eure Einladung, Mrs. Goodall.«

»Ich hoffe doch nicht, daß Ihr auf seiten des Feindes steht?« sagte sie in scharfem Ton zu Hester. »Der König hat uns zu dieser Schlacht gezwungen, und nun ist er besiegt, und den wären wir los.«

Hester trat vor und legte eine Hand auf die Schulter ihres Stiefsohnes. »Er ist immer noch der König«, erwiderte sie.

Mrs. Goodall blickte sie zornig an. »Manche meinen, daß ein König, der dem Volk nur Leid bringt, kein König ist.«

»Dann wäre immer noch sein Sohn König«, sagte Hester ruhig. »Dann würde es immer noch einen König geben.«

»Natürlich würdet Ihr bei Hofe sein«, bemerkte die Frau mit spitzer Zunge. »Reich gemacht durch jenes Pack.«

»Ich habe dort gearbeitet wie viele andere auch«, sagte Hester. Sie verteidigte sich, und ihre Hand packte Johnnie noch fester an der Schulter, als wolle sie aus seinem schmalen Kreuz Mut schöpfen. »Doch ich habe weder für die eine noch für die andere Seite Partei ergriffen. Ich habe von Anfang an immer nur Frieden gewollt.«

»Wie wir alle«, pflichtete ihr die Frau bei. »Und es kann keinen Frieden geben, wenn dieser Mann oder sein Sohn wieder auf dem Thron sitzen.«

»Da mögt Ihr recht haben«, erwiderte Hester und trat rasch zurück, wobei sie Johnnie mitzog. »Mit Gottes Hilfe haben wir Frieden, und unsere Männer werden wieder heimkehren.«

Oktober 1644.
England

An einem kalten Tag mitten im Oktober ritt Alexander Norman über vereiste Straßen an frostigen Hecken vorbei nach Lambeth. Frances wollte nach ihm Ausschau halten und war in ihrem Umhang zu den Stallungen gerannt, um sein Pferd entgegenzunehmen und ihn ins Empfangszimmer zu schicken, damit er sich am Feuer aufwärmen konnte.

Hester hatte zu seiner Begrüßung schon Glühwein zurechtgestellt. Alexander nahm einen großen Schluck und stellte das Glas wieder ab. Auf der Stelle wußte Hester, daß er etwas Wichtiges zu sagen hatte. »Ist Frieden?« fragte sie. »Hat sich der König ergeben?«

»Nein«, sagte er. »Er hat Salisbury eingenommen, es hat den Anschein, daß er wieder seine Truppen um sich versammelt. Doch deshalb bin ich nicht hier.«

»Frances«, sagte Hester, denn sie wußte sofort, was Alexander Norman meinte.

»Frances«, erwiderte er.

»Ich habe ihrem Vater geschrieben«, sagte Hester. »Ich habe ihm nicht berichtet, was Ihr sagtet. Aber ich habe ihm von meinen Sorgen geschrieben, sie zu schützen. Ich dachte, daß er vielleicht etwas vorschlagen könnte.« Sie schwieg. »Bisher habe ich noch keine Antwort. Nichts seit der Sendung mit den Indianerwaren und dem Faß voller Pflanzen.«

»Ich möchte nicht auf seine Antwort warten«, sagte Alexander. »Ob sie nun für mich oder gegen mich ausfällt.«

Hester nickte, ihr fiel dabei seine entschlossene Stimme auf. »Warum jetzt?« fragte sie. »Nachdem Ihr so lange schon gewartet habt?«

»Weil das Mädchen im nächsten Jahr siebzehn wird und ich im nächsten Jahr fünfundfünfzig, weil der Frieden so weit weg wie noch nie scheint.«

»Wird so im Tower geredet?«

»Es heißt, daß der König alles aufs Spiel setzt, ehe er sich ergibt. Er mußte ein paar bittere Niederlagen einstecken, und er fordert immer noch die Iren, die Schotten und die Franzosen zum Beistand auf. Nichts wird ihn aufhalten, keine Niederlage ihn hemmen. Er will der absolute Herrscher sein. Die beiden Parteien – König und Parlament – haben die Spieleinsätze so hoch geschraubt, daß eine völlig bezwungen sein muß. Einen Mittelweg gibt es für niemanden mehr.«

»Ich verstehe«, sagte Hester.

»Diese Woche hat er Salisbury eingenommen, und Oxford ist immer noch in seiner Hand. Wenn sie die Winterquartiere beziehen, wird noch nichts entschieden sein. Ich dachte, daß Marston Moor das Ende des Bürgerkrieges gebracht hätte, doch erst wenn das Parlament in die Flucht geschlagen ist und die Mitglieder wegen Hochverrats gehängt sind oder aber der König tot ist, wird der Spuk vorbei sein.«

Ganz gegen ihre Gewohnheit blickte Hester auf die verschlossene Tür. »Still.«

Alexander schüttelte den Kopf. »Das sagt man jetzt überall. Die Leute in London meinen, daß man ihn nicht aufhalten, nicht mit ihm verhandeln kann. Der Krieg hört nicht auf. Ich habe Bestellungen für eine Menge Fässer für Schießpulver erhalten, welche die Armee für die nächsten zehn Jahre versorgen. Es wird ein langer Krieg, Hester. Daran kann man nicht mehr zweifeln.«

Hester goß ihm noch etwas Glühwein ein.

»Also bitte ich Euch um die Erlaubnis, um die Hand Eurer Tochter anhalten zu dürfen«, sagte er. »Wenn Ihr mir diesen Wunsch verwehrt, werde ich warten, bis sie einundzwanzig ist und ihr selbst einen Antrag machen.«

Hester seufzte. »Ihr könnt sie jetzt schon fragen«, sagte sie. »Fragt sie, Cousin Norman, und ich werde mich mit ihrer Entscheidung zufriedengeben.«

Sie sah, wie sich sein Gesicht aufhellte, als befände er sich wie ein junger Mann in einem Glückstaumel. »Und wißt Ihr, was sie von mir hält?« fragte er.

»Ob sie Euch liebt wie einen Vater oder einen Freund, kann ich nicht sagen. Und ich habe sie nie danach gefragt. Wäre ihr ein junger Mann begegnet oder John heimgekehrt oder der Krieg vorbei ...« Sie wandte sich von den Dutzenden Ausflüchten ab. »Ich werde sie holen.«

Frances war bei den Ställen und pumpte für Alexanders Pferd Wasser in einen Eimer.

»Dein Onkel möchte mit dir sprechen«, rief Hester ihr zu.

Frances schleppte den vollen Eimer in den Stall und schloß die Tür. »Ist irgend etwas passiert?«

Hester ließ sich nichts anmerken. »Er möchte dich etwas fragen«, sagte sie. »Du mußt deinen Wünschen entsprechend antworten, Frances. Erinnere dich daran. Gib nur die Antwort, die du willst. Und denke nach. Keine Eile.«

Alexander wartete im Empfangszimmer, er mußte feststellen, daß ihm der Hals wie zugeschnürt war, er bekam kaum Luft. Als die Tür aufging, drehte er sich um und erblickte Frances. Sie legte ihren Umhang über eine Stuhllehne. Sie war schlicht gekleidet, trug ein warmes graues Kleid, in ihrem Haar hing noch ein Halm. Er ergriff ihre Hände.

»Du bist ganz kalt«, sagte er.

»Ich habe das Pferd getränkt.«

»Dann hättest du nicht tun müssen. Ich dachte, daß Joseph im Hof war.«

»Er hat so viel zu tun. All unsere Gärtnerburschen sind weg. Johnnie und ich müssen nun mit anpacken. Es macht mir nichts aus.«

Wieder spürten seine Finger ihre Schwielen an den Händen. »Ich möchte nicht, daß du so schwer arbeitest.«

Sie lächelte. »Mutter sagte, Ihr wolltet mich etwas fragen?«

Jetzt, wo der entscheidende Moment gekommen war, konnte Alexander kaum sprechen. »Ja.«

Sie sagte nichts und wartete. Er zog sie zu dem Sessel vor dem Kamin, und als sie saß, blieb er verlegen vor ihr stehen. Dann war es auf einmal die natürlichste Sache der Welt, vor ihr auf die Knie zu fallen und ihre kleine kalte Hand in seine großen Hände zu nehmen und freundlich zu sagen: »Frances, ich habe dich geliebt, seit du ein kleines Mädchen warst, ich möchte gern, daß du meine Frau wirst.«

Die vorbereitete Rede, die er auf dem langen, kalten Ritt am winterlichen Fluß entlang geprobt hatte, war auf einmal wie weggeblasen.

Sie lächelte gleich darauf, als hätte er ihr ein ungewöhnlich prächtiges Band mitgebracht. »Oh, ja«, sagte sie.

Er konnte kaum glauben, daß sie so schnell einwilligte. Auf einmal wollte er sie vor einer falschen Entscheidung warnen. »Aber ich bin doch viel älter als du, du solltest alles noch einmal überdenken, mit deiner Mutter sprechen, vielleicht deinem Vater schreiben …«

Sie lehnte sich zu ihm vor, und er spürte ihre Arme um seinen Hals. Er fühlte die Wärme ihres Atems an seiner Wange, und er zog sie näher zu sich heran und empfand ein Verlangen und einen leidenschaftlichen Beschützerinstinkt in sich.

»Ich muß sie nicht mehr fragen«, sagte sie ganz leise. »Ich dachte, du würdest mich nie fragen. Ich habe darauf scheinbar schon Ewigkeiten gewartet. Ich habe immer gewußt, was ich antworten würde.«

Winter 1644.
Virginia

Der Winter hatte die Küstenebene Virginias in seinen eisigen Klauen, als hätte er Partei ergriffen und sich auf die Seite der Kolonisten geschlagen. Alle Nahrungsvorräte der Powhatan waren geplündert oder in Brand gesteckt worden, es gab nicht genug zu essen, und selbst die geschickten und findigen Frauen konnten den Stamm nicht mehr mit dem Fisch und den Krabben vom Ufer oder von den gefrorenen Beeren, die an den Bäumen verblieben waren, ernähren. Jeden Tag gingen die Krieger auf Jagd und kehrten mit Enten oder Gänsen wieder, die auf ihrem Zug Richtung Süden unterwegs waren.

Als sie den Krieg begonnen hatten, waren sie davon ausgegangen, daß der Krieg in einem großen Ansturm rasch vorbei sein würde – wie es bei Schlachten sonst auch der Fall war. Sie beharrten auf der Annahme, daß die Weißen einfach auf einem jener großen Schiffe zurückkehren würden, dorthin, von wo sie gekommen waren, erst recht, da sie immer von England als ihrer »Heimat« sprachen und voller Sehnsucht darüber erzählten.

Bis zu diesem schrecklichen Winter war Opechancanough nicht davon ausgegangen, daß die Weißen ihr Wort brechen würden, nur einen kleinen Streifen Land bei Jamestown zu besiedeln, und ihr weiteres Versprechen, nur einen schmalen Streifen am Fluß in Anspruch zu nehmen und mit ihren Nachbarn in Frieden zu leben, ebenso nicht einhielten.

Opechancanough rechnete nun nicht mehr mit der Aufrichtigkeit der Weißen. Er selbst hatte mit einem

Lächeln Frieden versprochen und war zweimal in den Krieg gezogen. Aber er hatte nicht mit der fortwährenden Doppelzüngigkeit gerechnet, die die Weißen mit in dieses unberührte Land gebracht hatten. Er hatte nicht mit ihrer Entschlossenheit gerechnet, und bis zu seinem Tode würde er nie ihre Gier begreifen können.

In dem kleinen Dorf hatte man das Gefühl, daß alles schiefgelaufen war. Zwar hatten sie im ersten Gemetzel einen Sieg errungen, doch von da an waren sie wie verschreckte Hasen gejagt worden. Mitten im Winter waren sie zwar versteckt und sicher in den Sümpfen, doch die Indianer fürchteten zunehmend, daß die Sümpfe alles sein würden, was ihnen noch geblieben war, daß ihrem Volk nur das unfruchtbare Land, das Brackwasser, die öden und abgeschiedenen Orte zur Verfügung standen – zu wenig für ein Volk, das so stolz gewesen war, auf seinen Pfaden sicher und geschützt durch die fruchtbaren Wälder zu streifen.

Johns Essensration blieb ihm im Hals stecken. Er ging nicht mehr mit den Kriegern auf Jagd, man forderte ihn auch nicht dazu auf. Zusammen mit den Frauen und Alten rodete er das Land um das provisorisch errichtete Dorf; den Kopf immer gesenkt, bearbeitete er mit seiner Hacke den Boden. Er ließ die kostbaren Samen in die Erde fallen und bedeckte sie wieder. Es kam ihm vor, als sei er beim nächtlichen Überfall auf das kleine Farmhaus gestorben und sein Geist verrichte nun die Arbeit in der Reihe hinter Suckahanna und liege nachts demütig in ihrer kleinen Hütte. Sie wies ihn nicht ab, sie forderte ihn aber auch zu nichts auf. Sie gab ihm weder durch eine Geste noch durch einen Blick zu verstehen, daß sie ihn wahrnahm. Mit der schlichten Würde einer Witwe, die ihren Mann verloren hatte, überstand sie den Tag, und John mußte in ihrem Schatten feststellen, daß er sich wünschte, lieber tot zu sein, als mit ansehen zu müssen, wie dieses wunderschöne, geliebte Gesicht von ihm wegschaute und diese dunklen, vom Haar versteckten Augen blind für ihn wurden.

Er suchte Attone auf, der am Fluß eine Fischreuse aufstellte und zusah, wie das Wasser durch die Flut immer höher stieg.

»Kann ich mit dir sprechen?« fragte John demütig.

Sein einstiger Freund blickte ihn an und sah dann weg, als mißfiele ihm der Anblick. »Was?«

»Ich brauche einen Rat.«

Es herrschte ein beklommenes Schweigen.

»Suckahanna wendet sich von mir ab und spricht kein Wort mehr mit mir.«

Attone nickte.

»Gibt es irgend etwas, was ich tun kann?«

Attone beugte sich nach unten, holte eine Reuse aus dem Wasser. Das feine Korbgeflecht verbog sich in der Strömung. Er rückte einen Zweig zurecht und stellte die Reuse vorsichtig auf die Kieselsteine zurück, ehe er antwortete. Er ließ sich Zeit, die ganze Prozedur dauerte gut eine halbe Stunde.

»Nichts.«

»Wird sie mich wieder als Ehemann dulden, wenn ich ihr ohne Einwände diene?«

Attone dachte einen Moment nach, die Augen immer noch auf die Fischreuse gerichtet. Dann schüttelte er den Kopf. »Das glaube ich kaum.«

»Wird sie mir jemals vergeben, ohne Blut an meinen Händen heimgekehrt zu sein?«

Attone drehte sich um und blickte John direkt ins Gesicht. Johns Erleichterung, angesehen zu werden, eine Antwort zu erhalten, war so groß, daß er seinen früheren Freund umarmen wollte. Allein dieser eine Blick war für ihn eine Bestätigung, daß er immer noch ein Mensch war.

»Nie, meine ich«, sagte Attone.

John Tradescant holte tief Luft. »Was habe ich Schlimmes getan?«

»Weißt du es nicht?«

Er verneinte stumm.

»Du hast sie beschämt. Sie ist vor dem ganzen Volk für dich eingetreten und hat gesagt, daß du ein Mann bist, der einer Prüfung wert sei. Nun schauen sie alle auf sie herab und sagen, was für eine Närrin diese Frau war, sich einen Mann auszusuchen, der sich immer mit dem Wind dreht, der weder weiß noch braun ist, der weder Engländer noch Powhatan ist, der weder Adler noch John ist.«

»Wird sie mir nie vergeben?«

»Wie kann sie das? Sie wird immer die Schande empfinden.«

»Wenn wir fortgehen würden ...«

Attone lachte auf, ein kurzes, bitteres Lachen. »Wohin denn? Meinst du, sie würde in Jamestown leben? Meinst du, sie würden sie nicht wegzerren und sie aufhängen oder noch Schlimmeres mit ihr anstellen? Meinst du, sie würde mit dir in diesem Haus leben und den Tabak flußabwärts schicken und für dich Pflanzen einpacken und dir eine Frau sein so wie die andere, die du in England gelassen hast? Oder meinst du etwa, sie mit nach England zu nehmen und zuzusehen, wie sie im Exil stirbt wie Pocahontas?«

John verneinte das. Er war so verwirrt wie ein ausgescholtenes Kind. »Ich bin ein Narr gewesen«, sagte er.

Attone wurde etwas freundlicher. Er ließ eine Hand auf Johns Schulter fallen. »Es sind verrückte Zeiten angebrochen«, sagte er. »Ich denke an das Ende des Ganzen, wenn der Große Hase wieder ganz allein durch die Welt läuft und wir alle Narren sein werden.«

»Können die Indianer überleben?« fragte John leise flüsternd.

Attone schüttelte den Kopf.

Januar 1645.
England

Johnnie war ganz früh schon im Garten und suchte etwas für den Hochzeitsstrauß seiner Schwester aus. Der Frost hatte auf dem Boden eine dicke Kruste wie eine Schneedecke gebildet. Seine Stiefel knirschten, als er über das gefrorene Gras lief. Die Sonne schien bereits hell, und die Luft roch aufregend nach altem Laub, nach Kälte, nach der Erde, die auf Sonnenschein wartete. Johnnie hatte das Gefühl, jung und lebendig zu sein, bereit, nun bald sein Leben als einziger Tradescant-Erbe anzutreten.

Er wollte Frances etwas Einzigartiges schenken. Hätte sie im Frühling geheiratet, hätte sie einen Strauß aus blühenden Kastanienzweigen bekommen, dem Stolz ihres Großvaters. Im Sommer hätte er Hunderte von Rosen abgeschnitten und die Dornen entfernt. Aber sie hatte den tiefsten Winter gewählt, und Johnnie hatte die Befürchtung, im Garten ihres Großvaters nichts anderes zu finden als Zweige von den glänzenden und harten immergrünen Gewächsen.

Hester sah, daß er weder Mütze noch sonst etwas Warmes trug, und öffnete ihr Schlafzimmerfenster. Das Scharnier quietschte wegen des Frostes. »Johnnie, was tust du da?«

Er drehte sich um und winkte zu ihr hoch. »Ich pflücke ihr einen Strauß!«

»Da gibt es doch nichts!«

Doch Johnnie lief weiter durch den Garten. Hester sah der geschmeidigen kleinen Gestalt mit der entschlossenen Haltung der Schultern nach: Johnnie Tradescant. Dann wandte sie sich wieder um und ging Frances zu ihrem Hochzeitstag wecken.

Frances war frisch gebadet, angekleidet und parfümiert. Sie kam in einer schimmernden Wolke aus blaßblauer Seide die Treppe herab. Das Haar fiel ihr offen bis auf die Schultern, war in Ringellocken gelegt und mit einem kleinen Häubchen aus feinster Spitze versehen. Ihr Gewand war aus kostbarer heller Seide, rundum mit blauen Verzierungen bestickt, es rauschte und knisterte über die Steinplatten der Eingangshalle. Ihr weiter Kragen war aus teurer Valenciennes-Spitze gefertigt; die zukünftige Mrs. Norman hatte die besten Modeartikel aus Frankreich bezogen. An den Ärmeln befanden sich die dazu passenden Spitzenaufschläge, die ganz frisch und süßlich nach Wäschestärke rochen. Das Kleid war tief ausgeschnitten, Frances' cremefarbene warme Haut hob sich von der kühlen weißen Spitze angenehm ab.

»Wie schaue ich aus?« fragte Frances, die sehr wohl wußte, daß sie umwerfend aussah.

»Ziemlich häßlich«, sagte Johnnie mit einem Lächeln und setzte damit sein Gehänsel aus Kinderzeiten fort. Rasch zog er ein Sträußchen hinter dem Rücken hervor. »Das hab ich dir gepflückt. Du mußt es nicht tragen, wenn es dir nicht gefällt.«

Ohne ein Wort des Dankes nahm sie den Strauß entgegen und blickte ihn von allen Seiten an. Hester erinnerte sich daran, daß sie die Kinder und Enkel der vielleicht besten Gärtner der Welt waren. Sie gerieten nie aus dem Häuschen, wenn sie eine Pflanze geschenkt bekamen, sondern betrachteten und prüften sie sorgfältig.

Er hatte ihr Eibenwedel abgeschnitten, deren Nadeln so weich wie Wolle waren, ihr Grün war fast schwarz, sie trugen scharlachrote Beeren und dufteten betörend nach Winter und Weihnachten. Er hatte ihr aus den Büscheln an den alten Bäumen im Obstgarten Mistelzweige abgeschnitten und die hellgrünen Pflanzen um die dunkle Eibe gebunden, so daß die weißen Beeren der Mistel vor den Nadeln wie kleine Perlentropfen wirkten. Er war im Garten auch auf die ersten kleinen Schneeglöckchenknospen gestoßen, die er zu einer Kette geflochten hatte, die nun Blätter- und Nadelzweige miteinander verband, und außerdem schimmerten da noch die Zweige einer Kletterrose mit roten Hagebutten.

»Danke«, sagte Frances.

»Und diese hier habe ich für dein Haar«, sagte Johnnie ein wenig stolz. Vom Tisch hinter sich holte er einen Topf mit blühenden Primeln hervor, und ihr süßlicher, reiner Duft erfüllte die Eingangshalle.

»Woher hast du denn jetzt Primeln?«

»Gleich nachdem du gesagt hattest, daß du ihn heiraten wirst, habe ich sie eingetopft«, verkündete er stolz. »Ich konnte es nicht zulassen, daß du mich mit deiner Winterhochzeit austrickst. Schließlich sind wir die Tradescants, die Blüten herbeizaubern.«

Frances legte ihren grünen Strauß hin und nahm den Primeltopf zum Spiegel im Raritätensaal mit. Ihre hohen Absätze klapperten über die Dielen. Im Raum befanden sich nur noch die großen Objekte und eine Sammlung weniger bedeutender Dinge, die man opfern wollte, um die anderen zu schützen. Der Saal war immer noch reichlich bestückt, und ein Marodeur konnte irrtümlich annehmen, er habe alle Schätze gesehen. Hester trug den Schlüssel zum Eishaus um den Hals, und der Efeu wucherte inzwischen ganz dicht über die Tür. Frances machte vorsichtig die Blüten ab und schob die zarten Stengel hinter den Ohren in ihre Löckchen.

»Hübsch?« fragte sie ihren Bruder.

»Ganz gut«, sagte er und verbarg seinen Stolz, als er ihre Hand nahm und sie unterhakte.

Sie heirateten in der Kirche von Little St. Bartholomew, Old Fish Street, in der City von London. Hester war ein Trauzeuge und Alexanders Freund, Thomas Streeter, der andere. An diesem Abend speisten sie in Alexanders Haus genau gegenüber dem Tower von London und erhoben ihr Glas auf den Vater der Braut.

»Ich frage mich, wo er heute abend wohl ist?« fragte Mr. Streeter unbedacht. Alexander blickte rasch in Hesters bestürztes Gesicht.

»Das ist mir gleich, solange es ihm gutgeht«, sagte sie.

Hester fiel es schwer, sich von Frances zu trennen. Sie hatte sich um das kleine neunjährige Mädchen mit den hellen Haaren gekümmert, das nach dem Tod ihrer Mutter überfordert gewesen war, ihren Bruder zu trösten. Sie war zu stolz gewesen, Hilfe zu erbitten; sie hatte den Dickkopf der Tradescants besessen. Liebe einzufordern war sie immer zu unabhängig gewesen; doch Hester würde ihr ganzes Leben lang jenen Moment in Erinnerung bewahren, als die kleine Frances damals seitlich an sie herangerückt war und sich, ohne aufzuschauen, ihrer Stiefmutter so weit genähert hatte, daß sie sich gegen deren trostspendende Hüfte lehnen konnte und spürte, wie die schützende Hand sanft auf ihrer Schulter ruhte.

»Du wirst mir fehlen«, flüsterte Hester tags darauf beim Abschied in der engen Eingangshalle von Alexanders Haus.

»Oh, Mutter ...«, sagte Frances und versank in ihren Armen. »Aber ich werde die Arche häufig besuchen, und du wirst uns besuchen. Nicht wahr, Alexander?«

Alexander Norman, der Jahre jünger wirkte, als hätte sein Glück alle Falten geglättet, strahlte Hester an und sagte: »Ihr könnt zu uns kommen und hier wohnen, wenn Ihr wollt. Mit zwei solchen Schönheiten an meiner Seite würde ich mich dann wie ein türkischer Pascha fühlen.«

»Ich muß mich um die Arche kümmern«, bekräftigte Hester ihren Entschluß. »Aber ich erwarte häufig Euren Besuch. Und wenn in der Stadt die Pest wütet, dann ...«

»Werde ich sie auf der Stelle zu Euch schicken«, versicherte ihr Alexander. »Keine Sorge. Und ich werde Euch mit allem auf dem laufenden halten.«

Danach blieb nichts weiter zu tun, als sich zu verabschieden. Hester hielt Frances länger als nötig fest, und als diese sich von ihr löste, um sich von ihrem Mann umarmen zu lassen, empfand Hester am ganzen Körper einen Schmerz, als würde etwas langsam und ganz tief von ihr abgetrennt werden. Sie lächelte jedoch sofort. »Gott segne euch«, sagte sie, als würde der Schmerz nicht ihr Innerstes packen können. »Seid glücklich.«

Sie verließ die hübsche kleine Eingangshalle und trat auf die Straße hinaus. Am Vormittag warf der Tower von London seinen Schatten auf die Straße. Hester spürte die eisige Kälte und zog ihren Umhang fester um sich. Kurz darauf war Johnnie neben ihr und bot ihr wie ein Kavalier seinen Arm an. Hester eilte rasch zum Ufer des Flusses, wo das Boot schon wartete.

»Das war gelungen«, sagte Johnnie beherzt, hielt sein Gesicht dabei von ihr abgewandt.

»Sehr gut«, erwiderte Hester und rieb sich mit den Handschuhen ihre Wangen. »Der Teufel soll den kalten Wind holen, da tränen mir die Augen.«

»Meine auch«, sagte Johnnie.

April 1645.
England

Hester hatte das Gefühl, daß ihr die Arche im Frühjahr 1645 entglitt. Das Versprechen, das sie John Tradescant gegeben hatte – sich um seine Enkel und seine Raritäten zu kümmern –, schien nicht mehr einlösbar. Sie hatte immer gedacht, ganz gleich, was alles passierte, dieses Versprechen würde sie bestimmt halten können.

Doch Frances war nun eine Frau mit einem eigenen Haushalt und einem eigenen Leben, und Johnnie wuchs heran und mußte vielleicht in vier oder fünf Jahren in den Krieg ziehen wie alle jungen Männer. Johnnie, ja selbst der Schatz Johnnie, konnte keine Ausnahme bilden. Die Sammlung war in einem sicheren Versteck, und sie konnte nur hoffen, daß weder Kälte noch Feuchtigkeit ihr schaden würde. Das Eishaus war fest versperrt und verriegelt, und Joseph hatte noch einen Kirschbaum davor gepflanzt, einen von Tradescants großen schwarzen Kirschen. Der junge Baum war gut angewachsen und breitete seine gebogenen Äste aus, als wolle er die Tatsache leugnen, daß dort jemals eine Tür gewesen war. Das sprießende Grün verbarg die Mauern, und wenn sich erst die Blüten zeigten, dann könnte man nichts mehr als ein Meer aus hin und her hüpfenden Farbtupfern sehen.

»Wir werden den Baum fällen müssen, wenn wir eines Tages hinein wollen, um die Schätze rauszuholen«, erklärte Joseph Hester leise, als sie durch den Garten spazierte.

»Wie sich die Dinge entwickeln, wird es wohl so bald nicht dazu kommen«, erwiderte sie und lief weiter.

Der Garten sah schön wie immer im Frühling aus, als würde sich im Land nicht alles um den Krieg drehen, als würde im kommenden Sommer nicht jeder von Hunger und Pest bedroht sein. Die Narzissen blühten im Obstgarten, und in den Tulpenbeeten wurden die Knospen immer größer und zeigten schon erste helle Farbstreifen. Sollte im Herbst noch jemand am Leben sein, dem etwas an Tulpen lag, dann befände sich in dem fruchtbaren Boden von Tradescants Garten ein Vermögen.

Doch niemand kaufte etwas, sie nahmen kein Eintrittsgeld an der Tür zum Kuriositätenkabinett ein, sie verkauften keine Blumen, Stauden oder Bäumchen. Die Arche versank langsam in Schulden. Joseph arbeitete zum halben Lohn, und seine Gehilfen waren längst nicht mehr da, sondern im Krieg, die Mägde waren entlassen worden, nur die Köchin war geblieben und teilte sich mit Hester die Hausarbeit.

Die Bäume standen in ihrem ersten Grün, Hester konnte ihren frischen Duft riechen. Das Gras wuchs immer höher; sobald die Narzissen darin verblüht waren, würde es Joseph mähen und alles zusammenharken. Die Zweige der Obstbäume hingen schwer mit sprießenden Blättern und Blütenknospen im Wind, es würde in diesem Jahr eine gute Blüte geben. Es hätte ein vergnüglicher Ort sein können, doch Hester schritt durch all die auflebende Fruchtbarkeit hindurch wie ein Frau, die bis ins Innerste erkaltet war und kurz davor stand zu sterben.

Sie ging bis zum Ende des Gartens und blickte über den Teich hinaus. Es waren Jahre vergangen, seit sie Johnnie dorthin mitgenommen hatte, um die Enten zu füttern, Jahre, seit sie zusammen in dem undichten Kahn gesessen hatten und er sie überallhin gerudert und verkündet hatte, er würde ein großer Seemann werden wie sein Großvater – der im Mittelmeer Piraten gejagt hatte und bis zu den eisigen Küsten Rußlands gesegelt war. Und nun war sie die Frau eines weiteren ewig herumreisenden Tradescant, und sie dachte, sie mußte in diesem Jahr den Mut aufbringen, sich mit der Tatsache abzufinden, daß John nie wiederkehren würde.

Seit seiner Abreise hatte sie nur einen einzigen Brief erhalten, in dem er ihr mitteilte, daß er Jamestown verließe und sein eigenes Haus weiter flußaufwärts errichten würde und daß sie sich keine Hoffnungen zu machen brauchte, bald von ihm zu hören. Dann hatte sie eine Sendung mit Raritäten von den Indianern und ein paar Fässer Pflanzen erhalten, die alle schlecht verpackt und schlecht verschifft worden waren, was darauf schließen ließ, daß John sie nicht persönlich an Bord verladen hatte. Seitdem – nichts. Und nun hatte sie von einem Indianeraufstand erfahren, bei dem Jamestown angegriffen und alle Siedler entlang des Flusses skalpiert, gehäutet, abgeschlachtet worden waren.

Sie dachte, sie müsse nun lernen, nicht mehr nach John Ausschau zu halten, nicht mehr auf ihn zu warten. Wenn es bis zum Sommer keine weitere Nachricht von ihm gab, mußte sie Johnnie beibringen – der manchmal immer noch ihr kleiner Junge und ab und zu ein junger Mann war –, daß sein Vater nie mehr heimkehren würde und daß er nun der einzige verbliebene Gärtner Tradescant war.

»Verzeiht«, hörte sie ein Stimme hinter sich höflich sagen. »Ich suche John Tradescant.«

»Er ist nicht da«, sagte Hester müde und wandte sich um. »Ich bin seine Frau. Womit kann ich Euch dienen?«

Vor ihr stand einer der hübschesten Männer, die ihr jemals begegnet waren. Er nahm seinen Hut mit großer Geste ab, und die Federn wischten über den Boden; während er sich verneigte, streckte er einen langen braunen Wildlederstiefel vor. Er war ganz in Grau gekleidet – eine so nüchterne Farbe, daß man meinen konnte, er gehörte zu den Leuten des Parlaments oder zu den langweiligen Presbyterianern. Doch sein dichter dunkler Lockenkopf, sein kostbarer Spitzenkragen und dieses Selbstvertrauen in seinem Lächeln waren für einen Kavalier typisch.

Hesters erste Regung war, ihn anzulächeln, denn diesem Charme konnte keine Frau leicht widerstehen. Doch dann erinnerte sie sich daran, in welchen Zeiten sie lebten, und blickte zum Haus zurück, als fürchtete sie, er hätte dort einen Soldaten postiert und trüge einen Verhaftungsbefehl in der Tasche.

»Womit kann ich Euch dienen«, fragte sie erneut.

»Ich suche Tulpen«, sagte er. »Jedermann weiß, daß John Tradescants Garten der einzige in England ist, der einen Besuch lohnt. Außerdem ist es zur Zeit nicht ratsam, in den Niederlanden auf Tulpenkauf zu gehen.«

»Wir haben Tulpen«, sagte Hester ernst und wollte nicht gleich zu Beginn ihrer Begegnung die schlechten Zeiten beklagen. »Habt Ihr Euch eine besondere Art vorgestellt?«

»Ja«, sagte er. »Was habt Ihr da?«

Hester lächelte. Sein ausweichendes Verhalten deutete darauf hin, daß er auf eine Pflanze aus war, die einst auf dem Gipfel ihrer Nachfrage so viel wie ein Haus gekostet hatte. »Wir haben alle da«, sagte sie mit der schlichten Arroganz einer äußerst bewanderten Fachkundigen. »Ihr solltet mir lieber mitteilen, was Ihr genau sucht. Wir nehmen hier gerechte Preise, Mister ...?«

Er machte einen kleinen Schritt zurück, als wolle er sie noch einmal beurteilen, als habe er bei seinem ersten Urteil über die schlicht gekleidete Frau ihre Charakterstärke und ihren Stolz nicht bemerkt. »Ich bin John Lambert«, sagte er schließlich. »Und letztes Jahr habe ich ein halbes Dutzend Tulpen bei mir im Garten aufgezogen. Dieses Jahr möchte ich noch weitere in die Erde setzen. Das muß ich einfach. Versteht Ihr mich, Mrs. Tradescant? Oder sind Tulpen für Euch nur eine Pflanze von vielen, wie das Getreide für den Bauern?«

»Tulpen sind nicht meine Leidenschaft«, erklärte Hester. »Aber niemand könnte in diesem Haus leben und Tulpen nicht lieben lernen. Sie gehören zu den hübschesten Blumen überhaupt.«

»Es gibt keine hübscheren«, sagte er rasch.

»Rosen?«

Er zögerte. »Das, was die Tulpe so besonders macht, ist die kurze Zeit ihres Blühens und daß man sie als Zwiebel kauft und sie in der Hand halten kann und weiß, daß sich im Inneren etwas ungewöhnlich Schönes verbirgt. Und wenn man sich selbst um sie kümmert, weiß man, daß man eines Tages diese schöne Blume sieht, wohingegen die Rose – die Rose wächst ohne unser Zutun.«

Hester lachte. »Wenn Ihr als Gärtner arbeiten würdet, würdet ihr Pflanzen zu schätzen wissen, die ohne unser Zutun wachsen. Doch nun will ich Euch die Tulpenbeete zeigen.« Sie führte ihn durch den Garten und hielt dann an. Der Weg lief an der Mauer entlang, die die Pflanzen vor dem Wind von Westen schützte. Entlang der Mauer wuchsen, in regelmäßigen Reihen an Spalieren angebracht, Apfel- und Birnbäume; die Südmauer war mit Pfirsich- und Aprikosenbäumen gesäumt. Das waren Tradescants Mauern: eine doppelte Backsteinschicht mit drei übereinandergebauten Feuerstellen und einem Rauchabzug, der quer durch die ganze Wand führte, damit die Steine Tag und Nacht eine gleichbleibende Wärme abstrahlten. Doch Hester hatte sich schon seit zwei Jahren nicht mehr die Holzkohle dafür leisten können.

Hester beobachtete, wie Mr. Lambert die gepflegten Anpflanzungen, die ordentlich gebaute Heizanlage und die fein säuberlich beschnittenen Zweige betrachtete. Sie merkte, wie stolz sie auf einmal darauf wurde. Dann wandte er sich den Beeten zu, und sie konnte hören, wie er den Duft des Gartens in sich einsog.

Ein Tulpenbeet nach dem anderen breitete sich vor

ihm aus. Die Tradescants züchteten mindestens zwanzig verschiedene Sorten. Jede neue Züchtung war am Kopf der Reihe mit einem bleiernen Haken in der Erde gekennzeichnet, an dem sich ein Schild in Johnnies akribischer Handschrift mit dem Namen der Sorte befand. Hinter jedem Schild wuchsen wie ein strammstehendes Regiment in Reih und Glied die Tulpen. Die immer voller werdenden Knospen leuchteten wie Soldaten in bunten Uniformen, die ihre Spieße über der Schulter trugen.

Hester freute sich über den Gesichtsausdruck des Kavaliers. »Die seltenen Sorten haben wir in Töpfen«, erklärte sie. »Das hier sind nur Gartentulpen. Ich kann Euch die Raritäten zeigen, die halten wir in unserer Orangerie.«

»Das habe ich ja nicht geahnt«, sagte er leise. Er wandelte zwischen den Tulpenbeeten herum, besah sie kritisch, beugte sich hinunter, um die Schilder zu lesen, und lief dann weiter. »Ich hatte zwar gehört, daß Ihr großartige Gärtner seid, doch ich dachte, daß Ihr nur in den Schloßgärten arbeitet.«

»So ist es auch«, sagte Hester. »So war es auch«, berichtigte sie sich selbst. »Aber wir mußten über einen eigenen Garten verfügen, um die Schloßgärten mit Pflanzen zu versorgen, und wir haben schon immer unsere Pflanzen verkauft.«

Er nickte, schritt das Beet der Länge nach ab, kniete sich hin und erhob sich wieder. Hester bemerkte, daß er seinen grauen Anzug beschmutzt hatte und es ihm nichts ausmachte und er ihn nicht abklopfte. Ihr fiel sofort auf, daß es sich um einen närrischen Tulpenliebhaber handelte und er jemand war, um dessen Kleider sich sonst ein Diener kümmerte.

»Und welche Raritäten züchtet Ihr hier?« wollte er wissen.

»Wir haben die Lack-Tulpe, eine Ententulpe, Agatha-Tulpe und die Violetten.« Sie bemerkte die Begierde in seinem Gesicht und verstummte.

»Die habe ich noch nie gesehen«, sagte er. »Habt Ihr sie wirklich hier?«

»Hier entlang«, sagte Hester freundlich und führte ihn zum Haus. Johnnie kam herausgerannt und stutzte, als er den Fremden erblickte. Er verneigte sich. Der Mann lächelte ihn an.

»Mein Stiefsohn«, stellte Hester vor. »John Tradescant.«

»Und willst du auch Gärtner werden?« erkundigte sich Mr. Lambert.

»Ich bin schon längst Gärtner«, erwiderte Johnnie. »Ich will Kavallerieoffizier werden.«

Hester blickte ihn warnend an, doch der Mann nickte ihm freundlich zu. »Ich selbst bin das schon«, sagte er. »Ich bin für die Armee des Parlaments in der Kavallerie.«

»Jener John Lambert!« rief Hester aus und errötete. Sie wünschte, sie hätte sich die Worte verkneifen können. Sie hatte über die Talente des Kavallerieanführers gelesen, es hieß, er sei Prinz Rupert ebenbürtig. Doch sie hatte ihn sich nicht so jung vorgestellt, als einen lächelnden Sonnenschein mit einer Leidenschaft für Tulpen.

Er zeigte ein breites Lächeln. »Soll ich unter meinen Offizieren eine Stelle für dich freihalten, Master Tradescant?«

Nun wurde Johnnie rot vor Verlegenheit. »Die Sache ist die …«

»Er ist zu jung, um an solche Dinge zu denken«, fuhr Hester dazwischen. »Also die Tulpen …«

John Lambert blieb stehen. »Die Sache ist was?« wollte er von Johnnie freundlich wissen.

»Die Sache ist die, daß ich meinerseits im Dienst des Königs stehe«, erklärte Johnnie ernst. »Aus meiner Familie kamen schon immer die Gärtner der königlichen Schlösser, und wir sind bis heute nicht davon entbunden worden. Also nehme ich an, daß auch ich im Dienst des Königs stehe. Bei aller Ehre kann ich nicht zu Euch kommen. Aber ich danke Euch für Eure Einladung, Sir.«

Lambert lächelte. »Vielleicht wird es später, wenn du alt genug bist, ein vereinigtes Land geben mit nur einer Armee, einer Kavallerie. Dann wirst du nur noch das Pferd und die Farbe der Feder auf deinem Kopf aussuchen müssen«, schlug er diplomatisch vor. »Und Prinz Rupert und ich werden beide stolz darauf sein, unter den gleichen Farben zu dienen.«

Er richtete sich auf und blickte über Johnnies Kopf hinweg zu Hester, die immer noch besorgt wirkte. »Bitte habt keine Angst, Mrs. Tradescant«, sagte er. »Ich bin hier, um Tulpen zu kaufen, nicht um Euch Sorgen zu bereiten. Treue zu halten ist schwierig, und wir leben in schwierigen Zeiten. Ihr könnt gut weiter in den Gärten eines königlichen Palastes arbeiten, vielleicht werde ich noch auf einem königlichen Schafott enden. Oder ich werde der neue Oberste Richter und Ihr Bürgermeister von London. Also wollen wir uns nun die Tulpen ansehen, oder?«

Sein herzliches Lächeln war unwiderstehlich. Hester erwiderte es und führte ihn zu der Terrasse, wo die Tulpen in schönen Keramiktöpfen standen. Vom Sonnenschein gewärmt und nachts in der Orangerie geschützt, hatten sich diese schneller entwickeln können als jene in den Beeten. An den Blütenblättern zeigte sich schon ein wenig mehr Farbe.

»Dies sind also unsere Kostbarkeiten«, sagte sie. »Das hier sind grüne Papageientulpen, eine Besonderheit.« Hester zeigte den ausgefransten Rand der grünen Blütenblätter. »Und diese sind die unübertroffenen Paragon Liefkens, sie bekommen eine wunderbar gebrochene Farbe – rot und weiß oder rot und gelb. Die Semper

Augustus stammt von jener Familie ab, aber übertrifft sie noch in der Form, sie vereint die wahre Tulpenform mit der schönsten gebrochenen Farbvariation. Da stehen die Violetten, jede einzelne Zwiebel bringt eine andere Farbe hervor, es ist also ganz unvorhersehbar und schwierig, eine Sorte zu züchten, die sich nicht verändert: sie können so blaß sein wie ein Zweig spanischen Flieders, oder sie können das echte Dunkelblau der Veilchen haben. Wenn Ihr interessiert seid, eine eigene Sorte zu züchten ...« Sie blickte ihn an und merkte, wie begeistert er von dem Gedanken war.

»Oh, ja!«

»Dann würde ich diese hier aussuchen. Ein beständiges dunkles Blau zu erhalten, das wäre eine wunderbare Sache. Die Gärtner würden Euch immer zu Dank verpflichtet sein. Und hier«, sie führte ihn dorthin, wo die Terrasse den Blumen einen besseren Schutz bot und die Tulpen stolz in kostbaren Töpfen standen, »das sind unsere Semper Augustus. Wir gehen davon aus, daß es die einzigen Semper-Tulpen in ganz England sind. Mein Schwiegervater kaufte sie und schenkte eine der Königin. Als sie das Schloß verließ, nahm mein Mann sie wieder mit hierher.«

Lamberts Interesse war so groß, wie sie es sich nicht anders hätte wünschen können. Er hockte sich hin. Sein dunkler Kopf war nun auf einer Höhe mit der scharlachrot-weißen Blume. »Darf ich sie berühren?«

»Ganz sanft«, willigte Hester ein.

Er streckte eine Fingerspitze vor, der Rubin an seiner Hand blinkte dem roten Blütenblatt zu. Ihm fiel sofort auf, wie die Farben zueinander paßten. Die rote Blüte schimmerte wie Seide, durch die ein weißer Faden gewirkt war. Eine Blume, die ein wenig weiter war als die anderen, hatte sich schon geöffnet. So konnte er hineinschauen, um die exotisch dunklen Staubblätter und das rußartige Schwarz der Pollen zu erkennen.

»Wie erlesen«, hauchte er leise. »Das ist das Schönste, was ich jemals gesehen habe.«

Hester lächelte. Johnnie schaute zu ihr auf und zwinkerte ihr zu. Beide wußten, was nun folgen würde.

»Wieviel?« fragte John Lambert.

»Johnnie, geh und bitte die Köchin um Mürbegebäck und ein Glas Wein für unseren Gast«, wies ihn Hester an. »Und bring etwas Schreibpapier mit und eine Feder. Werdet Ihr eine größere Bestellung machen, Mr. Lambert?«

Er sah zu ihr auf und lachte. Es war das zuversichtliche Lachen eines hübschen Mannes, dessen Leben in guten Bahnen verlief. »Ihr dürft über mein Vermögen verfügen, Mrs. Tradescant.«

Sommer 1645.
Virginia

John dachte, daß das Dasein in den Buchten leichter werden würde, sobald die Felder abgeerntet, die Jagdbeute größer und die Früchte in den Wäldern reif wären. Als das gute Wetter anbrach, gab es in der Tat genug zu essen für alle; doch das glückliche zufriedene Leben des alten Dorfes kehrte nicht wieder. Sie hoben ein Loch aus und bauten eine neue Schwitzhütte, und sie weihten einen neuen Tanzplatz ein. Sie errichteten ein Getreidelager, und die Frauen schufen die hohen, glatten schwarzen Gefäße, in denen die getrockneten Erbsen und Samen und die Maiskörner gelagert werden sollten, von denen sie sich im Winter ernährten. Aber die Freude, die für John so untrennbar mit den Powhatan verbunden gewesen war, war verschwunden. Aus dem Land vertrieben, das sie für sich ausersehen hatten, und nun an das Ufer mit dem Brackwasser verbannt, war aus ihnen ein Volk geworden, das seinen Stolz und sein Selbstvertrauen eingebüßt hatte.

An einen Sieg der Kolonisten hatten sie nie gedacht. Wenn sie sich eine Niederlage hätten ausmalen können, so nur die in einer großen Schlacht, in der die toten Krieger auf einem großen Haufen lagen und die Frauen ihre Männer nach Hause trugen und sich, vor Kummer weinend, über ihre Leiber neigten. Einen Preis hätten sie gezahlt – die Waisen und die Witwen würden in Jamestown verschwinden und nie wieder gesehen werden, und die Powhatan würden auch um sie trauern, als seien sie gestorben. Dann, nach einer Weile, vielleicht nach einem Jahr, würde wieder Normalität einkehren.

Sie hatten nicht vorausgeahnt, daß der Krieg nie mehr enden könnte und es sich nicht nur um einzelne Gefechte von der einen oder anderen Seite handelte. Auch John hatte sie nicht vor der Hartnäckigkeit warnen können, mit der die Engländer einem Volk Eingeborener zürnten, das mit Waffengewalt gegen sie vorgegangen war.

Es war nicht Furcht, die die Siedler antrieb, es ging nicht länger um Selbstverteidigung, denn die Armee der halbnackten, kreischenden Krieger, die sie angegriffen hatte, war zusammengeschmolzen und in den Wäldern verschwunden. Vielmehr wurde ihre Haltung von tiefer Entrüstung und moralischer Rechtschaffenheit bestimmt. Seit dem ersten Aufstand wurden sie das Gefühl nicht los, daß die Indianer einer gerechten Strafe entkommen waren, sie waren zwar in die Wälder zurückgedrängt worden, aber noch nicht weit genug. Selbst als sie die Holzpalisade errichtet hatten, um die Grenze zu markieren, wie nah sie die Indianer an sich heranlassen und dulden würden, hatten sie gedacht, daß sie ihnen immer noch zuviel Land übriggelassen hätten. Doch nun, unter der Führung von Gouverneur Sir William Berkeley, sprach man von einer »Lösung« der Indianerfrage. Nun stellten die Familien der Powhatan nicht mehr ein Volk mit Rechten dar, sondern waren ein Problem, das gelöst werden mußte.

Hatte sich dieses Denken erst einmal in den Köpfen der Weißen eingenistet, konnte es nur noch eine Schlußfolgerung geben. John begriff die feste Entschlossenheit der Siedler, die einen Rachezug nach dem anderen unternahmen und die Dorfbewohner niedermetzelten, bis es aussah, als würden die Bäume nicht länger die Indianer verbergen, als böten die Blätter kein Versteck mehr für sie und als blickten die Siedler durch die Zweige und den Morgennebel hindurch und spürten sie auf. Und wo immer auch ein Indianer, ob nun Mann, Frau oder Kind, entdeckt wurde, traf ihn eine Musketenkugel.

Dann erfuhren sie von der Gefangennahme ihres obersten Häuptlings Opechancanough. John ging Attone am Fluß suchen. Er war nicht beim Fischen, er spannte auch nicht seinen Bogen nach, behaute nicht die Klinge eines Steinmessers, er knüpfte auch keine komplizierte Verschlingung, um einen Pfeil zu stabilisieren. Er stand einfach da, tat nichts und beobachtete das Licht auf dem träge fließenden Wasser des Flusses, dessen Wellen über die Kieselsteine zu seinen Füßen schwappten.

»Die Weißen haben Opechancanough in ihrer Gewalt«, sagte John.

Attone drehte nicht den Kopf nach ihm um. Er hatte Johns Schritte schon gehört, als dieser noch eine halbe Meile entfernt war, und er hatte gewußt, daß er nach jemandem suchte.

»Ja.«

»Vielleicht sollte ich nach Jamestown gehen und sie bitten, ihn am Leben zu lassen.«

Attone sah ihn nun mit seinen leuchtenden Augen an. »Würden sie ihn denn am Leben lassen?«

»Ich weiß es nicht. Vielleicht. Zumindest könnte ich ein gutes Wort für ihn einlegen. Ich dachte, ich sollte ihnen erklären, was die Powhatan glauben. Zu guter Letzt könnte ich dafür sorgen, daß sie verstehen, was Opechancanough sagt.«

Attone nickte. »Ja. Geh.«

John machte einen Schritt auf ihn zu und stand nun neben dem Indianer, Schulter an Schulter. »Ich liebe dich wie einen Bruder«, sagte er plötzlich.

Attone warf ihm rasch einen Blick zu, und irgendwo konnte er ein Lächeln aufblitzen sehen. »Ja.«

»Ich hätte nicht gedacht, daß das alles so endet.«

Der Powhatan schüttelte den Kopf, sein Blick fiel wieder auf das sich bewegende Wasser. »Das habe ich auch nicht gedacht, Engländer.«

»Du nennst mich Engländer, weil ich nicht mehr zu deinem Volk gehöre«, stellte John fest in der Hoffnung, daß er ihm widersprechen würde.

Attone nickte einfach.

John bot nun seine ganze Entschlossenheit auf. »So werde ich nach Jamestown gehen und um sein Leben bitten, und später werde ich nach England zurückkehren. Ich weiß, daß ich keinen Platz mehr bei den Powhatan habe, und außerdem nehme ich nur den hungrigen Männern und Frauen die Nahrung weg.«

»Es ist höchste Zeit, daß du zu deinem eigenen Volk zurückgehst. Hier hast du nichts mehr verloren.«

»Ich würde bleiben, wenn Suckahanna mich darum bäte ...«

Wieder leuchteten seine dunklen Augen auf, und das halb versteckte Lächeln zeigte sich. »Du könntest hier ebensogut darauf warten, daß die Hirsche sprechen lernen, Engländer. Sie hat sich von dir für immer abgewandt.«

»Wegen ihres Stolzes?«

Attone nickte. »Sie ist eine Powhatan«, erklärte er.

»Wenn ich fort bin, wirst du ihr dann sagen, daß ich sie geliebt habe?« fragte John. »Und daß ich fortgegangen bin, weil ich glaubte, es sei in ihrem Sinne. Sag ihr, ich hätte nicht aus Unsicherheit gehandelt, nicht, weil ich nicht wußte, wo ich hingehöre. Wirst du ihr sagen, daß mein Herz immer ihr gehörte?«

Attone schüttelte den Kopf, eine verdrossene Geste. »Ich werde ihr sagen, daß du sie so geliebt hast, wie es ein Mann wie du nur vermag.«

»Was würde ein Mann wie du denn tun?« rief John voller Enttäuschung. »Wenn du sagst, daß meine Liebe geringer ist – wie sähe dann wahre Liebe aus? Was würdest du tun?«

Darüber lachte Attone. »Oh! Sie schlagen, schätze ich.

Sie lieben. Ihr ein Baby machen, um das sie sich kümmern kann. Sie in die Felder schicken. Sie am Abend nach Hause bringen und sie die ganze Nacht hindurch wach halten, sie begehren, bis sie nur noch müde ist und schlafen will. Frag mich nicht, Adler, sie hat mich wegen dir verlassen. Wenn ich wüßte, wie ich mit ihr umgehen soll, dann hätte sie dich nie geheiratet.«

John lachte unwillkürlich. »Aber wirst du ihr sagen, daß ich sie liebe?«

»Jetzt geh, Engländer«, sagte Attone, der das Ganze plötzlich satt hatte. »Ich werde ihr deine Worte sagen, wenn ich mich daran erinnern kann, aber an Worten haben wir kein Interesse. Und Worte von Engländern bedeuten weniger als gar nichts. Du gehörst einer Rasse ohne Glauben und Treue an, und ihr redet zuviel. Geh und sieh, ob dein Gerede Opechancanough retten kann, und dann kehre zu deinem Volk zurück. Deine Zeit hier bei uns ist vorbei.«

John wusch sich rein im Fluß, doch seine blasse Haut schien für immer von dem Rot des Bärenfetts gezeichnet zu sein. Er bat Musses, ihm das Haar zu stutzen, auf beiden Seiten gleich lang, so daß er nicht mehr den seitlichen Zopf der Powhatan hatte. Mit zwei geschärften Austernschalen schnitt sie die Haare ab, sammelte die abgefallenen Locken zusammen und warf sie ins Feuer.

»Kehrst du heim?« fragte sie.

»Ich kann nirgendwo anders hin«, erwiderte John und hoffte auf ihr Mitgefühl.

»Leb wohl«, sagte sie freundlich und ging fort.

John verließ ihre Feuerstelle, nahm ein Messer und seinen Pfeil und Bogen und suchte Suckahanna auf. Sie befand sich am Rand des Lagers und war mit einer Hirschhaut beschäftigt, die über einen Rahmen gespannt war. Sie rieb Öl in das Leder, damit es geschmeidig und glatt blieb.

»Ich gehe nach Jamestown, um mich für Opechancanough einzusetzen«, sagte John.

Sie nickte.

»Danach werde ich ein Schiff nach England nehmen.«

Wieder nickte sie.

»Vielleicht komme ich nie wieder zurück«, drohte er an. Mit einem kaum merklichen Zucken erwiderte sie seine Erklärung, dann drehte sie sich um, schüttete noch etwas mehr Öl in ihre Hand und arbeitete es ins Leder ein.

»Ehe ich aufbreche, möchte ich dir sagen, daß ich dich liebe und es mir leid tut, kein richtiger Krieger gewesen zu sein«, sagte John. »Ich weiß, daß ich dich enttäuscht habe; aber ich konnte es nicht über mich bringen, das Blut meiner Landsleute zu vergießen. Hätten wir eine Möglichkeit gefunden, in Frieden zu leben, Weiße und Powhatan, dann wären wir beide glücklich miteinander geworden. Es sind diese Zeiten, die uns scheitern ließen, Suckahanna. Ich weiß, daß ich dich geliebt habe und dich immer noch liebe. Ohne Unterlaß.«

Zumindest hielt sie einen Augenblick inne, sie warf ihren Kopf nach hinten, und ihr schwarzes Haar fiel über ihre Schulter. Da sah er ihr schon fast vergessenes süßes Lächeln wieder.

»Geh schon, Engländer«, sagte sie. »Du kannst mich nicht mit Worten umgarnen.«

»Und du liebst mich immer noch«, wagte John zu sagen.

Sie warf ihm rasch ihr kokettes, ausweichendes Lächeln zu. »Geh schon.«

Nach Jamestown war es ein weiter Weg. John lief am Ufer entlang nach Norden. Er ernährte sich von Schalentieren und Beeren und früh gereiften Nüssen, und manchmal erlegte er einen Vogel und konnte etwas Fleisch essen. Er dachte, das es reine Ironie war, daß er sich nun, wo er sich von dem Land ernähren konnte, aufmachte, diesen reichen und fruchtbaren Ort zu verlassen, den er sich in seinen kühnsten Kindheitsträumen ausgemalt hatte.

Die ersten drei Tage lang trottete er abgestumpft vor sich hin, wie ein Londoner Lehrbursche auf dem Weg zur Arbeit. Er beobachtete seine Füße auf den Steinen am Ufer und blickte sich nur um, um nach Feinden oder Wild Ausschau zu halten. Doch am dritten Tag wurde ihm bewußt, daß sich unmittelbar hinter den dürren Dünen Wälder befanden, in denen lauter Bäume, Schößlinge und Samen zu reifen begannen, und so verließ er seinen Pfad und machte sich in den Wald auf, um Pflanzen zu sammeln.

Als er zum James River gelangte, hatte er sich aus zwei Entenhäuten, die nicht richtig gesäubert waren und schrecklich stanken, einen Beutel gemacht, um die unzähligen Samen und Wurzeln darin aufzubewahren. Er näherte sich der ersten Ansiedlung, die er entdeckte, äußerst vorsichtig, da er nicht von einem nervösen Pflanzer als Indianer niedergeschossen werden wollte. Er sah den Mann, der auf seinem unfertigen Steg stand.

»Ahoi!« rief John aus dem Schutz des Waldes. Das ungewohnte englische Wort kam ihm nur schwer über die Lippen, einen Moment hatte er befürchtet, seine eigene Sprache längst vergessen zu haben.

Der Mann wandte sich in die Richtung, woher der Ruf gekommen war, und suchte den Wald ab. »Wer ist dort?«

»Ein Freund, ein Engländer. Aber halbnackt in Wildleder.«

Der Pflanzer hob seine Muskete hoch. John sah, daß die Zündschnur nicht glühte, also bestand die Möglichkeit, daß die Waffe gar nicht schußbereit war. Er trat aus dem Schatten der Bäume heraus.

»Du bist ein Hund von Indianer! Steh still! Oder ich erschieße dich auf der Stelle.«

»Ich schwöre«, sagte John. »Ich bin genauso englisch wie Ihr. Ich heiße John Tradescant, ich bin Gärtner des Königs von England, ich habe Haus und Garten in Lambeth und eine Frau, die Hester Pooks heißt, und eine Tochter, die Frances heißt, und einen Sohn Johnnie.« Als er die vertrauten geliebten Namen nannte, rüttelte etwas an ihm, als würden sie ihn selbst rufen, er hätte sie hören sollen, schon viel früher hören sollen.

»Was habt Ihr dann hier wie ein Wilder in den Wäldern verloren?« fragte der Mann, der unerschütterlich sein Gewehr auf Johns Schritt richtete.

John zögerte. Natürlich, das war überhaupt die Frage.

»Weil ich nicht wußte, wo ich hingehöre«, brachte er langsam hervor. Dann sprach er so laut, daß der andere es hören konnte: »Ich habe bei den Powhatan gelebt, doch nun möchte ich nach England zurückkehren. Kann ich mir ein paar Kleider borgen und ein Boot, das mich nach Jamestown bringt? Ich kann mir Geld schicken lassen und Euch dafür bezahlen.«

Der Mann winkte ihn heran, John kam vorsichtig näher. »Wie heißt der neue Oberbefehlshaber des Parlaments?« fragte der Mann ihn rasch.

John breitete die Hände aus. »Das weiß ich nicht. Ich habe die letzten zwei Jahre bei den Powhatan verbracht. Als ich den König verließ, war er gerade bei Edgehill besiegt worden – ich dachte, daß er sich nicht viel länger halten könnte.«

Der Mann lachte kurz auf. »Die Sache ist immer noch nicht entschieden«, sagte er. »Wie heißt der Neffe des Königs?«

»Prinz Rupert?«

»Sein Sohn?«

»Prinz Charles?«

»Die Herkunft seiner Frau?«

»Sie ist Französin, ich kann Euch die Farbe ihrer Augen

nennen«, erklärte John. »Ich war in Diensten des Hofes, ich war Gärtner auf Schloß Oatlands.«

Der Mann mußte zurückfragen. »Ihr wart Gärtner der Königin von England und steht nun hier so nackt wie ein Wilder und habt zwei Jahre selbst verwildert bei den Powhatan gelebt?«

John machte einen Schritt auf ihn zu und streckte seine Hand aus. »Das ist in der Tat seltsam, nicht wahr? Ich bin John Tradescant – von der Arche in Lambeth.«

Man lieh John eine Hose und ein grobes Leinenhemd aus. Er zwängte seine Füße in ein Paar Schuhe, die eigentlich die richtige Größe für ihn hatten, dennoch taten ihm die Füße unerträglich weh. Nachdem er zwei Jahre lang barfuß gelaufen war, hatte er Schwielen an den Fußsohlen und die Knochen waren auseinandergespreizt. John befürchtete, nie wieder in Stiefel oder Schuhe zu passen.

Am nächsten Tag hielt ein Tabakschiff am Steg an, um die Waren zu verladen. John schickte an Hester in Lambeth eine Nachricht und packte seine Samen und Wurzeln in ein wasserdichtes Faß mit ihrer Anschrift.

Liebe Frau!

Ich hoffe, daß Dich diese Sendung erreicht, während Du bei bester Gesundheit und glücklich bist. Nach vielen Monaten, die ich in den Wäldern gelebt habe, befinde ich mich nun auf dem Weg nach Jamestown. Ich habe kein Geld. Bitte sende mir einen Wechsel über zwanzig Pfund für meine Unterkunft und die Überfahrt nach Hause. Ich komme, sobald ich das Geld erhalte.

In Anbetracht dieser nüchternen Zeilen fuhr er ein wenig zusammen, doch er vermochte nicht, mit gutem Gewissen eine Erklärung abzugeben oder sie seiner Liebe zu versichern. Vielleicht war Hester gar nicht in der Lage, zwanzig Pfund an einen Londoner Bankier zu zahlen, damit der Wechsel in Virginia akzeptiert wurde, doch er konnte sich nicht dazu überwinden, ihr einen Rat zu geben, was sie aus der Raritätensammlung dafür verkaufen könnte. Er war zu lange fort gewesen. Er wußte nicht, ob sie die Sammlung überhaupt hatte retten können. Er war sich nicht einmal sicher, ob sie immer noch in Lambeth ansässig war. Er hatte das Gefühl, ein Seil ins Dunkel auszuwerfen und zu hoffen, daß es jemand in einem nicht sichtbaren Hafen erfassen und ihn an Land ziehen würde. Ehe er seinen Namen unter den Brief setzte, hielt er inne. Wenn ihn jemand rettete, dann Hester.

Ich vertraue Dir, Hester, und wenn ich heimkehre, werde ich Dir für all die Fürsorge für mich und die Meinen danken.

Er unterschrieb und rannte den hölzernen Steg hinunter und warf dem Kapitän den Brief zu. »Bitte sorgt dafür, daß meine Frau ihn erhält«, sagte er. »Ich sitze hier fest, wenn sie mir nicht Geld für die Reise schickt.« Er betrachtete das Schiff. »Wie ist es, wenn ich mir die Fahrt selbst verdiene?«

Der Kapitän lachte ihm ins Gesicht. »Die Fahrt selbst verdienen? Seid Ihr ein Seemann?«

»Nein«, sagte John.

»Wenn Ihr heimkehren wollt, Mister, dann müßt Ihr schon für Eure Fahrt bezahlen, so wie alle anderen.«

»Sie wird Euch dafür belohnen, daß Ihr die Nachricht überbringt«, gelobte ihm John. »Bitte sorgt dafür, daß sie den Brief erhält.«

Der Kapitän schob ihn vorsichtig in seine Jacke. »O ja«, sagte er und rief den Matrosen zu, abzulegen.

Die Strömung des Flusses ergriff das Schiff und zog es vom Anlegeplatz fort. John sah, wie die Segel losgemacht wurden, und hörte die Kommandos, dann das

Knarren der Seile und des Holzes, als das Schiff an Fahrt gewann.

»Wie lange wird es dauern, bis Ihr etwas erfahrt?« fragte ihn der Pflanzer.

»Mindestens vier Monate, schneller kann es nicht gehen«, erklärte John. »Eine Reise hin und zurück, das heißt, wenn sie das Geld hat.«

Der Mann lächelte. »Ich könnte noch jemanden gebrauchen, der auf meinen Pflanzungen arbeitet«, sagte er.

John nickte. In Virginia herrschte immer ein Mangel an Arbeitskräften. Ehe ihm Hester das Geld zusenden konnte, würde er als Tagelöhner arbeiten, danach würde er wieder ein Gentleman sein.

»Nun gut«, sagte er. »Aber zuerst muß ich nach Jamestown. Ich muß ein Versprechen einlösen.«

Zufällig lief der Gouverneur John Tradescant über den Weg. Der bedeutende Mann schritt gerade von dem neuen Versammlungshaus zu seiner herrschaftlichen Residenz. John humpelte ihm in seinen schlecht sitzenden Schuhen hinterher. »Sir William?«

Der junge Mann wandte sich um, bemerkte, wie dürftig John gekleidet war, und lief weiter. »Ja?« warf er ihm über die Schulter zu.

»Ich bin John Tradescant, Gärtner des Königs.« John folgte ihm. »Ich habe flußaufwärts Land erworben und bewirtschaftet. Die Powhatan haben mich vor dem Hungertod bewahrt, und ich habe jahrelang bei ihnen gelebt. Ich bin nach Jamestown gekommen, um Gnade für Opechancanough zu erbitten.«

Sir William mußte bei dieser ungewöhnlichen Geschichte blinzeln und zögerte. »Gnade?«

»Er ist ein alter Mann, und er hat für sein Volk keinen Ausweg gesehen. Wenn man sie nach dem ersten Aufstand friedlich hätte leben lassen, dann hätten sie sich nicht erneut erhoben. Nun sind sie für einen Frieden bereit, einen immerwährenden Frieden, wenn wir ihnen nur das Land geben, das sie brauchen.«

»Seid Ihr ein Fürsprecher der Indianer?« fragte Sir William. »Seid Ihr auf ihrer Seite?«

Kaum merklich waren ein, zwei Soldaten von den Türen des Versammlungshauses ein wenig näher gekommen.

»Nein«, sagte John. »Sie haben mich vertrieben. Ich bin Engländer, und sobald es in meiner Macht steht, werde ich nach London zurückkehren. Aber ich bin ihnen zu Dank verpflichtet. Sie haben mich aufgenommen und mich ernährt, als ich dem Hungertod nah war. Ich möchte ihnen das vergüten, und in der Tat, Sir William, glaube ich, daß sie von uns nicht gerecht behandelt werden.«

Nur einen Augenblick lang zögerte der Gouverneur, dann schüttelte er den Kopf. »Dies ist ein neues Land«, erklärte er. »Wir erkunden täglich das Land, nach Süden, Norden und Westen. Die Powhatan und die anderen Wilden müssen wissen, daß dies nun unser Land ist, und wenn sie gegen uns kämpfen, wenn sie den Frieden brechen, dann kann die einzige Antwort nur Tod sein.«

»Frieden herrschte hier nur vor unserer Ankunft«, sagte John rasch. »Das Land hat es schon vor uns gegeben. Die Powhatan waren hier, bevor wir kamen. Manche mögen sagen, daß es ihr Land war.«

Sir William blickte John streng an. »Dann ist jener Mann ein Verräter Englands und seines Königs«, sagte er. »Ihr sagtet selbst, daß Ihr Diener des Königs wart. Er akzeptiert niemanden, der nur halb loyal ist, und ich auch nicht.«

John dachte an sein weit zurückliegendes Leben bei Hofe und an den König, der nicht unterscheiden konnte zwischen halber Loyalität und Schauspiel und Wirklichkeit. »Ich bin dem König treu ergeben«, sagte er. »Aber es ist ein schlechtes Beispiel, den König der Powhatan zu töten. Er sollte wie alle Könige sein – unantastbar.«

»Hier handelt es sich nicht um einen König«, erklärte Sir William auf einmal mit großer Ungeduld. »Er ist ein Wilder. Mit diesem Vergleich beleidigt Ihr Seine Majestät. Der König ist heilig, Gott allein steht über ihm. Dieser schmutzige alte Indianer ist ein Wilder, und wir werden ihn hängen.«

Ganz plötzlich wandte er sich von John ab und ging weiter.

»Noch vor wenigen Jahren galt er uns wie ein König«, sagte John standhaft. »Pocahontas war eine Prinzessin. Sie wurde nach London eingeladen und wie eine Prinzessin von königlichem Geblüt behandelt. Ich war dabei, ich habe es gesehen. Damals waren die Powhatan ein freies und uns gleichgestelltes Volk, und ihre königliche Familie war so heilig wie die unsrige.«

Der Gouverneur schüttelte den Kopf. »Das gilt nicht mehr«, sagte er einfach. »Für uns sind sie jetzt noch geringer als Tiere. Und wenn Ihr zu ihnen zurückkehren wollt, dann sagt ihnen folgendes: In diesem Land gibt es keinen Platz mehr für sie. Sagt ihnen, daß sie fort müssen …«, er zeigte irgendwohin, »… nach Süden, oder weiter nach Westen und ständig weiter fort. Jetzt gehört das Land uns, und wir werden es mit niemandem teilen.«

Herbst 1645.
England

In der zweiten Septemberwoche erhielt Hester Johns Brief, in dem er um das Geld für seine Schiffsreise bat. Der Matrose, der die Nachricht überbrachte, erhielt an der Küchentür einen Penny für seine Bemühungen und eine dünne Suppe. Hester ging mit dem Brief in den Raritätensaal – dort brannte ein winziges Feuer, und das Licht von den venezianischen Fenstern her war gut. Doch sie hatte das abergläubische Gefühl, daß dieser Brief unter all den Raritäten das Seltenste war – ein Brief von ihrem Gatten.

Er war recht zerknittert, da er so lange in der Tasche einer Jacke gesteckt hatte, und schmutzig, so als hätte man ihn verloren und eine Weile irgendwo vergessen. Hester betrachtete die äußeren Knicke und den kleinen Wachsklecks, mit dem er versiegelt war. Dann setzte sie sich an den Tisch, der am Fenster stand, damit die Künstler, die wünschten, ein paar Gegenstände der Sammlung zu zeichnen, es so angenehm wie möglich hätten. Sie erbrach das Siegel.

Liebe Frau!

Ich hoffe, daß Dich diese Sendung erreicht, während Du bei bester Gesundheit und glücklich bist. Nach vielen Monaten, die ich in den Wäldern gelebt habe, befinde ich mich nun auf dem Weg nach Jamestown.

Hester machte eine Pause. Sie hatte gedacht, daß John in einer Blockhütte der Pflanzer gewohnt hatte, so wie sie in den illustrierten Büchern über Virginia abgebildet war.

Ein kleines Haus aus der Länge nach zersägten Holzbalken und hölzernen Schindeln auf dem Dach. Was meinte er wohl damit, daß er im Wald gelebt hatte?

Ich habe kein Geld. Bitte sende mir einen Wechsel über zwanzig Pfund für meine Unterkunft und die Überfahrt nach Hause. Ich komme, sobald ich das Geld erhalte.

Hester schaute von den verschmierten Zeilen auf. Also hatte das Unternehmen Virginia, so wie sie es vorhergesagt hatte, zu Bankrott und Unglück geführt und war beendet. Es gab keine profitabwerfende Tabakanpflanzung. Es gab kein Refugium vor der Unsicherheit des eigenen Landes, das sich im Bürgerkrieg befand. John war vollkommen gescheitert, so furchtbar gescheitert, daß er nicht einmal heimkehren konnte, wenn sie ihm nicht die Schiffsreise bezahlte.

Ich vertraue dir, Hester, und wenn ich heimkehre, werde ich Dir für all die Fürsorge für mich und die Meinen danken.

Hester legte einen Finger an die Lippen und drückte ihn dann unten aufs Papier, als wolle sie einen Fingerabdruck auf das J auf dem Wachs am Ende des Briefes machen. Sie mußte rasch feststellen, daß es ihr ganz gleich war, ob er ohne einen Penny heimkehrte, ohne eine Anpflanzung oder Tabak oder Stolz. Ihr war es ganz gleich, ob er in einem fremden Land gefangen war und sich nicht einmal das Geld für seine Heimreise verdienen konnte. Das einzige, was zählte, war, daß John heimkam, endlich.

Nur ein paar Minuten blieb sie in dem Licht vom Fenster her sitzen, dann machte sie sich daran, das Geld für ihn aufzutreiben und ihm zu schicken. Zwanzig Pfund waren eine beträchtliche Summe. Glücklicherweise war der Brief im September eingetroffen, zu der Zeit, wo die

Tulpenzwiebeln verkauft wurden. Die Bestellung für John Lambert war erst eine Woche zuvor verpackt und losgesandt worden. Sie rechnete täglich mit dem Geld.

Hester warf sich ein Tuch um den Kopf und ging auf die Terrasse hinaus. Johnnie arbeitete gerade mit Joseph zusammen. Sie gruben die Tulpenzwiebeln aus den Beeten aus und beschrifteten sie. Als sie ihn rief, sah er auf, und sie entdeckte, daß sein Gesicht immer noch ganz düster und bekümmert aussah.

Johnnies Held Prinz Rupert hatte Bristol für die Royalisten nicht halten können, obwohl er dem König versprochen hatte, er könne die Stadt monatelang besetzen. Die wildesten Gerüchte kursierten: Daß Rupert absichtlich mit dem König ein falsches Spiel trieb. Es hieß, daß er und sein Bruder, der Pfalzgraf Palatine, der nun seine Speisen auf Kosten des Parlaments in London einnahm und längst die Seiten gewechselt und seinen Onkel aufgegeben hatte, die ganze Zeit über den verschwörerischen Plan verfolgt hatten, einen von beiden auf der jeweils anderen Kriegsseite zu haben, damit sie davon profitierten, ganz gleich, wer gewinnen würde. Manche sagten sogar, daß Rupert selbst es auf den Thron von England abgesehen hat.

Seit die Nachricht vom Fall der Stadt Bristol die Runde gemacht hatte, war Johnnie mit roten Augen zum Frühstück heruntergekommen und tagsüber immer schweigsam und übellaunig. Als Hester ihn für die Arbeiten im Garten benötigte, hatte sie ihn erst suchen müssen. Die Hälfte der Zeit verbrachte er dann stets beim Teich, saß mitten auf dem Wasser im Kahn, verzweifelt in sich zusammengesunken, die Ruder neben sich.

»Wie steht es um die Tulpen?« fragte sie.

Er nickte, als könnte er sich an ihnen nicht erfreuen. »Sie haben sich gut entwickelt. Für jede Zwiebel, die wir gesetzt haben, ernten wir drei. Es war ein gutes Jahr für Tulpen, wenn auch für nichts anderes.«

Joseph nickte. »Solch eine Ausbeute habe ich noch nie erlebt«, sagte er. »Irgend etwas scheint sich doch zum Guten zu wenden.«

»Nicht nur eine Sache«, warf Hester ein. Sie nahm sich die Enden ihres Tuches über Kreuz um die Taille und dachte, daß es sich wie eine feste innige Umarmung anfühlte. »Ich habe einen Brief aus Virginia.«

Der Schatten wich aus Johnnies Gesicht. Er sprang aus dem Tulpenbeet auf die Füße. »Kommt er heim?«

»Er kommt heim«, bestätigte sie. »Endlich.«

Das Warten fiel am schwersten. Sie hatte von John Lambert das Geld für die Bestellung erhalten. Zusätzlich nahm sie noch ein paar alte römische Münzen aus der Sammlung und bot sie in London einem Goldschmied zum Verkauf an. Für das wenige Geld, das er ihr dafür gab, schien ihr das Geschäft mit ihm fast einem Diebstahl gleichzukommen, doch Hester hatte feststellen müssen, daß kostbare bewegliche Schätze den Markt überfluteten, da in den Kriegsjahren alle bedeutenden Familien versuchten zu überleben. Das restliche Geld lieh sie sich von Alexander Norman. Dann nahm sie den ganzen Betrag zu einem Bankier mit, von dem man wußte, daß er für Virginia gültige Wechsel ausstellte. Er unterschrieb einen Schein über zwanzig Pfund auf den Namen John Tradescant. Den trug Hester zum Londoner Hafen und suchte ein Schiff, das nach Virginia aufbrechen wollte.

Dort lag, bereit zum Ablegen, die *Makepeace*, die über die südliche Route nach Virginia segeln und bei den Sugar Islands einen Zwischenhalt einlegen sollte.

»Ich muß den Kapitän sprechen«, sagte Hester einem Matrosen. Sie wurde von einer Familie angerempelt, die ihr Hab und Gut an Bord warf und sich mit Hilfe der Ellbogen einen Weg auf den Landesteg bahnte. »Oder einen vertrauenswürdigen Gentleman.«

»Da sind zwei Pfarrer an Bord«, sagte der Mann schroff, »und ein halbes Dutzend Kavaliere. Sucht Euch einen aus.«

»Ich brauche einen Gentleman, der mir hilft«, sagte Hester beherzt. »Ich werde einen der Geistlichen aufsuchen.«

Daraufhin lachte der Matrose, drehte sich um und rief etwas nach unten. Hester strich ihren Umhang glatt und wünschte, sie hätte Johnnie mitgenommen. Sie hätte es sogar Alexander Norman gestattet mitzukommen. Schließlich blickte ein weißhaariger Mann von der Schiffsseite zu ihr hinunter und sagte ganz leise, als wolle er seine Stimme nicht über die Geräusche des Schiffes erheben. »Ich bin Reverend Walter de Carey. Womit kann ich Euch dienen, Madam?«

Hester ging rasch den schwankenden Landesteg hinauf und streckte ihre Hand aus. »Guten Tag, mein Herr, ich bin Mrs. Tradescant, Frau von John Tradescant von der Arche Lambeth.«

Er neigte sich über ihre Hand. »Ich fühle mich geehrt«, sagte er.

»Verzeiht, daß ich einen Fremden um einen Gefallen bitten muß, aber mein Mann hat …« Hester hielt kurz inne. »Er ist in Virginia und sammelt Pflanzen und hat nun kein Geld mehr. Ich habe hier einen Wechsel für ihn, aber ich muß einen vertrauenswürdigen Gentleman finden, der den Brief nach Virginia mitnimmt und ihm übergibt.«

Der Mann lächelte müde. »Mir vertraut man so wenig, daß man mich aus der Kirche ausgeschlossen hat, und nun steht der Hufschmied an meiner Kanzel und erzählt meiner Gemeinde, welche Offenbarungen er in dieser Woche in seinem Schmiedefeuer gelesen hat«, erklärte er. »Zwanzig Jahre lang hatte ich das Vikariat inne und habe jeden einzelnen dieser jungen Männer und Frauen getauft, die mir heute sagen, daß ich mich mit dem Antichrist verbündet habe und die Hure von Babylon anbete. *Sie* würden mich nicht vertrauenswürdig nennen.«

Schweigend streckte ihm Hester das versiegelte und gefaltete Papier entgegen. »Wenn Ihr zwanzig Jahr lang Vikar wart und ein guter Gemeindepfarrer, dann seid Ihr der Mann, den ich suche«, sagte sie.

Nur einen kurzen Moment zögerte er, ehe er den Brief nahm. »Verzeiht mir, ich bin zu sehr mit meinen eigenen Nöten beschäftigt. Ich werde den Wechsel mitnehmen. Doch wie werde ich Euren Mann finden?«

»Er wird Euch finden«, sagte Hester bestimmt. »Er wird darauf warten. Ihr müßt nur den Leuten in Jamestown erzählen, daß Ihr auf ihn wartet, dann wird er Euch schon aufsuchen.«

Da erscholl ein Ruf von der Brücke, und vom Ufer wurde der Ruf erwidert.

»Ich muß von Bord«, sagte Hester in Eile. »Ich danke Euch vielmals dafür, daß Ihr diesen Brief für John Tradescant mitnehmt. Er wird sich erkenntlich zeigen.«

Der Vikar verneigte sich. Hester drehte sich zum Landesteg um und lief hinunter, während die Hafenarbeiter am Kai den Matrosen auf dem Schiff etwas zuschrien und es schließlich ablegte.

»Gute Fahrt«, rief Hester zum Schiff hinauf. »Sagt ihm, daß ich auf ihn warte.«

Der Vikar legte seine Hand ans Ohr, Hester winkte ihm lächelnd zu und sagte leiser, so daß er sie mit Sicherheit nicht hören konnte: »Sagt ihm, daß ich ihn liebe.«

Herbst 1645.
Virginia

Als John klar wurde, daß er nichts tun konnte, um Opechancanough vor dem Tod zu bewahren, ging er zu dem Farmer am Waldrand zurück und kam mit ihm überein, daß er vier Tage in der Woche für Kost und Logis und einen kleinen Lohn arbeiten und die anderen drei Tage in den unberührten Wäldern um die Plantage herum nach Pflanzen suchen würde.

Noch vor einem Jahr hätte er ganz nervös auf das Schiff gewartet, das ihn von dieser Lohnarbeit befreit und endlich nach Hause gebracht hätte. Doch John hatte seine Ruhe gefunden. Er spürte, daß dies nur eine Phase zwischen seinem Leben bei Suckahanna und den Powhatan und seiner Heimkehr war – was nicht so einfach sein würde, vor allem für Hester und die Arche in Lambeth.

An den Tagen, an denen er von der Farmarbeit frei war und durch die Wälder streifen konnte, nahm er seinen Entenhautsack, den er nun richtig gereinigt hatte, und zog mit einem Messer, einem Pflanzenheber, einem Bogen über der Schulter und einigen Pfeilen in seinem Köcher hinaus. Sobald er sich außer Sichtweite des Hauses des Siedlers befand, begann sein Leben im verborgenen. Hatte er den Schutz der Bäume erreicht, hielt er an und zog seine schweren Sachen und die schmerzenden Stiefel aus. Er wickelte sie zusammen und versteckte sie in einem Baum, so wie es einst Suckahanna als kleines Mädchen mit ihrer Dienstmagdkleidung getan hatte. Dann lief er barfuß durch den Wald, trug nur noch seinen Wildlederschurz und empfand sich wieder als freier Mann.

Selbst nach den Jahren in der Wildnis hatte er nicht seine Ehrfurcht vor der Fremdheit und Schönheit dieser Natur vergessen. Er sehnte sich danach, diesen Eindruck mit nach Hause zu nehmen, doch er zwang sich, nur die besten Sträucher und Bäume, die er auf seinen langen, ausgedehnten Wanderungen fand, einzupacken. Er stieß dabei auf eine Art Gänseblümchen, das er seines Wissens noch nie zuvor gesehen hatte; es hatte eine ziemlich große Blüte und eigenartige Blütenblätter. Er grub ein halbes Dutzend Wurzeln aus und wickelte sie in feuchte Erde ein. Er nahm Stecklinge von einer Kletterpflanze ab, die Suckahanna vor langer Zeit vor seiner Tür gesetzt hatte. Jetzt fiel ihm das wieder ein. Das Virginische Geißblatt war ihre Lieblingspflanze, süßlich duftend wie Geißblatt zu Hause, doch bei dieser Pflanze hier wuchsen die Blüten rot und länglich wie Finger. Er hatte eine neue Winde entdeckt, die er für sich »Tradescantia« nennen wollte. Er fand einen Fingerhut, der der englischen Art glich, nur war dieser hier farbenprächtiger und von größerem Wuchs. Er pflanzte eine Yuccapalme aus Virginia in einen Topf, eine Robinie und einen Nesselbaum. Er stieß auf einen Maulbeerbaum, der ihn an die Seidenraupen und die Maulbeerbäume von Oatlands erinnerte. Er entdeckte eine wunderschöne rotfarbene Dreimasterblume, die einzige Pflanze, der sein Vater seinen Namen verliehen hatte, und er hielt die beblätterten Sprossen trocken und sicher, damit er sie eines Tages im Gedenken an seinen Vater weiterzüchten konnte. Er grub getrocknete Wurzelstücke von Rosen aus, wobei er gewiß war, daß sie anders als ihre englischen Verwandten wachsen würden, wenn er sie nur sicher heim nach Lambeth bringen konnte.

Die Samen kamen in Sand oder Reis, damit sie nicht feucht wurden. Alles sollte Teil der Sammlung in Lambeth werden. Und wie er so einen neuen Baum, wie zum Beispiel den virginischen Ahorn, oder eine neue Blume, wie den gelben Weiderich, oder ein neues Kraut, wie die virginische Petersilie, der Sammlung hinzufügte, wurde ihm bewußt, daß er eine recht explosive Ladung aus Exotik mit nach England bringen würde.

Er meinte ausschließlich an die Pflanzen zu denken, wenn er von früh bis spät, manchmal sogar von einem Morgengrauen zum anderen unterwegs war, wenn er trotz der kalten Winde, die ihn vor dem Anbruch einer neuen Jahreszeit warnten, in den Wäldern schlief. Doch irgendwo im Innersten seines Herzens nahm er Abschied: von Suckahanna, dem Mädchen, dessen Unschuld er so geschätzt hatte, von Suckahanna, der jungen Frau, die er geliebt hatte, und von Suckahanna, der stolzen schönen Frau, die ihn in ihr Herz geschlossen und in ihr Bett genommen und am Ende fortgeschickt hatte.

John nahm von ihr, dem Wald, den sie geliebt und mit ihm geteilt hatte, Abschied, und als die *Makepeace* Virginia erreichte und flußaufwärts nach Jamestown fuhr, da war John bereit abzureisen.

Er hatte ein halbes Dutzend Fässer mit Samen und Wurzeln in Sand vorbereitet. Er hatte zwei Fässer mit Schößlingen, die flach in Erde standen und täglich von ihm gewässert wurden. Alles war am Ende des Landungsplatzes abgestellt, wo sie an Bord genommen werden konnten, und John paddelte mit dem Kanu nach Jamestown, um zu sehen, ob ihm dieses Schiff eine Nachricht und Geld von Hester bringen würde.

Wie immer gab es eine riesige Menschentraube im Hafen, die den Ankömmlingen etwas zurief, Waren und Quartiere anbot. Wie immer bei der Ankunft herrschte ein ziemliches Durcheinander: Es wurden Bündel und Kisten an Land geworfen, Kinder kreischten ausgelassen, Freunde begrüßten einander, Geschäfte wurden gemacht. John stand auf einer Ankerwinde und rief über die Köpfe der Leute hinweg: »Ist jemand mit einer Nachricht für John Tradescant eingetroffen?«

Als sich niemand gleich meldete, rief er wieder und wieder, wie ein Straßenhändler, der seine Ware feilbot. Dann kam ein weißhaariger, kränklich blasser Mann die Landeplanken hinunter. Ein Auge hatte er dabei immer auf die Reisetruhe mit seinen Habseligkeiten geheftet. Er hob den Kopf und sagte: »Ich!«

»Gott sei Dank«, sagte John und sprang von seinem Ausguck herunter. Gleichzeitig machte sich eine tiefe Enttäuschung in ihm breit, denn er wußte, daß ihn nun nichts mehr hielt und er Suckahannas Land verlassen würde, so wie er sie verlassen hatte.

Mit einem Lächeln zur Begrüßung schob er sich durch die Menge. »Ich bin John Tradescant.«

»Ich bin Reverend Walter de Carey. Eure Frau hat mir einen Brief für Euch mitgegeben.«

»Geht es ihr gut?«

Der ältere Mann nickte. »Sie sah gesund aus. Eine ziemlich mutige Frau, glaube ich.«

John dachte an Hesters dickköpfige Entschlossenheit. »Ein Juwel«, sagte er kurz. Er öffnete den Brief und sah sofort, daß sie seinen Wunsch erfüllt hatte. Er mußte nur noch zum Kontor der Virginia Company gehen und seine zwanzig Pfund einlösen. Hester hatte das Geld einem Bankier in London gezahlt, und das Schreiben bestätigte dies.

»Ich danke Euch«, sagte er. »Kann ich Euch irgendwie zu Diensten sein? Wißt Ihr schon, wo Ihr vorerst wohnen werdet? Kann ich Euch mit Eurem Gepäck helfen?«

»Wenn Ihr mir helfen könntet, diese Truhe zu tragen«, sagte der Mann zögernd. »Ich hatte angenommen, hier gäbe es genügend Träger oder Diener …«

»Wir sind in Virginia«, betonte John. »Hier sind alle Grundbesitzer.«

Winter 1645.
England

Im Oktober kamen Alexander Norman und Frances für zwei Nächte nach Lambeth. Hester hätte es gern gesehen, daß sie länger blieben, doch Alexander wollte seine Geschäfte im Auge behalten, denn der Krieg näherte sich offenbar seinem Ende. Jeden Tag schickte er neue Schießpulverladungen ins Land, und es gab Gerüchte, daß letztlich Basing House an Cromwells Armee verloren war.

Basing House war kein strategisch wichtiger Punkt im Südwesten von England, nicht wie Bristol – die zweite Großstadt im Königreich –, das Prinz Rupert erst im Monat zuvor hatte abtreten müssen. Es war ein Ort, der in den Köpfen der Menschen verbunden war mit dem besonders hartnäckigen Festhalten der Bewohner am König. Als Johnnie davon erfuhr, daß Prinz Rupert aus den Diensten des Königs entlassen war, wurde Basing House Ziel seines Bestrebens. Nach Basing House wollte er laufen und sich für den Militärdienst mustern lassen. Selbst Hester, in deren Erinnerungen das Leben bei Hofe nicht nur von Maskenspiel und Torheit bestimmt, sondern auch mit Momenten großer Schönheit und erhabenen Glanzes verbunden war, hoffte irgendwie, daß, ganz gleich, was sich sonst im Königreich veränderte, Basing House immer noch zu König Charles hielt.

Der Besitz gehörte dem Marquis von Winchester, er hatte es in Loyalty House umbenannt und die Tore zugesperrt, während sich die ganze Gegend um ihn herum auf die Seite der Parlamentarier schlug. Für Hester war es ruhmreicher, den Krieg in jenem Widerstand zu verbringen, als sich in Lambeth dem Garten zu widmen und den Parlamentsanhängern Tulpen zu verkaufen. Der berühmte Architekt Inigo Jones, der Johnnies Großvater gekannt hatte und mit ihm für den Herzog von Buckingham gearbeitet hatte, befand sich hinter den starken Schutzmauern von Basing House, das er selbst entworfen hatte. Der Kupferstecher Wenceslaus Hollar, einst der Mallehrer von Prinz Charles und auch Freund der Tradescants, und ein Dutzend anderer Hester bekannter Leute hatten dort im Schloß Zuflucht gefunden. Es hieß sogar, daß zwanzig Jesuitenpriester und ein Riese von zwei Meter zehn sich dort verbargen. Die Marquise und ihre Kinder befanden sich unter Belagerung, denn sie hatte sich geweigert, dem gewährten freien Abzug Folge zu leisten, und sich dafür entschieden, bei ihrem Gatten zu bleiben. Sie hatte in jede Fensterscheibe des Hauses den Spruch *Aimez Loyauté* einritzen lassen. So lange wie das Haus stand und die Scheiben nicht zertrümmert waren, würde das daran erinnern, daß zumindest dieser eine Ort in ganz England immer unerschütterlich zu Charles gehalten hatte.

»Ich bin genauso schlecht wie Johnnie, denn ich wünsche auch, dort zu sein«, gestand Hester Alexander. Sie saßen sich im Empfangszimmer am Kamin gegenüber. »Das sind alles Leute, die ich aus meiner Kindheit kenne. Mir kommt es falsch vor, hier in aller Bequemlichkeit zu leben, während sie mit Waffengewalt bedroht werden.«

»Sie hatten mehr Freiheit als Ihr, sich zu entscheiden«, bemerkte Alexander tröstend. »Ihr habt John Euer Wort gegeben, die Arche zu beschützen. Und ganz gleich, Ihr habt schon einiges geleistet. Als der Aufruhr der Royalisten bis zu Eurem Haus schwappte, habt Ihr Euer Pferd geliehen und das Beste getan, was möglich war.«

»Aber Basing House klingt wie ein Märchen«, sagte Hester.

»Es wird kein gutes Ende nehmen«, entgegnete Alexander hart. »Cromwell hat schwere Geschütze aufgefahren. Die Niederlage steht bevor. Keine Mauer könnte ihnen auf immer und ewig standhalten.«

Alexander hatte recht, und schon am nächsten Tag machte die Nachricht die Runde, noch ehe er und Frances wieder aufbrachen: Basing House war gefallen, und einhundert Männer und Frauen waren umgebracht worden. Selbst die Fensterscheiben lagen in Scherben. Cromwell hatte die Zerstörung des Schlosses angeordnet, und man hatte keinen Stein auf dem anderen gelassen.

Es war nur eines von vielen Gefechten, die mit aller Unerbitterlichkeit zugunsten des Parlaments ausgingen. Hesters größter Tulpenabnehmer, John Lambert, wurde in allen Berichten als ein schnell handelnder und mutiger Kavalleriebefehlshaber bejubelt. Die Pferde des Parlaments waren unaufhaltsam in ihrem Vormarsch. Unter Cromwell hatte die Armee ihr Handwerk gelernt und straffe militärische Disziplin mit absoluter Aufopferung für das Ziel verbunden. Sie glaubten daran, daß sie ein ganzes Land von der Tyrannei befreiten, und stellten eine neue Gesetzesordnung auf. So kämpften sie wie Männer, die gut ausgerüstet und mit ganzem Herzen bei der Sache waren, ihnen gegenüber standen inzwischen nur noch einige wenige unterbezahlte, halbherzig motivierte, schlecht angeführte königliche Truppen.

Der König zog sich von dem ausschweifenden feuchtfröhlichen Leben und der Bequemlichkeit bei Hofe in Oxford zurück und vergnügte sich, so gut er konnte. Für die unaufhörlichen Niederlagen machte er seine Generäle verantwortlich. So hatte er Prinz Rupert wegen des Verlustes von Bristol entlassen. Weder Prinz Rupert noch seinen Freunden gelang es, eine faire Anhörung beim König zu erhalten, obgleich sie ihm doch so treu gedient hatten.

Es war ein harter Winter. Er schien den Menschen kälter als alle anderen, an die sie zurückdenken konnten.

Hester hatte sich John Tradescants alten Reisemantel umgeschlungen und trug eine Mütze aus russischem Fell. Jeden Morgen lief sie hinaus in den Garten und befreite die kostbaren Bäume von ihrer Last aus Eis und Schnee. Jeden Abend saß sie an einem Feuer aus abgebrochenen Ästen und Zweigen, aß Kartoffelsuppe und fragte sich, wann der Frühling wohl käme und ob er ihren Mann mit heimbringen würde.

Winter 1646. Barbados

Johns Schiff schlug die südliche Route nach England ein und legte in Barbados an, um neue Lebensmittel und Waren an Bord zu nehmen. John, der wohl wußte, daß er mit einem Vermögen an Samen und Wurzeln heimkehrte, was sich jedoch erst nach einem Jahr auszahlen würde, spazierte am Hafen entlang und ließ die Leute wissen, daß er für wohlhabende Pflanzer gegen ein kleines Entgelt gewisse Besorgungen erledige. Während das Schiff Fässer mit Zucker und Rum auflud, lief John ins Landesinnere, an den Zuckerplantagen vorbei, in denen Gruppen von schwarzen Sklaven Samen aussäten oder Pflanzen abernteten, während weiße Aufseher mit langen Peitschen auf ihren Pferden thronten und jederzeit zuschlugen. John gelangte zu den Wäldern am Rande der Felder und hielt dort nach neuen Pflanzen Ausschau.

Als er von einem dieser Ausflüge mit vollen Taschen zum Schiff zurückkehren wollte, begegnete er einem Mann zu Pferde, der nach Hause ritt.

»Ich habe von Euch gehört«, begrüßte ihn der Reiter förmlich. »Ihr seid Tradescant, der Gärtner des Königs, nicht wahr?«

John nahm seinen Hut ab und verneigte sich kurz. »Ja, Sir. Und Ihr?«

»Sir Henry Hants. Plantagenbesitzer. Das hier sind meine Felder. Ich habe einen kleinen eigenen Garten, vielleicht wollt Ihr Euch einmal ein paar Dinge bei mir anschauen.«

»Ja, sehr gerne«, sagte John äußerst interessiert.

»So kommt zum Abendessen«, antwortete Hants. »Und bleibt über Nacht.«

Er ritt John auf dem Weg bis zu einem großen weißen Gebäude langsam voran, das so imposant war wie der Landsitz der Königin in Wimbledon.

John staunte maßlos, als er das prächtige Haus erblickte, in dessen Fenstern unzählige der besten Wachskerzen standen, so daß es in der Dämmerung wie ein Leuchtturm blinkte. Auch die vielen schwarzen Diener, die angelaufen kamen, als sie das Pferd ihres Herrn hörten, beeindruckten John.

Sir Henry stieg ab und ließ sein Pferd laufen, wohl wissend, daß zwei Stallburschen nach den Zügeln greifen würden, während er ins Haus voranging.

Hinter dem Gebäude befand sich eine Terrasse, und Sir Henry führte John durch die glänzende Eingangshalle, wo an den weißen Wänden kostbare Ölgemälde hingen, bis sie auf die Terrasse gelangten, die von den letzten Sonnenstrahlen erwärmt wurde. Von einem Sofa aus winkte ihnen lustlos eine Dame zu. »Meine Frau, Lady Hants, Sir«, erklärte Sir Henry kurz. »Steht nie auf.«

John verbeugte sich, und sie nickte ihm kaum merklich zu.

»So, nun will ich Euch meinen Garten zeigen«, sagte Sir Henry mit vollem Eifer.

John hatte gehofft, seltene tropische Pflanzen zu Gesicht zu bekommen, und mußte sehr darum ringen, sich seine Enttäuschung nicht anmerken zu lassen. Sir Henry hatte viel Geld und Energie darauf verwendet, einen klassischen englischen Garten anlegen zu lassen, der dem von Oatlands in nichts nachstand, selbst der Rasen war entsprechend gepflegt. Es gab einen richtigen Knotengarten mit niedrigen Lorbeerhecken, die eine Fläche mit weißen Steinen umrahmten. John betrachtete sich das Ganze etwas näher und entdeckte, daß es sich nicht um Steine handelte, sondern um erlesene, weiß leuchtende Muscheln.

»Kaurimuscheln«, erläuterte Sir Henry mit vor Stolz glänzenden Augen. »Die haben mich ein Vermögen gekostet. Sie sind aber leichter zu beschaffen als richtiger englischer Kies.«

Dann gab es einen Blumengarten, in dem ausschließlich englische Blumen wuchsen. An den Ecken hatte man Strohdächer aufgestellt, die auf Pfählen ruhten und Schatten spendeten. »Sonst brennt die Sonne zu heiß auf die Blumen«, beklagte sich Sir Henry. »Und die Erde wird zu trocken. Ich habe drei Jungen, die nur dafür da sind, die Blumen fast den ganzen Tag über zu gießen, und selbst das reicht nur aus, ein Dutzend Narzissen im Jahr blühen zu sehen.«

Sie schlugen einen Kreis und kehrten nun wieder zum Haus zurück. »Ihr baut nur englische Pflanzen an?« fragte John vorsichtig.

»Selbstverständlich«, erwiderte der Mann rasch. »Warum sollte ich diese verdammt häßlichen Blumen der Wilden wollen?«

»Ich meinerseits bin ganz wild auf neue Pflanzen«, sagte John.

Sie betraten wieder die Terrasse. Ohne ein Wort streckte er eine Hand aus. Sofort goß eine schwarze Frau, die hinter einer großen Schale mit Punsch stand, ein Glas davon ein und reichte es einer anderen Frau, die es auf ein Silbertablett stellte, sich verneigte und es Sir Henry anbot. John wurde an die stille, perfekte Bedienung am königlichen Hofe erinnert und nahm selbst dankend auch ein Glas.

»Bedankt Euch bloß nicht bei denen«, bemerkte Sir Henry. »Ich bitte Euch, Sir, in meinem Haus bedankt Euch bloß nicht für die Bedienung, mit keinem Wort. Es hat Jahre gebraucht, bis ich ihnen etwas Gehorsam und

Anstand eingeprügelt habe. Ich möchte auf keinen Fall, daß sie denken, sie tun mir einen Gefallen, wenn sie für mich arbeiten.«

Das Dinner war eine recht unerquickliche Angelegenheit für John. Das Essen war ausschweifend, die besten Weine wurden gereicht, doch Lady Hants, die sich auf ihrem Stuhl halb zurückgelehnt hatte, sagte die ganze Zeit nicht einen Ton , und ihr Mann nahm immer wieder einen tiefen Schluck von einer Mischung aus Rum und Wasser und wurde mit jedem Glas düsterer und jähzorniger.

Eine der sechs Bediensteten, die am Tisch aufwarteten, eine Sklavin, trug eine merkwürdige Kopftracht: eine dreieckige Platte, die man mit Schnüren über den Mund gebunden hatte, damit sie nicht verrutschte, und die am Hinterkopf zu einer großen Spange mit Vorhängeschloß führten, damit die Platte enger gezogen werden konnte und ganz dicht am Mund vorne anlag. John konnte gar nicht mehr seinen Blick von der maskierten Erscheinung abwenden, von den dunklen, traurigen Augen und dann von der geometrischen Form über ihrem Mund.

»Was habt Ihr?« fragte Sir Henry gereizt. »Oh! Seht Ihr Euch Rebecca an? Sie hat Essen gestohlen, nicht wahr, Becky? Hat gekostet von dem, was sie gekocht hat, verdammte Hündin. Also wird sie ein paar Tage lang nichts zu essen kriegen, nur das, was ich ihr reinschiebe.« Auf seine sexuelle Anspielung hin mußte er laut auflachen und blinzelte John zu. »Tut es dir jetzt leid, daß du von meiner Suppe gekostet hast, Becky?«

Stumm senkte die Frau den Kopf.

»Gut, gut«, sagte Sir Henry, denn ihr trübseliges Schweigen erfreute ihn. Darauf winkte er nach einem neuen Glas mit Rum und Wasser.

Eine Sklavin geleitete John in sein Schlafgemach und stand regungslos wie eine gehorsame Hündin an der Tür.

»Du kannst gehen«, sagte John, ganz bedacht darauf, sich nicht bei ihr zu bedanken.

»Sir Henry sagt, Ihr könnt mich haben, wenn Ihr wollt«, sagte sie in sorgfältig artikuliertem Englisch.

John war ganz entsetzt. »Eh … nein, ich …«

»Wollt Ihr einen Mann?«

»Nein!«

Sie blickte mit ihren schwarzen Augen nach unten, eine ganz Welt der Verzweiflung wurde von ihren Wimpern verdeckt. »Wünscht Ihr ein Kind?«

»Nein!«

Sie wartete. »Was wünscht Ihr dann?« fragte sie erschöpft, denn sie fürchtete eine noch weitaus schrecklichere Forderung, als sie jemals hatte erfüllen müssen.

»Ich wünsche nichts!« rief John aus. »Nur schlafen.«

Sie verneigte sich. »Wenn er Euch fragt – teilt ihm mit, daß ich sagte, Ihr könnt mich haben.«

»Ich werde ihm sagen, daß du sehr, sehr, eh, großzügig warst.« John berichtigte sich selbst. »Gehorsam.«

»Ja, Sir«, sagte sie düster. »Ich bin gehorsam.«

Am Morgen darauf war Sir Henry besserer Laune. Beim Frühstück hatte er sich bei John nach dessen Garten und den Schätzen der Arche erkundigt. »Ich könnte Euch etwas zusenden«, sagte er freundlich. »Dinge, auf die ich hier stoße. Wenn Ihr Sachen von Wilden sucht.«

»Ja«, sagte John. »In der Tat suche ich so etwas. Und wenn Ihr Pflanzen aus England wünscht, könnte ich sie Euch schicken. Hier könntet Ihr auch Wein anbauen, habe ich gedacht.«

»Könntet Ihr von mir einen Wechsel annehmen und für mich ein paar Teppiche kaufen?« wollte Sir Henry wissen. »Ich brauche türkische Teppiche für die Halle.«

»Ich wäre sehr entzückt, Euch damit dienen zu können«, sagte John. »Und auch andere Dinge, die Ihr benötigt.«

»Wir wollen damit einen Anfang machen«, sagte Sir Henry vorsichtig. »Ich werde Euch einen Wechsel geben, Ihr kauft mir Teppiche und Gläser, und ich sende Euch ein paar große Packfässer Zucker. Ihr versucht, ob Ihr dafür einen besseren Preis erzielt als mein bisheriger Großhändler. Dann könntet Ihr mir noch andere Güter schicken. Es hat keinen Sinn, Raritäten in einen Ausstellungsraum zu sperren, wißt Ihr, man sollte mit ihnen handeln.«

John nickte. »Ein wenig Handel würde mir Vergnügen bereiten«, erklärte er. »Die Raritäten meines Vaters müssen in der Sammlung verbleiben, die wir aufgebaut haben. Aber wenn Ihr exotische Vögel schießt, würde ich mich über den Balg und Federn freuen.«

»Ich besitze ein paar Trophäen«, sagte Henry recht gleichgültig. »Ich könnte sie Euch zusenden.«

»Ich habe erst wieder Geld flüssig, wenn ich zu Hause bin«, sagte John verlegen.

»Wechsel«, erklärte Sir Henry gelassen. »Wir machen alles nur mit Wechseln. Es gibt auch keine verdammten raffgierigen Juden, die die Wechsel vor der Zuckerernte kündigen, stimmt's?«

Als John wieder an Bord ging, hatte er einen neuen Strauch mitgebracht, ein ziemlich seltsames und reizendes Gewächs, das die Inselbewohner Baum des Lebens nannten, weil es sich wie ein lebendiges Wesen verhielt, denn unter einer Berührung zuckte es zurück. Außerdem hatte er zwei Wurzeln der Kohlpalme bei sich und ein Dutzend Vögel, worunter sich eine besonders hübsche Art des westindischen Eisvogels befand. Diese hatte ihm Sir Henry umsonst abgetreten. »Wenn Ihr in England seid, so macht für mich Geschäfte«, hatte er gemurmelt. »Ein aufrichtiger Händler in London ist so selten wie eine tugendhafte Frau. Was heißen soll, daß sie so selten ist, daß sie Teil Eurer Sammlung sein könnte.«

»Ich wäre hoch erfreut«, sagte John höflich und sah Sir Henry nach, wie er ohne Wehmut über die Abfahrt des Schiffs in der Ferne verschwand. Die *Makepeace* kappte die Taue und legte langsam vom Ufer ab.

Frühjahr 1646.
London

John Tradescants Heimkehr verlief so gewöhnlich, wie man es sich nur hätte wünschen können. John mietete im Londoner Hafen ein Fuhrwerk, das seine Fässer mit Samen und Wurzeln, die beiden Fässer mit Schößlingen, die Truhe mit den Waren aus Barbados transportieren sollte. Dann setzte er sich auf den hölzernen Sitz vorn auf dem Wagen, und sie fuhren über die gefrorenen Wege nach Lambeth.

»Wie ist der Stand der Dinge?« fragte John.

»Wißt Ihr schon, daß sich Chester ergeben hat?«

»Nein.«

»Wo habt Ihr gesteckt?«

»In Virginia«, erwiderte John. »Ist der König wirklich besiegt?«

»Gedemütigt bis auf die Knochen«, sagte der Kutscher lebhaft. »Gott helfe uns, daß in unser Land endlich Frieden und Ordnung einkehren und die Bande von Parasiten nach Rom zurückrennt, woher sie gekommen ist.«

»Ich habe genug von dem Krieg, es reicht für ein ganzes Leben«, sagte er.

»So geht es uns allen. Und für einige währte der Krieg länger als ihr Leben. Was meint Ihr, wie viele Engländer dran glauben mußten?«

John schüttelte den Kopf.

»Tausende«, sagte der Mann bedrückt. »Und Abertausende. Und viele sind darüber hinaus noch an der Pest und dem ganzen Elend gestorben, weil diese verdammten Kämpfe fortdauerten!«

Hester befand sich bei den Stallungen und warf Heu

über die Tür zum Pferd hinein. Da hörte sie das Rattern der Räder und sah das Fuhrwerk um die Ecke in den Hof biegen. Einen Augenblick nahm sie nur die Fässer auf der Ladefläche wahr und dachte, daß John wieder ein paar Dinge vorausgeschickt hatte, doch dann ließ sie ihre Heugabel los, die laut klappernd auf das Pflaster fiel. Nun erkannte sie den Mann, der vom Kutschbock herunterkletterte und sich zu ihr umdrehte.

Er wirkte älter, als sie ihn in Erinnerung hatte, und erschöpft. Die Färbung von dem Bärenfett war längst verblaßt, doch Sonne und Wind hatten seine Haut tiefbraun werden lassen. Er hatte ein paar Zähne eingebüßt und sich einen braunen Vollbart wachsen lassen, der unterhalb der Lippen graue Tupfer trug. Seine Augen schienen traurig, eine unverkennbare Traurigkeit, Hester wollte ihn umarmen und ihn trösten, sie mochte gar nicht wissen, was ihn so bekümmert hatte.

»John?« sagte sie leise.

Er ging ein Stückchen auf sie zu. »Hester?«

Ihr fiel ein, daß sie ihre ältesten Arbeitssachen trug, dicke Männerstiefel und einen braunen Schal über ihren Haaren, die sie locker nach hinten gesteckt hatte. Sie hätte nicht noch unvorteilhafter aussehen können, meinte sie. Sie nahm rasch den Schal ab und versuchte, nicht so beschämt zu wirken.

Hester streifte sich das Heu vom Kleid ab. »Willkommen zu Hause«, sagte sie.

Er ging zwei Schritte auf sie zu und öffnete seine Arme, sie lief zu ihm und empfand nach drei Jahren Einsamkeit in diesen Armen tiefe Erleichterung.

»Verzeihst du mir?« fragte er eilig in ihr Haar hinein. Sie roch nach Heu und nach dem reinen, vertrauten Duft der Seife auf ihrer Haut, aus ihrem Kleid stieg Lavendelduft auf. »Kannst du mir vergeben, daß ich dich so unfreundlich verlassen habe und dann so lange fort war?«

»Du solltest mir vergeben, daß ich nicht mit dir fortziehen wollte«, erwiderte sie rasch. »Und ich habe es bedauert, John.«

Nun zog er sie enger an sich. »Ich bin untreu gewesen«, sagte er schnell, als wolle er das Geständnis loswerden, ehe er versucht war zu lügen. »Es tut mir leid.«

Sie legte ihren Kopf an seine Schulter. »Das gehört der Vergangenheit an«, sagte sie. »Und einem anderen Land. Du bist zu mir heimgekehrt, nicht wahr?«

»Ja«, sagte er.

»Was ist geschehen, John?«

Er wollte schon antworten, doch dann wurden sie von dem Kutscher unterbrochen.

»Ich kann die Fuhre nicht allein entladen«, sagte er verdrießlich. »Und ich kann es mir nicht leisten zu warten, während Ihr Euch küßt.«

Hester drehte sich lachend zu ihm um. »Ich werde Joseph holen, damit er Euch hilft.« Sie läutete die Glocke, die an der Ecke des Hofes hing. »Geh hinein, John, du mußt ganz durchgefroren sein, und Johnnie wird dich auch sehen wollen. Er wird in der Küche beim Frühstück sein.«

An der Küchentür zögerte John, war plötzlich schüchtern und wußte kaum, wie er auf seinen Sohn zugehen sollte, der bei seiner Abreise neun Jahre alt gewesen und nun ein junger Mann von zwölf Jahren war. Langsam öffnete er die Tür und steckte seinen Kopf hinein.

John saß an dem gescheuerten Küchentisch vor einer Schüssel und löffelte den Haferbrei abwesend in sich hinein, seine Augen waren auf ein Buch geheftet, das an seiner Tasse lehnte. John betrachtete seinen Sohn genau, den schönen Kopf mit den kurzen goldenen Haaren, die hellbraunen Augen, die lange Nase in dem länglichen Gesicht und den niedlichen, unschuldigen Mund. Die Fröhlichkeit in seinem Gesicht erinnerte an seine Mutter, doch sonst schien er jeden Zoll ein Tradescant zu sein.

Als ein Windzug durch die halbgeöffnete Tür in die Küche fuhr, blickte er auf, schob sein Buch beiseite, als wolle er seine Stiefmutter begrüßen. Dann entdeckte er, daß es sich um einen Mann handelte, der ihn beobachtete, und zögerte.

Sehr langsam erhob er sich, bedächtig blickte er sich um. Nun öffnete John die Tür ganz und kam herein.

»Vater?« fragte Johnnie unsicher. »Bist du es wirklich?«

John machte rasch zwei Schritte auf ihn zu und zog seinen Jungen eng an sich heran und sog seinen Duft ein. Er weinte halb und küßte seinen seidenweichen Kopf dabei. »Ich bin es. Gott sei Dank, daß ich hier zu Hause bei dir bin, Johnnie, und daß es dir gutgeht und du gesund bist.«

Nun betrat Hester die Küche und hängte ihren Umhang an den Haken. »Hast du ihn wiedererkannt?« wollte sie wissen.

Vater und Sohn anworteten zugleich: »Nein!« Dann lachten sie miteinander. John ließ nun von seinem Sohn ab, er mußte sich dazu zwingen, den Jungen loszulassen.

»Er ist groß geworden«, verkündete Hester voller Stolz. »Und er ist mir im Garten eine große Hilfe gewesen. Und er ist sehr gebildet, er macht jetzt die Buchführung für die Raritäten und den Garten und zeichnet auf, was angepflanzt werden muß.«

»Und die Schule?« fragte John.

Nun trübte sich Hesters Gesicht ein wenig. »Im letzten Jahr wurde die Schule geschlossen. Der Lehrer wurde wegen einem Streit in Glaubensfragen entlassen. Also versuchen wir hier zu Hause das Beste daraus zu machen.«

»Und wo steckt Frances?« fragte John und schaute sich nach ihr um.

Hesters Schweigen ließ ihn innehalten, Furcht stieg in

ihm auf. »Wo ist Frances? Hester, sag es mir. Bei Gott, bitte sag mir, daß sie nicht tot ist.«

»Nein! Nein!« versicherte sie ihm rasch. »Es geht ihr gut, sie ist wunderschön und gesund. Es ist nur … du warst nicht da, und ich wußte nicht, wann du zurückkehren würdest. Ich wußte nicht, was ich noch tun sollte, und ich war mit meinen Künsten, sie zu beschützen, am Ende …«

»Wo ist sie?« rief John.

»Sie ist verheiratet!« warf Johnnie nun ein. »Lebt in Sicherheit beim Tower bei Alexander Norman.«

»Sie ist mit Alexander Norman verheiratet?« fragte John.

Hester nickte, sie blickte ihm dabei ins Gesicht.

»Etwa der Testamentsvollstrecker meines Vater? Etwa mein Cousin? Nicht doch dieser Alexander Norman?«

Hester nickte ganz zaghaft.

»Du hast meine Tochter mit einem Mann verheiratet, der alt genug ist, ihr Vater zu sein? Mit einem Freund ihres Großvaters?«

»Ja.«

»Es war ihr Wunsch«, sagte Johnnie tapfer. »Und sie ist glücklich.«

»Bei Gott, das ist ein Unglück!« fluchte John. »Ich kann es nicht fassen! Wann ist das geschehen?«

»Vor einem Jahr«, antwortete Hester leise.

»Warum?« fragte er ganz verständnislos. »Warum hast du es dazu kommen lassen? Warum hast du mir nicht geschrieben und mich um meine Erlaubnis gebeten?«

Sie drehte sich von ihm fort und band sich ihre Hausschürze um, als reiche ihr die Unterhaltung jetzt. »Ich wußte nicht mehr ein noch aus«, erklärte sie. »Ehe Cromwell seine New Model Army, die Muster-Armee, befehligte, war hier keine Frau auf den Straßen sicher. Ich hatte keine Ahnung, ob der König London wieder einnimmt oder nicht, und dann hätte es immer noch die Kavaliere gegeben. Außerdem wüteten die Handwerksburschen allnächtlich auf den Straßen herum, sie durfte nicht einen Fuß vor die Haustür setzen.«

»Du hättest sie nach Oatlands mitnehmen können!« zischte er.

Daraufhin wandte sie sich um. »Oatlands!« rief sie verbittert. »Was meinst du wohl, wie es in dem Schloß nun aussieht? Oatlands war Prinz Ruperts Hauptquartier! Glaubst du denn, daß ich ein hübsches Mädchen bei den Kasernen hätte beschützen können? Dort wäre sie so bedroht gewesen wie in den Tumulten in der City.«

»Du hättest sie zu mir schicken können!«

Daraufhin glühte sie vor Zorn. »Und wo warst du? In den drei Jahren habe ich ganze zwei Briefe und ein Paket mit Indianerwaren und ein Pflanzenfaß von dir bekommen. Was sollte ich da von dir halten? Ich wußte nicht einmal, ob du tot oder lebendig bist. Ganz allein mußte ich eine Entscheidung treffen, und ich tat, was für mich das beste war. Alexander bot ihr ein Heim an und versprach mir, daß er sie lieben und beschützen werde. Und sie wollte ihn heiraten. Sie willigte selbst ein. Und sie sind glücklich, wie jeder sehen kann.«

»Ich hole sie heim«, stieß John hervor. »Ich werde die Ehe für nichtig erklären lassen. Sie darf nicht seine Frau sein.«

»Sie erwartet ein Kind von ihm.« Hester sprach ganz ruhig, obwohl ihr das Herz bis zum Hals schlug. »Zur Niederkunft kommt sie her, und sie besucht uns häufig. Aber ihren Mann wird sie nicht verlassen, nicht einmal, wenn du sie darum bittest, John.«

Er stürzte aus der Küche. Sie hörte, wie er in die Halle lief. Johnnie warf ihr einen ängstlichen Blick zu, doch sie legte ihm eine Hand auf die Schulter. Aus dem Raritätensaal drang ein lauter Schrei zu ihnen. »Zum Teufel! Wo sind die Raritäten? Was habt ihr gemacht?«

Hester schob Johnnie sanft zur Tür hinaus. »Zieh dich warm an, und feg den Schnee von den Bäumen«, sagte sie.

»Was hast du vor?«

»Ich werde ihm erklären, wie wir jetzt leben. Er wird es nur schwer begreifen können.«

»Dann hätte er nie von uns fortgehen sollen«, sagte Johnnie.

In dem halbleeren Raum führten sie eine heftige Auseinandersetzung. John, der über die Veränderungen zutiefst entsetzt war, wollte nicht einmal hören, daß sich die kostbarsten Raritäten in einem sicheren Versteck befanden. Alle Dinge, die Hester ihm eingestehen mußte, daß sie nämlich das eine oder andere Objekt verkauft und dafür Lebensmittel erstanden hatte, steigerte seinen Zorn noch mehr.

»Du hast mich betrogen!« warf er ihr an den Kopf. »Du hast mein Vertrauen mißbraucht. Du hast meine Schätze verkauft, du hast sogar meine Tochter verkauft!«

»Was sollte ich sonst machen?« schrie Hester zurück und war genauso wütend wie er. »Du warst fort. Mindestens in diesem Sommer hätte ich Johnnie mitteilen müssen, daß du wohl tot bist. Ich mußte ohne dich das Überleben meistern. Wir besaßen nur einen wahren Freund, und Frances liebt ihn. Ich habe sie ihm nicht verkauft. Er hat sie ohne Mitgift genommen.«

»Du liebe Güte! Und ich soll nun wohl dankbar für seine Großzügigkeit sein? Er war ein Freund ihres Großvaters! Ein seniler Mann heute!«

»Und wo hast du gesteckt?« Hester drehte sich nun vom Fenster weg und ging zu John hinüber. »Du sprichst nur davon, was ich getan habe und wo ich versagt habe, aber was hast du nach drei Jahren Abwesenheit vorzuweisen? Welche Schätze hast du mit heimgebracht? Ein Faß voller Pflanzen und eine Handvoll Federn! Die letzten Münzen habe ich verkauft, um dir die Schiffspassage nach

England zu bezahlen, während Johnnie und ich schon seit Wochen kein Fleisch mehr zwischen den Zähnen hatten! Wie kannst du mir da vorwerfen, dich enttäuscht zu haben! Du hast mich enttäuscht!«

»Du hast keine Ahnung, wie ich gelebt habe und was ich versucht habe.«

»Mit irgendeiner Frau? Mit irgendeiner Schlampe aus Jamestown in einem Gasthof? Hast du dich dort die ganze Zeit verschanzt und unser Geld ausgegeben mit Nichtstun?«

»Ich war in den Wäldern, ich habe versucht herauszufinden, was ich tun sollte ...«

»Und die Frau?«

»Was soll mit der sein?«

»Ihren Namen. Sag mir ihren Namen.«

»Suckahanna«, sagte er widerwillig.

Hester schrie vor Entsetzen auf und schlug eine Hand vor den Mund. »Du hast mit einer Indianerin geschlafen? Einer Wilden?«

Ohne nachzudenken, schnellte seine Hand vor und traf sie mit voller Wucht ins Gesicht. Sie flog zurück, ihr Kopf schlug dabei mit lautem Getöse gegen den Knauf des Fensterladens. Dann sackte sie geräuschlos zu Boden. Einen Moment dachte er, er hätte sie umgebracht, und empfand eine düstere, schreckliche Freude darüber, daß er die Frau, die Suckahanna beleidigt hatte, mit einem Schlag zum Schweigen gebracht hatte. Doch dieses Gefühl wurde sofort von völliger Reue verdrängt. Er sank neben ihr auf die Knie und hob sie vom Boden hoch.

»Hester, mein Weib, verzeih mir ...«

Ihre Augenlider zuckten und öffneten sich dann. »Nimm deine Hände von mir weg«, zischte sie. »Du bist ein widerwärtiger Ehebrecher. Ich möchte nicht, daß du mich berührst.«

An diesem Abend richtete Hester ihr Bett in Frances' altem Zimmer ein und nahm all ihre Sachen aus dem Schlafzimmer mit. Sie kochte für John ein bescheidenes Abendessen, sie holte für ihn schön geglättete Anzüge heraus und machte sich daran, ihm ein neues Hemd zu nähen. Sie verhielt sich ganz wie eine gehorsame und pflichtbewußte Ehefrau. Doch mit jenem impulsiven Schlag hatte er für immer ihre Liebe getötet, und er wußte nicht, wie er sie zurückholen konnte. Es war, als sei damit ihr Herz aus ihr und dem ganzen Haus gewichen.

John ließ seinen Blick von der Terrasse aus durch den Garten schweifen. Er wirkte vernachlässigt, die Bäume, Büsche und die Hecken des Ziergartens wuchsen ohne jede Form weiter. Der Kies auf den Wegen hielt nicht länger das ständig sprießende Unkraut zurück. Die warmen Anzuchtbeete am Haus waren für die nächste Saison immer noch nicht mit gesiebter Erde vorbereitet worden. Ebenso waren die Bäume im Herbst nicht richtig beschnitten worden. Selbst die Kastanien waren noch nicht alle ausgepflanzt und für den Frühsommerverkauf vorbereitet worden.

»Das habe ich allein nicht schaffen können«, sagte Hester trotzig. »Ich hatte keine Gärtnerburschen, die mir zur Hand gingen, ich hatte kein Geld. Wir haben alles Erdenkliche getan, aber für dieses Gelände benötigt man ein Dutzend kräftige Männer. Joseph, Johnnie, Frances und ich haben das nicht geschafft.«

»Natürlich, das verstehe ich«, sagte John. Dann wandte er sich ab, um in dem halbleeren Raritätensaal vor sich hin zu grübeln und dann mit seinem leicht hinkenden Gang durch den gefrorenen Garten zu spazieren.

Johnnie packte unterdessen die Schößlinge aus Virginia aus und ließ sie in den Fässern an der Hauswand stehen. Der Boden war immer noch zu hart, um sie einzupflanzen. »Was sind das für Pflanzen?« fragte Johnnie.

Die Miene seines Vaters erhellte sich. »Tulpenbäume nennt man sie. Sie kriegen eine so runde und markante Form wie ein Roßkastanienbaum, haben aber große Blüten, weiße, wachsartige Blumen, so groß wie dein Kopf. Ich habe sie in ganzer Größe und Breite wachsen sehen. Und das sind Ahornbäume.«

Johnnie rollte die großen Fässer mit den Samen und Wurzeln in die Orangerie und machte sich daran, sie auszupacken und in Töpfe mit feiner Erde zu setzen, die man nach draußen stellen und wässern konnte, wenn die Frühlingsfröste vorbei waren. John beobachtete ihn, war selbst nicht geneigt mitzuarbeiten. Ließ sein Sohn dagegen einen Samen unachtsam fallen oder behandelte er eine Wurzel nicht vorsichtig genug, sparte er nicht mit seiner Kritik.

»Hat man dir denn nie beigebracht, wie man das richtig macht?« fragte er verärgert.

Tagelang streifte John durch die Gegend und versuchte sich wieder an das um so vieles kleiner wirkende England zu gewöhnen. Er versuchte sich an den Horizont zu gewöhnen, der um so viel näher wirkte, versuchte sich daran zu erfreuen, achtzig Hektar Land zu besitzen, nachdem er vor kurzem noch frei durch endlose Wälder gestreift war, versuchte froh zu sein, daß er eine ehrliche, freimütige Frau und einen schönen Sohn hatte, und nicht an die dunkle Schönheit Suckahannas und die tiergleiche Anmut ihres Sohnes zu denken. Er stellte die Objekte von den Indianern im Raritätensaal auf, spürte, wie vertraut ihm die Berührung der Pfeilspitze vorkam, er rieb das Wildlederhemd zwischen den Fingern, als würde sich darin noch Suckahannas Körperwärme wiederfinden.

Für die Erfüllung des Auftrags für Sir Henry bekam er etwas Geld, daraufhin kaufte er ein paar schöne Gemälde, verpackte sie und schickte sie ihm zu. Als das Schiff nach ungefähr vier Monaten zurückkehrte, erhielt John einen weiteren Wechsel und einige Fässer Zucker, die er weiterverkaufen sollte.

Hester tat das, was sie am besten konnte, sie meisterte die praktische Seite des schwierigen Alltags. Sie bat John, mit ihr zusammen in Lambeth den Schuhmacher aufzusuchen, der immer noch in dem Dorf tätig war. Er nahm an Johns Füßen Maß und bemerkte voller Entsetzen den Zustand seiner Fußsohlen. »Ihr habt Füße wie ein schottischer Hochländer, wenn Ihr mir die Bemerkung verzeihen wollt.«

»Ich mußte barfuß gehen. Ich war in Virginia«, erklärte John kurz.

»Kein Wunder, daß Euch alle Stiefel weh tun«, sagte der Schuster. »Ihr benötigt gar keine.«

»Doch«, merkte Hester an. »Er ist jetzt wieder ein Gentleman in England, und er braucht ein Paar Stiefel aus dem feinsten Leder, ein Paar Arbeitsstiefel und ein Paar Schuhe. Und die sollten besser nicht drücken.«

»Das Leder habe ich leider nicht«, sagte der Schuster. »Das Vieh wird nicht mehr zum Markt nach Smithfield getrieben, die Gerber kriegen keine Häute mehr und ich nicht das Leder. Ihr wart zu lange in Virginia und meint, daß man hier noch Schuhe bestellen kann wie einst.«

Hester nahm den Schuster beim Ellbogen, sie tauschten ein paar Worte aus, ein paar Münzen klimperten.

»Was hast du ihm geboten?« fragte John, als sie aus dem dunklen Geschäft in die helle Märzsonne traten.

Hester verzog das Gesicht, wollte schon zu streiten anfangen. »Dir wird es nicht gefallen, John, aber ich habe ihm versprochen, daß ich Leder aus dem Kuriositätenkabinett deines Vaters nehme. Da gibt es ein Bild auf Leder, eine Madonna mit Kind. Künstlerisch nicht unbedingt gelungen und völlig ketzerisch dargestellt. Sollten wir dieses Gemälde jemals ausstellen, würden wir die Soldaten regelrecht auf uns hetzen. Und der Mann hat recht, anderweitig kann er kein Leder für Schuhe auftreiben.«

»Soll ich also durch London marschieren mit der papistischen Malerei auf meinen Stiefeln?« fragte er. »Würden die mich nicht dafür hängen, daß ich ein heimlicher Jesuit bin?«

»Na, es wäre ja nicht gerade heimlich, wenn du die Jungfrau Maria an deinen Füßen umherträgst«, meinte Hester fröhlich. »Nein, das Bild ist schon recht verblichen, und er soll es nach innen verarbeiten.«

»Benutzen wir also seltene Kostbarkeiten für alltägliche Dinge? Eine merkwürdige Art, die Sammlung zu verwalten?«

»Wir überleben dadurch«, sagte Hester bitter. »Möchtest du Stiefel, in denen du laufen kannst, oder nicht?«

Er verstummte. »Schwörst du mir, daß sonst nichts anderes von großem Wert aus der Sammlung fehlt?« verlangte er. »Daß die Objekte an einem sicheren Ort sind, wie du immer sagst?«

»Bei meiner Ehre, und du kannst es selbst kontrollieren, wenn du den Baum fällst und die Tür öffnest. Doch es ist besser, John, wenn du noch wartest. Jetzt ist noch nichts sicher. Alle sagen, der König ist zwar besiegt, aber er läßt seine Frau in Frankreich gegen uns arbeiten, und die Iren hält er auch bei der Stange. Und wer weiß, was der Papst im Schilde führt, wenn die Königin verspricht, das Land der katholischen Kirche auszuliefern? Er ist immer noch der König. Er muß selbst entscheiden, wann er abtritt.«

John nickte, dann liefen sie zusammen den kurzen Weg heim. »Ich denke ständig nach. Vielleicht sollte ich zu ihm gehen«, sagte er.

Sie geriet aus dem Tritt, als sie sich vorstellte, daß er wieder bei Hofe verkehrte und sich in Gefahr begab. »Warum? Warum um Himmels willen solltest du dorthin zurückkehren?«

»Ich habe irgendwie das Gefühl, daß ich ihm etwas schuldig bin«, sagte er.

»Du hast das Land verlassen, um dem Dienst bei Hofe zu entkommen«, erinnerte sie ihn.

Daraufhin verzog er das Gesicht. »So einfach war das nicht«, erwiderte er. »Ich wollte nicht für ein Ziel sterben, an das ich nicht glaubte. Doch einem König, der Frieden will, könnte ich mit reinem Gewissen dienen. Und ich stelle mir ihn nicht gern einsam in Oxford vor, ohne die Königin und den Prinzen, der nach Jersey geflohen ist. Kein Mensch ist bei ihm.«

»Er hat eine ganze Schar von Leuten um sich«, erklärte Hester. »Die sich jede Nacht sinnlos besaufen und ganz Oxford mit ihrem Verhalten Schande machen. Er hat zahllose Gesellschaft. Und wenn du dort auftauchst, wird er dich fragen, wo du gesteckt hast. Wenn er dich sehen wollte, hätte er inzwischen nach dir geschickt.«

»Ist keine Nachricht eingetroffen?«

Sie schüttelte den Kopf. »Seit die königlichen Dienste allgemein der Musterungskommission unterliegen, habe ich nichts mehr gehört. Du kannst nichts für den König tun, es sei denn, du überredest ihn, sich mit seinem Volk zu arrangieren. Kannst du das?«

»Nein.«

Sobald Johns neue Stiefel fertig waren, zog er sie und seinen besten Anzug an und verkündete förmlich seine Absicht, seiner Tochter in ihrem neuen Heim einen Besuch abzustatten. Hester und Johnnie begleiteten ihn im Boot flußabwärts.

»Wird er zornig sein?« wollte Johnnie verstohlen von Hester wissen, während die Ruder geräuschvoll ins Wasser tauchten.

»Nein«, sagte Hester. »Sobald er sie erblickt, hat sie ihn auch schon um den Finger gewickelt, so wie immer.«

Johnnie gluckste fröhlich vor sich hin. »Können wir unter der Brücke hindurchfahren?« fragte er.

Hester zögerte. Ängstliche Reisende ließen sich vom Fährmann immer auf der westlichen Seite vor London Bridge absetzen, gingen zu Fuß um die Brücke herum und stiegen auf der anderen Seite wieder ins Boot. Die Strömung an den Brückenpfeilern war ziemlich heftig, und wenn die Flut vorbei war und das Wasser im Fluß hoch stand, passierte es oft, daß Boote kenterten und die Menschen ertranken. Johnnies ganze Leidenschaft war es, auf den Strudeln entlangzuschießen. Hesters und seine Hände hielten sich dann mit weißen Knöcheln krampfhaft am Bootsrand fest, und ein erzwungenes Lächeln verzerrte ihr Gesicht.

»Was willst du tun?« fragte John und drehte sich zu seinem Sohn um.

»Unter der Brücke durchgleiten«, erwiderte Johnnie. »Mutter läßt mich immer.«

John sah seine Frau überrascht an. »Das macht dir doch nicht etwa Spaß?«

Ein Blick in ihr Gesicht zeigte ihm, wie verängstigt sie war. »Oh, mir macht es nichts aus«, sagte sie. »Johnnie liebt es geradezu.«

John stieß ein kurzes Lachen hervor. »Dann soll es Johnnie auch tun«, sagte er entschlossen. »Du und ich, wir werden wie christliche Menschen bei den Old Swan Stairs an Land gehen, und Johnnie kann uns auf der anderen Seite wieder auflesen.«

»Aber ich möchte, daß Mutter auch mitkommt!« widersprach ihm Johnnie.

»Das mag ja sein«, sagte John fest. »Ich bin jetzt zurück, und du wirst nicht meine Frau ertränken, nur damit sie dich begleitet. Du kannst unter der Brücke hindurchfahren, aber allein, mein Sohn.«

Der Fährmann setzte sie an der Treppe ab. John schob

einen Arm unter Hesters Ellbogen, als sie die Stufen nach oben liefen. Dann winkten sie Johnnie zu, der im Bug des Bootes saß, um die gefährliche Fahrt vollends genießen zu können.

»Sieh dir nur sein Gesicht an!« sagte Hester liebevoll.

»Du bist zu nachsichtig mit ihm«, erklärte John.

Sie zögerte. John war sein Vater und der Hausherr. Es fiel ihr schwer, ihm wieder seinen alten Platz in der Familie abzutreten, wie es auch ihm schwerfiel, seine Pflichten als Oberhaupt wahrzunehmen. »Er ist doch nur ein Junge«, warf sie ein. »Noch nicht einmal dreizehn.«

»Wenn er in Virginia wäre …«, fing John an, doch dann verkniff er sich den Rest.

»Ja«, sagte sie sanft. »Aber das ist er nicht. Er ist ein guter Junge und war so mutig und zuverlässig in all den schweren Jahren. Lebte er als Sohn eines Pflanzers in der Wildnis, dann würde ich sagen, daß er völlig anders geworden wäre.«

»Du hast recht, wenn du ihn so vehement verteidigst«, sagte er mit einem Lächeln, das sie so mochte. »Und ich werde wieder meinen Platz als Familienoberhaupt einnehmen. Aber ich werde kein Tyrann sein.«

Daraufhin nickte sie. Als sie zusammen zur anderen Seite der Brücke spazierten, wo das Boot auf sie wartete, glitt ihre Hand in Johns Armbeuge, und John hielt sie dort fest.

Sie bezahlten den Bootsführer und gingen zum Tower. Alexander Normans Werkshof befand sich neben den Mauern des Tower an der Stelle eines ehemaligen Klosters. Sein Haus schloß sich daran an, es war eines jener langen, schmalen Stadthäuser, die dicht an dicht die enge Straße – die Minories – säumten. Zuerst hatte Hester befürchtet, Frances würde ohne Garten unglücklich sein, hatte sie doch nur eine Reihe Töpfe auf dem Pflastersteinhof an der Rückseite des Hauses stehen, der den halben

Tag von den aufgestapelten Hölzern auf dem Holzplatz nebenan überschattet wurde. Doch das Haus war schon längst von Rosenranken überwachsen, und Geißblatt rankte bis zu den Fenstern hinauf, und vor jedem Fenster war eine rechteckige Pflanzenschale angebracht, in der bald Tulpen erblühen würden.

»Es ist ja ganz leicht, ihr Haus sofort zu erkennen«, sagte John mit düsterem Ausdruck, denn er betrachtete sich die nackten Fronten der anderen Häuser.

»Das ist noch gar nichts«, erklärte Johnnie vergnügt. »Nach hinten raus hat sie einen Kräutergarten und einen Apfelbaum, der ganz dicht an der Wand hochwächst. Sie sagt, sie beschneidet ihn, damit er klein und zierlich bleibt, und sie wird ihn jedes Jahr umtopfen und auch die Wurzeln beschneiden.«

John schüttelte den Kopf. »Sie braucht einen Zwergapfelbaum«, erklärte er. »Vielleicht könnte man einen Apfelbaumschößling auf eine Strauchwurzel aufpfropfen, dann könnte womöglich ein kleiner ...«

Hester klopfte an die Tür, die sofort von Frances geöffnet wurde. »Vater!« rief sie und glitt die Stufe hinunter, warf die Arme um seinen Hals und legte ihren Kopf gegen seine Schulter.

John wurde von ihrer stürmischen Begrüßung fast umgeworfen. In den drei Jahren seiner Abwesenheit war sie zu einer jungen Frau von fast achtzehn Jahren geworden, und nun, wie sie ihren schmalen Körper an ihn drückte, konnte er spüren, daß sie ein Kind erwartete.

Er trat zurück, um sie zu betrachten, sein Gesicht wurde ganz sanft. »Du bist deiner Mutter so ähnlich«, rief er aus. »Was du für eine Schönheit geworden bist, Frances.«

»Sie ist das genaue Abbild meiner Jane.« Mit diesen Worten trat seine Schwiegermutter, Mrs. Hurte, aus dem Haus und schüttelte John und Hester die Hand. Dann umarmte sie Johnnie ganz eng, hörte aber mit ihren Ausführungen nicht auf. »Das genaue Abbild. Jedesmal wenn ich sie sehe, denke ich, daß sie zu uns zurückgekehrt ist.«

»Kommt herein«, sagte Frances rasch. »Ihr müßt doch frieren. »Seid ihr unter der Brücke hindurchgeschossen?«

»Vater wollte nicht, daß Mutter im Boot bleibt.«

Frances warf ihrem Vater einen verständnisvollen Blick zu. »Ganz recht. Warum sollte Mutter riskieren zu ertrinken, nur weil du es so magst?«

»Sie mag es auch!« entgegnete ihr Johnnie.

»Ich schwöre, daß ich nie dergleichen verlauten ließ«, warf Hester ein.

Mrs. Hurte drängte eher nach draußen als ins Haus hinein. Sie nahm John am Arm und zog ihn zur Seite. Ganz stumm bewunderte Hester die strategischen Fähigkeiten ihrer Stieftochter, die sie taktisch ebenso geschickt umsetzte wie Oliver Cromwell mit seiner neuen Muster-Armee. Mit allein zwei Sätzen von Mrs. Hurte gelang es, Johns Haltung zu der Eheschließung zwischen Frances und Alexander Norman grundlegend zu ändern. Hester und Frances spitzten die Ohren, um etwas von ihren Worten aufzuschnappen.

»Ihr seid zu spät gekommen«, warf ihm Mrs. Hurte vor. »Das ist eine ganz schlechte Sache, und Ihr habt sie nicht verhindern können.«

»Für mich ist sie nicht schlecht«, erklärte er.

»Ein Mann von sechsundfünfzig und ein siebzehnjähriges Mädchen? Wie soll denn ihr gemeinsames Leben aussehen?«

»Gut.« John zeigte auf das hübsche Haus und auf die sorgfältig beschnittenen Rosenranken. »Ein Junge ihres Alters könnte ihr kaum so viel bieten.«

»Man hätte sie daheim lassen sollen.«

»In diesen Zeiten?« fragte John. »Wo ist sie denn sicherer als in der unmittelbaren Nähe zum Tower?«

»Und jetzt, wo sie ein Kind erwartet?«

»Je älter der Bräutigam, um so besser ist es, wenn das Kind früh kommt«, warf John rasch ein. »Warum seid Ihr dagegen, Mutter? Es war eine Liebesheirat. Eure eigene Tochter Jane hat es nicht anders gemacht.«

Daraufhin biß sie sich auf die Lippen. »Jane hat eine gute Mitgift mitgebracht, und ihr beide habt gut zueinander gepaßt«, entgegnete sie.

»Frances paßt gut mit Alexander zusammen. Er ist ein aufrechter Freund der Familie, und sie liebt ihn. Warum sollte sie nicht den Mann ihrer Wahl heiraten, wo tagtäglich Frauen und Männer ihre Wahl selbst treffen? Wo doch dieser Krieg darum ging, daß Männer und Frauen frei sind?«

Mrs. Hurte strich ihr dunkles Kleid glatt. »Ich weiß nicht, was Mr. Hurte dazu gesagt hätte.«

John lächelte. »Ihm hätten das Haus und das Geschäft gefallen. Mitten im Krieg Faßbinder für die Munition der königlichen Armee beim Artillerie- und Waffenamt zu sein? Erzählt mir nicht, daß ihm das nicht gefallen hätte! Alexander erhält durch sein Amt zwölf Pfund im Jahr, und dazu kommen noch etliche andere Vergünstigungen! Das ist doch eine gute Partie für eine Frau, deren Vater kaum Geschäfte macht und dessen größte Kostbarkeiten im Versteck lagern.«

Hester und Frances lächelten einander verstohlen zu, dann drehten sie sich um und gingen ins Haus.

»Das war ganz schön schlau«, sagte Hester wohlwollend zu ihrer Stieftochter.

Frances zwinkerte ihr wenig damenhaft zu. »Ich weiß«, erwiderte sie etwas selbstgefällig.

Frühjahr 1646.
Lambeth

Als sich im April die Erde erwärmte und im Obstgarten die Narzissen herauskamen, das Gras zu wachsen anfing und die Baumkronen vom Gesang der Vögel durchdrungen waren, schritt John in seinen neuen Papistenstiefeln über die Wege aus Ziegelsteinschotter und lernte seinen Garten wieder lieben. Eigens für seine Pflanzen aus Virginia hatte er eine Stelle im Garten hergerichtet. Dort beobachtete er, wie die ausgetrockneten Wurzeln kleine Schößlinge bekamen und die wenig vielversprechenden trockenen Samen in den Töpfen keimten und schließlich umgesetzt werden konnten.

»Werden die sich hier gut entwickeln?« fragte Johnnie. »Ist es hier nicht zu kalt?«

John lehnte sich auf seinen Spaten und schüttelte den Kopf. »In Virginia ist alles viel extremer als hier«, erklärte er. »Im Winter ist es dort viel kälter und im Sommer viel heißer, und dann ist es monatelang sehr feucht. Ich denke schon, daß sie sich hier gut entwickeln.«

»Und was wird sich am besten verkaufen, was meinst du?« fragte Johnnie wißbegierig.

»Die hier.« John beugte sich nach vorn und berührte die sich öffnenden Blätter einer winzigen Pflanze. »Diese kleine Aster hier.«

»So ein kleines Ding?«

»Die wird noch einmal allen Gärtnern große Freude bereiten.«

»Warum?« fragte Johnnie. »Wie wird sie denn aussehen?«

»Sie wird ganz hoch, bis zur Taille, und sie ist weiß wie ein Gänseblümchen, hat dunkle Blätter, einen verholzten Stengel und wächst ganz übermäßig. Es ist eine strauchartige Sternblume, wie die Aster aus Holland. In Virginia gab es eine ganze Waldlichtung voll davon, als hätte der Schnee alles weiß gefärbt. Und dann bin ich einmal einer Frau mit den Blumen in ihrem schwarzen Haar begegnet, und ich dachte, daß dies die schönste kleine Blume ist, die ich jemals gesehen habe, eine Brosche, ein Juwel. Ich könnte sie nach uns benennen, es ist genau so eine Art, die deinem Großvater gefallen hätte: schön und robust zugleich.«

»Und die Bäume?« wollte Johnnie wissen.

»Wenn er wachsen sollte«, sagte John mit einer Geste, ihn vorsichtig zu behandeln, »dann ist dies hier unser schönstes Exemplar aus Virginia. Ein virginischer Ahornbaum, aus dem man Zucker gewinnen kann. Ritzt man den Stamm im Frühjahr ein, dann tropft aus diesem eine Flüssigkeit. Die wird gesammelt und eingekocht, bis eine grobe Zuckermasse zurückbleibt. Das ist vielleicht ein Vergnügen, mitten im Wald ein kleines Feuer zu machen und den Sirup zu kochen. Die Kinder lecken das Verschüttete auf und rennen mit klebrigen Gesichtern herum und ...« Er verstummte, er konnte es nicht über sich bringen, seinem Sohn von dem anderen zu erzählen – von Suckahannas Sohn. »Und im Herbst verwandelt sich die Blattfarbe in das schönste Dunkelrot«, fuhr er fort.

»Und das ist eine Klettertrompete. Bei meiner Blockhütte dort habe ich eine neben die Tür gepflanzt. Sie wächst so schnell wie wildes Geißblatt, wahrscheinlich ist sie jetzt schon den Schornstein hinaufgeklettert, wenn sie nicht das ganze Haus zum Einstürzen gebracht hat. Und das hier wuchs auf der anderen Seite der Tür – Virginisches Geißblatt. Aber am herrlichsten wird immer der Tulpenbaum sein.« John berührte seine Schößlinge, die nun im Schutz einer Mauer wuchsen und an deren Zweigspitzen sich schon dunkel glänzende Blätter zeigten. »Gott steh uns bei, daß uns hier eine Züchtung gelingt. Es wäre sehr schön, sie in einem englischen Garten zu sehen.«

»Schöner als unsere Roßkastanie?« wollte Johnnie wissen. Er hatte damit den Baum genannt, auf den sich die Tradescant immer bezogen, wenn sie das höchste Maß an Schönheit anführen wollten.

»Das ist der einzige Baum, der es mit der Roßkastanie deines Großvaters aufnehmen kann. Wirklich, Johnnie, es ist ein überaus schöner Baum. Wenn ich den Tulpenbaum hier züchten und den Gärtnern Englands verkaufen kann, so wie es deinem Großvater mit der Kastanie gelungen ist, dann haben wir ein wunderbares Werk vollbracht, er und ich.«

»Und was bleibt dann noch für mich übrig?« fragte Johnnie. »Da er doch schon ostwärts nach Rußland und südwärts in den Mittelmeerraum gereist ist und du Richtung Westen nach Amerika gefahren bist. Was bleibt da noch für mich übrig?«

»Oh«, sagte John sehnsuchtsvoll. »Da bleibt noch einiges, Johnnie. Du kannst dir nicht vorstellen, wie riesig das Land ist und von wie weit her die Flüsse vom Landesinneres ins Meer strömen und wie weit entfernt die Berge liegen und wie unendlich weit sich das Grasland erstreckt. Und man hat mir erzählt, daß hinter den Bergen die großen Ebenen liegen und Wiesen und Wälder und noch mehr Berge und Seen mit Süßwasser, die so groß sind wie das Meer, so groß, daß es dort Stürme gibt, die das Wasser zu Wellen aufpeitschen, die ans Ufer schlagen. Für dich wird noch so vieles zu entdecken sein, wenn du erwachsen bist und reisen kannst.«

»Und wirst du mich das nächstemal mitnehmen?« erkundigte sich Johnnie.

Nur eine Sekunde zögerte Tradescant, er dachte an Attone und Suckahanna und das andere, fremde Leben. Dann blickte er in das strahlende Gesicht seines Sohnes und dachte, wie stolz er wäre, ihn Attone vorzustellen und ihm zu sagen: »Und das ist mein Sohn.« Johnnie war kein Kind der Powhatan: kein Kind mit dunklen Augen, brauner Haut und einer enormen Selbstdisziplin und großen Fertigkeiten. Aber er war ebensoschön: ein englischer Junge mit blondem Schopf, rundlichem Gesicht und einem Strahlen wie der Sonnenschein.

»Ja«, sagte er einfach. »Wenn ich wieder losfahren sollte, dann nehme ich dich mit. Das wird unser gemeinsames Abenteuer sein.«

»Wir können aufbrechen, sobald der König wieder bei den Seinen ist«, sagte Johnnie entschlossen.

»Hmmm.« John blieb zurückhaltend.

»Du bist doch noch immer für den König, oder?« wollte Johnnie unbedingt von ihm wissen. »Ich weiß, daß du die meiste Zeit fort warst, aber du warst da, als er seine Standarte aufstellte, und du bist ein Gefolgsmann des Königs, nicht wahr, Vater?«

John blickte in das entschlossene Gesicht seines Sohnes und legte eine Hand auf seine Schulter. »Das kann ich schwer sagen«, erklärte er. »Ich bin der Mann des Königs in dem Sinne, daß mein Vater sein Gärtner war und ich auch für ihn gearbeitet habe. Ich habe nicht vergessen, daß ich den größten Teil meines Lebens in seinen Diensten gestanden habe oder in Diensten des Hofes. Aber ich habe ihn nicht für vollkommen gehalten – dafür hat er zu viele Fehler begangen.«

»Aber er ist immer noch der König«, sagte Johnnie beharrlich.

John nickte resigniert. »Immer noch der König.«

»Wenn er nach dir schickt, würdest du hingehen, oder?«

»Dann müßte ich folgen. Ehre und Pflicht würden mir

diktieren, seinem Befehl zu folgen, wenn er mich persönlich ruft.«

»Würdest du mich dann mitnehmen?«

John zögerte. »Das möchte ich dir lieber ersparen, mein Sohn.«

»Aber ich möchte ihn gern meinen Herrn nennen«, erklärte er. »Wäre ich dabeigewesen, als er seine Standarte aufstellte, dann wäre ich ihm nie von der Seite gewichen. Ehe ich der Armee beitreten kann, wird vielleicht schon alles vorbei sein, befürchte ich. Und dann habe ich alles verpaßt.«

John brachte nun ein rauhes Lachen hervor. »Ach«, sagte er. »Ich sehe schon, du befürchtest, alles zu verpassen.«

In dieser Nacht steckte John seinen Kopf durch die Tür von Hesters Schlafzimmer und sah seine Frau, die zu Füßen ihres Bettes kniete. Leise wartete er ab, bis sie aufstand und ihn an der Tür bemerkte.

»Ich wollte fragen, ob ich heute nacht hier schlafen kann.«

Sie stieg ins Bett und hob mit ernstem Gesicht die Decke für ihn hoch. »Natürlich«, sagte sie. »Ich bin dein Weib.«

John nahm die Nachtmütze vom Kopf und betrat das Zimmer.

»Du sollst mich aber nicht in dein Bett nehmen, weil dies Teil deiner Pflicht ist«, sagte er vorsichtig.

»Nein.«

»Ich wünschte mir, daß zwischen uns Wärme und Zärtlichkeit wächst.«

»Ja.«

»Ich möchte, daß du mir mein Fortgehen vergibst, daß ich fortging und dich allein und ohne Schutz zurückließ und dann mit einer anderen Frau zusammen war.«

Sie zögerte. »Hast du sie aus freien Stücken verlassen?«

John fand keine einfache Antwort darauf. »Sie hat mir das Leben gerettet«, sagte er. »Ich war im Wald am Verhungern, und sie hat mich zu den Powhatan mitgenommen, und sie nahmen mich ihretwegen auf.«

Hester nickte. »Hast du sie freiwillig verlassen? Hast du entschieden, sie zu verlassen und zu mir heimzukehren?«

»Ja«, sagte John. Diese unverfrorene Lüge fiel wie ein dunkler Schatten auf den Schein des Kerzenlichts am Bett.

John stieg neben Hester ins Bett und griff nach ihrer Hand. Nach Suckahannas bronzefarbener Haut schien ihr diese so unendlich weiß. Von der Arbeit, die sie für ihn in Haus und Garten verrichtet hatte, war sie ganz schwielig geworden. Der Handrücken war zerkratzt, sie hatte die Kletterrosen festgebunden. John führte ihre Hand an den Mund und küßte einzeln ihre Finger.

Mit Erleichterung bemerkte er, daß in ihm langsam ein Verlangen nach ihr wuchs. So würde er schließlich den körperlichen Akt der Vereinigung vollziehen können, auch wenn er nicht mit ganzem Herzen dabei war. Er drehte ihre Hand um und küßte sie mitten in die Handfläche.

Hester legte eine Hand auf seine Schulter und streichelte das kurze Haar in seinem Nacken.

»Liebst du sie immer noch?«

Er blickte eilig in ihr Gesicht. Sie war ganz gespannt und ernst. Sie schien aber auch nicht aufgebracht zu sein, wozu sie ein Recht gehabt hätte. »Nicht, wie ich dich liebe; aber es stimmt. Ich liebe sie.«

»Mich hast du nie geliebt«, erklärte sie ruhig. »Du hast mich geheiratet, weil es uns beiden entgegenkam, und manchmal hast du Dankbarkeit oder Zuneigung für mich empfunden. Aber es war keine Liebesheirat, und ich habe das nie behauptet.«

Ihre Aufrichtigkeit erschreckte ihn. »Hester ...«

»Ich möchte nicht, daß wir uns etwas vormachen«, sagte sie. »Ich will lieber die Wahrheit wissen, als in einer Welt der Täuschungen zu leben.«

»Möchtest du, daß ich fortgehe?«

»Nein!« sagte sie rasch. »Das habe ich nicht gemeint.«

»Aber du sagtest doch ...«

Sie holte tief Luft. »Ich sagte, daß du mich geheiratet hast, weil es uns so paßte, weil ich für deine Kinder sorgen und die Raritäten und den Garten bewachen konnte. Ich habe dich geheiratet, weil ich eine Bleibe gesucht habe, einen Namen, und auch ...« Sie lächelte ihn freundlich und schüchtern an. »Ich habe dich geliebt, John. Von dem Moment an, als du heimkehrtest und ich die Treppe hinunterlief und dich sah.«

Er legte seine Hand unter ihr Kinn und hob ihr Gesicht zu sich auf. Ihre Wangen waren ganz rot vor Scham, aber sie blickte ihm mit ruhigen, dunklen Augen direkt ins Antlitz.

»Und verzeihst du mir?«

Sie zuckte kaum mit den Schultern. »Da du zu mir heimgekommen bist – natürlich.«

Er schwieg. »Meinst du, wir könnten ganz von vorn anfangen?«

Sie errötete noch mehr, und er sah, wie die kleine weiße Schleife am Ausschnitt ihres Nachthemds bebte, da sie immer rascher atmete. »Meinst du, du könntest lernen, mich zu lieben?«

John ließ ihre Hände los, legte seine Lippen an ihren Hals und zog dann ganz sanft die zitternde Schleife auf. »Ich weiß, daß ich das könnte«, sagte er und wußte doch nur, daß er dies zumindest hoffte.

Ende April traf ein Brief von Alexander Norman in der Arche ein.

Ich schreibe in aller Eile, um Euch wichtige Nachrichten zu übermitteln. Der König ist von Oxford fortgeritten und hat den Hof dort allein zurückgelassen. Niemand weiß, wo er hin will, aber das muß bedeuten, daß der Krieg zu Ende ist. Er hat nur ein Dutzend Gentlemen bei sich. Es sieht aus, als ob er zur Königin nach Frankreich flieht. Gott sei Dank ist alles vorbei.

John nahm den Brief zu Hester mit und reichte ihn ihr. Sie war gerade mit der Buchführung des Haushalts beschäftigt und saß am Tisch vor den venezianischen Fenstern im Raritätensaal.

»Also ist zumindest alles für ihn vorbei«, sagte er.

Sie blickte kurz zu ihm auf. »Du mußt froh sein, daß es vorbei ist. Jetzt denk nur noch daran, daß das Land bald wieder zur Normalität zurückkehrt.«

»Normalität!« rief er. »Wer soll denn König sein, wenn er im Exil ist? Wie soll das Land regiert werden?«

»Vom Parlament!« sagte sie ungeduldig. »Ich dachte, daß sie darum gekämpft haben!«

»Ich muß ständig an ihn denken, so ohne Königin, wie er umherirrt und alles verloren hat.«

»Viele Menschen haben alles verloren«, sagte Hester verbittert. »Und auch noch ihre Söhne, Brüder und Männer. Noch zwei Jahre, und Johnnie wäre auch fort. Seit Kriegsausbruch war er ganz versessen darauf, im Dienst des Königs zu sterben.«

»Newark!« schrie John und blickte Alexander ganz ungläubig an. »Was zum Teufel will er denn in Newark? Ich dachte, er wollte nach Frankreich!«

»Er ist umhergeritten«, sagte Alexander. »Seinen Stil müßt Ihr doch bewundern. Er näherte sich London bis auf eine Reitstunde und dachte wohl kurz daran, in die Stadt einzureiten, um die Stimmung der Leute zu testen.

Und dann ist er nach King's Lynn geritten und dann nach Norden, nach Newark.«

»Was zum Teufel hat er vor?«

»Ich glaube, er weiß nicht, was er tun soll«, sagte Alexander. »Er hat gehofft, daß etwas passiert, irgendein glücklicher Umstand, das Eintreffen der französischen Armee oder der irischen Armee oder ein plötzlicher Umschwung des Parlaments. Ich meine, er will nur Zeit schinden, ehe er sich ergibt.«

John schüttelte den Kopf. »Den Schotten?« sagte er düster.

Alexander nickte. »Der schottischen Armee bei Newark.«

»Hält er von den Engländern so wenig, daß er zu den Schotten läuft, die die ersten waren, die sich gegen Bischöfe und das Gebetbuch ausgesprochen haben?« fragte John. »Hat er denn vergessen, daß sich sein eigener Vater, James I., nach Süden aufmachte und nie wieder freiwillig nach Schottland zurückkehrte?«

Frances saß am Kamin im Wohnzimmer des Hauses in Lambeth und nähte ein kleines Nachthemdchen. Sie hob den Kopf, als sie hörte, wie besorgt ihr Vater war.

»Aber was werden sie mit ihm machen?« bohrte John weiter. »Sie waren von Anfang an Feinde. Sie müssen ihn sofort dem Parlament ausliefern, und dann ist er nicht besser dran, als wäre er gleich nach London gegangen.«

»Er hofft offensichtlich, daß er sie gegen die englische Armee und das Parlament ausspielen kann. Wenn er persönlich dort erscheint, bietet sich ihm vielleicht eine Möglichkeit, England zu erobern.« Alexander zählte die Möglichkeiten an seinen Fingern ab. »Oder sie könnten ihn als ihren König nach Edinburgh schicken. Oder sie verhelfen ihm dazu, ins Ausland zu gelangen, und geben vor, daß sie nichts damit zu tun hatten. Dann hätten sie seine Gefangennahme nicht mehr am Hals.«

»Oder sie könnten ihn als Pfand in ihrem Spiel festhalten«, schlug John vor. »Wer berät ihn jetzt eigentlich?«

»Ich glaube, er verläßt sich ganz auf das Glück«, sagte Alexander. »Und selbst heute weiß noch niemand, welchen Weg Fortuna wirklich einschlägt.«

Als sich Alexander wieder in die Stadt aufmachte, ließ er Frances im Haus ihres Vaters zurück. Mit dem wärmeren Wetter war auch die Pest in London aufgetaucht, und es hieß, daß sie so schlimm wie noch nie wütete. Bald fuhren die Pestkarren Nacht für Nacht durch die schmalen Gassen, und an immer mehr Türen tauchten die weißen Kreuze auf. Alexander konnte sich nur davor schützen, indem er sein Haus nicht verließ und in seinem Hof arbeitete. Seinen Lehrburschen verbot er immer häufiger, hinauszugehen. Frances aber wollte er nicht der Gefahr in der Stadt aussetzen.

John mußte feststellen, daß er absurderweise ganz überängstlich reagierte, was seine Tochter betraf. Je weiter ihre Schwangerschaft fortschritt und ihr Gesicht ein Leuchten annahm, desto mehr glich sie ihrer Mutter. An einem Junitag knipste John die Blüten an den Kirschbäumen im Obstgarten ab. Da sah er, wie Johnnie aus der Küchentür stürzte und zum Stall eilte. Kurz darauf zog er das Pferd aus dem Stall und sprang auf dessen Rücken, ohne Sattel, und ritt aus dem Hof.

»Was ist los?« rief John. Er glitt die Leiter hinunter und rannte zum Haus. »Ist es wegen Frances?«

Er rannte in die Küche und stieß auf die Köchin, die Wasser abkochte. »Ist es wegen Frances?«

»Sie ist krank«, erklärte die Köchin. »Mrs. Tradescant hat sie ins Bett gebracht und Johnnie zum Apotheker-Doktor geschickt. Gott steh uns bei, daß es nicht die Pest ist.«

»Amen«, sagte John, und im gleichen Atemzug: »Verflucht, warum weckt Ihr solche Ängste?« Er verließ die

Küche und lief in seinen Arbeitsstiefeln die Treppen hinauf, wobei er auf den glänzenden Dielenstufen lauter Dreck hinterließ. »Hester? Hester?«

Sie kam aus Frances' Zimmer heraus. An ihrem Gesicht erkannte er auf der Stelle, daß seine Tochter schwer erkrankt war. »Was ist es?« fragte er. »Doch nicht ...« Er sprach leiser. »Doch nicht die Pest?«

»Ich weiß es nicht«, sagte sie. »Ihr wurde ganz heiß, und sie sagte, sie wolle sich ausruhen, dann ist sie einfach ohnmächtig geworden.«

Abergläubisch blickte er auf die verschlossene Tür. »Bring sie in unser Zimmer«, sagte er.

»Sie ist in ihrem Zimmer, ich möchte sie nicht weiter stören und bewegen«, erklärte sie etwas begriffsstutzig.

Er trat von einem Bein aufs andere, hatte Angst, das zu sagen, was er dachte. »Bitte«, sagte er. »In diesem Raum ist ihre Mutter an der Pest erkrankt, es war unser Schlafzimmer. Von dort ist sie in die Orangerie gezogen, wo sie gestorben ist. Bitte, Frances soll nicht in diesem Zimmer bleiben.«

Hester ging auf ihn zu, nahm seine schmutzigen Hände zwischen ihre kühlen Finger. »John, das sind alte Ängste«, entgegnete sie. »Sie ist Frances, nicht Jane. Es ist nur ein Fieber und nicht die Pest. Sie ist eine kräftige junge Frau, und ich werde sie so gut pflegen, wie ich kann. Ich werde sie nicht in ein anderes Zimmer schaffen, wenn sie sich in ihrem eigenen Bett wohlfühlt, und wer könnte sie besser vom Himmel aus beschützen als ihre Mutter?«

Einen Moment lang zögerte er. »Braucht sie etwas?«

Rasch wies Hester ihm eine Aufgabe zu, damit er abgelenkt wurde und sich nützlich fühlte. »Ich brauche Kräuter«, sagte sie. »Mutterkraut und Kamille und wohlriechende Süßdolde gegen eine Infektion. Kannst du die für mich pflücken?«

Er nickte und ging rasch die Stufen hinunter.

»Und schreib an Alexander eine Nachricht«, sagte Hester. »Aber beunruhige ihn nicht so sehr, teile ihm nur mit, daß sie Fieber hat und ihn gern sehen würde, wenn er kommen kann.«

John hielt inne, so folgsam wie ein ängstlicher Junge. »Zuerst die Kräuter oder der Brief?«

»Der Brief«, sagte sie. »Danach die Kräuter, und warum topfst du ihr nicht ein paar Tulpen ein? Sie würde sie gern um sich haben.«

»Ich werde ihr die Semper hinaufbringen«, sagte John; er wollte ihr die Beste zukommen lassen. »Die Semper Augustus.«

In der Morgendämmerung des nächsten Tages kam Alexander über den Fluß und ließ sich von dem Boot ganz in der Nähe der Arche am Ufer absetzen. John sah ihn vom Fenster aus im Stallhof, wie er Umhang und Weste ablegte, sogar seine Hosen auszog und die Kleider im Stall zurückließ. Er rief Joseph zu, er solle die Pumpe bedienen, streifte sein Hemd ab und wusch sich unter dem eisigen Wasserstrahl. Dann rieb er sich an einem Tuch trocken und trottete nackt zur Küchentür.

Die Köchin stieß einen Laut des Entsetzens aus, aber Alexander Norman beachtete sie nicht weiter und ging an ihr vorbei zur Halle.

»Verzeiht mir«, sagte er kurz zu John. »Aber in der Stadt sind so viele krank, ich wollte nicht das Risiko eingehen, die Seuche mit zur Arche zu bringen. Ist Lambeth noch verschont davon?«

»In dieser Woche sind ganze sechs Menschen daran gestorben«, sagte John verbittert. »Danke, daß Ihr so vorsichtig seid. Ihr könnt Euch von mir Hemd und Hose borgen.«

»Geht es ihr besser?« fragte Alexander.

John schüttelte den Kopf. »Das Fieber hat sich über

Nacht verschlimmert, und Hester sagt, daß sie immer noch ganz heiß ist.«

»Aber sie hat doch nicht ...« Alexander konnte die schreckliche Krankheit nicht benennen.

»Hester sagt nein.«

Die beiden Männer blickten sich ängstlich an, und zum erstenmal seit seiner Ankunft in England hatte John das gute Gefühl, einem Menschen begegnet zu sein, der begreifen konnte, was er empfand. Sein eigener Kummer spiegelte sich in den tiefen Furchen in Alexanders Gesicht wider. Beide sahen sie aus, als hätten sie die Nacht hindurch gebetet. Er streckte seine Arme aus, und Alexander umarmte ihn fest.

»Als ich davon hörte, daß es in der Stadt gefährlich sein könnte, habe ich sie sofort fortgeschickt.«

»Sie hat sowieso schon Lambeth erreicht. Es gibt keinen Ort, an dem wir sie in Sicherheit wissen können.«

»Doch nicht ihr ...«

»Ich habe solche Angst«, sagte John sehr leise. »Ich denke an ihre Mutter und an ihre Schönheit – und Frances ist ihr so ähnlich, und ich denke manchmal: so ähnlich, daß es Veranlagung sein könnte?«

Alexander schüttelte den Kopf. »Man kann nicht zurückverfolgen, woher sie kommt oder wen sie hinwegraffen wird«, erklärte er. »Das ist das Teuflische daran. Man weiß es eben nicht. Geht es allen anderen gut? Johnnie? Hester?«

»Uns geht es allen gut«, sagte John. »Und Gott weiß, wir würden es alle lieber auf uns nehmen.«

Alexander neigte einen Moment seinen Kopf. »Verzeiht Ihr mir, daß ich sie geheiratet habe?« fragte er auf einmal.

John lachte kurz auf. »Ich verzeihe ihr alles, was sie jemals getan hat oder tun wird, wenn sie nur wieder gesund wird«, antwortete er. »Ich wußte, daß ich sie liebe, aber ich habe nicht gewußt, daß ihr Verlust für mich wie mein eigener Tod wäre.«

»Und das Baby?«

»Sie geben beide nicht auf«, sagte John. »Hester sagt, daß sie beide nicht aufgeben.«

Die beiden Männer konnten nichts weiter tun. Manchmal klopfte es an der Tür, dann ließ John einen Besucher in den Raritätensaal ein und führte ihn durch den Garten, doch die restliche Zeit über saßen er und Alexander schweigend im Wohnzimmer, jeder auf einer Seite des erkalteten Kamins, lauschten angespannt den Schritten über ihnen und warteten auf Nachricht. Johnnie hatte sich oben vor Frances' Zimmer auf die Stufen gesetzt und schnitzte mit seinem Taschenmesser an einem Stück Holz herum.

Hester konnte nur wenig für sie tun, auch wenn sie nie von Frances' Seite wich. Sie legte ihr kühle Essig- und Lavendelkompressen auf die Stirn, sie wechselte die Decken, wenn sie feucht vom Schweiß waren, sie hielt ihr die Hand, und sie redete ihr leise und beruhigend zu, wenn sich Frances in ihren Fieberträumen hin und her warf. Und sie stützte sie an den Schultern, damit die junge Frau einen Schluck kaltes Quellwasser zu sich nehmen konnte.

Und als sich Frances in die Kissen zurückfallen ließ und still liegenblieb, die Röte aus dem Gesicht schwand und ihre Haut ganz durchscheinend und blaß wurde, blieb Hester nichts weiter, als neben ihr am Kopf des Bettes zu beten, daß ihre Stieftochter überleben würde.

Hester wachte die ganze Nacht hindurch an ihrem Bett, und erst gegen drei Uhr in der Frühe nickte sie ein. Nur wenige Minuten später wurden sie von einer Bewegung im Bett geweckt. Dann hörte sie Frances' Stimme: »O Hester!« Sie sagte die Worte so kummervoll, daß Hester sofort wach war und auf die Füße sprang.

»Was ist? Hast du eine Beule gefunden?« fragte sie und benannte damit zugleich die schlimmste Sorge.

»Ich blute«, sagte Frances.

Hester entdeckte, daß das Fieber plötzlich zum Stillstand gekommen war, die junge Frau aber ganz erschöpft und blaß wirkte. Ihr Nachthemd war tiefrot gefärbt.

»Mein Baby«, flüsterte Frances.

Hester drehte ein Stück Stoff zusammen und dämmte den Blutfluß ein. »Bleib ganz ruhig liegen«, sagte sie besorgt. »Ich werde John nach einer Hebamme schicken, du hast vielleicht recht.«

Frances blieb gehorsam liegen, schüttelte aber den Kopf. »Ich spüre, daß es abgegangen ist«, sagte sie.

Hester, kinderlos, fühlte sich in einer Tragödie ganz verloren, die sie selbst nie hatte durchmachen müssen. »Wirklich?«

»Ja«, sagte Frances mit einer dünnen Stimme. »Ja. Mein Baby ist nicht mehr da.«

Gegen sieben Uhr morgens ging Hester müde die Stufen hinunter und trug einen Stapel Kleider, die zu verbrennen waren, und ein paar Tücher, die zu waschen waren. Da stieß sie auf Alexander Norman und John, die am Fuße der Treppe wach und besorgt warteten.

»Verzeiht mir«, sagte sie langsam. »Ich habe die Zeit ganz vergessen, ich habe ganz vergessen, daß ihr wartet und euch Sorgen macht.«

John nahm ihr das Bündel ab, und Alexander griff nach ihrer Hand.

»Was ist geschehen?« fragte John.

»Das Fieber ist gesunken, und sie hat keine Beulen«, erklärte Hester. »Aber sie hat das Baby verloren.« Sie sah Alexander an. »Es tut mir leid, Alexander. Ich wollte eine Hebamme holen lassen, doch sie war sich sicher, daß jede Hilfe zu spät kommen würde. Es war alles ganz rasch vorüber.«

Er drehte sich um und blickte die Treppe hinauf. »Kann ich zu ihr gehen?«

Hester nickte. »Ich bin mir sicher, daß es nicht die Pest ist, aber weckt sie nicht auf, und bleibt nicht zu lange.«

Er ging die Treppe so leise hinauf, daß die Stufen nicht knarrten. John ließ die Wäsche auf den Boden fallen und umarmte seine Frau. »Du hast gar keinen Schlaf gehabt«, sagte er sanft. »Komm und trink ein Glas Wein, und dann mußt du dich hinlegen. Jetzt kann sich Alexander um sie kümmern oder ich oder die Köchin.«

John brachte sie ins Wohnzimmer, setzte sie in einen Sessel und drückte ihr ein Glas süßen Wein in die Hand. Sie nahm einen Schluck, und ein wenig Farbe kehrte in ihr Gesicht zurück. Nie zuvor hatte sie es klarer gefühlt als jetzt, wo sie ganz erschöpft und müde war. John hatte sie nie so sehr geliebt wie an diesem Tag.

Er setzte sich auf den Sessel neben sie und zog sie auf seinen Schoß. Hester schlang ihre Arme um seinen Hals und legte den Kopf an seine Schulter. Und zum erstenmal konnte sie nun um das verlorene Baby weinen.

»Es wird andere Kinder geben«, sagte John und streichelte ihr Haar. »Wir werden ein ganzes Dutzend von Enkeln haben, von Frances und Johnnie.«

»Aber dieses Kind ist verloren«, sagte Hester. »Und wenn es ein Junge geworden wäre, hätte sie ihn John genannt.«

Sommer 1646

Frances blieb den ganzen Sommer über in der Arche. Sie versprach Alexander, erst wieder in sein Londoner Haus zurückzukehren, wenn das kalte Herbstwetter die Pest vertrieben hätte. Doch sie waren nicht viele Nächte voneinander getrennt. Die Gefechte waren vorbei, und es gab kaum Nachfrage nach Fässern für Schießpulver. An vielen Abenden nahm Alexander das Boot vom Tower, das mit der Flut flußaufwärts nach Lambeth fuhr. Dann spazierte er vom Ufer über die Straße zur Arche, sah seine Frau auf der vorderen Gartenmauer auf ihn warten, so wie sie es immer als kleines Mädchen getan hatte.

Es war ein schlechtes Jahr wegen der Pest, wie alle vorhergesagt hatten, und die Stadt war voller Wahrsager und Propheten und Leuten, die bereit waren, an jeder Straßenecke ihre Meinung kundzutun, daß nämlich, solange der König bei den Schotten war, die ihn nach Newcastle mitgenommen hatten, das Land keinen Frieden finden könnte. Der König mußte erst nach London zurückkommen und sein Handeln erklären, er mußte vor die Witwen und Waisen treten und sie um Verzeihung bitten. Er durfte auf keinen Fall sein Leben so munter und fröhlich fortsetzen, als hätte sich das Land nicht jahrelang im Bürgerkrieg befunden, ohne zu einem Ergebnis gekommen zu sein.

»Er kann nicht glücklich sein«, meinte John. »Er kann nicht glücklich sein, wenn er nicht mit der Königin und seinem Hof zusammen ist.«

»Er muß nur warten, und Lord Montrose, der anfangs die schottischen Covenanter anführte, wird ihn raushauen!« verkündete Johnnie. »Die Schotten sind seine Feinde, er war ganz schön schlau, sich ihnen auszuliefern. Sie beschützen ihn vor seinen eigentlichen Feinden, dem englischen Parlament, und die ganze Zeit wartet er nur auf Montrose. Montrose wird sich für den König durch das ganze katholische schottische Hochland durchkämpfen.«

»Johnnie hat einen neuen Helden«, teilte Hester lächelnd ihrem Mann mit. Sie hatte die Einkäufe auf der Ladefläche des Fuhrwerks begutachtet, und die Köchin hatte diese mit in die Küche genommen. »Zuerst war er ganz für Prinz Rupert, aber jetzt ist er für Montrose, der den Royalisten beisteht.«

»Man sagt, daß er niemals gefangen wird, daß er wie ein Hirsch durchs Hochland läuft«, erklärte Johnnie eifrig. »Die Covenanter werden ihn nie zu fassen kriegen, er ist viel zu schnell und zu schlau.«

»Es klingt immer so einfach, wenn man es wie in einer Ballade schildert«, sagte John nüchtern. »Aber die wahren Schlachten laufen nicht so reibungslos ab.«

Johnnie schüttelte den Kopf und wollte sich nicht überzeugen lassen. Doch in jenem Sommer sollte er noch erfahren, wie bitter eine Niederlage sein kann. Den 25. Juni verbrachte er auf dem kleinen See. Dort ruderte er ziellos umher. Die königstreue Stadt Oxford hatte sich ergeben, Prinz Rupert – der Liebling des Hofes, die Hoffnung der Royalisten, der schillerndste, der schönste General, der je in diesen Krieg gezogen war – wurde ins Exil nach Frankreich geschickt und durfte nie wieder das Land betreten.

Hester ging bei Anbruch der Dämmerung zum See, um Johnnie zu suchen. Es wurde langsam kalt, und die Frösche quakten im Uferschilf. Sie konnte gerade noch den kleinen Kahn erkennen, dessen Ruder eingelegt waren. Johnnie hatte sich im Heck zusammengekauert und ließ die langen Beine über den Rand hängen. Die Hacken der Stiefel zogen im Wasser konzentrische Kreise, als wären dort Fische aufgetaucht.

»Komm zurück«, rief sie mit sanfter Stimme über das ruhige Gewässer. »Komm zurück, Johnnie. Der Krieg ist vorbei, und darüber sollten wir uns freuen und nicht Trübsal blasen.«

Die kleine, zusammengekauerte Gestalt im Boot bewegte sich nicht.

Nun kam John den Weg hinunter und blieb neben Hester stehen.

»Er will nicht kommen«, sagte sie.

John nahm ihre Hand. »Er wird schon.«

Als er sie fortziehen wollte, sträubte sie sich. »Er hat Prinz Rupert jahrelang verehrt. Als Rupert 1645 Bristol verloren hat, hat er die ganze Nacht geweint.«

»Er wird Hunger kriegen«, sagte John. »Da sind auf der einen Seite Treue und Liebe und auf der anderen der Magen eines dreizehnjährigen Jungen. Er wird zurückkommen.« Nun sprach er lauter. »Zum Abendessen gibt es ein paar Erdbeeren. Und die Köchin hat für uns eine Marzipanpastete gebacken. Gibt es auch noch Sahne?«

»Aber sicher«, sagte Hester deutlich. »Und Rinderrippchen mit Blätterteigpastete und Röstkartoffeln und mariniertem Kopfsalat.«

In dem stillen Boot regte sich etwas.

John nahm Hesters Arm und hakte ihn bei sich ein. Er zog sie vom Ufer fort.

»Ich lasse ihn nur ungern allein«, flüsterte sie.

John verstand ein wenig, warum Johnnie so betrübt über die Nachricht von Prinz Ruperts Exil war, doch der Gedanke, daß sich der König bei Newcastle in Händen der Schotten befand, beunruhigte ihn auch. Im Juli hieß es, daß englische Abgesandte versuchen wollten, Charles zu überreden, sich mit dem Parlament zu einigen. Zugleich wurde der König die ganze Zeit bedrängt, einen Geheimvertrag mit den Schotten zu unterschreiben.

»Wenn er weder mit den Schotten noch mit den Engländern übereinstimmt, was wird dann aus ihm?« fragte John Hester. »Einfach nur abwarten und nichts tun kann er nicht.«

Hester schwieg. Sie dachte, daß der König sehr wohl abwarten und nichts tun konnte, während die Königin für ihn in Frankreich militärische Unterstützung aufbot und Montrose und seine Männer im schottischen Hochland ihr Leben riskierten und sich Graf Ormonde, der in Irland die royalistischen Truppen befehligte, durch ein Gewirr von Intrigen hindurchkämpfte, die der König selbst inszeniert hatte. »Wenn nun die Iren herüberkämen und mit Montrose zusammen für den König kämpfen würden?« fiel ihr ein.

John warf ihr kurz einen verärgerten Blick zu. »Papisten und Schotten?« fragte er. »Die für einen protestantischen König kämpfen? Eine irische Armee? Dieses Bündnis würde nur einen halben Tag währen, das Land würde ihm niemals verzeihen.«

»Wenn er überhaupt ein protestantischer König ist«, bemerkte Hester vorsichtig.

John ließ seinen Kopf in die Hände fallen. »Niemand weiß mehr, woran er glaubt und wofür er steht. Wie konnte es nur so weit kommen?«

»Und woran glaubst du?« fragte Hester vorsichtig. »Du warst immer gegen den Hof und gegen das Papistentum, nicht wahr?«

John zuckte müde die Schultern. »Ich bin nicht nach Virginia gegangen, weil mir etwa der Mut fehlte, Engländer zu töten«, erklärte er. »Ich bin dorthin gegangen, weil ich innerlich hin und her gerissen war. Ich habe dem König gedient … Aber seit er …« An der Stelle verstummte er. »Seit er mit seinen Soldaten ins Unterhaus marschiert ist und die Parlamentsmitglieder verhaften wollte«, sagte er dann. »Ach nein, schon früher. Seit er sich mit einer Papistin aus Frankreich vermählte und in Kauf nahm, papistische Kinder zu bekommen. Von diesem Augenblick an hat er riskiert, das Land seinem absoluten Herrschaftsanspruch zu unterwerfen, und hat nicht mehr auf seine Ratgeber gehört.«

Hester wartete. John fuhr fort:

»Ich möchte, daß das Königreich von seiner Tyrannei befreit wird, das habe ich immer gewollt. Aber wegen mir muß er nicht gleich das Land verlassen. Oder sein Sohn. Hat das überhaupt einen Sinn?«

Hester nickte und kam nun auf eine für sie dringendere Angelegenheit zu sprechen. »Sollten wir vielleicht die Raritäten auspacken?«

John stieß ein kurzes Lachen aus. »Glaubst du etwa, daß wir jetzt Frieden haben?«

»Das glaube ich nicht«, sagte sie ruhig. »Doch wenn wir das Kuriositätenkabinett wieder öffnen und die Leute zu einer Besichtigung des Gartens und der neuen Pflanzen aus Virginia bringen könnten, dann würden wir vielleicht etwas Geld verdienen. Schulden haben wir genug, John. Dieser Bürgerkrieg hat jedem schwer zugesetzt, und wir nehmen monatlich nur ein paar Shilling ein.«

Er stand auf. »Komm, wir schauen uns mal den Baum an«, sagte er. Dem Schwarzkirschbaum war der Standort vor dem Eingang zum Eishaus nicht bekommen, im Frühjahr hatte er nur wenig Blüten gehabt und nun noch weniger grüne Kugeln, die vielleicht mit der Zeit reiften.

»Ich kann ihn einfach nicht abholzen«, sagte John. »Er ist so schön groß geworden, auch wenn er nicht viele Früchte trägt.«

»Kannst du ihn umsetzen?« fragte Hester. Ihr Blick wanderte zum Eingang des Eishauses, wo Efeu und

Geißblatt hochrankten. Niemand könnte die Umrisse des Häuschens entdecken, wenn er nicht ausdrücklich danach suchte.

»Mein Vater kannte eine Methode, sogar große Bäume umzusetzen«, sagte John nachdenklich. »Aber das dauert. Wir müssen Geduld haben. Frühestens in zwei Monaten.«

»Dann wollen wir es machen«, sagte Hester. »Mich bekümmert der Zustand des Raritätensaals. Ich finde, die Objekte sollten wieder an ihrem Ort stehen.« Sie teilte John nicht mit, daß sie sich um die Sicherheit der Raritäten und um die der Familie so lange nicht sorgte, wie der König in Händen der Schotten war. Sie vertraute sehr der Standhaftigkeit der Covenanter gegenüber dem Charme der Stuarts. Wenn die Schotten den König hoch im Norden von Edinburgh festhielten, so fühlte sich Hester sicher.

Hester behielt den Tag des Umsetzens des Kirschbaums als Datum in Erinnerung, an dem die Hoffnungen des davongelaufenen Königs zerstoben. Beide Ereignisse bereiteten sich langsam und in Etappen vor.

John grub um den Kirschbaum seines Vaters einen Graben und wässerte ihn morgens und abends. Aus Newcastle hieß es unterdessen, daß der König auf keinerlei Vorschläge eingehen wollte: weder auf die aus England noch auf jene seiner Gastgeber in Schottland.

Mit Hilfe von Joseph und Johnnie, die den Stamm erst langsam in eine Richtung, dann in die andere zogen, grub John unterhalb des Baumes weiter und hob sanft die Erde von den Wurzeln ab, nur nicht von den größten. Ein schottischer Geistlicher, der zwei Monate lang versucht hatte, dem König ins Gewissen zu reden, kehrte nach Edinburgh zurück und starb an großem Kummer, wie die Leute sagten, da er sich die Schuld daran gab, daß der halsstarrigste Mann ganz Englands nicht dazu gebracht werden konnte zu erkennen, wo seine eigenen Interessen lagen.

Dreimal täglich goß John den Baum mit der Mischung seines Vaters aus stinkender Brennesseljauche, Mist und Wasser. Sie hörten davon, daß Henrietta Maria ihrem Gemahl geschrieben und gebeten haben soll, sich mit den Schotten zu einigen, damit er wenigstens König der Schotten sein konnte.

John beschnitt den Baum, nahm behutsam alle Zweige fort, die den Baum nur auszehren würden. Die schottischen Covenanter, die mit ihrem königlichen Gefangenen verhandelten, erklärten insgeheim, daß er verrückt war, verrückt sein mußte, ohne eigene Armee, ohne Macht, ohne Verbündete zu ihnen zu kommen und sich auszumalen, sie würden für ihn und zu seinen Bedingungen gegen ihre Glaubensbrüder in den Krieg ziehen, um nichts als seinen Dank als Lohn zu erhalten.

Johnnie und Joseph auf der einen Seite und John und Alexander auf der anderen stützten den Stamm ganz mit Pfählen ab, dann begab sich John in das schlammige Loch und grub die letzten Wurzeln aus. Die längste und stärkste Wurzel zog er behutsam aus dem Schlamm heraus. Als sie entzwei brach und er mit einem Ruck in den Modder fiel, fluchte er.

»Damit ist der Baum hinüber«, sagte Joseph düster. John kletterte aus dem Loch heraus und war verärgert. Dann hoben die vier Männer vorsichtig den Baum aus und trugen ihn ans Ende des Obstgartens, wo schon eine vorbereitete Grube wartete. Sie stellten ihn hinein, breiteten liebevoll die Wurzeln aus, füllten wieder Erde auf und drückten sie sanft an. John machte einen Schritt zurück und bewunderte sein Werk.

»Der ist ja ganz krumm«, sagte Frances hinter ihm.

John drehte sich zornig zu ihr um.

»Ich mache nur Spaß«, sagte sie.

Als der Eingang zum Eishaus frei war, setzte sich Hester wegen der vielen Spinnweben ein Tuch auf den Kopf und zog den Efeu und das Geißblatt zur Seite. Der Schlüssel paßte immer noch gut ins Schloß, die Tür öffnete sich, die rostigen Scharniere knarrten. John spähte hinein. Die kleine runde Kammer war mit Stroh ausgeschlagen, viele Kisten und Truhen mit den Schätzen seines Vaters türmten sich darin auf. Er griff nach Hesters verschmutzter Hand und küßte sie. »Vielen Dank, daß du sie so gut verwahrt hast.«

Herbst 1646

Hester, Johnnie und Joseph gruben im Garten der Arche die Tulpenzwiebeln aus. Mit bloßen Fingern arbeiteten sie in der kalten Erde. Selbst die gewöhnlichsten Zwiebeln waren so wertvoll, daß sie nicht das Risiko eingehen wollten, sie mit einer Harke oder einem Spaten zu beschädigen. Neben Hester standen auf dem Boden die wertvollen Porzellanschalen mit den teuersten Tulpen, deren kostbare Zwiebeln schon geteilt und aus der Erde gehoben waren. Die gesiebte Erde hatten sie in die Beete zurückgekippt.

Joseph und Johnnie füllten die beschrifteten Säcke mit Zwiebeln der geflammten Tulpen. Fast jede hatte eine Tochterzwiebel hervorgebracht, manche sogar zwei oder drei, die an der großen Mutterzwiebel hafteten. Alle drei Gärtner lächelten freudig. Ob sich nun die Preise für die Tulpen wieder erholten oder so niedrig blieben wie beim Zusammenbruch des Tulpenmarktes, so war die in aller Abgeschiedenheit und Stille vollzogene Vermehrung der Tulpen unter der Erde etwas Großartiges und Aufregendes.

Von den Holzdielen der Terrasse vernahm man nun Schritte. Hester blickte auf und sah John Lambert. Er wirkte sehr elegant, sein Hut war mit einer dunkelvioletten Feder geschmückt, seine Kleider so fein wie immer, und reichlich Spitze ergoß sich über Kragen und Ärmelaufschläge. Hester stand auf und schämte sich plötzlich ihrer schmutzigen Hände und zerzausten Haare. Sie band sich rasch die Leinenschürze ab und ging auf ihn zu.

»Verzeiht, daß ich so unangemeldet auftauche«, sagte er. Auf sein unerforschliches Lächeln hin errötete sie. »Ich fühle mich geehrt, Euch zwischen Euren Pflanzen arbeiten zu sehen.«

»Ich bin einigermaßen schmutzig«, sagte Hester und lehnte seine ausgestreckte Hand ab.

»Und ich rieche nach Pferden«, sagte er vergnügt. »Ich bin gerade auf dem Heimweg nach Yorkshire. Da konnte ich nicht umhin, bei Euch vorzusprechen, um zu sehen, ob meine Tulpen schon bereit sind.«

»Das sind sie.« Hester deutete auf drei prall gefüllte Säcke in der Ecke der Terrasse hin. »Ich wollte sie an Eure Londoner Adresse senden.«

»Das dachte ich mir schon. Deshalb bin ich gekommen. Für Oxford brauche ich auch besondere Tulpen. Ich werde sie in Töpfe pflanzen und möchte sie in meinen Räumen aufstellen.«

Hester nickte. »Es tut mir leid, daß Ihr heute meinen Mann nicht kennenlernen könnt«, erklärte sie. »Er ist in London, da er inzwischen ein wenig Handel mit einem Pflanzer von den Westindischen Inseln betreibt und ihm bestimmte Waren schickt.«

»Wirklich bedauerlich, ihn nicht anzutreffen«, sagte John Lambert freundlich. »Doch eine Verzögerung kann ich mir nicht leisten. Man hat mich zum Gouverneur von Oxford ernannt, wo ich wieder genesen kann.«

Hester sah ihn rasch genauer an. »Ich habe gehört, daß Ihr krank wart, das hat mich sehr betrübt.«

Nun schenkte er ihr sein warmes, vertrautes Lächeln. »Mir geht es wieder ganz gut, und die Arbeit, die ich zu tun habe, ist schon beinahe erledigt. So Gott will, werden wir wieder Frieden haben, Mrs. Tradescant, und inzwischen kann ich mich in Oxford niederlassen und dafür sorgen, daß in die Colleges wieder ein wenig Ordnung Einzug hält und deren Schätze sicher sind.«

»Für die Bewahrer schöner Dinge sind die Zeiten schlecht.«

»Bessere sind schon in Sicht«, flüsterte er. »Darf ich jetzt meine Tulpen mitnehmen?«

»Aber natürlich. Wollt Ihr alle nach Oxford mitnehmen?«

»Schickt die geflammten Tulpen in mein Haus nach London, dort kann meine Frau sie einpflanzen. Die seltenen Tulpen und die violette Sorte möchte ich in meiner Nähe wissen.«

»Wenn es Euch gelingt, eine wirklich violette Tulpe zu züchten, so teilt es uns mit«, sagte Hester und bedeutete Joseph, den beschrifteten Sack mit den seltenen Tulpen zum Wagen zu tragen, der auf der Straße hinter dem Gartentor wartete.

»Die werde ich Euch schenken«, sagte John Lambert in großartiger Geste. »Als Zeichen meines Respekts für einen anderen Hüter von Schätzen.« Er blickte hinunter in den Garten und entdeckte Johnnie. »Und wie geht es dem Kavallerieoffizier?«

»Er ist ziemlich entmutigt«, sagte Hester. »Würdet Ihr ihm die Ehre erweisen, daß er Euch begrüßen darf?«

John Lambert formte seine Hände zu einem Trichter und rief: »Ho! Tradescant!«

Auf diesen Ruf hin sah Johnnie auf und rannte aus den Tulpenbeeten los, bremste schlitternd und verneigte sich tief vor dem Gentleman.

»Major!« sagte er.

»Guten Tag.«

Johnnie strahlte ihn an.

»Die letzten Monate waren ziemlich enttäuschend für dich, das tut mir leid«, sagte John Lambert freundlich.

»Ich verstehe nicht, was da schiefgelaufen ist«, sagte Johnnie leidenschaftlich.

John Lambert dachte kurz nach. »Es lag vor allem

daran, wie wir die Infanterie eingesetzt haben«, erklärte er. »Cromwell hat sie so ausgebildet, daß sie die Formation sehr schnell verändern können, und sie verlor, selbst wenn sie angegriffen wurde ... nicht an Boden. Und als der König Rupert entließ, sank die Moral bei der Gegenseite auf Null. Wenn die versagt, besonders in einem Krieg innerhalb des eigenen Landes, ist es aus. Man muß einander vertrauen können. Cromwell hat das genau erkannt, als er die Parlamentsmitglieder als Anführer aus der Armee verbannte. Wir haben die Armee zu einer Familie gemacht, die zusammen betet, zusammen denkt und zusammen kämpft – zu einem Vorbild an Disziplin und Enthusiasmus.«

Johnnie nickte und hörte ganz aufmerksam zu. »Prinz Rupert hat nicht schuld daran, daß Bristol verlorenging!« rief er aus.

»Nein, das hat er wirklich nicht«, stimmte ihm John Lambert zu. »Das lag vor allem am Wetter. Es regnete, und ihr Schießpulver war ganz durchgenäßt. Sie wollten lieber die Stadtmauern in die Luft jagen, als uns eine befestigte Stadt einnehmen zu lassen. Sie gruben die Minen ein und brachten das Schießpulver an den richtigen Stellen an – doch da war es auch schon naß und entzündete sich nicht. Kein Befehlshaber hätte daran etwas ändern können. Aber da war noch etwas anderes ...«

»Und was, Sir?«

»Das hat mit dem Glauben zu tun«, sagte Lambert mit Nachdruck. »Es gibt nur wenige wie dich, Johnnie, die so fest zum König halten. Und es gibt sehr viele ... Meine Armee besteht zum Großteil aus Leuten, die wirklich glauben, daß sie eine Welt mit mehr Gerechtigkeit schaffen können – wir meinen das.«

»Seid Ihr ein Leveller, einer von den Gleichmachern, Sir?« fragte Johnnie. Hester hätte ihn nun unterbrochen, aber Lambert schien ganz gelassen.

»Ich denke, wir sind es alle in gewisser Weise«, sagte er. »Alle aufrechten Menschen, die ich kenne, gehen davon aus, daß unsere eigene Mündigkeit uns regieren sollte und wir nicht von den Grillen eines launischen Königs abhängig sein sollten.«

»Ich bin immer noch ein Royalist«, sagte Johnnie dickköpfig.

Lambert lachte. »Vielleicht finden wir eine Möglichkeit, Euch Royalisten zu überzeugen. Es ist für uns alle besser, vom König bis zum Bettler, wenn wir in Recht und Ordnung und Harmonie zusammen leben. Doch nun muß ich aber los.«

»Viel Glück«, rief Hester, die ihre Hand auf Johnnies Schulter gelegt hatte. »Kommt wieder vorbei.«

»Ich komme im nächsten Frühjahr zurück und bringe meine violette Tulpe mit!« rief er und war mit einer wirbelnden Bewegung seines Hutes verschwunden.

Frühjahr 1647

Johnnie saß wieder einmal in seinem Ruderboot auf dem kleinen See des Grundstücks. Er hatte vor sich ein Nachrichtenblatt ausgebreitet. Den Mantel hatte er wegen der eisigen Luft bis zu den Ohren eng um sich geschlungen. Er las eine der vielen royalistischen Zeitungen, die eine Mischung von Zuversicht und offener Lüge verbreiteten, um weitere Unterstützung für den König zu sichern, auch wenn er sich mit seinen schottischen Gastgebern in Newcastle zankte. Diese Ausgabe wollte den Lesern weismachen, daß der König in seiner Klugheit auf eine Einigung hinarbeitete, die die trotzigen Schotten dazu brachte, das englische Gebetbuch und das englische System der Bischöfe zu akzeptieren. Sobald sich die Schotten damit einverstanden erklärten, kämen sie durch England geeilt und setzten den König wieder auf seinen Thron, und alles wäre wieder gut. Johnnie schaute auf und sah, daß sein Vater durch den Obstgarten lief. John winkte ihm und kam zum Ufer, wo ein kleiner Steg ins Wasser reichte.

»Dir muß doch ganz kalt sein«, sagte John.

»Ein wenig«, erwiderte Johnnie. »Das kann nicht stimmen, was hier steht. Die Schotten werden doch nicht all ihre Glaubenssätze aufgeben, wo sie den Krieg fast gewonnen haben, wo sie in den letzten Jahren Verbündete des Parlaments gewesen sind.«

»Nein«, sagte John kurz. »Du hast die Zeitung gekauft. Was hast du geglaubt, werden sie da schreiben – die Wahrheit?«

»Ich wollte einfach Genaues wissen!« Johnnie richtete

sich auf einmal auf, und das Boot schwankte. »Er hat keine Chance, nicht wahr?«

John schüttelte den Kopf. »Deine Zeitung sagt dir nämlich nicht, daß sie es abgelehnt haben, ihn nach Edinburgh mitzunehmen, wenn er nicht ihr Bündnis zum Schutze der Kirche unterschreibt, Bischof Lauds Gebetbuch und die Bischöfe ablehnt. Natürlich kann Charles das nicht unterzeichnen. Die Schotten wissen nicht, was sie mit ihm anfangen sollen. Niemand weiß, warum er bei ihnen Schutz suchte. Auf eine Einigung haben nie irgendwelche Aussichten bestanden. Sie werden den König dem Parlament übergeben.«

Johnnie wurde ganz bleich. »Ihn an seine Feinde ausliefern?«

»Er ist schon bei seinen Feinden, aber er will sich das nicht eingestehen«, sagte John offen. »Die Schotten und das Parlament sind seit Kriegsbeginn Verbündete. Natürlich wird er nicht klein beigeben.«

»Was wird er dann tun?« fragte Johnnie betroffen.

»Er muß sich fügen und die Bedingungen des Parlaments akzeptieren. Das Parlament und die Armee haben ihn besiegt. Er muß einfach aufgeben.«

John hatte unrecht. Der König ergab sich nicht. Er versuchte zu fliehen, es war ein falsch geplanter, ganz aussichtsloser Versuch, der so wenig erfolgreich war, wie ihm gebührte. Die Wachleute um ihn herum wurden verdoppelt, man warnte ihn, er solle wissen, daß er ein Gefangener des englischen Parlaments sei und nach Holdenby House in Northamptonshire überführt werde.

Hester fand John am Ende des Obstgartens, wo er, finster blickend, vor dem Kirschbaum stand. »Ich glaube, ich habe ihn umgebracht«, sagte er. »Und als Junge habe ich gesehen, wie mein Vater Bäume von doppelter Größe umgesetzt hat, und nichts habe ich davon gelernt.«

»Er sieht doch nicht schlechter als andere aus«, sagte Hester und blickte sich im Obstgarten um.

»Ich habe ihn umgebracht«, sagte John. »Dabei habe ich mir solche Mühe gegeben. Ich besitze einfach nicht das Talent meines Vaters.« Er verstummte und legte seine Hand auf einen Ast, um sich zu stützen.

»Was gibt es Neues?« fragte Hester, wobei sie erriet, was John eigentlich so quälte.

John warf ihr unter seinen nach unten gezogenen Augenbrauen einen raschen Blick zu. »Es waren ein paar Burschen an der Hintertür, die um etwas Proviant baten«, sagte er. »Aus der Armee entlassen, auf dem Weg nach Hause.«

Hester wartete. John streckte seine Hand aus und berührte den Stamm des toten Kirschbaums. »Sie sagten, daß die Armee das Parlament regieren würde, und sie würden sich am König rächen«, erklärte er. »Man würde den König zur Kasse bitten, weil eine Zeit anbrechen wird, in der alle Menschen Land besitzen und das Recht haben werden, ihre Herrscher selbst zu bestimmen, und alle Menschen werden gleich sein. Sie sind Leveller, und sie sagen, die besten Männer der Armee denken so wie sie. Sie wollen den König ins Exil treiben und das Land zu einer Heimat von Freiheit und Gleichheit machen.«

Hester sah sich um, ob sie in den Mauern des Obstgartens auch sicher waren.

»Sie werden wohl nicht länger auf das Parlament warten«, sagte er. »Das sind Leute der Tat, und sie handeln ganz entschlossen. Sie wollen, daß das Land an die arbeitenden Menschen aufgeteilt wird. Alle königlichen und kirchlichen Ländereien, das Land der Gemeinden und das Brachland sollen aufgeteilt werden.«

»Und ein jeder soll seinen eigenen kleinen Flecken Land besitzen und Gemüse anbauen?«

»So heißt es.« John lächelte bitter. »Genau das habe ich

immer gewollt. Und nun sieht es aus, als wolle die Armee das Parlament niedermachen, um dieses Ziel zu verwirklichen.«

»Sie richten sich gegen ihre Herren?«

»Warum nicht? Hat sich das Parlament nicht auch gegen den König gerichtet?«

»Würden sie uns Landbesitzern auch Land wegnehmen? Uns Steuern auferlegen?«

John zuckte mit den Schultern. »Woher soll ich wissen, was sie vorhaben? Vielleicht denken sie, daß man diese Mauern wie andere auch einfach einreißen sollte.«

Hester nickte und drehte sich zum Haus um. An ihrem langsamen Gang erkannte er, daß sie nachdachte. Auf halbem Wege zum Haus wandte sie sich um und kehrte zu ihm zurück.

»Ich glaube, wir sollten Gemüse anbauen«, sagte sie. »Das wird ihnen sicher gefallen.«

Bei der Wiedereinrichtung des Raritätensaals halfen alle Familienmitglieder mit. Er sollte wieder so sein wie einst: der Geruch der Tierhäute, die Vergnügen bereitende Vielfalt der Objekte, das Entzücken über die Anordnung der dargebotenen Gegenstände, die großen, an den Decken hängenden Stücke, die winzigen Objekte in den Vitrinen, die exotischen neben den mondänen, die historischen Dinge neben den erfundenen Apparaturen und Geräten.

Dennoch klafften in der Sammlung schreckliche Lükken. Den Münzen und Gegenständen aus kostbaren Metallen war es am schlechtesten ergangen. Hester hatte in ihrer Not auf alle Dinge zurückgreifen müssen, die während der Kriegsjahre ihren Wert behalten hatten. Sie konnte nicht vor John verbergen, daß die Schalen mit römischen und mittelalterlichen Münzen nie wieder aufgefüllt werden würden.

Manche Objekte hatten unten der Feuchtigkeit sehr gelitten. Ein Triptychon hatte man gegen die Wand des Eishauses gelehnt, und so waren die strahlenden Farben unter der Feuchte verblichen. Viele kostbare Tierfelle waren verrottet und regelrecht zerfallen, und in so manchen Wollgewändern befanden sich Löcher durch Mottenfraß. Aus den illuminierten Handschriften waren von den Ameisen ganze Pergamentseiten aufgefressen worden. Von allen Kisten und Schachteln, in denen sich die in Zucker getrockneten Blumen befanden, schlug einem der stinkende Kotgeruch von Ratten und Mäusen entgegen.

»Es tut mir so leid«, rief Hester, als eine Schachtel nach der anderen hinaus ins Licht getragen wurde. »Wenn ich nur geahnt hätte, daß wir ungefährdet alles überstehen würden, so hätte ich nie die Raritäten weggesperrt.«

»Das konntest du nicht wissen«, sagte John tröstend. »Wären die Soldaten doch einmal über die Gegend hier hinweggefegt, hätten wir in einer Nacht alles verlieren können.«

Frances hatte ihr Haar mit einem Kopftuch zurückgebunden, Johnnie stand in seiner Gartenkluft da und klopfte draußen vorsichtig den Staub und die Motten aus den Kleidern, den Wandteppichen und Fellen und trug die sauberen Stücke dann zu Hester und John ins Haus hinein.

Langsam, Stück für Stück, Schublade für Schublade, Kostbarkeit für Kostbarkeit füllte sich der Raritätensaal wieder, und als sie nach zweiwöchiger Arbeit endlich zurücktraten und ihre Arbeit bestaunten, breitete sich vor ihnen eine eindrucksvolle Sammlung von teuren und edlen Gegenständen aus. Nur jemand, der mit der Sammlung aufgewachsen war, so wie die Tradescant-Kinder, die im Licht der hohen Fenster in der Wiege geschaukelt worden waren, hätte gewußt, daß ein paar Dinge fehlten. Die Besucher jedoch, die sicher wieder in Scharen kämen, da ja nun Frieden herrschte, sie würden mit Verwunderung und Entzücken wie einst unter den Sammelobjekten wandeln.

Sommer 1647

John grub gerade das neue Gemüsebeet um und säte Salatsamen aus. Er wollte wissen, welche Art am schnellsten wächst. Da kam Hester aus dem Haus heraus, schützte ihre Augen vor der grellen Sonne und eilte den Weg auf ihn zu.

»Man hat den König gefangengenommen«, sagte sie ohne Umschweife.

Er schaute auf, sein Gesicht war so besorgt, als hätte sie ihm die Nachricht gebracht, eines seiner Kinder sei krank. »Gefangen?«

»Irgendein dreister Fähnrich und Gernegroß ist auf Holdenby House zumarschiert und hat Seine Majestät arretiert«, erklärte Hester, vor Empörung beinahe zischend.

»Von wem hast du das erfahren?« fragte John und wischte sich seine schmutzigen Hände an seiner ledernen Gartenschürze ab.

»Vom Fährmann. Frances ist zu Besuch gekommen, also ging ich an den Fluß hinunter, um sie abzuholen. Ganz London ist in heller Aufregung über die Nachricht.«

»Wer hält ihn fest?«

»Ein ganz unbedeutender Mensch«, sagte Hester. »Ein Niemand. Einer der neuen Leute von der New Model Army ist nach Holdenby House geritten und hat den König gekapert, als handele es sich um ein Gepäckstück im Troß. Genau diese Leute werden für unseren Untergang sorgen. Leute, die keinen Respekt kennen.«

»Und wohin hat er Seine Majestät verbracht?« wollte John wissen.

»Nach Maidenhead«, sagte sie. »Und es heißt, daß Oliver Cromwell unterwegs ist, ihn persönlich zu sprechen.«

»Cromwell?«

Sie nickte. »Meinst du, daß das Frieden bedeutet?«

John schüttelte den Kopf. »Ich schätze, das bedeutet, daß die Karten neu gemischt sind«, sagte er verwirrt.

»Vielleicht sind wir in Gefahr«, sagte Hester. »Der Fährmann sagte, daß die Soldaten der New Model Army auf das Parlament in Westminster zuhalten. Sie wollen unbedingt ihren Sold einfordern. Und für sie existiert nur Loyalität gegenüber ihren Befehlshabern und dem Gedankengut der Leveller. Es heißt, daß das Parlament und London der Armee standhalten werden. Vielleicht müssen wir die Raritäten wieder verstecken. Sie marschieren wegen ihres Soldes, sie sind hungrig und verzweifelt. Und sie haben geschworen, daß das ganze Land und das ganze Eigentum allen gehört.«

»Es ist, als lebten wir mitten in einem Gewitter«, sagte er klagend. »Wieder ist alles anders. Wenn die Armee gegen das Parlament kämpft, das sie selbst ins Leben gerufen hat, was soll dann aus dem Land werden?«

Im Juli machte die Nachricht die Runde, daß man den König unter Bewachung nach Oatlands bringen wollte.

Hester blickte über den Küchentisch zu ihrem Mann. Die Köchin, Joseph und der neue Gärtnerbursche, Frances und Johnnie sahen zum Kopf der Tafel und warteten darauf, daß John das Wort ergriff.

»Gut, dann muß ich wohl los«, sagte er schlicht. »Der König kann sich nicht in Oatlands aufhalten, ohne daß ich dort arbeite. Dort gehöre ich hin.«

Einen Augenblick zögerte Hester. »Ich werde deine Tasche packen«, sagte sie und verließ den Raum.

Johnnie drehte sich zu seinem Vater um, er war plötzlich errötet. »Darf ich vielleicht mitkommen?« fragte er. Als sein Vater zögerte, sprudelte es aus ihm nur so heraus. »Ich habe ihn noch nie gesehen.«

John mußte laut auflachen. »Ich bin mir nicht sicher, ob ich ihn überhaupt zu Gesicht bekommen werde«, sagte er. »Und wenn er mich sieht, dann heißt das noch lange nicht, daß er sich mit mir unterhält.«

Hester kehrte wieder in die Küche zurück, und John wandte sich ihr erleichtert zu. »Das hängt davon ab, was deine Mutter sagt.«

»Kann ich mit Vater nach Oatlands gehen?« Johnnie kroch über seinen Stuhl, um zu seiner Stiefmutter zu gelangen. »Und für ihn in den Gärten arbeiten? Es wird viel zu tun geben, da könnte ich doch helfen.«

»Ich weiß nicht, welchen Gefahren ihr dort ausgesetzt seid«, sagte Hester zögernd.

»Wahrscheinlich keinen«, sagte John kurz. »Denn er wird bewacht und ist schließlich gezwungen, sich ruhig zu verhalten.«

Sie nickte. »Er kann mitgehen, wenn du es wünschst«, sagte sie zu John.

Johnnie blickte seinen Vater mit seinen haselnußbraunen Augen an.

»Oh, nun gut«, sagte John. »Aber du sagst nichts, es sei denn, du wirst angeredet – und dann antwortest du nur ›Ja, Eure Majestät‹ oder ›Nein, Eure Majestät‹. Kein Wort darüber, daß ich in Virginia war. Kein Wort über den Royalisten, der an unsere Tür geklopft hat, oder über John Lambert, der unsere Tulpen kauft. Kein Wort über irgend etwas.«

Johnnie tanzte vor Aufregung los. »Ja! Ja!« rief er. »Ja! Natürlich. Und ich werde absolut still sein. Absolut. Ich werde ganz verschwiegen sein.«

John sah seiner Frau über den hüpfenden Kopf seines Sohnes hinweg in die Augen. »Ich weiß nicht, wie es dir geht; ich meinerseits bin sehr zuversichtlich«, sagte er und schnitt eine Grimasse dabei.

Sie fuhren in einem Fährboot die Themse hinauf. Johnnie saß neben seinem Vater und blickte sich nach allen Seiten um. Als sie sich hinter dem Dorf Staines befanden, sagte John leise: »Dort liegt es«, und deutete auf das kleine rosafarbene Schloß hin, das sich auf einer Anhöhe erhob. Davor erstreckten sich ungepflegte Wiesen bis zum Fluß hinunter. »Weißt du, ich hätte nie geglaubt, es jemals wiederzusehen«, sagte John leise, »und daß ich noch einmal hier in diesen Gärten arbeiten würde.«

Johnnie sah überrascht in das düstere Antlitz seines Vaters. »Ja, freust du dich denn nicht darüber, daß der König wieder da ist und bald alles wieder so sein wird wie früher?«

John legte seine Hand auf die schmale Schulter seines Sohnes. »Daran glaube ich nicht«, sagte er. »Der König ist zwar in seinem Schloß, aber nicht auf seinem Thron. Wir müssen aufpassen, was wir dort sagen, und sogar unsere Gedanken hüten.«

Der Fährmann zog die Ruder ein. Die Jolle stieß gegen den Steg. John stieg rasch an Land und griff nach dem dort liegenden Seilende, suchte in seiner Tasche nach einer Münze und warf sie dem Fährmann zu, während Johnnie ihr Gepäck hinaufwarf und ein Dutzend Töpfe mit hüpfenden Blütenköpfen hinaufreichte.

John nahm seine Tasche über die Schulter. »Die Töpfe holen wir später«, sagte er und lief die Böschung hinauf zum Schloß.

Prinz Rupert hatte es seinerzeit den Pferden der Kavallerie gestattet, auf den Wiesen zu grasen, so daß sie nun mit Hufabdrücken und Pferdeäpfeln übersät waren. Doch die Pferde hatten wenigstens dafür gesorgt, daß das Gras nicht in die Höhe geschossen war. Als sich John dem

Schloß näherte, sah er, daß all die Kletter- und Rankenpflanzen, die er so sorgfältig zur Blüte gebracht hatte und die bis zu den Fenstern hinauf ihren Duft verbreiteten, in aller Pracht gediehen waren, auch wenn sie sich hier und da aus ihren Befestigungen gelöst hatten.

Die Beete vor den rosafarbenen Ziegelsteinmauern waren voller Unkraut, aber einige Blumen hatten sich dennoch durchkämpfen können. Stiefmütterchen und Federnelken, Iris und Pfingstrosen hatten ihre Blüten über das besitzergreifende Unkraut geschoben. »Das mußt du bald aushacken«, sagte John und nickte seinem Sohn zu.

Die Eibenallee war völlig zugewachsen; sie wirkte dicht und buschig und bildete im grellen Nachmittagslicht einen willkommenen schattigen Hain. Die Orangerie, die Johns Vater hatte erbauen lassen, war etwas beschädigt – die weiße Farbe war von den Wänden abgeplatzt, und einige Teile des ornamentalen Holzwerks waren von den Soldaten für die Lagerfeuer abgehauen worden. Doch das Seidenraupenhaus und das sich daran anschließende Gärtnerhaus fanden sie so vor, wie Hester sie hinterlassen hatte – saubergefegt und ganz leer.

John ließ seinen Sohn Holz für den Kamin sammeln und ihre Reisemäntel als Nachtlager ausbreiten. Er lief unterdessen durch die verlassene Schloßanlage.

Am merkwürdigsten war die Stille. Statt des geschäftigen Treibens, das einst der königliche Hof mit sich brachte, statt der närrischen Ausschweifungen und Koketterien des höfischen Lebens, der dröhnenden Befehle, rufenden Stimmen und gespielter Musik war nichts als das gelegentliche Klopfen eines hin und her schlagenden Fensterladens im Wind und das beharrliche Gurren der Wildtauben zu vernehmen, die in den Bäumen hockten. Der Hof mit den Stallungen, in dem mehr als hundert Pferde untergekommen waren, war leer. Stroh fegte über die Pflastersteine, in den Ställen türmte sich der Mist auf, in den Trögen stand altes Wasser.

Das große Frontportal war zugesperrt und verriegelt. John benutzte den massiven Messingklopfer und trat einen Schritt zurück. In ein paar Tagen würde der König hier eintreffen, also müßten sich schon ein paar Diener im Schloß befinden, um alles Nötige vorzubereiten. Doch an den Fenstern zeigte sich nicht ein Gesicht, in den Gebäudeteilen rührte sich nichts.

John lief zum Küchentrakt herum und zum Backhaus. Die Feuer waren erloschen, auch an diesem Ort war es ganz still. Ein Aschehaufen und ein paar verstreute Küchenutensilien zeugten davon, daß die Kavallerie vor ihrem Aufbruch noch einmal gespeist hatte, doch das restliche Essen war inzwischen von Ratten oder Mäusen aufgezehrt worden, auf den Tischen sah man nur noch ihre Kothäufchen.

John schüttelte verwundert den Kopf darüber, daß das Schloß so verwahrlost war, war es doch einst der Mittelpunkt des gesellschaftlichen Lebens des Königreichs gewesen, an dem die Königin das platonische Ideal besungen hatte und der König auf seinen edelblütigen Araberpferden auf Jagd gegangen war. Er wandte sich um und lief über den grünen Platz zum Seidenraupenhaus zurück.

Johnnie hatte inzwischen die Töpfe vom Ufer hinaufgebracht.

»Guter Junge«, sagte John freudig. »Diese Pflanzen nehmen wir zum königlichen Hoftrakt mit. Der wird in ein paar Tagen wieder manierlich aussehen.«

Sie schufteten schwer, Seite an Seite, und John genoß die Gesellschaft seines Sohnes. Der Junge hatte das Talent der Tradescants im Umgang mit Pflanzen geerbt, er behandelte sie, als liebte er die Berührung ihrer weichen weißen Wurzeln und der feuchten Erde. Wog er einen Topf in der Hand ab, so erkannte er, ob die Pflanze gegossen werden mußte. Hob er eine Pflanze in seine Handfläche, so stieß er nie an die Blüten an. Pflanzte er dann eine ein, so drückte er die Erde sanft an. Er führte alles wohlüberlegt und zugleich intuitiv aus.

»Du könntest möglicherweise der größte Gärtner von uns allen werden«, sagte John am Ende des zweiten Tages, als sie mit ihren Arbeitsgeräten über der Schulter heimliefen. »Ich glaube nicht, daß ich so geschickt mit Pflanzen umgehen konnte, als ich so alt war wie du.«

Johnnie strahlte. »Ich liebe Pflanzen. Die Raritäten eher weniger«, sagte er.

»Wieso denn das?« fragte John verwundert.

Sein Sohn schüttelte den Kopf. »An liebsten würde ich Pflanzen sammeln, mit dir nach Amerika reisen, zu den Westindischen Inseln, Dinge entdecken, sie heimbringen und züchten. Die Raritäten – nun, die stehen einfach nur da, oder? Hat man sie erst einmal aufgestellt, dann braucht man nichts weiter zu tun, als sie abzustauben. Aber die Pflanzen ...«

John nickte. »Ich verstehe.«

Er wollte seinem Sohn gerade erklären, welch wichtige Rolle die Raritäten im Vermögen der Tradescants spielten, da hörte er Hufschlag auf der Einfahrt.

»Könnte es der König sein?«

»Schon möglich.«

John drehte sich um und eilte zum Seidenraupenhaus zurück, warf seine Geräte ab, griff seinen Mantel und lief zum Schloß. Johnnie hüpfte vor Aufregung hin und her. »Kann ich mitkommen? Kann ich mitkommen?«

»Ja. Aber denk daran, daß du den Mund hältst.« Johnnie rannte seinem Vater hinterher, machte seine großen Schritte nach, verzog sein Gesicht zu einer Grimasse, die seiner Meinung nach Ausdruck höchster Diskretion und Würde war.

Sie liefen zu den Stallungen herum. Und dort, in dem schmutzigen Stall, standen der Araber des Königs und ein Dutzend anderer Pferde seiner Eskorte.

»Ist der König da?« fragte John einen Kavalleristen.

»Soeben eingetroffen«, sagte der Mann und lockerte den Sattelgurt seines Pferdes. »Wir mußten in jedem Dorf anhalten, damit er die Leute berühren konnte.«

»Die Leute berühren?«

»In Scharen sind sie herausgekommen«, sagte der Soldat plötzlich. »Mit allen möglichen Krankheiten und Wunden und Gott weiß was. Und immer wieder hielt er an und legte ihnen die Hand auf, als ob sie dadurch geheilt würden. Und sie gingen fort, wieder zurück in ihre Hütten, zurück zu ihrer kümmerlichen Suppe und ihrem Wasser, und glaubten, er hätte an ihnen ein Wunder vollbracht.«

John nickte.

»Wer seid Ihr?« wurde er nun gefragt. »Wenn Ihr eine Gunst von ihm erbitten wollt, so wird er sie Euch erfüllen. Er ist der reizendste, großzügigste und liebenswürdigste Mann, der ein Land jemals ins Unheil gestürzt und Tod und vier Jahre Bürgerkrieg über alle gebracht hat.«

»Ich bin der Gärtner«, erwiderte John.

»So werdet Ihr ihn gewiß treffen«, sagte der Mann. »Er ist mit seinen Begleitern hinaus in den Garten gegangen, während jemand für ihn ein Mahl zubereitet und seine Gemächer kehrt und alles vorbereitet, damit er in aller Bequemlichkeit speisen und schlafen kann. Ich und meine Männer müssen ohne diesen Komfort auskommen.«

John drehte sich um und ging zum königlichen Garten.

Der König hatte sich auf einer Bank niedergelassen, lehnte sich an die warme Ziegelmauer und betrachtete den gerade erst gejäteten und neu bepflanzten Garten. Hinter ihm standen ein Dutzend Gentlemen, die John nicht kannte, ein anderer Fremdling spazierte über die frisch geharkten Wege. Als der König Johns Schritte vernahm, schaute er auf.

»Ah ...« Einen kurzen Moment konnte er sich nicht mehr an den Namen erinnern. »... Gärtner Tradescant.«

John fiel auf die Knie und hörte, wie Johnnie hinter ihm das gleiche tat.

»Euer W…W…Werk?« fragte der König, leicht stotternd wie immer, und zeigte auf die umgegrabenen Beete.

John neigte den Kopf. »Als mir zu Ohren kam, daß Ihr nach Oatlands unterwegs seid, bin ich hergeeilt und habe alles in meiner Macht Stehende getan, Eure Majestät. Zusammen mit meinem Sohn: John Tradescant.«

Der König nickte, seine dunklen Augen waren halb unter seinen Lidern verborgen. »Ich danke Euch«, sagte er lustlos. »Wenn ich wieder meinen mir gebührenden Platz eingenommen habe, werde ich dafür sorgen, daß auch Ihr den Platz habt, der Euch zusteht.«

Wieder verneigte sich John und wartete ab. Als der König weiter schwieg, blickte er auf. Mit einer kleinen Handbewegung entließ er die beiden. John erhob sich und schritt rückwärts, Johnnie sprang ihm nervös aus dem Weg und lief plötzlich wieder zurück, um dann seinem Vater alles gleichzutun. Am Tor zum Park verneigte sich John noch einmal und lief so lange rückwärts wie ein Lakai, bis er außer Sicht war.

Dann drehte er sich um und blickte in Johnnies verblüfftes Gesicht. »Und das war es?« wollte Johnnie wissen. »Nachdem wir ohne Aufforderung hergereist sind und die ganze Zeit ohne Lohn gearbeitet haben, um es ihm hier hübsch zu machen?«

John gluckste amüsiert auf. Dann ging er Richtung Seidenraupenhaus weiter. »Was hast du denn erwartet? Daß du zum Ritter geschlagen wirst?«

»Ich dachte …« Johnnie verstummte. »Ich schätze, ich dachte, vielleicht gibt er uns einen Auftrag oder freut sich über uns. Immerhin muß er doch bemerkt haben, daß wir ihm treu ergeben sind, und uns danken …«

Wieder lachte John auf und öffnete die kleine weiße Holztür. »Dieser König hat weder Pläne, noch kennt er irgendwelchen Dank«, erläuterte er. »Das hat ihn ja in die Lage gebracht, in der er sich jetzt befindet.«

»Aber begreift er denn nicht, daß du überhaupt nicht hättest auftauchen müssen?«

John hielt einen Augenblick inne und starrte in das fassungslose Gesicht seines Sohnes. »Oh, Johnnie«, sagte er sanft. »Das ist nicht der König der überall kursierenden Balladen und Kirchenpredigten. Er hat den Bürgerkrieg begonnen, weil er nicht auf kluge Ratschläge hören wollte, und wenn er welche befolgte, dann die von den falschen Leuten. Der König wurde durch nichts klüger, und seine Narrheiten haben ihn alles gekostet, was er jemals besessen hat.«

»Ich dachte, er sei ein großer Mann, wie ein Held«, meinte Johnnie.

»Er ist nur ein ganz gewöhnlicher Mensch auf einem außergewöhnlichen Platz«, erklärte John. »Und ein solcher Tor, daß er es nicht bemerkte. Von Geburt an hat man ihm beigebracht, daß er ein Halbgott sei. Und nun glaubt er es auch. Armer törichter König.«

John und Johnnie blieben den ganzen Monat über in Oatlands. Der Koch, den das Parlament dem König zugestanden hatte, benötigte täglich frisches Obst und Gemüse aus dem Küchengarten. So pflückten die beiden Tradescants das Beste aus den zugewachsenen Beeten und versorgten das Schloß damit. Der König war von einem kleinen Hofstaat umgeben, seine Aufseher glichen eher einer Ehrenwache. Er ging auf Jagd, er übte sich im Bogenschießen, er befahl John, den Rasenplatz ganz glatt zu walzen, damit man dort kegeln konnte.

John zog schon in Betracht, ein paar Burschen einzustellen, die beim Unkrautjäten und Pflanzen von Wintergewächsen helfen sollten, doch da traf die Nachricht ein, daß der König nach Hampton Court gebracht werden solle. Innerhalb weniger Stunden waren die Pferde gesattelt, und das Gefolge war bereit.

Der König befand sich im Garten und wartete auf das Zeichen zum Aufbruch. John mußte feststellen, daß er sich den aufregenden großen Ereignissen der Geschichte nicht entziehen konnte. Also nahm er seine Heckensichel und ging damit zu den Kletterpflanzen an der weiter entfernt stehenden Mauer des königlichen Hofgartens.

Der König spazierte mit zwei Höflingen durch den Garten, und als er bei John angelangt war, hielt er inne, um ihm bei der Arbeit zuzuschauen. Die beiden anderen Edelleute hielten sich im Hintergrund.

»Ich werde dafür sorgen, daß Ihr dafür entlohnt werdet«, sagte er nur. Nun lächelte er verschmitzt. »Vielleicht schon eher, als Ihr glaubt.«

John sprang von seiner Leiter herunter und kniete vor ihm nieder. »Eure Majestät.«

»Mögen sie meine Armee besiegt haben, aber jetzt zerreißen sie sich selbst«, sagte der König. »Ich muß einfach nur abwarten, g…geduldig warten, bis sie mich darum bitten, auf meinen Thron zurückzukehren und wieder Ordnung zu schaffen.«

John traute sich, aufzublicken. »Wirklich, Eure Majestät?«

Das königliche Lächeln machte ihm Mut. »J…Ja. In der Tat. Die Armee wird das P…Parlament vernichten und schließlich sich selbst. Schon jetzt diktiert die Armee dem P…Parlament, was es tun darf oder nicht. Alles, was sie tun konnten, war Zerstörung, ein K…König wird gebraucht, alles wieder aufzubauen. Ich kenne s…sie genau. Diesen L…Lambert. Er ist der Anführer der G…Gruppierung, die gegen das Parlament auftritt. Er wird die Armee gegen das P…Parlament anführen, und dann werde ich g…gewonnen haben.«

John mußte erst nachdenken, ehe er die richtigen Worte

fand. »Also werden Eure Majestät sie freundlich empfangen, wenn sie kommen? Und ein Abkommen mit ihnen schließen?«

Daraufhin lachte der König kurz auf. »Ich werde den D...Disput gewinnen, auch wenn ich die Schlacht verloren habe.«

Da kam ein Kavallerist zum Gartentor. »Wir sind zum Aufbruch bereit, Eure Majestät«, rief er.

König Charles, der nie zuvor auf die Bitte eines anderen eingegangen war, drehte sich um und verließ Tradescants Garten.

John und sein Sohn gingen zusammen zum Pförtnerhaus hinüber, um die Abreise zu verfolgen. John hatte halb erwartet, ebenfalls nach Hampton Court gerufen zu werden, doch der König ritt nur mit einem anerkennenden Augenzwinkern dafür, daß sein Gärtner am Wegesrand kniete, an ihm vorbei.

»Und das war es?« fragte Johnnie wieder.

»Das war es«, erwiderte John. »Königlicher Dienst. Morgen werden wir hier Ordnung schaffen und übermorgen heimkehren. Unsere Arbeit ist damit beendet.«

Als sie in Lambeth eintrafen, erfuhren sie, warum man den König an einen anderen Ort gebracht hatte. London war in Aufruhr, die Handwerksburschen und Lehrlinge rebellierten und waren für die Rückkehr des Königs. Da hatte die Armee es für sicherer gehalten, den König nach Hampton Court zu schaffen, wo er von einer größeren Garnison umgeben war. Alexander Norman hatte Frances aus Sicherheitsgründen zur Arche geschickt und sie angewiesen, erst nach London zurückzukehren, wenn die Unruhen beendet waren.

Nun gab es in dem Spiel um England drei Parteien. Der König, der eine Seite gegen die andere ausspielte, das Parlament, das immer richtungsloser und um die eigene

Zukunft besorgter wurde, und die Armee, die die einzige Kraft mit einer Zukunftsvision zu sein schien und die Disziplin und Entschlossenheit aufbrachte, sie auch umzusetzen.

In den zurückliegenden Kriegsjahren hatten die Soldaten unter Cromwell ihren Glauben an sich selbst, an ihr Ziel und an ihren Gott immer mehr erhärtet. Das waren keine Männer, die nun einen Kompromiß gutheißen würden. Sie wollten ihren Sold; aber sie wollten auch ein neues Land. Zwischen den Schlachten, auf Gewaltmärschen, in dunklen Nächten, als der Regen ihre Lagerfeuer auslöschte, hatten sich ihre Ansichten und ihre Grundsätze verfestigt. Sie hatten vier friedliche Jahre daheim am Herd hingegeben, um für die politische und religiöse Freiheit zu kämpfen. Für die Opfer, die sie gebracht hatten, wollten sie nun eine neugeschaffene Welt sehen. Sie standen unter der Befehlsgewalt von Thomas Fairfax und John Lambert, zwei großen Generälen, die ihre Leute verstanden und ihren Glauben teilten, und sie auf die treulose, angsterfüllte Stadt London zu führten, um abzusichern, daß das Parlament sich nicht dem Druck der Unruhestifter beugte und mit einem König Frieden schloß, der voller Hoffnungen war, anstatt zutiefst verzweifelt zu sein.

Frances brachte ihrem Vater einen Brief ihres Mannes. Er hackte gerade das Gemüsebeet. Er warf einen kurzen Blick darauf und reichte ihn zurück.

»Du wirst hierbleiben«, sagte er.

»Wenn ich darf.«

Er schob seinen Hut zurück und grinste seine Tochter an. »Ich schätze, wir können deine Anwesenheit ertragen. Wirst du ein Auge auf Johnnie haben? Ich möchte nicht, daß er mit einer Heckensichel zum Parlament zieht und glaubt, er könne den König wieder auf seinen Thron heben.«

»Mutter hat mehr Angst, daß du fortläufst und dich bei der Armee einschreibst.«

John schüttelte den Kopf. »Ich werde nie wieder eine Waffe in die Hand nehmen«, sagte er. »Von dem Handwerk verstehe ich nichts. Und der König ist kein Herr, der einen dazu bringen könnte.«

Fast jeden Tag schrieb Alexander nach Lambeth und berichtete über die ständigen Stimmungsschwankungen unter der Londoner Bevölkerung. Doch im August war endlich alles geklärt, als die Armee unter dem Kommando von General John Lambert in London einmarschierte und bekanntgab, sie würden mit dem König Frieden schließen. Zusammen mit den Aristokraten im Oberhaus entwarfen sie Vorschläge, denen jeder König zugestimmt hätte. Cromwell ging mit diesem Angebot persönlich zu König Charles nach Hampton Court.

»Er wird darauf eingehen und wieder auf den Thron kommen«, sagte Alexander Norman, als sie alle gemütlich eine Flasche Wein auf der Terrasse tranken. Johnnie befand sich oben auf der Terrassentreppe. Auf Alexanders Worte hin fing er an zu strahlen.

»Der König wird wieder seine Schlösser beziehen!« verkündete er voller Verwunderung.

»Wollen wir hoffen«, sagte John. »Mir hatte er erklärt, daß er die Armee gegen das Parlament aufhetzen werde und er am Ende der Sieger sei.«

»Nicht solange John Lambert das Kommando hat«, warf Hester ein. »Dieser Mann durchschaut die Sache.«

»Wird es denn so werden wie einst?« fragte Frances. »Die Königin wird heimkommen, und der Hof wird wieder erstrahlen?«

»Ein paar Gesichter werden dort fehlen«, bemerkte Alexander. »Zum Beispiel Erzbischof Laud und Lord Strafford, die beide hingerichtet wurden.«

»Wofür war dann das Ganze?« fragte Hester. »All diese Jahre des Elends und der Not?«

Herbst 1647

»Er ist fort«, sagte Alexander leise, als er die Küche betrat und die Tradescants beim Frühstück überraschte. Sein Pferd stand schwitzend und dampfend draußen vor dem Stall. »Ich bin sofort zu Euch geeilt. Bin herübergeritten. Ich konnte nicht länger warten. Ich konnte es selbst nicht glauben.«

»Der König?« John sprang auf die Beine und lief zur Tür, schloß sie und kehrte wieder zurück.

Alexander nickte. »Aus Hampton Court geflohen.«

»Hurra!« rief Johnnie.

»Mein Gott, nein«, sagte John. »Nicht zu den Franzosen? Nicht, wo sie doch so dicht vor einer Einigung standen? Die Franzosen haben ihn doch nicht befreit? Ihn entführt?«

Alexander schüttelte den Kopf und sank auf Johns frei gewordenen Stuhl. Frances stellte einen Becher Dünnbier neben ihn, dann nahm er ihre Hand und küßte ihr dankend die Innenseite ihres Handgelenks. »Heute morgen habe ich davon erfahren und bin direkt zu Euch aufgebrochen. Was für Zeiten sind das nur!«

»Ob wir jemals ein Ende dieser Wirren erleben?« murmelte Hester und blickte ihren Mann an, der neben dem Fenster stand und in den Hof blickte.

»Wer hat ihm geholfen?« fragte John. »Doch nicht die Iren?«

»Er ist einfach ganz allein entwischt, wie es aussieht. Nur er und seine Gentlemen sind fort.«

»Sir John Berkeley, der versuchte, zwischen König und Parlament zu vermitteln«, riet John.

Alexander zuckte die Schultern. »Vielleicht.«

»Und wo ist er hingegangen? Nach Frankreich? Um mit der Königin Henrietta Maria und Prinz Charles vereint zu sein?«

»Wenn überhaupt ein Funken Verstand in ihm sitzt, dann wohl das«, sagte Alexander. »Aber warum flieht er jetzt? Wo sich die Dinge so gut entwickelt haben? Als sie ihm alles zugestehen wollten, was er verlangt hat?«

»Weil der König immer meint, er könne etwas Besseres erreichen«, rief John voller Verzweiflung aus. »Mein Vater hat erlebt, wie er als junger Prinz mit dem Herzog von Buckingham nach Spanien fortritt, um die spanische Infantin zu heiraten, wild und unbekümmert. Er hat nie gelernt, die Grenze zwischen Risiko und purer Dummheit zu erkennen. Niemand hat ihm jemals beigebracht, vorsichtig zu sein. Er liebt das Maskenspiel – die Verkleidung und die Aktion. Nie ist ihm aufgestoßen, daß das wirkliche Leben nicht so ist.«

Johnnie wirkte ganz rebellisch. Hester streckte eine Hand aus, um ihn zu warnen, daß er schweigen sollte, doch da platzte es schon aus dem Jungen heraus:

»Das ist ja eine großartige Sache! Seht ihr das denn nicht? Er wird inzwischen in Frankreich in Sicherheit sein, und sie können sich bei ihm dort entschuldigen! Prinz Rupert wird wieder die Kavallerie anführen. Es heißt, man habe ihn besiegt, aber das stimmt nicht!«

John sah seinen Sohn finster an. »Du hast nur in einer Sache recht«, sagte er düster. »Er ist nie besiegt worden.«

»Das ist ja das Wunderbare an ihm!«

John schüttelte den Kopf. »Das ist das Schlimme.«

Alexander blieb zum Frühstück und willigte dann ein, auch die restliche Woche in der Arche zu verbringen. Den ganzen Tag lang war John recht unruhig. Am Nachmittag ging er dann zu Hester. Sie befand sich im Raritätensaal, wo sie die Eintragungen im großen Gartenbuch auf den neuesten Stand brachte.

»Ich halte es hier nicht aus. Ich muß wissen, was geschieht«, sagte John energisch. »Ich gehe nach Whitehall, um etwas Neues zu erfahren.«

Hester legte ihre Feder beiseite und lächelte ihn an. »Ich wußte, daß du dorthin mußt«, sagte sie. »Aber paß auf, und laß dich nicht in irgend etwas hineinziehen.«

»Danke, daß du mich gehen läßt, ohne mich mit Dutzenden von Fragen zu quälen.«

Sie lächelte, aber ihre Augen blieben ernst.

Whitehall befand sich in einem Wirbel von Klatsch und Gerüchten. John ging in eine Schenke, bestellte ein Bier und sah sich um, ob er einen Bekannten erspähte. An einem Tisch in der Nähe hielt sich eine Gruppe von Kaufleuten auf, die mit Afrika Handel betrieben.

»Mr. Hobhouse! Gibt es irgendwelche Neuigkeiten? Ich bin extra aus Lambeth herübergekommen, doch alles, was ich bisher erfahren habe, wußte ich schon.«

»Auch daß er auf der Isle of Wight ist?«

John fuhr zusammen. »Was?«

»In Carisbrooke Castle. Er hat sich in Carisbrooke Castle verschanzt.«

»Aber warum? Warum hat er das getan?«

Der Kaufmann zuckte mit den Schultern. »Der Plan ist nicht unbedingt schlecht. Niemand kann der Flotte vertrauen, aber wenn sie sich auf seine Seite schlägt, wie soll ihn Cromwells Armee dann jemals zu fassen kriegen? In Carisbrooke könnte er es sich gemütlich machen, könnte seinen Hof um sich scharen, eine eigene Armee aufstellen, und wenn das gelungen ist, könnte er direkt nach Portsmouth reinsegeln. Er muß irgendeine heimliche Abmachung mit Gouverneur Robert Hammond getroffen haben, auch wenn jeder dachte, Hammond sei durch und durch ein Mann des Parlaments. Der König muß einen geheimen Plan gehabt haben. Er wird auf die Armee der Königin aus Frankreich warten und dann wieder losschlagen, wenn überhaupt noch jemand Lust darauf hat.«

John schloß kurz die Augen. »Das ist ein einziger Alptraum.«

Der Kaufmann schüttelte den Kopf. »Ich kann Euch gar nicht sagen, wieviel Geld ich mit jedem Tag verliere, an dem das so weitergeht«, erklärte er. »Meine Schiffe werden schon in der Themsemündung von Piraten gekapert, und wenn es ein Schiff bis hier hereinschafft, dann weiß ich nie, welchen Preis ich am Kai für meine Waren verlangen kann oder welche Steuern ich noch bezahlen muß. Diese Zeiten kann nur ein Verrückter aushalten. Und wir werden von einem verrückten König regiert.«

»Nicht noch einen Krieg«, sagte John.

»Er muß seine Pläne wirklich sehr geheimgehalten haben«, sagte der Kaufmann. »Erst einen Tag vorher hatte er doch versprochen, auf das Angebot von Cromwell und Ireton einzugehen, er hat sein Wort als König darauf gegeben. Er hat sich nichts anmerken lassen. Was für eine falsche Schlange! Wißt Ihr, Geschäfte hätten wir mit so einem nie gemacht!«

»Geheime Pläne?« fragte John und griff die eher unwahrscheinliche Tatsache auf.

»So heißt es.«

»Und was geschieht nun?« fragte John in die Runde.

»Wir warten auf einen seiner wunderlichen Einfälle«, erwiderte einer der Kaufleute bitter. »So wie wir es die letzten viereinhalb Jahre getan haben. Er ist mit Fug und Recht besiegt worden, doch er tanzt immer noch in diesem Land herum.«

»Solange er lebt, wird er sich nicht ergeben«, sagte einer der Männer offen heraus. »Und wenn nicht mit ihm, dann müßten wir uns mit seinem Sohn herumschlagen. Alle sind mir lieber als dieser eine.«

»Ich würde ihm nichts Schlechtes wünschen wollen«, sagte einer tapfer.

John sah von einem zornigen, besorgten Gesicht ins nächste und trank sein Bier aus. »Ich muß wieder in meinen Garten zurück«, sagte er. »Ob der König nun das wiedererlangt, was ihm zusteht, oder nicht, ich muß an die Arbeit!«

Im Laufe der Woche erfuhren sie den Rest der Ereignisse stückchenweise. Ganz wie John vermutet hatte, hatte König Charles nie geheime Pläne gehabt. Der König hatte, einem spontanen Impuls folgend, den Sprung in die Freiheit gewagt, genau zu dem Zeitpunkt, als er mit Cromwell ein Abkommen unterzeichnen sollte, welches zwischen König und Parlament Frieden stiften würde und dem Königreich, das durch den Bürgerkrieg völlig zerrissen war, Stabilität in Aussicht stellte.

Cromwell hatte in einer Kraftprobe mit seiner eigenen Armee den Sieg davongetragen, den Männern, die für ihn in dem langen und bitteren Krieg gekämpft hatten. Die Soldaten hatten ihrem Befehlshaber und dem Parlament mitgeteilt, daß sie mehr von dem Frieden erwarteten, als daß ein König wieder an seinen alten Platz zurückkehrt. Sie wollten Veränderungen und Gerechtigkeit für das einfache Volk und einen Sold, mit dem sie existieren konnten. Das Parlament sollte künftig alle arbeitenden Menschen des Landes vertreten und nicht nur den Landadel und die Kaufleute.

Cromwell war seinen eigenen Leuten gegenüber energisch aufgetreten und hatte den König in Schutz genommen. Die Anführer hatte er wegen Meuterei hinrichten lassen und seine Männer gezwungen, ihre anklagenden Pamphlete wegzuwerfen, und dann war er mit dem Blut seiner eigenen Soldaten an den Händen nach Hampton Court zurückgekehrt, um sich mit Charles zu treffen und die andere Seite der Abmachung umzusetzen, nämlich den König wieder heim auf den Thron zu bringen. Cromwell hatte die Männer zum Schweigen gebracht, die bei einer Wiedereinsetzung des Königs ihre Stimme erhoben hätten, und dann war er zurückgekommen, um sich die Unterschrift des Königs unter das Abkommen zu holen, so wie sie es abgesprochen hatten.

Doch Charles hatte sich aus dem Staub gemacht. Er hatte sein Wort gegeben, sein Ehrenwort als König, und dann war er in der Nacht entwischt. Mit zwei Gentlemen an seiner Seite war er durch den New Forest geritten, in dem er in alten Tagen so oft mit Buckingham auf Jagd gewesen war. Mit einem Boot ließ er sich zur Isle of Wight hinübersetzen und vertraute ganz darauf, daß der Gouverneur, Robert Hammond, zu ihm halten würde – hatte doch Hammond früher einmal geäußert, er würde die Leveller in der Armee nicht leiden können, weil er der Neffe eines der königlichen Kaplane war und ein entfernter Verwandter des royalistischen Marquis von Winchester in Basing House.

»Er vertraute einem Mann, weil er dessen Onkel kannte?« fragte John Hester voll Verzweiflung, als sie vor der Nachtruhe noch am Kamin saßen.

Sie schüttelte den Kopf. »Oh, John. Was hätte er sonst tun sollen, außer plötzlich listig unterzutauchen und irgendwo anzuklopfen?«

»Er hätte das Abkommen unterzeichnen können!« rief John. »Und seinen Thron wiederhaben können!«

Sie nahm ihr Nähzeug auf. »Er ist der König«, sage sie. »Aus seiner Sicht muß er niemandem zustimmen. Er ist immer davon ausgegangen, daß die anderen *ihm* zustimmen müssen.«

Hester hatte recht. Als der König in Carisbrooke Castle eintraf, mußte er feststellen, daß Gouverneur Hammond ihn keineswegs als Helden feierte, sondern ihn statt dessen inhaftierte. Er gab sein Ehrenwort und machte sich flugs an weiteres Ränkeschmieden. Charles schickte den Schotten geheime Botschaften, in denen er ihnen versprach, nun auf die Dinge einzugehen, die er noch vor kurzem als ihr Gefangener nicht hatte akzeptieren wollen. Die Schotten, die von dem verlockenden Gedanken angezogen wurden, einen König zu haben, der ihr Parlament und ihre Kirche akzeptierte, betrogen nun wiederum heimtückisch ihre Verbündeten, das englische Parlament, und verabredeten heimlich und feierlich, Charles wieder auf seinen Thron zu bringen. Im Gegenzug dazu schwor er, daß er während der Testzeit von drei Jahren in England alle Bischöfe abschaffen und die anglikanische Kirche nach schottischem Modell gestalten würde. Er versprach, daß er alle höheren Posten im Lande, eingeschlossen deren fette Pfründe, an die Schotten vergeben würde.

Doch Charles konnte ebensowenig Geheimnisse hüten, wie er Wort halten konnte. Schon kurz darauf machten Nachrichten über seine geheimes Abkommen mit den Schotten die Runde, insbesondere zu dem Zeitpunkt, als der König einen Vorschlag des englischen Parlaments als beleidigend abwies und sich dazu vor aller Augen in übertrieben zuversichtlicher Pose gebärdete. Schon bald wußte jeder, daß er wieder ein falsches Spiel spielte.

»Er würde mit den schottischen Covenantern ein Bündnis eingehen?« fragte Johnnie seinen Vater ganz bestürzt. »Aber er hat doch all die Monate in Newark ein Abkommen mit ihnen abgelehnt.«

»Er hat es sich anders überlegt«, sagte John leise. »Er möchte ein neues Abkommen. Er möchte das Parlament und Cromwells Armee auf Teufel komm raus besiegen. Er stimmt nun Dingen zu, die er noch vor wenigen Monaten entschieden von sich gewiesen hat. Er lehnte sie ab, als er ihr Gefangener war, doch weil er nun in den Händen der englischen Armee ist, macht er den Schotten wieder schöne Augen.«

Johnnie blickte finster in die Runde. »Woran glaubt er denn eigentlich?« wollte er ganz aufgebracht wissen. »Ich dachte, er würde nie die anglikanische Kirche und die Bischöfe verraten. Du hast mir gesagt, daß er nie seine Rechte auf den Thron abtreten würde.«

»Ich glaube, jetzt geht es ihm nur noch ums nackte Überleben«, sagte John hart. »Und falls er auf den Thron zurückkommt, wer kann ihn da noch zwingen, seine Versprechen zu halten, die er in Gefangenschaft abgegeben hat?«

Angesichts seines bekümmerten Sohnes wurde John etwas sanfter. »Ein König muß auf seinem Thron sein«, sagte er freundlich. »Du wirst verstehen, daß er dafür jeden Preis zahlt.«

»Und wird er nach London zurückkehren?« fragte Johnnie aufgeregt.

John schüttelte den Kopf. »Sie werden ihn nie wieder von der Isle of Wight runterlassen«, erklärte er. »Wenn ich General Cromwell wäre, würde ich es nicht tun.«

Frühjahr 1648

John war in seinem Garten beschäftigt und pflanzte die zarten seltenen Pflanzen um, die in der Orangerie überwintert hatten. An der großen, buschigen amerikanischen Margerite zeigten sich kleine hellgrüne Spitzen, das Virginische Geißblatt brachte gerade rote gewundene Triebe hervor, und an dem trockenen, wie tot wirkenden Hauptstamm entfalteten sich kleine grüne Blätter. Er dachte dabei an Suckahanna, an den nächtlichen Duft der Blüten auf ihrer Bettstatt, wie er ihren Hals küßte und die Blüten seine Wange berührten. Ganz sanft drückte er die Erde über den Wurzeln fest. Dann wandte er sich um, betrachtete mit Bewunderung seine Tulpenbeete.

»Nichts, aber auch gar nichts kann sich mit ihnen messen«, teilte er Hester mit, als sie den Weg hinunter zu ihm lief. Doch als er ihr Gesicht erblickte, verstummte er. »Was ist passiert?«

Er sah zur Straße hin, als fürchtete er das Eintreffen einer Reiterschar. Auch wenn der König in Carisbrooke Castle hinter Schloß und Riegel saß, so besagte das gar nichts. Es gab viele Länder, die vielleicht den Wunsch hatten, nun militärisch einzugreifen, es gab viele Armeen, die die Königin oder Prinz Charles für ihre Zwecke hätten mobilisieren können.

»Ich weiß nicht«, sagte Hester und holte aus ihrer Schürzentasche einen Brief hervor. »Ein Brief. Für dich. Von den Bevollmächtigten des Parlaments.«

John verzog düster das Gesicht und streckte seine Hand aus. Er brach das Siegel auf und las. Daraufhin lachte er ungläubig und vergnügt vor sich hin. »Ich soll nach Oatlands gehen und werde dafür bezahlt«, sagte John. »Hättest du das jemals gedacht? Sie wollen, daß ich die Wege in den Weingärten ausbessere und den Rasen mähe – und werde dafür bezahlt!« Er hielt inne und schaute zu ihr auf. »Wie sich die Zeiten ändern und doch nicht ändern«, bemerkte er. »Es scheint so, daß ich wohl immer noch Gärtner von Schloß Oatlands bin, auch wenn es weder König noch Hof gibt, die meine Arbeit registrieren könnten.«

»Du wirst gehen?« fragte sie und blickte ihn vorsichtig an.

Er faltete den Brief zusammen, ganz geschäftsmäßig. »Natürlich. Warum nicht? Mein Leben lang bin ich hin und her gerissen gewesen, Hester. Mich zwei Obrigkeiten verpflichtet zu fühlen schreckt mich nicht mehr.«

»Johnnie wird das alles kaum begreifen können«, sagte sie. »Er hat sich die ganze Zeit hindurch als einen der Gärtner des Königs betrachtet.«

»Wir sind Gärtner der besten Gärten des Königreichs«, sagte John entschlossen. »Und Oatlands war immer einer der besten gewesen. Ich halte eher meinem Garten die Treue als meinem Herrn, das weißt du. Auf der Stelle werde ich mich an die Arbeit machen. Und ich werde Johnnie als Hilfe mitnehmen. König oder nicht König, wir müssen für unseren Lebensunterhalt sorgen.«

»Aber warum liegen dem Parlament die Gärten so am Herzen?« überlegte Hester. »Außerdem waren es die Gärten der Königin. Wollen sie etwa die Anlagen für ihre Rückkehr verschönern lassen? Hat es eine geheime Abmachung gegeben?«

John schüttelte den Kopf. »Wer kann das schon wissen. Sie können Oatsland zu einem höheren Preis verkaufen, wenn Garten und Park nicht verwuchert sind.«

»Wirst du lange fort sein?« fragte sie.

»Mindestens einen Monat«, erwiderte er. »Ich habe jetzt einiges zu tun, Hester. Ich bin Gärtner des Parlaments! Ich bin jetzt ein Mann des Parlaments!«

Daraufhin mußten sie beide lachen. »Doch Johnnie könnte es schwerfallen, seine Auftraggeber so rasch zu wechseln«, sagte sie warnend.

»Johnnie muß Erfahrungen machen und lernen«, entschied er. »Es ist eine Sache, ein Junge zu sein und Geschichten über Prinz Rupert zu verschlingen und eine andere, an dem König zu hängen, der sich wie ein Wetterhahn dreht und wendet. Wir Erwachsene müssen an uns selbst denken.«

April 1648.
Schloß Oatlands

Ein Schwadron der Kavallerie des Parlaments war immer noch in Oatlands untergebracht. Johns erste Handlung bestand nach Aufschließen seines alten Hauses darin, beim Befehlshaber der Truppen vorstellig zu werden und zu verlangen, daß die Pferde nicht länger in den Gärten und auf den Rasenplätzen der gesamten Schloßanlage grasen durften.

Der Befehlshaber stimmte dem uneingeschränkt zu. Er versprach John sogar, ihm für verschiedene Arbeiten so viele Soldaten wie nötig zur Verfügung zu stellen.

»Und was werdet Ihr hier im einzelnen machen?« fragte der Offizier.

»Ich werde die Gärten in Ordnung bringen«, sagte John. »Man hat mich nicht angewiesen, neue Bepflanzungen vorzunehmen.«

»Wird Seine Majestät hierhergebracht?« fragte Johnnie, der nicht länger an sich halten konnte.

Der Offizier bemerkte den leicht anhimmelnden Tonfall des Knaben und blickte ihn ernst an. »Ich glaube, wir sollten alle beten, daß er nie wieder auch nur in die Nähe des Schlosses kommt«, sagte er fest. »Wegen seiner Habgier sind alle meine Männer und ich sechs lange Jahre vom heimischen Herd, von unseren Familien und den Gärten fort. Meinetwegen kann er für immer in Carisbrooke Castle verrotten.«

John lehnte sich gegen die Schulter seines Sohnes, der Junge sagte nichts, folgsam, wie er war. Nur seine plötzlich roten Ohren verrieten seinen Kummer.

»Aber Ihr wart in seinen Diensten«, sagte der Mann gereizt. »Ich schätze, daß Ihr alle Royalisten seid.«

»Wir sind Gärtner«, sagte John beharrlich. »Und nun arbeite ich für das Parlament. Immer noch im Garten. Meine Feinde sind nur rauhes Wetter und die Pest. Andere brauche ich nicht.«

Unwillkürlich mußte der Befehlshaber lachen. »Ich kenne in der Tat nichts Schlimmeres«, sagte er.

Sommer 1648

Mitte Mai klopfte es an der großen Eingangstür zur Arche. »Major Lambert!« rief Hester freudig überrascht. »Ihr wollt wohl unsere Tulpen besichtigen, nicht wahr?«

»Ja, so ist es. Ich konnte nicht widerstehen.« Er betrat die Eingangshalle und neigte sich über ihre Hand.

»Seid Ihr immer noch Major?« fragte sie und betrachtete die kostbare Feder an seinem Hut und das glänzende Leder seiner Stiefel.

»Ah, nein!« sagte er mit schwungvoller Gebärde. »Jetzt bin ich General, Mrs. Tradescant. Und wenn ich mich vom Militär zurückziehe, werde ich im Parlament sitzen und Euch für Eure Dienste als Gärtner den Baronetstitel übertragen. Oder die Herzogswürde. Alles, was Ihr wünscht.«

Hester kicherte nun. »So kommt und seht Euch die Tulpen an«, drängte sie ihn. »In diesem Jahr sind sie ganz besonders schön. Im letzten Frühjahr ist mein Mann zurückgekehrt, wie ihr wißt, und hat viele neue Pflanzensorten mitgebracht, die Ihr vielleicht gern sehen wollt. Dem Tulpenbaum werdet Ihr auf keinen Fall widerstehen können.«

»Verzeiht, wie war das?« fiel er ihr ins Wort.

Hester lachte. »Das verspreche ich Euch. Ein auserlesen schöner Baum mit weißen Blüten, die wie Tulpen aussehen. Ich selbst habe sie noch nicht gesehen, weil wir nur zwei Schößlinge haben, aber wir haben schon Stecklinge gezogen, und mein Mann versichert mir, daß sie gut anwachsen werden.«

John Lambert folgte ihr durch das Haus und machte auf der Terrasse halt, wo er über den ganzen Garten blicken konnte.

»Das ist ein kleines Stück vom Paradies«, sagte er. »Ihr habt den richtigen Namen gewählt, als Ihr den Ort Arche genannt habt. Vor den Mauern draußen hat eine ganze Welle von Gewalt geherrscht, und dennoch ist hier nichts herübergeschwappt.«

»Ich habe das ganze Leben dafür gearbeitet, daß es hier so aussehen wird«, sagte sie. »Es freut mich, daß Ihr es so empfindet.«

Er betrachtete sie so, als verstünden sie sich sehr gut. »Wenn wir das Land so fruchtbar und friedlich machen können wie Euren Garten, Mrs. Tradescant, und jeder schwer arbeitende Mensch des Landes ein gesetzlich verankertes Recht auf sein Haus und seinen Garten hat, dann habe ich meine Pflicht so erfüllt wie Ihr die Eure.«

Sie blickte ihn neugierig an. »Sind das nicht die Gedanken der Leveller?« wollte sie wissen. »Ich dachte, deren Ziele wären zerschlagen?«

Er lächelte, aber er widerlegte ihre Aussage nicht. »Nicht in den Herzen und Köpfen. Ich glaube, jeder, der gesehen hat, wie die Armen in diesem Lande leiden, möchte, daß die großen Ländereien und Parks geöffnet werden, damit sich die Unbehausten selbst Häuser errichten und die Hungrigen ihr Gemüse und Obst anbauen können. Ich bin Landbesitzer, Mrs. Tradescant. Ich möchte nicht, daß man meine Gartenmauern niederreißt. Aber ich wünsche auch nicht, daß die riesigen Parkanlagen eingezäunt sind, damit dort das Wild gehegt und gepflegt wird, wohingegen die Bevölkerung draußen hungert.«

Hester nickte und ging den Gartenweg voraus bis zu den farbenprächtigen Tulpenbeeten. Mit einem kleinen Lächeln drehte sie sich um, um John Lamberts erstaunten Gesichtsausdruck zu sehen.

»Die sind ganz einmalig«, hauchte er. »Die muß ich haben.«

»Ich werde Feder und Papier für Eure Bestellung holen«, sagte Hester mit Genugtuung. »Und nächsten Monat müßt ihr wiederkommen, um die Rosen zu bewundern. In diesem Jahr entwickeln sie sich ganz wunderbar.«

Er schüttelte den Kopf, und etwas in dieser Geste machte sie besorgt. War er am Ende doch nicht so unbekümmert, wie es den Anschein gehabt hatte? »Ich fürchte, im Juni werde ich woanders viel zu tun haben.«

Hester begriff, was er gemeint hatte, als am nächsten Tag die Nachricht zu ihnen durchdrang, daß in jeder Stadt und in jedem Dorf des Landes royalistische Truppen formiert worden waren. Männer, die ihre Lanzen beiseite gelegt hatten in der Hoffnung, die Schlacht sei nun vorüber, liefen und ritten für den König wieder die Landstraßen auf und ab und trommelten die Soldaten zusammen.Und auf einmal stellte sich auch die Flotte hinter den König und segelte in die Häfen der Südküste ein und rief jeden Hafen für den König aus. In jeder Grafschaft, jeder Stadt, jedem Dorf gab es nun ein eigenes royalistisches Hauptquartier und eine royalistische Kavallerie. Wieder befand sich das Land im Krieg, ganz spontan, natürlich, und es ging um die Freilassung des Königs und seine Rückkehr auf den Thron, alles in einer großen nostalgischen Welle der Sehnsucht nach den Tagen des Friedens vor dem Krieg.

Die Leute, die dabeigewesen waren, als im ersten Bürgerkrieg von 1642 bis 1646 Cromwells Armee den Sieg über den König errungen hatte, strebten nun mit großer Ungeduld nach Frieden, den sie sich von Charles erhofften. Soldaten, die unter Cromwell ziemlich gleichgültig gekämpft hatten, wechselten die Seite und hofften auf ihren Sold und einen Sieg unter dem Befehl der Royalisten. Und jene Soldaten, die während der langen vier

Jahre für den König in die Schlachten gezogen waren und auch in den folgenden zwei Jahren gelitten hatten, sie beteten nun, daß diese letzte Chance ihnen allen ihren früheren Wohlstand wiederbringen möge.

Für Hester war es kaum zu fassen, daß der König Grund einer zweiten Katastrophe sein sollte, zumal er sich doch in Gefangenschaft befand. Es waren großangelegte Auseinandersetzungen mit Hunderten verschiedener Gefechte im ganzen Königreich. Schließlich belagerte Lord Norwich die Stadt London und würde sie womöglich für den König einnehmen. Fiele London in seine Hände, so wäre auch das Parlament verloren, und dann wäre der Krieg vorüber und der König der Sieger.

Hester traf Johnnie dabei an, wie er den Sattel auf das Pferd warf. Er trug eine Tasche über der Schulter. Da konnte sie sich nicht länger zurückhalten: »Und wo, zum Teufel, willst du wohl hin?«

Er drehte sich zu ihr um. »Du kannst mich nicht davon abhalten. Ich ziehe in den Kampf für den König.«

»Du bist ein Kind.«

»Ich bin fast fünfzehn, alt genug, um zu kämpfen.«

Hester stürzte sich auf ihn und zog ihn wie einen Schuljungen am Hemdkragen den Gartenweg entlang, vorbei an den prächtigen Rosenbeeten, aus denen ihnen ein Duftschwall entgegenschlug, zum Obstgarten hin, in dem John auf einer Leiter stand.

»Der König braucht Dummköpfe wie dich!« rief Hester. »Eine Armee von Dummköpfen für den obersten Dummkopf, den König!«

»Und ich werde doch gehen!« verkündete Johnnie und versuchte sich von ihr loszumachen. »Ich lasse mir von dir nichts mehr sagen. Ich bin ein Mann, ich werde wie ein Mann handeln.«

Hester ließ ihn bei seinem Vater los. »Er ist ganze vierzehn«, sagte sie standhaft. »Sagt, daß er ein Mann ist. Ich kann ihm nichts mehr vorschreiben. Du mußt es nun entscheiden. Soll er dem König dienen oder nicht?«

Langsam stieg John von den unteren Stufen der Leiter und sah seinen Sohn an. »Was soll das Ganze?«

Johnnie sah seinen Vater fest an. »Ich möchte meiner Pflicht nachkommen«, erklärte er. »Ich möchte dem König dienen.«

»Mit Unruhen und Tumulten und dem gegenseitigen Abschlachten der Leute in Maidstone und Canterbury ist dem König nicht gedient.«

»Ich möchte meine Pflicht erfüllen!«

John legte seine Hand auf den gebogenen Ast des Apfelbaumes, als könne er von ihm Kräfte beziehen. »Du hast nur Gott, deinem Vater und deiner Mutter gegenüber Pflichten«, sagte er.

»Du glaubst ja nicht einmal an Gott«, warf ihm Johnnie vor. »Du glaubst an gar nichts. Du hast deine Pflicht als Vater an mir nicht erfüllt – du warst jahrelang fort. Du bist ein Mann des Königs, aber du streitest nicht für ihn, du wirst vom Parlament bezahlt, und du machst dich darüber lustig, Gärtner des Parlaments zu sein. Du bist ein Pflanzer aus Virginia, aber du bleibst daheim in Lambeth. Von dir lasse ich mir nicht erklären, wo meine Pflichten liegen!«

John schlug Johnnie nicht, sondern erstarrte an Ort und Stelle, seine Hand verkrampfte sich um den Ast so sehr, daß die Finger ganz weiß wurden.

»Es tut mir leid, daß du so wenig von mir hältst«, sagte John ruhig. »Und was du sagst, stimmt. Ich habe mein Vertrauen in Gott verloren, als deine Mutter starb und ich sie nicht einmal in den Arm nehmen konnte, um die Pest nicht an euch weiterzugeben. Ich habe dich und Frances und deine Stiefmutter in Zeiten verlassen, als ich mich eher um euch hätte kümmern sollen – doch ich dachte, der König würde mich nie aus seinen Fängen lassen. In

Virginia habe ich zwar Landrechte erworben, doch ich mußte weggehen, weil ich nicht töten konnte.«

Johnnie wollte schon widersprechen, Hester kannte ihn nur zu gut. Aber John ließ sich nicht unterbrechen. »Hör nur gut zu«, sagte John. »Ich weiß Dinge, die du nicht weißt. Weil ich die ganze Zeit über nachgedacht habe. Ich bin nicht wie mein Vater. Er diente einem Herrn nach dem anderen mit loyalem Herzen. Er hat nie in Frage gestellt, daß der eine der Herr und er immer der Gefolgsmann war. Aber so ist es bei mir nicht gewesen. Und so wird es auch nicht für dich sein. Die Welt hat sich verändert, Johnnie. Es reicht nicht aus, nur die Pflicht anzuführen und zum Rhythmus der Militärtrommeln in den Krieg zu marschieren. Du mußt für dich nachdenken, du mußt deinen eigenen Weg gehen.«

Daraufhin herrschte langes Schweigen im Obstgarten. Irgendwo hoch oben in den Bäumen fing eine Amsel an zu singen.

»Es tut mir leid, was ich gesagt habe«, sagte Johnnie etwas steif. »Und ich bitte dich um deine Erlaubnis als dein gehorsamer Sohn. Ich möchte los und dem König dienen. Das ist mein Weg.«

John warf Hester rasch einen Blick zu, als liege die Entscheidung nun bei ihr. Ein Blick genügte. Hester wirkte überaus traurig, die Hände hatte sie unter ihrer Schürze vergraben.

»So möge dich Gott beschützen«, sagte John langsam. »Und kehre heim, sobald Zweifel in dir aufkommen, Johnnie. Du bist der einzige Tradescant-Erbe und uns sehr lieb.«

Langsam fiel Johnnie auf die Knie in das Gras, damit er den Segen seines Vaters empfangen konnte. Über seinen geneigten hellen Kopf hinweg blickte John zu Hester und sah, daß er das Richtige gesagt hatte – sie ließen ihren Sohn in den Krieg ziehen.

Liebste Mutter, liebster Vater!

Diese Zeilen schreibe ich auf dem Weg nach Colchester an Euch. Ich reite mit Lord Norwich und einem halben Dutzend Gentlemen und einer Truppe von mehr als tausend Mann. In London sind wir zurückgeschlagen worden, unglücklicherweise traf ich erst dort ein, als man schon im Aufbruch war – doch zumindest befinde ich mich in einer Kavallerietruppe, die unterwegs auch Rekruten aufnimmt.

Das Pferd schlägt sich gut, ich sorge auch dafür, daß es jeden Abend Futter erhält. Wir müssen uns selbst mit Essen versorgen, was nicht einfach ist, da vielerorts die Bauernhöfe schon vorher arm waren und hinterher noch schlimmer dran sind. Einige der Gentlemen springen mit den Bauern und Arbeitern sehr böse um, dadurch eilt uns kein guter Ruf voraus, und wir werden nicht gern aufgenommen.

Wenn wir in Colchester sind, werden uns die Schiffe versorgen, und aus East Anglia trifft bald eine Armee zu unserer Unterstützung ein. Es besteht kein Zweifel, daß wir gewinnen werden.

Liebe Grüße an Frances und ihren Mann. Ihr könnt Alexander bitten, die Lieferung der Schießpulverfässer an uns ein wenig zu verzögern, er täte mir damit einen Gefallen. Ich hoffe, daß es Euch allen gutgeht. Euer liebender und gehorsamer Sohn – John.

»Er unterschreibt mit John, nicht mit Johnnie«, hatte Hester bemerkt.

»Er klingt recht gut«, erwiderte John.

Sie standen, die Köpfe aneinandergepreßt, in der Diele und lasen den kurzen Brief. Dann lasen sie ihn noch einmal.

»Es ist ein gutes Pferd, es wird ihn beschützen«, sagte John.

»Was die Kavallerie betrifft, so klang er nicht sehr glücklich.«

John ließ den Brief in ihre Hände gleiten und wandte sich dem Garten zu. »Wie sollte er auch? Ein Junge, der von der Welt so wenig gesehen hat und plötzlich in den Krieg reitet?«

»Solltest du ihn nicht heimholen?« fragte Hester.

John hielt inne, er hatte den Wunsch aus ihrer Stimme herausgehört. »Ich kann nicht«, sagte er.

Sie wollte schon etwas dagegen sagen, doch er gebot ihr zu schweigen. »Mach mir keine Vorwürfe, Hester, mich schmerzt es genauso wie dich, meinen Sohn in diesen Krieg verstrickt zu sehen! Und ich habe genausoviel wie du dafür gebetet, daß es Frieden geben sollte, ehe er erwachsen ist. Ich war sicher, daß alles vorbei sein würde. Aber ich kann ihn nicht wie einen ungezogenen Schuljungen nach Hause holen. Er muß seinen eigenen Weg gehen.«

Er sah sie an und entdeckte, daß ihr die Qual im Gesicht stand.

»Er ist mein Sohn!« sagte sie voller Leidenschaft. »Macht Scherze über das Schießpulver.«

John schwieg, ganz düster vor Sorgen, dann nickte er und lief in seinen Garten.

Juli 1648

Während der Sommermonate, in denen wie gewöhnlich die Pest in London wütete, blieb Frances in der Arche. Solange Hester voller Unruhe auf Nachrichten von Johnnie wartete, war Frances die einzige Gesellschaft, die sie ertragen konnte. Der Krieg schien sich zugunsten des Königs zu wenden, so hoffte sie nur, daß Johnnie bald mit der triumphierenden royalistischen Armee in London einmarschieren würde. Im Juli verkündeten dann die Schotten auf hochdramatische Weise, daß sie plötzlich die Seiten gewechselt hätten und nun hinter dem König stünden. Mit neuntausend Mann überschritten sie die Grenze, um gegen die kampfesmüden, unterbezahlten und desillusionierten Soldaten des Parlaments zu kämpfen.

Der Sommer war furchtbar verregnet. Im Garten füllten sich die Rosenblüten mit Regenwasser und verfaulten langsam. Die Erdbeeren und Himbeeren zermatschten in den Regengüssen zu Brei. Hester verbrachte viele Tage damit, den Regen an den großen venezianischen Fensterfronten des Raritätensaals zu beobachten, und sie blickte in einen überfluteten Garten, in dem ihr Mann in knöcheltiefem Schlamm herumwatete und Gräben zog, damit das Wasser in das Flüßchen vor dem Haus abziehen konnte, das seinerseits schon beträchtlich angestiegen war, inzwischen schon über die Brücke schwappte und immer weiter anschwoll.

Ganz untypisch war es, daß sich Hester kein Sackleinen über die Haube warf und ihm zu Hilfe eilte. Statt dessen saß sie an dem leeren Tisch, schaute nicht in die Haushaltsbücher und hatte auch kein Nähzeug auf ihrem

Schoß. Sie unterhielt sich nicht einmal mit den wenigen Besuchern, die sich die Kuriositäten anschauen wollten. In Anbetracht der Tatsache, daß die Wasserpegel der Flüsse immer noch stiegen und im Lande wieder Krieg herrschte, hätten sie ebensogut auch die Arche schließen können, so wenig Geld nahmen sie zur Zeit ein. Schweigend saß Hester da, beobachtete den Regen, und Frances saß stumm neben ihr.

Da erfuhren sie, daß die englische royalistische Armee auf dem Weg nach Colchester wieder angegriffen worden war und sich in der Stadt verschanzen mußte. Es gab ein kurzes und schreckliches Gefecht, in dem die Royalisten in die Stadt zurückgedrängt wurden, noch ehe sie die Stadttore schließen und die Soldaten des Parlaments aussperren konnten. So kamen Hunderte von Soldaten um. Dieses Gemetzel war blutiger und erbitterter, als man es je zuvor in England erlebt hatte. Hester betrachtete den Regen und wußte nicht, ob ihr Stiefsohn am Leben war oder mit dem Gesicht nach unten im Schlamm vor den Toren von Colchester lag.

Es handelte sich nicht um eine Belagerung, es war eher ein damit verbundenes Massaker. General Fairfax und John Lambert führten die Parlamentsarmee an. Sie hatten die Stadt mit einem Wall und einem Graben umgeben und zehn Festungswerke errichtet, die an der Umgrenzung standen. Niemand gelangte lebendig heraus. Die ganze Stadt war nicht nur belagert, sondern auch gänzlich eingekesselt.

»John Lambert ist dort?« fragte Hester, als Frances ein Blatt mit den neuesten Nachrichten mitbrachte und den Bericht von der Belagerung vorlas.

»Ja«, erwiderte Frances und blickte ihre Mutter an.

»In welchen Zeiten leben wir nur: John Lambert steht auf der einen Seite und mein Sohn auf der anderen«, sagte Hester ganz leise.

In Kingston-upon-Thames war von Lord Holland, unterstützt vom Herzog von Buckingham, dem Sohn von Tradescants früherem Herrn, eine andere royalistische Armee aufgestellt worden. Als jener Name erwähnt wurde, hatte John sein Gesicht zu einer düsteren Maske verzogen und war hinausgestapft, um Sandsäcke vor der Eingangstür der Arche aufzustapeln. Die Straße nach Lambeth stand völlig unter Wasser, und der kleine Fluß vor ihrem Haus war über die Ufer getreten und über die Straße und in Tradescants Obstgarten geströmt. John befürchtete sogar, daß die Themse sein Land an der Nordseite der Straße mit Salzwasser überfluten würde, konnte aber nichts dagegen unternehmen.

Doch der neuen Armee des Königs traten nur wenige Männer bei. Weniger als fünfhundert Soldaten marschierten in dem Schlamm auf London und dann auf Reigate Castle zu. Aber dann bliesen sie zum Rückzug, der rasch zu einer wilden Flucht durch die Dörfer im Norden Londons wurde und bei Surbiton ein böses Ende fand. Der Graf von Holland wurde von den Parlamentstruppen gefangengenommen und nach London geschickt. Das Parlament entschied, daß er wegen Hochverrats geköpft werden sollte. Der Herzog von Buckingham entwischte sicher nach Holland.

»Das sieht ihm ähnlich«, sagte Tradescant verbittert.

Auf einmal schien das royalistische Fieber so rasch vorbei zu sein, wie es aufgelodert war. In England kam es zu keinem weiteren Aufstand. Jetzt hing alles von den Schotten ab: ob es ihnen gelang, nach Colchester vorzudringen, um die Stadt zu befreien, und ob sie dann den ganzen Weg Richtung Süden bis nach London weitermarschierten.

Die Royalisten, die in Colchester belagert wurden und deren Vorräte sich bald erschöpften und deren Hoffnung auf Befreiung schwand, baten nun um sicheres Geleit für Frauen und Kinder. Sie öffneten das Ausfalltor und schickten ihre Familien hinaus zu den feindlichen Truppen. Zu ihrem Entsetzen wurden die Frauen entblößt, mißbraucht und wieder in die Stadt zurückgetrieben. Noch nie hatte England eine so barbarische Behandlung erlebt. Die Männer, die sich noch vor sechs Jahren einem besiegten Feind gegenüber ritterlich verhalten hätten, gerieten in einen Blutrausch der Wut darüber, daß der Krieg schon wieder ausgebrochen war. Pardon gäbe es keinen, Gefangene würden nicht gemacht. Nicht einmal Prozesse wegen Hochverrats würde es geben. Sobald die Leute die Waffen niederlegten, würden sie von der Kavallerie des Parlaments niedergemacht werden.

Hester sagte nichts, als John ihr diese Gerüchte überbrachte, sie weinte nicht, sie flüsterte nicht einmal den Namen ihres Stiefsohnes. Sie blickte wieder aus dem Fenster und sagte nur: »Wann wird es jemals aufhören zu regnen?«

Für die Leute in Colchester war der Regen ein Segen. So gab es wenigstens etwas Trinkwasser. Wollten sie Fleisch essen, so mußten sie ihre Pferde schlachten, dann die Hunde, Katzen und Ratten und alles, was sie zu fassen kriegten. Mehl zum Brotbacken fehlte ebenso wie frisches Gemüse. Die Menschen erkrankten, alle litten Hunger.

Hester hoffte, daß die Schotten rasch nach Süden vormarschierten und zuerst Colchester befreiten. Sie schwappten wie ein Eroberungstrupp über die Grenze und gelangten nach Preston Moor, nur eine Meile nördlich von Preston, und waren bis dahin von niemandem aufgehalten worden. Doch dort stießen sie auf die Armee des Parlaments unter der Führung von Cromwell und John Lambert, der die Kavallerie befahl.

Als die Nachricht von der Niederlage der Schotten in Colchester eintraf, blieb keine Hoffnung mehr für sie. Die Garnison ergab sich dem harten und unversöhnlichen Feind. Der Krieg war vorbei, der König war wieder einmal besiegt; und die Tradescants konnten nichts weiter tun als warten, ob Johnnie heimkehren würde oder ob er unter den vielen war, für die es keine Rückkehr gab.

Hester verließ ihren Platz an dem venezianischen Fenster und stellte einen Stuhl und einen Tisch an die Eingangstür, von wo aus sie die Straße nach Lambeth gut einsehen konnte. Mit ihrem Nähkorb auf dem Tisch erweckte sie für jeden, der an ihrem Haus vorüberging, den Eindruck, daß sie an ihrer Arbeit saß und nach den feuchten Tagen des Sommers die Septembersonne genoß. Nur John und Frances wußten, daß sie mit dem Hemd, das sie im Schoß hielt, seit jenem schwarzen Tag, an dem sich Colchester ergeben hatte, kein Stück weiter vorangekommen war.

Herbst 1648

Ein Fuhrwerk brachte ihn heim. Der Kutscher, der in seiner Jugend einmal die Arche besucht hatte, erinnerte sich an das Haus als an einen Palast der Schätze, und er hatte den Namen Tradescant immer in guter Erinnerung behalten. Johnnie, blaß und durchgerüttelt auf den holprigen Wegen, schrecklich dünn und mit einer dunklen, entzündeten Wunde vom Hüftknochen an bis zu den Rippen hinauf, lag hinten auf einem Berg von Sackleinwand.

Hester hörte das Rattern der Räder und blickte von ihren untätigen Händen auf, die das ungenähte Hemd umklammerten, warf ihren Stuhl um und rannte zur Vordertür hinaus auf die Straße.

»Johnnie!« rief sie, als sie über die Ladeklappe sah.

Er brachte ein kleines Lächeln zustande. »Mutter.«

»Fahrt hinten herum«, wies sie den Kutscher an. Ihre monatelange passive Regungslosigkeit war beinahe vergessen. Sie sprang hinten auf den Tritt des Fuhrwerks, starrte ihren Stiefsohn an und hielt sich fest, während sie über die kleine Brücke holperten und an der Terrasse des Hauses vorbei in den Hof fuhren. John pflückte gerade Äpfel. Er blickte zum Haus und sah den Wagen in den Hof einbiegen. Er sprang von der Leiter und ging aufs Haus zu, ließ sich jedoch Zeit, da er viel zuviel Angst davor hatte, was ihn dort erwartete.

Der Kutscher und Hester hatten Johnnie in die Mitte genommen und liefen mit ihm langsam auf die Küchentür zu, die die Köchin aufmachte. Im Wohnzimmer setzten sie Johnnie vorsichtig in den Sessel seines Vaters am Kamin.

»Hol den Brandy«, wies Hester die Köchin an. John trat ein und hinterließ auf den glänzenden Holzdielen mit jedem Schritt Gartenerde.

»Sohn?«

Johnnie blickte zu seinem Vater auf. Etwas in seinen Augen, etwas Verletzliches und zu Unrecht Verwundetes, erinnerte John ganz stark an Jane, seine verlorene Frau. Der Kummer um seinen Sohn und der alte Schmerz um seine Frau trafen ihn wie etwas Vertrautes. Er fiel auf die Knie und nahm die Hände seines Sohnes.

»Du bist jetzt in Sicherheit«, sagte er. »Sicher zu Hause. Bist du stark verwundet?«

»Ein Spieß bohrte sich in meine Seite«, flüsterte Johnnie. »Es hat sehr geblutet. Doch jetzt verheilt die Stelle.«

Hester hielt ihm das Glas mit Brandy an die Lippen, Johnnie nahm einen kleinen Schluck.

»Wir bringen dich gleich ins Bett«, versprach sie ihm. »Und dann bekommst du richtiges Essen.« Sie strich ihm das lange helle Haar aus der Stirn. »Mein Junge«, sagte sie zärtlich. »Mein armer Junge.«

Die Köchin kehrte zurück. »Das Bett ist nun bereit für ihn, die Bettücher sind angewärmt.«

Der Kutscher und Hester traten schon auf Johnnie zu, doch John hielt sie zurück. »Ich schaff das schon«, sagte er mit rauher Stimme und hob seinen Sohn hoch.

Der Junge wog kaum mehr als damals mit zehn Jahren. Tradescants Gesicht verdüsterte sich, als er spürte, wie leicht Johnnie war, und er trug ihn die Treppe hinauf. Hester rannte voraus, öffnete das Schlafzimmer und schlug die Decke zurück.

»Ich bin völlig verlaust«, sagte Johnnie warnend. »Und von Flöhen befallen.«

»Das macht nichts«, entgegnete Hester und streifte ihm die Stiefel und Hosen ab.

Als sie ihm das Hemd auszog, jammerte er kurz vor

Schmerzen auf. Dann entdeckte sie, daß das schmutzige Leinen am offenen Fleisch der Wunde festgeklebt war.

»Es wird dir bald wieder besser gehen«, sagte sie.

Beide, ihr Mann und auch ihr Sohn, hörten in Hesters Stimme ihre alte Entschlossenheit. »Es wird dir bald wieder besser gehen.«

König Charles feierte in Newport vergnügt seinen achtundvierzigsten Geburtstag und empfing die Abgesandten des Parlaments, die aus London angereist waren, um einen neuen Frieden mit dem König auszuhandeln, einem König, der alle Abkommen, die sie zuvor getroffen hatten, gebrochen hatte. Dieses Mal war er entgegenkommender denn je; doch er würde nie zulassen, und das gelobte er, daß man den Grundbesitz der Bischöfe und deren Paläste verkaufte. Die Bischöfe konnten nicht abgeschafft werden, ihre Stellungen sollten erhalten bleiben. Doch das Parlament war entschlossener als die Schotten. Sie wollten sich nur mit der völligen Abschaffung der Bischöfe und der Freigabe ihrer Güter und Ländereien zufriedengeben.

Als Alexander Norman und Frances im November die Arche besuchten, saß Johnnie, eingehüllt in warme Kleider, mit seinem Vater und seiner Mutter am Kamin, wo sie gerade über das Schicksal des Königs redeten.

»Irgend etwas Neues?« fragte John seinen Schwiegersohn.

»Der Anteil der Leveller in der Armee steigt von Tag zu Tag«, erwiderte Alexander. »Und sie fordern, daß es nie wieder einen König geben soll und daß das Parlament alle drei Jahre von Leuten, die ein Interesse am Wohlergehen des Landes haben, gewählt werden soll.«

»Was bedeutet das für den König?« wollte John wissen.

»Wenn sie im Parlament die Oberhand gewinnen, dann wird er gewiß außer Landes geschickt. Hier hat er dann nichts mehr verloren«, meinte Alexander in vollem Ernst.

»Vielleicht geht er ja darauf ein«, fügte Hester hinzu und blickte dabei auf ihren Sohn. »Vielleicht können sich der König und das Parlament in Newport einigen.«

»Er muß darauf eingehen«, entgegnete Alexander. »Er ist das größte Wagnis eingegangen, das er je riskieren konnte – er hat die Schotten gegen seine eigenen Landsleute ziehen lassen. Und er hat verloren. Jetzt muß er dem Parlament zustimmen.«

Johnnie errötete und schaukelte verlegen in seinem Sessel hin und her. »Wie soll er das machen? Er ist doch der König! Nur Gott steht über ihm.«

Frances ging zu ihm hinüber und nahm seine Hand. »Jetzt hör endlich auf«, sagte sie mit der Entschlossenheit der älteren Schwester. »Der König muß seine eigene Entscheidung treffen, die hat jetzt nichts mehr mit dir oder uns zu tun.«

»Sie hat recht«, sagte Hester.

Der König beschloß, den breiten Pfad der großen Prinzipien einzuschlagen – oder vielleicht entschied er sich auch nur wieder dafür, weiter Glücksspieler zu sein, oder vielleicht wollte er nur einen großen Auftritt haben, eine stolze, theatralische Geste machen und sehen, was daraufhin geschah. Ganz kühn, unbekümmert und unverfroren lehnte er die Forderungen des Parlaments ab. Dann wartete er ab, was folgen würde.

Doch was dann folgte, überraschte ihn wirklich. Die Männer von Cromwells Armee und die Leute von Lambert und Fairfax hatten die Verzögerungen und vergebenen Chancen satt. Sie waren sich im klaren, daß nun ein langanhaltender Frieden und eine Reform der Gesetze über Landbesitz zugunsten der einfachen Bevölkerung kommen müsse. Sie marschierten ins Unterhaus ein, schlossen die Mitglieder aus, von denen man wußte, daß es Sympathisanten der Krone waren, und bestanden darauf, daß der König wegen Verrats an seinen Untertanen vor Gericht gestellt werden müsse.

Hester überbrachte John jene Nachricht, als er gerade die zarten Pflanzen in der Orangerie goß. Der Frost an den Fenstern löste sich auf, die Scheiben waren mit Tropfen besetzt und undurchsichtig. Die Zitrusbäume, an deren Zweigen die letzten leuchtenden Orangen und Zitronen hingen, verbreiteten im ganzen Raum ihren Duft, die Holzkohle im Ofen sackte zusammen und knisterte leicht. Hester hielt auf der Türschwelle inne, jenen friedlichen Augenblick wollte sie nicht gleich stören. Dann preßte sie die Lippen aufeinander und ging festen Schrittes hinein.

»Sie haben den König von der Isle of Wight abgeholt und bringen ihn nun nach London. Sie stellen ihn vor Gericht«, sagte sie leise. »Sie haben ihn des Hochverrats beschuldigt.«

John blieb wie angewurzelt stehen. Aus der Gießkanne floß kaltes Wasser auf seine Stiefel. »Hochverrat?« wiederholte er. »Wie kann ein König des Hochverrats beschuldigt werden?«

»Man sagt, er habe versucht, dem Volk die Freiheit zu nehmen und eine Gewaltherrschaft zu errichten«, erklärte Hester. »Und gegen das eigene Volk Krieg zu führen ist wohl Hochverrat.«

Das Wasser hatte um Johns Füße herum schon eine kleine Lache gebildet, doch er bemerkte es nicht. Und auch Hester merkte es nicht, da sie unverwandt in sein bestürztes Gesicht blickte.

»Wo ist er jetzt?« fragte John ganz erstarrt.

»Auf dem Weg nach London, so heißt es hier in Lambeth. Ich schätze, sie werden ihn in den Tower sperren oder vielleicht in einem der Schlösser unter Arrest stellen.«

»Und dann?«

»Ihm wird der Prozeß gemacht. Vor einem Gericht. Ein richtiger Prozeß ...«

»Aber die Strafe für Hochverrat ...«

»Ist der Tod«, beendete Hester den Satz.

Kurz vor Weihnachten klopfte es. Johnnie, der immer noch ganz angespannt war, fuhr bei dem lauten Geräusch zusammen. Als Hester die Tür öffnete, versuchte sie den bewaffneten Mann mit ernster Gelassenheit zu empfangen.

»Eine Nachricht für John Tradescant, den einstigen Gärtner des Königs«, sagte er.

»Ist nicht hier«, sagte Hester mit ihrer üblichen Vorsicht.

»Dann lasse ich die Nachricht bei Euch«, erwiderte der Mann munter. »Der König möchte ihn sehen, in Windsor.«

»Er wird vom König nach Windsor gerufen?« fragte Hester ungläubig.

»Ganz, wie er will«, meinte der Mann ohne großen Respekt. »Der König befiehlt ihn dorthin. Was mich betrifft, so kann er gehen oder nicht. Ich erhalte meine Befehle von Oberst Harrison, der den König bewacht. Und sein Befehl lautete, Mr. Tradescant mitzuteilen, daß der König ihn zu sehen wünscht. Und das habe ich hiermit getan. Also verabschiede ich mich wieder.«

Er nickte ihr noch einmal freundlich zu und lief schon über die Brücke zur Straße nach Lambeth, ehe Hester etwas darauf erwidern konnte.

John beschnitt gerade die Rosen mit einem scharfen Messer. Seine Hände waren von der Arbeit ganz zerkratzt.

»Du wirst nie erraten, wer gerade da war.«

»Na, dann sag es mir lieber gleich.«

»Ein Bote des Königs«, erwiderte sie und wartete auf seine Reaktion.

Er wurde ganz steif, wie ein alter Jäger, wenn er das Jagdhorn hört. »Der König hat nach mir geschickt?«

Sie nickte. »Du sollst zu ihm nach Windsor kommen. Der Bote hat klargemacht, daß du nicht gehen mußt, wenn du es nicht wünschst. Der König hat keine Macht mehr, dir Befehle zu erteilen. Aber er hat dir die Botschaft überbracht.«

John ging ganz vorsichtig zwischen den Rosensträuchern hindurch, streifte die Dornen von seiner Jacke ab und war in Gedanken schon in Windsor.

»Wirst du dich auf den Weg machen?«

Schon rannte er zum Haus, sein Gartenmesser ließ er in die Gürteltasche gleiten, seine Rosen hatte er fast vergessen. »Ich muß natürlich hin«, sagte er. Sie besaßen kein Pferd mehr, sie hatten nicht genügend Geld, um den guten Gaul zu ersetzen, der Johnnie in den Krieg nach Colchester getragen hatte und dann während der Belagerung geschlachtet worden war. John lief zur Fähre nach Lambeth und nahm ein Boot flußaufwärts nach Windsor.

Das Schloß wirkte eigentlich so wie immer: Soldaten als Wachposten vor dem Tor, die übliche Geschäftigkeit, die den königlichen Hof umgab. Doch alles war eigenartig gedämpft: leiser, mit weniger Aufregung, als glaubten selbst die Küchenmägde nicht mehr daran, daß sie dem einzigen Vertreter Gottes auf Erden das Fleisch zubereiteten, sondern eher in der Küche eines normalen Sterblichen tätig waren.

John blieb vor den gekreuzten Spießen der Wachleute stehen. »John Tradescant«, sagte er. »Der König hat mich gerufen.«

Die Spieße gaben den Weg frei. »Er tafelt gerade«, sagte einer der Soldaten.

John schritt durch das Tor, durch den inneren Hof und in die große Halle.

John Tradescant umfing die schaurige Atmosphäre eines vergangenen Lebens, das nun wiedererweckt worden war. Dort war der königliche Thronhimmel, den der Windzug von den offenen Fenstern etwas hin und her bewegte. Dann waren da der König, der mit allem Pomp darunter saß, der große Sessel an der großen Tafel und der reichlich gedeckte Tisch. Da waren die gewöhnlichen Leute, die sich auf der Galerie zusammendrängten und dem König wie immer beim Essen zuschauten. Dann gab es die unterschiedlichsten gehobenen königlichen Bediensteten, die einen, die verkündeten, daß die Tafel zum Servieren bereit sei, die anderen, die das Tischtuch ausbreiteten, wieder andere, die die langen Messer und Löffel auslegten und das Salz und die Speisen brachten, und weiterhin die Lakaien, die hinter dem Stuhl standen und den Wein einschenkten. Alles war so wie einst, und doch war es völlig anders.

Es gab keine Geräuschkulisse aus vergnügt schallendem Gelächter, um die Aufmerksamkeit des Königs gab es kein Wetteifern. An seiner Seite befand sich auch nicht die plumpe, gelockte Königin, und keine seiner prächtigen Porträts und Wandteppiche waren zu sehen, die immer in seinem Blickfeld gehangen hatten.

Und auch Charles hatte sich verändert. In seinem Gesicht hatte Enttäuschung Spuren hinterlassen, tiefe Tränensäcke befanden sich unter seinen dunklen Augen und Furchen auf der Stirn, sein Haar wirkte dünner und war von grauen Strähnen durchzogen, sein Bart war immer noch sorgfältig gekämmt, doch auch hier hatten sich weiße Haare darunter gemischt, und er wirkte nicht mehr so strahlend braun.

Charles blickte die große Halle entlang und entdeckte seinen Gärtner; doch er nickte nur und deutete John mit einer winzigen Geste an, daß er warten solle.

John, der auf die Knie gefallen war, als er die Halle betreten hatte, stand auf und nahm an einem der Tische Platz.

»Weshalb kniet Ihr nieder?« fragte ein Mann verärgert.

John zögerte. »Gewohnheit, schätze ich. Kniet Ihr in seiner Anwesenheit nicht nieder?«

»Warum sollte ich? Er ist auch nur ein Mann, so wie ich.«

»Die Zeiten ändern sich«, bemerkte John.

»Eßt Ihr?« fragte ein anderer.

John drehte sich um. Das waren nicht mehr die eleganten Höflinge, die einst in der Halle gespeist hatten. Das waren die Soldaten von Cromwells Armee, die von dem Ritual ganz unbeeindruckt blieben. Hungrig, aufrichtig und direkt waren sie. Auch an der Tafel. John zog ein Servierbrett zu sich heran und nahm einen Mundvoll Fleisch aus der gemeinsamen Schüssel.

Als der König das Mahl beendet hatte, trat einer der Bediensteten vor und bot ihm eine Schale Wasser an, damit er seine Fingerspitzen eintauchen konnte. Ein anderer hielt ein feines Leinentuch in Händen, an dem er sich abtrocknete. Niemand kniete dabei nieder, bemerkte John, und er fragte sich, ob sie der König deshalb nicht wieder fortschicken würde. Er beklagte sich nicht weiter. Er nahm die Dienstreichung hin, als hätte man sie einem kleinen Lord in seinem Landhaus angeboten, und bemerkte nicht einmal, daß sie dabei nicht knieten. John sah, wie das Mysterium der Krone vor ihm zusammenschrumpfte.

John stand auf und wartete auf einen Befehl. Der König krümmte einen Finger, so schritt John auf die erhöhte königliche Tafel zu, hielt an und verneigte sich.

König Charles erhob sich, stieg von seinem Podest herunter und schnippte mit dem Finger nach einem Pagen, der ihm hinterhereilte.

»Vor zw...zwei Nächten habe ich zum Dinner Melonen gegessen«, sagte er zu John, als wäre seit seiner letzten Unterhaltung mit der Königin und dem König, als sie den Garten von Oatlands planten, keine Zeit vergangen. »Und ich d...dachte, daß wir immer gesagt haben, wir sollten auch in Wimbledon ein Melonenbeet haben. Ich habe Euch die S...Samen aufbewahrt.«

John verneigte sich, in seinem Kopf drehte sich alles. »Eure Majestät?«

Der Page trat vor und überreichte John ein kleine Holzschachtel voller Samen.

»W...Werden sie in Wimbledon auch wachsen?« wollte der König wissen, als er an John vorbei zu seinen Gemächern lief.

»Das möchte ich meinen, Eure Majestät«, erwiderte John. Er wartete weiter ab.

»Gut«, sagte der König. »Ihrer M...Majestät wird das sehr gefallen, wenn sie es s...sieht. Wenn sie wieder h...heimkommt.«

»Und dann war er verschwunden«, erzählte John nach einer langen kalten Bootsfahrt zurück nach Lambeth Hester und Johnnie, die am Kamin saßen und staunten.

»Er hat dich den ganzen weiten Weg zu sich bestellt, um dir Melonensamen zu geben?« fragte Hester schließlich.

»Erst dachte ich, es handelte sich um irgendein Geheimnis«, gestand John. »Ich habe die Schachtel untersucht und den ganzen Tag gewartet, falls er mir eine geheime Botschaft zukommen lassen wollte. Ich habe mich in dem Blumenbeet unter dem Fenster seiner Privatgemächer zu schaffen gemacht, damit er wußte, daß ich da war. Doch es geschah nichts weiter. Es war ihm wirklich nur um die Melonensamen gegangen.«

»Er soll wegen Hochverrats vor Gericht und denkt daran, Melonen anzubauen?« wunderte sich Hester.

John nickte. »Das ist ganz der König«, sagte er.

»Wo wirst du sie anbauen?« fragte Johnnie.

John schaute in das angespannte Gesicht seines Sohnes, sah die Schatten unter seinen Augen und seinen ständig schmerzverzogenen Blick.

»Würdest du mir gern helfen?« bot er ihm freundlich an. »Wir könnten in Wimbledon ein richtiges Melonenbeet anlegen.«

»Ja, gern«, sagte Johnnie ohne Umschweife.

Januar 1649

John Tradescant packte eine Tasche. Hester stand in der Tür und sah ihm zu. Sie wußte, daß sie ihn nicht zurückhalten konnte. »Ich muß einfach dorthin«, sagte er. »Ich kann hier nicht rumsitzen, wenn er vom Gericht zum Tode verurteilt werden wird. Ich muß ihn sehen. Ich muß wissen, was dort passiert.«

»Alexander könnte dir jeden Tag eine Nachricht schikken«, schlug Hester vor.

»Ich muß einfach dorthin«, wiederholte John. »Er war der Herr meines Vaters und mein eigener. Ich war dabei, als alles anfing. Ich muß das Ende sehen.«

»Wer weiß schon, wann der Prozeß beginnt«, wandte Hester ein. »Eigentlich war er für diesen Monat vorgesehen, doch er wird immer wieder verschoben. Vielleicht wollen sie ihn gar nicht verurteilen, sondern ihn nur ein wenig einschüchtern, damit er ihnen zustimmt.«

»Ich muß einfach dorthin«, sagte John mit aller Beharrlichkeit. »Wenn kein Prozeß aufgerollt wird, dann muß ich dabei sein, wenn es heißt, daß es keinen gibt. Ich werde warten, bis es geschieht – wenn es geschieht.«

Sie nickte resigniert. »Aber laß immer von dir hören«, sagte sie. »Johnnie ist ganz krank vor lauter Angst.«

John warf sich den Mantel um die Schultern und griff nach seiner Tasche. »Er ist jung, er wird es überstehen.«

»Er meint immer noch, daß er es in Colchester länger hätte aushalten müssen«, sagte sie. »Wenn ich daran denke, was dieser Krieg bei Johnnie angerichtet hat, so wünsche ich, daß man den König wegen Hochverrats verurteilt.«

»Johnnie wird sich schon erholen«, sagte John. »Mit fünfzehn bricht einem nicht das Herz!«

»Nein«, sagte sie. »Doch als er in der Schule hätte sein sollen und mit anderen draußen hätte spielen können, da tobte hier der Bürgerkrieg. Statt ihm etwas beizubringen, warst du weit weg, weil du wußtest, der König würde dich in seinen Diensten behalten. Johnnie hatte nie die Möglichkeit, sich vom König und den Schlachten des Königs zu befreien.«

»Vielleicht werden wir am Ende des Ganzen von ihm befreit sein«, sagte John verbittert.

John konnte in keinem Gasthof in der Nähe von Westminster ein Zimmer bekommen. Er konnte sich nicht einmal ein Bett mit jemand anderem teilen. Alle Ställe und Heuraufen wurden als Schlafstätten vermietet, Hunderte, ja Tausende von Menschen strömten in die Stadt, um dem Prozeß des Königs beizuwohnen.

Hätte es auch nur die Hälfte des Mitgefühls für ihn gegeben, das der König so zuversichtlich erwartet hatte, wäre es zu Tumulten gekommen – oder zumindest zur Einschüchterung der Parlamentsbevollmächtigten. Doch die Menschen, die sich dicht an dicht in die Londoner City schoben, fühlten sich vielmehr als Zuschauer eines ganz besonderen Spektakels, wollten aus allernächster Nähe Zeuge eines historischen Umbruchs sein. Die meisten würden sogar zugeben, gekommen zu sein, um die Hinrichtung des Königs zu sehen.

John lief flußabwärts zum Tower und klopfte an Frances' Haustür an. Dabei bewunderte er die Christrose, die sie neben den Eingang gepflanzt hatte.

»Ist das eine von meinen?« fragte er Frances, als sie die Tür öffnete.

Sie umarmte ihn und sagte: »Natürlich. Hast du nicht gewußt, daß ich mir eine von dir stibitzt habe?«

»Ich war nicht so viel im Garten«, erwiderte er. Wie ihr sofort auffiel, verriet diese Äußerung, daß er großen Kummer hatte.

»Der König?«

»Ich möchte dem Prozeß beiwohnen.«

»Du hättest lieber nicht kommen sollen«, sagte sie offen und zog ihn in die kleine Eingangshalle und dann ins Empfangszimmer, in dem ein kleines Kohlenfeuer flackerte.

»Ich mußte einfach«, sagte John kurz.

»Übernachtest du heute hier?«

Er nickte. »Wenn es euch nichts ausmacht. In der Stadt ist kein einziges Bett mehr frei, und ich möchte nicht nach Hause umkehren.«

»Alexander geht hin, aber ich möchte nicht dabeisein. Ich erinnere mich an den Tag, als der König die Arche besuchte, ich habe ihn und die Königin gesehen, in kostbare Seide und Hermelin gehüllt. Sie waren beide so jung und so reich.«

John lächelte. Er sah das kleine Mädchen vor sich, das auf der Mauer gesessen und lange gewartet hatte, bis die Fingerspitzen ganz blaugefroren waren. »Du wolltest, daß er dich zum nächsten Tradescant-Gärtner ernennt.«

Sie lehnte sich nach vorn und stocherte in den Kohlen, so daß sie aufglühten. »Es ist kaum zu glauben, daß nun alles anders ist. Ich erwarte nicht mehr, Gärtnerin zu werden; aber es ist einfach unvorstellbar, keinen König mehr zu haben.«

»Heutzutage könntest du Gärtnerin werden«, sagte John. »In diesen verrückten Zeiten ist alles möglich, schätze ich. Gibt es nicht Frauen, die Predigten halten? Und andere haben an den Kämpfen teilgenommen und die Geschäfte und Arbeiten ihrer Männer und Väter übernommen, als diese im Krieg waren. Und viele arbeiten immer noch, weil ihre Männer nicht zurückgekehrt sind.«

Frances nickte ernst. »Ich danke Gott dafür, daß

Alexander hier in London beschäftigt war und Johnnie so jung war und erst ganz am Ende losgezogen ist.«

»Amen«, erwiderte John leise.

»Nimmt Johnnie es sehr schwer auf?«

»Er fühlt sich ihm sehr verpflichtet«, sagte John. »Ich wollte nicht, daß er das Ende persönlich miterlebt. Aber ich mußte kommen.«

»Nun ja«, sagte sie etwas erleichtert. »Ich werde jemanden zur Backstube schicken, damit du ein besonders gutes Abendessen bekommst. Und du wirst morgen recht früh aufstehen müssen, wenn du einen Platz im Gerichtssaal ergattern willst.«

Sonnabend, 20. Januar 1649

Alexander und John liefen zusammen nach Westminster. Der Prozeß fand vor einem außerordentlichen Gericht in der Westminster Hall statt, in aller Öffentlichkeit. Das Publikum sollte im Gerichtssaal in Absperrungen zusammengepfercht werden, damit niemand die Richter attakkieren oder gar den König befreien konnte. Nur die wohlhabenden Zuschauer durften auf den seitlich umlaufenden Galerien Platz nehmen. John und Alexander wollten bei den Leuten unten sein.

»Wie im Parkett im Theater«, beschwerte sich Alexander, als sie geschubst und gestoßen wurden.

Die Galerien füllten sich gegen Mittag. Als sich ein paar Zuspätkommende nach vorn durchschieben wollten, kam es zu einem fürchterlichen Gedränge. Tradescant und Alexander kämpften um ihre Plätze. Das Schubsen drohte gerade in Tumult auszuarten, da wurden die Türen aufgestoßen, und die Richter traten ein.

Zuerst wurden das Schwert und der Amtsstab hereingetragen, dann nahm der vorsitzende Richter – der Lord President – John Bradshaw Platz, zu seinen Seiten jeweils ein juristisch beratender Bevollmächtigter. Den schwarzen großen Hut hatte er sich tief ins Gesicht gezogen. Alexander Norman stieß John an.

»Den hat er sich mit Eisen füttern lassen«, flüsterte er. »Den Hut. Er hat Angst, daß ihn jemand von den Royalisten auf seinem Platz erschießen wird.«

John prustete vor Lachen und blickte dorthin, wo Cromwell die Halle betrat, ohne Hut und mit grimmigem

Gesicht. »Den Mann muß man bewundern«, sagte er. »Wenn überhaupt jemand erschossen werden sollte, dann er.«

Das Verfahren wurde eröffnet, Bradshaw nickte dann, daß man den Gefangenen vor den versammelten Gerichtshof bringen solle. John spürte die Hitze und den Druck der Menge.

»Geht es Euch gut?« fragte Alexander. »Ihr seid ganz weiß geworden.«

John nickte, seine Augen waren starr auf den südlichen Eingang gerichtet.

Zuerst traten etliche Soldaten ein und stießen die Menge zurück, damit ein Gang zu dem mit rotem Samt gepolsterten Lehnstuhl frei wurde, den man vor die Richter gestellt hatte.

Dann erschien der König. Er trug die kostbarsten schwarzen Stoffe – ein schwarzes Wams, schwarze Kniehosen und einen schwarzen Mantel –, auf der Schulter glitzerte der silberne Stern des Hosenbandordens. Er blickte nicht in die Runde, sah kaum die Richter an. Er schritt mit hocherhobenem, theatralisch gehaltenem Kopf durch die Menge, seine mit Edelsteinen verzierten Absatzschuhe klapperten über die Dielen, in der Hand hielt er seinen Spazierstock. Er nahm auf dem roten Samtstuhl mit dem Rücken zum Publikum Platz und behielt dabei seinen Hut fest auf dem Kopf, als wolle er sich ein Theaterstück im Schloß von Oatlands ansehen.

John atmete aus und bemerkte, daß sein leises Atemgeräusch Teil eines gemeinschaftlichen Seufzers, ja fast eines Stöhnens war, das aus der Menge kam, als der König sich vor den Männern niedergelassen hatte, die ihn zum Tode verurteilen konnten.

Bradshaw rückte noch einmal seinen gepanzerten Hut zurecht, nahm das Papier auf und eröffnete die Anklage. Der Rechtsanwalt John Cook, der als Ankläger des Parlaments auftrat, erhob sich nunmehr, um die einzelnen Beschuldigungen vorzutragen.

»Wartet ein wenig«, sagte der König leise.

»Mein Lord, im Namen des Unterhauses von England und aller Menschen klage ich den hier anwesenden Charles Stuart des Hochverrats und weiterer schwerwiegender Vergehen an ...«

Der König hob seinen Stock und klopfte John Cook damit auf den Arm.

John, der irgendwo in der Menge stand, sagte: »O nein.«

Cook ignorierte den König völlig und fuhr mit erhobener Stimme in der Anklage fort, als wolle er den Zwischenfall und seine eigene Verblüffung darüber, daß sich ein Angeklagter derartig verhielt, damit aus der Welt schaffen.

Der König fuchtelte mit seinem Stock gezielt weiter in der Luft herum, erwischte einen Flügel von Cooks Robe und versetzte ihm einen derben Hieb. Aus der Menge drangen Laute des Entsetzens. Cook brach sofort das Verlesen der Punkte ab. Der silberne Knauf des Spazierstocks fiel zu Boden und rollte laut polternd über die nackten Holzdielen, ehe er, ein paar Meter entfernt vom Lehnstuhl des Königs, liegenblieb. Charles sah sich um, ob nicht ein Diener ihn aufheben wollte. Niemand rührte sich. Es dauerte eine ganze Weile, bis ihm klar wurde, daß ihm niemand den Gefallen tun würde. Doch dann zuckte er nur die Achseln, als ließe ihn diese Kränkung ungerührt, stand selbst auf und hob den Knauf auf.

John spürte, wie seine Schultern zusammensackten, als schämte er sich.

Lord President Bradshaw war sofort Herr der Lage. »Sir, das Gericht sieht vor, daß nun die Anklage verlesen wird. Wenn Ihr danach etwas zu sagen habt, so werdet Ihr angehört werden.«

John wußte, daß der König jede Beschränkung seiner Redefreiheit als Beleidigung aufnehmen würde. Einst wäre es Landesverrat gewesen, ihm den Mund zu verbieten. Überraschenderweise schwieg der König, und Cook fuhr mit dem Verlesen der einzelnen Anklagepunkte fort.

Nach all den Gerüchten und Beschuldigungen war es nun merkwürdig zu hören, wie simpel die Anklagepunkte lauteten. Mit äußerster Anspannung, mit einer Hand über den Augen, konzentrierte sich John auf jedes Wort. Man warf dem König vor, dem Volk die Rechte und die Freiheit abzuschneiden, indem er eine Gewaltherrschaft errichtet hatte. Sie warfen ihm vor, einen Krieg gegen seine eigenen Landsleute geführt zu haben, und zählten die Schlachten auf, in denen er persönlich den Oberbefehl gehabt hatte. Dann bezichtigten sie ihn, mit ausländischen Mächten Ränke gegen das eigene Königreich geschmiedet zu haben. Nichts Neues von Belang gab es, alles waren bereits bekannte Tatsachen. Zweifellos hatte König Charles alle diese Dinge getan.

Daraufhin drehte sich der König ostentativ in seinem Stuhl um, als langweile ihn das langatmige Verlesen seiner Verbrechen, und er schaute zu den Rängen auf und dann in den Hauptteil der Halle. John hob seinen Kopf; die Augen des Königs schweiften mit seinem gewöhnlichen Desinteresse über ihn hinweg. John mußte an sich halten, um ihm nicht etwas zuzurufen – obwohl er eigentlich wußte, daß er gar keine Worte finden würde.

Nun gelangte Cook zu dem scheinbar schlimmsten Verbrechen – der Wiederentfachung des Bürgerkrieges, nachdem der König besiegt worden war. An dieser Stelle ging ein Raunen durch die Menge, viele hatten im letzten Jahr angenommen, daß das Gemetzel vorbei war und bald Frieden einkehren würde. Niemand würde Charles diesen letzten Schachzug verzeihen, bei dem so viele Menschen umgekommen waren und die Soldaten eine bisher unbekannte Roheit ausgeübt hatten.

»Mein Gott«, flüsterte Alexander. »Sie wollen ihn umbringen. Sie beschuldigen ihn des Hochverrats.«

John nickte. Gleich als er Charles als Märtyrer gekleidet erblickt hatte, in seinen schwarzen Kleidern und den funkelnden Diamanten auf der Schulter, da hatte John gewußt, daß dies die größte Rolle war, die Charles jemals gespielt hatte. Nur handelte es sich hier nicht um ein vergnügliches Zwischenspiel, sondern es war ein reines Trauerspiel. Und sowohl der König als auch das Gericht würden es ganz durchspielen.

»Aus diesen Gründen«, so schloß nun Cook, »klage ich im Namen des Volkes von England besagten Charles Stuart als Tyrannen, Hochverräter, Mörder und als einen öffentlichen und unversöhnlichen Feind des Commonwealth von England an.«

Daraufhin folgte im Gericht ein langes Schweigen, die Leute versuchten, die Anklage zu verstehen, und begriffen, daß Cromwell und sein Gericht die Höchststrafe verlangten: den Kopf des Königs. Die Stille wurde von einem vollkommen überzeugten schallenden Gelächter unterbrochen. Der König schüttelte sich vor Lachen auf seinem Stuhl, er lachte wie über einen entzückenden komischen Witz. Er warf seinen Kopf zurück, und seine Locken flogen. Er lachte weiter, eine gräßliche Weile noch, viel länger, als man über einen Witz hätte lachen können, es waren die verzerrten Laute eines Mannes, der seine eigene Angst verdrängen wollte.

»Sir«, sagte Bradshaw ruhig. »Ihr habt Eure Anklage vernommen, das Gericht erwartet nun Eure Antwort.«

Die versammelten Leute beugten sich vor. Die Fächer der Ladies auf den Galerien regten sich nicht. Jeder wollte hören, was der König zu sagen hatte.

»Ich würde gern wissen wollen, in wessen Namen ich hierhergebracht worden bin?« fragte er. »Ich würde gern wissen wollen, von welcher Autorität – ich meine, von welcher *legitimen* Autorität?«

Der Rest seiner Anfrage ging in dem aufkommenden

Stimmengewirr unter. »Er wird gegen jeden Punkt Einwände haben«, rief Alexander zu John hinüber.

»Um Himmels willen, nein! Wenn er doch nur zustimmen würde, dann könnte er um Gnade bitten ...«

Der König sprach immer noch, aber man konnte ihn unter den lauten Zurufen nicht mehr hören.

Bradshaw sorgte mit dem Hammer für Ruhe und antwortete dem König. John sah, wie der König den Kopf schüttelte und weitersprach.

Bradshaw machte eine Geste: Man solle den König aus dem Gerichtssaal führen. Als er sich erhob, riefen die Soldaten plötzlich: »Gerechtigkeit! Gerechtigkeit!« John sah, wie der König auf einmal nach hinten schreckte, er wußte, daß dieser nichts so sehr fürchtete wie eine Rauferei und im Kampf zu sterben.

»Er will das Schafott«, sagte John, dem auf einmal alles klar war. »Damit er die Krone gänzlich Prinz Charles übertragen kann. Damit er als Mann sterben kann, der für seinen Glauben den Märtyrertod erlitten hat. Jetzt geht es nicht mehr um sein eigenes Leben, sondern um den Erhalt der Krone an sich.«

Charles blieb vor dem Tisch der Richter stehen. »Ihr habt keine legitime Ermächtigung angeführt, um einen Menschen von Verstand zu überzeugen«, sagte er unnachgiebig zu Bradshaw.

»Wir sind überzeugt.«

»Da bin ich unbesorgt«, sagte der König verächtlich.

Er drehte sich um und warf den Leuten im Gerichtssaal ein kleines Lächeln zu, so wie ein Schauspieler, der einen guten Auftritt hatte.

»Gott schütze den König!« rief irgend jemand, und dem folgten andere Stimmen: »Gott schütze den König!«

Daraufhin lächelte der König erneut und schritt ruhig mit seiner bewaffneten Eskorte durch die Tür in die labyrinthartigen Gänge von Westminster. Dann drängte auch die Menge in den kalten Januartag hinaus. John und Alexander verabschiedeten sich draußen. Ein paar Schneeflocken fielen von den Dächern und aus dem grauen Himmel.

»Ich werde heimgehen«, beschloß John. »Vor Montag wird sich nichts weiter ereignen.«

»Ich bin am Montag wieder hier«, stimmte ihm Alexander zu. »Wenn ich es nicht erlebt hätte, würde ich es nicht glauben.«

John schüttelte den Kopf. »Ich glaube es immer noch nicht.«

Sobald John durch die Vordertür gelangt war, stürzten Hester und Johnnie auf ihn zu. »Was gibt es Neues?«

»Eigentlich nicht viel«, sagte er. »Sie eröffneten die Anhörung, aber der König wollte das Gericht nicht anerkennen, und sie blieben bei ihrer Anklage und verlasen sie.«

»Er will das Gericht nicht anerkennen?« fragte Hester. »Was will er denn noch tun?«

John warf seinen Umhang auf eine Truhe am Fuße der Treppe. »Das weiß Gott allein. Ich bin ganz durchgefroren, für diese bittere Sache ist auch bitterkaltes Wetter angebrochen.«

»Ich werde warmes Bier machen«, sagte Hester. »Komm mit in die Küche, ich will alles hören.«

John folgte seiner Frau, Johnnie lief gleich hinterher.

»Wie sah er aus?« fragte Johnnie leise, als sich John auf die Bank an den gescheuerten Tisch setzte und Hester ein warmes Bier und eine heiße Suppe hinstellte nebst einem Brett mit Brot und Käse.

»Er sah gut aus«, sagte John nachdenklich. »Er hatte sich zu diesem Anlaß mit Bedacht gekleidet. Er war ganz in Schwarz, doch der heilige Georg am Hosenbandorden leuchtete auf seiner Schulter. Er hatte seinen Spazierstock dabei – und stieß den Ankläger damit an …«

»Er hat ihn damit bedroht?« fragte Hester.

»Eigentlich nur angetippt mit dem Stock, aber es war in einem unpassenden Moment«, bekannte John.

Johnnies Augen wirkten in seinem blassen Gesicht ganz groß. »Gab es keine Zwischenrufe für ihn?«

»Von den Rängen rief eine Frau, und es gab ein paar, die Gott schütze den König! gerufen haben. Aber die Soldaten haben sie mit ihrem Geschrei nach Gerechtigkeit übertönt«, erklärte John.

»Ich wünschte, ich könnte mitgehen«, sagte Johnnie inbrünstig. »Ich würde für ihn rufen.«

»Aus diesem Grund wirst du nicht hingehen«, sagte John fest. »Ich halte meinen Kopf gesenkt und behalte meine Gedanken für mich. Sie haben Zeugen gesucht wegen der Aufstellung der königlichen Standarte, damals 1642, als der Herold die Proklamation zum Bürgerkrieg verlas.«

»Hat dich irgend jemand wiedererkannt?« wollte Hester wissen.

John schüttelte den Kopf. »Habe mich mucksmäuschenstill verhalten«, sagte er. »Ich habe nie den Wunsch gehabt, als Zeuge für die eine oder andere Seite aufzutreten.«

»Er ist der König!« platzte es aus Johnnie leidenschaftlich heraus.

»Ach«, erwiderte John. »Wenn er doch endlich darauf einginge, ein bißchen weniger bedeutend zu sein, dann könnte er immer noch mit heiler Haut davonkommen. Er könnte zurücktreten und anbieten, seinen Sohn auf den Thron zu heben. Oder er könnte anbieten, nur mit ihrer Zustimmung zu regieren. Doch er will unbedingt König bleiben. Lieber ist er ein toter König als ein lebendiger und vernünftiger Mann.«

»Wer waren die Parlamentsbevollmächtigten in der Kommission?« erkundigte sich Hester. »Jemand, den wir kennen?«

»Ein paar bekannte Gesichter. Aber nur die Hälfte von ihnen, die genannt oder aufgerufen wurden, hatten den Mut, zu Gericht zu sitzen über ihren König. Es gibt anscheinend eine ganze Reihe von Männern, die gerade woanders wichtige Geschäfte zu erledigen haben.«

»John Lambert?« fragte sie bewußt beiläufig.

»Er ist mit der Armee im Norden«, erwiderte er. »Doch er steht als Mitglied der Kommission auf dem Papier. Warum fragst du?«

»Ich würde es nicht gern sehen, wenn er dabei ist«, sagte sie.

»Das tut er nicht«, bekräftigte Johnnie. »Er würde wissen, daß es falsch ist.«

John schüttelte den Kopf. »Das ist aber jetzt die einzige Lösung für alle«, sagte er. »Für König und Volk. Er hat uns keine andere Möglichkeit gelassen.«

Montag, 22. Januar 1649

Am Montag trafen sich John und Alexander auf den Stufen von Westminster Hall und mischten sich unter die vorwärts drängende Menge, als sich die Türen öffneten. Unter dem Druck der Massen wurde John an den Rand der Halle geschoben, von wo aus er den König im Profil sehen konnte, der auf dem roten Samtlehnstuhl saß. Charles wirkte erschöpft und müde, er hatte offenbar kaum Schlaf gefunden, da er ständig unter Bewachung stand, und er wußte, daß die Chancen auf eine wundersame Flucht mit jedem Tag abnahmen.

Lord President Bradshaw nickte dem Ankläger John Cook zu, der nun anfangen sollte, doch der hatte sich gerade abgewandt und war in eine Unterhaltung mit einem der Richter vertieft. Daraufhin stieß ihn der König in seinem alten gebieterischen Gehabe so stark in den Rücken, daß Cook auf der Stelle entsetzt herumfuhr und seine Hand an die Seite glitt, wo normalerweise sein Degen saß. Ein Raunen ging durch die Halle.

»Warum macht er so etwas?« fragte Alexander.

John schüttelte den Kopf. »Ich denke, daß ihm nie zuvor ein Mann den Rücken zugekehrt hat«, sagte er leise. »Es leuchtet ihm nicht ein, wie ein normaler Sterblicher behandelt zu werden. Man hat ihn aufgezogen als den Sohn des Gesalbten des Herrn. Er kann einfach nicht begreifen, wie tief er eigentlich gefallen ist.«

John Cook zog mit großer Geste seine Robe wieder zurecht und ignorierte den Angriff. Er näherte sich dem Tisch der Richter und bat um deren Zustimmung, falls der

König sich nicht äußerte, sein Schweigen als Schuldeingeständnis zu werten.

Der König schwieg nicht. John bemerkte, daß er an diesem Wendepunkt seines Lebens nicht mehr stotterte. Sein mangelndes Selbstvertrauen, wenn er zu seinem Volk sprach, war endlich überwunden. Er redete klar und eindringlich und erklärte dem Volk mit einer so lauten Stimme, daß er sicher sein konnte, im ganzen Gerichtssaal und von den Männern gehört zu werden, die eifrig jedes Wort mitschrieben, daß er hier seine Rechte verteidigte, aber auch die Rechte des Volkes von England. »Wenn eine Macht ohne Gesetz Gesetze machen kann, wer kann sich dann seines Lebens sicher sein oder all dessen, was er sein eigen nennt?«

Aus der Menge drang leises Gemurmel nach vorn. Ein paar Köpfe auf den Galerien nickten. Die reichen Landeigentümer und Kaufleute waren besonders empfindlich, was die Gefahr betraf, daß ein Parlament ohne König und Tradition vielleicht Gesetze machte, die diesen Leuten nicht paßten. Doch es gab genügend Leveller, als daß die Besitzenden es wagten, wieder auf die Seite der Monarchie zurückzudrängen. Jene, die heute nach der Enthauptung des Königs riefen, könnten morgen vielleicht schon das Einreißen der Parkmauern fordern oder ein Gesetz verlangen, das das gewöhnliche Volk und die Adligen gleich behandelte, und ein Parlament, das den arbeitenden Mann vertrat.

Lord President Bradshaw trug immer noch seinen metallenen Hut fest auf dem Kopf und befahl dem König zu schweigen, aber Charles protestierte. Bradshaw wies den Gerichtsbeamten an, den Gefangenen dazu zu bringen, genau auf die Anklagepunkte zu antworten, doch der König hielt sich einfach nicht daran.

»Entfernt den Gefangenen!« rief Bradshaw.

»Ich verlange …«

»Gefangene haben nichts zu verlangen ...«

»Sir. Ich bin kein gewöhnlicher Gefangener.«

Die Wachleute umringten ihn. »Gott – nein!« murmelte John Tradescant. »Sie sollen ihn nicht bedrängen.«

Einen Augenblick lang befand er sich wieder im Schloßhof von Whitehall im Frühling 1642 mit dem König in der Kutsche und der Königin samt ihrer Juwelenschatulle. Damals hatte er gedacht, daß sich das ganze Mysterium der Monarchie in Nichts auflösen würde, wenn einer Hand an die Kutsche legte. Jetzt dachte er, wenn ein einziger Soldat gereizt den König mit dem hinteren Ende seines Spießes stoßen würde, dann ginge Charles Stuart zu Boden und mit ihm alle seine Prinzipien.

»Sir«, sagte der König mit erhobener Stimme. »Ich habe nie Waffengewalt gegen mein Volk angewendet, nur für das Gesetz ...«

»Gerechtigkeit!« riefen die Soldaten. Charles erhob sich aus seinem Lehnstuhl, und es sah aus, als wolle er noch mehr sagen.

»So geh doch einfach weg«, bat John flehentlich und hielt sich die Hände über den Mund, damit man ihn nicht hören konnte. »Geh, ehe irgendein Narr die Geduld verliert. Oder ehe dich Cook zurückstößt.«

Der König wandte sich um und verließ die Halle von Westminster. Alexander blickte John an.

»Eine vertrackte Angelegenheit«, sagte er.

»Eine ganz elende Sache«, erwiderte John.

Dienstag, 23. Januar 1649

Erst gegen Mittag öffneten sich die Türen von Westminster Hall. John und Alexander waren zu dem Zeitpunkt, als sie sich schließlich ihren Weg hinein bahnten, schon ganz durchfroren und verdrossen. Doch plötzlich fiel Johns Blick auf ein großes Schild, es war weiß und trug das rote Kreuz des heiligen Georg. Es war über dem Tisch der Parlamentsbevollmächtigten angebracht, der diesmal unter einem buntfarbigen türkischen Teppich verschwand.

»Was hat das zu bedeuten?« fragte Alexander. »Werden sie ihn ohne eine weitere Anhörung verurteilen?«

»Wenn sie beschlossen haben, sein Schweigen als Schuldbekenntnis zu werten, dann wird er nicht mehr sprechen dürfen«, meinte Alexander. »Ist erst einmal das Urteil verkündet, so wird er einfach nach draußen abgeführt. So ist es in allen Gerichten üblich. Dann darf man nichts mehr sagen.«

Schweigend nickte John, sein Gesicht hatte sich verdüstert.

Als die Wachleute den König in die Halle brachten, ging ein Raunen der Sympathie durch die Menge. John konnte im Gesicht von Charles, besonders um seine dunklen, ernsten Augen, Anspannung bemerken. Doch dieser sah die Richter und Anwälte an, als würde er sie verachten, und er ließ sich auf dem Stuhl nieder, als fände er es angemessen, vor ihnen zu sitzen.

John Bradshaw, der Mann mit der schwersten Aufgabe in ganz England, zog den Rand seines Hutes tief über die Augenbrauen und blickte den König an, als stünde er kurz davor, ihn um Einsicht und Vernunft anzuflehen. Er sprach sehr ruhig und erinnerte den König daran, daß das Gericht ihn noch einmal auffordere, auf die Anklagepunkte einzugehen.

Der König hatte bisher den Ring an seinem Finger gedreht, schaute nun aber auf. »Als ich gestern hier war, bin ich unterbrochen worden«, sagte er schmollend.

»Ihr könnt Euch am besten verteidigen«, versprach ihm Bradshaw. »Doch nur, wenn Ihr tatsächlich ausreichend auf die Vorwürfe antwortet.«

Damit öffnete er dem König ein Schlupfloch; aber gleich darauf schwang der sich zu seiner großtuerischen Überheblichkeit auf. »Die Anklagepunkte interessieren mich einen feuchten Dreck ...«, hob er an.

»So befinde dich nur für nicht schuldig«, flüsterte John zu sich selbst. »Leugne jede Gewaltherrschaft und den Hochverrat.«

Er hätte seinen Rat laut hinausrufen können, nichts hätte den König von seiner Haltung abgebracht. Nun versuchte sogar Bradshaw, ihn zu unterbrechen.

»Tut mir den Gefallen und unterbrecht mich nicht! Wie ich hierherkam, weiß ich nicht; es gibt kein Gesetz, das Euch berechtigt, einen König zu Eurem Gefangenen zu machen.«

»Aber ...«, fing Bradshaw an.

Die ausgestreckte Hand des Königs bedeutete, daß Bradshaw endlich schweigen solle. Der Lord President des Gerichts versuchte wieder, dem Wortschwall des Königs Einhalt zu gebieten. Er gab auf und nickte dem Gerichtsbeamten zu, erneut die Anklage zu verlesen.

John blickte zu Cromwell hinüber, der, das Kinn in Händen, mit grimmigem Gesicht beobachtete, wie der König sichtlich seinen eigenen Prozeß beherrschte.

Der Gerichtsbeamte verlas zum zweitenmal die lange weitschweifige Anklage. John hörte am Zittern seiner

Stimme, wie jener Mann beschämt war von der Aufgabe, wieder und wieder dem König das Schriftstück vorzulesen, der ihn ignorierte.

»Ihr befindet Euch vor einem Gerichtshof!« unterstrich Bradshaw.

»Ich weiß nur, daß ich mich vor irgendeiner unbestätigten Autorität befinde«, sagte der König provokant. Er erhob sich und machte wieder mit der Hand jene Geste, die das Zeichen für einen Diener war, sich zu verneigen und abzutreten. John bemerkte es sofort, doch glaubte er nicht, daß irgendeiner der Anwesenden registrierte, daß man sie soeben entlassen hatte. Der König hielt es nicht für nötig, noch länger im Saal zu bleiben.

»Antworte auf die Vorwürfe«, flüsterte John lautlos, als die Wachleute den König umringten und ihn hinwegführten.

Mittwoch, 24. Januar 1649

John verbrachte den Mittwoch untätig in dem kleinen Stadthaus in den Minories mit Frances. Das Gericht trat heute nicht zusammen.

»Was machen sie dann wohl?« wollte Frances wissen. Sie war dabei, auf dem Küchentisch Teig zu kneten. John hatte sich in sicherem Abstand von dem aufstaubenden Mehl auf einen Stuhl gesetzt.

»Sie vernehmen die Zeugen«, sagte John. »Damit es den Anschein hat, als liefe alles rechtmäßig nach Vorschrift ab. Jeder weiß, daß er im August 1642 in Nottingham die Standarte aufgestellt hat und der Bürgerkrieg begann. Wir brauchen keinen Zeugen, der das unter Eid bekundet.«

»Dich werden sie aber nicht aufrufen?« fragte sie.

Er schüttelte den Kopf. »Sie suchen zwar die unbedeutendsten Kleinigkeiten heraus, so riefen sie einen Mann in den Zeugenstand, der den Standartenmast angemalt hat. Und wegen der Schlachten zitieren sie Männer herbei, die bei den Gefechten immer dabei waren. Ich war nur ganz am Anfang in Hull dabei, wie du dich erinnern wirst. Das haben aber alle bis jetzt vergessen. Richtige Gefechte habe ich nie miterlebt.«

»Tut es dir jetzt leid?« fragte sie mit der Direktheit ihrer Stiefmutter. »Wärest du damals lieber bei ihm geblieben?«

John schüttelte den Kopf. »Ich sehe ungern, daß es so weit kommen mußte, doch sein Weg ließ keinen besseren Ausgang zu.«

»Wegen der Papisten?« wollte sie wissen.

John zögerte. »Ja, das glaube ich schon. Wenn er selbst

kein Papist ist, so ist es doch die Königin und der halbe Hof, der um sie ist. Also ist Prinz Charles vielleicht ein Papist, und danach sein Sohn. Und so ist die Tür für den Papst und die Priester und die Klöster und Konvente und die ganze Last des Glaubens aufgestoßen.«

»Aber du betest ja nicht einmal«, rief sie ihm in Erinnerung.

John verzog das Gesicht zu einem Lachen. »Ja. Ich bin so weit gereist und habe so viel gesehen, daß ich schnell bereit bin, an Verschiedenes zu glauben. Das weißt du. Ich habe bei einem Volk gelebt, das ganz inbrünstig den Großen Hasen anbetet, und ich habe neben ihnen gebetet. Für mich gibt es nicht nur den einen richtigen Weg. Ich sehe ein Dutzend Wege.« Er seufzte. »Das macht mich manchmal unzufrieden, und ich bin wohl ein schlechter Ehemann und Vater, und Gott weiß, daß ich ein schlechter Christ und Diener bin.«

Frances hielt in ihrer Arbeit inne und schaute ihn liebevoll an. »Für mich bist du kein schlechter Vater«, sagte sie. »Und du hast eine andere Sicht auf die Dinge.«

»Mein Vater ist in fernere Länder gereist und hat noch merkwürdigere Dinge gesehen, und dennoch hat er seine Herren bis in den Tod geliebt«, sagte John. »Ich habe ihn nie Zweifel äußern hören.«

Sie schüttelte den Kopf. »Es waren andere Zeiten«, sagte sie. »Er mag weit gereist sein. Aber nur du hast bei den Bewohnern von Virginia gelebt. Dein Vater kannte nur den einen Weg, und der bestand in dem treuen Gehorsam seinem Herrn gegenüber. Doch heutzutage kann man dem König folgen oder Cromwell oder dem Parlament, der Armee, oder man kann ein Leveller werden und eine neue Welt für uns ausrufen, oder man kann eine Keule schwingen und nur das eigene Dorf verteidigen, oder man kann all dem den Rücken kehren und auswandern oder die Tür zu seinem Garten verschließen.«

»Und was würdest du tun?« fragte John, der insgeheim von dem politischen Scharfsinn seiner Tochter beeindruckt war.

»Ich muß mich nicht entscheiden«, sagte sie ein wenig selbstgefällig mit einem kleinen schelmischen Leuchten in ihren Augen. »Deshalb habe ich Alexander geheiratet.«

»Und welcher Seite dient er?«

Daraufhin lachte sie los. »Er dient dem Herrn, der die Rechnungen bezahlt«, sagte sie. »Wie die meisten Leute. Das weißt du doch.«

Donnerstag, 25. Januar 1649

Das Hohe Gericht war in der Painted Chamber des Palastes von Westminster versammelt. John kannte den Raum mit den alten Schlachtszenen an den Wänden aus den Tagen seines Dienstes bei Hofe und führte Alexander durch ein Labyrinth von Vorzimmern und Warteräumen und Räumen zum Sich-Zurückziehen, bis sie durch eine Seitentür hineinschlüpfen konnten. An jenem Tag sollten die beeideten Aussagen der Zeugen laut verlesen werden, die am Vortag vor dem Gericht ausgesagt hatten. Von eigentlichem Interesse war kaum etwas – die holprigen Berichte darüber, wie der König zu Pferde durch die Verwundeten geritten war und sich nicht um sie gekümmert hatte; Vorwürfe, daß royalistische Offiziere die Plünderung der Toten wegen der Waffen erlaubt hatten und daß man die Taschen der verwundeten Soldaten durchwühlt und sie bestohlen hatte.

»Das ist sehr schlecht«, sagte Alexander leise zu John. »Was das betrifft, so ist Cromwell sehr streng damit. Plündern läßt er nicht zu. Das spricht also gegen den König.«

Ein Zeuge, Henry Gooch, hatte Beweise beigebracht, daß der König vorgehabt hatte, eine ausländische Armee nach England einmarschieren zu lassen, obwohl er gerade mit dem Parlament in Verhandlungen stand, wieder auf den Thron zurückzukehren.

»Das könnte eine Lüge sein«, sagte John.

Alexander zuckte mit den Schultern. »Wir wissen, daß er in Irland eine Armee aufgestellt hat und die Schotten gebeten hat einzumarschieren. Wir wissen, daß die Königin versucht hat, die französische Armee für ihn loszusenden, das war, noch ehe sich das Volk von Paris gegen seinen eigenen König erhoben und ihn aus der Stadt gejagt hat. Das alles ist nur noch ein Tüpfelchen auf dem i.«

»Was wird dann geschehen?« fragte John einen der Wachsoldaten, als der Gerichtsbeamte weitere Beweise vorlas.

»Sie werden ihn für schuldig befinden und das Urteil verkünden«, sagte der Mann feierlich.

»Weiß er das?« fragte John Alexander. »Meint Ihr, er weiß, daß er ohnehin hingerichtet wird, wenn er so weitermacht und das Gericht mißachtet? Also das gleiche, als wenn er seine Schuld eingestanden hätte?«

»So will es das Gesetz«, erwiderte Alexander ungeduldig. »In seinem Namen sind auch Menschen hingerichtet worden. Er muß wissen, was er tut.«

John spürte, daß er zitterte, als würde ihm kaltes Wasser den Rücken hinunterlaufen.

»Ich werde warten«, sagte er zu Alexander. »Darf ich bei Euch noch ein paar Tage länger bleiben?«

Freitag, 26. Januar 1649

John und Frances gingen zusammen vor ihrem Haus das kurze Stück zum Tower hinunter und dann den Weg am Fluß entlang.

»Ich könnte vielleicht zu Mutter fahren und ein paar Tage dort bleiben«, sagte sie und blickte über das helle Wasser.

»Warum?« fragte John. »Ist dir mein Besuch zuviel?«

»Ich möchte nicht hier sein, wenn sie es vollbringen«, sagte sie.

Einen Moment lang verstand er sie nicht. »Was vollbringen?«

»Ihn zu köpfen. Sie werden es doch dort tun, nicht wahr? Im Tower? Und sie werden seinen Kopf aufgespießt auf der London Bridge anbringen? Das möchte ich nicht mit ansehen. Ich möchte nicht die Trommelwirbel hören und dann die Stille, wenn es geschieht.«

»Ich muß dabeisein«, sagte John. »Ich habe das Gefühl, daß ich das Ende von dem Ganzen mit ansehen muß.«

Frances nickte. »Ich glaube, ich werde eine Weile zu Mutter nach Lambeth gehen, wenn sie anfangen, das Schafott aufzubauen.«

Sonnabend, 27. Januar 1649

Westminster Hall war voller denn je. John und Alexander wurden gegen das Geländer gepreßt und ständig gegen den breiten Rücken eines Wachsoldaten geschoben. Kurz nach Mittag betraten die Mitglieder der parlamentarischen Kommission die Halle; von den ursprünglich beorderten einhundertfünfunddreißig waren achtundsechzig anwesend, Cromwell befand sich unter ihnen. Als John Bradshaw mit seinem Hut erschien, bemerkte John, daß er diesmal rot gekleidet war, das Rot eines Kardinals trug, es war ein Blutrot.

Totenstille herrschte, als König Charles eintrat, er trug wie immer seine kostbaren schwarzen Kleider. Er schritt entschlossen durch die Halle, sein Gesicht strahlte. Er wirkte nicht mehr wie ein erschöpfter Mann, den man bis an die äußerste Grenze getrieben hatte. Er wirkte entschieden und voller Zuversicht. John, der die Haltung und das Gesicht seines Herrn zu deuten wußte, flüsterte Alexander zu: »Er hat etwas vor. Er hat einen Ausweg gefunden.«

Charles ließ sich nicht wie zuvor lässig in den Lehnstuhl fallen. Er nahm Platz, beugte sich mit ernstem Gesicht vor und erhob schon die Stimme, noch ehe Bradshaw das Wort ergreifen konnte. »Ich möchte kurz um Gehör bitten«, sagte er.

Bradshaw schlug ihm die Bitte ab. Der Ablauf war vorgeschrieben, der König durfte nicht einfach reden, wann es ihm beliebte. Statt dessen ließ Bradshaw nun die Anklagepunkte erneut verlesen. Da kam auf der Galerie, dort, wo zwei maskierte Damen Platz genommen hatten, Unruhe auf.

»Oliver Cromwell ist ein Verräter!« rief eine der Frauen deutlich in den Saal hinein.

»Legt die Gewehre an!« befahl der Offizier den Wachsoldaten, und sofort richteten sie im Gerichtssaal die Musketen auf die Galerie. Dann ertönte ein Schrei, und die Menge zerteilte sich vor den bewaffneten Männern. Alexander stolperte und hielt sich am Geländer der Absperrung fest. Die Frauen wurden in aller Eile fortgeschafft, und die Wachposten nahmen wieder ihre Plätze ein. Alexander richtete seinen Mantel und strich sich die Kniehosen glatt. »Das ist ja unerträglich«, sagte er zu John. »Ich dachte, wir würden jetzt im Tumult umkommen.«

John nickte. »Schaut Euch Cromwell an«, sagte er.

Cromwell war aufgestanden, er suchte mit den Augen die Menge ab, sein Blick schwenkte zu den Bleiglasfenstern hin, durch die man möglicherweise einen Angriff auf den Gerichtssaal befürchten konnte. Doch nichts regte sich. Es hatte sich lediglich um einen Ruf für den König gehandelt.

Langsam ließ sich Cromwell wieder auf seinem Platz nieder. Charles hob die Augenbrauen, er lächelte leicht. Cromwells Blick war düster.

Bradshaw, der darum bemüht war, die Ruhe im Saal wiederherzustellen und die Aufmerksamkeit auf sich zu lenken, entschied, daß das königliche Ablehnen, zur Anklage Stellung zu nehmen, als Schuldbekenntnis zu werten war, als Schuldspruch verstanden werden würde. Doch da die Anklagepunkte so schwerwiegend waren, würden sie ihn zu seiner Verteidigung noch einmal sprechen lassen, solange er nicht die Autorität des Gerichts in Frage stellte.

»Sie verrenken sich noch, um ihm eine faire Chance zu geben«, flüsterte Alexander John zu. »Es hat noch keinen

Fall gegeben, wo einem Angeklagten eingeräumt wurde, zu seiner Verteidigung zu sprechen, obwohl er sich weder als schuldig noch als nicht schuldig bekannt hat.«

Der König lehnte sich in seinem Lehnstuhl nach vorn, sein Selbstvertrauen schien noch zugenommen zu haben. »Für den Frieden des Landes und um der Freiheit des Volkes willen werde ich nichts zur Befugnis und Rechtsprechung durch dieses Gericht sagen«, verkündete er deutlich. Und wieder war nichts von seinem Stottern zu hören. »Würde es mir mehr um mein Leben und nicht so sehr um den Frieden in diesem Königreich und die Freiheit jedes einzelnen gehen, so hätte ich eine umständliche Debatte angefangen und die Verkündung eines widerwärtigen Urteils hinausgezögert. Doch ich möchte etwas sagen, dem noch vor Urteilsspruch Gehör geschenkt werden sollte. Ich wünsche, in der Painted Chamber vor dem Ober- und Unterhaus angehört zu werden, noch ehe das Urteil gesprochen ist.«

»Was?« fragte John erstaunt.

»Was hat er nur im Sinn?« flüsterte Alexander. »Doch endlich ein Friedensangebot? Irgendeine Art Vertrag?«

John nickte, sein Blick war auf den König geheftet. »Schaut ihn Euch an, er glaubt, er hat die Antwort.«

Bradshaw lehnte das Gesuch des Königs ab, er beharrte darauf, daß das Gericht entschlossen sei, sich nicht noch einmal aufhalten zu lassen. Da meldete sich einer der Parlamentsbevollmächtigten, John Downes. »Sind unsere Herzen denn aus Stein? Sind wir Menschen?« fragte er.

Die Richter zu seinen Seiten versuchten, ihn zum Schweigen zu bringen. »Auch wenn ich deshalb sterben sollte, so muß ich mich dagegen aussprechen!« rief er.

Cromwell, der genau vor ihm saß, drehte sich um. Sein Gesicht war ganz dunkel vor Wut. »Seid Ihr verrückt? Könnt Ihr nicht ruhig sein?«

»Sir, nein! Ich kann nicht ruhig sein!« Er sprach nun mit

so lauter Stimme, daß ihn jeder in der großen Halle hören konnte. »Das Ganze hat mich nicht überzeugt!«

John Bradshaw betrachtete eindringlich die achtundsechzig Bevollmächtigten, bemerkte ein halbes Dutzend unentschlossene Gesichter, ein Dutzend Männer, die sich wünschten, an einem anderen Ort zu sein, ein paar, die man ganz von vorn hätte überzeugen müssen, und er verkündete, daß sich das Gericht zur Beratung zurückziehe.

Zuerst ging der König hinaus, leichten Schrittes, den Kopf aufrecht, ein leicht triumphierendes Lächeln im Gesicht. Dann liefen auch die Bevollmächtigten nacheinander aus der Halle, offensichtlich hatte sie das späte Angebot des Königs ganz durcheinandergebracht. Als die Flügeltüren aufgingen, kam ein Schwall frischer kalter Luft herein; und auch ein Teil des Publikums drängte nach draußen.

John und Alexander blieben an ihren Plätzen. »Ich gehe nicht raus«, sagte John. »Ich könnte schwören, daß er dem Henker noch entkommt. Sie werden sich einigen und mit irgendeiner Art Vertrag zurückkommen. Er hat es wieder geschafft.«

»Ich würde keinen Heller dagegen setzen«, sagte Alexander. »Das könnte er leicht schaffen. Die Bevollmächtigten sind sich alle unsicher, Cromwell sah aus, als könnte er jederzeit jemanden umbringen. Der König hat sie wieder in Schwung gebracht.«

»Was meint Ihr, machen sie jetzt?« wollte John wissen.

»Cromwell wird sie doch nicht loswerden wollen, oder?« stellte Alexander seine Betrachtungen an. »Sich von Downes befreien und allen, die den König eher unterstützen? Das hat er mit dem Parlament schon gemacht, also warum nicht mit dem Gericht?«

John wollte etwas darauf erwidern, als sich die Türen am hinteren Ende der Halle öffneten und das Signal zur Rückkehr des Gerichts ertönte. Dann erschien als erster der König, immer noch lächelnd wie ein Mann, der eine Rolle spielt, die ihm viel zu leicht vorkommt, als daß er sie ernst nehmen könnte, und er setzte sich wieder auf seinen roten Samtstuhl. Dann traten die Richter ein, Downes befand sich nicht mehr unter ihnen.

»Er ist nicht dabei«, sagte Alexander rasch. »Das ist schlecht.«

John Bradshaws Gesicht sah so düster aus wie das von Cromwell. Er verkündete, daß das Gericht keine weiteren Verzögerungen mehr hinnehmen werde. Zu einer Anhörung des Ober- und Unterhauses werde es nicht mehr kommen. Das Gericht werde nun mit der Verkündung des Urteils fortfahren.

»Doch ein kurzer Aufschub von ein, zwei Tagen könnte dem Königreich den Frieden bringen«, warf Charles ein.

»Nein«, sagte Bradshaw. »Wir dulden keinen weiteren Aufschub.«

»Wenn Ihr mich anhören wollt«, sagte der König ganz liebenswürdig, »so werde ich allen hier Versammelten Genugtuung verschaffen – und anschließend meinem Volk.«

»Ausgeschlossen«, sagte Bradshaw. »Wir werden mit dem Urteilsspruch fortfahren.«

Der König sah erstaunt aus, er hätte nicht gedacht, daß sie sich der Verlockung eines Abkommens entziehen würden. Er setzte sich in seinem Stuhl zurück, und John entnahm seinem abwesenden Blick und dem sanften Fingertrommeln auf der Stuhllehne, daß er gerade über einen anderen Plan nachdachte, einen neuen Ausgleich.

Jetzt war der große Augenblick für John Bradshaw gekommen. In seinen Händen hielt er eine Rede, die er nun vortrug. Er las so langsam, daß die Schreiber der Zeitungen alles mitschreiben konnten, was er sagte. Er führte die traditionellen Pflichten des Parlaments und die Pflichten des Königs an und die Forderung, daß die Könige für ihre Verbrechen zur Rechenschaft gezogen werden müssen.

Während der langen Gesetzespassagen wurde es im Saal recht unruhig, doch Bradshaw kam dann zum Kern – daß Charles, indem er die Waffen gegen sein Volk erhob, das Abkommen zwischen dem König und seinem Volk nicht eingehalten hat. Er hatte sein Volk zu beschützen, nicht anzugreifen.

»Ich bitte ums Wort, ehe Ihr das Urteil verkündet«, unterbrach ihn der König.

»Aber Sir, Ihr habt uns als Gericht nicht anerkannt, also müssen wir uns auch kein Wort von Euch anhören.«

Der König ließ sich wieder in seinen Stuhl fallen, während Bradshaw dem Gerichtsbeamten etwas mit der Hand signalisierte.

»Dieses Gericht ist zu dem Urteil gekommen, daß der genannte Charles Stuart als Tyrann, Hochverräter, Mörder und Feind des Volkes zum Tode zu verurteilen ist durch Abschlagen seines Hauptes.«

Stumm erhoben sich die siebenundsechzig bevollmächtigten Richter.

»So hört mich doch kurz an, Sir!« sagte der König höflich, als sei nichts geschehen.

»Nach dem Urteilsspruch werdet Ihr nicht angehört«, sagte Bradshaw und zeigte den Wachleuten an, daß sie ihn fortnehmen sollten.

Nun lehnte sich der König zudringlicher nach vorn. Ihm war nicht klargeworden, daß man ihn auch nach der Urteilsverkündung nicht anhören wollte. Von den Gesetzen seines eigenen Landes wußte er so wenig, daß ihm nicht bewußt war, daß ein Verurteilter kein Recht auf Entgegnung hatte. »Sicher darf ich nach dem Urteil sprechen …«, sagte Charles hartnäckig. Seine Stimme war in seiner Besorgnis etwas höher. »Mit Eurem Verlaub, Sir, so möchte ich vielleicht nach dem Urteil das Wort ergreifen.«

Die Wachleute näherten sich ihm. John sah, wie er

zurückzuckte, eine Hand hielt er dabei vor den Mund wie ein Kind, das sich erschreckt hatte.

Charles gab nicht auf. »Mit Eurem Verlaub, haltet ein! Das Urteil, Sir, ich ...«

Die Wachsoldaten umringten ihn und zwangen ihn aufzustehen. Über ihre Köpfe hinweg rief Charles etwas der entsetzten Menge zu: »Es wird nicht geduldet, daß ich das Wort ergreife: Denkt nur, welche Gerechtigkeit andere von einem solchen Gericht erwartet!«

Sie brachten ihn schleunigst aus der Halle, Rufe klangen durcheinander, einige für ihn, andere gegen ihn. Die Richter verließen den Saal. John sah sie hinausgehen, als schwebten sie davon, und Bradshaws rotes Gewand und sein absurder Hut leuchteten wie ein Traumgebilde. »Ich hätte nie gedacht, daß sie es tun würden«, sagte John. »Das hätte ich nie gedacht.«

Sonntag, 28. Januar 1649

John ging nicht mit Frances und ihrem Mann in die Kirche. Er saß am Küchentisch. Ein Becher mit Bier stand vor ihm, und die Kirchenglocken läuteten und verstummten; dann läuteten sie wieder.

Frances eilte herein, um das Sonntagsmahl vorzubereiten. Als sie ihren Vater erblickte, hielt sie inne, war es doch untypisch für ihn, daß er so müßig dasaß.

»Bist du krank?«

Er schüttelte den Kopf.

Alexander folgte seiner Frau in die Küche. »Es heißt, daß er mit Bischof Juxon betet. Er darf auch seine Kinder sehen.«

»Keine Begnadigung?« fragte Frances rasch.

»Sie bauen in Whitehall das Schafott auf«, sagte Alexander kurz.

»Hier nicht?« fragte Frances rasch.

Alexander nahm ihre Hand und küßte sie. »Nein, meine Liebe. Nicht in unserer Nähe. Sie sperren vor Banqueting House die Straße ab. Sie sichern sich gegen einen Rettungsversuch.«

»Wer sollte ihn wohl retten wollen?« fragte John hoffnungslos. »Er hat alle seine Freunde irgendwann einmal betrogen.«

Dienstag, 30. Januar 1649

Es war ein so eisig kalter Vormittag, daß John, während er auf der Straße vor Whitehall wartete, dachte, das Eis vom Dach und von den Fensterläden sei ihm in die Adern gekrochen und lasse seinen Bauch vor Kälte erstarren. Der König sollte noch vor zwölf Uhr hingerichtet werden, doch obwohl die Straßen dreireihig von Soldaten gesäumt waren und die beiden Henker im Schutz des schwarz eingehüllten Schafotts warteten, die Schreiberlinge und Skizzenzeichner sich davor aufgebaut hatten, war noch keine Spur vom König zu sehen.

John blickte hinter sich in die dichtgedrängte Menge und dann wieder nach vorn zu dem Podest. Er meinte gar, daß das Schaugerüst wie eine perspektivische Anordnung war, wie eine trügerische Theaterkulisse von der Hand Inigo Jones' mit einer Szenerie für ein Maskenspiel, die vorletzte Szene eines Stücks, an die sich die Himmelfahrt anschließen würde.

Die beiden Henker erklommen die Stufen des Gerüstes, und ein Raunen ging durch die Menge. Sie waren kostümiert, trugen falsche Perücken, falsche Bärte und ein dunkelbraunes Wams und Hosen.

»Was tragen die denn? Theaterkostüme?« fragte Alexander den Mann zu seiner Linken.

»Sie sind verkleidet, damit niemand sie erkennt«, antwortete der Mann kurz. »Unter dem Bart da wird Brandon der Henker stecken, es sei denn, es ist Cromwell persönlich.«

Alles war noch so wie vorher; der Anblick war immer

noch unerträglich. Der oberste Scharfrichter stellte den Richtklotz richtig auf, legte sein Beil nieder und machte einen Schritt zurück, verschränkte die Arme und wartete ab.

Das Warten währte lange, die Menge wurde unruhig.

»Eine Begnadigung?« meinte Alexander. »Hat man seinen Friedensplan endlich doch angehört und ihn angenommen?«

»Nein«, sagte jemand dicht bei ihm aus der Menge. »Er ist von Cromwell persönlich niedergestochen worden.«

»Ich habe gehört, daß es eine Flucht gegeben hat«, warf ein anderer ein. »Er muß wohl geflohen sein. Wäre er tot, dann würden sie seine Leiche präsentieren.«

Gerüchte und Spekulationen machten noch den ganzen Vormittag die Runde, und John konnte sie als Getuschel um sich herum vernehmen, blieb selbst jedoch unberührt und still mitten unter den Wartenden stehen. Seine Augen waren unbeirrt auf das Schafott gerichtet.

»Es heißt, daß die Schotten General Fairfax aufgesucht haben, der schon von Anfang an dagegen war, und sie werden alle zu Cromwell gehen und ihn um eine Begnadigung bitten. Der König kann doch außerhalb Englands frei leben, sogar in Schottland.«

John schüttelte den Kopf.

»Ich weiß«, sagte Alexander daraufhin. »Wenn sie ihm auch nur einen kleinen Finger reichen würden, er würde die ganze Hand nehmen und mit einer Armee wiederkehren. Wenn er die Möglichkeit hätte, konspirativ aus seinem Gefängnis herauszukommen, wo er doch durch sein Ehrenwort gebunden ist, was sollte er wohl an den Höfen Europas anfangen? Er würde immer wiederkehren. Lebendig können sie ihm nicht trauen.«

»Sie haben das Parlament einberufen«, sagte einer neben ihnen. »Deshalb die Verspätung. Sie verabschieden in aller Eile ein Gesetz, nach dem kein anderer zum König ausgerufen werden kann. Es hat keinen Sinn, einen König zu enthaupten, wenn ein anderer sofort seine Stelle einnimmt, oder? Und einer seiner Söhne ist in England, und die anderen beiden sind in Frankreich, und sein Neffe lauert überall wie ein Hund vor der Tür eines Schlachthofes. Es gibt genügend Prinzen, an die die Krone auf ewig weitergereicht werden könnte. Dieser Gewohnheit müssen wir ein Ende machen. Also machen sie ein Gesetz, nach dem niemals mehr in England ein König ausgerufen werden darf.«

Dieser Satz schreckte John aus seiner Gedankenverlorenheit auf. »Niemals mehr in England ein König ...«, wiederholte er.

»So ist es«, sagte der Mann. »Da hat man das Gefühl, daß sich die ganzen Auseinandersetzungen gelohnt haben. Wir sind sie für immer los. Niemals wird sich ein Mann über alle anderen erheben können. Niemals mehr wird es eine Familie geben, die sich durch den Ort ihrer Geburt für besser hält als die anderen. Alle Herren, die wir in Zukunft haben werden, müssen sich ihren Rang selbst verdienen. Das hier ist Charles der Letzte. Nach ihm die Freiheit.«

»Charles der Letzte«, wiederholte John. »Charles der Letzte.«

Die Glocken hatten erst zwölf, dann eins und dann zwei geschlagen. Eine leichte Unruhe kam unter den Soldaten auf, die der Menge nicht verborgen blieb. Dann rief jemand: »Er kommt.«

Nun wurde ein Fenster in Banqueting Hall geöffnet, aus dem der König auf das Gerüst hinaustrat. Er trug wieder schlichtes Schwarz: einen schwarzen Umhang, einen hohen schwarzen Hut, schwarze Kniehosen und ein weißes Hemd. Ganz im Kontrast dazu leuchtete der Hosenbandorden in vielen Farben. Der König blickte in die

Menge hinaus. John spürte, wie sein düsterer, dunkler Blick über ihn hinwegschweifte. Einen Moment lang wollte er schon die Hand heben, damit er ihn erkennen konnte, doch er tat es nicht.

Nun nahm der König einen Zettel aus seiner Tasche und sprach leise zu den Männern um ihn herum. John spannte sich aufs äußerste an und konnte doch nur ein paar quälende Fetzen seiner Rede aufschnappen; allein die letzten Worte drangen deutlich zu ihm vor: »Ich bin ein Märtyrer des Volkes.«

John hörte ein Zischen als Antwort auf das nimmer endende, unwiderstehliche großspurig erhabene Auftreten und die Torheit des Mannes. Dann erst bemerkte er, daß er selbst das Zischen hervorgebracht hatte, es war die kalte Luft, die durch seine Zähne gedrungen war. Der König gelobte, daß er in treuer Ergebenheit seinem Vater gegenüber und als Christ sterben würde, und dann sagte er dem Henker ein paar leise Worte.

»O Gott, er soll es nicht noch verpfuschen«, flüsterte John und meinte nicht den Henker damit, der seine Arbeit schon hundertmal verrichtet hatte, sondern den König, der auch diesen letzten Auftritt noch elegant meistern wollte.

Schließlich wandte sich der König Bischof Juxon zu, der ihm behilflich war, sein langes Haar unter den Hut zu stecken, damit der Hals für das geschliffene Beil frei war. Daraufhin reichte Charles seinen Hosenbandorden dem Bischof und zog einen Ring vom Finger ab.

»Nein, nicht das noch«, murmelte John vor sich hin. Diese Einzelheiten waren einfach unerträglich. John hatte sich auf eine Hinrichtung eingestellt und nicht darauf, daß sich jemand wie in häuslicher Umgebung entkleiden würde und sein Haar aus dem zarten weißen Nacken strich.

Charles zog sein Wams aus, warf sich danach aber wieder den Umhang um, als ob es noch von Bedeutung war, sich keine Erkältung zuzuziehen. Darauf schien er sich über den Richtblock zu beschweren. Es sah so aus, als würde sich der Henker, der in seiner Maskierung einen fürchterlichen Anblick bot, für etwas entschuldigen. John erinnerte sich daran, daß der König ein Talent dafür hatte, gewisse Dinge hinauszuzögern und Ausflüchte zu machen. John war dabei so aufgewühlt und erregt ungeduldig, daß er den Holzpfahl vor sich zum Zittern brachte.

Der König machte einen Schritt zurück und schaute mit erhobenen Händen zum Himmel auf. John hörte das Kratzen einer Feder, denn ein Zeichner hinter ihm hielt die Szene auf Papier fest, wie der König, der Märtyrer des Volkes, mit zum Himmel gewandten Augen die Arme wie Christus ausbreitete. Dann ließ der König seinen Umhang fallen, kniete vor dem Richtblock nieder und legte seinen Kopf darauf.

Der Henker mußte auf das Zeichen warten; der König kniete eine Weile nur und rührte sich nicht weiter. Der Henker beugte sich nach vorn und strich eine Haarsträhne weg. Er wartete.

»So tu es bitte«, flüsterte John seinem alten Gebieter zu. »Bitte, bitte, tu es einfach.«

Es vergingen scheinbar Stunden, bis der König wie ein Mann, der tief in einen Fluß tauchen wollte, die Arme weit auseinanderstreckte und das Beil in einem wunderbaren Bogen auf ihn niederging, in den Hals einschlug und den Kopf sauber abtrennte.

Ein dunkles Raunen ging durch die Menge – es war der Laut, den ein Mensch wohl beim Sterben hervorbrachte, ein Laut, den ein Mensch hervorbringt, wenn er in höchster Verzückung schwelgt. Ein Laut ohne Wiederkehr.

Da hörte man von hinten, wie sich langsam Pferdehufe näherten, und die Leute schrien und stießen einander in Panik an, um rasch den Platz zu verlassen.

»Kommt!« rief Alexander und zog John am Ärmel.

»Die Kavallerie kommt, aus dem Weg, sonst werden wir zu Boden gerissen.«

John konnte ihn nicht hören. Er starrte immer noch auf das Schafott, wartete immer noch auf den letzten Akt, in dem der König, in prächtiges Weiß gekleidet, von der Bühne herunterschreiten und mit der Königin tanzen würde.

»So kommt doch!« sagte Alexander. Er packte John am Arm und zog ihn zur Seite. Die Menge wogte durcheinander, stob an die Straßenränder, viele rannten auf das Gerüst zu, um ein Stück des königlichen Mantels zu ergattern oder ein bißchen Erde unterhalb des Schafotts mitzunehmen, ja sie tunkten sogar ihre Taschentücher in die rote Blutlache. John, der von Alexander weitergezogen und von anderen weitergestoßen wurde, die der vorpreschenden Kavallerie entkommen wollten, strauchelte und fiel zu Boden.

»So kommt endlich!« drängte er. »Man sollte hier besser nicht länger verweilen.«

John war wieder zu sich gekommen und stand rasch auf. Er rannte mit Alexander an den Straßenrand, drückte sich gegen die Häuserwand, während sich die Kavallerie einen Weg zum Schafott bahnte. Es war vorbei. So rasch war es vorbei. Bischof Juxon war verschwunden, die Leiche des Königs war durch das Fenster von Banqueting Hall hineingetragen worden, die Straßen waren schon halb geleert, die Soldaten hatten um das Schafott eine Absperrkette errichtet. Es war ein Theater, das am Ende der Vorstellung öde und verlassen wirkte, es herrschte jene übriggebliebene Stille, nachdem die Stimmen der Schaupieler verklungen waren. Es war vollbracht.

Es war vollbracht und doch nicht vorbei. John kehrte nach Hause zurück und mußte feststellen, daß die Arche von vielen Nachbarn belagert war, die jedes Wort hören, alle Details geschildert haben wollten. Nur Johnnie war nicht anwesend.

»Wo steckt er?« fragte John Hester.

»Im Garten, in seinem Kahn auf dem Teich«, erklärte sie kurz. »Wir haben gehört, wie in Lambeth die Glocken läuteten, und er wußte, weshalb sie läuteten.«

John nickte, zog sich entschuldigend von dem Dorfklatsch zurück und lief durch den kalten Garten. Sein Sohn war nirgends zu sehen. John ging die Allee entlang und lief dann am Ende nach rechts zu dem kleinen See. Die Irisblumen und das Schilfrohr, die im feuchten Boden an dessen Rand angepflanzt worden waren, standen in frostklarer Schönheit da. Mitten auf dem Teich trieb das Boot, Johnnie, in seinen Umhang gehüllt, saß im Heck, zu beiden Seiten lagen die Ruder.

»He, hallo«, rief ihm John mit freundlicher Stimme vom Steg aus zu.

Johnnie blickte auf und sah seinen Vater. »Hast du es mit angesehen?« fragte er leise.

»Ja.«

»Wurde es rasch ausgeführt?«

»Eine kurze Prozedur«, sagte John. »Er hielt eine kleine Rede, legte seinen Kopf auf den Richtblock, gab sein Zeichen, und dann geschah es in einem Zug.«

»Also ist es jetzt vorbei«, sagte Johnnie. »Ich werde ihm nie dienen.«

»Es ist vorbei«, sagte John. »Komm an Land, Johnnie, es wird andere Herren und andere Gärten geben. In ein paar Wochen werden die Leute von etwas anderem reden. Du mußt dir nichts davon anhören. Komm nun an Land, Johnnie.«

Frühjahr 1649

John hatte unrecht. Die Hinrichtung des Königs war keine kurzlebige Sensation, sondern wurde rasch zum Gegenstand aller Unterhaltungen, aller Balladen und aller Gebete. Nur die hartherzigsten Puritaner ließen sich nicht von der über allem schwebenden melancholischen Stimmung mitreißen; es war, als stellte der Tod eines Königs einen persönlichen Verlust dar – ganz gleich, welchen Charakter er gehabt und welche Gründe es für seinen Tod gegeben hatte. Das ganze Land war von einem krankhaften Kummer ergriffen. Niemand machte sich mehr Gedanken darüber, warum der König hatte sterben müssen. Am Ende waren alle ganz erstaunt darüber, daß er überhaupt hatte sterben müssen.

Es war beinah ganz unvorstellbar, daß er nicht mehr da war. Die Volksbücher, die Balladendichter und Porträtisten, sie alle beförderten die Illusion, daß der König gegenwärtig war und überlebt hatte. Es gab mehr Bilder von König Charles, und es kursierten mehr Geschichten über ihn als zu Lebzeiten. Er war beliebter als damals, als er ein fauler, närrischer und realitätsfremder Herrscher gewesen war. Alle seine Fehler waren durch die simple Tatsache seines Todes hinweggefegt worden und durch den Namen, den er sich selbst gegeben hatte: Märtyrerkönig.

Dann mehrten sich die Berichte über Wunderheilungen, die mit Reliquien von ihm vollbracht worden waren. Die Leute waren von Anfällen, Krankheiten und Seuchen wie den Pocken geheilt worden, nur weil sie ein Taschentuch berührt hatten, das in sein Blut getaucht worden war. Die Taschenmesser, die man aus seiner eingeschmolzenen Statue gefertigt hatte, konnten Wunden heilen, wenn man sie auflegte, und frischgeborene Babys vor einem gewaltsamen Tod bewahren, wenn man die Nabelschnur damit durchtrennte. Einem kranken Löwe aus dem Zoo des Tower war geholfen worden, indem er den Geruch des königlichen Blutes in einem Stoffetzen aufnahm. Jeden Tag gab es eine neue Geschichte von dem Heiligen, dem Heiligen des Volkes. Jeden Tag nahm seine Gegenwart im Land zu.

Niemand blieb ganz unberührt davon; doch Johnnie, der immer noch von seiner Verletzung und der Niederlage von Colchester gezeichnet war, hatte es sehr schwer mitgenommen. Tag für Tag verbrachte er im Kahn auf dem kleinen See, saß dort in seinen Mantel gehüllt, ließ die Absätze seiner Stiefel leicht ins Wasser hängen, während der Kahn umhertrieb und gegen das eine, dann gegen das andere Ufer stieß. Johnnie starrte immerzu hinauf in den kalten Himmel und schwieg.

Hester ging zum See hinunter, um ihn zum Mittagessen zu holen. Schließlich ruderte er langsam zu dem kleinen Steg zurück.

»Oh, Johnnie«, sagte sie. »Du hast noch dein ganzes Leben vor dir, du mußt es nicht so schwernehmen. Du hast getan, was du konntest, du warst ihm treu, du bist fortgerannt, um ihm zu dienen, und du warst so tapfer wie alle seine Kavaliere.«

Er sah sie mit seinen dunklen Tradescant-Augen an. Sie entdeckte darin die gleiche leidenschaftliche Loyalität wie in den Augen seines Großvaters, nur daß die damalige Welt sicher und Ordnung und Recht unantastbar gewesen waren. »Ich kann mir nicht vorstellen, wie man ohne König leben kann«, sagte er einfach. »Es geht nicht nur um ihn. Es geht um seine Stellung. Ich kann mir nicht vorstellen, daß wir ihn nie wiedersehen sollen. Seine Schlösser und Gärten sind doch immer noch da.«

»Du solltest wieder zurück an deine Arbeit gehen«, sagte Hester. »Dein Vater braucht dich.«

»Wir sind die Gärtner des Königs«, sagte Johnnie nur. »Was tun wir aber jetzt?«

»Es gibt immer noch die Geschäftsverbindung zu Sir Henry in Barbados.«

Er schüttelte den Kopf. »Ich werde nie ein Händler sein. Ich bin durch und durch Gärtner. Nie würde ich etwas anderes sein wollen.«

»Und die Raritäten.«

»Ich werde kommen und helfen, wenn du es wünschst, Mutter«, sagte er gehorsam. »Aber damit ist es auch nicht mehr wie früher, oder? Seit wir sie eingepackt und wieder ausgepackt haben. Es ist nicht mehr Großvaters Raum, es ist nicht mehr der Raum, den wir dem König gezeigt haben. Wir besitzen zwar immer noch die meisten Objekte, doch es wirkt alles anders, nicht wahr? Als sei etwas zerbrochen bei all dem Ein- und Auspacken. Und auch die Besucher kommen nicht mehr so wie früher.«

Hester legte ihre Hand auf seinen Arm. »Du solltest mit dem Grübeln aufhören und wieder an die Arbeit gehen. Man trauert eine Weile, aber du tust dir selbst keinen Gefallen, wenn du die Trauer ausdehnst.«

Er nickte. »Schon gut«, versprach er. »Wenn du es wünschst.« Er zögerte, als könne er nicht die Worte finden, um zu sagen, was er empfand. »Nie hätte ich gedacht, daß es mich so mitnimmt.«

Als die drei beim Essen waren, klopfte es an die Tür. Hester drehte den Kopf um, und sie hörten, wie die Köchin verärgert durch den Flur stapfte, um zu öffnen. »Es wird sich um jemanden handeln, der etwas verkaufen will«, meinte Hester.

»Ich werde mal nachschauen«, bot sich Johnnie an und schob seinen Stuhl zurück. »Eßt ihr nur zu Ende.«

Dann hörten sie, wie er fluchte und durch den Flur rannte, kurz darauf schlug die Tür zur Terrasse zu, er war in den Garten gestürmt.

»Guter Gott, was ist jetzt los?« John sprang auf die Beine. An der Vordertür stand ein verwirrter Mann. »Ich habe das zum Verkauf angeboten«, sagte er und holte ein Stück schmutzigen schwarzen Stoff hervor. »Ich dachte, daß dies genau das richtige sei für Eure Sammlung. Aber dann sprang der Bursche zurück, als handele es sich um Gift, und nahm Reißaus. Was hat er denn?«

»Er ist krank«, sage Hester nur. »Worum handelt es sich denn?«

»Das ist ein Stück Stoff vom Schafott des Märtyrerkönigs, Mrs. Tradescant. Und wenn Ihr wollt, so könnt Ihr es haben und ein Taschenmesser, gefertigt aus seiner Statue. Und vielleicht gelingt es mir, ein bißchen Erde zu beschaffen, auf die sein heiliges Blut gefallen ist.«

Instinktiv wich Hester angewidert zurück. Sie schaute zu John. Seine Augenbrauen waren nachdenklich zusammengezogen.

»Solche Dinge nehmen wir nicht«, sagte er langsam. »Wir kaufen Raritäten, keine Reliquien.«

»Aber Ihr besitzt doch die Jagdhandschuhe von Henry VIII.«, meinte der Händler. »Und das Nachtgewand von Königin Anne. Warum also nicht das hier? Wo Ihr doch ein Vermögen damit machen könntet.«

John machte kurz eine Runde durch die Eingangshalle. Der Mann hatte recht, alles, was mit dem König zusammenhing, machte die Arche zur Goldgrube. Dann ging er auf den Mann zu. »Ich danke Euch, aber nein. Wir werden die Überreste des Königs nicht ausstellen.«

Hester hatte die ganze Zeit mit hochgezogenen Schultern dagestanden, während sie die Entscheidung ihres

Mannes abwartete. »Aber Ihr könnt uns gern andere seltene Kuriositäten bringen, wenn Ihr welche habt«, sagte sie freundlich und wollte die Tür schließen.

Da stellte der Mann seinen Fuß dazwischen. »Ich hätte gedacht, daß Ihr mir einen guten Preis dafür macht.«

»Wir werden keine Reliquien des Königs annehmen«, sagte John kurz angebunden.

Der Mann zuckte mit den Schultern, nahm seinen Fuß aus der Tür und verschwand.

»Meinst du, Johnnie hätte jemals wieder in einem Raum gearbeitet, in dem sich das Blut des Königs in einer Schachtel befindet?« fragte John verärgert und lief in den Garten, ohne sein Essen noch einmal anzurühren.

Johnnies düstere Stimmung hellte sich auch nicht mit dem wärmeren Wetter auf, wie Hester gehofft hatte. Im März, als John die Samen der Kapuzinerkresse, der Zuckererbsen und seinen virginischen Amaracock in Töpfen mit gesiebter Erde in die Orangerie brachte, erklärte das Parlament, daß es nie wieder einen König oder eine Königin geben werde, die sich über das englische Volk erheben könnten. Könige waren für immer abgeschafft in England. Johnnie betrat den warmen Raum mit einer kleinen Schachtel in Händen. Er wirkte sehr ernst.

»Was hast du da?« wollte John vorsichtig wissen.

»Die Samen des Königs«, sagte Johnnie leise. »Die er dir gab, damit du sie in Wimbledon einpflanzt.«

»Ah, die Melonensamen. Weißt du, die hatte ich schon ganz vergessen.«

Ein kurzer, brennender Blick von Johnnie verriet, daß er sie nicht vergessen hatte. »Es muß eine seiner letzten Anweisungen gewesen sein«, sagte Johnnie ehrfürchtig. »Und er hat dich persönlich gerufen, als wollte er nur dich mit dieser Aufgabe betrauen, damit du dich an ihn erinnerst.«

»Es sind doch nur Melonen.«

»Er hat dich rufen lassen, er hat die Samen von seinem eigenen Teller aufgehoben und dich darum gebeten. Und er hat sie dir gegeben.«

John zögerte, der anbetende Tonfall in der Stimme seines Sohnes und dessen leuchtende Augen erschreckten ihn. Er legte eine Hand auf seine Schulter und spürte die kräftige Sehne und den Knochen. Er konnte Johnnie einfach nicht erklären, daß man den wunderlichen Einfällen eines arroganten Königs, der sein ganzes Leben nur Befehle erteilt hatte, nicht zu viel Bedeutung beimessen sollte. Für ihn war es kein großer Aufwand, wenn ein Diener die ganze Strecke von Windsor nach Lambeth und zurück machte, um John zu holen, und auch kein Aufwand, wenn John von Lambeth nach Windsor und dann wieder heimging, um seiner wunderlichen Grille Folge zu leisten. Es wäre Charles nie in den Sinn gekommen, es könnte einem Mann, der nicht mehr in seinen Diensten stand und keinen königlichen Lohn empfing, Unannehmlichkeiten bereiten, wieder einmal zu einer unbezahlten Arbeit befohlen zu werden.

»Willst du sie denn vielleicht einpflanzen?« fragte er Johnnie, um sich aus seinem Dilemma zu befreien.

In Johnnies Gesicht konnte man viele Emotionen ablesen. »Würdest du mir das erlauben?«

»Aber natürlich. Du kannst sie einpflanzen, wenn du willst, und wenn sie zum Umpflanzen bereit sind, werden wir sie in die Melonenbeete umsetzen.«

»Ich möchte gern in Wimbledon Melonenbeete anlegen«, sagte Johnnie. »Dort sollten sie seiner Vorstellung nach auch sein.«

John zögerte. »Ich weiß nicht, was jetzt in Wimbledon geschieht«, sagte er. »Wenn das Parlament will, daß ich dort weiterhin arbeite, so wäre das natürlich möglich. Aber ich habe noch nichts gehört. Vielleicht werden sie das Schloß verkaufen.«

»Wir müssen es einfach tun«, sagte Johnnie schlicht. »Es war sein letzter Befehl an uns.«

John wandte sich wieder der Kapuzinerkresse zu und gab auf. »Nun gut«, sagte er. »Wenn wir sie aussetzen können, werden wir sie nach Wimbledon mitnehmen.«

Langsam kehrte wieder Normalität ein. Es kamen Besucher für den Raritätensaal, und es gab immer mehr Bestellungen in Tradescants Auftragsbüchern von Leuten, die die konfiszierten Anwesen von Royalisten erworben hatten, die entweder tot oder geflohen waren oder in aller Stille nun ein Leben in Armut fristeten. Die neuen Männer waren Offiziere aus Cromwells Armee und gerissene Politiker, die zur rechten Zeit die Seite gewechselt hatten; sie besaßen nun irgendwelche vornehme Häuser mit verwahrlosten Gärten und waren darauf aus, sie wieder in alter Schönheit erstehen zu lassen.

Einer nach dem anderen kehrte wieder zur Arche zurück, um sich die Gärten eingehend zu betrachten und die Blüten an den Bäumen zu bewundern und die nickenden Köpfe der Narzissen zu bestaunen. Dr. Thomas Wharton, ein Mann ganz nach Johns Geschmack, besichtigte die Kuriositäten und machte den Vorschlag, ob John nicht einen Teil seines Gartens für die medizinische Fakultät an der Universität zur Verfügung stellen wollte. Sie würden ihm einen Lohn dafür zahlen, wenn er dort Kräuter und Heilpflanzen für sie anbaute.

»Das weiß ich sehr zu schätzen«, sagte John freimütig. »Wir haben magere Jahre hinter uns gebracht. Ein Land im Bürgerkrieg hat weder Interesse an Gartenbau noch an seltenen Stücken.«

»Das Land sollte von Männern regiert werden, deren Neugier keine Grenzen kennt«, erwiderte der Arzt. »Mr. Cromwell selbst ist ein Mann, der Gefallen an kühnen Neuerungen findet. Er hat sein Farmland entwässert und verwendet dazu holländische Windpumpen, damit kein Wasser mehr eindringt, und er glaubt, der englische Boden könne genauso fruchtbar werden wie der in den Niederlanden. Selbst brachliegende Flächen.«

»Wichtig ist, daß man die Erde nicht auslaugt«, sagte John, der aufhorchte. »Wechselt man die Fruchtfolge, können sich Pflanzenkrankheiten nicht ausbreiten. Das haben wir in den Gärten und Gemüseecken schon immer beachtet, in jedem Konvent und jedem Kloster wurde die Fruchtfolge innerhalb eines Beetes gewechselt; doch es trifft auch auf die Felder zu. Auch in Virginia verwendet man nicht mehr als drei Ernten lang die gleiche Gemüsesorte.«

»Die Pflanzer?«

»Nein, die Powhatan. Die Indianer wechseln ihre Felder nach jeder Ernte. Ich dachte, das sei ein Fehler, doch dann erkannte ich, wie ertragreich dieses System war.«

»Das ist ja höchst interessant«, sagte Dr. Wharton. »Vielleicht könntet Ihr mich einmal in meinem Haus besuchen und mehr darüber erzählen. Einmal im Monat treffe ich mich mit meinen Freunden in einer Runde, um die neuesten Erfindungen und Ideen und auch Kuriositäten zu erörtern.«

»Es wäre mir eine Ehre«, erwiderte John.

»Und wodurch gelingt es Ihnen, Ihr Land fruchtbar zu machen?« wollte Dr. Wharton wissen.

John lachte. »Ein Gebräu nach der Rezeptur meines Vaters«, sagte er. »Nesseln und Schwarzwurz und Mist, alles in einem alten Topf verrührt. Und wenn ich gerade dringend muß, dann pinkle ich noch hinein.«

Der Arzt lachte vor Vergnügen. »Also würde es für fünfzig Hektar Land nicht ausreichen?«

»Nein, aber es gibt Pflanzen, die man wachsen lassen und dann unterheben kann, damit der Erde ihre Nährstoffe zurückgegeben werden«, entgegnete John. »Schwarzwurz oder Klee. Man müßte mit einer kleinen Fläche beginnen, sie abernten, dann eine größere bepflanzen und im Jahr darauf eine noch größere.«

Der Arzt klopfte ihm auf den Arm. »Das ist Eure Zukunft«, sagte er. »Wenn das neue Parlament auch nur wenig übrig haben wird für Ornamentgärten, so setzen sie sich doch sehr für die Fruchtbarkeit der Felder ein. Wenn wir die Leveller davon abhalten wollen, uns aus unseren eigenen Häusern zu werfen, so muß es uns gelingen, daß sich die Leute von den Ackerböden ernähren können, die wir unter dem Pflug haben. Vielleicht könnt Ihr einen Text darüber verfassen.« Er zögerte. »Das würde bedeuten, daß Euch das Parlament Anerkennung zollen wird. Keine schlechte Sache, jetzt, wo Euer alter Gebieter fort ist.«

John zog eine Augenbraue hoch. »Gibt es irgendwelche Neuigkeiten vom Prinzen?«

»Nicht Prinz – Charles Stuart schlechthin«, berichtigte ihn Wharton freundlich. »Er ist in Frankreich, wie ich gehört habe. Doch wenn Cromwell weit weg in Irland ist, könnte er vielleicht versuchen, nach England zu gelangen. Er würde gewiß eine Armee von ein paar hundert Narren auf die Beine stellen. Es wird immer Narren geben, die einer königlichen Standarte zulaufen.«

Er wartete ab, wollte sehen, ob ihm John darin widersprach.

Im April erschien plötzlich John Lambert im Garten der Arche, lächelte Joseph, den Gärtner, an und verneigte sich vor Hester.

»General Lambert!« rief sie. »Ich dachte, Ihr seid im Norden in Pontefract.«

»Das war ich auch«, sagte er. »Doch meine Arbeit ist getan. Ich werde die nächsten Monate in London verbringen und mit meiner Familie im Haus meines Schwiegervaters wohnen. Er besitzt nur einen kleinen Garten, so daß mich

Eure großen Bäume nicht in Versuchung bringen können. Doch hat Mr. Tradescant irgend etwas Neues?«

»So kommt und seht selbst«, sagte Hester und führte ihn weiter in den Garten hinein. »Die Tulpen sind gerade wunderschön. Wir könnten Euch einige mit Knospen in Töpfe pflanzen. Ihr vermißt sicher Eure eigenen in Carlton Hall.«

»Vielleicht kann ich sie noch zum Ende der Blütezeit sehen. In Yorkshire wächst und blüht alles erst ein wenig später.«

Dann gingen sie zusammen zur Vorderfront des Hauses. Hester hielt kurz an, sie genoß es sehr, wie er beim Anblick der blühenden Tulpen in den großen Doppelbeeten vor dem Haus in Entzücken geriet.

»Jedes Jahr muß ich den Atem anhalten«, sagte er. »Dieses Farbenmeer!«

»Und was gibt es für Neuheiten?« fragte John Lambert interessiert. »Irgend eine Neuzüchtung?«

»Eine Satintulpe aus Amsterdam«, sagte Hester und hob verführerisch einen Topf hoch. »Seht Euch nur diesen Schimmer an.«

Er nahm den Topf in die Hände, unbesorgt, ob er seine Samtjacke oder die kostbare Spitze um seinen Hals beschmutzen würde. »Was für eine Schönheit!« sagte er. »Die Blütenblätter sind ja wie ein Spiegel!«

»Und da kommt auch schon mein Mann«, sagte Hester und zügelte ihre Verärgerung darüber, daß John gerade mit hochgekrempelten Ärmeln und schiefem Hut auf dem Kopf eine Schubkarre aus dem Samenbeet wegschob.

Behutsam stellte Lambert den Topf wieder an seinen Platz.

»Mr. Tradescant. Ich bewundere gerade Eure Tulpen.«

John nickte. »Habt Ihr mit Euren Tulpen Glück gehabt? Meine Frau erzählte mir, daß Ihr Euch an der Violetten versucht habt?«

»Ich war leider viel zu lange von zu Hause fort, als daß ich hätte die Blütenfarben auswählen können, um sie weiterzuzüchten. Doch meine Frau berichtete mir, daß sie in wunderschönen Mauvetönen und purpurroten Farben geblüht hatten.«

Weiter hinten im Obstgarten sah Hester, wie Johnnie auf der Allee auftauchte und dann John Lambert entdeckte. Daraufhin nahm er seine Gießkanne und lief bewußt unbekümmert den Weg unter den dunklen, klebrigen Knospen der Roßkastanien auf sie zu.

»Guten Tag«, sagte General Lambert freundlich.

Johnnie hielt an und verneigte sich leicht.

»General Lambert sucht etwas für den Garten seines Schwiegervaters in Kensington«, erklärte Hester ihrem Mann. »Ich führe ihn gerade mit dieser neuen Tulpe in Versuchung.«

»Ist sie nicht wunderschön?« fragte John. »Sie hat einen Schimmer wie das Fell eines Braunen. Hat Euer Schwiegervater Obstbäume? Ihr könntet durchaus wagen, Rosen umzusetzen.«

»Ich hätte gern Rosen«, sagte Lambert. »Er besitzt schon einige Rosamund-Rosen. Habt Ihr ganz weißfarbige?«

»Ich habe eine Rosa alba«, meinte John. »Und einen Ableger davon, der schon ganz dicke Blumenblätter hat.«

»Duftet sie?«

»Es ist ein ganz leichter Duft, sehr süßlich. Und ich habe eine virginische Rose, von der gibt es im ganzen Land nur zwei.«

»Und wir haben eine weiße Hundsrose«, warf Johnnie nun ein. »Wo Ihr doch aus Yorkshire kommt, Sir.«

Lambert lachte. »Das ist ein hübscher Gedanke, vielen Dank.« Er blickte zu Johnnie und betrachtete ihn sich genauer. »He, wie denn, junger Mann, warst du krank? Du wirkst nicht so frisch wie beim letztenmal.«

Nun herrschte ein unangenehmes Schweigen. »Er war im Krieg«, erklärte Hester wahrheitsgemäß.

Lambert betrachtete genau die abfallenden Schultern und seinen herabhängenden blonden Kopf. »Wo war das, junger Mann?«

»In Colchester.«

Der General nickte. »Eine böse Geschichte«, sagte er kurz. »Das Ende vom Ganzen wird dich sicher sehr bedrücken; doch Gott sei Dank, daß wir jetzt Frieden haben, endlich.«

Johnnie warf ihm einen kurzen Blick zu. »Bei seinem Prozeß wart Ihr nicht anwesend«, warf er ein.

Lambert schüttelte den Kopf. »Ich hatte woanders meine Pflichten zu erfüllen.«

»Hättet Ihr ihn vor Gericht gestellt?«

Hester machte schon einen Schritt auf ihn zu, um ihn zum Schweigen zu bringen, doch Lambert hielt sie mit einer kleinen Handbewegung davon ab. »Laßt den jungen Mann nur sprechen«, sagte er. »Er hat ein Recht darauf, zu fragen, warum wir diese oder jene Entscheidung gefällt haben.«

»Hättet Ihr ihn für schuldig befunden und ihn hinrichten lassen, Sir?«

Lambert dachte einen Moment nach und blickte dann zu John. »Darf ich mit dem Jungen sprechen?«

John nickte, und Lambert legte seinen Arm um Johnnies Schultern, und so liefen die beiden die kleine Allee entlang bis in den Obstgarten mit den blühenden Apfel-, Kirsch-, Aprikosen- und Pflaumenbäumen.

»Aufgrund der Beweisführung in dem Prozeß hätte ich ihn nicht zum Tode verurteilt«, sagte Lambert ruhig. »Meines Erachtens ist der Prozeß falsch geführt worden. Doch ich hätte alles dafür getan, damit der König endlich begreift, daß er Grenzen anerkennen muß.«

»Er war der König«, sagte Johnnie trotzig.

»Das streitet ja keiner ab«, erwiderte der ältere Mann. »Doch schau dich nur um, Johnnie. Die Leute in diesem Land haben gehungert, wohingegen ihre Lords und ihre Könige durch die Arbeit der anderen fett geworden sind. Für die Armen gab es keine Gerechtigkeit. Nur der König konnte die Gewinne aus der Staatsführung, den Steuern und dem Handel einstreichen und nach seinem Belieben verteilen, an die Männer, die ihn amüsierten und der Königin Vergnügen bereiteten. Wenn jemand offen seine Meinung sagte, wurden ihm die Ohren abgeschnitten, schrieb jemand etwas Kritisches, wurden ihm die Hände abgehackt. Frauen wurden wegen Hexerei gehängt. Es muß ein Parlament geben, das vom Volk gewählt wird. Es muß per Gesetz zusammentreten und nicht nur, wenn einem König danach der Sinn steht. Es muß die Rechte der einfachen Menschen schützen und nicht die der Großgrundbesitzer.«

»Seid Ihr ein Leveller?«

Lambert lächelte. »Das sind sicher die Ansichten der Leveller, ja. Und ich bin stolz darauf, Leveller zu meinen Kameraden zu zählen. Sie gehören zu den zuverlässigsten und treuesten Männern unter meinem Kommando. Und doch bin ich auch ein Mann mit Besitz; und den möchte ich behalten. Aber Gerechtigkeit zu wollen und die Möglichkeit, die eigene Regierung selbst zu wählen – ja, das macht mich zu einem Leveller, schätze ich.«

»Es muß einen Anführer geben«, sagte Johnnie dickköpfig. »Von Gott auserwählt.«

Lambert schüttelte den Kopf. »Wir glauben nicht daran, daß Gott einen Mann auserwählt, der uns sagt, was wir zu tun haben. Wäre dem so, so könnten wir auch dem Papst gehorchen. Wir wissen, was zu tun ist, wir wissen, was richtig ist. Den Leuten darf das Land nicht weggenommen werden, indem ihr Grundbesitzer ihre Pachtflächen an einen anderen weiterverkauft oder er sich plötzlich in den Kopf setzt, ihr Dorf sei ihm im Weg, und er müßte sie wie die Kaninchen aus ihrem Revier vertreiben.«

Johnnie zögerte.

»Als ihr königstreuen Soldaten auf Colchester zumarschiert seid, wart ihr da nicht untergebracht auf armen Bauernhöfen, in denen es kaum etwas zu essen gab?« fuhr Lambert fort.

»Ja.«

»Dann hast du gesehen, unter welch ärmlichen Verhältnissen die Leute mitten in all dem Reichtum leben müssen. Die Pacht, die sie zu zahlen haben, ist höher als der Ertrag, den die Ernte einbringt.« Er verstummte. »Als ihr dort untergebracht wart, hast du da das Futter für dein Pferd und das Huhn für dein Abendessen einfach so genommen und keine Entschädigung dafür dagelassen?«

Johnnie errötete und nickte beschämt.

»Ja, so machen es die Könige auch immer«, sagte Lambert verbittert. »So sieht das königliche Verhalten aus.«

Johnnie war tiefrot. »Ich wollte es gar nicht«, sagte er. »Aber ich wurde auch nicht ausgezahlt.«

Lambert griff ihn am Arm. »So ist es passiert«, sagte er. »Wenn der ganze Reichtum beim König und bei Hofe konzentriert wird, muß sonst überall nur Armut herrschen. Der König hat eine Armee aufgestellt, aber nicht die Gelder gehabt, um euch zu bezahlen, also mußtest du ohne Sold plündern gehen, und am Ende dieser Kette steht eine arme Witwe mit einer Henne, und der Mann des Königs kommt und nimmt ihr die Eier fort.«

Hester beobachtete, wie ihr Stiefsohn und Lambert bis zum Ende des Obstgartens gingen und sich dann dem See zuwandten.

»Ich hoffe, er sagt etwas, das Johnnie etwas aussöhnt«, sagte sie. »Ich fürchte, er wird nie wieder glücklich sein.«

»Vielleicht«, stimmte ihr John zu. »Er hat das Oberkommando über viele Männer geführt. Er wird schon früher mit Burschen wie Johnnie zu tun gehabt haben.«

»Es ist so freundlich von ihm, daß er sich um Johnnie bemüht und dessen Kummer nicht ausweicht.«

John lächelte müde. »Ich glaube, er wird einen Topf mit meiner besten Tulpe als Bezahlung mitnehmen, oder?«

Hester mußte lachen. »Nicht die Semper Augustus, auf keinen Fall«, versprach sie ihm.

Sommer 1649

Mit dem Sommer kamen auch immer mehr Besucher zur Arche, und das gesellschaftliche Leben Londons war wie früher. Es entbrannte eine Debatte darüber, wie die neue Gesellschaft gestaltet werden, was erlaubt und was verboten werden sollte. Pamphlete, Predigten, Schmähschriften und Zeitschriften überfluteten die Menschen aus den kleinen Druckpressen, die überall während der Kriegsjahre aus dem Boden geschossen waren, neue Stücke wurden geschrieben, und neue Gedichte entstanden als Auftragswerke. Es herrschte eine Art erregter Aufbruchsstimmung, das Gefühl, sich an der Schwelle zu großen Veränderungen zu befinden, einer neuen Welt, die noch niemand zuvor erlebt hatte. Könige waren in England und anderswo auch schon früher ermordet worden – doch nur in Schlachten oder in einem geheimen Mordanschlag, und der Thron war von anderen Anwärtern übernommen worden. Nie zuvor war die Monarchie in Frage gestellt und von den Leuten so abgelehnt worden, daß man sie zerstört und keinen neuen König eingesetzt hatte.

Oliver Cromwell sollte Präsident des Staatsrats sein, und es würde nie wieder einen König von England geben. Und selbst dann noch schien der neue Staat für viele nicht weit genug mit den Veränderungen zu gehen. Es gab immer noch kein allgemeines Wahlrecht. Die Armen hatten immer noch kein Mitbestimmungsrecht bei der Gestaltung der Nation. Auch der Zehnt war nicht abgeschafft worden, obwohl viele dafür in den Krieg gezogen waren. Es gab keine Rechtsreform, auch keine Reform des

Grundbesitzes. Das Parlament setzte sich immer noch aus Oberhaus und Unterhaus zusammen, in denen Männer saßen, die über Großgrundbesitz verfügten und vor allem ihre eigenen Interessen verfolgten. So war man immer noch weit entfernt von jener Gerechtigkeit, auf die John Lambert so leidenschaftlich gehofft hatte.

Doch jenes Gefühl der Erregung und des Optimismus war so spürbar wie das warme Wetter vom Mai und Juni. Ein zwangloser Zusammenschluß von Philosophen, Botanikern, Mathematikern, Ärzten und Astronomen trat regelmäßig zusammen, um miteinander zu debattieren, darunter Dr. Thomas Wharton und auch John Tradescant. Von März an hielt sich John Lambert in London auf und verpaßte kaum eine dieser Zusammenkünfte, wollte er doch alles Neue über die Wissenschaft und Botanik erfahren. In jenem Sommer besuchten viele Mitglieder dieser Gesprächsrunden auch die Arche, sie spazierten durch den Garten, saßen an dem kleinen See, bewunderten im Kuriositätenraum alle interessanten Dinge und blieben meist zum Abendessen.

Hester, die sich nun als tüchtige Hausfrau beweisen konnte, war stolz darauf, ein Dutzend Gäste zu bewirten und mindestens sechs von ihnen auch ein Nachtlager anbieten zu können. Sie war stolz darauf, daß es das Tradescant-Haus samt Garten war, worauf sich alle Aufmerksamkeit richtete.

Die Gespräche reichten bis tief in die Nacht hinein, und als die Schranken der üblichen Zurückhaltung mit der Anzahl der Portweinflaschen fielen, wurde immer ausufernder und phantasievoller über alles spekuliert, von der Funktion einzelner Körperteile angefangen bis zur Existenz von Engeln, der Bewegung der Planeten in ihren Sphären und dem sich abwechselnden An- und Abschwellen des zuckerhaltigen Saftes von Johns Ahornbaum. Elias Ashmole, ein Jurist von Haus aus, schwor sogar eines

Nachts, daß er die genaue Sterbestunde eines Menschen vorhersagen könne, wenn er die genaue Geburtsstunde desjenigen von den Hebammen erfahren würde und eine Himmelskarte aufzeichnen ließe.

»Doch würdet Ihr gern Eure Sterbezeit wissen wollen?« fragte John, schon mit schwerer Zunge.

»Ich möchte alles wissen«, erwiderte Elias. »Das meine ich, wenn ich von einem Mann der Wissenschaften spreche. Ich meinerseits wurde unter dem Planeten Merkur geboren, und Ihr könnt sehen, daß ich durch und durch von Merkurium bestimmt bin. Ich bin flink und beweglich wie Quecksilber.«

»Und seht aus wie ein silbernes Stück Metall, genau wie Quecksilber!« warf jemand flüsternd ein.

»Aber man sollte das Persönliche von dem zu Erforschenden in sich trennen«, sagte ein Arzt eher verwirrt. »Ich möchte wissen, wie das Blut durch die Adern fließt. Doch ich werde dafür nicht meinen eigenen Arm öffnen und nachsehen. Ich bin nicht mein eigenes Experiment!«

»Aber wie dann?« rief eine anderer leidenschaftlich dazwischen. »Solange Ihr nicht eindringt, gar ins eigene Herz, so seid Ihr kein richtiger Forscher. Das wäre nur ein Zeitvertreib.«

»O ja! Wollt Ihr in einem Experiment an der Pest sterben, nur weil Ihr wissen möchtet, ob sie ansteckend ist!«

»Wahrlich, man kann die Patienten doch nicht aus der Distanz untersuchen«, bemerkte Dr. Wharton. »Als die Pest in London wütete, da habe ich ...«

»Genau das haben wir doch auch mit dem politischen Leib gemacht, haben ihn verändert, um zu sehen, was dann aus ihm fließt, nicht wahr? Haben das Herz herausgeschnitten, um zu sehen, ob das Gehirn immer noch funktioniert!«

»Das war kein Experiment! Es war eine Entscheidung, zu der wir gezwungen waren. Für mich ist Cromwell kein großer Arzt der Politik! Er hatte sich festgeklammert, als sich das Pferd aufbäumte!«

»Aber das meine ich eigentlich nicht«, sagte John, der sich nur schwer auf seinen ersten Gedanken konzentrieren konnte. »Ich wollte eigentlich wissen, ob Ihr immer die Zukunft wissen wollt? Wie würdet Ihr das ertragen?«

»Natürlich kann man das«, entgegnete Elias Ashmole. »Ich habe meine eigene Sternenkonstellation aufgezeichnet und kann Euch zum Beispiel sagen, daß ich einmal ein recht berühmter Mann sein werde. Ich habe meine eigene Zukunft vorhersehen können, darin hieß es: Ich werde nach dem Vermögen einer Frau trachten und es auch erhalten.«

»Eine reiche Witwe?« fragte jemand vom hinteren Ende der Tafel.

»Lady Mary Manwaring«, murmelte ein anderer. »Alt genug, seine Mutter zu sein. Er hat sie beraten. Wißt Ihr auch, worin?«

»Man wird sich an mich erinnern«, sagte Ashmole beharrlich. »Ich werde meinen Platz im Tempel der Geschichte haben.«

»Wofür?« fragte einer der Mathematiker und rülpste leise. »Verzeiht. Wodurch werdet Ihr Euch den Platz im Tempel der Geschichte verdienen? Indem Ihr in Johns Kräutergarten fachsimpelt? Indem Ihr seine Blumen für Kräutergetränke pflückt? Ich sehe Euch nicht golden leuchtend mit dem Stein des Weisen in Eurem Laboratorium. Mir scheint eher, daß man sich aus unserem Kreis am ehesten an Johns Namen erinnern wird.«

John lachte. »Ich bin nur ein Sammler«, sagte er bescheiden. »Ich nenne mich nicht Wissenschaftler. Natürlich frage auch ich mich, warum die Dinge so wachsen, wie sie es tun. Ich glaube nicht, alles sei von Gott in nur einer Woche geschaffen. Ich sehe, daß Menschen selbst neue Pflanzen züchten können, mit den richtigen Fähigkeiten ist das möglich. Ich habe zum Beispiel ein paar Zwiebeln …«

»Mr. Ashmole genießt in der Astronomie und Astrologie zweifellos ein hohes Ansehen …«, hob einer der Ärzte an.

»Ich sage nur, daß Mr. Tradescants Zwiebeln oder selbst seine Tulpen den Menschen in diesem Lande eine länger währende Freude garantieren als alle Untersuchungen von Mr. Ashmole in der Geschichte des Freimaurerordens!«

John schüttelte den Kopf. »Wenn, dann wegen der Bäume«, sagte er mit Entschlossenheit. »Der Roßkastanien … Und die sind das Verdienst meines Vaters.«

»Schweigt«, sagte Ashmole. »Von dem Freimaurerorden spreche ich nie.«

»Mr. Ashmoles Arbeit im Brasenose College …«

»Ausgezeichnet. Und er ist mein Gast.« John erinnerte sich an seine Pflichten als Gastgeber. »Reicht die Flasche herum, Stephen.«

Auch Johnnie nahm an den Abendessen teil, schwieg jedoch meist. Wenn John die Tafel entlangblickte, sah er gewöhnlich, wie die interessierten dunklen Augen seines Sohnes von einem Mann zum nächsten wanderten, wie er den Ausführungen lauschte, darüber nachdachte und dann entweder lächelnd zustimmte oder den Kopf schüttelte. Doch wenn sich die Gespräche der Politik zuwandten, stand er auf und verließ die Gesellschaft. Die meisten der Gäste von John waren Männer wie der Dichter John Milton, die meinten, daß der König der neuen Zukunft des Landes nur im Wege gestanden hatte. Indem man ihn aus dem Weg geräumt hatte, hatte man eine von Wurmfraß gezeichnete Blüte von ihrem gesunden Stengel abgeschnitten. Doch Elias Ashmole und einige andere Gelehrte aus Oxford waren nicht von ihrer pro-royalistischen Haltung abzubringen, auch wenn sie nur vorsichtig ihre Ansichten äußerten. Ashmoles großes Hauptwerk bestand in der Erforschung der Geschichte des Hosenbandordens. Den meisten Männern der Tafelrunde erschien diese akademische Arbeit unnötig, da es nun in England weder König noch Hosenbandorden gab.

Daraufhin erklärte Ashmole, daß, ganz gleich, ob es einen König gäbe oder nicht, immer noch der Gedanke der Monarchie anwesend war, über den man nicht so leicht hinweggehen konnte. In solchen Momenten errötete Johnnie meist, und er lehnte sich vor, um besser mithören zu können. Doch argumentierten die anderen Männer dann lauthals dagegen und sagten, daß der König tot und die Monarchie für immer begraben war, dann schlüpfte Johnnie leise aus dem Raum.

»Diese unerschütterliche Loyalität!« meinte John zu Hester, als sie eines Abends auf der Terrasse saßen und den Sonnenuntergang zu ihrer Rechten beobachteten, wo gelbe und pfirsichfarbene Wolkenstreifen am Himmel standen. »Das hängt ihm wie ein Fluch an, er kann einfach nicht die Vergangenheit hinter sich lassen und nach vorn schauen.«

Sie nähte gerade einen Kragen für Frances und blickte lächelnd von ihrer Arbeit auf. »Er ist wie dein Vater.«

»Ja.« John war verblüfft. »Aber natürlich. Daran hatte ich gar nicht gedacht. Mein Vater liebte Robert Cecil, wie es damals üblich war – ein Herr und sein Gefolgsmann –, und dann liebte er auch den Herzog von Buckingham. Als alle im Land den Kopf des Herzogs rollen sehen wollten, wollte er gerade mit ihm zu einem aussichtslosen Feldzug aufbrechen, und als der Herzog ermordet wurde, da trauerte er, obwohl das ganze Land den Attentäter rühmte.«

»Frances hat das auch«, sagte Hester. »Diese Fähigkeit, jemanden bedingungslos zu lieben. Für sie ist es Alexander.«

»Es ist eine Gabe, für die man auch einen Preis zahlen

muß«, gab John zu bedenken. »Johnnie kann nicht akzeptieren, daß der König tot ist. Ich hatte gehofft, General Lambert hätte ihn zu einem Anhänger des Parlaments machen können, wenn nicht sogar zu einem Leveller. Er sollte die Freiheit lieben und nicht einen toten König!«

»Er wird mit der Zeit da herauswachsen«, sagte Hester tröstend. »Es waren schwere Jahre für ihn. Seine ganze Kindheit hindurch war er sicher, Prinz Rupert würde den Sieg für den König erringen. Doch er weiß, jetzt ist alles vorbei.«

Im Juni brachte Johnnie die Melonensamen des Königs, die schon in großen Töpfen waren, auf das Fuhrwerk zum Fluß und lud sie auf eine kleine Fähre, um damit themseaufwärts nach Wimbledon zu fahren. Er war allein unterwegs, er hatte nicht einmal seinem Vater sagen wollen, was er zu tun gedachte, nahm er doch an, daß John hoffte, er hätte die Samen vergessen und sie könnten in den Melonenbeeten der Arche wachsen.

Als er bei dem Herrenhaus eintraf, sah er den verwahrlosten Garten. Doch es gab eine warme, nach Süden gerichtete Mauer, vor der er den ganzen Vormittag über eine Holzumrandung zusammenzimmerte und Erde für das Melonenbeet aufschüttete. Schließlich setzte er die kostbaren Sprößlinge in großen Abständen in die Erde und schleppte dann unter Mühen Wasser von der Pumpe im Küchenhof in den leeren Pflanztöpfen zum Beet, wobei er mit einem Finger die Löcher unten zuhalten mußte.

Johnnie war ganz der Sohn seines Vaters; er wollte nicht den Rest des Gartens sich selbst überlassen und nur das Melonenbeet herrichten. Er erkannte, daß die für einen Tradescant-Garten typischen Merkmale zunehmend unkenntlicher geworden waren. Johnnie sah Steintöpfe auf der Terrasse und erriet, daß sein Vater sie mit Zitronen- und Apfelsinenbäumen bepflanzt hatte. Am Fuße der Treppe hatten sich Blumenbeete befunden. Es gab Springbrunnen und Wasserläufe, die einst mit Iris und Goldhahnenfuß bepflanzt worden waren und die nun an anderen Wasserpflanzen zu ersticken drohten. Johnnie blickte sich in dem verwahrlosten Sommergarten um – einst so sorgsam angelegt und als besonderes Refugium für die Königin gedacht –, und er wußte, daß die Monarchie tatsächlich verloren war.

Er konnte nichts weiter für den Garten tun, erkannte er. Doch wenn die Melonen blühen würden, im weiteren Verlauf des Sommers, wollte er wiederkommen, einen weichen Kaninchenschwanz nehmen und von einer Blüte zur nächsten damit streifen, um sie zu befruchten. Wenn sie dann Früchte hervorbrachten, käme er mit den teuren Glashauben seines Vaters nach Wimbledon und setzte sie auf jede einzelne Melone, damit sie in Ruhe reifen konnten. Was er dann mit den Früchten tun würde, daran dachte er noch nicht. Vielleicht würde es seine Aufgabe sein, die Früchte nach Frankreich mitzunehmen, den Sohn des Königs aufzusuchen und ihm jenes exzentrische Stück seines Erbes zu überreichen. Johnnie zuckte mit den Schultern, es würde sich schon alles fügen.

Als Johnnie heimkehrte, war sein Vater recht verärgert darüber, daß er einen ganzen Arbeitstag vergeudet hatte. Auch wollte er ihm für später nicht seine Glashauben für die Melonen zusagen; doch seine Stiefmutter verteidigte ihn.

»Laß ihn nur machen«, riet sie John, als sie ihr Haar zur Nachtruhe flocht. »Vielleicht beruhigt ihn das.«

Sommer 1650

Hester wäre es beinahe gelungen, Johnnies Gefühle vorherzusagen, wie Elias Ashmole mit seinen astrologischen Weissagungen. Doch sie hatte eines nicht bedacht: die unaufhaltsame Entschlossenheit der Stuarts, ihre verlorene Krone wiederzuerlangen.

Im Juli traf Charles Stuart in Edinburgh ein und schmiedete eine neue Allianz mit den Schotten, die immer schon durch ihre eigenen Stuartkönige in Versuchung geführt worden waren. Er versprach ihnen alles, was sie wollten, und sie versprachen ihm eine Armee, um England zurückzuerobern, und krönten ihn zum König.

Joseph brachte diese Nachrichten aus Lambeth mit und betrat das Speisezimmer, um es allen mitzuteilen. Die Familie war gerade beim Frühstück, Frances und Alexander Norman saßen sich am Tisch gegenüber, Philip Hardin, ein Mathematiker, und Paul Quigley, ein Künstler, waren auch da. Alle waren so erstaunt, daß ein langes Schweigen folgte. Johnnie aber ließ mitten in die Stille hinein seinen Löffel fallen, stieß seinen Stuhl nach hinten und sprang auf.

»Nicht schon wieder«, rief John. »Wann hört das endlich auf? Die Monarchie ist besiegt, und der Prinz ist es diesem Land schuldig, uns einen weiteren Krieg zu ersparen!«

»Ich werde gehen«, sagte Johnnie entschlossen. »Prinz Charles wird sicher in England einmarschieren, also muß ich dabeisein.«

»Still«, sagte Hester in scharfem Ton, denn sie wußte

nicht, ob seine Äußerungen ihnen nicht allen schaden könnten.

Taktvollerweise erhoben sich die beiden Gäste. »Ich werde ein wenig im Garten spazierengehen«, sagte Philip Harding.

»Ich werde Euch begleiten«, sagte Dr. Quigley.

Dann schloß sich die Tür hinter ihnen. »Das war nicht klug«, sagte Alexander Norman freundlich zu Johnnie. »Was auch immer du meinen magst, so solltest du immer dafür Sorge tragen, daß es nicht heißt, dein Vater biete royalistischen Gesinnungen Zuflucht und gestatte, daß man offen darüber an seinem Tisch redet.«

Johnnie lief rot an. »Verzeiht mir«, sagte er zu seinem Vater und zu Hester. »Das wird nicht noch einmal passieren. Die Nachricht hat mich so überrumpelt.«

»Wie ist Joseph nur darauf gekommen, diese Nachricht so auszuposaunen«, fragte sich Frances mürrisch. »Und du, Johnnie, darfst nicht einfach gehen. Es ist viel zu weit weg von hier. Und das Unternehmen wird scheitern.«

»Warum sollte es scheitern?« fragte er leidenschaftlich. »Beim letztenmal war die schottische Armee viel stärker als die englische. Und das Parlament hätte nie den König besiegt, wenn es nicht eine Allianz mit den Schotten geschmiedet hätte. Sie könnten auf London zumarschieren und den König mitbringen.«

»Nicht, wenn sich General Lambert ihnen in den Weg stellt«, warf Alexander ein. »Das muß er wohl. Ich schätze, daß Cromwell mit Lambert zu seiner Rechten wieder den Oberbefehl haben wird.«

»Das ist mir gleich!« erklärte Johnnie. »Hier geht es um die Rückkehr des Prinzen. Ich muß dabeisein.«

Frances drehte sich zu ihrem Vater um, der bisher noch nicht das Wort ergriffen hatte. Alle schwiegen. Johnnie blickte nun auch zu seinem Vater am anderen Ende des Tisches.

»Er ist der König«, sagte Johnnie verzweifelt. »Zum König gekrönt.«

»In England ist er aber nicht gekrönt worden«, erklärte Hester schroff. »Er ist nicht unser König.«

»Er ist als Sohn der dritte König von England«, sagte Johnnie weiter hartnäckig. »Und ich bin demzufolge die dritte Generation, die in königlichen Diensten steht!«

Nun herrschte wieder ein langes Schweigen. Jeder wartete darauf, daß John das Wort ergriff.

»Du kennst mein Herz genau, Vater«, sagte Johnnie behutsam. »Ich hoffe, du gestattest mir, loszuziehen.«

John blickte den Tisch entlang und sah, wie sein Sohn regelrecht leuchtete, so intensiv erregt war er. Er war wieder gesund. Er war der Johnnie, der zur Belagerung von Colchester losgeritten war, nicht wie der Geist, den man zurückgeschickt hatte. John mied bewußt Hesters drohenden Blick und sprach ruhig auf seinen aufgewühlten Sohn ein.

»Ich muß dein Wohl gegen deinen Wunsch, dem König zu dienen, sorgfältig abwägen. Mein Weg ist es nicht, Johnnie, aber du bist jetzt erwachsen, und ich begreife, daß es der deine ist. Doch du bist der einzige Erbe, der einzige Tradescant, der den Namen weitertragen ...«

Johnnie räusperte sich. »Das weiß ich«, sagte er. »Aber es ist ein erhabener Weg. Für den sich ein Opfer lohnt.«

»Wenn es den Schotten gelingt, bis nach York vorzudringen«, sagte er behutsam, »dann darfst du eventuell aufbrechen. Du willst doch nicht für den König in Schottland kämpfen, Johnnie, das ist deren Angelegenheit. Aber wenn sie nach York kommen, werde ich dir ein Pferd und eine entsprechende Ausrüstung kaufen.«

Vom anderen Ende des Tisches her konnte man hören, wie Hester tief Luft holte und dann mit rauschenden Kleidern auf die Beine sprang.

»Und deine Stiefmutter stimmt mir zu«, entschied John, denn er wollte ihrem Ausruf zuvorkommen.

»Das kann ich sehr wohl sehen«, sagte Johnnie ernst, wobei ein Zittern in der Stimme sein Lachen verriet.

»Das tut sie wirklich«, wiederholte John.

Hester ließ sich wieder auf ihren Platz nieder, wobei sie sich am Tischrand festhielt, als ob sie nur mit körperlicher Anstrengung ihre Worte unterdrücken konnte.

»Und du versprichst mir, nicht ohne meine Erlaubnis und ohne meinen Segen davonzulaufen«, bedingte er sich aus. »Du bist schon einmal im Krieg gewesen, Johnnie, du weißt, wie schwer es ist. Du brauchst ein gutes Schwert, einen warmen Mantel, ein starkes Pferd. Wenn du wartest, bis die Schotten nach York vorgedrungen sind, kannst du als Offizier zu ihnen stoßen. Habe ich dein Wort darauf?«

Nur einen Augenblick zögerte Johnnie. »Das hast du«, sagte er. »Aber ich werde jetzt schon mit den Vorbereitungen anfangen, damit ich im richtigen Augenblick aufbrechen kann.«

»Wie kannst du nur?« fragte ihn Frances voller Leidenschaft. »Wie kannst du auch nur daran denken, Johnnie!« Auf ihre herausfordernde Stimme hin wurde er wütend. »Das würdest du nicht verstehen«, sagte er. »Du bist ein Mädchen.«

»Ich weiß nur, daß du beim letztenmal fast Mutters Herz gebrochen hast. Und daß niemand von uns glücklich war, seitdem du aus Colchester wiederkamst«, sagte sie erhitzt. »Ich weiß nur, daß du seit der Niederlage sterbenskrank gewesen bist. Warum willst du wieder los? Was ist, wenn du so weit weg von daheim verletzt wirst oder gar umkommst? Wir würden es nicht einmal erfahren!«

»Ich danke dir für die Erlaubnis«, sagte er nur, an seinen Vater gewandt, und verließ den Raum.

Hester hatte abgewartet, bis sie in der Halle Schritte hörte, die zur Hintertür hinausgingen. Dann sagte sie ihrem Mann verbittert die Meinung. »Wie konntest du nur? Wie konntest du ihm nur zustimmen?«

John nahm seinen Becher mit Bier auf und blickte zu seinem Schwiegersohn. »Frag Alexander«, meinte er nur. »Er weiß, daß ich es konnte.«

Hester wandte sich nun mit glühenden Wangen an Alexander. »Was?« brach es aus ihr heraus.

»Sie werden es nie nach York schaffen«, sagte Alexander voraus. »Cromwell kann es nicht riskieren, eine ausländische Armee auf englischem Boden zu haben. Er kann nicht einmal riskieren, daß eine schottische Armee auf ihn zumarschiert. Nicht, nachdem er 1649 sein Schwert in Irland in Blut getränkt hat, um die Leute in Schach zu halten. Er braucht unbedingt Frieden in diesem Land, sonst wird er alles verlieren. Er wird sie schon in Schottland bekämpfen, und dort wird er sie auch besiegen. Er wird es nie zulassen, daß sie nach Süden vordringen.«

»Doch der König wird die Clans mobilisieren«, flüsterte Hester. »Männer, die die ganze Nacht durch für ihn marschieren würden, um für ihn zu sterben.«

»Die Clans werden aber Schottland nicht verlassen, das machen sie nie«, meinte John fest. »Sie wagen sich nur nach Süden vor zu einem simplen Überfall.«

»Und sie sind schlecht ausgerüstet«, stimmte ihm Alexander zu. »Sie werden mit Dolchen und Heugabeln losziehen und auf Cromwell und Lambert und die New Model Army stoßen mit der Kavallerie, den Kanonen und den Musketen und den Spießen. Ich muß heute noch nach London zurückkehren, es wird neue Aufträge für Fässer geben. Ihr könnt sicher sein, daß man mir auftragen wird, die Ausrüstung für die Kanonen per Schiff nach Schottland zu bringen, wo die Armee schon sein wird – dort wird Cromwell zuschlagen.«

Hester drehte sich zum Fenster um und betrachtete den Garten. In den Blumenbeeten vor dem Haus drängten sich Nelken, Goldlack und die sternenförmige rosa Dreimasterblume. Die Rosen an den Wänden verstreuten überall Blütenblätter. Johnnie schritt mit erhobenem Kopf, aufgerichteten Schultern die Allee entlang, seine Lustlosigkeit und seine Traurigkeit schienen wie weggefegt.

»Wie können wir das nur ertragen?« fragte sie leise. »Wie konntest du ihm die Erlaubnis und deinen Segen geben, sich wieder in Gefahr zu begeben?«

John stand neben ihr. Er legte seinen Arm um ihre Taille, und sie ließ sich, halb widerstrebend, von ihm umarmen. »Ich mache genau das, von dem ich glaube, daß es ihn schützt«, sagte er. »Das ist meine einzige Absicht.«

Den ganzen Juli und August hindurch wartete Johnnie gespannt auf Neuigkeiten, er wartete ganz ungeduldig auf den Moment, in dem sein Vater ihm erlauben würde, in den Krieg zu ziehen. Er überredete John, ihm ein Pferd zu kaufen, es war ein altes, verläßliches Schlachtroß, hieß Cäsar und hatte große, kräftige Hinterbacken und breite Schultern und sah aus, als würde es Johnnies Leichtgewicht Hunderte von Meilen tragen können.

Er hängte einen Sack mit Heu an einen niedrigen Ast und machte vom Pferd aus mit seiner Lanze Zielübungen, indem er darauf einstach. Er kaufte sich einen Reiseumhang und eine Tasche, die er hinten am Sattel anbringen konnte. Er hatte schon alles Nötige gepackt, um sofort zum Aufbruch bereit zu sein. Das ganze Haus dröhnte, wenn er sang, pfiff und mit seinen schmutzigen Reitstiefeln die Holzstufen hoch und runter rannte und dabei der Dreck abfiel und er vor lauter Energie nur Unruhe stiftete.

John hatte von ihm verlangt, daß er niemandem von seiner Abmachung mit ihm erzählen würde, und Johnnie hielt sich daran. Gegenüber den Besuchern oder Gästen der Arche ließ er niemals etwas darüber verlauten, daß er nur auf Nachrichten aus Yorkshire wartete, damit er nach Norden reiten konnte, um zu dem neuen, ungekrönten König zu stoßen.

»Wann kann ich denn nun losreiten?« fragte Johnnie beharrlich Tag für Tag. »Mutter sagt, wenn sie nach York vorgedrungen sind, aber besiegt wurden, sollte ich nicht gehen. Aber das haben wir nicht abgemacht, oder?«

John schaute in das ungeduldige Gesicht seines Sohnes. »Unsere Abmachung bestand darin, daß du gehen darfst, wenn sie York erreicht haben«, sagte er. »Aber du würdest dich doch sicher nicht einer Armee anschließen, die verloren hat, Johnnie?«

Der junge Mann zögerte nicht einen Augenblick. »Natürlich würde ich das«, sagte er nur. »Hier geht es nicht darum, zu spekulieren, wer der Gewinner sein könnte. Hier geht es nicht darum, daß ich versuche, auf seiten des Siegers zu sein, wie die Hälfte der Männer, die jetzt im Parlament sind. Hier geht es darum, dem König zu dienen, ob er nun gewinnt oder verliert. Sein Vater hat im Angesicht des Schafotts nichts widerrufen. Ich werde das auch nicht tun.«

»Rede mir nicht mehr vom Schafott«, sagte John streng.

»Doch wenn sie nach York kommen, auch wenn sie auf dem Rückzug sind ...«

»Ja, ja«, sagte John. »Ich erinnere mich an unsere Abmachung.«

Herbst 1650

John war nicht unwohl bei dem Gedanken, daß er auf Charles Stuarts Scheitern gesetzt hatte. Johns Treue zu den Königen, die nie stark gewesen war, war während des ersten Krieges des Königs nur sporadisch aufgeflackert und während des zweiten und des nächsten Krieges völlig erloschen. Seine Präsenz im Gerichtssaal von Westminster und am Schafott vor Banqueting House galt nur dem Abschied von einem Mann, dem er gedient hatte, er hatte das nicht als ein treuer Royalist getan. Johns Sympathien waren immer unabhängig gewesen, jetzt, wo er Bürger einer Republik war, konnte er sich Republikaner nennen.

Wichtiger als alles andere war ihm der Frieden. Doch Charles Stuart schien ihn nicht zu gewährleisten. Cromwell selbst führte Klage, daß der Prinz das ganze Land zugrunde richten würde. Alle Berichte über den Hof des Prinzen in Frankreich drehten sich um Papisterei, Narrheiten und Laster.

Die schottische Armee traf zuerst südlich von Edinburgh auf die englische Armee, das war die Schlacht, die Alexander vorausgesagt hatte. Die Schotten waren in guter Form, und der junge König bei ihnen war auch voller Selbstvertrauen. Die englische Armee war von dem langen Marsch nach Norden ganz erschöpft, und unterwegs war eine beträchtliche Zahl von Soldaten wieder heimwärts geflohen. Der Oberbefehlshaber, Cromwell, erlebte seine schwärzeste Stunde, denn er zweifelte an den Fähigkeiten seiner Männer, und, was noch schlimmer war, er zweifelte an seinen eigenen. Die Stimme Gottes, die ihn so deutlich geleitet hatte, war plötzlich verstummt, und Cromwell trudelte in einen seiner Verzweiflungsausbrüche hinein. Nur John Lamberts unerschütterlicher Optimismus hielt die Armee auf ihrem Marsch nach Norden zusammen.

Dann hätten sie beinah Lambert in der Schlacht von Musselburgh verloren, südlich vor Edinburgh. Sein Pferd wurde unter ihm weggeschossen und Lambert von einer Lanze in die Seite getroffen. Die schottische Infanterie entdeckte ihn. Eine Gruppe Soldaten zerrte ihn vom Schlachtfeld weg, doch da stießen Leute von Lamberts eigenem Regiment, größtenteils Männer aus Yorkshire, einen solch furchteinflößenden Schrei aus, der sogar die Highlander erstarren ließ. Die englischen Soldaten bahnten sich einen Weg durch die Menge und holten Lambert heraus.

Die Schotten drängten immer weiter nach Süden auf London zu; die englische Armee jagte ihnen hinterher, bis die Schotten ihre Verfolger vor Dunbar erwarteten. Die Engländer waren in hoffnungsloser Unterzahl. Verletzungen, Krankheiten und Fahnenflucht hatten einen hohen Tribut gefordert. Cromwell war sich nicht sicher, ob er auf die Schotten zumarschieren oder sich zurückfallen lassen sollte. Nur Lambert biß die Zähne zusammen und meinte, daß sie die Schotten genau dort bekämpfen müßten.

Während Cromwell den Eingang zu seinem Zelt versperrte, damit er in Ruhe weinen und beten konnte, trommelte Lambert die Armee zusammen und erklärte den Männern, daß sie halb so wenig Leute seien wie die Schotten und mit doppelter Tapferkeit und mit doppeltem Glauben kämpfen müßten. Ungefähr zwanzigtausend Schotten standen nur elftausend Engländer gegenüber. Lambert zog seinen Federhut ab und sah seine Truppen mit funkelnden Augen an. »Ich glaube nicht, daß uns das Schwierigkeiten bereiten wird«, rief er. »Also kommt, Ironsides!«

Anfang September sandte Alexander eine einzeilige Nachricht an John.

Schotten bei Dunbar am 3. September geschlagen.

»Gott sei Dank«, sagte Hester gottesfürchtig, als John ihr bei den Stallungen den Brief hinhielt. Sie steckte eine Hand in die Tasche und gab Alexanders Burschen eine Münze.

»Ich habe ihn schon bezahlt«, sagte John.

Hester lächelte. »Für diese Nachricht könnte ich ihm zehn Shilling geben«, sagte sie.

»Willst du es Johnnie sagen oder ich?«

Sie zögerte. »Wo ist er eigentlich?«

»Auf der anderen Straßenseite, pflückt Kastanien von den Bäumen.«

»So geh du«, sagte sie. »Es war deine Abmachung mit ihm, die ihm das Leben gerettet hat.«

Er lief um das Haus herum, genoß die Wärme der Sonne, sah hinauf zu dem farbenprächtigen Wappen, das sein Vater einst entworfen und für seinen Namen beansprucht hatte. Das war jetzt ganz gleich, dachte John mit Befriedigung. Es gab so viele neue Titel und so viel Verwirrung darüber, wie die Titel entstanden waren, daß sie nun einfach behaupten konnten, Baronets zu sein, niemand würde sich daran stoßen. Tatsächlich könnte Johnnie eines Tages Sir John Tradescant sein, wie es sich sein Großvater immer gewünscht hatte.

John schritt über die kleine Brücke und lief zum Feld auf der anderen Straßenseite. Dort hatte er als Windschutz, und um die Beete vor neugierigen Spaziergängern zu verbergen, eine dichte Stechpalmenhecke gepflanzt. Es war zum Teil ein Gemüsegarten, zum Teil ein Garten mit Arzneipflanzen, eine neue Art Garten für ein neues Zeitalter, in dem man Wissenschaft und Medizin höher als

Luxus und schönes Aussehen schätzte. Die einzelnen Beete waren streng nach einem Mittelpunkt ausgerichtet, wo er ein tiefes Loch gegraben hatte. Es war von Lehm umgeben und mit Wasser gefüllt, damit er von dort das Wasser zum Gießen holen konnte. Auf den angrenzenden Beeten standen die selteneren und zarteren Pflanzen, um die ihn das Ärztekolleg gebeten hatte. Er hatte an den Rändern Lavendel gepflanzt, um die anderen Pflanzen vor Insektenbefall zu schützen. Außerdem zahlte sich der Lavendel aus, da man die Blütenköpfe immer wieder abschneiden und an die Parfümhersteller und Apotheker verkaufen konnte. Weiter entfernt gab es Beete mit Blattgemüse und Kohl, Zwiebeln, Erbsen, Rüben, rot- und weißblühende Kartoffeln – die Nahrungsmittel des Landes, die John immer weiterzüchtete und kreuzte, damit sie nicht mehr so anfällig für Pflanzenkrankheiten waren und immer größer wurden.

Johnnie befand sich am Ende des Gartens, wo er eine Reihe nach der anderen Sprößlinge einsetzte. Dort befand sich an jeder Ecke des Beetes ein Kastanienbaum. Darunter lagen weiße Tücher, und Johnnie kam jeden Tag hierher, um die besten Kastanien auszulesen, ehe sie die Eichhörnchen wegholten.

»He!« rief John von der Gartentür her. »Eine Nachricht von Alexander.«

Johnnie schaute auf und kam durch den Garten gerannt. Sein Gesicht strahlte erwartungsvoll und freudig. »Hat der König York erreicht? Kann ich fort?«

John schüttelte den Kopf und hielt ihm stumm den Brief hin.

Johnnie nahm ihn, öffnete ihn und las. John sah, wie die ganze Energie und Freude aus seinem Sohn schwand, als hätte großer Kummer wieder von seinem Herzen Besitz ergriffen.

»Geschlagen«, sagte er, als sei das Wort bedeutungslos. »Geschlagen bei Dunbar. Wo liegt Dunbar?«

»In Schottland«, sagte John schroff. »Ich glaube, südlich von Edinburgh.

Es ist vorbei. Das war sein letzter Zug. Vermutlich wird Charles Stuart nach Frankreich zurückkehren.«

Sein Sohn schaute zu ihm auf, sein junges Gesicht war ganz bestürzt. »Vorbei? Meinst du nicht, daß er es noch einmal versuchen wird?«

»Ihre Zeit ist vorbei. Die Engländer wollen keinen König mehr.«

»Du hast mich warten lassen«, sagte Johnnie mit plötzlicher Bitterkeit. »Und ich bin geblieben und habe gewartet wie Hunderte, vielleicht Tausende anderer Männer. So konnte er geschlagen werden.«

John legte seine Hand auf Johnnies Schulter, doch der junge Mann schüttelte sie ab und ging etwas zur Seite. »Ich habe ihn betrogen!« rief er mit zitternder Stimme. »Ich bin zu Hause geblieben und habe meinem Vater gehorcht, statt mein Pferd zu satteln und meinem König Gehorsam zu erweisen.«

John zögerte. Er wählte seine Worte mit Bedacht. »Ich glaube nicht, daß tausend Soldaten mehr einen Unterschied gemacht hätten. Cromwell und Lambert verlieren nur schwerlich eine Schlacht. Deine Anwesenheit hätte wohl keinen Unterschied gemacht, Johnnie.«

Johnnie drehte sich zu seinem Vater um, sein dunkles, wunderschön junges Gesicht war voller Vorwurf. »Für mich wäre es ein Unterschied gewesen«, sagte er würdevoll.

Still setzte er sich zum Abendessen dazu. Still ging er ins Bett. Zum Frühstück am nächsten Morgen blickten seine Augen ganz melancholisch, unter ihnen zeichneten sich dunkle Schatten ab. Das Leuchten war wieder einmal fort.

Als Hester aufstand, um etwas Bier zu holen, legte sie eine Hand auf seine Schulter.

»Warum gehst du heute nicht nach Wimbledon?« fragte sie ihn sanft. »Deine zweite Ernte bei den Melonen muß doch nun fast reif sein.«

»Was sollte ich denn mit den Früchten tun?« fragte er sie betrübt.

Hester blickte hilfesuchend zu John, der ihr nur mit einem kleinen Schulterzucken antwortete. »Warum lädst du sie nicht ein«, schlug sie vor, »und schickst sie zu Charles Stuart nach Edinburgh. So hättest du ihm gedient. Du bist kein Soldat, Johnnie, sondern Gärtner. Du könntest ihm die Früchte senden, die du für ihn gezüchtet hast.«

Johnnie zögerte nur kurz, doch dann sah er seinen Vater an.

»Darf ich fort?« fragte er hoffnungsvoll.

»Ja«, sagte John erleichtert. »Natürlich kannst du gehen. Das ist eine gute Sache.«

Frühjahr 1651

In den kalten und dunklen Tagen des Februar war John froh darüber, nach London zu fahren und bei Frances oder Philip Harding oder Paul Quigley zu bleiben und an den Debatten der gelehrten Männer teilzunehmen. Manchmal führte einer der Mediziner ein Experiment vor aller Augen aus, damit die Zuschauer seine Entdeckungen kommentieren konnten. An einem dieser Abende versuchte ein Alchimist, eine neue Glasur für Porzellan zu brennen.

»John kann das am besten beurteilen«, sagte einer der Gentlemen. »In Eurer Sammlung befinden sich doch einige Porzellanobjekte, nicht wahr, John?«

»Ich habe ein wenig Porzellangeschirr«, stimmte ihm John zu. »Vom Format eines großen Speisebretts bis hin zu einer Größe, daß eine Maus davon speisen könnte.«

»Und ist das Porzellan sehr fein und dünn?« wollte der andere wissen. »Man kann das Licht hindurchschimmern sehen, nicht wahr?«

»Ja«, sagte John. »Aber es ist dick. Noch nie zuvor habe etwas Derartiges gesehen. Ich glaube nicht, daß wir hier Porzellanerde haben, die so fein ist.«

»Es liegt an der Glasur«, äußerte ein anderer Gentleman.

»Die Hitze im Brennofen macht was aus«, meinte ein dritter.

»Wartet«, sagte der Alchimist, »wartet, bis der Ofen abgekühlt ist, und Ihr werdet sehen.«

»Einen Wein, während wir warten?« schlug jemand vor,

und die Dienstmagd brachte Gläser und eine Flasche kanarischen Wein. Sie zogen sich hochlehnige Stühle heran und gruppierten sich gesellig um den Arbeitstisch des Alchimisten.

»Ist Euch schon zu Ohren gekommen, daß Oatlands Palace abgerissen werden soll?« fragte einer der Männer John. »Ihr habt dort den Garten angelegt, nicht wahr?«

John hatte gerade das Glas angehoben und hielt inne. »Abgerissen?« wiederholte er erschrocken.

Ein anderer nickte. »Sie können es nicht verkaufen. Es ist zu groß als Privatsitz, und viel Arbeit wäre nötig. Es soll zerstört werden.«

»Aber ... die ... die Gartenanlagen?« stotterte John.

»Ihr solltet beim Parlament ein Gesuch einreichen«, empfahl ihm einer der Mathematiker. »Fragt an, ob Ihr nicht Eure Pflanzen ausgraben könnt, ehe sie alles einreißen. Ihr habt dort ein paar Seltenheiten, nicht wahr?«

»Das habe ich wirklich«, sagte John äußerst überrascht. »In den königlichen Gartenanlagen stehen ein paar sehr kostbare Gewächse.« Er schüttelte den Kopf. »Jeden Tag kann man dort etwas Neues entdecken. Nie im Leben hätte ich mir vorgestellt, daß jemand Oatlands dem Erdboden gleichmachen könnte.«

John legte die Angelegenheit der Gärten von Oatlands einem Parlamentsabgeordneten dar, der die Arche aufsuchte, um die Raritäten zu besichtigen. Ein paar Tage darauf erhielt John den Auftrag, den Verkauf der Gartenpflanzen vor dem Abriß des Hauses zu überwachen. Als Lohn für seine Mühen wurde ihm zugestanden, sich ein Zehntel des Verkaufpreises zu nehmen und sich jene Pflanzen auszusuchen, die ihm am Herzen lagen, alle anderen sollte er verkaufen.

»Ich werde wohl eine Woche lang dort bleiben, bis alles erledigt ist«, erklärte er Hester.

»Wirst du Johnnie mitnehmen?« fragte Hester. »Ein wenig Veränderung könnte ihm vielleicht guttun.«

»Ja«, erwiderte John. »Ich werde mit dem Fuhrwerk einiges nach Lambeth mitbringen.«

Johnnie saß mit trübsinnigen dunklen Augen neben ihm auf dem Kutschbock. Selbst das Pferd Cäsar ließ den Kopf hängen, die Last, die an seinen Schultern zog, war dem Militärreitpferd ungewohnt.

John dachte, daß die viele Arbeit Johnnies Schwermut besiegen würde. So ließ er ihn die Rosen zurückschneiden und aus dem Rosengarten auspflanzen. Für die meisten Pflanzen blieb keine Zeit, nur den kostbarsten Gewächsen in den Anlagen und den Bäumen in den Obstgärten konnten sie sich zuwenden. Den großen floralen Reichtum der fast vier Hektar großen Anlage und der terrassierten Höfe konnte man in den kurzen Februartagen nicht ausgraben und retten.

An den Abenden planten sie ihre Arbeit für den nächsten Tag. Johnnie erkundigte sich dann immer wieder danach, ob die Königin diese oder jene Pflanze selbst ausgesucht hatte; ob der König eine Frucht von diesem oder jenem Baum gegessen hatte. John stellte fest, daß er sich ganz unwillkürlich liebevoll an die Schönheit der Gartenanlagen und an die bunte Frivolität des Hofes erinnerte, und er hatte den König und die Königin vor Augen, die das Geld mit vollen Händen ausgaben und so reizend Arm in Arm die gepflegten Wege entlang lustwandelten.

John und sein Sohn brachten eine Woche damit zu, die kostbarsten Pflanzen auszupflanzen und einzutopfen und auf den Karren zu laden. Jeden Tag fuhren sie den Wagen zum Fluß hinunter und luden die Töpfe auf ein Fährboot um, die sie zur Arche nach Lambeth schickten.

»Hester wird sich nicht gerade darüber freuen«, sagte John, als sie noch eine Bootsladung versandten. »In dieser

Woche werden sie und Joseph nichts weiter tun, als die Töpfe auszuladen und zu wässern.«

Johnnie blickte seinen Vater an. »Das sind die Pflanzen des Königs«, sagte er und hielt seine starken Gefühle zurück. »Wir gärtnern jetzt für ihn, so wie wir es immer getan haben. Einst war es unsere Pflicht, die Pflanzen in die Erde zu bringen und sie zu pflegen. Nun ist es unsere Pflicht, sie für ihn zu retten. Wenn er wieder auf den Thron gelangt, kann er unter dem Kirschbaum seines Vaters sitzen, kann er für seine Mutter deren Lieblingsrose pflücken. Sie haben ihn in Schottland zum König gekrönt, oder?«

»Für einen hohen Preis«, murmelte John. »Er ist auf jede ihrer Forderungen eingegangen und hat Männer betrogen, die für ihn in den Highlands gekämpft hatten. Dein alter Held, Lord Montrose, ist 1650 auf dem Grassmarket zu Edinburgh gehängt worden, und Charles Stuart speiste an einer Tafel mit Kirk, einem seiner alten Feinde, und er sah aus dem Fenster, als man Montroses Hand an die Tür nagelte. Er sagte nichts dazu. Dann widmete er sich wieder seinem Essen.«

»Er tut, was er tun muß«, sage Johnnie standhaft.

Als sie von der ganzen Vielfalt der Pflanzenarten einige ausgegraben und in der kalten Erde in den Innengärten der Schloßanlagen nach vergessenen Blumenzwiebeln gewühlt hatten, gaben sie den allgemeinen Verkauf der Pflanzen in Weybridge bekannt. Der Ausrufer verbreitete die Nachricht, und so machte das Vorhaben von einem Herrensitz zum anderen die Runde, von einem Landhaus zum nächsten, und jeder in Surrey wollte eine Blume aus den königlichen Gartenanlagen haben.

Am Sonnabend stellte John vor dem Haupttor zum Schloß einen Stand auf und ließ alle Leute mit einem Spaten in den Garten, um sich nach Belieben Pflanzen auszugraben. Er und Johnnie legten anschließend einen Preis dafür fest. So verkauften sie Bäume, kleine Töpfe mit Stiefmütterchen und Kräutern, Kletterpflanzen, die von den Mauern gerissen worden waren, und die endlos rotknospenden Rosen.

Es war eine traurige Angelegenheit zuzusehen, wie der gesamte Garten die Einfahrt entlang fortmarschierte, als ob die Pflanzen ins Exil gingen. John tat es leid, daß er seinem Sohn diesen Anblick zugemutet hatte.

All die grauen kalten Tage hindurch legte Johnnie Preise fest, nahm das Geld entgegen und beantwortete die Fragen mit unendlicher Geduld. Doch John, der ihn beobachtete, erkannte, daß er zum Abend hin seinen Kopf hängen ließ.

»Du bist müde«, sagte er schroff gegen fünf Uhr nachmittags, als sich die noch winterliche Dämmerung über sie herabsenkte. »Und durchgefroren. Mir geht es jedenfalls so. Laß uns ins Gasthaus gehen und dort gut speisen. Außerdem möchte ich das Geld lieber dem Geldwechsler anvertrauen. Hier möchte ich es nicht aufbewahren.«

Johnnies Gesicht war ganz blaß. »Ja.«

»Bist du krank?« fragte John.

Johnnie schüttelte den Kopf. »Nur müde«, erwiderte er. »Ich bin nicht zum Straßenhändler geboren. Das hasse ich. Wie die sich hier aufspielen, nicht wahr? Und je kleiner die Pflanze ist, desto mehr Gewese machen sie um den Preis.«

John lachte herzlich. »Ja. So laufen die Geschäfte. Aber morgen werden wir aufbrechen.«

»Und dann werden sie hier alles dem Erdboden gleichmachen, als hätte hier nie etwas gestanden.«

Und wieder brachte der nächste Morgen einen traurigen Abschied mit sich, auch wenn John noch so fröhlich und aufheiternd sein wollte. Sie beluden das Fuhrwerk mit den übriggebliebenen Gartengeräten und weiteren Pflanzen in

Töpfen, dann machten sie einen letzten Rundgang durch Garten, Obsthain und Orangerie, um sicherzugehen, daß sie nichts vergessen hatten.

Der Rosengarten, eine verwüstete Fläche voller tiefer Löcher, wirkte wie das pockennarbige Gesicht einer Geliebten. Die ganze Anlage hatte ihre einstige Form eingebüßt, die Bäume, die ihr einst Gestalt verliehen hatten, waren verschwunden; die Laubengänge aus Gitterwerk waren eingerissen worden, als die Leute die Kletterrosen abgetrennt hatten, und lagen nun im Dreck. Die Lavendelbegrenzungen waren zerstört, einige Pflanzen fehlten, andere waren niedergetreten worden. Ein paar Schneeglöckchen, die sich am Fuße der Mauer des Gartens der Königin durch die Erde geschoben hatten, waren zertrampelt worden, als man in aller Eile eine Kletterpflanze hatte abschneiden wollen. Ein Topf war umgerissen worden und in viele Teile zersprungen, die Scherben lagen noch an Ort und Stelle, verteilt über den Weg.

Es hatte zu regnen angefangen, es war ein eisiger Nieselregen, und die Wolken lasteten schwer auf den Dächern des Schlosses. Schon vor langer Zeit war das Glas der Fenster gestohlen oder von den dort einquartierten Truppen zerstört worden, und der Geruch von feuchtem Putz und allgemeinem Verfall drang aus dem vernachlässigten Gebäude in die einzelnen Höfe hinaus.

»Komm, wir gehen«, sagte John. »Hier ist alles beendet.«

Schweigend nickte Johnnie und folgte seinem Vater zum Wagen. Er kletterte auf den Kutschbock und nahm die Zügel des Pferdes, das sein Militärpferd hätte sein sollen, um von einem Schloß fortzufahren, das die Residenz des Königs hätte sein sollen. Schon lange war nichts mehr von der Allee zu sehen, man hatte die Bäume um des Holzes willen gefällt. So fuhren sie an kläglichen Baumstümpfen vorbei, wo einst die schönen großen Bäume der Allee Schatten gespendet hatten.

»Das war ein elendes Stück Arbeit«, sagte John aufrichtig und hoffte, daß ihm Johnnie zustimmen würde und daß sie gemeinsam die Traurigkeit teilen und hinter sich zurücklassen würden.

»Es war, als hätte man ihn und seine Hoffnungen noch einmal zu Grabe getragen«, sagte Johnnie düster; und dann schwieg er.

Sommer 1651

Das Melonenbeet in Wimbledon vergaß Johnnie nicht. Von der Sendung, die er Charles Stuart nach Norden geschickt hatte, hatte er sich eine Melone zurückbehalten und viele Kerne gewonnen, die er in dem Aufzuchtbeet in Lambeth aussäen wollte, um sie später mit nach Wimbledon zu nehmen.

»Du könntest sie doch hier weiterwachsen lassen«, sagte Hester mit wohlgemeintem Rat, als sie sah, wie er die Steintöpfe in einen Korb stellte. »Es gibt keinen Grund, sie den weiten Weg mitzunehmen.«

»Aber ich muß sie doch in Wimbledon einpflanzen«, sagte er leidenschaftlich. »Das war sein Auftrag.«

»Der Garten muß nun völlig zugewuchert sein. Da können wir nichts weiter ausrichten«, sagte sie. »Wir müssen die alten Orte hinter uns lassen. Dein Großvater hat jahrelang in den Gärten von Hatfield House gearbeitet, und er ist nie wieder dorthin zurückgekehrt. Und so verhielt es sich auch mit New Hall. In ein oder zwei Jahren wird Oatlands auch nichts weiter sein als ein Name, und später wird sich niemand mehr daran erinnern, wo es eigentlich lag.«

»Das weiß ich alles«, sagte er. »Ich will nur die Melonen pflanzen. Ich bestreite nicht, daß alles im Augenblick anders ist.«

Einen Moment lang verschwand seine Melancholie. Er warf ihr ein kleines, schelmisches Lächeln zu, aber er wollte ihr nicht seine geheimsten Hoffnungen anvertrauen.

Johnnie hatten guten Grund zu glauben, daß sich eines Tages alles wieder ändern könnte. Die Niederlage bei Dunbar war nicht die letzte Schlacht, die in Schottland stattfand, die schottische Armee zerstob nicht in wilder Flucht, sondern trat einen geplanten Rückzug an. Und die schwankende Allianz zwischen Kirk und dem leichtlebigen Stuart-Prinzen brach nicht völlig zusammen. Statt dessen gewann der Prinz an Format, und den Schotten wurde er immer sympathischer. Das ganze Jahr über drangen Berichte von einer Kampagne nach London, daß Cromwell mit wenig Unterstützung von außen in einem ihm meist feindlich gesonnenen Land versuchte, einen entscheidenden Sieg davonzutragen. Dann vollbrachte im Hochsommer die schottische Armee mit Charles an der Spitze das Unvorstellbare. Sie brachen aus Schottland aus und überquerten die Grenze.

»Können wir das vor ihm geheimhalten?« fragte Hester eindringlich ihren Mann, als er ihr in der Küche diese Nachricht überbrachte.

Er schüttelte den Kopf. »Früher oder später wird er davon erfahren, und ich möchte mich nicht des Betrugs schuldig machen.«

»Du hast mir geschworen, daß sie nie nach Süden vordringen würden«, warf sie ihm vor.

Johns Gesicht war von Kummer gezeichnet. »Es war ein riskantes Spiel«, sagte er. »Und es hat uns bisher genützt. Sie müssen bis nach York vordringen, erinnere dich daran. Darin bestand die Abmachung.«

»Ist Lambert immer noch dabei?« wollte sie wissen, als ob er die Gewähr dafür sei, daß Charles Stuart nicht weiter vorstoßen konnte.

Er traf ihn dabei an, wie er die verwelkten Rosenblüten abschnitt und die Blütenblätter in einen großen Korb tat, die auf den Märkten Londons den Parfümherstellern oder Konditoren angeboten wurden. Frances verbrachte die

Pestmonate wieder in der Arche. Sie arbeitete gerade am anderen Ende des Beetes. John hörte, wie sie manchmal miteinander schwatzten, und hielt einen Moment inne, um diesen Anblick zu genießen: seine beiden Kinder bei der Arbeit, in so unbeschwerter Harmonie, mitten im Sonnenschein, auf ihrem eigenen Grund und Boden, in einem Land, das dem Frieden ganz nah war.

Er reckte sich und ging weiter: »Johnnie ...«

Der junge Mann schaute auf. »Vater?«

»Es gibt Neuigkeiten. Ich habe es in London erfahren. Charles Stuart führt die Truppen über die Grenze. Lambert verfolgt ihn, aber es sieht so aus, als ob er die Grenze überschritten hat und weitermarschieren will.«

»Ist er schon südlich von York?« fragte Johnnie. »Kann ich gehen?«

»Er ist nach Süden unterwegs«, sagte John vorsichtig. »Sobald wir von Alexander hören, wissen wir Genaueres.«

Im August kam dann Alexander Norman persönlich vorbei.

»Ich wußte, ihr wartet alle auf Nachricht«, sagte er. Die Familie war so erpicht auf Neuigkeiten, daß alle ihn schon in der Halle empfingen. Johnnie war der erste. »Sie wollten erst Richtung London marschieren, doch nun haben sie sich westwärts gewandt. Wahrscheinlich wollen sie Rekruten aus Wales dazugewinnen, ehe sie Lambert gegenübertreten.«

»Und wo befindet sich Lambert?«

»Auf einem raschen Marsch hinter den Schotten«, erwiderte Alexander. »In der ganzen Welt gibt es keinen General, der seine Männer mit einer solchen Schnelligkeit vorwärts bewegen kann. Er wird die schottische Armee einholen, ohne Zweifel. Und er wird diesmal das Schlachtfeld bestimmen.«

»Ist er schon südlich von York?« fragte Johnnie begierig.

Alexander blickte an ihm vorbei zu Hester, deren Gesicht schmerzverzerrt war. »Es tut mir leid, Hester«, war alles, was er sagte.

Johnnie sprang die Stufen hinauf, um sein Armeegepäck zu holen. Dabei rief er nach Joseph, der dem Stallburschen mitteilen sollte, sein Pferd aufzusatteln. John drehte sich zu seiner Frau um, sie verbarg ihr Gesicht an seiner Schulter.

»Halte ihn auf«, flüsterte sie nur. »Halte ihn auf.«

John schüttelte den Kopf. »Keine Macht der Welt könnte ihn davon abbringen«, sagte er. Er blickte zu Alexander. »Können sie gewinnen?«

Alexander hatte Frances zu sich herangezogen. »Das hängt ganz davon ab, wem das Kriegsglück hold ist«, sagte er. »Ihr wißt ebensogut wie ich, daß alles passieren kann, es kann immer so oder so ausgehen. Doch Cromwell und Lambert haben diese Armee schon einmal besiegt, und das war auf ihrem Grund und Boden. Niemand hat den letzten Bürgerkrieg vergessen. Ich glaube, sie werden verlieren. Aber ich bin mir nicht sicher. Niemand kann es genau wissen.«

»Wen interessiert das noch?« sagte Hester, die ihr Gesicht immer noch verbarg, mit gequälter Stimme. »Wen interessiert das noch, ob sie verlieren oder gewinnen? Johnnie kann dabei umkommen, nicht wahr?«

Sie kamen alle im Stallhof zusammen, um sich von ihm zu verabschieden. Er küßte seine Schwester, er küßte seine Stiefmutter, und sie klammerte sich einen Moment lang an ihn, als wolle sie ihn bitten zu bleiben. Sie sog seinen Geruch noch einmal ein, das frisch gewaschene Leinenhemd, das bei den Lavendelsäckchen gelegen hatte, den warmen Heuduft seiner Haare, die Wärme seiner Haut; sie bemerkte die sanften Stoppeln an seinen Wangen, den weichen kleinen Schnauzbart auf seiner Oberlippe. Sie hielt ihn fest und dachte an das Kind, das sie einst in ihre Obhut genommen hatte, und sie dachte an die schreckliche Kluft in ihrem Leben, die sich auftun würde, wenn Johnnie sterben sollte.

»Laß ihn ziehen«, sagte John leise hinter ihr.

Johnnie umarmte rasch Alexander und wandte sich zu seinem Vater um und wollte sich schon hinknien, um seinen Segen zu empfangen. »Knie nicht nieder«, sagte John schnell. »Gott segne dich und beschütze dich«, flüsterte er voller Inbrunst.

Johnnie drehte sein Pferd um, sprang hinauf und griff nach den Zügeln. Das alte gescheite Schlachtroß Cäsar kannte die Signale und scharrte im Boden, bog seinen Hals und trat ein wenig von der Stelle, so gespannt war es auf den Aufbruch.

Hester spürte, daß ihre Knie nachgaben, sie legte rasch eine Hand auf Johns Arm und stützte sich auf ihn.

»Ich bin schon fort!« brachte Johnnie hervor. »Ich werde Euch schreiben! Auf Wiedersehen!«

Sie drängten sich zum Eingang des Hofes, um ihm hinterhersehen zu können, und folgten ihm mit den Augen weiter bis zu der Hausmauer mit dem gemeißelten Steinwappen, über die kleine Brücke und dann ostwärts über die Straße nach Lambeth zur Pferdefähre und den Wegen nach Norden.

»Gott schütze dich«, rief John hinterher.

Die glänzenden Hinterbacken des Pferdes bewegten sich ganz kraftvoll. Als er festen Boden unter sich spürte, ließ Johnnie das Pferd in Trab fallen und dann in einen raschen Galopp. Für Hester ritt er viel zu schnell, der Galopp des Pferdes trug ihn zu rasch davon.

»Johnnie!« rief sie.

Doch er hörte sie nicht mehr. Kurz darauf war er fort.

Herbst 1651

Nun gab es nichts weiter zu tun, als abzuwarten. In London machte ein Gerücht nach dem anderen die Runde, und das eine widerlegte das andere, es ging um Gefechte, Rückzugsbewegungen und Angriffe, Siege für den Prinzen oder Siege für Cromwells Armee.

An jenem Abend, als Johnnie aufgebrochen war, hatten Frances und Hester im Fenster eine Kerze angezündet. Hester schloß seitdem nicht mehr die Fensterläden, sie wollte das Licht nicht vor den Augen der anderen verstecken. Jeden Morgen erneuerte sie selbst die große Wachskerze, die eher etwas für eine Kirche war als für ein Haus. Jede Nacht überprüfte sie, ob sie gefahrlos vor sich hin brannte. Und von da an fiel der Kerzenschein immer auf die Straße nach Lambeth, auf der Johnnie fortgeritten war.

In der ersten Septemberwoche kam Alexander Norman flußaufwärts und marschierte rasch die Anlegestelle hinunter zur Arche. Er traf John allein im Heilkräutergarten an.

»Es gibt Neuigkeiten«, sagte er kurz.

John hievte sich aus dem Kräuterbeet hoch und wartete gespannt.

»Es gab am 3. September eine Schlacht. Es war der Jahrestag der Niederlage bei Dunbar. Cromwell mag Jahrestage sehr.«

»Und?«

»Niederlage. Die Schotten wurden in die Flucht geschlagen, und Charles Stuart ist fort.«

»Tot?« fragte John. »Endlich tot?«

»Verschwunden. Es ist ein Kopfgeld ausgesetzt für ihn, und im ganzen Land sucht man nach ihm. Man rechnet jeden Tag mit einer Festnahme. Die Schotten sind nach Schottland zurückgetrieben worden, und die englischen Freiwilligen sind nach Hause unterwegs. Cromwell schreibt, daß er die Armee heimführt und die Bürgerwehr auflöst. Er muß sich für sicher halten. Wir auch.«

»Eine Niederlage«, sagte John.

»Für einen einzelnen Soldaten heißt das noch nichts«, sagte Alexander rasch. »Er könnte schon unterwegs nach Hause sein.«

John nickte. »Ich sage besser Hester Bescheid, ehe irgendeiner mit der Nachricht einfach so rausplatzt.«

»Wo steckt Frances?«

»Sie sind sicher zusammen«, meinte John. »In diesem Sommer haben beide für Johnnie viel Nachtwache gehalten.«

John nahm seine Gartengeräte auf, und die beiden Männer überquerten die Straße. Instinktiv blickten sie ostwärts nach Lambeth, als könnten sie vielleicht ein großes Pferd und einen fröhlichen jungen Mann ausmachen, der zu ihnen zurückgeritten kam.

»Ich halte immer Ausschau«, sagte John mit rauher Stimme. »Wir alle halten Ausschau nach ihm.«

Sie erhielten keine Nachricht, nichts war über Johnnie in Erfahrung zu bringen. Cromwell kehrte heim, aber Lambert blieb in Schottland und gab von Edinburgh aus seine Befehle, wobei er langsam die Schotten auf ein republikanisches England einstimmte. Er schickte einen Auftrag für ein paar Tulpen, die man ihm in Töpfen für seine Räume zuschicken sollte. Hester, die sehr wohl wußte, daß sie das Risiko auf sich nahm, ihrem Leben und ihrem Geschäft zu schaden, schrieb ihm eine Nachricht, die sie zu den Blumenzwiebeln legte, und reichte alles dem Boten.

Verzeiht mir, wenn ich Euch um Eure Hilfe bitte, doch ein mir sehr teurer Mensch ist womöglich bei Worcester gefangengenommen worden. Könnt Ihr mir sagen, wie ich herausfinden kann, was ihm zugestoßen ist oder wo er sich jetzt befindet?

John Lamberts Antwort traf mit dem nächsten Kurier ein, der nach London ritt. Es war ein Brief, in dem er bewies, daß er genau verstanden hatte, wer Hester so teuer war und wer sich in Worcester aufhalten könnte.

Mrs. Tradescant!

Es bekümmert mich sehr, von Euren Sorgen zu lesen. Die schottische Kavallerie hat in der Schlacht nicht aufs äußerte gekämpft und hat sich wohlgeordnet nach Schottland zurückgezogen. Dort hat sie sich in alle Richtungen verteilt. Er könnte vielleicht mit ihnen mitgezogen sein, bis der Befehl kam, sich aufzulösen, und daher besteht jede Hoffnung, daß er innerhalb der nächsten Monate nach Hause kommt. Wenige wurden gefangengenommen, er ist nicht unter ihnen. Ich habe mich namentlich nach ihm erkundigt. Er ist kein Gefangener von uns. Nur wenige sind umgekommen.

Ich danke Euch für die Tulpen. Ihr scheint ein halbes Dutzend mehr davon verschickt zu haben, als ich bezahlt habe. Ich wünschte, ich könnte Euch im Gegenzug mehr behilflich sein, so werde ich mit besonderer Aufmerksamkeit auf jenen vertrauten Namen achten und Euch schreiben, sobald ich mehr weiß.

Hester nahm den Brief in den Raritätensaal mit, wo das Feuer ständig flackerte, da draußen winterliches Wetter angebrochen war. Sie ließ den Brief tief in die glühend roten Holzscheite fallen. Gern hätte sie sich die Zeilen aufgehoben, um ein wenig Trost bei sich zu haben; doch sie wußte, daß sie es besser nicht tun sollte.

Winter 1651

An einem dunklen Nachmittag im Dezember schloß Hester die Fensterläden des Raritätensaals und des Wohnzimmers, als sie hörte, wie ein Pferd kontinuierlich näher kam. Sie ging ans Fenster und sah hinaus, so wie sie immer hinaussah, wenn sie einen einzelnen Reiter aufs Haus zureiten hörte.

Als sie die Größe und Stattlichkeit des Pferdes erkannte, blinzelte sie mit den Augen, da sie einen Moment meinte, es müsse Cäsar sein. Doch das hatte sie schon so häufig geglaubt, daß sie diesmal nicht nach vorn lief und auch nicht nach ihm rief.

Langsam kam es immer näher, und ihr wurde klar, daß es sich wirklich um Cäsar handelte und auf seinem Rücken, auf dem Sattel zusammengesunken, saß Johnnie, den warmen Mantel um sich geschlungen, ohne Hut.

Sie stieß keinen Schrei aus. Still lief sie zur Vordertür und öffnete sie. Dann machte sie das Gartentor auf und ging über die Brücke auf die Straße. Cäsar spitzte die Ohren, als er das Rascheln ihres Kleides in dem grauen Dämmerlicht hörte, und lief schneller. Johnnie, der halb schlafend im Sattel saß, blickte auf und sah die Gestalt einer Frau, die auf der Straße stand, als hätte sie an dem Tor seit seinem Aufbruch auf ihn gewartet.

»Mutter?« Seine Stimme war ein wenig heiser.

»Mein Sohn.«

Er hielt das Pferd an und glitt vom Sattel. Er ließ die Zügel fallen und ging mit ausgestreckten Armen auf sie zu. Sie nahm ihn mit all seinem Gewicht in die Arme, denn er sackte zusammen, als er auf dem Boden aufkam.

»Mein Sohn, mein Sohn«, sagte sie.

Er hatte einen anderen Geruch. Als er fortgegangen war, hatte er so frisch und sauber gerochen, nun kehrte er heim und roch wie ein Mann nach schwerer Arbeit. In seinem Haar hing der Rauch des Lagerfeuers, es war ganz durcheinander und stumpf. Sein Wollmantel war schwer vor lauter Schmutz, an den Stiefeln haftete Schlamm. Er war dünner, aber muskulöser, sie konnte die Stärke in Schultern und Rücken spüren, als er sie so fest umschlossen hielt.

»Mutter«, sagte er wieder.

»Gott sei gelobt, daß du wieder da bist«, flüsterte sie. »Ich danke Gott, daß er meine Gebete erhört und dich heimgesandt hat.«

Ihr war, als könne sie ihn niemals wieder aus der Umarmung entlassen, doch dann tat sie einen Schritt zurück und führte ihn ins Haus. Cäsar lief allein den ihm vertrauten Weg ums Haus herum zum Stallhof. Und als Hester und Johnnie durch die Eingangstür traten, herrschte am Stall große Aufregung und wildes Geschrei. Der Bursche und John hatten das Pferd gesehen und stürzten nun ins Haus.

»Er ist wieder daheim!« schrie John, als könne er es kaum glauben.

Er rannte durch die Küche in die Halle und machte erst halt, als er das erschöpfte Gesicht seinen Sohnes erblickte und seine schmutzigen Kleider bemerkte. Dann streckte er die Arme aus und umarmte Johnnie lang und fest. »Wieder daheim«, sagte er.

Herbst 1652

Der Sohn war wieder zu Hause, im Land herrschte Frieden. Oliver Cromwell führte das Parlament mit solcher Macht und Dominanz an, als wäre er selbst ein König. Schottland war nicht mehr ein unabhängiges Königreich, sondern wurde von England annektiert. General George Monck hinterließ tiefe Furchen und Klüfte im Stolz und Mut der Männer aus den Highlands, so daß sie vielleicht niemals mehr geglättet werden konnten. Charles Stuart befand sich im fernen Frankreich oder in den Niederlanden oder irgendwo anders, wo er sich gerade so über Wasser halten konnte, indem er nichts weiter tat, als der reizende Charles Stuart zu sein.

Mit dem Frieden kamen auch wieder die Gärtner zu den Obsthainen und Blumenbeeten der Tradescants, und wißbegierige Leute besuchten den Raritätensaal. Mit jedem Tag steigerten sich die Einnahmen aus den Eintrittsgeldern, und das Bestellbuch für Blumen, Sträucher, Bäume und Gemüse füllte sich mit Aufträgen. Johns Ruf als Züchter fremder, schöner und exotischer Pflanzen verbreitete sich immer weiter, und für seine Experimente in der Züchtung neuer Gemüse- und Obstsorten brachte man ihm immer mehr Respekt entgegen. Er baute Kartoffeln an, indianischen Mais, Pfirsiche, Nektarinen, Kirschen, Trauben zum Essen und für die Weinherstellung und Trocknung; und die Wissenschaftler und Philosophen, die sich zum Abendessen in der Arche einfanden, baten darum, jene neuen Sorten kosten zu dürfen.

Im Herbst kehrte John Lambert aus Schottland heim

und stattete dem Garten der Arche einen Besuch ab. Er bewunderte Johns neue Züchtungen von Alpenveilchen, die sich in einem Beet unter den Kastanienbäumen befanden. Lambert kniete sich in den Dreck der Allee, um sie zu begutachten, ihre zarten kleinen Blätter entfalteten sich wie ein Nonnenhaube. Er begrüßte Johnnie, ohne ein Wort über die Narbe unter seinem Auge zu verlieren, dann gab er Hester einen Handkuß, ohne noch einmal auf die Tulpensendung mit der versteckten Botschaft einzugehen.

»Es freut mich, daß Euer Sohn wieder zu Hause ist«, sagte er nur zu ihr.

»Vielen Dank«, erwiderte sie. »Und es freut mich, daß Ihr nun Lord Lambert seid.«

»Bin ich nicht eine bedeutende Person?« fragte er lächelnd. Dann wandte er sich wieder um, um mit John durch die Blumenbeete zu spazieren.

»Ihr habt für die Königin in Wimbledon gearbeitet, nicht wahr?« fragte er, als sie auf der Terrasse Platz genommen hatten und über die dicht bepflanzten Chrysanthemenbeete blickten, die vor dem Haus angelegt waren, damit der Garten auch im Frühherbst in aller Pracht erstrahlte.

»Ja«, sagte John. »Wir haben die Gärten geplant, ich habe selbst die Beete am Haus gestaltet, den Ziergarten und den Wasserlauf; doch sie verbrachten nur wenig Zeit dort. Sie betrachteten es als ihr Refugium, also legte ich unten am Fluß eine Blumenwiese an, jetzt ist es wohl eher eine Heuwiese.«

»Was haltet Ihr von der Erde und der ganzen Lage dort? Es wachsen offenbar immer noch verschiedene Pflanzen.«

»Es wäre ein äußerst schöner Garten geworden«, sagte John. »Die Pläne für die Bepflanzungen habe ich immer noch. Jeden Sommer fährt Johnnie hin.«

»Ich habe Wimbledon für meine eigenen Belange erworben, als Landsitz in allernächster Nähe zu London. Mich würde interessieren, was Ihr dafür in Euren Plänen vorgesehen habt.«

»Ihr besitzt nun Wimbledon? Ja, das ist ja ...« John verstummte.

»Eine Überraschung«, beendete John Lambert diplomatisch seinen Gedanken. »Für mich auch. Nie hätte ich gedacht, daß ich einmal ein Schloß der Königin mein eigen nennen würde. Ich wollte insbesondere von Euch hören, ob Eure Pflanzen nach wie vor dort wachsen. Es täte mir leid, nur aus Unwissenheit ein Beet mit seltenen Blumen zu zerstören.«

»Johnnie sagte mir, daß sich manches dort noch gehalten hat. Die Bäume etwa; die Roßkastanie und die Obstbäume sind prächtig gediehen.«

»Roßkastanie?« wollte John Lambert mit funkelnden Augen wissen.

»Ja.«

»Schon groß?«

»Sie sind jetzt schon, oh, fünfzehn Jahre alt.« Er mußte lachen. »Ich hatte Pflaumenbäume, Mispel und Quitten- und Birnenbäume angepflanzt; auch die große schwarze Tradescant-Kirsche und spalierte Pfirsichbäume.«

Hester kam mit einer Flasche Wein und zwei Gläsern auf die Terrasse hinaus, Johnnie stand in sauberen Kleidern hinter ihr. »Wollt Ihr vielleicht zum Abendessen bleiben, Lord Lambert?« fragte sie. »Elias Ashmole und seine Frau wohnen gerade bei uns, und andere Gäste erwarten wir auch.«

»Gern, ich würde mich freuen«, sagte er.

»Seine Lordschaft hat Wimbledon House erworben«, teilte ihr John mit. »Johnnie, könntest du bitte für mich die Gartenpläne suchen? Sie müssen bei den Unterlagen im Raritätensaal sein.« Er sah seinen Sohn fest an und sprach mit Nachdruck. »Wir müssen uns doch darüber freuen, daß einer unserer Gärten von einem Mann gekauft wurde, der ihn lieben wird«, sagte er mit fester Stimme.

Es war, als hätte ihn der Junge nicht gehört.

»Es ist das Haus der Königin«, sagte Johnnie unverblümt.

Lambert hörte aus der Stimme seine ganze Leidenschaftlichkeit heraus und erwiderte ganz ruhig: »Es ist konfisziert worden, so wie alle königlichen Landhäuser und Schlösser. Und nun habe ich es gekauft. Ich habe viel Geld dafür bezahlt, Johnnie. Es war ein ganz legales Geschäft, nichts Unrechtmäßiges. Ich habe es nicht gestohlen.«

»Es gehörte nicht dem König, sondern der Königin«, sagte Johnnie mit aller Beharrlichkeit. »Sie ist nie wegen Hochverrats verurteilt worden, ihre Besitztümer sind nie eingezogen worden. Wie kann dann jemand ihr Haus besitzen? Wimbledon hat nichts mit den Schlössern des Königs zu tun, es ist ihr eigenes Haus.«

Hester blickte zu John hinüber.

»Ihr Besitz steht und fällt mit ihrem Gatten«, erwiderte Lambert. »So ist das Gesetz, Johnnie. Und die Royalisten haben alle ihre Häuser verloren.«

»Hol mir jetzt die Pläne.« John versuchte, Johnnies aufschäumenden Unmut in die Schranken zu weisen.

»So hol dir die verdammten Dinger selbst!« platzte es aus Johnnie hervor. »Ich will mich nicht daran beteiligen, der Königin ihren Besitz zu stehlen. Ich nenne es Diebstahl. Es ist genau das gleiche wie Plündern!«

Er stürzte aus dem Haus und rannte die flachen Stufen in den Garten hinunter. Sie sahen, wie er die Allee entlangrannte und durch das Tor auf den See zulief. Nun herrschte betretenes Schweigen.

»Ich muß mich entschuldigen«, sagte John. »Er wird dafür zur Rechenschaft gezogen werden, Eure Lordschaft. Er wird sich selbst bei Euch entschuldigen. Er weiß nicht, was er redet.«

»Es tut mir leid«, sagte Hester im Flüsterton. »Er ist immer noch sehr jung, Ihr versteht das. Und er ist sehr bekümmert. Mir ist es sehr unangenehm, daß er sich so hat hinreißen lassen, besonders Euch gegenüber. Er weiß, daß der Krieg vorbei ist. Er ist kein aktiver Royalist. Wir stehen hier alle hinter dem Parlament.«

Lambert lehnte sich an seine Stuhllehne und hob sein Weinglas. »Oh, kein Grund zur Entschuldigung«, sagte er freundlich. »Es gibt viele im ganzen Land, die so fühlen wie er, es braucht etwas Zeit, bis sich die Wogen glätten und die alten Emotionen abklingen. Es hat schon genügend Prozesse wegen Hochverrats gegeben. Der Bursche ist sehr emotional, es ist schwierig, sich einzugestehen, daß man – wie alt ist er? – mit zwanzig zwei Schlachten verloren hat? Hat er die Narbe aus Worcester?«

»Ja. Von einem Spieß«, sagte Hester. »Gott sei Dank war das Auge nicht verletzt. Die Wunde war schon verheilt, als er hier zu Hause eintraf. Er ist gerade erst achtzehn. Es tut mir leid, Eure Lordschaft. Er hat seine Jugend im Schatten des Krieges verbracht.«

»Er ist in einem Alter, wo man die Dinge schwarzweiß betrachtet«, sagte Lambert beruhigend. »Wenn Charles Stuart die Hälfte seiner Versprechen, die er den Schotten gemacht hat, auch uns machen würde, dann könnte er wieder auf den Thron gelangen. Doch wir können ihm nicht vertrauen. Die Stuarts haben immer viel versprochen. Und der Sohn ist schlimmer als sein Vater. Er ist nicht gerade ein Vorbild für Johnnie.«

»Ich weiß«, sagte Hester betrübt. »Doch ich kann ihn nicht überzeugen.«

Johnnie tauchte zum Abendessen nicht auf. Hester deckte den Tisch, servierte den Gentlemen das Dinner, und aß dann allein in der Küche, ehe sie Johnnie draußen suchen ging.

Sie wußte, wo sie hingehen mußte. Er lag in dem kleinen Ruderkahn, seine langen Beine baumelten über den Rand, er blickte in den Himmel hinauf, wo sich an dem blaßblauen Himmel schon ein paar silberne Sterne abzeichneten.

Hester betrachtete erst ein wenig das sanft schaukelnde Boot, ehe sie ihn ansprach.

»Das war nicht so gut, Johnnie. Du wirst dich bei Lord Lambert entschuldigen müssen.«

Nun ruckte das Boot etwas, er beugte sich nach vorn, sah sie und ließ sich wieder fallen. »Ich weiß, daß ich mich nicht gut benommen habe, und ich werde mich bei ihm entschuldigen.«

»Es ist eine einzige Dummheit, so in Wut zu geraten. Du hast heute abend genug gesagt, um des Hochverrats angeklagt zu werden.«

»Ich weiß«, sage Johnnie. »Es tut mir leid. Ich werde zu Vater und Seiner Lordschaft sagen, daß es mir leid tut. Es passiert nicht wieder.«

Einen Augenblick wartete sie. Irgendwo im Garten rief eine Eule bedrohlich.

»Ist dir nicht kalt?«

»Nein.«

»Kommst du jetzt mit rein?«

»Gleich.«

Hester wartete ein wenig ab. »Weißt du, Johnnie, ich glaube nicht, daß Charles Stuart so betrübt ist wie du. Was ich über ihn höre, so ist er ein intriganter, unbekümmerter Leichtfuß. Leichtfertig verspielt er das Leben anderer Menschen. Seine Freunde habe all ihr Hab und Gut für ihn fortgegeben, und er kleidet sich immer noch in die kostbarsten Gewänder, geht zu Bällen und stellt schändlichst den Frauen nach. Er ist ein Trunkenbold, ein Spieler und Frauenheld. Warum trauerst du ihm nach? Wieso solltest du mehr trauern als er selbst?«

»Das ist es nicht.« Johnnies Stimme drang über das stille Wasser zu ihr hinüber. In der Dämmerung konnte sie sein Boot kaum noch ausmachen. »Alles, was du über ihn sagst, stimmt. Ich war lange genug mit ihm in Worcester zusammen. Er ist ein leichtfertiger Mensch, wie du sagst. Und ich trauere ihm nicht persönlich nach, ich trauere dem Verlust der Monarchie als solcher nach, dem Verlust eines Herrschers, der über der Nation stand. Dem Verlust der Gärten, der Schlösser und dem Verlust *unserer* Gärten.«

»Wir haben immer noch die Arche«, sagte sie.

»Einen kleinen Garten, eher ein Landgut als ein Garten«, sagte er abschätzig. »Wir haben ein hohes Ansehen dafür, daß wir Zwiebeln anbauen. Das ist nichts im Vergleich für eine Familie, die Oatlands, Hatfield oder Theobalds geschaffen hat. Selbst Wimbledon. Wir haben nichts weiter als einen kleinen Streifen Land und niemanden, der großzügige Gärten anlegen will.«

»Die Zeiten werden wiederkommen«, sagte sie. »Jetzt herrscht im Land Frieden, man wird wieder Gärten anlegen.«

»Sie werden Tulpen anpflanzen«, sagte Johnnie voraus. »Und Eierkürbisse. Das, was Vater für sie schon züchtet. Ich habe Schloß Oatlands gesehen, und ich sah, wie sie alles ausgerissen haben, Rose für Rose. Für mich gibt es nichts mehr zu tun. Ich bin Gärtner, ein Gärtner, der große Schlösser braucht. Ein Heilkräutergarten und ein Gemüsefeld sind nicht genug für mich.«

»Du wirst schon etwas finden«, sagte Hester eindringlich. »Du wirst deinen Weg schon gehen, auch wenn es nicht unser Garten und kein Garten für einen König sein sollte.«

»Ich werde niemals Gärtner eines Königs von England

sein«, sagte er langsam. »Das war mein Erbe, und nun kann ich es nicht antreten. Für mich ist nichts mehr da.«

Der Kahn trieb ein wenig zum anderen Ende des Sees. Hester hielt inne, genoß die Ruhe der Umgebung: Der Himmel verfärbte sich langsam dunkelblau, nahm die Farbe der Tradescantia virginica an. Die Sterne funkelten wie silberne Stecknadelköpfe in einem blauen Stoff. Die Abendluft war kalt an ihren Wangen, der süße Duft zu Boden gefallener Äpfel und spätblühender Mauerblumen drang zu ihr.

»Hier haben wir viele Stunden verbracht, als du ein kleiner Junge warst«, sagte sie zärtlich, »du hast hier die Enten gefüttert. Erinnerst du dich?«

»Ja«, hauchte er leise. »Ich erinnere mich.«

Sie wartete, und als er nichts weiter sagte, stand sie auf. »Soll ich bei dir bleiben?« fragte sie ihn sanft.

»Nein«, sagte er, und seine Stimme schien aus weiter Ferne zu ihr vorzudringen. »Ich will noch ein wenig allein sein, Mutter. Ich werde heimkehren, wenn ich wieder fröhlich sein kann.«

Zum Frühstück erschien Johnnie nicht.

»Wo steckt er nur?« fragte John. »Ich habe erwartet, daß er sich gestern abend noch bei Lord Lambert entschuldigt.«

»Vielleicht ist er nach Lambeth gegangen und hat sich dort vergnügt bis spät in die Nacht hinein«, entgegnete Hester diplomatisch und sagte zur Köchin: »Könntest du Johnnie rufen?«

Mary Ashmole, die für ihren Aufenthalt in der Arche Kost und Logis zahlte, bediente sich mit Schinken. »Die jungen Männer«, sagte sie voller Nachsicht.

Sie hörten, wie die Köchin die Treppe hinaufging und wie dann die Dielen über ihnen knarrten, als sie Johnnies

Tür öffnete. Dann kehrte sie wieder zurück. Sie blickte ganz schelmisch, als sie das Speisezimmer betrat. »Er ist nicht da!« verkündete sie mit einem Lächeln. »Und das Bett ist auch nicht benutzt.«

Hesters erster Gedanke galt nicht der Wirtsstube in Lambeth, sondern Charles Stuart, zu dem Johnnie unterwegs sein konnte. Vielleicht hatte er sich zum Hafen aufgemacht, um ein Schiff zum Kontinent zu nehmen, damit er mit dem Prinzen zusammensein konnte. »Steht sein Pferd noch im Stall?« fragte sie rasch.

John blickte in ihr weißes Gesicht und verließ schnell das Zimmer. Mary Ashmole erhob sich und zögerte.

»Bitte laßt Euch nicht stören, Mrs. Ashmole«, sagte Hester, die langsam zu sich kam. »Eßt bitte weiter. Ich nehme an, daß mein Sohn bei Freunden geblieben ist und vergessen hat, uns eine Nachricht zu schicken.«

Sie ging John zu den Stallungen hinterher. Cäsars Kopf tauchte über der Stalltür auf. John befragte gerade den Stallburschen.

»Letzte Nacht hat er das Pferd nicht gebraucht«, sagte er zu Hester. »Niemand hat ihn seit gestern gesehen.«

»Schick den Burschen nach Lambeth und finde heraus, ob er dort gewesen ist«, sagte Hester.

»Vielleicht lohnt das den Aufwand nicht«, sagte John. »Wenn er betrunken unter einem Tisch in der Wirtschaft liegt, dann wird er sich nicht gerade bei uns dafür bedanken, daß wir einen Suchtrupp nach ihm ausschicken.«

Sie zögerte.

»Wenn er nicht gegen Mittag zurück ist, werde ich selbst nach Lambeth gehen«, beschloß John.

Gegen Mittag ritt John auf Cäsar ins Dorf, kehrte aber bald darauf wieder zurück. Im Wirtshaus war Johnnie nicht gewesen, und bei den Freunden im Dorf hatte er auch nicht übernachtet.

»Vielleicht ist er zu Fuß nach Lambeth gelaufen, und ihm ist auf der Straße etwas passiert«, meinte Hester.

»Er ist doch kein kleiner Junge mehr«, sagte John. »Außerdem kennst du Johnnie: er würde immer eher reiten als zu Fuß gehen. Und das Pferd ist hier.«

»Und wenn er einer Räuberbande in die Hände gefallen ist?« gab Hester zu bedenken. »Oder der Preßpatrouille?«

»Die Preßpatrouille würde ihn nicht einfach so mitnehmen, es ist ganz offensichtlich, daß er ein Gentleman ist«, entgegnete John.

»Wo kann er dann nur stecken?« frage Hester.

»Du hast ihn noch nach dem Abendessen gesehen«, sagte John. »Hat er da irgend etwas gesagt?«

»Er war in seinem Boot«, sagte sie. »Da geht er immer hin, wenn er allein sein will und nachdenken muß. Er versprach mir, sich bei dir und Seiner Lordschaft zu entschuldigen. Am Ende meinte er, er würde später heimkommen.«

Sie verstummte. »Er sagte, er würde heimkommen«, sagte sie. Dabei fühlte sie sich immer weniger sicher. »Er sagte, er würde heimkommen, wenn er wieder fröhlich sei!«

Auf einmal verzerrte sich Johns Miene, als hätte ihn ein starker Schmerz getroffen. »Geh zu Mary Ashmole und leiste ihr Gesellschaft«, riet er ihr.

»Warum?«

»Ich werde mich einmal umtun, das ist alles.«

»Du gehst zum See«, sagte sie leise.

»Ja, so ist es. Ich werde nachsehen, ob der Kahn angebunden ist.«

»Ich gehe mit«, sagte sie.

John war klar, daß er Hester unmöglich dazu bringen konnte, im Haus zu bleiben, also ging er Richtung Allee los, und Hester wich nicht von seiner Seite.

Es war ganz still. Die Vögel zwitscherten. Als sie sich

dem Wasser näherten, schaute ein Reiher auf und flog davon, wobei er seine unbeholfenen langen Beine hinter sich herzog. Die Wasseroberfläche wirkte wie ein Spiegel, der den blauen Himmel reflektierte, nichts regte sich, nur ein paar Fliegen tanzten über der Oberfläche, und manchmal tauchte ein Fisch auf. Der Kahn trieb mitten auf dem See, die Ruder waren eingelegt, die Fangleine baumelte ins Wasser und verband ihn mit seinem Spiegelbild.

Einen Augenblick lang dachte Hester, daß Johnnie eingeschlafen war und mit angezogenen Beinen auf dem Boden des kleinen Ruderbootes lag. Wenn sie ihn riefen, würde er bestimmt hochkommen, sich die Augen reiben und über sich lachen. Doch das Boot war leer.

John hielt einen Moment inne, ging über den kurzen Steg und sah ins Wasser hinunter. Er konnte grüne Wasserpflanzen erkennen und sah, wie eine braune Forelle aufleuchtete, sonst nichts.

»Was denkst du? Was hast du vor?« Hester blickte von dem friedlichen Gewässer fort und ging ihm hinterher. »Wohin gehst du, John?«

»Ich will einen Bootshaken holen und damit den Kahn heranziehen«, sagte er, ohne seinen Schritt zu verlangsamen. »Dann besorge ich mir eine Stange, um damit den Grund des Sees abzusuchen. Ich werde vielleicht ein Netz brauchen und muß sogar das Wasser abfließen lassen.«

»Aber warum denn?« rief sie. »Warum? Was meinst du damit?«

Er wurde weder langsamer, noch drehte er sich nach ihr um. »Hester, du weißt sehr wohl, warum.«

»Das weiß ich nicht«, sagte sie hartnäckig.

»Warte im Haus auf mich«, sagte er. »Geh zu Mary Ashmole. Ich sage es dir, sobald ich es weiß.«

Sie waren an der Terrasse angelangt. Mary Ashmole wartete dort auf sie. John blickte zu ihr hinauf. Als sie sein düsteres Gesicht sah, schreckte sie zurück. »Nehmt

Hester mit hinein«, sagte er mit fester Stimme. »Ich komme wieder, wenn ich weiß, wo Johnnie ist.«

»Du wirst doch nicht im See nach ihm suchen«, sagte Hester. Sie lachte, es war ein eigenartiges, freudloses Lachen. »Du glaubst doch nicht, daß er aus dem Kahn gefallen ist.«

Er gab keine Antwort, sondern ging in dem gleichen Trott mit gesenktem Kopf zu den Stallungen. Hester und Mary hörten, wie er nach dem Burschen rief. Die beiden Frauen warteten völlig erstarrt, als John und der Bursche die Allee wieder hinunterliefen. John trug eine lange Stange, die er immer zum Beschneiden der Bäume verwendete. Der Bursche hatte ein Netz, mit dem sie sonst die Töpfe auf dem Fuhrwerk absicherten, und ein Seil.

Mary Ashmole nahm Hesters eisige Hand in die ihre. »Seid jetzt tapfer, meine Gute«, sagte sie etwas unpassend.

John ging an den Rand des Stegs und nahm die Stange zur Hand. Sie erreichte gerade die Leine, die im Wasser trieb, und beim zweiten Versuch konnte er das Boot an Land ziehen.

»Warte hier«, sagte er zu dem Burschen und ruderte dann zur Mitte des Sees, holte die Ruder ein und blickte nach unten ins Wasser. Mit großer Behutsamkeit zog er die Stange hoch und ließ sie wieder ins Wasser gleiten, um den Boden abzutasten. Als er nichts fand, ruderte er weiter und wiederholte die Prozedur in einem immer größer werdenden Kreis.

Der Gärtnergehilfe, dem angesichts dieser Suche der Schreck in die Glieder fuhr, wurde langsam unruhig, doch John machte unbeirrt weiter. Er dachte nicht darüber nach, worauf er wohl stoßen könnte. Er suchte Kreis für Kreis ab, als vollzöge er eine spirituelle Übung. Wieder und wieder stocherte er vorsichtig im dunklen Wasser herum. Im Hinterkopf hatte er den Gedanken, daß Johnnie vielleicht schon daheim war, nachdem er eine Nacht durch London gezogen war. Dann wieder hoffte er, eine Nachricht von Frances vorzufinden, daß Johnnie bei ihr zu Besuch sei, oder er meinte, sein Sohn würde auf einmal mit einem alten Kriegskameraden aus der besiegten Armee bei Worcester auftauchen. Derlei Möglichkeiten gab es viele.

Als John schließlich etwas berührte, bedauerte er es einen Moment lang, daß er sein Ritual nun unterbrechen mußte. Ganz sanft und vorsichtig stocherte er noch einmal danach und spürte, daß sich der Gegenstand bewegte und rollen ließ.

»Ein Leinwandbündel«, flüsterte er sich selbst zu. Er versuchte Größe und Gewicht des Bündels einzuschätzen. »Versteckte Haushaltssachen«, meinte er bestätigend.

Er drehte sich nach seinem Gehilfen um. »Wirf mir das Seil zu«, sagte er mit fester, unerschütterter Stimme.

Der Bursche, der sich auf dem Steg niedergelassen hatte, stand auf und bückte sich nach dem Seil. Beim ersten Versuch fiel es ins Wasser und bespritzte John, beim zweiten Versuch wurde er von der nassen Seilrolle getroffen.

John zog die Stange aus dem Wasser und setzte den angeschliffenen Haken darauf, dann nahm er aus seiner großen Manteltasche einen Lederhandschuh und stülpte ihn darüber. Darauf ließ er die Stange mit dem geschützten Haken nach unten ins Wasser gleiten. Nun stieß er wieder an den Gegenstand, konnte ihn erst nicht greifen, doch dann hatte er ihn am Haken.

»Jetzt zieh«, rief John. »Aber gleichmäßig.«

Der Bursche hatte solche Angst davor, etwas falsch zu machen, daß er zunächst zuwenig Kraft aufwendete. Eine Weile geschah gar nichts, dann setzte sich der Kahn langsam in Bewegung und glitt auf den Steg zu. John spürte das Gewicht am Haken. Sanft, vorsichtig ruckte er vorwärts.

John hielt die Stange fest und wartete darauf, im seichteren Gewässer den Fund zu erkennen.

Zuerst sah er den Mantel, der nun durch das Wasser ganz schwarz war, dann Johnnies weißes Hemd, sein blasses Gesicht, die geöffneten dunklen Augen und die wuschligen blonden Haare.

»Halt an«, sagte John heiser.

Sofort hörte der Bursche auf zu ziehen.

Das Boot schwankte hin und her, die Wasserbewegung, durch die Johnnie an die Oberfläche gespült worden war, verebbte wieder, und sein Gesicht verschwand im Dunkel des tiefen Wassers. Einen Moment glaubte John, daß er nun das Ende der Welt befehlen konnte, genau hier und jetzt; so wie er dem Gärtnergehilfen etwas befehlen konnte; und danach würde nichts weiter folgen müssen. Er konnte »halt« sagen, und dann würde das ertrunkene Kind nicht mehr da sein, kein Kummer, kein Ende des Tradescant-Stammbaums, kein Schweigen, wo Johnnie sonst hätte singen sollen, kein schrecklicher Abgrund, wo der junge Mann sich nun aufhielt.

John wartete, er versuchte die Wirklichkeit zu begreifen und das schmerzliche Ausmaß seines Verlustes. Der war viel zu groß, als daß er sich ihn hätte begreiflich machen können. Der Bursche mit der Leine stand da wie eine Statue, eine Libelle surrte über das Wasser und ließ sich einen Augenblick nieder.

»Mach weiter«, flüsterte John, als ob dies nicht seine Arbeit war, sondern als folge er den Anweisungen eines anderen. »Gut so. Mach weiter.«

Der Bursche zog mit all seinem Gewicht das Seil, und der Kahn fuhr auf den Steg zu und hatte die furchtbare Fracht im Schlepptau. Als er mit einem Stoß am Steg anschlug, sagte John freundlich: »Binde ihn fest, und halte die Stange.« Als der Bursche das Ende gepackt hatte, stieg John in das hüfthohe Wasser, tastete sich bis zum anderen

Stangenende vor und konnte den Körper seines einzigen Sohnes greifen und auf die Arme nehmen.

»Geh zur Seite und warte«, sagte er ruhig zu seinem Gehilfen. Der Junge richtete seinen erschrockenen, starren Blick von dem mit Wasser vollgesogenen Leichnam fort und zog sich dann gehorsam in den Schutz eines Apfelbaumes zurück, wo sich taumelige Wespen am Fallobst zu schaffen machten.

John watete ans Ufer. Als er aus dem Wasser heraus war, geriet er unter der Last von Johnnies Körper ins Wanken. Er fiel auf die Knie und legte das weiße Gesicht in seine Arme und sah in seine blinden Augen und auf die blassen Lippen hinab.

»Mein Johnnie«, flüsterte er. »Mein Junge.«

So saß er eine ganze Weile mit ihm zusammen, ehe John einfiel, daß Hester in quälender Ungeduld auf ihn wartete. Er legte den Toten hin und bedeckte mit seiner Jacke das Gesicht seines Sohnes.

»Paß auf ihn auf«, sagte er zu dem Burschen. »Ich werde mit dem Wagen wiederkommen.«

Langsam ging er über den grasigen Weg und bog in die Hauptallee zum Haus ein. Er bemerkte, wie Hester auf die Terrasse hinauslief, doch als sie ihn sah, seine Schultern zusammengesunken und seine Kleidern naß, ohne Jacke, da erstarrte sie.

John lief mit stumpfem Gesicht auf sie zu. Dann räusperte er sich und sagte leise, fast wie im Plauderton: »Ich habe ihn gefunden. Er ist ertrunken. Ich hole jetzt den Wagen.«

Sie nickte, war so ruhig wie er, und Mary Ashmole, die die zwei sah, hielt sie beide für ziemlich gefühllos und meinte, sie hätten ihren Sohn überhaupt nicht geliebt, da sie so gleichgültig seinem Tod gegenüber waren.

»Das hatte ich schon gedacht«, sagte Hester sanft. »Ich

wußte es, als ich das Boot sah, so wie du. Ich werde das Empfangszimmer für ihn vorbereiten. Er war das Kostbarste, was es in diesem Haus jemals gegeben hat.«

John nickte und lief mit jenem eigenartigen, schleppenden Gang zum Stall, wo er, einer Eingebung folgend, nicht das Arbeitspferd einspannte, sondern Cäsar aus dem Stall führte und vor das Fuhrwerk schirrte, damit er seinen Herrn heimbringen konnte.

Sie begruben ihn neben seinem Großvater und seiner Mutter auf dem Friedhof von St. Mary's in Lambeth. Der neue Vikar war so freundlich, sich nicht danach zu erkundigen, wie ein gesunder junger Mann ertrinken konnte. Man ging davon aus, daß Johnnie betrunken aus dem Boot gefallen war und sich dabei den Kopf aufgeschlagen hatte. Nur John wußte, daß das Boot nicht gekentert, sondern friedlich mit eingezogenen Rudern vor sich hin getrieben war. Nur John hatte bemerkt, daß die Taschen seines Sohnes mit Tonscherben von Blumentöpfen gefüllt waren. Nur Hester wußte, daß Johnnie geglaubt hatte, in England wäre für den Gärtner des Königs kein Platz mehr. Keiner von beiden teilte dem anderen seine Einsichten mit. Beide glaubten, daß die Schmerzen des anderen schon groß genug waren.

Frühjahr 1653

Von diesem Schicksalsschlag konnten sie sich nicht so schnell erholen. Eine Weile lebten sie wie nur nach innen gekehrte Menschen nebeneinander her, sie begrüßten sich zu den Mahlzeiten und gingen zusammen zur Kirche an dem schön gemeißelten Grabstein von Johns Vater und den kleinen Kreuzen vorbei, die Johnnies Grab und das seiner Mutter zierten. Und sie sprachen kaum miteinander.

Die Treffen mit den Philosophen und Wissenschaftlern, durch die die Arche zu einem Zentrum geistigen Lebens geworden war, fanden nun an einem anderen Ort statt. John konnte sich nicht recht konzentrieren, und ihm schien überhaupt alles bedeutungslos zu sein.

Selbst der Aufruhr, mit dem das Ende des Langen Parlaments und Cromwells Entscheidung begrüßt wurden, nun ein »Parlament der Heiligen« aufzustellen, bestehend aus rechtschaffenen Männern, die allseits respektierte Meinungen und heilige Ideale vertraten und Veränderungen herbeiführen würden, die das Land so dringend benötigte, selbst diese Ereignisse weckten John nicht aus seiner Starre.

Im Frühling erschien Lord Lambert und bestellte neue Tulpen. Er erklärte John, daß jeder Mann das Recht hätte, das Parlament zu wählen. Außerdem erwarteten die Armen Gerechtigkeit und die Großgrundbesitzer das Verbot, ihre Ländereien abzuriegeln und unrechtmäßig Wohnende und arme Menschen auf die Straße zu jagen. Mitten in seinen Ausführungen hielt er inne und sagte dann: »Verzeiht mir, Mr. Tradescant. Seid Ihr krank?«

»Ich habe meinen Sohn verloren«, sagte John leise. »Und mir ist alles gleichgültig. Nicht einmal das Parlament interessiert mich.«

Lord Lambert war für einen Augenblick ganz erstaunt. »Johnnie? Das habe ich nicht gewußt! Was ist passiert?«

»Er ist in unserem See ertrunken«, sagte John und sprach diese Worte offenbar zum tausendstenmal aus. »Es geschah an dem Abend, als Ihr zum Abendessen geblieben seid.«

Lambert überlegte. »Als er so bekümmert darüber war, daß ich Wimbledon erworben hatte?«

John nickte. »In jener Nacht.«

John Lambert wirkte ganz betroffen. »Doch nicht wegen meiner Worte! Er hat sich doch nicht deshalb ertränkt?«

John schüttelte den Kopf. »Wenn es nicht an jenem Abend geschehen wäre, dann an einem anderen. Er konnte nicht begreifen, wie er in der Welt leben sollte, die Ihr und Cromwell geschaffen habt. Er wollte immer schon Gärtner des Königs sein, er konnte es nicht mit anhören, daß Könige nichts taugen. Und ich habe versagt, es ihm begreiflich zu machen.« John verstummte. »Mein Sohn war von etwas Falschem überzeugt, und ich konnte ihn nicht davon abbringen.«

Er blickte zu Lambert. Der General hörte ihm aufmerksam zu. Er lächelte ein wenig. »Das sind unsere ganz privaten Sorgen«, fügte er hinzu. »Ich möchte Euch nicht damit belasten, mein Lord. Seht Euch im Garten um, und bestellt alles, was Ihr wünscht. Joseph wird die Bestellungen entgegennehmen, meine Frau ist heute nicht im Hause.«

»Teilt ihr bitte meine tiefe Betroffenheit mit«, bat ihn Lambert und ging auf die Tür zum Garten zu. »Sagt ihr, daß mir Euer Verlust zutiefst leid tut. Er war ein guter Junge.«

Lambert ging leise in den Garten, um die Kastanienbaumallee und die Beete mit den exquisiten Tulpen zu betrachten. Er fragte sich, ob John jemals wieder Freude darüber empfinden könnte, jetzt, wo kein Tradescant mehr den Garten fortführen würde.

Winter 1654

Das neue Parlament sollte nur von kurzer Dauer sein. Sein Programm der sozialen Gerechtigkeit war den Gemütern vieler einflußreicher Leute zu radikal. Diese hatten mit einer Reform vor allem die Hoffnung verbunden, sich eine Scheibe vom Reichtum und der Macht des Königs abzuschneiden. Sie gingen nicht so weit wie die Soldaten der Armee, die für ein Ende der Habgier und der Tyrannei gekämpft hatten und wirklich glaubten, daß aus ihren Schlachten eine neue Welt hervorgehen würde.

Als Cromwell sah, daß das Parlament ausgesuchter rechtschaffener Männer nur langsam dem Land zu wahrer Gerechtigkeit verhelfen würde, um es gottgefällig zu machen, und als er dann bemerkte, daß auch das gewählte Parlament sich über seine eigennützigen Interessen nicht erheben konnte, da verließ ihn ein Großteil seiner Zuversicht. Mit einem Gefühl der Enttäuschung nahm er den Titel des Lord Protector an – neben ihm existierten ein Staatsrat und ein Parlament. Er hatte die Last der Macht zu tragen und glaubte nicht mehr daran, jemals das neue Jerusalem in London zu erleben.

»Ich weiß nicht, wozu wir gekämpft haben, wenn anstelle des Königs nun ein Lord Protector steht«, sagte John müde zu Hester, als sie das Abendessen einnahmen.

Schweigend saßen sie beisammen. Das Schweigen war nun ständiger Gast an ihrer Tafel. Es war, als gäbe es nichts mehr zu besprechen, wo Johnnie nicht mehr da war. Die Einnahmen aus den Eintrittsgeldern waren gut, die Bücher mit Bestellungen voll. Doch Hester hatte sich größtenteils aus dem Geschäft zurückgezogen und das Interesse am Garten verloren. Sie beklagte sich nie, doch sie hatte das Gefühl, zu lange und zu aufopferungsvoll für etwas gekämpft zu haben, was letztendlich umsonst gewesen war.

»Ich habe an Virginia gedacht«, sagte John vorsichtig. »Bertram Hobert, mein alter Freund von drüben, hat mich heute aufgesucht.«

Hester schaute auf. »Hobert, der dort fast umgekommen wäre?«

John nickte. »Nach einer guten Tabakernte ist er nach England gekommen, um sie hier direkt zu verkaufen. Da er die Reise mit seiner Frau zusammen angetreten hat, werden ihm bei seiner Rückkehr noch zwei weitere kostenlose Landanteile übertragen. Außerdem hat er ein paar Arbeiter für Virginia angeheuert und wird deren Parzellen auch noch erhalten. Das macht ihn ganz zuversichtlich.«

John machte eine Pause. »Ich frage mich, ob du gern mit mir nach Virginia kommen würdest. Dann könntest du dir unser Land anschauen, und wir beide könnten noch zwei Parzellen dazugewinnen. Die kann man verkaufen oder jemanden auftreiben, der die Felder für uns bearbeitet, vielleicht würdest du dich auch dort ansiedeln wollen. Und jetzt ...« Er verstummte.

Er wollte sagen: »Und jetzt, wo niemand mehr uns hier festhält ...«, doch das brauchte er gar nicht auszusprechen.

»Was ist mit dieser Frau? Der Frau, die du verlassen hast?« fragte sie leise.

Er senkte den Kopf. »Ich werde sie nie wiedersehen«, erwiderte er. »Sie wird bei ihrem Volk sein, ich werde bei meinem sein. Die Zeiten sind vorbei, als die Powhatan freundlich mit den Siedlern umgegangen sind.«

»Wer würde sich in unserer Abwesenheit um die Arche kümmern?«

»Elias Ashmole würde mit Freuden eine Zeitlang hier wohnen wollen«, meinte John. »Er hat versprochen, die Raritätensammlung zu katalogisieren. Und er interessiert sich sehr für den Garten.«

Hester verzog ein wenig das Gesicht. »Was ist, falls etwas passiert?« fragte sie.

»Damit kommt er zurecht. Er ist ein Mann von Welt, er hat schon größere Anwesen verwaltet als unser kleines Fleckchen.«

»Warum sollte er uns so behilflich sein?« fragte sie offen. »Warum sollte er uns so entgegenkommen?«

»Er mag die Kuriositäten, er mag den Garten«, erklärte John. »Er kann hier seine Studien der Alchimie und Astronomie fortführen und die Kräuter für seine Heilmittel ausprobieren.«

»Seine Frau Mary ist mir übrigens sympathischer als er«, meinte Hester. »Sie hat mir erzählt, daß er sie mißhandelt hat, und nun leben sie getrennt, und er gibt ihr kein Geld. Am Anfang haben sie vor allem von ihrem Geld gelebt. Er hatte nichts, als er sie als Anwalt beriet, und nun ist ihr Vermögen seins.«

John schüttelte den Kopf. »Er ist ein erfahrener Anwalt«, sagte er. »Es überrascht mich nicht, daß er nichts fortgeben will. Man möchte ihn gewiß nicht zum Feind haben, mag sein. Aber er würde unsere Arche bewachen, wenn wir fort sind.«

»Nein«, sagte sie widerstrebend. »Wenn ein Feuer ausbricht oder ein weiterer Krieg, dann würde er sich nicht so um die Dinge hier kümmern wie wir. Mr. Ashmole denkt zuallererst an seine eigene Sicherheit.«

»Ich möchte wirklich gern nach Virginia«, erklärte John. »Ich kann die Arche ohne den Jungen nicht ertragen, ich vermisse ihn im Garten. Ich hasse den See, ich kann nicht einmal mehr bis ans Ende des Obstgartens gehen. Immer wieder stoße ich im Garten auf Dinge, die ich ihm zugewiesen hätte oder bei denen er besonders geschickt gewesen wäre. Es ist, als begegnete ich überall ihm.«

Hester nickte. »Deshalb möchte ich hierbleiben«, sagte sie ruhig. »Weil ich auch das Gefühl habe, ihm überall zu begegnen, und hier kann ich alles in meine Obhut nehmen, was er so geliebt hat, und ich kann sehen, wie seine Pflanzen groß und schön werden, und dann ist es, als wäre er immer noch unter uns.«

John zog eine Augenbraue hoch. »Soll ich allein fahren? Würdest du das wollen?«

»Ich werde auf dich warten«, versprach sie. »Ich werde den Garten und die Kuriositäten für dich bewahren.«

Er küßte ihre Hand, die auf dem Tisch ruhte. Sie berührte seinen Kopf mit der anderen Hand, als gäbe sie ihm ihren Segen. »Ich möchte eine Zeit allein sein. Vielleicht kann ich mich daran gewöhnen, ohne ihn zu sein, wenn ich ein wenig allein bin.«

»Nun gut«, sagte er sanft. »Und ich verspreche dir heimzukehren.«

Frühjahr 1654.
Dritte Reise nach Virginia

John befand sich auf See und floh wieder einmal vor seinem Kummer. Doch er wußte, daß er das Richtige tat. Das Schiff schaukelte ihn nachts im Schlafe, und das Geräusch des Windes in den Segeln und das Knarren des Spantenwerks waren wie Trauerklänge für ihn. Ständig dachte er an Johnnie, und mit dem Abstand von Hester und England konnte er auch wieder an Jane denken, seine erste Frau, und er wußte, wenn es wirklich einen Himmel und Heilige gab, dann war sie nun mit ihrem Sohn vereint.

Er schlief, als das Schiff die Küste Virginias sichtete. Er wurde geweckt von dem geschäftigen Treiben bei der Ankunft in Jamestown. Bertram Hobert klopfte gegen die kleinen hölzernen Klapptüren um Johns Koje herum und schrie: »Aufgewacht, Mann! Wir sind da!« John stolperte hinaus. Auf dem Schiff herrschte das übliche Durcheinander, die Matrosen rafften die Segel, und der Mann oben im Ausguck rief ihnen zu, wie sie steuern sollten, und die Passagiere, die sich immer noch unter Deck befanden, versuchten ihr Gepäck neu zu verstauen, das während der langen Fahrt offen umhergelegen hatte.

»Diesmal wird alles besser«, sagte Bertram optimistisch. »Zumindest kennen wir die Gefahren, eh, John?«

John betrachtete seinen alten Freund aufmerksam. Das schreckliche, vom Hunger ausgehöhlte Gesicht gab es nicht mehr, statt dessen war ihm Wohlstand abzulesen.

»Wir waren Grünschnäbel vor zwölf Jahren«, sagte John. »Wir wußten rein gar nichts.«

»Jetzt ist es anders«, sagte Bertram. »Ich werde in diesem Land ein vermögender Mann sein, John. Ich werde ein Bürger sein und eine Fläche von zweihundertsechzig Hektar Land mein eigen nennen können.«

»Ich frage mich, was sich seit unserem letzten Aufenthalt wohl verändert haben mag?«

»So allerhand«, sagte Mrs. Hobert nach hinten zu ihnen und stopfte dabei Leinenkleider in eine Tasche. »Wie ich erfahren habe, hat man die Wilden weit weggetrieben und von Jamestown aus eine Straße durch die Wälder bis zum Meer und westwärts am Ufer zum Inland hin gebaut.«

Über ihnen öffnete ein Matrose die Luke und rief hinunter, daß sie nun an Deck kommen konnten. John hob seine Truhe durch die Lukentür und griff sein Kleiderbündel.

»Ihr habt aber wenig Gepäck«, bemerkte Bertram.

»Ich hoffe, daß ich bei meiner Rückkehr voll beladen bin«, sagte John.

Er kletterte an Deck und hielt erstaunt inne. John dachte erst, daß sie an einem falschen Ort angelangt waren. Dann erkannte er, daß das hölzerne Befestigungswerk nicht mehr da war, diese Mischung aus alten Garnisonsgebäuden und privaten Häusern war fort. Vor ihm erstreckte sich nun eine neue Stadt, eine elegante Stadt, schön und stabil und für die Ewigkeit gedacht.

Die Häuser hatten zwei oder sogar drei Stockwerke und grenzten so dicht aneinander, daß sie sich fast berührten. Sie waren in der Manier guter englischer Häuser gebaut, nicht mit Holz und Lehm zusammengeschustert, sondern gut konstruiert, mit einem Eingang in der Mitte und einem Fenster mit richtigen Glasscheiben zu beiden Seiten der Tür, an denen Fensterläden angebracht waren.

Die Leute, die die Straße bevölkerten und bis zum Hafen spazierten, hatten sich auch verändert. Es gab nicht mehr nur ein oder zwei wohlhabende Bürger und die Vielzahl der von Hunger und schwerer Arbeit abgestumpften

Armen. Diese Zeiten waren vorbei. Die Abstufungen von Wohlstand und Status der einzelnen Bewohner, die man an den Kleidern ablesen konnte, waren vielfältiger geworden. So trugen die Arbeiter nur Hemd und Weste, die wohlhabenden Handwerker und Besitzer von kleineren Anbauflächen schönes, dunkles Streichgarngewebe, und die Großgrundbesitzer kleideten sich in Seiden- und Satinstoffe.

Man hatte auch afrikanische Sklaven hertransportiert. John staunte über die Anzahl Schwarzer, die hinter einem Wagen gehorsamst im Hundetrab hertrotteten und Besorgungen erledigten. Sie fingen im Hafen die Taue auf und machten sie fest, sie fuhren den Landesteg zum Schiff aus, sie entluden die Fuhrwerke und warfen Baumwollballen hinunter, und die Frauen trugen auf den Köpfen Tabletts durch die Menge und boten frische Lebensmittel zum Verkauf an. Viele hatten das Brandzeichen ihres Besitzers auf der Stirn oder der Wange oder alte Narben vom Auspeitschen auf dem Rücken. Doch einige von ihnen, wie die Verkäuferinnen, waren anscheinend frei und unabhängig und konnten ihre eigenen Erzeugnisse verkaufen. Sie schritten in hellgemusterten Kleidern mit einem leicht arroganten Hüftschwung umher.

Ein Seemann öffnete die Schiffsreling, prüfte noch einmal, ob der Landesteg fest angebracht war, und machte dann Platz. John lief über die Planken in das neue Land hinein.

Er war nicht davon ausgegangen, sie wiederzufinden; und er wußte, daß sie nicht nach ihm suchen würde. Doch er hatte nicht erwartet, daß das Land von Suckahannas Volk gesäubert sein würde. Der Indianerkrieg damals war in der Tat der letzte gewesen. Mit Opechancanoughs Hinrichtung war nicht nur der letzte große Kriegshäuptling umgekommen, sondern er bedeutete auch gleichzeitig den

Tod des ganzen Stammes. Ein paar Powhatan waren landeinwärts geflohen und hatten sich anderen Stämmen angeschlossen; dann waren auch diese gezwungen weiterzuziehen, immer westwärts, weiter von den Küsten und den besitzergreifenden Weißen fort, die die Wälder rodeten und das Wild vertrieben. Einige verdingten sich, was eher mit Sklaverei gleichzusetzen war. Sie erhielten keinen Lohn und hatten keine Freiheiten. Einige kamen ins Gefängnis, weil sie ihr Dorf verteidigt hatten, und sie büßten ihre Strafe ab, bis Krankheit und Verzweiflung ein übriges taten.

John hielt die wenigen Frauen und Kinder der Powhatan an, die er in Jamestown antraf, und erkundigte sich nach Suckahanna und Attone, doch alle schüttelten nur den Kopf und behaupteten, sie würden ihn nicht verstehen, obwohl er sie auf englisch und in ihrer eigenen Sprache fragte. So zu tun, als wüßten sie von nichts und seien taub, war ihre letzter Schutz. Sie hofften, irgendwie zu überleben, und klammerten sich an jenes letzte Zipfelchen Leben in einem Land, das einst unzweifelhaft das ihre gewesen war.

John und die anderen Leute vom Schiff gingen zum Amtssitz des Gouverneurs, wo die Landkarten der Region aufbewahrt wurden. Er ließ das ihm zustehende neue Land eintragen und verkaufte es dann an William Lea, und sein ursprüngliches Land gleich dazu.

»Ihr braucht es nicht selbst?« fragte Lea.

John schüttelte den Kopf. »Ich bin kein Pflanzer«, erklärte er. »Ich habe es schon einmal versucht, aber ich besitze weder die Fähigkeiten noch die Ausdauer dazu. Ich werde meine Zeit in den Wäldern verbringen und Pflanzen sammeln – das ist die Fracht für meine Rückreise.«

Ein anderer Gentleman im Amtszimmer drehte sich um, als das Wort »Pflanzen« fiel, und sah John neugierig an. »Ah!« sagte er. »Jetzt weiß ich, wer Ihr seid. Ich bin sicher, ich habe es mit Mr. John Tradescant zu tun. Ich hatte ja keine Ahnung, daß Ihr uns einen Besuch abstatten würdet.«

John machte es ein wenig stolz, daß sein Name bekannt war. »Guten Tag, Mister …?«

»Verzeiht mir«, sagte der Pflanzer. »Ich bin Sir Josiah Ashley. Ich habe Euren Garten besucht, als ich das letztemal in London war, und habe ein paar Pflanzen für meinen Garten hier bestellt.«

»Ihr habt einen Garten?« fragte John ganz ungläubig. »In Virginia?«

Der Mann lachte. »Natürlich, seit Eurem letzten Aufenthalt hat sich hier viel verändert. Ich habe ein Haus und davor einen Garten, der sich bis zum Fluß erstreckt. Nichts im Vergleich zu den großen Parks, in denen Ihr gearbeitet habt, ich weiß.«

»Und habt Ihr hier auch englische Pflanzen in die Erde gebracht?« fragte John, der dabei an den englischen Garten in Barbados dachte.

»Bei mir wachsen außerdem auch Blumen und Pflanzen der hiesigen Gegend«, erwiderte Sir Josiah. »Ich liebe englische Pflanzen sehr, natürlich, sie erinnern uns an unsere Heimat. Aber es gibt hier einige wunderschöne Blumen und Sträucher, die in meinem Garten gut gedeihen.«

»Die würde ich mir gern einmal anschauen«, sagte John. »Und wenn Ihr noch ein paar übrig habt, würde ich Euch einen guten Preis dafür zahlen.«

Sir Josiah verneigte sich. »Ihr müßt uns besuchen kommen.«

»Ich möchte mich nicht aufdrängen«, sagte John schüchtern.

»Wir sind hier in Virginia«, erinnerte ihn der andere. »Gäste drängen sich uns nicht auf, sie sind unsere einzige Quelle der Zerstreuung. Ihr würdet uns ein großes Vergnügen bereiten. Ich bin sicher, daß Ihr viele Neuigkeiten aus London mitbringt. Ich fahre morgen zurück nach Hause«, sagte Sir Josiah. »Soll ich Euch in Eurem Gasthof abholen?«

»Ihr fahrt?« wollte John wissen.

»O ja, jetzt gibt es eine Straße, die am Fluß entlangläuft.«

»Wie ich sehe, hat sich viel verändert.« Einen Moment schwieg er. »Darf ich Euch noch etwas fragen: Als ich das letztemal hier war, habe ich eine Weile bei den Powhatan gelebt, vor dem Krieg. Sie haben mir in den Wäldern geholfen, als ich Pflanzen gesammelt habe.«

»Oh. Ja?« Sir Josiah zog sich seine Handschuhe an und setzte den Hut auf.

»Ich habe mich gefragt, wo sie wohl jetzt sein könnten?«

»Höchstwahrscheinlich tot«, sagte Sir Josiah ohne Bedauern. »Eine böse Geschichte. Sie hätten friedlich mit uns leben können. Doch die haben sich anders entschieden. Eine wirklich böse Sache. Aber ungefähr zehn Meilen landeinwärts steht ein Dorf der Powhatan. Ihr könnt hingehen und es Euch ansehen, wenn Ihr wollt.«

»Das ist möglich?«

Sir Josiah zögerte. »Verzeiht mir. In mein Haus dürftet Ihr natürlich keinen Wilden mitbringen.«

»Ihr habt keine Sklaven?«

Sir Josiah lachte. »Natürlich habe ich welche. Wie sonst sollte ich Tabak anbauen? Doch ich will nicht, daß Indianer in die Nähe meines Anwesens kommen. Die Afrikaner sind meine Sklaven, die anderen sind zu rein gar nichts nütze.«

»Aber ich könnte ohne weiteres dem Dorf einen Besuch abstatten?«

»Selbstverständlich.« Sir Josiah machte dem Schreiber ein Zeichen. »George, gebt Mr. Tradescant einen Geleitbrief, damit er das Dorf der Wilden besichtigen kann.

Ich werde ihn gegenzeichnen. Wollt Ihr noch heute gehen?«

»Ja«, sagte John leise. »Heute. Auf der Stelle.«

Der Gastwirtin teilte er mit, daß er zum Abendessen wieder zurück sein und am nächsten Tag aufbrechen würde. »Und wo geht Ihr jetzt hin?« fragte sie so freiheraus, wie es in der neuen Kolonie üblich war.

»Ich gehe jemanden suchen«, sagte John. »Im Dorf der Powhatan.«

»Einen Diener von früher?« fragte sie naserümpfend. »Wenn Ihr einen Diener braucht, so könnt Ihr für weniger als sieben Pfund ein schwarzes Mädchen kaufen, und sie wird Euch weit besser dienen als irgendein Indianer. An Eurer Stelle würde ich mir einen Schwarzen nehmen.«

»Könnt Ihr mir den Weg beschreiben?«

»Aber ja«, sagte sie. »Es gibt eine richtige Straße dahin. In dieser Richtung führt sie nach Osten, landeinwärts, und in der anderen nach Westen zur Küste. Das Indianerdorf befindet sich nördlich davon. Nehmt die Straße flußaufwärts und fragt unterwegs die Leute. Jeder kann Euch den Weg zeigen.«

Eigentlich hatte er vorgehabt, unterwegs ein paar Pflanzen zu sammeln, doch am Ufer war kaum noch ursprüngliche Natur vorhanden. Die Straße führte an einer nicht enden wollenden Reihe von großen Häusern vorbei, die inmitten von Tabakfeldern standen. Einige waren wie einst aus Holz in einem Stil gebaut, an den sich John gut erinnerte; doch auch diese dehnten sich immer mehr aus, erhielten einen Anbau nach dem anderen und Stallungen gleich nebenan. Manche wirkten herrschaftlich und hatten hohe Säulen und Terrassen, sie sahen wie Miniaturpaläste aus, und dahinter standen schilfgedeckte Holzhütten – die Behausungen der Sklaven, ärmlicher als Ställe, da Pferde viel wertvoller waren als Sklaven.

John konnte es nicht fassen, daß die Wälder, durch die Suckahanna einst als Mädchen gelaufen war, nun so gelichtet und eingefriedet waren wie die Flußlandschaft von Surrey.

Er gelangte an einer Gruppe von Sklaven vorbei, die die Straßenlöcher mit Steinbruch füllten. Sie zeigten ihm den Weg. Als John gerade weiter wollte, ritt der Aufseher herbei, begrüßte ihn, indem er sich an den Hut fuhr, bestätigte noch einmal die Richtung zum Indianerdorf und ritt an ihm vorbei zu den Schwarzen. John hörte, wie jemand auf einen Peitschenhieb hin vor Schmerzen aufschrie. Er trottete weiter, ohne sich umzudrehen.

Dann bog er rechts ab und befand sich auf einem Pfad, der durch faul riechendes Sumpfland führte. Dieses Land hatte niemand gewollt. In dem Sumpf waren Bäume tief eingesunken und verrotteten, in ihrem Schutze hatten sich wasserliebende Pflanzen angesiedelt, die bald blühen würden. John nahm sich vor, auf dem Rückweg anzuhalten und sie zu sammeln.

Nach der nächsten Biegung sah er ein kleines Holzhaus, das wie seine eigene Hütte aussah. Zu beiden Seiten war ein hoher Zaun errichtet worden, der ein riesiges Terrain einschloß. Es war das Pförtnerhäuschen, der einzige Durchlaß, um in das Gelände zu gelangen. Auf der Veranda lungerten zwei Bewacher herum. Sie kauten Tabak und spuckten in eine Schale, die zwischen ihnen stand. Sie beobachteten ihn, wie er auf sie zuging. Und wie sie John so anstarrten, fühlte er sich ganz befangen und kam sich unnötigerweise schuldig vor. »Guten Tag«, sagte John.

Ein Mann stand auf und nickte zur Begrüßung.

»Ich suche hier eine Dienerin von mir«, sagte John und beugte sich dem Vorurteil, das diesem Ort anhaftete. »Ich war lange Zeit in England. Ich frage mich, ob meine Dienerin hier ist.«

»Könnte schon sein«, sagte der Mann wenig hilfreich. »Wir haben hier hundertzweiundsechzig.«

»Und wo finde ich die anderen?« erkundigte sich John und sah sich um, weil er meinte, dann müßte in der Nähe noch ein weiteres Dorf sein.

»Das ist hier alles«, sagte der Mann. »Habt Ihr einen Passierschein?«

John reichte ihm Sir Josiahs Brief. »Ich meine, wo sind die anderen Powhatan? Der Rest?«

Der Mann konnte kaum lesen; er blickte nur auf das Papier und auf das Siegel am Ende. »Das sind alle, die übriggeblieben sind«, sagte er nur.

John war starr vor Entsetzen. »Als ich das letztemal hier war, waren es Tausende gewesen, Tausende.«

Der Mann schüttelte den Kopf. »Diese einhundertzweiundsechzig sind die einzigen Powhatan, die übriggeblieben sind«, erklärte er.

»Kann ich hinein?« fragte John.

»Ich werde Euch reinführen«, sagte der Soldat.

Er zündete die Lunte für seine Muskete an, hielt letztere vor seiner Brust und die Lunte mit dem glühenden Ende zwischen zwei Fingern. Dann ging er den Weg zum eingezäunten Dorf voran.

John trat durch das Tor. Das Dorf glich dem, das er einst gekannt hatte, nur war es viel kleiner. Es gab nur wenige Langhäuser. Auch ein Tanz- und Festplatz war da, aber er grenzte an eine glatte Holzwand. Es gab auch jene Dorfstraße in der Mitte, die zum Haus des Häuptlings führte, doch nach vierzig Schritten gelangte man schon an ihr Ende. Er konnte auch keine Schwitzhütte erkennen. Und um die Häuser herum hatten die Frauen der Powhatan mit großer Sorgfalt Gemüse und Getreide angebaut. John fielen sofort die grünen Triebe des indianischen Mais und des Amaracock auf, der zwischen die Maisreihen gesetzt war. Auch die kleine erhöhte Hütte gab es, von der ein Mann über das Feld blicken und die Vögel verjagen konnte und in der die Kinder darauf warteten, daß die Mütter mit der Arbeit fertig wurden.

»Kann ich mich allein mit ihnen unterhalten?« fragte John den Soldaten.

»Sie sprechen kein Englisch«, sagte er. »Ich kann sie in Reih und Glied antreten lassen, damit ihr die Dienerin findet.«

»Nein, nein«, sagte John. »Ich spreche Powhatan. Ich möchte mit ihnen allein reden.«

Der Soldat zögerte erst. »Ruft, wenn Ihr Hilfe braucht«, sagte er und ging an seinen Platz zurück.

Die Frauen, die auf dem Feld arbeiteten, hatten nicht aufgeschaut. Doch John wußte nur zu gut, sie hatten die kleinsten Einzelheiten an ihm wahrgenommen, und wenn Suckahanna oder Attone oder ein anderer Powhatan seines Stammes hier leben sollte, hätten sie in Minutenschnelle erfahren, daß er gekommen war.

Er ging auf das kleine eingefaßte Feld zu und sprach auf Powhatan: »Schwester, ich war der Mann von Suckahanna und der Freund von Attone. Sie haben mich Adler genannt, als sie mich in den Stamm aufgenommen haben.«

Sie unterbrach nicht ihre Arbeit, ihre Hände bewegten sich immer noch in der Erde, sie setzte kleine Pflanzen aus und ließ Samen fallen. Sie blickte nicht zu ihm auf, sie hätte genausogut taub sein können.

»Ich bin gekommen, um Suckahanna oder Attone zu finden oder irgend jemanden aus meinem Stamm«, sagte John.

Daraufhin nickte sie; aber ihre Hände bewegten sich weiter so geschmeidig.

»Kanntest du sie?« fragte John. »Suckahanna, Attone oder einen anderen? Sie hatte einen kleinen Jungen ...«

Die Frau drehte ihren Kopf um und rief ein einziges Wort, den Namen Popanow, Kind des Winters, und ein junges Mädchen kam herbeigelaufen.

»Ich habe Suckahanna gekannt«, sagte sie nur. »Du mußt Adler sein. Ich hätte dich nicht erkannt, sie sprachen von einem Jäger, doch du bist so dick und so alt.«

John war von dem Urteil des Mädchens sichtlich betroffen, schaute es aber aufmerksam an. »Ich kann mich nicht an dich erinnern.«

»Ich bin in dem Dorf des schlechten Wassers geboren worden«, erklärte sie ihm. »Du warst schon lange fort.«

»Suckahanna?«

Sie schwieg. »Warum willst du das wissen, weißer Mann?«

John zögerte. »Ich bin ein Weißer, das weiß ich«, sagte er demütig. »Doch einst war ich ein Powhatan. Suckahanna war meine Frau und Attone mein Freund. Sag mir, Popanow, was ist aus meiner Frau und meinem Freund und meinem Stamm geworden? Sie hatten mich fortgeschickt, aber ich möchte nun wissen, wie es ihnen geht.«

Sie nickte. »Die Soldaten haben uns gejagt, sie kamen im Frühling raus. Im Winter ließen sie uns mit unserer Hungersnot und der Eiseskälte allein, doch im Frühling verfolgten sie uns mit ihren Hunden.«

John biß die Zähne zusammen. »Attone wollte uns flußaufwärts nach Norden führen, fort von den Weißen. Wir dachten, andere Stämme würden uns aufnehmen, und wenn nicht, dann wollten wir den weißen Männern lieber im Kampf gegenübertreten und sterben, statt von ihnen nach und nach umgebracht zu werden. Ich glaube, Suckahanna war bei Attone. Sie sagte, wir sollten wegziehen. Im Winter begannen wir mit dem Aufbruch. Aber ein Sklave hatte uns entdeckt.« Plötzlich war sie ganz wütend. »Ein schwarzer Sklave, der seinen Herrn für besser hielt als alles andere, der Hund des weißen Mannes, der Narr des weißen Mannes, er rannte los und sagte es seinem Herrn, der mit ein paar anderen Siedlern in die Wälder kam und uns verfolgte. In dem tiefen Schnee konnte man leicht unsere Spuren erkennen, und mit den Alten und kleinen Kindern kamen wir nur langsam vom Fleck.«

John nickte. »Ich erinnere mich. Ich war dabei, als sie damals zum Marschland aufbrachen.«

»Wir ließen die Leute zurück, die nicht mit uns Schritt halten konnten. Wir glaubten, daß man sie aufgreifen und als Diener nach Jamestown mitnehmen würde. Aber sie haben sie gleich im Schnee umgebracht. Die Weißen haben ihnen an Ort und Stelle die Kehlen durchgeschnitten und die Köpfe skalpiert. Attone sagte, wir sollten uns den Verfolgern entgegenstellen, und wir bauten eine Falle, eine Grube auf dem Weg, und wir versteckten uns in den Bäumen und warteten.« Sie schwieg. »Es war schrecklich, wir gruben und tarnten das Loch mit Zweigen und frischem Schnee, wir wußten, daß sie dichtauf waren.«

»Du warst dabei?«

»Ich war dabei. Ich hatte meinen Bogen und einen Köcher mit Pfeilen. Ich war zum Töten bereit.«

»Und?«

»Sie hatten Pferde und Waffen und Hunde«, sagte sie. »Es waren Jagdhunde, die fielen einen auch mit einem Pfeil im Auge an. Sie erwischten mich an der Schulter und zogen mich zu Boden. Ich dachte, sie würden mich lebendigen Leibes auffressen. Ich konnte das Knacken der Kiefer hören und ihren Atem riechen.« Sie nahm ihr Haar beiseite, John sah die groben Narben eines tiefen Bisses an ihrem Hals und an der Schulter.

»Mein Gott«, flüsterte John.

»Ein halbes Dutzend von uns waren am Ende immer noch am Leben, sie ließen uns nach Jamestown zurückmarschieren.«

»Und Suckahanna?«

»Tot.«

Das Wort traf ihn in der Magengrube. Er hatte gewußt, daß Suckahanna sich nie hätte lebend gefangennehmen lassen.

»Und Attone?«

»Tot.«

»Und Suckahannas Sohn?«

»Ist davongekommen«, sagte sie. »Er könnte überall sein. Vielleicht tot im Wald.«

»Das Baby? Das kleine Mädchen?«

»Verhungert oder an Fieber gestorben, ehe wir das Dorf des schlechten Wassers verlassen wollten.«

»Ich werde gehen.« Er hielt inne. »Gibt es irgend etwas, was ich für dich oder dein Volk tun kann?«

»Würden sie uns freilassen, wenn du sie darum bätest?«

»Nein«, sagte John. »Sie würden nicht auf mich hören.«

»Meinst du, daß sie uns für immer festhalten wollen?« fragte sie.

»Nein«, sagte John. »Sicher nicht. In England gibt es jetzt eine neue Regierung, und sie wird sich um die Armen und die Menschen kümmern, die von ihrem Land vertrieben worden sind, als die Einhegungen zugunsten der Schafzucht von den Grundbesitzern vorgenommen wurden. Die Regierung gibt den Pachtbauern und den anderen, die auf dem Land wohnen, Rechte. Sicher werden sie auch euch hier die gleichen Rechte übertragen.«

Sie sah ihn an, und eine Sekunde sah er in Suckahannas Augen, die jenen herrlichen Sinn fürs Lächerliche gehabt und John so oft ironisch angeschaut hatten. »Oh, wirklich?« fragte sie und drehte sich um, um ihrer Arbeit nachzugehen.

John ging mit trockenen Füßen in seinen englischen Stiefeln über den hölzernen Steg, berührte nicht die Erde und vergaß ganz die Blumen des Marschlandes, hatte nichts mehr als die Winterschlacht der Powhatan im Schnee vor Augen und sah, wie Suckahanna zu Boden fiel, die bis zuletzt gekämpft hatte, und Attone, der neben ihr hinstürzte.

Auf dem langen Weg nach Jamestown zurück hatte er nichts anderes als dieses Bild im Kopf. Er nahm die neuen und schönen Häuser nicht wahr, auch nicht die Segelboote, die jetzt die Pflanzer statt der Kanus verwendeten, auch nicht die Wohlstand verheißenden Felder, die sich wie ein rechteckiges Muster über die Landschaft gelegt hatten, sich entfalteten und der Natur, ganz gleich ob Hügel, Hang oder Fluß, ihre eigene Ordnung aufzwangen.

In jener Nacht sah er im Traum den Großen Hasen vor sich, wie er über die winterliche Landschaft sprang, mit strahlend weißem Fell, winterweiß, nur an den langen Ohren war eine dunkelbraune Spitze zu sehen, und John träumte, wie er seine Liebe – Suckahanna – und seinen Freund – Attone – sanft in sein Maul nahm und sie zurück in die Dunkelheit trug – fort aus einer Welt, die nicht mehr sicher für ihr Volk war.

Sir Josiahs Haus war eines der größeren Steinhäuser, sein Garten war üppiger, als es sich John ausgemalt hatte. Er wurde von seiner Frau empfangen, die trotz der Hitze Rum, Zitronen und heißes Wasser bestellte. Dann nahm Sir Josiah seinen Gast am Arm und führte ihn mit den Punschgläsern in der Hand die Stufen zum Garten hinunter.

Dieser Garten offenbarte zwei Welten. In vielerlei Hinsicht glich er einem englischen Bauerngarten: An den Seiten wuchsen Schnittblumen, Blumen zum Trocknen und für Heilzwecke, und das alles in einer wogenden, üppigen Vielfalt. John spazierte weiter und erkannte die ihm vertrauten Kräuter und Blumen aus England, die auf dieser jungfräulichen Erde prächtig gediehen.

Unmittelbar vor dem Haus hatte Sir Josiah einen Ziergarten mit schlangenförmigem Knotenmuster anlegen lassen, sein Tribut an die großen englischen Gärten. Die Anlage war von Lorbeer eingefaßt und mit Narzissen bepflanzt, zwischen denen weiße Margeriten wuchsen.

»Habt Ihr jene Margeriten aus England mitgebracht?«

»Nein«, sagte Sir Josiah. »Die habe ich hier gefunden. Am Fluß gibt es eine Stelle, ein Stück Wiese, ich habe ganze zusammenhängende Büschel davon gefunden und sie ausgegraben.«

John beachtete nicht weiter das Gelächter von Lady Ashley auf der Terrasse und kniete sich hin, um sie sich näher anzusehen. »Ich glaube, daß es sich hier um eine neue Sorte handelt«, sagte er. »Eine virginische Margerite. Ich würde gern ein paar davon mitnehmen, wenn ich abfahre. In Lambeth habe ich schon eine hübsche Anzahl von verschiedenen Margeriten. Könntet Ihr mir die Stelle zeigen, wo sie in der Natur wachsen?«

»Natürlich«, sagte Sir Josiah vergnügt. »Wir können schon heute nachmittag dort hingehen. Und ich setze Euch auch ein Empfehlungsschreiben an meinen Nachbarn flußaufwärts auf, damit Ihr Euch einmal bei ihm umschauen könnt.«

Nun kam Lady Ashley durch das Gras auf sie zu. »Seid Ihr zum erstenmal in Virginia?« fragte sie in jener leicht gedehnten Redeweise, die allen Pflanzern zu eigen war.

»Nein«, sagte John. »Vor zwölf Jahren war ich schon einmal für einen längeren Aufenthalt hier.«

»Habt Ihr damals auch Pflanzen gesammelt?«

»Ja«, sagte John behutsam. »Aber es war damals ganz anders.«

Sir Josiah wollte John ein Pferd leihen, doch John wollte durch die Wälder zu Fuß gehen. »Wenn ich so hoch oben sitze und so schnell bin, dann sehe ich kaum etwas von der Natur«, erklärte er.

»Es gibt sicher Schlangen dort«, betonte Lady Ashley.

»Ich habe gute dicke Stiefel«, sagte John. »Und ich war das letztemal lange genug in den Wäldern.«

Im Norden seines Landes hatte Sir Josiah ein großes Stück Wald stehenlassen. John fing dort mit seiner Suche an und stieß bald auf einen Fluß, dem er weiter landeinwärts folgte. Er lief, wie sein Vater es immer getan hatte – nur manchmal blickte er zum Horizont und auf den Weg nach vorn, seine Augen hafteten sonst auf den Stiefeln und den kleinen Pflanzen unter seinen Füßen. Er war den ganzen Vormittag so unterwegs, als er plötzlich einen Schrei ausstieß und auf die Knie fiel. Ein Sauerklee! Ihm waren vor allem die winzigen Einkerbungen an den Blättern aufgefallen. Es war der amerikanische Verwandte der allgemein bekannten Pflanze. John warf seinen Beutel ab, nahm seinen Handspaten heraus und hob die Pflanze vorsichtig aus der feuchten dunklen Erde, schlug sie in ein breites Blatt ein und ließ sie in einer Tasche seines Beutels verschwinden.

Er erhob sich und wanderte weiter, diesmal blickte er hoch zu den Bäumen und dann auf den Weg. Nach einer Weile mischte sich in die Klänge des Frühlings von Virginia, in das Vogelgezwitscher und das laute Geschnatter der Enten, die gelegentlich aufflogen, und das Kreischen von ziehenden Gänsen ein neues Geräusch: ein leises, tonloses Pfeifen. John war glücklich.

1655.
Virginia

John blieb zwei Jahre in Virginia, er reiste von einem schönen Haus zum nächsten, wo er sich monatelang der berühmten virginischen Gastfreundlichkeit erfreute. Als er tiefer landeinwärts gelangte, wo es keine großen Steinhäuser mit Sklavenhütten dahinter gab, hielt er sich bei bescheideneren Pflanzern auf, die noch mit Holz bauten und große Hoffnungen hegten. John stellte fest, daß ihm die einfacheren Leute sympathischer waren, man mußte ihre Entschlossenheit bewundern, mit der sie über das Meer gesegelt waren, um ein neues Land zu besiedeln.

Manchmal schlief er in den Blockhütten vor einer Feuerstelle auf dem Boden, und an warmen feuchten Sommerabenden legte er sich unter einen Baum im Wald. Nie erlag er der Versuchung, seine englischen Kleider durch Lendentuch und Wildlederhosen zu ersetzen. Doch die Fähigkeiten, die er einst bei den Powhatan erworben hatte, konnte er sich nun zunutze machen. Obwohl er schwere Stiefel trug, konnte er sich doch in den Wäldern lautloser bewegen als andere Engländer. Ein Auge für Pflanzen und Bäume hatte er schon als Tradescant-Sohn und leidenschaftlicher Gärtner in England gehabt, doch hier war sein Blick noch genauer, weil er diese Wälder schon kannte und wie seine Heimat geliebt hatte.

Wollte er seltene Pflanzen suchen, mußte er tiefer ins Land hinein, hoch in die Berge, mußte er den Flüssen folgen. Er mietete sich für einige Monate ein Kanu und fuhr damit flußabwärts in das Marschlandgebiet, das ihm Suckahanna bei seinem ersten Besuch im Frühjahr 1638 gezeigt hatte. Er ging sogar zu dem Ort des schlechten Wassers, wo die vertriebenen Powhatan ihr Lager errichtet und zu überleben versucht hatten, ehe sie in den Tod gejagt wurden. Dort stieß er auf eine kleine Pflanze, einen hübschen Baldrian, und wickelte ihn in feuchte Erde und Blätter ein, um ihn mit nach Jamestown zu nehmen. Er dachte, wenn es ihm gelänge, den Baldrian in Lambeth zum Blühen zu bringen, dann würde er ihn immer an die Indianer erinnern, auch wenn alle anderen Spuren von ihnen ausgelöscht waren.

Während seines Aufenthaltes in Virginia kehrte er mehrere Male nach Jamestown zurück, um die Pflanzen in Fässern zu verladen und sie zur Arche zu schicken. Bei seinem zweiten Besuch in Jamestown lag ein Brief von Hester vor.

September 1655

Lieber Gatte!

Dein neuer Ahornbaum ist eingetroffen und steht nun im Garten neben Deinem ersten Ahornbaum aus Virginia, damit man den Unterschied sehen kann. Ich werde Dir schreiben und mitteilen, ob im Herbst auch die Blätter rot werden.

Einige Deiner Margeriten waren durch das Salzwasser eingegangen, offensichtlich hatten die Matrosen nicht viel Pflege auf Deine Fracht verwendet. Doch Frances hat die restlichen eingetopft und meint, daß sie durchkommen werden. Sie sagt, daß Deine virginische Winde den Namen Tradescantia tragen soll. Sie hat in diesem Sommer geblüht und hat wunderschöne, hübsch gezeichnete, riesengroße Blüten hervorgebracht. Sie blühen nur einen Tag, werden aber von vielen anderen abgelöst. Du hast uns nicht mitgeteilt, ob sie draußen überwintern können, also haben wir sie in die Orangerie gestellt, und wir haben die Samen aufbewahrt und Stecklinge abgenommen. Lord Lambert hat um ein paar

Samen für seinen Garten mit seltenen Pflanzen gebeten. Wir haben ihm sechs Stück für einen Shilling verkauft.

Frances ist wohlauf und hat den Sommer bei mir verbracht. Und auch viele andere Gäste haben wir, die die Kuriositäten bewundern und hier übernachten wollen, damit sie sich in Ruhe den Garten anschauen können. Elias Ashmole ist häufig bei uns und viele andere Deiner Freunde auch, die Dich grüßen lassen.

Vielleicht hast Du noch nicht gehört, daß Cromwell, der Lord Protector, eine übergeordnete Instanz von sogenannten Major Generals ins Leben gerufen hat, die die lokalen Verwaltungen kontrollieren sollen – also die Richter und die Kirchenältesten und die Armenpfleger jeder einzelnen Grafschaft. Sie verfügen sogar über ein Truppenkontingent. Diese Neuerung wird hier in Lambeth nicht gerade begrüßt, doch an dieser Stelle möchte ich nichts weiter dazu ausführen.

Ich kümmere mich um Deine Raritäten und den Garten wie eh und je. Mir geht es gut.

Deine Dich liebende Frau,

Hester.

März 1656

Im März, als sich die schlimmsten Winterstürme gelegt hatten, lud John seine virginischen Schätze auf ein Schiff nach London. Ein Dutzend junger Bäume transportierte er in Kübeln, die an Deck stehen mußten. Damit sie vor der Gischt geschützt waren, wurde ein kleiner Unterstand aus geflochtenem Schilfrohr gebaut. Drei davon waren virginische Walnußbäume, die es bisher in England nicht gegeben hatte; bei den anderen handelte es ich um bekannte Bäume und kleine Gerten der virginischen Zypresse. In weiteren Kübeln mit feuchtem Sand waren die Wurzeln von ein paar neuen Astern- und Geraniensorten aufbewahrt und eine neue Weinpflanze. In einer mit Kerzenwachs versiegelten wasserdichten Truhe wurden die Samen gelagert, die John im letzten Herbst gesammelt hatte: Samen des Aconitum, den man hier Eisenhut nannte, Samen der virginischen Petersilie, der äußerst hübschen virginischen Wiesenraute und einer Art Gemswurz – es war eine Blume ähnlich der Margerite, die aber orange Blütenblätter mit einer dunkelbraunen Blütenmitte hatte und so leuchtete wie die Ringelblume.

»Auf Wiedersehen!« rief er noch.

»Wann werden wir Euch wiedersehen?« rief Sir Josiah ihm zu.

»In ein paar Jahren«, rief John über das Wasser, das nun zwischen ihnen lag. »Wenn sich meine Vorräte wieder erschöpft haben. Wenn ich neue Wunder brauche.«

»Ihr müßt unbedingt kommen!« meinte Sir Josiah. »Hier ist das Land der Wunder.«

John lachte und nickte, dann winkte er zum Abschied. Er stand noch lange an Deck. »Das hätte ich nie gedacht«, sagte er zu sich selbst, »daß sie es schaffen, zu überleben und so eine Stadt zu bauen, eine richtige große Stadt, aus dem Wald gestampft.«

Die frisch angelegten Ufer des Flusses huschten rasch an ihm vorbei. John blickte flußaufwärts, der Lichtschimmer auf dem Wasser gab einem die Illusion, es hätte sich nichts verändert. »Auf Wiedersehen«, sagte er leise zur Landschaft und zu der Frau, die er geliebt hatte.

April 1656. Lambeth

John kehrte zu seinem Garten, zur Arche und zu seiner Frau zurück, als die Tulpenknospen gerade dicker wurden und schon ihre Farben erkennen ließen. Das Fuhrwerk rumpelte über die vertraute Brücke zu den Stallungen. Hester sah bei dem Lärm aus dem Fenster des Raritätensaals und rannte die Terrasse hinunter in die Arme ihres Mannes.

»Ich hätte mir denken können, daß du nicht noch einen Frühling verpassen willst«, sagte sie. »Aber ich habe dich eigentlich erst im Hochsommer erwartet.«

»Ich wollte jetzt heimkehren«, sagte John. »Und ich hatte Glück, ein schnelles Schiff zu bekommen.«

Nun betrachteten sie einander prüfend. Hesters Haar war unter ihrer hübschen Haube fast so weiß wie der Leinenstoff, und ihr Gesicht wirkte schmaler und ernster. Tiefe Kummerfalten, die nie mehr verschwinden würden, hatten ihr Gesicht gezeichnet. John war nun achtundvierzig und gesünder als bei seiner Abreise. Während der Tage zu Pferd und zu Fuß war seine Haut gebräunt worden, und er hatte die Pfunde verloren, die das unbeschwerte Leben Englands mit sich brachte.

»Du siehst gut aus, aber dein Haar ist ganz weiß«, sagte er.

Daraufhin lächelte sie zaghaft. »Das hat bei deiner Abreise angefangen«, sagte sie. »Mit Johnnies Tod.«

Sie gingen mit ineinander verschränkten Armen zusammen zum Haus, der Kutscher und der Gärtnergehilfe luden den Wagen ab. Auf der Terrasse lehnte sich John über das Geländer und blickte über den Garten.

In den Blumenbeeten vor dem Haus zeigte sich gerade die Farbe der ersten aufgegangenen Tulpen. Dahinter leuchtete der Obstgarten mit gelben und orange-weißen Narzissen, die sich wie ein Teppich unter den Bäumen ausbreiteten. An den Kirsch- und Aprikosenbäumen hingen kleine rötliche Knospen. Die dicken, kräftigen Zweige der Roßkastanie öffneten sich langsam, die runden, klebrigen Knospen schoben sich weißlich-blaß und grün aus ihren Hüllen.

»Es ist gut, wieder daheim zu sein«, sagte John vor Freude. »Was gibt es Neues?«

»Ich habe dir geschrieben, daß Cromwell das Parlament aufgelöst hat und nun auf seinen Befehl hin das Militär uns direkt regiert.«

Er nickte. »Und wie ist das?«

Hester zuckte die Schultern. »Ich weiß nicht, wie es sonst im Lande aussieht, aber in Lambeth scheint es gut zu funktionieren. Die Armee verrichtet nun die Arbeit der Friedensrichter, doch ihre Leute sind viel gerechter und unparteiischer. Sie haben eine ganze Reihe von Wirtshäusern geschlossen, das kann nur gut sein. Sie gehen mit den Armen und Bettlern und Herumziehenden strenger ins Gericht. Aber die Steuern!« Sie schüttelte den Kopf. »Höher denn je, und jetzt treiben sie sie auch richtig ein. Alles ziemlich tüchtige Männer; und das wird ihr Untergang sein. Den Leuten ist es egal, wenn die Sonntagsvergnügungen und das Maibaumfest abgeschafft werden, selbst wenn man die Bordelle schließt, macht es ihnen nicht so viel aus. Aber die Steuern!«

»Schreiben wir schwarze Zahlen?« fragte John und blickte auf die prächtige Fülle des Gartens.

»Was die Pflanzen betrifft, ja«, sagte sie, seinem Blick folgend. »Und um ehrlich zu sein, geht es uns recht gut. Daß man die Parlamentsmitglieder alle nach Hause geschickt hat, war ganz zu unserem Vorteil. Die Squires und

Landedelleute haben jetzt kaum etwas anderes im Sinn, als sich um ihre Gärten zu kümmern. Nun wird das Land von Cromwells Major Generals regiert, auch der restliche Adel hat in London nichts mehr verloren, und in den Grafschaften haben sie ebenfalls nichts zu tun. Die Leute von der Armee regeln alles.«

John lachte. »Das hört sich nicht so gut an.«

»Cromwell hat dem Land den Frieden gebracht«, erinnerte sie ihn.

Er nickte. »Hast du Lord Lambert getroffen? Was sagt er denn?«

»Er war erst vor ein paar Wochen hier, um unsere Narzissen anzuschauen. Er möchte gern einen Garten in Orange, Gold und Gelbtönen, und er wollte noch ein paar hellgelbe Narzissen. Sonst ist er nicht so glücklich. Er arbeitete an einer neuen Verfassung für das Land, mit Unterstützung der Armee. Er wollte, daß Cromwell Lord Protector mit einem gewählten Parlament ist. Doch dann hat Cromwell die Major Generals eingeführt und das Parlament aufgelöst. Ich glaube, daß es für ihn den Beigeschmack der Tyrannei hat; aber er hat es nie gesagt. Er bleibt Cromwell gegenüber loyal ...«

»Er ist immer loyal«, warf John ein.

»Aber er ist ziemlich mitgenommen«, sagte sie. »Ihm gefällt es nicht, daß nun die Armee über das Volk gestellt ist. Er möchte ein gewähltes Parlament und nicht eine Militärherrschaft.

Übrigens – als du weg warst, sind deine Freunde häufig hier gewesen«, sagte sie und zwang sich, fröhlicher zu klingen. »Mr. Ashmole und die anderen. Mr. Ashmole hat sich gänzlich der Arbeit an dem Katalog der Sammlung verschrieben, wie du ihn gebeten hattest. Ich glaube, er ist fast fertig – und zwar in Latein. Er sagt, daß wir den Katalog am Eingang verkaufen können, damit die Besucher an Hand der Beschreibungen den Raritätensaal und den

Garten selbst erkunden können. Sie können ihn auch mitnehmen, um ihn eingehender zu studieren. Die Gärtner können so erfahren, was hier wächst, und uns ihre Bestellungen schriftlich mitteilen. Er meint, daß wir sogar zwei Shilling dafür nehmen können.«

»Und geht es Frances gut?«

Hester nickte. »Alexander war den ganzen Winter über krank, ein Husten, der nicht besser werden wollte. Sie hat sich eine Weile um ihn große Sorgen gemacht, doch nun geht es ihm besser.«

John hielt seine Verstimmung darüber zurück, daß seine junge Tochter einen Mann mit den Beschwerden des Alters pflegte. »Ein Baby hat sich noch nicht angekündigt?«

»Noch nicht«, sagte Hester sanft.

John nickte und blickte noch einmal in den sonnenbeschienenen schönen Garten und ging dann ins Haus.

Frühjahr 1657

Im späten Frühjahr fuhr John mit dem Fuhrwerk nach Wimbledon House hinüber, um John Lamberts Bestellung von Zwiebeln und Schößlingen auszuliefern. Lord Lambert hielt sich gerade in seinem exotischen Garten mit seltenen Pflanzen auf. Vor sich hatte er eine Staffelei, neben sich einen Tisch mit Farben und eine kostbare weiße Tulpe in einer blauen Porzellanschale. In der Mitte des Gartens stand eine unlängst eingesetzte Akazie, die Johns Blicke sofort auf sich zog.

»Ist das eine von meinen?« fragte John.

»Nein«, sagte Lambert. »Die habe ich im letzten Herbst aus Paris mitgebracht, aus dem Garten der Robins, den Gärtnern des französischen Königs.«

»Wunderbar«, sagte John mit einem Hauch von Neid in der Stimme. Lambert hörte es sofort heraus.

»Ihr könnt natürlich einen Steckling davon haben«, versprach er ihm. »Ich weiß, daß Euer Garten nicht eine so große Vielfalt bietet«, setzte er veschmitzt hinzu.

John verzog kläglich sein Gesicht. »Ein echter Gärtner kann immer noch die eine oder andere Pflanze bei sich unterbringen. So, ich habe Euch die erbetenen orangefarbenen Blumen mitgebracht. Diese hier nennen sie in Virginia Gemswurz, er blüht im Herbst: ein herrlich kräftiges Orange mit einem Herz, so dunkel wie Schokolade. Und hier sind die Lilienzwiebeln, die Ihr wolltet. Und ein paar kleine Orangenbäumchen.«

»Ja, ich habe einen Narren gefressen an einem Garten in Gelb und Orange«, erklärte ihm Lambert. »Und die Orangenbäume sollen in Kübeln in der Mitte der Beete stehen. Und überall soll es farbenprächtig leuchten. Was haltet Ihr davon? Gibt es genügend Blumen in Orange?«

»Ringelblumen?« schlug John vor. »Hahnenfuß. Sonnenblumen. Türkische Kapuzinerkresse. Ich habe ein paar Tulpen, die man als orange bezeichnen könnte, und ein paar neue Narzissen mit orangefarbener Mitte. Mein Vater hat vor vielen Jahren in Hatfield einen goldenen Garten angelegt. An den Wasserläufen hat er Goldhahnenfuß und Butterblumen verwendet und gelbe Iris. Und meine virginische Trompetenwinde blüht in einem wahrhaft hellen Orange.«

»Die würden mir alle gefallen«, erklärte Lambert. »Und welche Lilien habt Ihr mir jetzt mitgebracht? Ich möchte ein paar große Töpfe damit bepflanzen. Sonst noch etwas Neues?« wollte Lambert wissen, als sie aus dem exotischen Garten zu den Stallungen gingen, wo Johns Fuhrwerk stand.

»Ich habe Euch ein paar Taglilien und ein paar weiße Lilien mitgebracht und ein paar, die für Euren orange-gelben Garten genau richtig sind: eine rote Lilie und eine geflammte Lilie. Die wirken orange, und Ihr könntet sie weiterzüchten, immer die Zwiebeln der Blumen nehmen, die am intensivsten orange sind.«

Lambert nickte seinem Burschen zu, damit er alles ablud.

»Wie ich hörte, seid Ihr in diesen Tagen viel zu Hause«, sagte John taktvoll und verlor kein Wort über die Gerüchte, daß Lamberts Meinungsverschiedenheiten mit Cromwell nun zu einem offenen Bruch führen würden. Die Major Generals waren inzwischen von einem neuen Parlament abgelöst worden, das sich erneut nicht einig werden konnte. Lambert war wieder einmal Fürsprecher der radikalen alten Männer der Armee gewesen, die sich jedem Versuch in den Weg stellten, dem Landadel und den Lords wieder zu ihrer alten Macht zu verhelfen. Man hatte den berechtigten Verdacht, daß Cromwell um des Friedens willen die Haltung der Stuartkönige James und Charles einnehmen würde, nämlich ein Parlament zu haben, das nur den Lords und dem Adel dienen sollte, und eine Kirche durchzusetzen, die nur den Bedürfnissen des einzigen Herrschers nachkam: ihm selbst, den man beinah schon König nennen konnte.

John Lambert hatte eine Petition der Armee vors Parlament gebracht, in der die alten Forderungen nach freien Wahlen, nach Gerechtigkeit für alle und einer gerechteren Chance für das arbeitende Volk eingeklagt wurden, so als hätten die Leveller immer noch so viel Macht im Parlament und könnten solche Forderungen äußern. Er erwartete von Cromwell eine faire Anhörung, war ja auch dieser einst ein Mann der Armee gewesen, wie Lambert noch immer einer war.

Doch Cromwell hatte mit der Armee nichts mehr zu schaffen. Er war von der klaren und göttlich festgelegten Ordnung der Hierarchie zu den komplexen Ränkespielen der Machthabenden übergegangen. Als Lambert die Petition vortrug und politische Veränderungen forderte, handelte Cromwell rasch. Er strukturierte die Armee um, zahlte etwas Sold, beförderte ein paar Männer, entließ andere und zersplitterte ganze Kompanien. Lambert mußte mit ansehen, wie die radikaleren Führer der Armee auf Posten in Übersee versetzt wurden, nach Jamaika oder nach Irland, oder wie sie einfach entlassen wurden.

Dann traf es auch Lambert. Cromwell entließ ihn aus seinem eigenen Regiment. Ohne sich dagegen aufzulehnen, hatte Lambert die Entlassung entgegengenommen, weil er seinem Befehlshaber nicht widersprechen wollte. Doch er schwor ihm auch nicht die Treue, und er bewunderte

Cromwell auch nicht, als dieser als Führer der Republik in der Staatsrobe erschien und ein Zepter in der Hand trug.

Lambert blickte John einen Moment mit verschleiertem Blick an, er sah ihn kaum. »Ich bin jetzt viel daheim«, pflichtete er ihm bei. »Und wie sich herausstellt, bleibt mir auch keine andere Wahl. In Westminster habe ich nichts mehr zu suchen, wie es scheint. Und bei meinem Regiment auch nicht. Es wurde nun Lord Fauconberg übertragen.«

»Wer ist Lord Fauconberg? Ich habe nie von ihm gehört.«

»Ein edler Lord. Ein Royalist, der nun zu Cromwells Männern zählt. Ich glaube, daß mein Regiment seine Mitgift ist«, sagte Lambert sarkastisch. »Er wird Oliver Cromwells Tochter Mary heiraten. Cromwell schafft sich da eine ganz schöne Dynastie, nicht wahr? Und das mit einem Mann, der Royalist war und wieder einer sein möchte, insbesondere da sein Schwiegervater König sein wird.«

»Ich hätte nie gedacht, daß er ohne Euch regieren und sich einmal gegen die Armee richten wird«, gestand ihm John.

»Er ist nervös geworden«, erklärte Lambert düster. »Er möchte kein Parlament mit neuen Ideen, er möchte keine Armee, die sich mit ihm streiten könnte. Also löst er lieber das Parlament auf und nimmt mir das Regiment weg.«

»Hättet Ihr Euch nicht dagegen wehren können?« wollte John wissen.

Lambert warf ihm ein klägliches Lächeln zu. »Und was hätte ich tun sollen?« fragte er nun. »Noch eine Schlacht am selben Ort mit denselben Männern? Noch einmal sechs kummervolle Jahre? Ich bin kein Mann der Spaltung oder Loslösung. Ich habe ihm gelobt, daß ich keinen Aufruhr gegen ihn auslöse, wenn er das Regiment zusammen läßt, so wie es ist, in einem Ganzen. Das war mein Handel: meine Arbeit und mein Ansehen für die Einheit meiner Leute. Cromwell stimmte zu. Niemand von den guten Männern wurde rausgeworfen. Es war ein fairer Handel, und nun muß ich meine Abmachung einhalten.«

»Ich habe nicht glauben wollen, daß sie Cromwell als König in Betracht ziehen«, sagte John. »Nun sieht es so aus, als wechselten sie nur einen König gegen einen anderen ein. Die Familie der Stuarts gegen die Familie der Cromwells.«

»Die Person ist ganz gleich«, sagte Lambert standhaft. »Auch der Name spielt keine Rolle. Es kommt auf die Gewichtung an. Der Wille des Volkes im Parlament, eine Gesetzesreform, damit jedem Gerechtigkeit widerfahren kann, und die Einschränkung der Macht des Königs – oder des Lord Protector – oder des Staatsrats.«

»Doch was tut Ihr, wenn der Lord Protector keinen Wert auf dieses Gleichgewicht legt?« fragte John. »Was ist, wenn er will, daß sich die Waage nach seiner Seite neigt?«

»Ich weiß es nicht«, erwiderte er. »Dann können wir nur beten, daß er nicht so viel von dem vergißt, was wir einst alle herbeigesehnt haben.« Plötzlich verschwand seine Trübsal, und er lachte John an. »Doch ich will verdammt sein, wenn ich ihn mal mit Eure Majestät ansprechen muß«, sagte er munter. »Das schwöre ich Euch, Tradescant, das könnte ich nie über mich bringen. Daran würde ich ersticken.«

Frances und Alexander blieben den ganzen Frühling über in der Arche. Alexanders Husten hatte sich immer noch nicht gebessert. Frances wollte daher fern von dem Gestank und dem Lärm Londons sein.

Eines Nachts wachte John davon auf, daß Alexander einen Hustenanfall hatte. Er hörte, wie Frances die Treppe herunterlief. Er schlüpfte aus dem Bett, warf sich seinen Umhang um und ging in die Küche hinunter.

Frances rührte etwas in einem Kochtopf um, der über der Glut der Feuerstelle hing.

»Ich mache ein Getränk aus Honig und Wein für Alexander«, sagte sie. »Sein Husten macht ihm solche Beschwerden.«

»Ich werde einen Tropfen Rum hinzufügen«, sagte John und holte die Flasche aus dem Schrank im Speisezimmer. Als er zurückkam, war Frances auf einem Küchenstuhl zusammengesunken. Der Topf hing immer noch über der Feuerstelle. Er nahm ihn herunter, fügte dem Gebräu einen reichlichen Schluck Rum bei und goß es dann in eine Tasse.

»Probier es einmal«, sagte er.

»Sehr süß«, sagte sie.

»Nimm noch einen Schluck«, sagte er. »Das wird dich aufmuntern.«

Sie tat, wie ihr geheißen. Dann sah er, wie ihre Wangen wieder Farbe gewannen.

»Es tut mir leid«, sagte er.

Sie blickte offen in seine Augen. »Er ist siebenundsechzig«, sagte sie. »Wir hatten zwölf gute Jahre zusammen.«

John legte seine Hand auf die ihre.

»Und du wolltest nie, daß ich ihn heirate«, sagte sie mit einem Rest Verstimmung.

John lächelte gequält. »Nur, um dir diese Nacht zu ersparen«, sagte er. »Und die kommenden Nächte, in denen du ihn pflegen mußt.«

Sie schüttelte den Kopf. »Das macht mir nichts aus«, sagte sie. »Er hat sich, solange ich denken kann, immer um mich gekümmert, mich verwöhnt. Nun kann ich ihm etwas davon zurückgeben.«

John goß ihr ein wenig von dem Getränk ein. »Du

bleibst hier am Feuer sitzen und trinkst das hier«, ordnete er an. »Ich gehe damit hoch zu ihm.«

Alexander lehnte gegen ein Kopfkissen, er atmete schwer. Als er John eintreten sah, versuchte er ihn lächelnd zu begrüßen.

»Geht es Frances gut? Ich wollte nicht, daß sie mich umsorgt.«

»Sie sitzt am Kamin und trinkt etwas Met mit Rum«, erklärte ihm John. »Ich dachte, daß ich Euch ein wenig Gesellschaft leisten könnte, wenn Ihr es wünscht.«

Alexander nickte. »Ich habe Euch das hier mitgebracht«, sagte John. »Es wird Euch helfen.«

Alexander nahm einen Schluck von dem heißen Getränk. »Bei Gott, John, das ist gut. Was ist da drin?«

»Kräuter aus meiner eigenen Brauküche«, sagte John unschuldig. »Ehrlich gesagt, handelt es sich um meinen Jamaika-Rum.«

»Sie wird gut versorgt sein«, sagte Alexander auf einmal. »Wenn ich gehe. Ihr wird es an nichts fehlen. Sie hat eine gewisse Summe und das Haus zur Verfügung.«

»Ich kümmere mich darum«, sagte John.

»Sie sollte sich wieder vermählen«, sagte Alexander. »Mit einem jüngeren Mann. Jetzt herrschen bessere Zeiten, endlich. Sie kann sich einen aussuchen. Sie wird eine wohlhabende junge Witwe sein.« Er sprach ganz ohne Verbitterung.

»Sie wird bei ihrer Wahl keinen Fehler machen. Bei ihrer letzten Wahl hat sie das auch nicht getan. Auch wenn ich damals dagegen war. Es war gut, daß sie Euch wählte.«

Alexanders Lachen ging bald in einen Husten über. John hielt seine Tasse, bis der Anfall vorbei war, dann gab er ihm noch einen Schluck zu trinken. »Das ist sehr freundlich von Euch«, sagte er. »Ich wußte, daß es Eure Wahl nicht war, aber es war scheinbar das Beste, was ihr damals widerfahren konnte.«

»Ich weiß«, gab John zu. »Jetzt weiß ich es.«

Die beiden Männer saßen in einträchtigem Schweigen noch eine Weile beieinander.

»Dann ist alles in Ordnung?« fragte Alexander.

John griff nach Alexanders Hand. »Alles in Ordnung«, sagte er aufrichtig.

Sommer 1657

Elias Ashmole und die Ärzte, Mathematiker und Astronomen, Chemiker, Geographen, Kräuterkundler und Ingenieure kehrten wieder zu ihren Gesprächsrunden in die Arche zurück. Jeweils am ersten Sonntag in den Sommermonaten debattierten sie miteinander und tauschten Ideen aus. Dabei waren sie übereingekommen, politische Themen zu meiden. Die meisten von ihnen dachten, daß Cromwell sich zum König machen wolle. Der Großteil der Opposition hatte sich aufgelöst, war für sein Schweigen bezahlt oder regelrecht eingeschüchtert worden. General George Monck, ein weiterer royalistischer Wendehals, regierte für den Lord Protector Schottland mit fester Hand und der strengen Tüchtigkeit eines professionellen Soldaten. Cromwells eigener Sohn Henry hatte Irland im Griff. Die Cromwells waren zu einer starken Dynastie geworden, und die Ideale von einst waren untergegangen in den Schwierigkeiten, ein Land zu regieren, in dem von den wenigen Mächtigen die Freiheit für alle gefürchtet wurde.

Man hatte nicht so große Angst vor der politischen Opposition wie vor religiösem Fanatismus. Die Zahl der Menschen, die ihrer Art Glauben keinen Namen geben wollten, weil sie ihn in allem sahen, weil er die Natur selbst sein sollte, wuchs ständig. Im Volk wurden sie spöttisch Quäker genannt, weil sie angeblich vor religiöser Ekstase zitterten und bebten. Ihre Feinde nannten sie Gotteslästerer, vor allem nachdem einer von ihnen, James Nayler, wie Jesus auf einem Esel in die Stadt Bristol eingeritten war und Frauen Palmwedel vor ihm niedergeworfen hatten. Das Unterhaus klagte ihn der Blasphemie an und bestrafte ihn mit aller Härte. Bald darauf verzichteten Johns Gäste in der Arche auch, über Religion zu diskutieren, da sie das von ihrer eigentlichen Arbeit zu sehr abgehalten hätte.

Einige Male kam Lord Lambert von Wimbledon House nach Lambeth, um sich neue Pflanzen und Kuriositäten anzuschauen. Manchmal blieb er zum Dinner und nahm an der Gesprächsrunde teil. Meist führte dann Ashmole die Unterhaltung an, seine klassische Bildung und sein scharfsinniger Verstand verleiteten ihn nur allzuoft dazu, die Rolle des Gastgebers in Johns Haus zu spielen.

»Mir gefällt nicht, wie Mr. Ashmole sich in den Vordergrund spielt«, sagte Hester eines Tages zu John, als sie weitere Weinflaschen ins Speisezimmer trug.

»Doch nur wie alle anderen auch«, antwortete er.

»Aber er macht es bewußt«, sagte sie beharrlich. »Seit er die Sammlung katalogisiert hat, könnte man meinen, es sei seine eigene. Ich wünschte, du würdest ihm ins Gedächtnis rufen, daß er nichts weiter als dein Assistent war. Frances kennt sich mit der Sammlung besser aus als er. Selbst ich weiß mehr Bescheid. Und Frances und ich haben die Sammlung all die Kriegsjahre hindurch beschützt, während er in Oxford am üppigen Leben des Hofes teilhatte.«

»Doch weder Frances noch ich können Latein so gut wie Mr. Ashmole«, erinnerte John sie behutsam.

Hester warf John einen kurzen skeptischen Blick zu, sagte aber nichts weiter, sondern drehte sich um und ging in die Küche.

»Wird Alexander heute abend zu uns herunterkommen?« fragte John. Alexander gesellte sich gern zu den Gästen, um ihrer gelehrten Unterhaltung zu lauschen. Er trug meist sein Nachtkleid und darüber eine kostbare

Robe, damit er in der abendlichen Kühle nicht fror. Häufig litt er zu sehr unter Atemnot, um selbst das Wort zu ergreifen, doch er hörte den Männern zu, insbesondere wenn es sich um Astronomie und die neuentdeckten Sterne drehte.

Hester schüttelte den Kopf. »Er ist zu müde«, sagte sie. »Frances wird oben mit ihm zusammensitzen.«

Die Normans verbrachten auch den Sommer in Lambeth, doch Alexanders Zustand verbesserte sich nicht. Sie alle hielten die Hoffnung aufrecht, daß es ihm besser gehen würde, wenn das Wetter kälter wurde, so wie sie es zuvor von der Sommersonne gehofft hatten.

Als er im August den Wunsch äußerte, nach London zurückzukehren, stimmte Frances ohne Umschweife zu, obwohl genau zu der Zeit dort die Pest am gefährlichsten wütete. Sie schickte nur den Gärtnergehilfen zum Fluß, um ein Boot anzuheuern, mit dem sie zum Tower hinunterfahren konnten, und trug dem Stallburschen auf, den Wagen fertigzumachen.

»Er ist sehr krank«, sagte Hester mahnend. »Er ist viel zu krank, um eine solche Reise anzutreten. Ihr solltet hierbleiben.«

»Ich weiß«, sagte Frances schlicht. »Doch er möchte jetzt zu Hause sein.«

»Mach es ihm dort bequem, und sobald er sich besser fühlt, kommt ihr wieder her«, sagte Hester. »In London geht die Pest um. Ich wünschte, du wärst lieber hier.«

Frances schüttelte den Kopf. »Du weißt so gut wie ich, daß es ihm auch zu Hause nicht besser gehen wird. Ich werde bei ihm bleiben bis zum Ende.« In ihren Augen standen Tränen, aber ihre Stimme blieb fest.

»Ich werde dich begleiten«, beschloß Hester. »Du wirst jemanden brauchen, der sich um den Haushalt kümmert, während du ihn pflegst.«

»Vielen Dank«, sagte Frances. »Ich freue mich über deine Gesellschaft.«

Alexander starb in seinem Bett, so wie er es gewünscht hatte. Frances hielt seine Hand. Er flüsterte etwas, aber sie konnte es nicht verstehen. Sie beugte sich etwas näher zu ihm hin.

»Was ist, mein Liebster? Sag es noch einmal.«

»Du warst die süßeste ...«, er mußte eine Pause machen, um Luft zu holen. Frances neigte sich noch näher zu ihm. »Die süßeste Blume unter allen Blumen in Johns Garten.« Er lächelte sie noch einen Moment an, dann schloß er die Augen und verschied.

Frances nahm von ihrem Mann in der Kirche Abschied, in der sie geheiratet hatten. Dann ging sie mit ihrem Vater und ihrer Stiefmutter an der Seite nach Hause.

Hester hatte ein Abendessen aus der nahe gelegenen Backstube kommen lassen. Alexanders Lehrburschen, seine Familie aus Herefordshire und seine Londoner Freunde tranken auf sein Andenken, speisten zu Abend und verabschiedeten sich dann.

»Hast du schon darüber nachgedacht, was du tun wirst? Alexander hat dich gut versorgt, du könntest dieses Haus verkaufen. Der Verkauf des Geschäfts ist schon geregelt.«

»Ich hatte gedacht«, sagte sie, »wenn Ihr nichts dagegen habt – so würde ich gern heimkehren.«

»In die Arche?« John strahlte nun vor Freude. »Darüber würde ich mich sehr freuen«, sagte er nur.

Herbst 1658

Anfang September wurde John im Morgengrauen vom Pfeifen eines aufkommenden Windes geweckt.

»Ich bin froh, heute nicht auf See zu sein«, sagte er zu Hester. Er ging zum Fenster und sah, wie die Zweige im Obstgarten und auf der Allee hin und her gepeitscht wurden.

»Komm zurück ins Bett«, sagte Hester schläfrig. Von den Ställen drang ein schepperndes Geräusch herüber.

»Jetzt bin ich wach«, sagte John. »Ich stehe auf und sehe mal nach, ob alles in Ordnung ist. Da braut sich ein Sturm zusammen.«

Den ganzen Tag über band er mit dem Gehilfen und Joseph die Kletterpflanzen zusammen und jene Pflanzen an Pfähle, die fast schon entwurzelt auf der Erde lagen. Frances nahm sich ein scharfes Messer, ging durch den Garten und kürzte erbarmungslos alle Kletterrosen. Sie kehrte erst zum Mittagessen ins Haus zurück, ihre Arme waren von den Handschuhen an aufwärts ganz zerkratzt, die Haare waren zerzaust.

»Frances Norman«, sagte Hester tadelnd.

»Es ist furchtbar stürmisch draußen«, sagte Frances. »Mein Haube ist mir weggeweht.«

»Das kann ich sehen«, meinte Hester.

»Wir werden die Hälfte der Äpfel verlieren – und die Pflaumen«, sagte John verärgert. »Was für ein schlimmer Wind.«

John hatte gedacht, daß sich der Wind zur Nacht vielleicht legen würde. Aber er wurde stärker und wilder, und dann setzte Regen ein. Hester ging ums Haus herum und schloß alle Fensterläden. Doch immer noch konnten sie hören, wie der Wind gegen die Bleiglasfenster anraste, und im Raritätensaal bogen sich die großen Scheiben in den Fensterrahmen.

»Ich bete zu Gott, daß sie nicht kaputtgehen«, sagte John. »Wir werden von innen die Fensterläden schließen, dann sind wenigstens die Kuriositäten etwas geschützt, wenn die Scheiben zerbrechen sollten.«

Frances erklärte, daß sie heute früh zu Bett gehen und ihren Kopf unters Kopfkissen stecken wollte. Hester schloß sich ihr an. Doch John schlich die halbe Nacht um das knackende Haus herum, er hatte das Gefühl, daß seine Arche auf hohen Wellen hin und her schaukelte und daß der Kapitän wach sein sollte.

Am nächsten Morgen war weniger Schaden angerichtet, als sie befürchtet hatten. Die virginische Kletterpflanze trug keine rötlichen Blätter mehr und würde möglichen Käufern nicht als besondere Attraktion ins Auge fallen, viel Obst war von den Bäumen gefallen, und Äste waren abgebrochen. Doch das Haus stand unverändert da, und die Fenster hatten standgehalten. Nur auf dem Dach fehlten ein paar Schindeln.

»Ich werde nach Lambeth gehen und die Bauleute herbitten«, sagte John. »Gewiß haben sie in diesen Tagen viel zu tun.«

Er ritt mit Cäsar nach Lambeth und dachte, dort angekommen, daß die Menge auf dem Markt sich so eifrig über die Wetterschäden unterhielt. Doch dann kam er näher und konnte ihre Worte verstehen.

»Was war das?« fragte er und glitt von seinem Sattel hinunter. »Was habt Ihr da gerade gesagt, Sir?«

»Wißt Ihr es noch nicht?« wandte sich ein anderer an ihn. Er war ganz erfreut, der erste zu sein, der es ihm mitteilen konnte. »Habt Ihr es noch nicht gehört? Er ist tot!«

»Wer?«

»Der Lord Protector. Oliver Cromwell. Tot in seinem Bett, während der Sturm über ihm auf dem Dach gewütet hat.«

»Es ist, als hätte Gott persönlich seinen Zorn entladen«, sagte ein anderer gottesfürchtig. »Das war ein Zeichen.«

»Ein sehr merkwürdiges Zeichen. Und ziemlich spät am Tage«, sagte John mißgünstig. »Wenn Oliver Cromwell Gott mißfallen hat, so hätte er das schon viel früher zeigen können.«

Nun drehte sich ein unfreundliches Gesicht ihm zu. »Seid Ihr einer seiner alten Soldaten? Oder ein Beamter der Major Generals …? Oder einer von den verdammten Steuereintreibern?«

»Ich bin ein Mann, der sich seine eigenen Gedanken macht«, sagte John tapfer. »Ich diene niemandem, und ich bin niemandem etwas schuldig. Und ich bin mir völlig sicher, daß Gott nicht die Dachschindeln letzte Nacht von meinem Dach geweht hat, weil er mir sagen wollte, daß Oliver Cromwell im Sterben liegt. Wenn er so allwissend ist, dann hätte er es mir auf eine Weise sagen können, bei der es nicht bei mir hereinregnet.«

Frühjahr 1659

Der Sturm, der Oliver Cromwell zu seinem gerechten Lohn in den Himmel oder in die Hölle des Teufels geschickt hatte, hatte aber keinen Hinweis darauf gegeben, wer die Nachfolge antreten sollte. Es gab viele Stimmen, die behaupteten, daß Cromwell auf dem Sterbebett seinen dritten Sohn Richard dazu bestimmt hatte, aber John erinnerte sich an die Worte seines Vaters über die Nachfolge der Könige, er erinnerte sich daran, daß man sich keineswegs auf Höflinge verlassen konnte, was die Zuverlässigkeit von Bekenntnissen auf dem Totenbett betraf, und die Regierungsgewalt in England würde an denjenigen gehen, der den Mut besaß, sie an sich zu reißen.

Der Mann, der am ehesten als Nachfolger in Frage kam, war John Lambert, der von der Armee verehrt wurde, die immer noch im Land die größte Kraft darstellte, und sich als Freund des Friedens, der Toleranz und der Reformen hervorgetan hatte. Doch Richard sollte der Erbe sein, und so wurde ein neues Parlament einberufen, welches mit dem neuen Lord Protector herrschen sollte. Das Parlament schien sich nur ungern darauf einlassen zu wollen. Richard erkannten die Parlamentsmitglieder sogar erst als Lord Protector an, als man sie dazu zwang. Dann erst konnte er im Februar die Flotte Richtung Baltikum schicken, um den englischen Schiffsverkehr gegen die Holländer zu verteidigen. Im April sperrte die Armee alle Abgeordneten aus dem Unterhaus aus, Richard Cromwell befand sich unter ihnen. Die Soldaten waren ungeduldig geworden, denn Richard hatte weiter ihre Forderungen nach Auszahlung ihres Solds ignoriert, und sie wurden immer wütender über das zunehmend arrogante Verhalten der Royalisten.

Richard mochte zwar ein Cromwell sein, aber er gehörte nicht zu den alten Soldaten, und die Armee hatte den Verdacht, daß die neue Generation von Politikern und Führern die Frömmigkeit und den republikanischen Eifer jener Männer verloren hatte, die einst für ihren Glauben in den Kampf gezogen waren.

John hatte Hester versprochen, daß er sie im Frühling mit nach Wimbledon nehmen würde, um sich Lamberts orangefarbenen Garten anzusehen. Sie fuhren mit einem Boot zur Anlegestelle von Wimbledon House und spazierten durch Lamberts neue Gartenanlagen bis zu den Gärten vor dem Haus. John zögerte, als er Lord Lambert zusammen mit seiner Frau auf der Terrasse erblickte. Vor ihnen befanden sich einige Soldaten mit der Standarte seines alten Regiments, das Cromwells Schwiegersohn übertragen worden war.

»Was geht da wohl vor sich?« fragte Hester sofort ihren Mann. »Vielleicht sollten wir ihm nur zuwinken und dann wieder in den Garten zurückgehen«, schlug Hester taktvoll vor. »Es könnte sich um eine Privatangelegenheit handeln.«

»Er ruft uns zu sich«, sagte John. »Komm schon.«

Die Tradescants liefen zum Fuß der Treppe. John Lambert lächelte Hester mit einem Glanz auf dem Gesicht an, was sie an Johnnie erinnerte, der immer so gestrahlt hatte, wenn er in einer Auseinandersetzung recht behalten hatte.

»Ihr kommt in einem guten Moment«, sagte er zu ihnen. »Wie Ihr seht, ist das hier die Standarte meines Regiments. Sie wurde mir wieder übergeben.«

»Wieder übergeben?« fragte Hester und ging die Stufen

hinauf, wobei sie Lady Lambert gegenüber einen kleinen Knicks machte.

»Fauconberg und die ganze Schar sind aus ihren Ämtern entfernt worden. Darauf sind meine getreuen Burschen zu mir gekommen, um mir wieder die Standarte zu übergeben.«

»Das freut mich für Euch«, sagte John. »Herzlichen Glückwunsch, Lord Lambert.«

»Generalmajor«, sagte Lambert und strahlte. »Und mir ist es lieber, als solcher an der Spitze des besten Regiments zu stehen, als Tag für Tag als Lord am Kamin zu sitzen.«

Sommer 1659

Das Parlament wurde im Mai aufgelöst, und wieder trat ein neues zusammen, das von einem neuen Staatsrat angeführt wurde. Zu den Mitgliedern des Staatsrates zählte auch John Lambert. Auch er votierte für die Entlassung von Richard Cromwell, der eine hohe Abfindung erhalten würde, für die Auszahlung des Solds der Soldaten, für die Entfernung von gottlosen Geistlichen an Schulen und Universitäten und für die Tolerierung aller Religionen außer dem katholischen Glauben und jenen, die wieder den Bischof in England einsetzen wollten. Damit war die Herrschaft der Cromwells vorüber, England war wieder eine wahre Republik.

»Er hat mich darum gebeten, mich im Herbst seiner Tulpen anzunehmen«, sagte John zu Hester, als sie Seite an Seite im Rosengarten der Arche arbeiteten. »Er meint, daß er das ganze Jahr über in Whitehall zubringen wird. Es ist schon merkwürdig, wieder in Wimbledon zu arbeiten.«

»Du wirst nie sein Gärtner sein«, sagte Hester überrascht.

»Nein, er hat seine eigenen Gärtner. Aber ich versprach ihm, die Tulpenzwiebeln im Herbst aus der Erde zu nehmen. Auch soll ich die Farben für den orange-gelben Garten auswählen, und er vertraute mir seine dunkelvioletten Tulpen an.«

Hester lächelte. »Also wirst du nicht wieder in Dienste treten, John?«

»Nie wieder«, sagte er.

»Was ist, wenn Lambert König werden sollte?« fragte sie. »Er wird von allen am meisten verehrt. Viele sagen, daß man ihm die Regierung mit dem Parlament zusammen zutrauen könnte. Und die Armee gehorcht nur ihm.«

Sie hörten Frances aus dem Haus rufen. Sie blickten zur Terrasse hinüber, wo sie mit einem Gentleman stand und John herbeiwinkte.

»Wer ist das?« fragte Hester verwundert. »Ich kenne ihn nicht.«

»Vielleicht jemand, der etwas verkaufen will«, sagte John und ging vorsichtig um die Rosensträucher herum. Dann hob er den Korb mit süßlich duftenden, zarten Rosenblättern hoch. Er lief zur Terrasse und übergab Frances den Korb.

»Dieser Gentleman hier sagt, er müsse dich in einer privaten Angelegenheit sprechen«, sagte sie kurz.

John wurde sofort gewahr, daß seine Tochter zutiefst gekränkt worden war, und versuchte, es sich nicht anmerken zu lassen.

»Der Gentleman weigerte sich, mir seinen Namen zu nennen«, sagte Frances in dem gleichen knappen Ton. »Den nehme ich zu den Stallungen mit, nicht wahr?«

John lächelte sie versöhnlich an. »Wenn es dir nichts ausmacht.«

»Der Herr bat mich darum, ihm ein Glas Wein zu bringen«, sagte Frances weiterhin kühl. »Kann ich auch etwas für dich holen, Vater?«

»Nein, nicht nötig«, sagte John. »Doch sag bitte der Köchin Bescheid, daß sie den Gentleman bedienen soll. Du hast viel zuviel zu tun, Frances.«

Daraufhin schenkte sie ihrem Vater ein Lächeln und verschwand in aufrechter Haltung mit erhobenem Kopf. John wandte sich nun seinem mysteriösen Gast zu, dem es in so kurzer Zeit gelungen war, seine Tochter zutiefst zu beleidigen.

»Verzeiht«, sagte der Mann. »Sie war so schlicht gekleidet, daß ich sie für Eure Dienstmagd gehalten habe.« Er betrachtete Johns dreckige Kniehosen, sein Leinenhemd, die Lederweste und die schmutzigen, zerkratzten Hände.

»Wir sind Gärtner«, sagte John freundlich. »Die Arbeit ist immer mit Schmutz verbunden. Da zieht man sich eher einfach an.«

»Natürlich …«, sagte der Mann rasch. »Ich wollte Miss Tradescant nicht aufbringen.«

John nickte, wollte ihn aber nicht berichtigen.

»Es gibt viel zu viele Frauen, junge wie alte, die sich immer in die Angelegenheiten der Männer einmischen wollen«, meinte der Besucher, weil er sich in ein günstiges Licht rücken wollte. »Ihr tut gut daran, sie daheim zu lassen und sie hier zu beschäftigen. Alles würde besser sein, wenn die Frauen wieder in der Küche blieben und überhaupt jeder dort wäre, wo er hingehört. Mir gefällt der Gedanke, daß junge Frauen so schlicht gekleidet sind wie Küchenmägde. Das zeugt davon, daß sie wahre Demut kennen.«

»Was kann ich für Euch tun, Sir?« fragte John nun. »Ich habe im Rosengarten zu tun, die Blütenblätter müssen frisch zu den Parfümherstellern gelangen.«

Der Mann blickte sich auf der leeren Terrasse um, als wollte er prüfen, daß sie nicht belauscht wurden.

»Können wir hier reden?«

»Ihr könnt alles sagen, was schicklich und legal ist«, sagte John kurz.

»Mein Name ist Mordaunt. Ich komme vom König.«

John nickte, schwieg aber.

»Viscount John Mordaunt«, sagte der Mann nachdrücklich, als wolle er John mit dem Titel beeindrucken.

Wieder nickte John.

»Es wird einen Aufstand geben. Das Land kann nicht von einem Staatsrat und einem Parlament aus nichtssagenden

Leuten regiert werden. Wir haben auf unsere Zeit gewartet, und nun hat der König den Tag genannt.«

»Davon möchte ich nichts wissen«, entgegnete John schroff.

»Wir zählen auf Euch. Ihr werdet Lambeth für den König gewinnen und absichern«, sagte Mordaunt ernst. »Ich weiß, für wen Euer Herz schlägt. Ihr dürft nicht denken, daß es sich hier um ein kleines konspiratives Vorhaben handelt, das uns alle nur in den Tower bringt. Im Gegenteil – der große Aufstand beginnt am ersten Tag des August. Und Eure Rolle dabei ist, Lambeth und diese Seite des Flusses abzusichern. Ihr werdet die Pferdefähre übernehmen und dann flußabwärts vorwärts eilen.«

»Davon möchte ich nichts wissen«, wiederholte John. »Mein Herz schlägt für den Frieden, für Ruhe und Ordnung. Ich werde Charles Stuart erst anerkennen, wenn er zum König von England gekrönt worden ist. Ich habe einen Sohn verloren ...« Er verstummte.

»Dann braucht Ihr Rache dafür!« sagte Mordaunt, als ob das die Sache entschieden hätte. »Euer Sohn hat für den König gekämpft, nicht wahr?«

»Zweimal«, sagte John. »Und er wurde zweimal verwundet. Ich möchte nichts von diesem Aufstand wissen. Bürdet mir auch keine Geheimnisse auf. Sagt mir nichts davon, dann kann ich Euch auch nicht verraten.«

Mordaunt verstummte plötzlich, da Hester die Stufen zur Terrasse hochkam. »Schsch! Leise!« flüsterte er.

Hester blickte John fragend an.

»Dieser Gentleman will gerade gehen«, sagte John. »Ich werde ihn hinausbringen.«

Mordaunt zögerte. »Wenn er, von dem wir sprechen, nach London zurückkommt, werdet Ihr bedauern, mir nicht geholfen zu haben«, sagte er warnend.

John nickte. »Schon möglich«, sagte er und führte den Mann durch die Doppeltüren der Terrasse in die Halle. Da tauchte Frances aus der Küche auf und stellte sich neben Hester. John geleitete den unwillkommenen Gast zur Vordertür.

»Wenn der, von dem wir sprechen, auf seinem rechtmäßigen Platz ist, dann wird es eine ernste Abrechnung geben«, drohte Mordaunt. »Wenn er wieder dort ist, wo er sein sollte, dann möchte er sicher wissen, wo Ihr an dem Tage wart, von dem wir gesprochen haben.«

»Wenn Ihr von Charles Stuart sprecht«, hörte man Frances' Stimme in der Halle deutlich, »dann ist ›der, von dem wir sprechen‹ kaum eine gute Umschreibung, um die Sache geheimzuhalten. Und wenn dies Eure Vorstellung von Verschwiegenheit ist, dann wird sie meines Erachtens keinen großen Erfolg haben, weder an dem Tag, von dem Ihr gesprochen habt, noch an irgendeinem anderen.«

Mordaunt blickte sie nun zornig an, er setzte sich den Hut auf und stieß die Vordertür auf. »Wenn der, von dem wir sprechen, dort ist, wo er hingehört, dann werden die Frauen, insbesondere sich einmischende alte Jungfern, wieder dort hingebracht werden, wo sie hingehören«, sagte er wütend zu Frances und stürmte zur Tür hinaus.

Frances hob ihre Röcke und rannte hinterher. Sie stand auf der obersten Stufe und rief ihm nach: »Und wir alle wissen, wo Charles Stuart seine Frauen gern hat! Gegen eine Mauer gelehnt und den Rock hoch!«

»Sollte ich Lord Lambert warnen?« fragte John Hester, als sie sich an diesem Abend zur Ruhe begaben.

»Daß Charles Stuart einen Aufstand vorbereitet?« fragte sie. Sie schlang ihr Haar zu einem lockeren Knoten und befestigte ihre Haube auf dem Kopf. »Er wird es schon längst wissen. Seit Cromwells Tod hat man doch immer mit einem weiteren royalistischen Einmarsch gedroht.«

»Ich möchte kein Spion sein«, sagte John voller Unbehagen. »Aber ich möchte auch nicht da hineingezogen werden.«

Hester mußte kichern. »Ich glaube nicht, daß sie uns jemals wieder um Hilfe bitten, nachdem, was Frances gesagt hat.«

John schüttelte den Kopf und lächelte. »Was für ein Fischweib!« sagte er. »Was hätte Alexander von ihr gehalten?«

»Er kannte sie«, sagte Hester. »Ihn hätte es nicht überrascht. Sie ist nie ein fügsames Mädchen gewesen.«

»Sie benimmt sich wie ein wahres Luder«, meinte John. »Ich glaube, du hast sie sehr schlecht erzogen, Weib.«

Hester funkelte ihn an und ging ins Bett. »So ist es«, sagte sie. »Aber sie ist eine Frau, die ihren eigenen Kopf hat. Wenigstens dafür solltest du mir danken.«

Am nächsten Morgen schrieb John eine Nachricht an John Lambert und schickte sie nach Whitehall.

Eure Lordschaft!

Ich habe erfahren, daß für Charles Stuart am ersten August ein Aufstand geplant ist. Mehr darüber weiß ich nicht, und ich wünschte aus tiefstem Herzen, nie etwas davon gehört zu haben.

John Tradescant.

Einer von Lamberts Kavalleristen überbrachte ihm die Antwort. Es war ein Mann mit einem Kopf, so groß und rund wie eine Kanonenkugel, und mit einem breiten, zahnlosen Grinsen.

Mr. Tradescant!

Wenn dies Eure erste Information über den Aufstand ist, so seid Ihr in Lambeth wirklich weit ab vom Schuß. Schon im Juni hat man versucht, mich für diesen Aufstand zu gewinnen.

Wie dem auch sei, vielen Dank für den Beweis Eurer Loyalität gegenüber unserer großen Republik.

Lambert.

Lambert mochte zwar Witze machen über den Mangel an Verschwiegenheit bei den Royalisten, doch sie bekamen so viel Unterstützung, daß es im ganzen Land zu Aufständen kam. Jedes Dorf, jede Stadt war in zwei Lager geteilt. Es gab Männer, die für ihre Freiheit streiten wollten, und andere traten für ihren König ein. Einige plädierten für eine nachhaltige Auflösung des Parlaments statt einer Folge von strittigen Parlamentsdebatten. Andere befürworteten die Rückkehr zu den Zeiten der nachlässigen Steuereintreibungen und der sonntäglichen Vergnügungen nach dem Gottesdienst. Die nächsten hatten es auf die großzügigen Schenkungen abgesehen, die ein neuer König mit sich bringen würde. Wieder andere hofften, auf ihre alten Posten zu gelangen. Die Mitglieder der römisch-katholischen Kirche setzten auf die weitverbreitete Ansicht, daß die Stuarts schon immer Papisten gewesen waren. Vielleicht haben sogar ein oder zwei Leute angenommen, daß der zügellose Wüstling in Den Haag die einzige Hoffnung für das Land war. Doch bei allen Auseinandersetzungen kam es höchstens zu ein paar zerbrochenen Fensterscheiben und ein paar Raufereien. Nur im Falle von Sir George Booth in Chester verhielt es sich anders.

Das Parlament, das wahrhaft Furcht vor einem bewaffneten Aufstand hatte, befahl fünf Regimentern, angeführt von Generalmajor Lambert, nach Cheshire einzumarschieren. Lambert stellte seine botanischen Gemälde beiseite, ließ seinen exotischen Garten, seinen orange-gelben Garten und seine Zierfasane allein, küßte seine Gemahlin zum Abschied und ritt an der Spitze seines alten Regiments nach Westen.

Dann stieß er bei Winnington Bridge auf die Armee von Sir George Booth. Booth hatte eintausend Mann unter der königlichen Standarte versammelt, und Lambert marschierte mit ganzen viertausend Soldaten auf sie zu. Das Ergebnis war eindeutig. Es kam zu einer kurzen Schlacht, die durch Disziplin und Sparsamkeit in ihren Mitteln bestach. Nur dreißig Mann kamen dabei um, und die Rebellion war vorbei. Lambert hatte für eine straffe Ordnung unter seinen Kavalleristen gesorgt, und es kam weder zu grausamen Ausschreitungen noch zu Plünderungen noch zu Eroberungen. Mit aller Höflichkeit nahm man der royalistischen Armee die Waffen ab und schickte sie nach Hause.

Sir George Booth floh, als Frau verkleidet, vom Schlachtfeld, wurde aber festgenommen, da dem Besitzer eines Gasthofs aufgefallen war, daß die Dame um einen Barbier und eine Rasierklinge gebeten hatte.

»Glänzend«, sagte Lambert nur und befahl, Sir George Booth nach London mitzunehmen, wo ihm wegen Landesverrats der Prozeß gemacht werden sollte.

Lamberts Popularität wuchs immer mehr, und so erklärte man ihn in jedem Gasthof und in jeder Schenke entlang der Great North Road zum Retter der Nation. Ausführlichen Dank brachten ihm die Quäker entgegen, die er unter seinen Schutz gestellt hatte, als er die letzten royalistischen Rebellen niederschlug. Gegen Ende August galt er als der größte Mann im ganzen Königreich, und das Parlament war ihm so dankbar, daß es ihm als Anerkennung tausend Pfund übergab.

Herbst 1659

Im September sandte John Lambert, der auf dem Rückweg von Norden war, eine Botschaft an John Tradescant:

Ihr wißt vielleicht noch nicht, daß John Mordaunt England verlassen hat, um sich zum Hofe von Charles Stuart nach Den Haag zu begeben. Er hat so viele Enttäuschungen hinnehmen müssen, eine schlimmer als die andere, wie ich meine. Ganz gleich, was in Zukunft geschehen mag, vor Mordaunts Zorn werdet Ihr Euch nie mehr fürchten müssen.

Ehe Lambert nach London zurückkehrte, reichte seine Armee im House of Commons, dem Unterhaus, noch eine Petition ein. Jene Liste sollte als »Grand Old Cause«, in die Geschichte eingehen, eine Liste von Forderungen der sogenannten Ironsides, der Kavallerie von Cromwell, die die Ziele der Leveller und Ziele der Republikaner vertraten. Sie forderten gottesfürchtige Reformen, eine taugliche Befehlsstruktur für die Armee, ein Parlament mit rechtmäßig gewählten Mitgliedern, die von einem Senat beraten werden, und ein Kriegsrecht für die Armee.

Das Unterhaus hatte sich bisher immer als wankelmütig und letztlich als untreu erwiesen, sobald ein Sieg errungen worden war, und so beschloß es auch in diesem Fall, da die Armee Reformen quasi einforderte, statt sie nur vorzuschlagen, seine eigene Macht zu verteidigen. In einem Anfall von Panik befahlen die Abgeordneten, die Türen zu verriegeln und John Lambert, der vor kurzem erst ihr Held gewesen war, nun als Feind des Parlaments zu betrachten und wegen Hochverrats festzunehmen.

Anfang Oktober erhielt John Tradescant eine große Bestellung von Frühlingszwiebeln von John Lambert; als Anschrift hatte er Wimbledon House angegeben.

»Also befindet er sich wieder im Exil«, sagte John zu Hester. »Sie haben nicht den Mut, ihn in den Tower zu stecken, aber sie wollen nicht, daß er auch nur in die Nähe des Parlaments gelangt. Die müssen verrückt geworden sein, ihn nicht zum Lord Protector zu machen.«

»Sie haben Angst«, sagte sie. »Die denken doch nur noch daran, ihre eigene Haut zu retten. Ein Parlament, das von Lambert regiert wird, würde sie mit Reformen hinausbefördern. Mit Heuchelei gibt er sich nicht ab. Hat er dir darüber geschrieben?«

»Nein, es ist nur eine Bestellung von Blumenzwiebeln.«

»Woher weißt du denn, daß er wieder im Exil ist?«

John lächelte. »Immer, wenn man ihn seiner Machtstellung beraubt, bestellt er zu viele Zwiebeln. Diese Menge kann er nicht einmal einpflanzen, wenn er drei Herbste hindurch unter Hausarrest steht.«

John hätte den Gärtnergehilfen mit den drei Säcken Blumenzwiebeln losschicken können, doch seine Neugier war viel zu groß. Er selbst fuhr den Wagen in den Stallhof von Wimbledon, und er wurde zum Fasanengarten geführt, wo Seine Lordschaft gerade die Vögel fütterte.

Lambert hielt einen Korb mit Getreidekörnern in der Hand und war von seinen Zierfasanen umgeben, deren Federn im herbstlichen Sonnenlicht schillerten. Rasch drehte er sich um, als er Schritte auf dem Kiesweg hinter sich hörte. Doch als er John erkannte, lächelte er freundlich. »Ah, Mr. Tradescant, bringt Ihr mir persönlich meine Zwiebeln?«

»Ja, mein Lord«, sagte John. »Es tut mir leid, daß Ihr, wie ich hörte, wieder hierher verwiesen worden seid.«

»Oh«, sagte Lambert gleichmütig. »In der Politik wie auch in den Schlachten wendet sich das Geschick mal zum Guten, mal zum Schlechten. Doch wie dem auch sei, so verabschiede ich mich gerade von meinen Vögeln, denn ich erwarte, heute noch vorgeladen zu werden.«

»In die Schlacht oder in die Politik?« erkundigte sich John.

Lambert lächelte. »Das ist fast das gleiche.« Er hob aufmerksam den Kopf. »Still. Könnt Ihr etwas hören?«

John lauschte, dann vernahm er das regelmäßige Geräusch trabender Pferde und das Scheppern von Waffen. »Soldaten«, sagte er.

»Das wird wohl meine Vorladung sein«, sagte Lambert, und John konnte am frohlockenden Tonfall seiner Stimme erkennen, wie sehr er sich über eine aktive Beteiligung am Geschehen freute. »Könntet Ihr bei den Stallungen bitte Bescheid sagen, mein Dienstpferd für mich zu satteln, Mr. Tradescant? Heute werde ich vermutlich nicht mehr in der Lage sein, meine Blumenzwiebeln einzusetzen.«

»Darf ich Euch begleiten?« fragte John.

Lambert lachte. »Wenn es Euer Wunsch ist. Habt Ihr eine Ahnung, wohin wir reiten werden?«

»Nein«, gestand John.

»Dann seid Ihr so schlau wie ich.«

John spannte Cäsar vom Wagen ab, borgte sich einen Sattel von Lamberts Stallburschen und wartete neben Lamberts Pferd auf den Moment, da der General aus dem Haus trat.

»Was ist geschehen?« fragte John einen Kavalleristen.

»Sie haben die anderen Regimenter aufgerufen, sich gegen uns zu stellen«, erklärte der Mann kurz. »Die Mitglieder des Parlaments gegen unseren Generalmajor. Sie haben alle Versprechen gebrochen, die sie uns gegeben haben, und unseren Protest nennen sie Landesverrat. Jetzt haben sie sich im Parlamentsgebäude verschanzt, zwei Regimenter sind ringsherum aufgestellt, und die Gardekavallerie des Parlaments führt die Verteidigung an und verlangt, daß wir uns auflösen sollen. Sie verlangen, daß wir als Verräter die Waffen strecken sollen. Wir, die wir für sie den König geschlagen und die Schotten besiegt haben und dann Charles Stuart geschlagen haben und erst im letzten Monat Charles Stuart endgültig besiegt haben und George Booth. Wir sollen uns auflösen! Und auch noch den General ausliefern! Damit sie ihn neben Booth, der gegen uns gekämpft hat, in den Tower sperren können!«

»Und was könnt Ihr nun tun?« fragte John.

»Er kann etwas tun«, sagte ein Soldat und nickte zu John Lambert hinüber. Dieser schwang sich in seinen Sattel und ritt vor seiner Truppe die Straße hinunter.

»Was kann er tun?« wollte John wissen.

Der Kavallerist lächelte. »Alles, was er will.«

Die Männer folgten dem General. Das Zaumzeug klirrte, die Hufe klapperten auf der trockenen Straße. John hatte das heikle Gefühl, er sollte nicht dem Zug hinterhertrotten, dennoch folgte er den Reitern mit Cäsar, der an den Zügeln zog und mit gebogenem Hals und hochgehobenem Schweif das Geschehen vor sich aufmerksam verfolgte.

Als sie bei Scotland Yard neben dem Palast von Whitehall anlangten, mußte er feststellen, daß der Kavallerist recht hatte. Auch hatte er mit seinem Gefühl, daß es sicherer wäre, sofort nach Hause umzukehren, richtig gelegen. Es sollte zu einer häßlichen Begegnung kommen, zu einem offenen Gefecht zwischen der parlamentarischen Gardekavallerie und Lamberts Regimentern genau vor den Toren des Parlamentsgebäudes. John mußte Cäsar zurückhalten, der sich gegen das Halftergebiß auflehnte, als ahnte er, daß etwas im Gange war und er seine Pflicht tun sollte.

»Halt!« befahl Lambert, und seine persönliche Standarte wurde abgesetzt und damit das entsprechende Signal an alle weitergegeben. Die Reiter hielten auf dem Kopfsteinpflaster mit großem Hufegeklapper an.

Das Regiment des Parlaments war vor den Gebäuden in Stellung gegangen und hielt die Spieße und Musketen zum Angriff bereit. Nun folgte eine lange Pause, in der das eine englische Regiment das andere kritisch ins Visier nahm und auf den Befehl zum Angriff wartete.

John konnte seinen eigenen kurzen und schnellen Atem hören, während er im Sattel saß. Jede Sekunde könnte es soweit sein, und die Musketen würden angelegt, dachte er. Gewiß gab es in der Nähe auch Kanonen, und die parlamentarische Gardekavallerie hatte den Vorteil, sich im Schutze der festen Mauern von Whitehall in Abwehrstellung zu befinden, während Lamberts Männer draußen auf der Straße aufgereiht standen.

Plötzlich rutschte John Lambert von seinem Sattel herunter, kam auf dem Boden an, wo seine Sporen rasselten, als sie die Pflastersteine berührten. Er warf seine Zügel dem Standartenträger zu, lief vorwärts, als spazierte er soeben durch seinen orangefarbenen Garten. Er verließ die Deckung seiner Leute und überwand die Kluft zwischen den beiden Regimentern, als zielten die Männer auf der anderen Seite gar nicht auf ihn, als erwarteten sie nicht gerade den Befehl, ihn niederzuschießen. Er lächelte sie an, als gehörten sie zu seinem eigenen Regiment. Er lächelte sie so unbekümmert an, als freute er sich, ihnen zu begegnen, als begrüßte er alte Freunde.

»Mein Gott, was hat er nur vor?« flüsterte John vor sich hin.

Unmittelbar vor dem Befehlshaber hielt Lambert an und blickte zu dem Offizier hinauf, der hoch über ihm auf einem großen Pferd saß und in der Hand kampfbereit sein Schwert hielt. Jener Mann befand sich mehr als anderthalb Meter über ihm. Der General schaute zu ihm hinauf und mußte mit den Augen blinzeln, denn die Abendsonne blendete ihn.

»Steigt ab!« sagte Lambert sorglos, fast wie in einer Unterhaltung. Nun herrschte einen Augenblick Stille. Die Soldaten beider Lager hielten den Atem an und warteten gespannt darauf, was nun folgen würde. Der Offizier blickte auf den unbewaffneten Mann vor ihm, Lambert lächelte zu ihm hinauf. Dann ließ der Offizier die Zügel fallen und glitt aus dem Sattel.

Auf einmal kam ein großes Raunen unter Lamberts Männern auf, und die Truppen des Parlaments traten aus den Reihen heraus und liefen auf Lamberts Leute zu, wo sie mit offenen Armen freundschaftlich empfangen wurden. Lambert schüttelte dem Offizier die Hand, wechselte ein paar Worte mit ihm, ging zu seinem Pferd, stieg auf und wandte sich dann den Männern zu.

»Schließt Euch an«, sagte er freudig, als handelte es sich um eine Routineparade. Er nickte seinem Standartenträger zu. »Übermittelt den Mitgliedern des Unterhauses meine Grüße und teilt ihnen mit, daß ich die Schlüssel zum Parlament in Händen halte und sie nun hinausmüssen. Sie sind nicht länger gern gesehen. Das Land wird von einem Sicherheitsrat regiert werden. Wir werden für Gerechtigkeit und Freiheit in diesem Land sorgen. Und damit fangen wir jetzt an.«

Lambert hatte nicht mit General George Monck gerechnet, der sich weitab des Geschehens in Schottland aufhielt. Er war zutiefst eifersüchtig auf seinen Rivalen. Sobald er von dem Triumph von Whitehall hörte, schickte er eine Botschaft nach London, daß er als Oberbefehlshaber der parlamentarischen Armee von Schottland den neuen Sicherheitsrat nicht anerkenne und damit eine Kriegserklärung abgebe und nach Süden marschiere, um dem alten Parlament wieder zu seinem Recht zu verhelfen.

»Krieg?« fragte Hester. »Warum nur?«

»Er sagt, er will das Parlament wiedereinsetzen«, erklärte John, der die letzte Flugschrift las.

»Sollen wir die Kuriositäten wieder verstauen?« fragte Hester John erschöpft.

John überlegte einen Augenblick. »Noch nicht«, sagte er. »General Moncks Truppen sind so diszipliniert geworden, seitdem sie in Schottland Royalisten ausgeräuchert haben.«

»Monck ist für das Parlament. Er hat gegen Charles Stuart gekämpft«, sagte sie. »Warum läßt er es dann nicht zu, daß Lambert und der Sicherheitsrat ihre Reformen durchsetzen können?«

»Er glaubt an nichts, er ist Berufssoldat«, meinte John verbittert. »Er hat für König Charles gekämpft, bis er feststellen mußte, daß Cromwell siegen würde. Also hat er die Seiten gewechselt. Er sah, wie ein Mann aufstieg, wie er die Armee anführte und die Krone für ihn zum Greifen nah war. Er wird sich nicht darauf verlassen, daß John Lambert nicht zu den gleichen Dingen fähig ist. Und er hat Blut geleckt und sieht seine eigene Stunde gekommen.«

Lambert sollte nie die Narzissen einsetzen, die ihm John gebracht hatte. Zur rechten Pflanzzeit im November befolgte er gerade die Befehle des Sicherheitsrates, um England vor General Monck zu schützen, und marschierte an der Spitze von achttausend Soldaten nach Norden, um auf Monck zu treffen.

Er wollte nicht sofort angreifen. General Monck und er waren Waffengefährten gewesen, und beide waren Parlamentarier. Lambert glaubte vertrauensselig, daß es sich um ein Mißverständnis handeln mußte. Er schrieb Monck und wollte ihm seine Pläne erklären, wollte ihn für die Vorhaben des Sicherheitsrates gewinnen.

Monck tat so, als brauche er Bedenkzeit, er schrieb und setzte sich schriftlich mit Lambert auseinander, während der Sicherheitsrat in London unter Mühen Geld auftreiben mußte, um die Soldaten unter Lamberts Kommando bezahlen zu können. Doch sie schickten ihm kein Geld. Lambert steckte zwischen der Hinterlist General Moncks und der Inkompetenz des Sicherheitsrates in der Klemme. Solange sie sich über die Möglichkeiten auseinandersetzten, wollte er General Monck nicht angreifen, und als ihm klar wurde, daß der General die Debatte nur aus taktischen Gründen verlängerte, war ihm die eigene Armee unter den Fingern zerronnen. Monck hatte, ohne einen Schuß abzugeben, gewonnen.

Als er eigentlich in seinem Garten von Wimbledon House seine orangefarbenen Narzissen hätte pflanzen sollen, mußte Lambert mit ansehen, wie seine Armee Richtung Süden entschwand, und er wußte, daß er von Monck reingelegt und von London betrogen worden war.

»Was geschieht nun mit ihm?« fragte Hester John.

Johns Blick verfinsterte sich. »Monck hat ihn des Hochverrats anklagen lassen«, sagte er gequält. »Hochverrat gegenüber dem alten Parlament, das so faul und unfähig war. Jetzt nennen sie sich selbst Märtyrer, zweifellos. Und sie werden ihn einen Verräter schimpfen. Ist er erst einmal im Tower, dann wird es nicht lange dauern, bis er zum Schafott geführt wird.«

Frühjahr 1660

Im Februar brachte Lambert die Überreste seiner desolaten Armee heimwärts nach Süden. Es gab kein Geld, um sie mit Nahrung und mit richtigen Kleidern zu versorgen. Monck war ihm weit voraus und marschierte nach Whitehall, wo er mit eisigem Schweigen empfangen wurde.

George Monck gehörte nicht zu den Männern, die sich durch ihre Unpopularität beim Volke niedergeschmettert fühlten. Er schickte daher durch alle Straßen Londons seine Soldaten, die daran gewöhnt waren, unter der verstimmten und abgeneigten Bevölkerung ihre Pflicht zu tun. Schon nach wenigen Tagen gab es niemanden mehr, der nach einem freien Parlament und John Lambert schrie. Mit einem großen Fest aus Anlaß der Abschaffung des Sicherheitsrates von Lambert, an dem ein jeder teilhaben durfte, gab es schließlich jenen Enthusiasmus, den Monck zur Schaffung eines neuen Staatsrates benötigte, den er selbst anführen wollte.

Als John Lambert endlich mit seinen erschöpften Männern eintraf, war schon alles vorbei. Man befahl ihm, in sein Haus bei Wimbledon zurückzukehren und sich vom Parlament fernzuhalten.

Von Wimbledon aus schrieb er John Tradescant. Seine Botschaft traf in der Arche ein, als sich die Familie und die Gäste zum Abendessen versammelt hatten.

Bitte schickt mir Eure schönsten Tulpensorten dieses Jahres in Töpfen im Wert von 300 Pfund.

»Was schreibt er?« fragte Hester und beugte sich über Johns Schultern, um etwas lesen zu können.

»Er sagt, daß er meine besten Tulpen haben möchte«, sagte John. »Was das wirklich bedeutet, ist etwas anderes.«

»Es bedeutet, daß er sich wieder mit der Gartenarbeit begnügen muß«, warf Elias Ashmole vergnügt ein. Er nahm sich gerade noch eine Scheibe geschmorten Speck. »Das bedeutet, daß sich die Waagschale der Macht zugunsten von George Monck geneigt hat und er von jetzt an darüber entscheidet, wer das Land regiert. Und wenn ich die Vorhersagen der Sterne richtig deute, dann möchte er selbst König werden oder zumindest der neue Lord Protector.«

Elias Ashmole war nicht im geringsten niedergeschlagen. »Ich halte es für eine gute Chance, wenn er den rechtmäßigen Nachfolger bestimmt«, sagte er. »Und dann werden wir ein paar Veränderungen erleben.«

»Dann werden wir wieder das gleiche erleben«, sagte Hester verbittert.

»Nun gib aber Ruhe, mein Weib«, sagte John ruhig vom Ende der Tafel her. »Mr. Ashmole ist unser Gast.«

»Ein recht häufiger Gast«, warf Frances ironisch ein.

Im Frühjahr, als John Lambert sich an seinen Narzissen und dem gelben Teppich von Winterlingen in seinem Garten hätte erfreuen sollen, konnte er nur einen kleinen Auschnitt des blauen Himmels aus seinem Fenster im Tower sehen. George Monck bestimmte das Geschick seines Rivalen. Lambert war der Prozeß gemacht, und er war verurteilt worden – wegen nichts. Ihm wurde eine so hohe Geldstrafe aufgebürdet, daß nicht einmal ein Mann seines Vermögens, auch nicht mit Hilfe von Freunden, diese Summe aufbringen konnte.

Monck hatte immer wie ein Söldner für jene gekämpft, die einen Kämpfer ohne Grundsätze anheuern wollten. Er hatte für König Charles gekämpft, bis er von Cromwell rekrutiert worden war, um in Irland für das Parlament zu streiten. Von da an hatte er für das Parlament gekämpft. Ganz im Gegensatz zu John Lambert, der sich zeit seines Lebens in Einhaltung der Verfassung für den Schutz der Rechte der Engländer eingesetzt hatte. Monck hatte immer nur versucht, auf der Seite der Sieger zu stehen.

Im April erkannte er, daß die Seite der Sieger bei den Stuarts zu suchen war. Und da ihm der Großteil der Männer des Parlaments zustimmte, schickte er seine Bedingungen für eine Rückkehr des Königs an Charles Stuart in Breda.

»Es ist also vorbei«, sagte John zu Hester, die auf der Terrasse saß. »Sie holen Charles Stuart wieder zurück, und alles war umsonst. Wenn man über unsere Zeit in den Geschichtsbüchern berichten wird, so wird sie nur als ein Intervall zwischen den Regentschaften der Stuarts dargestellt werden, man wird sich nicht einmal daran erinnern, daß wir eine Zeitlang geglaubt haben, es gibt außer der Monarchie noch eine andere Lösung für die Gesellschaft.«

»Das Volk sehnt sich vermutlich nach einer Krönungsfeier und den damit verbundenen Vergnügungen«, sagte Hester. »Befrag nur die Leute auf dem Markt in Lambeth. Sie wollen einen König. Sie wollen Amüsements und Zerstreuungen, sie wollen die korrupten Steuereintreiber, die man so bestechen kann, daß sie einen übersehen.«

»Aber dieser König!« warf John verächtlich ein. »Er hat schon ein halbes Dutzend Bastarde in ganz Europa gezeugt, sein Geschmack wurde an einem papistischen Hof geformt, und er kennt das englische Volk nicht, oder nur das, was er im Exil gelernt hat.«

»Er wird uns angenehmer regieren als sein Vater«, betonte Hester. »Ein Mann ohne Prinzipien wird nicht in den Krieg ziehen. Der fängt keinen Streit an.« Nun schwiegen beide und dachten an den Sohn, der diese Wendung herbeigesehnt hatte.

»Nein«, sagte John. »Ich glaube, daß die heroischen Tage vorbei sind.«

»Und was wird mit John Lambert geschehen?« fragte Hester. »Werden sie ihn aus dem Tower befreien, ehe Charles Stuart in London eintrifft?«

»Sie werden ihn ganz sicher hinrichten«, meinte John. »Ich glaube, General Monck wird kaum noch den Befehl dazu abwarten, denn Lambert ist für die Armee und für das Volk ein viel zu großer Held. Und wenn der neue König heimkehrt, wird er auf Sündenböcke warten, die man ihm darbietet.«

»Das darf doch nicht das Ende für ihn sein«, meinte Hester ungläubig.

»Ich sehe den Ausgang so vor mir«, erklärte John. »Es ist ein bitteres Ende unserer Hoffnungen. Daß man wieder einen König wie Charles einsetzt und einen Mann wie Lambert aufs Schafott schickt.«

Doch noch in jener Nacht kletterte John Lambert aus seinem Fenster im Tower, ließ sich an den zusammengeknotenen Tüchern hinunter, sprang in ein Boot auf der Themse und verschwand ins Dunkel des April.

»Ich muß zu ihm«, sagte John zu Hester. Er sattelte gerade Cäsar im Stall. Hester stand in der Tür und versperrte ihm den Weg. »Mit dieser Schlacht wird alles auf die Probe gestellt, und ich muß dabei sein.«

»Woher willst du wissen, daß es sich dabei nicht um ein lächerliches Gerücht handelt?« wollte sie wissen. »Woher willst du wissen, daß er seine Standarte aufgestellt hat und eine Armee zusammentrommelt, um für die Freiheit zu kämpfen?«

»Weil nur John Lambert Edgehill – den Schlachtort von 1642, als der Bürgerkrieg begann – ausgewählt haben kann, um seine Standarte aufzustellen. Und außerdem könnte ich immer noch zurückkehren, wenn dort nichts geschieht.«

»Und was ist mit mir, falls etwas passieren sollte, falls eine Schlacht stattfindet und du dich mittendrin befindest? Soll ich für immer und ewig die Raritäten und den Garten hegen und pflegen, ohne Sohn und ohne Ehemann?«

Er wandte sich von seinem Pferd ab, ging auf sie zu und griff nach ihren kalten Händen. »Hester, mein Weib, mein Schatz«, sagte er. »Wir erleben hier die turbulentesten und merkwürdigsten Zeiten! Verweigere mir nicht die Gelegenheit, auf der Seite zu kämpfen, an die ich glaube. Ich habe so oft meine Ansichten wechseln müssen, bin von einem Land ins nächste gezogen. Doch nun möchte ich mich mit aufrichtigem Herzen an einer Sache beteiligen. Ich weiß, daß Lambert recht hat. So laß mich gehen und unter seiner Standarte kämpfen.«

»Warum muß immer gleich gekämpft werden?« rief sie leidenschaftlich aus. »Das kann ich nicht ertragen, John. Wenn du dabei umkommen solltest …«

Er schüttelte den Kopf. »Ich möchte nach Edgehill zurückkehren, wo der König im ersten Bürgerkrieg besiegt worden ist. Nie bin ich dort gewesen. Ich bin einfach davor ausgerissen, so wie ich vor dem Krieg der Powhatan in Virginia ausgerissen bin.«

Er lächelte wehmütig. »Ich habe immer beide Seiten auf einmal betrachtet. Doch diesmal, zum erstenmal in meinem Leben, Hester, habe ich einen Weg vor mir, von dem ich überzeugt bin. Ich glaube nicht, daß Charles Stuart zurückkommen soll. Das Volk dieses Landes sollte sich selbst regieren – ohne König oder Bischöfe oder Lords. Und ich möchte losziehen und für diese Freiheit kämpfen. Lambert hat seine Standarte dafür aufgestellt. Ich möchte dabeisein. Und falls ich dafür sterben muß, so soll es sein.«

Einen Moment lang hatte es den Anschein, als wolle sie ihm lauthals etwas entgegnen, doch dann trat sie beiseite und öffnete die Stalltür. Cäsar, das Schlachtroß, schritt mit seinen großen Hufen vorsichtig über die Schwelle und lief zum Holzblock, von dem aus John sich auf ihn schwingen würde, und blieb dort mit gebogenem Hals stehen, als wolle er auch in die Schlacht für die Rechte der frei geborenen Engländer ziehen.

John lächelte, als er das Pferd sah, und blickte dann zu Hester. »Bist du wütend auf mich?«

»Nein«, sagte sie widerstrebend. »Ich bin stolz auf dich, auch wenn es meinen Wünschen widerspricht. Ich freue mich, daß du endlich weißt, woran du glauben und wofür du kämpfen kannst. Ich bete darum, daß ihr siegt.«

John nahm wieder ihre Hand, küßte sie und zog Hester dicht an sich heran. »Ich werde wiederkommen!« versprach er leidenschaftlich. »Vertrau mir, Hester. Ich werde zu dir zurückkehren. Und so Gott will, werden wir dieses Land zu einem Ort machen, an dem arme Leute in Freiheit leben können.«

Nach vierzehn Tagen kehrte er zurück. Alle drei Männer, die für Hesters Leben so entscheidend waren, kehrten an ihren Bestimmungsort zurück: John Lambert in den Tower, wo er wegen Hochverrats einsaß; Charles Stuart nach Dover und dann am 29. Mai 1660 in die von vielen Menschen gesäumten Straßen von London, wo jeder seine heiligen Hände berühren wollte; und schließlich John, der mit hängendem Kopf zur Arche heimkehrte.

Cäsar trottete klappernd auf den Stall zu, seine Ohren waren nach hinten gelegt, sein Kopf war gesenkt. John ließ sich vor den Stallungen von ihm herabgleiten und fiel auf die Knie, da die Beine unter ihm nachgaben. Der Gärtnergehilfe kam ihm zu Hilfe und rief nach der Köchin. Sie blickte aus der Küchentür heraus und rief Frances und Hester herbei, die gerade die Kuriositäten abstaubten.

Hester lief hinaus auf die Terrasse und dann zum Hof um die Ecke, wo John inzwischen auf dem Holzblock saß und sich die steifen Muskeln rieb. Als er sie sah, versuchte er aufzustehen. Sie rannte auf ihn zu und umarmte ihn.

»Bist du verletzt?«

»Nur Kummer. Sonst nichts.«

»Ist es zu einer Schlacht gekommen?«

»Es gab ein Gefecht. Wir waren hoffnungslos unterlegen. An dem Tag, als es darauf ankam, hatten wir nicht genügend Männer.«

Sie schlang die Arme um ihn und hielt seinen müden Kopf an ihr Herz. Sie schaukelte ihn sogar ein wenig, so wie sie Johnnie geschaukelt hatte, wenn er aus einem Alptraum aufgeschreckt war.

»Es war kaum jemand da«, sagte John leise. »Lambert ist fast umgehend gefangengenommen worden. Sie haben sich nicht einmal mit uns angelegt. Sie wollten nur ihn. Er hätte fliehen können, doch sein Pferd war viel zu erschöpft …«

Er lehnte sich müde zurück und blickte in ihr Gesicht auf, als könnte sie ihm eine Antwort geben. »Warum?« fragte er. »Warum schrecken die Leute nur auf, wenn es um ihre Sicherheit, ihren Wohlstand oder ihre Bequemlichkeit geht? Sie begreifen nicht, daß unser aller Schicksal auf dem Spiel steht, wenn die Bootsführer von Wapping ungerecht besteuert werden oder die Bergarbeiter aus dem Distrikt Forest of Dean ihrer Rechte beraubt werden oder die Leute der Gemeinden von ihrem Gemeindeland vertrieben werden und die Reichen und Mächtigen alle Ländereien an sich reißen. Also wenn stets unsere persönlichen Rechte angegriffen werden. Wenn die Regierungen die Kranken, die Armen und die Frauen drangsalieren, dann müssen sich alle erheben und sie verteidigen. Warum begreifen das die Leute nicht?«

Hester schaute einen Moment in sein zorniges Gesicht und zog ihn wieder an sich und drückte ihn an ihr Herz. »Ich weiß es nicht«, sagte sie ruhig. »Ich dachte, daß die Leute inzwischen gelernt haben, das Übel sofort auszumerzen, sobald es sich zeigt.«

Sommer 1660

Charles Stuart, der als Charles II. in die Geschichte eingehen sollte, war ganz außer sich vor Freude in seine Heimat zurückgekehrt. Die Leute wünschten sich eine Ordnung zurück, die ein jeder kannte. Viele erhofften sich von einem Regierungswechsel, daß alte Rechnungen beglichen und alte Macht- und Besitzverhältnisse wiederhergestellt würden. Anhänger der Quäkersekte, der römisch-katholischen Kirche und eine Reihe älterer Frauen, die gehässige Nachbarn als Hexen bezeichnet hätten, all jene Strömungen spürten, wie groß die allgemeine Zuversicht war, daß mit dem neuen König die alten Schikanen wie auch die alten Freiheiten wiederauflebten. Vorerst bedienten sich die Leute in den Gemeinden erst einmal rasch an dem Holz aus den königlichen Wäldern und den vernachlässigten Parks, sie entleerten die Schlösser vollends, ehe das eintreffende königliche Gefolge davon wieder Besitz ergreifen würde.

Der König führte einen neuen Geheimen Kronrat ein, und der große englische Kuchen aus finanziellen Anerkennungen und Schenkungen von Besitztümern wurde unter den Royalisten und deren Freunden neu aufgeteilt. Charles legte jedoch Wert darauf, daß eine Reihe von erfahrenen Männern und solche aus wohlhabenden und adligen Familien mit Ämtern betraut wurden, ganz gleich, auf welcher Seite sie in den Kriegen seines Vaters gestanden hatten. Jene, die für den Prozeß und die Hinrichtung gestimmt hatten, verloren nur ihre Posten und erhielten eine Geldstrafe, wenn sie aus England fliehen wollten.

»Ich glaube, daß er John Lambert freilassen wird«, meinte Frances, die sich über eine Zeitung beugte, die auf dem Küchentisch ausgebreitet war. »Hier steht, daß das Oberhaus ihn zum Tode verurteilen will, doch das Unterhaus möchte seine Begnadigung.«

»Kommt er denn frei?« fragte Hester, die gerade Erbsen palte.

Frances schüttelte den Kopf. »Das steht hier nicht. Aber wenn ich Charles Stuart wäre, so würde ich Lord Lambert nicht gern an der Spitze eines Regiments wiedersehen wollen.«

Einen Monat nach der Wiedereinsetzung des Königs bat Elias Ashmole um das Amt eines Herolds von Windsor. Er bekam die Stelle. Bei seinem nächsten Besuch der Arche trug er seine neue Amtstracht und schlug John vor, eine neue Ausgabe des Katalogs der Sammlung zu veröffentlichen.

»Der Katalog sollte Seiner Majestät gewidmet sein«, drängte Elias, als er bei strahlender Sonne mit John auf der Terrasse saß und sie über den Garten blickten, der in voller sommerlicher Blüte stand. »Stellt Euch nur vor, wenn er uns einen Besuch abstattet! Sein Vater war doch hier, nicht wahr?«

»Ja«, sagte John. »Mit der Königin.«

»Wie ich hörte, wird sie im Herbst aus Frankreich eintreffen«, sagte Ashmole begeistert. »Dann sollten wir mit der Neuauflage fertig sein. Ich werde dafür das Geld geben, so Ihr wollt. Ich habe etwas zur Seite gelegt.«

»Ich bezahle das schon!« sagte John gereizt. »Ich werde auch eine Widmung schreiben.«

»Ich habe schon eine«, sagte Elias und holte aus seiner tiefen Manteltasche ein gefaltetes Manuskript hervor. »Hier.«

John breitete das Papier auf dem Tisch aus.

Seiner geheiligten Majestät Charles II.
John Tradescant, gehorsamster und getreuester Diener
Seiner Majestäten,
widmet diese Sammlung in untertänigster Ergebenheit.

Frances, die John über die Schulter geblickt hatte, entschlüpfte ein Kichern. »Ich weiß nicht, ob du gerade sein untertänigster Diener bist«, meinte sie. »Sicher hat er ein paar Diener, die nicht die Kriegszeiten so weit weg, wie sie nur konnten, verbracht haben!«

Johns Lachen ging in einen Husten über. »Frances, mach du lieber deine Arbeit«, sagte er ernst und wandte sich Elias zu. »Verzeiht.«

»Ein vorlautes Weibsbild«, meinte Ashmole abschätzig. »Doch wenn irgendwelche Zweifel an Eurer Loyalität bestehen sollten, so dürft Ihr sie nicht in aller Öffentlichkeit bestätigen, wie Ihr wißt, John.«

John nickte.

»Glücklicherweise gibt es ja die Eintragungen über den Militärdienst Eures Sohnes«, erklärte Elias. »Ihr könnt immer behaupten, daß er bei Worcester gefallen ist. Oder hier seinen Verletzungen erlag.«

Hester traf gerade auf der Terrasse mit einem Tablett mit drei Gläsern Madeirawein ein. Als sie seine Worte hörte, blieb sie stehen und warf ihrem Mann einen entsetzten Blick zu.

»Das würde uns nie in den Sinn kommen«, sagte John kurz. Er erhob sich und nahm Hester das Tablett ab. »Schau dir mal an, was Mr. Ashmole für mich für den Drucker vorbereitet hat. Eine neue Widmung für die Vorderseite des Katalogs. Seiner Majestät gewidmet.«

Sie beugte sich über den Tisch und las sorgfältig die Zeilen. Zu seiner Überraschung standen ihr Tränen in den Augen, als sie sich wieder aufrichtete.

»Hester?«

Sie wandte sich ein wenig vom Tisch ab, damit Elias Ashmole ihr Gesicht nicht sehen konnte. John ging ihr hinterher.

»Was hast du?« fragte er leise.

»Ich habe nur gerade daran gedacht, wie stolz Johnnie gewesen wäre«, sagte sie einfach. »Unseren Namen und den des Königs auf der gleichen Seite stehen zu sehen.«

John nickte. »Ja, das wäre er«, sagte er. »Seine Sache hat schließlich den Krieg gewonnen.« Er wandte sich wieder Elias Ashmole zu. »Ich danke Euch für Eure Hilfe. Wir wollen die Seite sofort drucken lassen.«

Elias nickte. »Auf meinem Heimweg werde ich es persönlich dem Drucker aushändigen«, sagte er vergnügt. »Das macht mir keine Umstände. Es freut mich, daß es Euch so gefällt.«

Hester nahm ihr Weinglas und setzte sich zu den Männern. »Haben wir heute abend Gäste zum Essen?« fragte sie. »Kommen Dr. Wharton und die anderen heute zum Dinner?«

»Ja, und was das betrifft, so gibt es auch ein paar Neuigkeiten!« sagte Elias ausgelassen. »Wir werden unter königlicher Schirmherrschaft stehen. Der König interessiert sich sehr für unsere Ideen und Entdeckungen. Uns wird man die Royal Society nennen! Stellt Euch das nur einmal vor! Wir werden Mitglieder der Royal Society! Was meint Ihr?«

»Das ist eine große Ehre«, sagte John. »Auch wenn wir uns nie so zusammengefunden hätten, wenn es die Republik nicht gegeben hätte. Unter den Bischöfen hätte man die Hälfte unserer Themen für Häresie gehalten.«

Elias tat den Gedanken mit einem Händeklatschen ab. »Alte Zeiten«, sagte er. »Geschichte. Was jetzt interessiert, ist, daß wir einen König haben, der das Gespräch und die Spekulationen liebt und der bereit ist, Wissenschaftler und Gelehrte zu fördern.«

»Warum meint er dann, Krankheiten mit Handauflegen heilen zu können?« fragte Frances unschuldig, als sie einen Teller mit Gebäck herausbrachte und neben John abstellte. »Ist das nicht der Aberglaube von ungebildeten Leuten? Würde er eine Erforschung solchen Unsinns gutheißen?«

Elias war kurze Zeit sprachlos. »Er tut nur seine Pflicht. Er macht alles, was recht und höflich und gefällig ist«, sagte er mit Nachdruck. »Nichts weiter als gute Manieren. Gute Manieren, Mrs. Norman, sind das Rückgrat einer zivilisierten Gesellschaft.«

»Wenn Ihr also nun eine Königliche Gesellschaft seid, so werde ich besser ein königliches Essen anordnen«, sagte Hester taktvoll.

Frances lächelte ihren Vater an und folgte ihrer Stiefmutter ins Haus.

Für die Arche war es ein guter Sommer. Vom Forschergeist, für den die Royal Society stand, wurde ganz London gepackt. Viele Menschen kamen nach Lambeth, um sich die Wunder der Sammlung der Tradescants anzusehen und um in dem üppigen Garten und dem Obsthain spazierenzugehen.

Die Roßkastanienallee, die von der Terrasse vor dem Raritätensaal bis zum Ende des Obstgartens verlief, stand nun schon einunddreißig Jahre. Die Baumstämme waren dick, die Zweige weit ausladend. Alle, die die Bäume blühen sahen, kamen nicht umhin, sich einen Steckling zu kaufen.

Doch die Roßkastanien bekamen bald Konkurrenz im eigenen Garten. Der von John entdeckte Tulpenbaum aus Virginia blühte zum erstenmal im Sommer des Jahres 1660, und die Botaniker und Maler unternahmen spezielle Reisen flußaufwärts, um die riesigen Blütenkelche vor dem Hintergrund aus dunkelglänzendem Blattwerk bestaunen zu können. John konnte auch ein paar neue Rosen aufweisen, eine Warner Rose und eine wunderschöne neue Sorte aus Frankreich, die man Samtrose nannte, da die Blüte so dunkelfarbig schimmerte. Die Obstbäume des Gartens hatten viele Früchte angesetzt. Ein Teil des Obstgartens war nun Weinpflanzen vorbehalten; John hatte mehrere Reihen mit exakt beschnittenen Weinreben angelegt, die an kurzen Stäben wuchsen. So hatte es sein Vater damals in Frankreich erlebt. Es waren vierzehn verschiedene Traubensorten, darunter befanden sich die Fuchstraube aus Virginia und der wilde Wein aus Virginia.

In den Melonenbeeten ließ John ein halbes Dutzend verschiedener Sorten wachsen. Eine Melone hatte er immer zurückbehalten, er nannte sie die königliche Melone, denn sie stammte von den Samen ab, die Johnnie in Wimbledon House angepflanzt hatte. Als sie im Hochsommer dann ausgereift waren, schickte John eine große, süßlich duftende Melone mit seinen besten Empfehlungen an den König, der in Richmond zur Jagd war. Er fragte sich, ob es wirklich die zweite Melone war, die Charles Stuart erhalten würde, und ob er jemals wissen würde, mit welcher Ergebenheit jene erste Frucht gezüchtet worden war.

Herbst 1660

Schloß Cornet, Gurnsey.

Mr. Tradescant!

Bitte sendet mir, sobald Ihr die Zwiebeln aushebt, sechs Iris Daley Tulpen, sechs dreifarbige Kronentulpen und zwei oder drei Tulpen, die mir aus Eurer neuen Züchtung Eures Erachtens gefallen würden.

Wenn die neuen Bewohner von Wimbledon House nichts dagegen haben, so würde ich Euch bitten, aus meinem Garten alle Pflanzen mitzunehmen, die ich Euch zum Verbleib anvertrauen will. Ich glaube, daß ich Euch den Akazienbaum versprochen habe – vor langer, langer Zeit. Ich würde gern meine eigenen violetten Tulpen wiedersehen wollen, ich hatte eine besondere gezüchtet, die meiner Meinung ein so dunkles Lila hatte, daß man sie fast für schwarz halten konnte.

Falls man Euch Zutritt zu dem Garten gewährt, so würde ich mich sehr freuen, wenn Ihr mir meine Lilienzwiebeln wiederbringen könntet, insbesondere jene aus meinem orange-gelben Garten. Ich trage mich mit der berechtigten Hoffnung, hier eine neue Lilienart züchten zu können, und ich werde Euch im Frühjahr ein paar Zwiebeln zukommen lassen. Ich werde sie die Lambert-Lilie nennen. Mein Ruhm soll nicht auf einer Schlacht für die Freiheit, sondern auf einer süß duftenden, hübsch geformten Blüte fußen.

Lady Lambert ist nun mit den Kindern zu mir gestoßen, und das Schloß wirkt nun weniger wie ein Gefängnis, sondern wie ein richtiges Zuhause. Ich brauche allein nur noch Tulpen!

Mit den besten Empfehlungen an Mrs. Tradescant und Mrs. Norman.
John Lambert.

Ohne Kommentar reichte John Hester den Brief. Stumm las sie ihn durch. »Wir werden ihm seine violette Tulpe wiederbringen«, sagte sie entschlossen. »Und wenn ich um Mitternacht über die Mauer des Gartens von Wimbledon klettern muß.«

Winter 1660

Mitten im Winter stattete Elias Ashmole der Arche einen Besuch ab. Er trug einen pelzbesetzten Umhang und nahm sein mit dem neuen Amt verbundenes neues Äußeres sehr wichtig. Er traf mit ein paar Freunden in der Kutsche ein und brachte eine Kiste kanarischen Wein, den er mit John teilen wollte. Hester zündete die Kerzen im Raritätensaal an und traf in der Küche Vorbereitungen für ein Dinner. Sie trug es auf und speiste dann allein mit der Köchin in der ruhigen Küche.

John steckte den Kopf durch die Küchentür. »Wir machen einen kurzen Ausflug nach Lambeth«, sagte er. »Auf ein Bier.«

Hester nickte. »Wenn du zurückkommst, werde ich schon im Bett sein«, erklärte sie. »Falls Mr. Ashmole hier übernachten möchte, so ist wie üblich das Bett in seinem Zimmer hergerichtet, und dann sind da noch Gästebetten für seine Freunde.«

John trat in die Küche und küßte sie auf die Stirn. »Ich werde erst spät heimkehren«, verkündete er voller Zufriedenheit. »Und zweifellos betrunken.«

»Zweifellos«, sagte Hester und lächelte. »Gute Nacht, mein Gemahl.«

Früher, als erwartet, kehrten sie wieder zurück. Hester löschte gerade die Kerzen im Saal aus und bedeckte die Glut im Kamin ein wenig, als sie hörte, wie die Eingangstür aufging und John mit Ashmole und den Freunden in die Halle stolperte.

»Ah, Hester«, sagte John fröhlich. »Ich bin froh, daß du noch auf bist. Elias und ich haben ein kleines Geschäft abgeschlossen, und du mußt den Pakt für mich bezeugen.«

»Kann das nicht bis morgen früh warten?« fragte Hester.

»Ach, unterschreib es jetzt, dann können wir es weglegen und einen Gläschen Port trinken«, meinte John. Er faltete das Papier auf dem Zeichentisch am Fenster des Raritätensaals auf. »Unterschreib hier.«

Hester zögerte. »Worum handelt es sich?«

»Es ist ein Geschäft, und wir benötigen einen Zeugen«, sagte Elias sanft. »Doch wenn Ihr Euch dabei nicht wohl fühlt, so können wir bis morgen warten. Falls Ihr jeden Abschnitt und jeden Satz lesen wollt, können wir es auch ganz lassen. Wir werden jemand anderen finden, der uns helfen wird, wenn Ihr nicht dazu bereit seid.«

»Nein, nein«, warf Hester höflich ein. »Natürlich werde ich es sofort unterzeichnen.« Sie nahm eine Feder und unterschrieb. »Und nun werde ich ins Bett gehen«, sagte sie. »Ich wünsche Euch eine gute Nacht, Gentlemen.«

John nickte und öffnete seine Kiste mit Münzen. »Da«, sagte er zu Ashmole. »Auf Treu und Glauben.«

Hester sah, wie er Elias ein antik geprägtes Geldstück überreichte.

»Gibst du eine von unseren Münzen fort?« erkundigte sie sich überrascht.

Ashmole verneigte sich und steckte die Münze ein. »Ich bin sehr dankbar«, sagte er. Er wirkte bei weitem nüchterner als John. »Ich werde sie als ein kostbares Pfand und als Bürgschaft sicher verwahren.«

Hester zögerte, als wolle sie ihn fragen, welche Bürgschaft ihm John geleistet hatte. Doch einer der Männer öffnete ihr die Tür und verneigte sich vor ihr. Hester machte einen Knicks und ging die Stufen zum Schlafzimmer hinauf.

Sie wurde davon wach, daß die Schlafzimmertür laut zufiel und John in den Raum stolperte und sich mit einem schwerfälligen Plumpsen aufs Bett fallen ließ. Sie öffnete die Augen und sah, daß er sofort eingeschlafen war. Er lag auf dem Rücken und hatte sich noch nicht ausgekleidet. Einen Augenblick dachte Hester, daß sie aufstehen und ihn ausziehen könnte, um ihm einen bequemen Schlaf zu verschaffen. Doch dann lächelte sie nur und drehte sich wieder um. Es kam sehr selten vor, daß John an Trinkgelagen teilnahm, doch sie sah keinen Anlaß, warum er das Gefühl einer unbehaglichen Nacht nicht noch am nächsten Morgen spüren sollte.

Als er in der Dunkelheit aufwachte, dachte er kurz, daß er gerade seinen schlimmsten Traum gehabt hatte: vom Versagen und seiner eigenen Unfähigkeit, das Werk seines Vaters weiterzuvererben und den Namen seiner Familie weiterzugeben. Ohne Hester zu wecken, schlüpfte er aus dem schmalen Bett. Sie wandte sich um und streckte ihre Hand über sein Kopfkissen aus.

Er schlüpfte in die Schuhe und ging nach unten. Der Raum, der noch vor wenigen Stunden so hell und fröhlich schien, wirkte nun dunkel und ungemütlich, Bier- und Tabakgeruch hingen in der Luft, und der Kamin war schwarz. Er blies in die Asche, die leicht aufglühte, dann warf er etwas Zunder dazu. Das trockene Holz fing Feuer, und die Schatten im Raum wurden wieder größer.

Auf dem Tisch lag das Dokument, und unter dem Text stand seine eigene deutliche Unterschrift und daneben die Elias Ashmoles – die unleserliche Handschrift eines Gelehrten. Er berührte das Siegel. Das Wachs war kalt und hart. Es gab kein Zurück mehr. Die Unterschrift war da, das Siegel war da, und die Urkunde war da. Diese besagte zweifellos, daß bei John Tradescants Tod Elias Ashmole alle Raritäten der Sammlung und alle Pflanzen im Garten erben würde. John hatte sein väterliches Erbe veräußert, er hatte seinen Namen veräußert, er hatte sein Erbe fortgegeben, und all seine Arbeit und die Arbeit seines Vaters würde nichts mehr wert sein.

»Das habe ich nicht gewollt«, flüsterte John zu sich.

Mit der Schenkungsurkunde in der Hand lief John in die Halle. Hester kam gerade wie ein Gespenst in ihrem weißen Nachtkleid die Treppe herunter.

»Bist du krank?« fragte sie.

Stumm schüttelte er den Kopf. »Ich habe etwas sehr, sehr Fürchterliches getan.«

Auf einmal wanderten ihre Augen zu dem Vertrag in seinen Händen, den sie am Vorabend auf sein Drängen hin unterzeichnet hatte. »Das Geschäft, das du mit Mr. Ashmole abgeschlossen hast?«

»Er sagte mir, daß es eine Schenkung sei und bei unserem Tod die Kuriositätensammlung an die Universität von Oxford übergehen würde. Er sagte mir, daß die Sammlung unseren Namen tragen würde und alle immer wüßten, daß wir die ersten waren in der Welt, die Besuchern ihre Sammlung geöffnet hätten, und wir die schönsten, die seltensten und die hübschesten Dinge ausstellten. Mit meiner Unterschrift würde ich ihm die Sammlung als Verwalter anvertrauen. Er würde dafür sorgen, daß die Universität die Sammlung wohlbehalten und geschlossen bekäme und die Sammlung ›*Tradescanteum*‹ heißen soll.«

Sie hörten, wie im oberen Geschoß eine Tür geöffnet wurde.

»Komm mit hinaus!« flüsterte ihm Hester zu, als wäre es nur noch im Garten sicher. Sie öffnete die Tür zur mondbeschienenen Terrasse und schlüpfte, ohne weiter nachzudenken, barfuß in die kalte Nacht hinaus. »Und das steht gar nicht drin? In der Urkunde? Ist er nicht dazu verpflichtet, das zu tun?«

»Ich habe es einfach unterzeichnet«, sagte John ganz

betäubt. »Ich habe ihm einfach zugestimmt, daß es eine gute Sache wäre, wenn die Sammlung in die Obhut der Universität gelangen würde. Also habe ich unterzeichnet. Und ich habe dich auch unterzeichnen lassen.«

»Und was steht nun wirklich darin?«

»Ich habe den Wortlaut nicht sorgfältig genug studiert. Und er ist Rechtsanwalt. Er hat dafür gesorgt, daß der Text nicht verständlich ist. Hier steht, daß die ganze Sammlung an ihn allein übergehen soll, kein Wort von der Universität. Er ist kein Verwalter, er wird alles für sich selbst erben. Wenn wir sterben, fällt alles in seine Hände. Er kann damit anstellen, was er will. Oder er kann die Kostbarkeiten an seine Erben weitergeben. Mein Gott, Hester, er kann sie sogar auseinanderreißen und Stück für Stück verkaufen.«

Sie sagte nichts. Sie war entsetzt. Ihr Gesicht war so weiß wie ihre Nachthaube und ihr Nachtgewand.

»Und ich habe auch unterschrieben«, sagte sie mit dünner Stimme.

John nahm seinen Gärtnerumhang, der auf einem Haken neben der Tür hing, legte ihn Hester um die Schultern, wandte sich dann von ihr ab und lehnte sich über das Terrassengeländer. Er blickte über den Garten und dachte an die unzähligen Stunden, die sein Vater so verbracht hatte, wie er, über das Geländer gelehnt, seine Bäume, seine geliebte Roßkastanienallee, betrachtet hatte.

Die Nacht hatte den Garten verzaubert. Die Bäume wirkten vor dem Himmel, der langsam fahl wurde, wie feine schwarze Spitze. Irgendwo mitten in den seltenen Pflaumenbäumen zwitscherte ein Vogel, sein gespenstischer Gesang ließ einen die Stille noch deutlicher wahrnehmen. Weiter hinten im Obstgarten schnatterte kurz eine Ente, deren Schlaf am Ufer des Sees gestört worden war, doch dann war sie wieder ruhig.

John bedeckte sein Gesicht mit den Händen. »Wenn ich nicht mehr bin, Hester, wird er alles haben. Er war immer so geistreich und hilfsbereit, und ich dachte, daß ich der Schlaue war. Und jetzt könnte mir der Schädel zerspringen; nun weiß ich, daß du mit einem Narren verheiratet bist. Es wird keine Sammlung mehr geben, die den Namen meines Vaters in zukünftige Generationen hinein weiterträgt, sie wird nun nach Ashmole benannt werden, und uns wird man vergessen.«

Einen Moment meinte er, daß sie ihn beschimpfen und auf ihn einschlagen würde, doch sie wandte sich von ihm ab und las den Vertrag im verblassenden Schein des Mondes. In diesem Licht sah sie ganz blaß vor Entsetzen aus. »Ich habe das Versprechen, das ich deinem Vater gab, gebrochen«, sagte sie leise. »Ich versprach ihm, deine Kinder und die Raritäten zu hüten und zu beschützen. Ich habe Johnnie verloren, und nun habe ich auch die Raritäten verloren.«

John schüttelte den Kopf. »Du hast nichts verloren«, sagte er voller Leidenschaft. »Johnnie starb, weil er dachte, daß die Könige ruhmreiche Helden und nicht opportunistische Wüstlinge sind. Er starb, weil er es nicht ertragen konnte, in der neuen Welt zu leben, die von Speichelleckern gemacht wurde. Und für das hier bin nur ich verantwortlich, nicht du. Weil ich glaubte, Ashmole sei klüger als ich. Deshalb war ich froh, sein Freund zu sein. Deshalb wollte ich seine Hilfe bei der Katalogisierung der Schätze. Und nun wünschte ich mir, ich hätte nicht nur die Schätze, sondern auch die Vorsicht meines Vaters geerbt.«

»Vielleicht kann man es noch anfechten«, sagte sie. »Dieses Papier. Wir könnten sagen, daß du bei der Unterzeichnung betrunken warst ...«

»Ich müßte beweisen können, daß ich bei der Unterzeichnung noch mehr als nur betrunken war – nämlich verrückt«, sagte er. »Und ein Narr zu sein ist etwas anderes, als verrückt zu sein.«

»Wir könnten das Siegel abtrennen und die Unterschrift, und dann könnten wir alles abstreiten …«

Wieder schüttelte er den Kopf. Einen Augenblick antwortete er nicht. »Wir können es versuchen, doch er hat das Gesetz auf seiner Seite. Ich habe versagt.« Er dachte eine Weile nach. »Ich hatte keinen Erben«, meinte er, zutiefst bekümmert. »Niemand, der nach mir kommen würde. Und nun wird es hier gar nichts mehr geben.

Ich hatte geglaubt, daß meines Vaters Name, mein Name und der Name meines Sohnes für immer weiterleben würde«, sagte er nachdenklich. »Ich meinte, daß alle, die einen Garten anlegen, sich immer an uns erinnern würden und froh wären über das, was wir einst geschaffen haben. Doch ich habe alles weggeworfen. Mein Lebenswerk, das Lebenswerk meines Vaters: Es wird alles keine Bedeutung mehr haben. Elias Ashmole wird alles übernehmen, und wir werden in Vergessenheit geraten.«

Hester ging auf ihn zu und lehnte ihren Kopf an seine Schulter. Er spürte die vertraute und tröstende Wärme ihres Körpers. Er legte einen Arm um sie und zog sie fest an sich. Ein kleiner Windhauch zog durch den Obstgarten und durch die Tradescant-Bäume: siebenundfünfzig neue Pflaumenbäume, neunundvierzig neue Apfelbäume und ebenso viele Birnbäume, vierundzwanzig neue Kirschbäume bewegten ihre Zweige in einem sanften Reigen. Vor ihnen schwankten die großen Äste der Kastanien hin und her, ihre nach oben gerichteten Zweige trugen versteckte süße Knospenspitzen, ihre stolzen breiten Stämme wirkten stark und ruhig. In der Orangerie standen die seltenen und empfindlichen Pflanzen in der Wärme, die exotischen, kostbaren Pflanzen, die die Tradescants, Vater und Sohn, aus der ganzen Welt mitgebracht hatten, damit die Gärtner Englands sie für sich entdecken und liebgewinnen konnten.

»Wir werden in Vergessenheit geraten«, flüsterte John.

Hester lehnte sich nach hinten und pflückte eine süßlich duftende Knospe des Winterjasmins ab – es war einer der ersten dieser Sorte, die jemals in England gezüchtet worden waren. Die sich entfaltenden Blütenblätter schimmerten im gelben Mondlicht cremefarben. Die Tränen auf ihren Wangen glühten heiß, doch ihre Stimme klang zuversichtlich.

»Aber nein, man wird sich an dich erinnern«, sagte sie. »Ich denke, daß die Gärtner Englands sich noch in einhundert, zweihundert oder dreihundert Jahren an dich erinnern werden, und in jedem englischen Park wird einer deiner Roßkastanienbäume stehen, und in jedem Garten wird eine deiner Blumen zu finden sein.«

Wahre Geschichten. Historische Romane bei AtV

GUIDO DIECKMANN
Die Poetin
Deutschland im Spätsommer 1819: Mit Frau und Tochter reist der Tuchhändler Joseph Schildesheim nach Heidelberg. Tochter Nanetta, frühreif und wissensdurstig, fällt es schwer, den Verlockungen der Heidelberger Altstadt zu widerstehen. Als sie ein Treffen von Verschwörern belauscht, gerät sie plötzlich in den Verdacht, eine wichtige Depesche gestohlen zu haben.
Roman. Originalausgabe.
297 Seiten. AtV 1661

JÓZEF IGNACY KRASZEWSKI
Gräfin Cosel
Ein Frauenschicksal am Hofe August des Starken
Anna Constantia von Brockdorff (1680-1765), als Geliebte August des Starken zur Gräfin Cosel erhoben, war eine der schönsten Frauen ihrer Zeit. Neun Jahre lang war sie die mächtigste Frau Sachsens, danach wurde sie 49 Jahre auf der Festung Stolpen gefangengehalten. Kraszewski erzählt im berühmtesten seiner Sachsen-Romane ihr anrührendes Schicksal und zeichnet ein prachtvolles Gemälde der königlichen Residenz in Dresden.
Historischer Roman. Aus dem Polnischen von Hubert Sauer-Zur.
305 Seiten. AtV 1307

MARIA HELLEBERG
Die Winterkönigin
Dies ist die Geschichte von Margarete I. (1353 bis 1412), der ersten Frau auf einem europäischen Thron. Die Tochter des mächtigen dänischen Königs Valdemar Atterdag muß mit zehn Jahren den norwegischen König heiraten. Sie wird gequält und gedemütigt, und dennoch kann sie über ihre Feinde triumphieren. Sie versündigt sich, kann Wollust und Rachsucht nicht widerstehen, und dennoch legt Gott das größte Reich des Abendlandes in ihre Hände.
»Großartige Unterhaltung und ein hervorragender Geschichtsunterricht.« BERLINGSKE TIDENDE
Roman. Aus dem Dänischen von Kerstin Schöps.
443 Seiten. AtV 1818

MICHAEL KLONOVSKY
Der Ramses Code
»Ich werde diese Zeichen lesen!« ruft der elfjährige Champollion beim Anblick von Hieroglyphen. Sieben Jahre später ist er bereits Professor und immer noch besessen von dieser Idee. Der 1799 entdeckte Stein von Rosette scheint der Schlüssel zu allen Rätseln Ägyptens zu sein, und Champollion muß die geheimnisvolle Schrift vor dem genialen Engländer Young entziffern.
»Ein historischer Roman erster Güte.« DIE WELT
Roman. 474 Seiten. AtV 1911

AtV

Immer wieder lesen: Lieblingsbücher bei AtV

MARC LEVY
Solange du da bist
Was tut man, wenn man in seinem Badezimmerschrank eine junge hübsche Frau findet, die behauptet, der Geist einer Koma-Patientin zu sein? Arthur hält die Geschichte für einen Scherz seines Kompagnons, er ist erst schrecklich genervt, dann erschüttert und schließlich hoffnungslos verliebt. Und als er eines Tages begreift, daß Lauren nur ihn hat, um vielleicht ins Leben zurückzukehren, faßt er einen tollkühnen Entschluß.
»Zwei Stunden Lektüre sind wie zwei Stunden Kino: Man kommt raus und fühlt sich einfach gut, beschwingt und glücklich und ein bisschen nachdenklich.« FOCUS
Roman. Aus dem Französischen von Amelie Thoma. 277 Seiten.
AtV 1836

LISA APPIGNANESI
Die andere Frau
Maria d'Este ist eine klassische Femme fatale. Die Männer umschwärmen sie, sobald sie nur einen Raum betritt – und den anderen Frauen erscheint sie unweigerlich als Rivalin. Als Maria aus New York nach Paris zurückkehrt, beschließt sie, daß die Zeit ihrer Affären vorbei ist. Doch dann begegnet sie dem Mann, bei dem sie all ihre guten Vorsätze vergißt. Zum ersten Mal lernt Maria die wahren Abgründe der Liebe kennen.
Roman. Aus dem Englischen von Wolfgang Thon. 444 Seiten.
AtV 1664

KAREL VAN LOON
Passionsfrucht
Der Vater des 13jährigen Bo erfährt zehn Jahre nach dem Tod seiner Frau, daß er nie Kinder zeugen konnte. Diese Entdeckung stellt sein gesamtes Leben in Frage. Die Suche nach dem »Täter« wird eine Reise an den Beginn seiner großen Liebe.
Roman. Aus dem Niederländischen von Arne Braun. 240 Seiten.
AtV 1850

NEIL BLACKMORE
Soho Blues
Melancholisch und geheimnisvoll wie ein Solo von John Coltrane, unverwechselbar wie die Stimme von Billie Holiday: »Soho Blues« ist die bewegende Geschichte einer leidenschaftlichen, lebenslänglichen Liebe zweier Menschen, die sich in einem Netz von Abhängigkeit und Verrat, Hoffnung und Desillusion, Liebe und Haß befinden.
»Eine herzzerreißende Lektüre, die große Gefühle weckt.«
OSNABRÜCKER ZEITUNG
Roman. Aus dem Englischen von Kathrin Razum. 286 Seiten.
AtV 1733

Mehr Informationen erhalten Sie unter www.aufbau-verlag.de oder bei Ihrem Buchhändler

AtV